細說漢字

1000個漢字的起源與演變

左民安 著

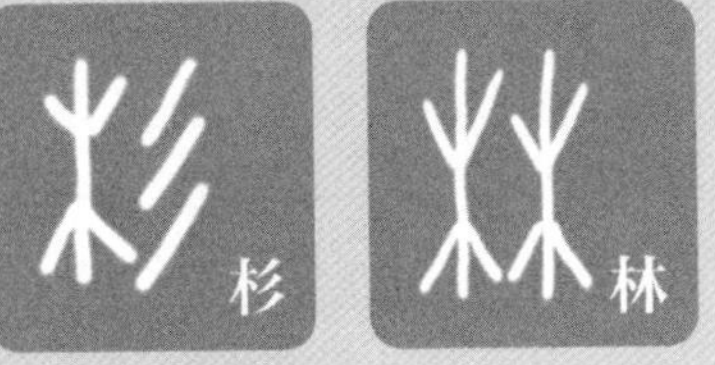

石

目次

序

寧夏大學左民安先生和我結交，是較近的事。那時他的大著《漢字例話》* 正編剛剛問世，蒙他寄賜一部，我快讀之下，獲益甚多。後來他又送來《漢字例話》續編原稿，使我對其治學方法和規模進一步有所認識，可是我們暌隔山水，殊以尚未識荆爲憾。不久，民安先生偕夫人姜翠萱女士特意前來北京，得以相見，接談間其樸實的風貌、沉潛的氣質，給我以深刻印象，於是相訂以學術長相交往。誰料《漢字例話》續編未及出書，民安先生溘然早逝，我們見面的緣分竟然止此。現在續編就要印行，我遵照他的遺願寫此短序，實在難於抑制深深懷念的心情。

漢語是世界上使用人數最多的語言，漢字又是起源最早的文字之一。在中國以外，還有一些古代文明也創造了文字，都久已失墜湮滅，只是到近代才重新被發現和釋讀。漢字的傳統沒有中斷，並且影響廣泛，爲日本等鄰國所採用，有的學者曾有「漢字文化圈」的提法。漢字稱得上源遠流長，異常豐富。

正因爲漢字有長達幾千年的歷史，其衍變發展特別繁多複雜。大家知道，西元前221年秦始皇重新統一中國，推行以原來的秦國字體統一全國文字的政策，取得成功。隨後漢代的人們，對先秦時期秦國以外的字體已經不能盡識。東漢時學者許愼作《說文解字》，對所收錄的九千多個漢字加以說明解析，奠定了漢字文字學的基礎。這部書兼採古文、籀文，又開啓了先秦古文字的系統研究。自此以後，歷朝研究文字源流的學者屈指難數，有很多貢獻。尤其是北宋以後，金石學昌盛，拓展了漢字研究的領域。現代考古學在中國的建立，更使這方面的探討獲得科學依據，進入嶄

* 本書曾於1980年代在中國大陸以《漢字例話》、《漢字例話續編》刊行於世，現將兩冊合於一本，改爲現書名出版，內容及序文盡可能保持原貌。——編者注

新的境界。

現代海內外研究漢字文字學的學者衆多，著作汗牛充棟，不過很多有關作品是相當專門的，並不適合對漢字有興趣的大衆需要。事實上，需要有關漢字知識的人是很多的。我們在日常生活中，常常可以聽到有人問某個字爲什麼這樣寫、這樣讀或這樣講，他們正是要求文字學的基本知識。研究漢字文字學的學者，有責任把這方面現代水平的知識提供給他們。

了解漢字不僅可以使大家更準確地使用漢字，還能夠增進我們對中國古代文化的體會認識。一種文字的形成，總是和特定的文化分不開的。有的研究者通過分析漢字的形、音、義，獲得了大量文化史的資訊。例如過去閩縣程樹德先生著《說文稽古編》，抽繹推求，有許多創見。只是他僅據《說文解字》，對於考古發現的多種古文字尚少涉及。海城于省吾先生也有鑒於此，在《甲骨文字釋林》自序中說：「中國古文字中的某些象形字和會意字，往往形象地反映了古代社會活動的實際情況，可見文字的本身也是很珍貴的史料。」這指出了漢字研究在文化史探索方面的重要性。

寫一部深入淺出的漢字文字學書，是不容易的。這一類書雖出版過不少，內容精當的仍然不多。原因是，要想寫好這類書，必須在文字學這一博大宏深的學科中有多年的涵泳心得。清代的《說文》大家王筠，著作甚豐，可是他還專門寫了一本《文字蒙求》，把當時水平的知識介紹給學習者。左民安先生的《漢字例話》正、續編，以新穎的例舉形式，將許多重要文字的源流演變，形、音、義各方面的特點，條分縷析，揭示無遺，這正和王筠的《文字蒙求》一樣，是要以金針度人，而《漢字例話》的深度、廣度，又遠非《文字蒙求》所能比。這是現代學術的發展水平，也是民安先生的苦心孤詣所致。

由於《漢字例話》一書文筆生動，選例富於趣味，會使本來非常專門枯燥的文字學知識爲衆多讀者所接受。借這部書把文字學傳播到學習和使用漢字的社會大衆中去，是作者左民安多年的願望，也將使他的辛勤工作長遠爲大家所紀念。

李學勤

中國社會科學院歷史研究所

前言

我們中華民族有著光輝燦爛的文化，而漢字又是記錄並推動文化發展的重要工具，所以漢字在這悠久的歷史進程中起著很重要的作用。

今天，我們仍然在寫漢字用漢字，漢字在國家的建設事業中必將繼續發揮其應有的作用。本書的編寫目的，就是通過1000多個常用漢字的詳細分析，讓人們了解漢字究竟是怎麼發展演變的。這些感性材料有助於人們掌握漢字的基本知識，提高正確使用漢字和閱讀古代文化典籍的能力。

一、本書〈漢字概說〉部分，主要講了五個方面的內容：第一，漢字的創造及其特點；第二，漢字的結構；第三，漢字的形體演變；第四，古今字、異體字、繁簡字；第五，假借字的規律。這一部分內容，簡明扼要地講解了漢字的基本知識，不僅對閱讀本書的正文會有幫助，而且還能使人們了解並掌握漢字的歷史演變概況，有助於正確使用漢字。

二、本書正文部分，共收集了1000多個有代表性的常用漢字。這些字大都是象形、指事、會意和會意兼形聲的字，而且其中有些字還很容易被人們寫錯、讀錯、用錯或理解錯。因此，本書通過形義分析，著重指明這些字容易產生錯誤的原因和糾正錯誤的方法。

三、正文所收的每個字，都是先按這個字的形體演變的歷史順序一一排列，最多的列出五種形體，即甲骨文、金文、小篆、楷書、簡化字（隸書因近似於楷書，故未列），使讀者對這個字的形體演變一目了然。形體之後便是對這個字的全面而系統的解釋。在解釋的過程中，首先對這個字進行形體分析，然後再根據形體分析指出此字的本義，進而求索它的近引申義和遠引申義，最後再談假借義。這樣，讀者不僅能掌握每個字的本義和引申義的關係，而且也能從中看出漢字詞義的發展規律。又每個字的義項，都以古代詩、文的例句爲證，並對這些例句的大部分進行了普通話翻譯，通俗易懂。

四、本書非常重視古今詞義的變化，每有變化，必加分析。比如古代的「行」，相當於現在的「走」；古代的「走」，相當於現在的「跑」。「沐浴」現在爲一個詞，但在古代卻是兩個詞，「沐」是洗頭，「浴」是洗澡。凡此種種，本書均一一分析清楚，便於讀者理解掌握。

五、本書目次，對正文所收的1000多個字，分別編入了137部，並以部首的筆畫多寡爲序編排。一般說來，每一部內均有所屬之字，但也有少數只選了部首而未選字的，原因是這一部首內目前似無可選之字，但部首本身的形與義又都非常典型，所以只選了這個部首進行分析。

爲了敘述方便，本書的部首劃分與一般辭書不完全相同。一個字的歸部，以形爲主，以義爲輔，如「臣」歸目部，因爲「臣」本爲「豎目」形；「交」歸「大」部，因爲「交」本爲兩腿相交而站立的人形（「大」爲「人」形）；「丞」歸「手」部，因爲「丞」本爲用雙手救人之形。

六、本書的編寫盡量做到知識性、科學性、趣味性相結合，力求深入淺出，通俗易懂。中學生、知識青年均可閱讀，對中學語文和歷史教師、大學文科師生，以及語言工作者均有參考作用。

本書在寫作過程中，曾得到過我的老師陸宗達先生的指導，又承蒙先生的關懷爲本書寫了序言和題了書名，出版社的編輯對本書的出版給予熱情支持。爲此，謹向諸位師友表示衷心感謝。

由於作者的學識淺薄，水平有限，主觀上雖做了一些努力，但恐未能如願，書中的錯誤及不妥之處在所難免，敬祈專家、學者和師友批評指正。

左民安

於寧夏大學

編按：由於本書的部首劃分與一般辭書不盡相同，爲便利讀者，本書另編製「筆畫檢字索引」，附於書後，以利檢索。

漢字概說

任何一種文字都是代表有聲語言的，這是世界上一切文字的共性。它們都是以語言爲基礎，依賴於語言的產生而產生，隨著語言的發展而發展。我們現在所使用的方塊漢字，就是以漢語爲基礎而產生的記錄漢語的符號體系。

漢字的起源和發展，與我們中華民族的文明緊密相連，可以這樣說，沒有漢字就沒有我們中華民族光輝燦爛的文化。

一、漢字的創造及其特點

漢字是誰創造的？在我國歷史上，歷代的觀點認爲漢字是倉頡個人所造。比如在《路史禪通記》中說，倉頡「龍顏侈哆，四目靈光」。在《春秋元命苞》中說，倉頡「生而能書」。簡直把倉頡說成一個神通廣大、法術無邊、不食人間煙火的「神人」。

然而，考古科學的種種發現，卻愈來愈多地證明漢字是廣大勞動人民的創造成果。我們的祖先在新石器時代就已經創造了漢字，「在社會裡，倉頡也不止一個」（魯迅，《門外文談》）。是千百萬勞動人民在長期的勞動生活中，使漢字從無到有，從少到多，從多頭嘗試到約定俗成，不斷地孕育、創造、選煉、發展起來的。

▲倉頡像，漢畫像磚。

關於漢字的產生年代，歷來說法不一。有人說漢字產生於夏代（西元前2100多年），距

▲半坡遺址出土的刻畫符號。

今4000多年。也有人說漢字產生於商代（西元前1600多年），距今3000多年。可是1972年以後的最新研究成果，則是以西安半坡村遺址的距今年代爲漢字產生的標誌。半坡遺址陳列室的那些類似文字的刻畫符號，和彩陶上的花紋是根本不同的。「那些刻畫記號，可以肯定地說就是中國文字的起源。或者說是中國原始文字的孑遺。」（郭沫若，《古代文字之辯證的發展》）從這些刻畫符號看：第一，它們都是單個的獨立體；第二，有類似筆畫的結構；第三，它們儘管都是草率急就的，但已經具備了漢字的雛形。比如《說文解字》說：「家，居也。」既然是居，那就應該是人居，可是爲什麼「宀」（古代的屋子）內有「豕」（豬）呢？難道「家」是養豬的嗎？當我們看了半坡村遺址後就會恍然大悟，原來在母系氏族社會，豬已開始家養了。由此可見，這個「家」字，在6000多年以前就已經開始孕育了，2000年以後發展成爲甲骨文和金文中的「家」字。

1972年中國科學院考古研究所實驗室用同位素碳十四（C^{14}）測定半坡遺址距今已有6000年左右的歷史，這也正是漢字的歷史。所以，我們的漢字是世界上最早的文字之一，這是我們中華民族的光榮和驕傲。

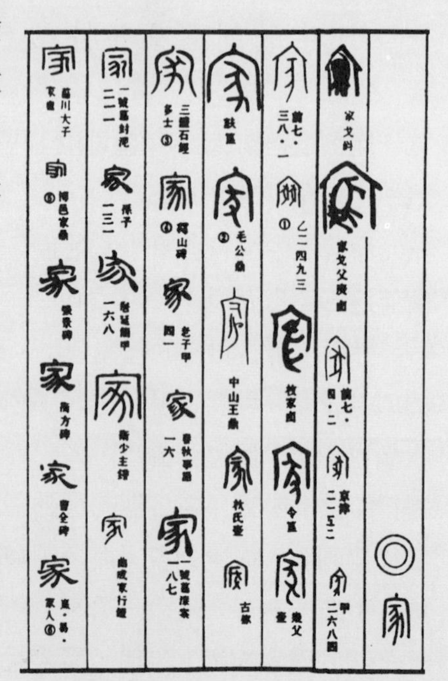
▲《甲金篆隸大字典》中的「家」字。

世界上的文字是多種多樣的，但總的說來可以分爲表意和標音兩大文字體系，而漢字則屬於表意文字。所謂表意文字，就是文字與語言的語音方面不發生直接聯繫，每一個字只是表示一個音節，不能明確表示讀音，但一個字的本身就能表示一個意思。如「旦」字的上部是「日」，下部是地面（或水面），從地面上升起太陽，是表示早晨的意思。也正因爲如此，同一個文字符號可以代表兩種語言裡的同一個詞，而讀音完全不同，比如方塊漢字的「日」字，是畫一個圓圈、中間加上一個圓點，很像一個太陽，而古埃及也是用這個文字符號表示太陽，只是讀音不同。也正因爲表意文字具有和語音不發生直接聯繫的特點，所以它就有可能用來代表不同民族的語言，如我們的鄰邦日本、朝鮮等國家都曾經借用漢字作爲他們的書面交際工具。

▲《甲金篆隸大字典》中的「旦」字。

既然說表意文字與語音沒有直接的聯繫，那麼「形聲字」中的「聲」又應怎樣解釋呢？漢字是可以分爲沒有標音成分的象形、指事、會意的純表意字和有標音成分的形聲字這兩大類。但即使是「形聲字」的「聲符」本身原來也是一個象形符號。比如：紋、雲、洋、漁等都是形聲字，它們的聲符是文、云、羊、魚。甲骨文中的「文」字就像一個人胸部刻的花紋（即爲「祝髮文身」的「文」）；「云」字就像一朵白雲的形狀；「羊」字像羊頭；「魚」字像魚形。這裡的「文」、「云」、「羊」、「魚」都是象形字，還是與語音不發生直接聯繫，所以在我們現行的方塊字中，即使是有90%的形聲字，也不妨礙它屬於表意文字體系。

▲甲骨文中的「文」、「云」、「羊」、「魚」。

二、漢字的結構

我們知道，漢字是屬於表意體系的文字，字形和字義有著密切的關係。倘若我們能對漢字的形體結構作出正確的分析，那麼對於我們了解和掌握漢字的本義和引申義，特別是對於我們閱讀古代文化典籍有著極大的幫助。

一提起漢字結構，總離不開「六書」之說。所謂「六書」，就是前人分析漢字結構所歸納出來的六種條例。「六書」這個名稱，最初見於《周禮・地官・保氏》；「六書」的細目，始見於西漢劉歆的《七略》。用「六書」分析漢字的結構，是從漢代古文經學家發端的。

我國歷史上關於「六書」的說法很多，但就其名目和名目的次序而言，主要有三家。

第一家是東漢的班固。他在《漢書・藝文志》裡說：「古時八歲入小學，故周官保氏掌教國子，教之以六書。謂象形、象事、象意、象聲、轉注、假借，造字之本也。」

第二家是東漢的鄭衆。他在《周禮・地官・保氏》注中說：「六書，象形、會意、轉注、處事、假借、諧聲也。」

第三家是東漢的許愼。他在《說文解字・敘》裡說：「一曰指事、二曰象形、三曰形聲、四曰會意、五曰轉注、六曰假借。」

過去的學者，通過對這三家說法的比較，大都採用了許愼的名稱，這不僅因爲他對「六書」的名稱都有具體而詳細的解釋，同時他還有我國分析研究漢字的第一部專著《說文解字》。而在次序上呢？則大都採用班固的說法。因爲漢字是起源於圖畫，象形、指事、會意都和圖畫有著密切的關係，所以圖畫在前；而有標音成分的形聲字則是在象形的基礎上發展起來的，這也是符合由表意到標音的文字發展規律的，所以形聲字在後；假借則只是有讀音上的聯繫，與字義毫不相干，所以放在最後。可見，這種次序的排列是很有道理的，於是就很自然地形成了後世大家所公認的「六書」的名稱和次序：象形、指事、會意、形聲、轉注、假借。

應當說明，「六書」是古人根據漢字結構歸納出來的漢字構造結論，而絕不能認爲我們的祖先是依照這六條法則來創造漢字的。班固在他的《漢書・藝文志》中說，「六書」是「造字之本」。這種說法顯然是不嚴密的。實際上，象形、指事、會意、形聲才是造字之法，而轉注和假借是不能產生新字的，它們僅是用字之法，和漢字的結構不發生聯繫。

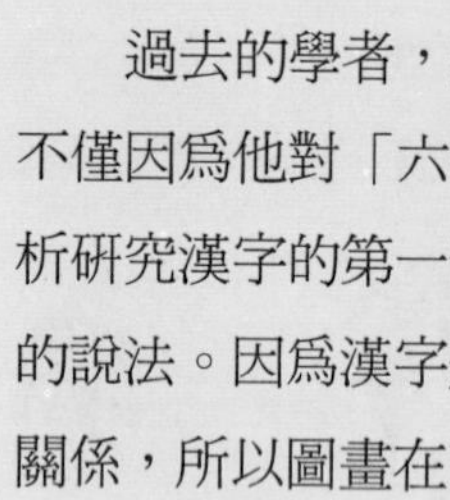

▲甲骨文中的「日」和「月」字。

下面對「六書」進行具體的分析：

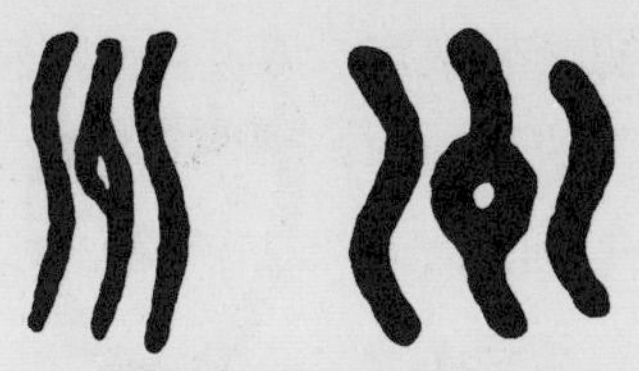

▲甲骨文和金文中的「州」字。

▲甲骨文中的「矢」字。

（一）象形。顧名思義，「象形」就是像實物之形。也就是把客觀事物的形體描繪出來的意思。許愼在《說文解字》中說得精湛：「象形者，畫成其物，隨體詰詘，日月是也。」所謂「隨體詰詘」，也就是隨著物體的自然形狀，彎彎曲曲地描繪出來。如「日」、「月」就很像一輪紅日和一彎新月高懸太空。再看「山」的甲骨文字形，當中一峰突起，周圍群嵐環抱，頗有一點「遠近高低各不同」的意味。「州」字也很有意思：甲骨文和金文都是三條曲線，表示波濤洶湧的流水，其中間的小圓圈或小黑點，表示水中的一塊陸地。《詩經》的開卷第一首就是「關關雎鳩，在河之洲，窈窕淑女，君子好逑」。這個「洲」，就是「雎鳩」在河中棲息繁衍之地。再比如，我們常說，說話提意見都要「有的放矢」，那麼這個「矢」爲什麼當「箭」講呢？請看甲骨文「矢」字的上部爲鋒利的箭鏃，中爲箭杆，下爲搭弦的尾翎。可見「矢」就是「箭」的象形字。

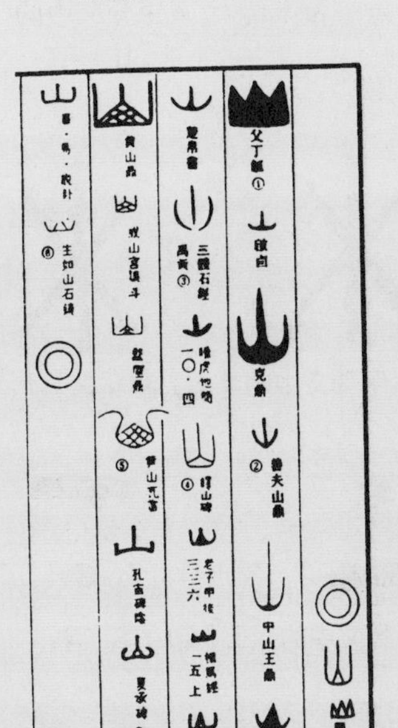

▲《甲金篆隸大字典》中的「山」字。

從以上的字例看，象形的定義和例證是不難理解的。但這裡還要說明兩點：第一，有人認爲象形字有「因形知義，因義知音」的優點，其實這是一種誤解。我們知道，思維和語言是不可分割的。因此，任何一個象形字，哪怕是最接近於圖畫的象形字，也必須首先通過語言讀出音來，才能表達概念。那種「因形知音」的主張，其實質就是把語言和思維割裂開了。第二，既然象形字要符合「畫成其物，隨體詰詘」的要求，這種造字法就必然有很大的局限性。不僅書寫麻煩，而且形體也往往不統一。所以，在漢字的發展過程中，象形造字法在各種造字法的比較下越來越趨於劣勢，最後只能被有標音成分的、產字最多的形聲法所代替。

（二）指事。許愼在《說文解字‧敘》中說：「指事者，視而可識，察而見意，『上』『下』是也。」這就是說，初看起來可以認識，再細觀察就能了解意義，如「上」、「下」兩字就是指事字。但是這個定義是相當含混的。清代的著名文字學家王筠說：「『視而可識』，則近於象形，『察而見意』則近於會意。」（《說文釋例》）對「指事字」的理解歷來分歧很大，不過多數人認爲，指事字就是在象形的基礎上再加上個指事符號作標記的一種字。

▲甲骨文中的「甘」字。

我們知道，牛馬之類都可以用象形體表現出來。可是「甜」的意思又怎樣象形呢？於是我們的祖先創造了一個「甘」字，在甲骨文裡就寫成口中加一點，表示在舌頭上感到甜味的地方，甜字就是從這裡演化而來的。

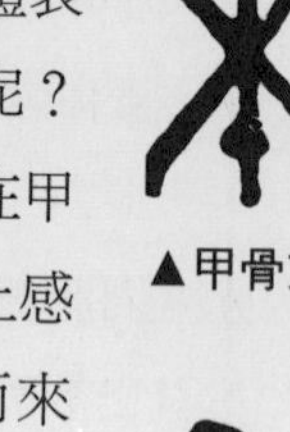

▲甲骨文中的「本」和「末」。

▲甲骨文中的「上」和「下」字。

再比如，在上古要表示樹的根，就在「木」（樹）的下部加一個「點兒」，這個「點兒」就表明根部所在處成爲「本」字。要表示樹的梢部，就在「木」的上部加一個「點兒」，這個「點兒」就表示樹梢所在處成爲「末」字。可見「本」與「末」的含意正好相反，成語「本末倒置」也正由此而來。

▲甲骨文中的「武」和「信」。

綜上所述，「甘」、「本」、「末」等字都是在象形基礎上再加指事符號的指事字。另外還有純符號指事字，比如「上」、「下」在甲骨文中都先畫一橫線，再在線上或線下加一個點，橫線以上的「點兒」就表示這是上面，橫線以下的「點兒」就表示這是下面。指事字在「六書」中是絕對少數。這是因爲絕大部分字都不需要用指事的方式來表示。要說明客觀物體，可以用象形來表示；要說明抽象的概念，就可以用會意來代替。

（三）會意。許愼給會意下了這樣的定義：「比類合誼，以見指撝，武、信，是也。」意思就是把兩個或兩個以上的象形字組合在一起，表示一個新的意思，像「武」、「信」兩字就是會意字。再比如「步」字，在

▲甲骨文中的「步」、「涉」、「陟」、「夅」、「降」。

甲骨文中是腳趾朝上的兩隻腳一前一後走路的形象。假若兩腳要從水中通過則怎樣表現呢？那就再把「水」加在兩腳之間，這就是徒步過水的「涉」字。如果兩腳要登高呢？則又把「涉」字的水旁換成「阜」（左阝，即土坡），就成爲兩腳登山的樣子，這又組成了新的會意字「陟」（ㄓ丶）。如果兩腳要從高山上下來又怎麼辦呢？則又可以把「步」倒過來，腳趾朝下，甲骨文的「降」字就像右面的兩隻腳從左面的山坡上下來的樣子，這又組成一個新的會意字「降」。由此可見，步、涉、陟、降等都是與腳（止）有關的會意字。

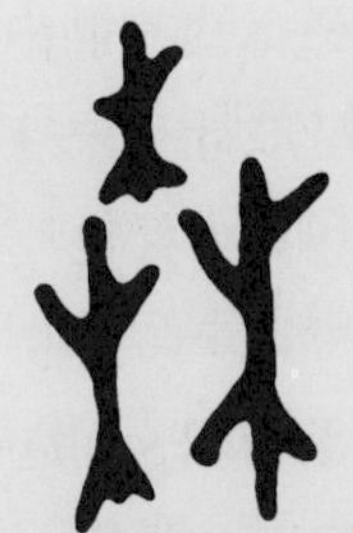
▲甲骨文中的「森」字。

會意字的類型各家說法不一，我認爲主要的不過五種：

1.同體會意。是由兩個或兩個以上同樣的象形字所組成的會意字。比如「众」字，「三人爲众」，表示人多的意思。「森」字，「木多貌」。「惢」（音瑣）字，「心疑也」，三心二意怎能不疑？「淼」字，「水大也」，表示水多的意思。

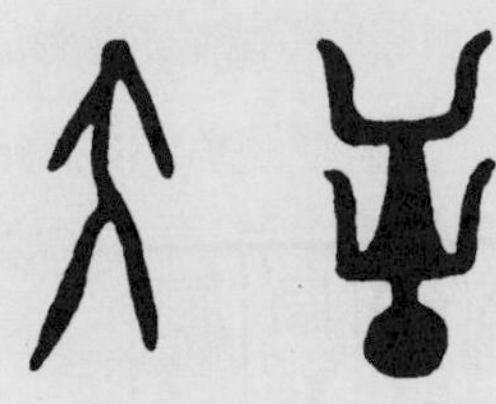
▲甲骨文中的「大」、「逆」字。

2.異體會意。是由兩個或兩個以上不同的象形字所組成的會意字。這種會意字在整個會意字中占絕對的多數。比如「莫」字，就是「暮」字的本字，表示太陽落進草叢之中，天快黑了。再比如「休」字，甲骨文的結構左邊是「人」，右邊是「木」（樹），就是會「人依樹而息」之意。

3.改變形體會意。這就是說，一個字可以通過它本身的增加筆畫、減少筆畫或改變形體來表示新的意思。如「宊」字，「家」中空了一半，就是「寂靜」的「寂」字的異體字。根據這種減筆的會意方法，廣東人就造了一個方言字「冇」（ㄇㄠˇ冒），把「有」字裡面的兩筆挖掉了，表示「沒有」的意思。

4.組合解釋會意。也就是用兩個或兩個以上的非象形字，以象形方式組合來會意的方法。比如不「上」不「下」爲「卡」；上「小」下「大」

爲「尖」；四、方、木爲「楞」；山、高爲「嵩」等。

5.反文倒文會意。是把一個字或反寫或倒寫而產生新的意義。比如反「从」爲「比」，反「后」爲「司」。再如，甲骨文中畫一個人站著即爲「大」，而倒過來即爲「屰」，也就是「逆」字的本字，是「不順」的意思。「人」的頭朝下當然不順了。

▲甲骨文中的「江」、「河」字。

（四）形聲。「形聲」又叫「諧聲」。《說文解字》是這樣下定義的：「形聲者，以事爲名，取譬相成，江河是也。」清朝著名文字學家段玉裁注解說：「『以事爲名』，爲半義也；『取譬相成』，謂半聲也。『江』、『河』，二字以『水』爲名，譬其聲爲『工』、『可』，因取『工』、『可』之聲而成其名。其別於指事、象形獨體，形聲合體。」這段話，不僅準確地解釋了什麼是形聲字，而且還說明了形聲字和象形字、指事字在結構上的不同。

我們知道，象形法或者會意法是有很大的局限性的，世界上許多事物和抽象概念是很難用象形或會意來表示的。比如，「魚」是整個魚類的總稱，但是魚的種類卻是成千上萬，顯然不能爲每一種魚造一個字。再說各種魚的樣子又很相似，文字畢竟不是圖畫，就是用象形字來表示的話，也是難以從字形上一一加以區別的。於是，就出現了「形聲」法。用「魚」字邊表示魚的總類，再借用原有的字作爲讀音來表示魚的種類，如「鯉」、「鯽」、「鱔」、「鰻」等。有「形」有「聲」，這就產生了大量的形聲字。

形聲字的形符本來是象形符號，可是由於漢字的不斷發展，不僅看不出象形的樣子，就連表類屬的意義也有不少的改變。比如「豹」是獸類，它與昆蟲沒有一點相似之處，但它的形符卻是「豸」（ㄓˋ志，是沒有腳的蟲子）。「蝙蝠」是老鼠一類的動物，可是又寫成「虫」字旁。「蛟」和龍是同類，可是也加上了「虫」字邊。這是同古人對自然界的認識和理解受到一定局限分不開的。

形聲字越到後世發展越快，據統計，漢代的《說文解字》共收字9353個，其中形聲字7679個，約占總數的80%；宋代的《通志・六書略》，共

▲甲骨文中的「老」、「考」字。

收字24235個，其中形聲字21343個，約占總數的88%；清代的《康熙字典》，共收字47035個，其中形聲字42300個，約占總數的90%。在現在通用的新簡化字中，形聲字也占絕對多數。

（五）轉注。許慎在《說文解字・敘》裡說：「轉注者，建類一首，同意相受，『考』『老』是也。」這個定義不好理解，所以後人各有各的解釋。筆者的看法是：所謂「建類一首」，就是指的同一個部首；「同意相受」，就是指幾個部首相同的同義字可以互相解釋。比如在《說文解字》裡，「老」與「考」就是一對轉注字，它們都屬八卷上的「老部」。這就是「建類一首」的意思。再從意義上看，許慎的訓釋是「老，考也」，「考，老也」。這種互相注解就叫「同意相受」。再比如，「績」與「緝」屬於同一部首「糸」，讀音相近，意義也相通，可以互相解釋，所以這也是一對轉注字。

▲甲骨文中的「令」、「長」字。

▲甲骨文中的「亦」字。

（六）假借。許慎給假借字下的定義是：「本無其字，依聲托事，『令』『長』是也。」也就是說，當某個新事物出現之後，在口語裡已經有了這個詞，但在筆下卻沒有代表它的字，需要借用和它的名稱聲音相同的字來代表（托事），這就是假借。比如「令」字的本義是「命令」、「號令」等，但因其讀音與「縣令」之「令」相同，所以這就可以假借「命令」之「令」為「縣令」之「令」。而「長」字的本義是「年長」，但因其讀音與「縣長」之「長」相同，所以這就可以假借「年長」之「長」為「縣長」之「長」。假借，全取聲音相同或相近，與字義毫不相干。以下略舉幾例：

比如「汝」字，在《說文解字》中說：「水出弘農盧氏，還歸山東入淮，從水，女聲。」可見「汝」字的本義是水名。可是後來這個「汝」字就被假借爲第二人稱代詞用了，相當於現在的「你」字。如〈愚公移山〉云：「汝之不惠。」這個第二人稱代詞的「汝」與原來當水名講的「汝」在詞義上毫無聯繫，僅僅是讀音相同而已。所以，第二人稱代詞「汝」，就是個假借字。

▲甲骨文中的「鼻」字。

「亦」字甲骨文的寫法是在「大」字中間的兩邊各加一個點，《說文解字》說：「人之臂『亦』也，從大，像肋腋之形。」從字形上看也很淸楚，是站著的一個人，張開兩臂，兩臂下各有一個點，表示這裡就是腋下，所以「亦」字的本義就是「腋」。但後來「亦」字因爲讀音關係，被假借爲副詞用了（當「也」講），所以只好另外造個「腋」字取代了「亦」字的本義。而當「也」講的「亦」也就永借不還了。

「自」字在甲骨文裡像個鼻子，所以《說文解字》說：「鼻也。象鼻形。」這話是對的。「自」字本義就是鼻子，後來被假借爲「自己」的「自」。於是另造了一個從「自」聲「畀」的形聲字「鼻」。而「自」字以後再不當「鼻子」講了，也就只用其假借義了。

「驕」字是從「馬」聲「喬」的形聲字。在《說文》裡說：「馬高六尺爲驕。」這就是「驕」字的本義。後來因爲讀音相同，就把「驕」字借過來，當「驕傲」的「驕」用了，所以現在就只用其假借義了。此後，也很少有人知道六尺高的馬才叫「驕」了。

假借法的出現，完全廢掉了漢字的表意性，這對後世用同音以代替壓縮漢字的字數有很大的啓示。這裡需要再說明兩點：第一，假借字在上古時代普遍使用，這與當時的字少有關。在甲骨契文和鐘鼎銘文中很多都是假借字，這對後世的閱讀和理解帶來很大困難。第二，「本無其字」就能出現假借，但有時在「本有其字」的情況下也出現假借。當然我們不能因爲古有假借現象，我們現在就去隨便假借。要知道文字有廣泛的社會性，如果我們任意亂借（實爲寫別字），只能損害文字的健康，造成使用上的混亂。

通過以上對「六書」的分析，我們可以看出，「六書」是後世人對文字進行分析而歸納出來的六種條例，並不是先有「六書」，然後再根據

「六書」來造字的。

三、漢字的形體演變

從成體系的漢字算起，漢字的形體演變已有3000多年的歷史了。這個演變大體上可以分為七個階段。

(一)甲骨文。我們今天所能看到最早的成體系的漢字材料就是甲骨文。所謂「甲骨文」，就是殷商時代刻在龜甲和獸骨上的文字。

▲殷墟發現的刻有文字的甲骨文拓片。

西元1899年（清・光緒25年），在河南省安陽縣城西北五里路的小屯村發現了甲骨文。根據考古證明，小屯村附近就是殷王朝的首都。經過80年的不斷挖掘，獲得有文字的甲骨大約有16、17萬片。在考古學家的長期研究中，積累了不少的研究成果，據不完全統計，對3500多甲骨文字，已經考釋出2000個左右。不認識的字都是人名、地名、族名等。

▲甲骨卜辭。

奴隸時代的殷王朝是非常崇拜神的，每逢一事，總要問卜。比如出外田獵，設祭祈年，操戈征伐，風雨晦冥等都要問卜。從已發現的甲骨文可知，甲骨文主要是殷代王室刻在卜用過的龜甲和獸骨上的紀錄，所以人們通常稱它為「卜辭」。郭沫若先生的《殷契萃編》和《卜辭通纂》，就是研究甲骨卜辭的專著。

▲青銅器上的「民」字，從左至右分別為《盂鼎》、《克鼎》、《秦公簋》。

甲骨卜辭中所用的字是很有限的，有一些字可以肯定地說在甲骨文時期就已經有了的。可是因為在卜辭中沒有用到它，所以它就至今沒有問世。比如「民」這個字，在周朝初年的青銅器上曾多次見到，都是用一把錐子刺瞎一隻眼睛的意思，所以「民」就代表上古的奴隸。但「民」字在甲骨文中卻至今還沒有發現。

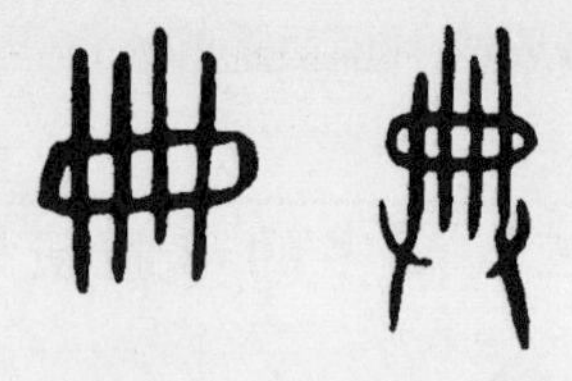

▲甲骨文中的「冊」、「典」字。

甲骨文的特點，主要有三：

（1）形體不固定，筆畫有多有少，寫法有反有正。

「止」：（是腳的象形）

「牢」：（是圈牛羊的地方）

「車」：（是戰車的象形）

（2）行文的程式不統一。從左到右的、從右到左的都有，所以讀起來也相當困難。

（3）因爲文字是用鋼刀和石刀刻在龜甲和獸骨上的，所以筆畫細而硬，而且多用方筆，圓筆很少。

另外，根據考古分析，在殷商之時除了甲骨文之外，一定還有竹書和帛書。因爲在甲骨文中已經有「冊」字了，很像韋編的竹簡的樣子，另外也還有「典」字了，很像兩手捧著「冊」的樣子，所以後世稱重要著作爲「經典」。那麼爲什麼至今尚未見到殷朝的竹木簡書呢？這是因爲竹木在地下埋藏3000多年很可能早就腐朽了。

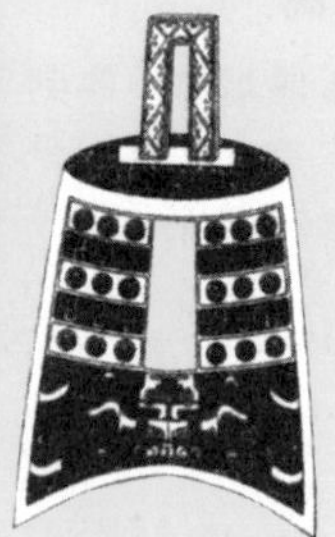

▲禹方鼎和商代鐘形器物上的紋飾。

（二）金文。金文是指鑄刻在銅器上的文字。古代人稱銅爲「吉金」，故稱銅器上的文字爲「金文」。銅器中又以鐘和鼎較著名，因此金文也叫「鐘鼎文」。另外還有「銅器銘文」、「吉金文字」、「彝器款識」等名稱。

周代的文化比殷代的文化繁榮得多，典籍文物極爲豐富。周人也不像殷人那樣相信鬼神，所以甲骨卜辭也就讓位於金文了。

金文，當然殷代末期也有，但畢竟很少，所以金文主要還是指周朝青銅銘文。周

▲《大盂鼎》上的銘文。

▲繆篆中的「楚」字和「王」字。

代不僅銘器的數量多，而且銘器上的字數也多。比如西周第二個帝王成王誦時的《令彝》有187個字；西周第三個帝王康王釗時的《大盂鼎》有291個字；西周第十二個帝王宣王靖時的《毛公鼎》有499個字。這樣洋洋大觀在殷代是根本沒有的。

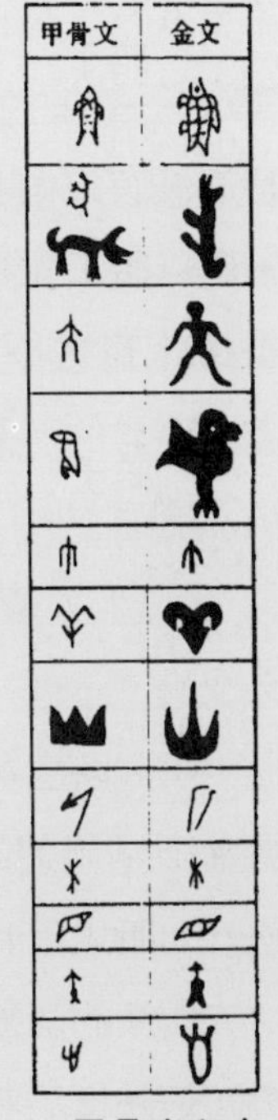

▲甲骨文和金文的對比。

在西周的時代，銅器主要是王室的器皿，而對這種器皿，不容許諸侯大臣有鑄造權。可是到了東周，諸侯稱霸力政，青銅器物可以任意鑄造，而王室之器倒是幾乎絕跡了。從字的形體上看，也有很大的發展。特別到了戰國的時候，南方吳、越、楚等國的文字還增加了不少類似鳥蟲的裝飾成分，這就是所謂「鳥蟲書」、「繆篆」，比如「楚」字「王」字就是。

從內容上看，銅器上的文字主要是記載這件器物爲誰所有，有的記載戰功、祭祀以及受王的賞賜等。

從形體上看，金文是承甲骨文而發展起來的。在筆畫和結構上比甲骨文簡單些，其特點主要有三：

(1)曲筆較多，線條粗而自然，字形趨向工整。

(2)金文一般都是先在模子上刻字，刻不好還可以修改，所以字形顯得渾厚質樸，不過到周朝末年便趨向流利秀拔。

(3)字體多不固定，一個字往往有多種寫法。比如「射」字像弓箭形，第三種寫法的後面還有一隻手。「蟲」字像蟲子彎曲形，第三種寫法的上面還有兩隻眼。

另外，在解放前（1942年）的長沙地區還出土過帛書，是楚國墓葬品。令人氣憤的是這件國寶在1946年被中華民族的敗類賣給了美國人，後來藏在美國的耶魯大學的圖書館。至於簡書、印璽文、陶文、貨幣文、兵器刻款等，解放後（1949年以後）在長沙、信陽等地曾多次發現，不過多屬於草率急就的文字，遠不如鐘鼎文那樣工整。

▲竹木簡。

（三）篆書。對於「篆書」這個名稱，歷來就有爭論。郭沫若先生說：「篆者，掾也；掾者，官也。」（掾，音院，古代官署屬員的統稱。）這就是說，所謂「篆書」，其實就是「椽書」，也就是「官書」。

在秦始皇時代，官事頗多，官書浩繁。在《史記・秦始皇本紀》中有這樣的記載：「天下之事無大小皆決於上，上至以衡石量書。」「石」（ㄉㄢˋ）是120斤，可見秦始皇一天要親自過目120斤用竹木簡寫成的官文書。這些「官書」就是「篆書」。但當時還沒有這個名稱，直到漢代的「隸書」出現以後，才把以前施於官掾的「文書」叫做「篆書」。所以「篆書」是對「隸書」而言的。篆書可分爲「大篆」和「小篆」兩種：

▲石鼓文「是」、「庶」、「吾」。

（1）大篆——許慎說：「宣王太史籀（音宙）作大篆十五篇，與古文或異。」（《說文解字・敘》）班固也說：「周宣王太史作大篆十五篇。建武時亡其六篇矣。」（《漢書・藝文志》）這些說法比較可靠，因爲宣王是周朝的中興之主，他在位的46年，做到了「內修政事，外攘夷狄」，所以當時有對文字進行整理和統一的良好條件。

大篆的眞跡就是「石鼓文」。唐初在陳倉（今陝西寶雞）發現了十個像鼓子一樣的石墩子，上面刻有文字，人們稱之爲「石鼓文」。其內容是記載田獵之事，並且是用韻文寫成的。從字形上看與殷周古文不同，而與小篆倒是很接近。比如是、庶、吾三個字，石鼓文的寫法與小篆的寫法相類似。

大篆的特點：1.線條化達到了完成的程度，線條均勻而柔婉。2.結構比較整齊，打下了方塊漢字的基礎。3.同一個器物上的異體字幾乎沒有。4.筆畫較繁，書寫不夠方便。

《說文解字》根據殘存的九篇大篆，收進了223個「籀文」（即大篆），這也是我們現在研究大篆的重要材料。

（2）小篆——春秋戰國時，各國的文字形體大不一樣，這與「諸侯力政，不統於王」有關，形成了「言語異聲，文字異形」的局面。許慎說：「秦始皇帝初兼天下，丞相李斯乃奏同之，罷其不與秦文合者。斯作

《倉頡篇》，中車府令趙高作《愛曆篇》，太史令胡母敬作《博學篇》，皆取史籀大篆，或頗省改，所謂小篆者也。（《說文解字・敘》）這段話是說，秦統一了中國後也統一了文字。小篆是由大篆「省改」而成的。這些看法很有道理。但絕不能說小篆是出於李斯一人之手，他很可能主持過文字的統一工作。大篆變爲小篆主要通過三種方式：

(1)形變：

（皮）（柳）

大篆：

小篆：

(2)僞變：

（則）（飴）

大篆：

小篆：

(3)省變：

（車）（祟）

大篆：

小篆：

在以上這三種變化方式中以省變爲主，這是符合漢字由繁到簡的發展規律的。

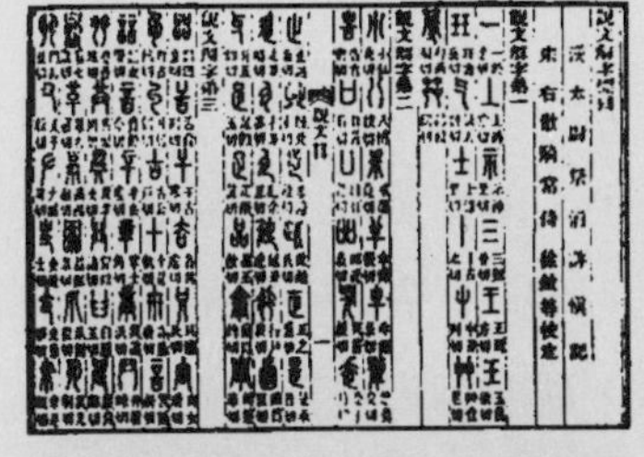

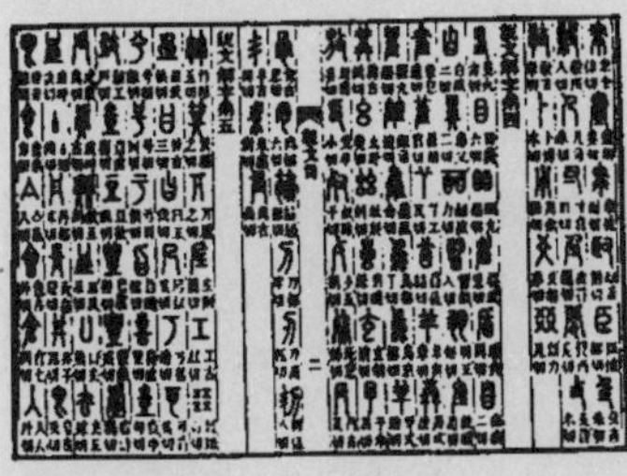

▲《說文解字》中的目錄第一頁。

▲嶧山刻石，秦，前3世紀，山東嶧山。

《說文解字》是典型的小篆體，線條規整，書寫美觀。如《泰山刻石》、《琅邪台刻石》、《之罘（ㄈㄨˊ浮）刻石》、《嶧山刻石》等，相傳都是李斯的手筆。

（四）隸書。在秦朝初年，官書都是

用小篆書寫，而在民間通行的卻是所謂不能登大雅之堂的「草篆」。這種草篆的特點是：筆勢趨直，筆畫趨簡，書寫方便，當時的帝王秦始皇卻是鼓勵人們寫隸書的初成字——草篆。

隸書是由草篆演變而成，那是肯定無疑的。但晉衛恆在《四體書勢》中說，隸書爲下杜人程邈所作，酈道元在《水經注》中也肯定地說隸書是程邈所創，其實這都是一種傳說，不可置信。程邈很可能是最初用草篆呈文而受到秦始皇獎勵的「徒隸」（管獄訟主事的小官），他絕不可能是隸書的創造者。因爲字的一種形體，絕不是一個人一時所能造出來的，這與文字「絕非倉頡一人所造」是一個道理。

隸書始於秦朝而盛於漢朝，所以隸書也稱爲「漢隸」。經過西漢兩百多年到東漢時隸書才算完成了。象形的面貌消失，使文字完全失去了圖畫色彩，變成了純符號性的交際輔助工具。

隸書和小篆有何區別，以下作個比較：

	小篆	隸書
說	說	說
文	文	文
解	解	解
字	字	字

通過以上的比較，我們可以看出，從小篆變到隸書：在字形上，變圓形爲方形，在線條上，變弧線爲直線；在筆畫上，刪繁就簡。這種變化就稱爲「隸變」。「隸變」是漢字發展史上一大進步，是了不起的一大飛躍。如果要把漢字的形體分爲古今兩大類的話，那麼隸書以前叫做「古」，隸書開始而後就叫做「今」。所以「隸變」是古今漢字的分水嶺。

（五）草書。《說文解字·敘》說：「漢興有草書。」這個說法是正確的。草書是跟漢隸並行的一種字體，是漢隸的潦草寫法。這種字體求快求速，筆勢連綿，能夠初具漢字的輪廓也就夠了。在衛恆的《四體書勢》

▲張旭草書。

中說，草書是漢「章帝時（西元76年～西元88年）齊相杜度，號善作之。」這種觀點顯然是荒謬的，草書的形體也絕非一人所造。所謂「章草」，可能是在章帝時開始使用。但是它的創造者仍然是勞動人民，最初的流行也仍然是起於民間。

草書到了後來，簡直越草越凶，龍飛鳳舞，信筆所之。有些字除了書寫者外，誰都不認識。石梁的《草字彙》，收集了晉朝大書法家王羲之的草書，單一個「書」字就有五種寫法。到了唐朝，書法家張旭的「狂草」，簡直有點像道士畫符的樣子，確實是一般人所難以欣賞的。

▲王羲之行書〈蘭亭集序〉。

（六）楷書。楷書是代隸書而通行的一種字體。它是由隸書演變而來的。筆畫平直，結構方正，書寫方便。從筆形上看，基本上就是唐朝張懷所提出來的所謂「永字八法」。一個「永」字，大體上包括了漢字的八種筆形，用現在的名稱說：「側」就是點，「勒」就是橫，「努」就是豎，「趯」就是勾（趯，ㄊㄧˋ），「策」就是挑，「掠」就是長撇，「啄」就是短撇，「磔」就是捺，從「勒」到「趯」的彎兒就是折。現在漢字的筆形也不過有這八種。

楷書也叫「眞書」或「正書」，也有人叫它「今隸」。從東漢開始使用，一直沿用到現在，有一千八百多年的歷史了。

（七）行書。行書是「楷書的流動」，它形成於魏晉。《宣和書譜》說：「自隸法掃地，而眞（楷）幾於拘，草幾於放，介乎兩者行書有焉；於是兼眞則謂之『眞行』，兼草則謂之『行草』。」這話說得比較確切。它說明行書是間於楷書和草書當中的一種形體，雖然筆畫連綿，但各字又是獨立的，寫起來比楷書快，但又比草書好認。因而從魏晉起直到現在，行書用得最為普遍，最有群衆基礎。

四、古今字、異體字、繁簡字

在我國古代的書籍中，一個方塊字往往有好幾種寫法，這就給我們造成了閱讀和理解上的困難。為了有效地解決這些困難，我們就必須掌握有關古今字、異體字、繁簡字方面的基本理論和實踐技能。

（一）古今字。《墨子・公輸般》中記述：當墨子鬥敗了公輸般後，「公輸般不說」。「不說」，這好像是說公輸般鬥輸後不說話了。這樣理解就錯了。這裡的「不說」就是「不悅」，是不高興的意思。可是人們往往認為「悅」字是本來就有的，而只是古人在書寫時經常寫為「說」罷了。其實這是一種誤解。須知上古是沒有「悅」字的，《說文解字》中也只收了一個「說」字，沒有「悅」字，其釋義是：「說，釋也。」可見「說」才是本字，「悅」是個後起字。所以「說」就是古字，「悅」就是今字。

為什麼會產生古今字的現象呢？這是因為古代的字少，而後世又不斷地發展增多。例如《大學》、《中庸》、《論語》、《孟子》這四部書不重樣的字共用了4466個，東漢《說文解字》也不過9353個字。可是，到了1915年，中華書局編印的《中華大字典》共收字48000多個，相當於《說文解字》的5倍多。古代的字少，一個字要代表幾個意義，眞可謂「一身兼多職」。比如上古的一個「辟」字就兼有多種職責，它能代表「避」、「嬖」、「僻」、「譬」、「闢」這五個字用。後世人為了減少字的「兼職」現象，才在「辟」字的身上加了各種表意的形符，以示意義的區別。因此，上古的「辟」字就是古字，而後世新產生的「避」、「嬖」、「僻」、「譬」、「闢」就是今字。

在古書中，古今字的現象很多。如果我們沒有這方面的基本知識，那就很難讀懂古文。以下略舉幾例：

（1）「此世俗之所謂**知**也。」（《莊子・胠篋》）

——這就是人們所說的**智**慧啊。

（2）「**大**叔出奔共。」（《左傳・隱公元年》）

——**太**叔跑到共那個地方去了。

（3）「夫晉何厭之有？」（《左傳・僖公三十年》）

——那個晉國有什麼饜（滿足）呢？

（4）「布帛長短同，則賈相若。」（《孟子・滕文公上》）

——布帛長短一樣，價錢也相似。

（5）「千乘之國，攝於大國之閒。」（《論語・先進》）

——千乘的小國，夾在大國之間。

以上這些例句中的「知」、「大」、「厭」、「賈」、「閒」等，都是古字，而「智」、「太」、「饜」、「價」、「間」等都是今字。如果有人認為今字才是「本字」，那就錯了；如果有人拿今字去更正古字，那就更錯了。

從古字變為今字，有的是用古本字作聲符，再加上一個形符。如「知」、「厭」、「賈」變為「智」、「饜」、「價」；也有的是改變古本字的形符，如「閒」變為「間」。我們了解了這些古今字之間的關係，對準確地理解文言的語義很有幫助。值得注意的是：我們承認文字古今發展的事實，但絕不應該厚古薄今，不能認為只有古字才是正字，而今字是「俗體」或「破體」。有的人常常以所謂寫「正字」為藉口，偏偏要把「返回」寫為「反回」，把「嗜好」寫為「耆好」，把「環境」寫為「環竟」，這是很不應該的。

（二）異體字。兩個（或兩個以上的）字在音義上相同，在任何語言環境裡都能互相代替，而只是寫法不同，這種音、義相同而僅寫法不同的幾個字在文字學上就叫做「異體字」。比如：「炤」與「照」、「並」與「竝」、「睹」與「覩」、「咏」與「詠」、「諭」與「喻」等都是異體字。

文字是勞動人民創造的，「倉頡也不止一個，有的在刀柄上刻一點圖，有的在門戶上畫一些畫，心心相印，口口相傳，文字就多起來了。」（魯迅，《門外文談》）這一多，就很難做到形體劃一。同一個概念，由於時間或地區的差異，就可能造出好幾個字來。而且這種異體字，越古就越多。例如一個「兄」字，在甲骨文中就有35種寫法，一個「貝」字，在金文中就有60種寫法。就連一個「窗」字，後世就產生了六個異體字，寫作窗、窓、窻、窸、牎、牕等。這些異體字根本沒有必要同時存在，但是如果我們不熟悉，它就會成為閱讀古書的障礙。所以我們必須對異體字加以研究和整理。

從前有不少人認為只要《說文》中有的，就是正體，《說文》中所沒有的就是「俗體」或「變體」，其實這是一種偏見。因為許愼本人也往往把應該收進《說文》的形體遺漏了。所以宋人徐鉉又增加了不少原有的形體。

異體字的類型，大體上有以下五種：

（1）形符不同：

遍徧、猫貓、堤隄、粘黏、糕餻、唇脣等。

（2）聲符不同：

筒筩、秸稭、搗擣、綫線、笋筍、驗騐等。

（3）改換意義相近的形符：

輝煇、睹覩、徑逕、侄姪、鏟剷等。

（4）形符和聲符的位置不同：

略畧、够夠、群羣、鵝鵞、案桉、慚慙等。

（5）形聲字與會意字的異體：

泪淚、岩巖、奸姦、渺淼等。

異體字多了，自然造成學習上的額外負擔和用字上的混亂。1955年12月22日大陸的文字改革委員會公布了「第一批異體字整理表」，決定精簡1055個異體字，確定了810個字為使用正字。比如在以上所舉的這些異體字中，每一小組的第一個字均為留用字，第二個字均為廢除的異體字。比如「遍」、「猫」等均為留用字；「徧」「貓」等均為已經廢除的異體字。廢除異體字是大陸文字改革中的一項重要工作，精簡了字數，便於掌握和使用。

（三）繁簡字。簡體字古已有之，向上可以追溯到甲骨文時代。比如《詩經》中的「於」皆寫作「于」，漢《吳仲山碑》中的「餘」就寫作「余」，《正字通》中的「墳」、「聽」俗作「坟」、「听」。凡是所謂「俗體」，都是早在民間流行的簡化字。這些「俗體」字儘管曾遭到過扼制，但漢字由繁趨簡的潮流是阻擋不住的。今天，在大陸正式使用的簡化字中，有很多就是古代簡體字的借用。比如：

「准」（凖）《廣韻》
「双」（雙）《集韻》
「声」（聲）《正字通》
「夹」（夾）漢《曹全碑》
「宝」（寶）《寶應碑文》
「尽」（盡）《正字通》
「干」（幹）漢《鄭季宣碑》
「灶」（竈）《五音集韻》
「烛」（燭）《字彙》
「画」（畫）《字彙》
「类」（類）《五音篇海》
「纵」（縱）《集韻》
「肤」（膚）《廣韻》
「庙」（廟）《字彙》
「恋」（戀）《字彙》
「怜」（憐）隋〈董美人碑誌銘〉
「扑」（撲）《集韻》
「齐」（齊）《正字通》
「朴」（樸）漢《孔廟碑》
「晒」（曬）《字彙補》
「痒」（癢）《集韻》
「笔」（筆）北齊《雋敬碑》
「籴」（糴）《干祿字書》
「粜」（糶）《干祿字書》
「阴」（陰）《字彙補》
「麦」（麥）漢《西狹頌》

我們學習古代漢語和研究古代文獻，不僅需要掌握簡化字，而且需要掌握繁體字，掌握簡化字與繁體字之間的關係。只有掌握了這種關係，才不至於產生誤解。比如《後漢書・丁鴻傳》有「干雲蔽日」的話。如果把「干」理解爲「乾濕」之「乾」的簡化字「干」那就錯了，因爲天上的雲不可能有乾、濕之分。這裡的「干」字，是「樹木參天」的意思，與「干」字繁體字毫無關係。

繁、簡字之間的關係，主要有以下三種：

第一，簡化字與繁體字在詞義上本來毫無聯繫，而僅僅讀音相同，但在簡化時則採用了筆畫少的。如「蒙」與「矇」在詞義上大有區別：「愚昧」謂之「蒙」，而「矇」則有「欺騙」義。後來只是因爲讀音的關係，才以「蒙」代「矇」了。

第二，有的簡化字是借用其繁體字的一部分，但這個「一部分」又是古代的另外一個字，在這種情況下我們就要特別注意，不能用今天的這個簡化字去理解古代的另外一個字。如今天的簡化字「隶」（ㄌㄧˋ力），就是取了繁體字「隸」的一部分，然而「隶」又是古代的另外一個字，是一隻手抓住了一條尾巴的象形字。許愼說：「隶，及也。」《玉篇》就把「隶」直接寫爲「逮」。所以古代的「隶」字也就是今天的「逮」字，若

輸》）

——公輸般變換了九次攻城之法，被墨子九次**拒**（擋）回去了。

例（1）的「唱」字，例（2）的「被」字，例（3）的「距」字，都是形聲字。它們的聲符和「倡」、「披」、「拒」等形聲字的聲符相同，所以「倡」、「披」、「拒」可以假借爲「唱」、「被」、「距」。這樣的假借現象在古書中是屢見不鮮的。

（二）從漢字的讀音上看，兩個字由於音同或者音近，雖然形體上沒有什麼聯繫，有時也可以產生假借現象。如：

（1）「公輸般之攻械盡，子墨子之守**圉**有餘。」（《墨子·公輸》）

——公輸般攻城的器械用完了，但墨子的防**禦**之法還多著呢。

（2）「（白骨精）嘴唇往下**別**。」（《西遊記·孫悟空·三打白骨精》）

——白骨精的嘴唇往下**癟**。

（3）「像你這尖嘴猴腮，也該撒**拋**尿自己照照！」（《儒林外史·范進中舉》）

——像你（范進）這個尖嘴猴腮的樣子，也該撒**泡**尿照照自己。

例（1）的「圉」，例（2）的「別」，例（3）的「拋」，是和「禦」、「癟」、「泡」同音（或音近），所以它們就充當了「禦」、「癟」、「泡」的假借字。

總之，不管從結構上看，還是從讀音上看，都離不開音同或音近這條根本原則。如果在讀音上沒有任何聯繫的兩個字，那它們就不能假借。

怎樣才能辨別假借字呢？大概離不開以下兩種辦法。

第一，看上下文的意思，再考慮其讀音。如果根據字面的意思根本講不通，但從讀音上卻能與另外一個能講通意思的字聯繫起來，這就有可能是假借字。如「棄私家之事，而必汗馬之勞……」（《韓非子·五蠹》）這當中的「必」字如果解爲「必須」，則根本講不通。從上下文的意思看，這裡的「必」是「盡」的意思；那麼有沒有讀「必」的音而又有不注意就會弄錯。

第三，今天有些簡化字，有的是古本字，如「气」（氣）、「网」（網）等；有的是古通用字，如「荐」（薦）、「痒」（癢）等；有的是古異體字，如「礼」（禮）、「綫」（線）、「泪」（淚）等。了解了這些關係，我們就可以知道古代早就有了這些簡化字，只不過是爲了書寫方便，大陸才選擇了其中筆畫少的作爲今天的統一使用體。

五、假借字的規律

什麼是假借字，在「六書」問題中已作了簡要的分析，現在需要討論的是假借字到底有些什麼規律，掌握了這些規律對閱讀文言文有什麼用處。

（一）從漢字的形體結構來看，假借字主要有兩個規律。

1.一個「獨立」的字充當了另一個字的聲符時，那麼這兩個字有時是能互相代替的。如：

（1）「（元濟）起，聽於**廷**。」（《李愬雪夜入蔡州》）

——元濟起床，在**庭**上細聽。

（2）「位尊而無功，**奉**厚而無勞。」（《戰國策・趙策》）

——地位很尊貴，但是沒有一點功績；**俸**祿很優厚，但是沒有一點勳勞。

例（1）中的「廷」字本來就是一個獨立的字，但它充當了「庭」這個形聲字的聲符，就成爲「庭」的假借字了。例（2）中的「奉」字本來也是一個獨立的字，但它充當了「俸」這個形聲字的聲符，就成爲「俸」的假借字了。

2.兩個形聲字，由於聲旁相同可以互相代替。如：

（1）「爲天下**唱**，宜多應者。」（《史記・陳涉世家》）

——替天下人**倡**導，回應的人一定很多。

（2）「將軍身**被**堅執銳，伐無道，誅暴秦。」（同上）

——將軍身**披**堅甲，拿著銳利的武器，攻打無道，誅滅暴秦。

（3）「公輸般九設攻城之機變，子墨子九**距**之。」（《墨子・公

「盡」的意思的字呢？有的。這就是「畢」字。所以「必」在這裡就是「畢」的假借字。

第二，利用《玉篇》、《類編》、《康熙字典》、《辭源》等工具書來辨別假借字。如《莊子・逍遙遊》中有「立之塗，匠人不顧」的話。這個「塗」字不好解釋，一查《康熙字典》就發現其中有「塗通途」一條，「塗」就是「途」的假借字，問題解決了。

由上述可知，我們掌握了假借規律和辨認假借字的方法，對我們講授古典文學、閱讀古代典籍、理解古文的語義是有很大幫助的。

總之，要對我國古代的文化遺產進行研究，並正確地加以批判繼承，就必須掌握文字學的基本理論和實踐技能，否則，就會事倍功半，困難重重，「未及升堂，焉能入室？」

一　部

①　②　③　④

李白的〈蜀道難〉中說：「一夫當關，萬夫莫開。」這個「一」字就是最小的自然數。①是甲骨文的形體，②是金文的形體，③是小篆的形體，④是楷書的形體。這四種形體是一脈相承的。

「一」字講法很多，主要有這樣幾種：當最少的整數用，比如一人、一馬、一槍、一刀等。也可當「專一」講，如「專心一意」。也可以當「都」講，比如《荀子・勸學》：「一可以爲法則。」也就是「都可以爲法則」的意思。有時還可以當無定代詞「或」講，如《孫子・謀攻》：「不知彼而知己，一勝一負。」這個「一勝一負」，你若理解爲「一個勝一個負」那就不妥當了，而理解爲「或勝或負」才對呢。杜甫在〈石壕吏〉詩中有這樣兩句：「吏呼一何怒！婦啼一何苦！」這個「一」字怎樣解釋呢？實際上這個「一」被借爲語助詞用了，沒有實在意思，只是起著加強語氣的作用。

「一」字是個部首字。在漢字的楷書中從「一」字的字很多，比如：「丁」、「上」、「下」、「丘」、「世」、「亞」、「西」、「至」等等。

①　②　③　④

有的人謙虛地說：「我是一個『目不識丁』的人。」用「目不識丁」這個成語表明自己的學問很低，連只有兩筆的「丁」字都不認得。①是甲骨文的形體，就是一個方口，這是從上面向下看，釘子的頭是方形的。②是金文的形體，像釘子側視的樣子，上部大是釘子頭，下部小是釘子尖，眞有點禿釘子的樣子。③是小篆的形體，上部不大像釘子頭了。④是楷書的形體，把小篆上部的「人」字形拉平，變成了一橫。

可見「丁」字的本義就是今天的「釘」，是個象形字。後來因爲讀音的關係，所以就被假借爲天干的第四位，即「甲乙丙丁……」中的「丁」了。那麼原當「釘子」講的「丁」怎麼辦呢？這就只好在其左邊加上個金字旁，表示釘子是用金屬做的，寫爲「釘」，從象形字變成了左形（金）右聲（丁）的新形聲字了。

釘子是金屬做的，所以堅硬，這就引申爲健壯義，如王充《論衡・無形》：「齒落復生，身氣丁強。」再引申一步即指成年男子爲「丁」，如白居易說：「無何天寶大徵兵，戶有三丁點一丁。」（〈新豐折臂翁〉）這裡的「丁」就是指成年男子。解放前國民黨抓兵，亦稱爲「捉壯丁」。

「萬古永相望，七夕誰見同？」這個「七」字本爲象形字。甲骨文①是橫切一刀、豎切一刀的樣子，頗像後世的「十」字。②是金文的形體，同於甲骨文。③是小篆的寫法。④爲楷書的寫法。

▲仰韶文化時期骨管上有哭、怒、笑表情的人面。

《說文》：「七，陽之正也。」其實，這並非「七」字的本義。「七」的本義爲「切」，但到後世被借爲數字用了，如《莊子・應帝王》：「人皆有七竅。」這是說：人都有耳、目、口、鼻七孔。中醫學把喜、怒、憂、思、悲、恐、驚稱爲「七情」。另外，古代還曾把「七」作爲一種文體，稱爲「七體」，這是賦的另外一種形式。比較有名的「七體」，如傅毅的〈七激〉，張衡的〈七辯〉，曹植的〈七啓〉，王粲的〈七釋〉，左思的〈七諷〉等。《昭明文選》還把「七」列爲一門。這種「七體」文，最初是西漢枚乘作〈七發〉來啓發楚太子，所以後人也就效法這種文體，作諷勸的文章。

「十年之計，莫如樹木；終身之計，莫如樹人。」這個「十」字原爲象形字。①是甲骨文的形體。中國古時往往以一掌代表「十」，所以「丨」也正是一掌的側視形。②是金文的形體，郭沫若認爲：「亦掌之象形也。」是掌的正視形，中間寬。③是小篆的寫法，中間變成了一橫。④是楷書的形體。

《說文》：「十，數之具也。」這是說：「十」數，是一個很完備的數。但許慎對「十」的形體分析爲：「一爲東西，丨爲南北，則四方中央備矣。」這只是依據小篆的形體強作臆測，不足信。「十」是完備的數，又可以引申爲「完滿具足」的意思，如「十足」、「十分」、「十全十美」等。古籍中有時也以「十」代「什」，那是雜取各種不同事物或不同樣式配合成一個整體的意思，如「什錦櫥」等。又如白珽〈西湖賦〉：「亭連棟爲十錦。」可見「十」可作「什」的通假字。

① ② ③ ④

這就是「欲窮千里目，更上一層樓」的「上」字。①是甲骨文的形體。下面一條弧線表示地面，在其上有一短橫，這就表示在地面之上。②是金文的形體，把表示地面的弧線拉直，上面的一短橫，也是表明在地面之上的意思。所以在「六書」中，「上」字是一個純符號的「指事字」。③是小篆，把「上」字又美化了一下。④是楷書的寫法。

「上」字因爲與「尙」字同音，所以有時可作「尙」字的假借字，當「崇尙」或「尊重」講，如《史記・秦始皇本紀》：「上農除末，黔首（黑頭，即指老百姓）是富。」這裡的「上」字就當「崇尙」講。這句話的大意是：崇尙農業而革除商業等，老百姓也就富裕起來了。

① ② ③ ④

這是「煙花三月下揚州」的「下」字，其形體與「上」字正好相反。①是甲骨文的形體，上面的一弧線代表地面，下面的一小短橫是個指事符號，表明在地面之下。②是金文。③是小篆的寫法。④是楷書的寫法。

在古典文學中，「下」字含義很廣。位低可稱「下」，如柳宗元的〈封建論〉：「使賢者居上，不肖（不賢）者居下。」攻克亦可稱「下」，比如唐著名詩人李白的〈梁甫吟〉：「東下齊城七十二。」這當中的「下」字就是「攻克」的意思。在古書中常見「下第」一詞，一般的說「下第」就是「下等」或「劣等」的意思。可是〈柳毅傳〉裡「應舉下第」中的「下第」是「落第」的意思，也就是說考進士沒有考中。

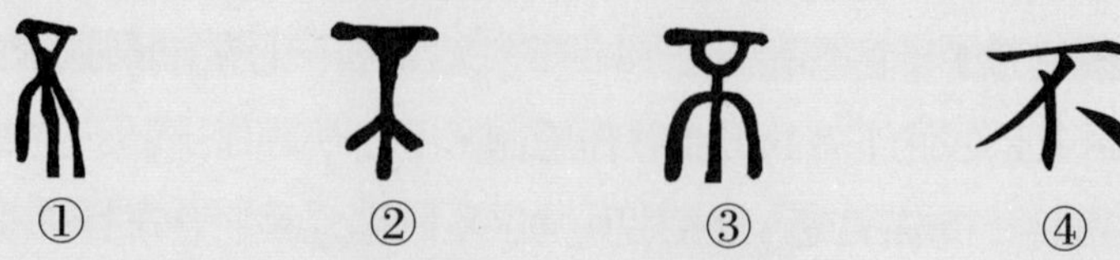

「不入虎穴，焉得虎子。」「不」字是個象形字。①是甲骨文的形體，像花萼足（花托盤）之形。②是周朝早期金文的形體，與甲骨文的形體相似。③是小篆的寫法，也能看出像花萼足的樣子。④爲楷書的寫法。

《說文》：「不，鳥飛上翔不下來也。從一，一猶天也。象形。」許說恐不妥。《詩經・小雅・常棣》：「常棣（棠梨樹）之花，鄂（萼）不韡韡（ㄨㄟˇ，鮮明的樣子）。」鄭玄箋：「不，當作柎；柎，鄂（萼）足也。」這就說明「柎」是「不」的後起字，「柎」爲花托盤，所以「不」字實爲花托盤的象形字。

「不」字的本義已消失，後世多用其假借義，作否定副詞用，表示「相反」義，如《詩經・魏風・伐檀》：「不稼不穡，胡取禾三百廛兮。」又可以引申爲「未」義，如《孟子・梁惠王上》：「直不百步耳，是亦走也。」由「未」又能引申爲「沒有」義，如《詩經・王風・君子于役》：「君子于役，不日不月。」

值得注意的是「不」字還有另外三個讀音。作「否」字用時應讀作ㄈㄡˇ，如《漢書・于定國傳》：「公卿有可以防其未然救其已然者不？」作「丕」字用時應讀作ㄆㄧ，爲「大」義，如《詩經・周頌・清廟》：「不顯（光明）不承（繼承）。」作姓用時，應讀作ㄈㄡ，如晉時有個叫「不准」的人。

「梅花開五福。」這個「五」字本爲象形字。①是甲骨文形體，像兩股繩索交錯擰在一起的樣子。②是金文的形體，基本上同於甲骨文。③是小篆的寫法。④爲楷書的寫法。

《說文》：「五，五行也。從二，陰陽在天地間交午也。」許愼這是用陰陽五行來解釋文字，大都爲附會之說，不足據。「五」字的本義就是「交錯」。但當「五」字被假借爲數字使用之後，其「交錯」義也就被「午」字所代替了，比如《儀禮・特牲饋食禮》：「午割之。」就是縱橫交錯地割。

請注意：在古籍中，我們經常見到「五夜」一詞，如沈期〈和中書侍郎楊再思春夜宿直〉：「千廬宵駕合，五夜曉鐘稀。」這裡的「五夜」並非指五個夜晚或第五夜，而是指五更的時候。

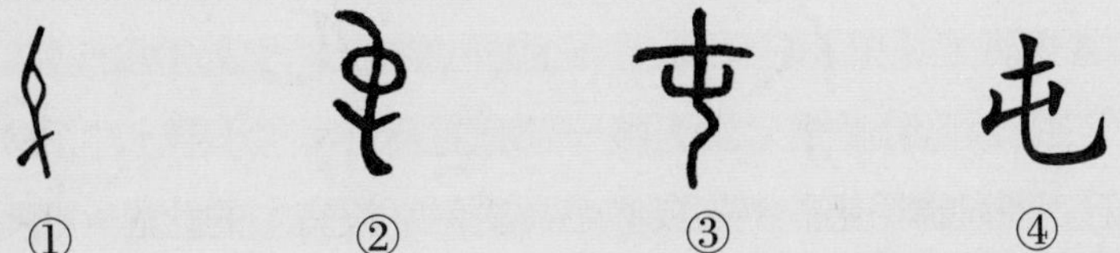

「屯兵戍邊邑。」這個「屯」字本爲象形字。甲骨文①就像古代纏線的工具，中間即爲線團，所以「屯」就是「純」的初文。（在甲骨文中，「屯」字有時用爲「春」字。）②是金文的形體，與甲骨文相類似。③爲小篆的寫法。④爲楷書的寫法。

◀《農政全書》中的纏線工具。

《說文》：「屯，難也。象草木之初生，屯然而難。」此說不妥，這是僅就小篆的形體而猜測分析的。「屯」字的本義是指纏線、絲的工具。纏線，就是線的累積，所以這就可以引申爲「聚集」的意思，如《史記・吳王濞傳》：「兵屯聚而西。」就是說：聚集大軍而西去。軍隊的駐防亦稱「屯」，如《舊唐書・郭子儀傳》：「自河中移屯涇陽。」所謂「移屯涇陽」，也就是說軍隊移到涇陽駐防。

請注意：左思〈詠史〉「英雄有屯邅（ㄓㄢ）」句中所謂「屯」，是指遭遇困境。這裡的「屯」字應讀作ㄓㄨㄣ，而不讀ㄊㄨㄣˊ。

「廿」讀作ㄋㄧㄢˋ，是個會意字。①是甲骨文的形體，是兩個「丨（十）」連在一起的樣子，表示雙「十」。②是春秋時期金文的形體，雙十相連之形更明確。③是小篆的寫法，與金文相同。④是楷書的寫法。

《說文》：「廿，二十並也。」也就是兩個「十」相並的意思。「廿」也可寫作「廾」，如唐石經中的二十皆寫作「卄」。清趙翼撰的《二十二史劄記》就寫作《廿二史劄記》。

在絕大多數的漢語工具書中不立「廿」部，《辭海》立了「廿」（𠦃）部，其實收在該部的字沒有一個與數詞詞義有關，而只是在這些字的楷書結構中含有「廿」的筆畫罷了，如共、昔、巷、恭、燕、堇（ㄐㄧㄣˇ）、㒼（ㄇㄢˊ）等字。可見立這一部的目的，僅僅爲了查字方便。

①　②

「无」字本爲「無」字的或體字，表示「沒有」的意思。①是小篆的寫法。②是楷書的寫法。大陸在簡化漢字的時候，便借用古代「無」字的或體當簡化字使用。

《說文》沒有單獨解說「无」字，而只是在「無」字下說：「無，亡也。……无奇字無。」段玉裁解釋說：「凡所失者，所未有者，皆如逃亡然也。」可見「无」字的本義爲「亡失」或「沒有」，如《左傳・宣公二年》：「人誰无過（過錯）？過而能改，善莫大焉。」《左傳・成公三年》：「无怨无德，不知所報。」

「无」字還可以用作副詞，如《孟子・梁惠王上》：「雞豚狗彘之畜，无失其時。」這裡的「无」通「毋」、「勿」，當「不可」講。由副詞再虛化，就可以成爲句首助詞，如《詩經・大雅・文王》：「无念爾祖。」這裡的「无」字無義，實際上是要「念爾祖」。毛傳說：「无念，念也。」「无」放在問話的末尾，常用來表示發問，相當於「否」或「麼」，如白居易〈問劉十九〉：「晚來天欲雪，能飲一杯无？」

請注意：古代另有一個「旡」字，讀作ㄐㄧˋ。《說文》：「飲食氣逆不得息曰旡。」現在有些人常常將「无」寫成「旡」字，這是不對的。

①　②　③

這是「力拔山兮氣蓋世」的「世」字。①是金文，帶著三個圓點的三豎，就是古代的三十（卅）。②是小篆，則把三個小圓點左右伸展，各變成了一小橫，也是表明三十的意思。③是楷書的形體。

在上古三十年爲「一世」（《說文解字》）。後來則父子相繼亦稱一世，比如《左傳・昭公七年》：「從政三世矣。」人的一生也可以稱爲「一世」，比如：「人生一世間，安能邑邑如此。」（《史記・淮南王傳》）所謂「邑邑」就是憂悶不樂的意思。以上兩句話是說：人在一生之中，怎麼能夠像這樣的憂悶不樂呢？「世」有世世代代的意思。由此又可以引申爲「繼承」，比如：「世其家。」（《漢書・賈誼傳》）就是「繼承他的家業」的意思，這就由名詞變爲動詞了。

請注意：在古代「世」和「代」是不同的。所謂「一世」是指人的一輩子，也指父子相繼，比如「四世」是指祖孫四代。「代」卻是指朝代，「四代」則指四個朝代。到了唐朝，因爲唐太宗的名字叫李世民，這就要避諱「世」字，自此以後，「世」的這個意義就被「代」字所代替了。

「世」字還有個異體字「卋」，大陸在廢除異體字時廢掉了。

①　②　③　④

我們的祖先在造字時是動了一番腦筋的，三個山峰則爲「山」，兩個山峰則爲「丘」。①是甲骨文「丘」，山峰不僅少而且矮。②是金文，則變成兩山之間有一條大溝。③是小篆，同金文差不多。④是楷書，一點也看不出土丘的樣子了。

▲屈原像。

「丘」的本義是小山。如柳宗元〈鈷鉧潭西小丘記〉：「梁之上有丘焉，生竹樹。」因丘是高出平地的，所以高出平地的墳墓，有時也稱爲「墳丘」或「丘墓」，如司馬遷〈報任少卿書〉：「何面目復上父母之丘墓乎？」意思是，還有什麼臉面再上父母的墳墓去祭掃呢？

我們讀屈原《九章・哀郢》：「曾不知夏之爲丘兮。」這個「夏」就是「廈」，那麼「丘」是什麼意思呢？這個「丘」就是廢墟。意思是，不知大廈已成了廢墟。這個「廢墟」之義是從「山丘」的形象引申出來的。

請注意：古代的「山」、「嶺」、「陵」、「丘」的含義是不同的。把石頭大山稱爲「山」，小而尖的山叫做「嶺」，大土山稱爲「陵」，夾在大土山之間的小土山稱爲「丘」。

① ② ③ ④

「墓田丙舍知何所，一夜令人白髮長。」「丙」字本爲象形字。①是甲骨文的形體。郭沫若認爲：「丙之象魚尾。」其根據是《爾雅・釋魚》：「魚腸謂之乙，魚尾謂之丙。」再說，從甲骨文的形體看，「丙」的形體確實有魚尾的樣子。②是金文的形體。③是小篆的寫法。④爲楷書的寫法。

《說文》：「丙，位南方。」這是以天干配五方的說法，並非「丙」字的本義。再者，許愼認爲「丙」字「象人肩」，也不妥。「丙」字的本義早已消失，後來被借爲天干的第三位，處在「甲乙」之後，比如「丙夜」指「三更」，也就是夜半的時候。在五行中「丙丁」屬火，所以「火」的代稱爲「丙丁」，如《呂氏春秋・孟夏》：「其曰丙丁。」也就是說：四月屬「火日」。

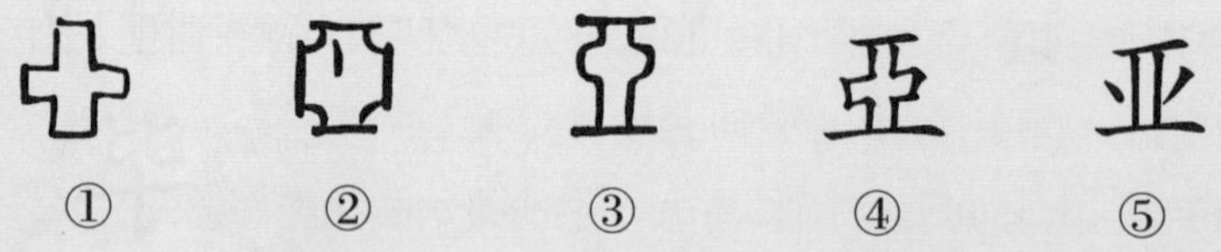

① ② ③ ④ ⑤

這個「亞」字是個象形字。①是甲骨文，像古代的火塘之形。原始社會有祀火之俗，也就是說在室之中央挖一個類乎十字形的土坑，在其中點上火，晝夜不滅，象徵祖先所在。②是金文形體，其結構基本上同於甲骨文，但坑體顯得寬大些。③是小篆，與金文相似。④是楷書的寫法。⑤是簡化字。

「亞」字當「火塘」講的本義，隨著風俗習慣的改變已完全消失了。而「亞」字的假借義是當「第二」或「次一等」講。比如杜預在注《左傳．襄公十九年》時說：「亞，次也。」《史記．項羽本紀》：「亞父者，范增也。」所謂「亞父」就是次於父親的人，這是對人尊敬的稱呼。古代儒家以孔丘爲至聖，又認爲孟軻僅次於孔子，所以就稱孟軻爲「亞聖」。

「亞」字當「第二」講，現在還用，比如次於「冠軍」的稱爲「亞軍」。

請注意：如果我們要在舊《辭源》、舊《辭海》和《康熙字典》中查找「亞」字或「惡」的話，對繁體字「亞」的筆畫一定要數對，否則就難以查找。

① ② ③ ④

「暮投石壕村，有吏夜捉人。」這個「吏」字本爲會意字。①是甲骨文的形體，是一隻左手握一把捕捉禽獸的長柄網。②是金文的形體，下部的左手改爲右手，其義不變。③是小篆的形體。④爲楷書的寫法。

《說文》：「吏，治人者也。」「吏」字與「史」本爲一字，原指管理狩獵或記錄獵獲物的人，後來引申爲「史官」或「官吏」。所以許慎認爲「吏」就是「治人者」，如白居易〈和處夜作〉：「我統十郎官，君領百吏胥。」章炳麟《秦政記》：「李斯、蒙恬皆功臣良吏也。」

自漢朝以後，「吏」特指官府中的小官和差役，如錢竹初《吏不可爲．催科》：「官如虎，吏如貓，具體而微舐人膏。」又「吏」與「事」通，于省吾先生說：「金文吏、事同字。」如《韓非子．孤憤》：「則修智之吏廢。」這裡面的「吏」字實爲「事」字，應讀作ㄕˋ，作「事情」解。

① ② ③ ④ ⑤

「鶯啼花又笑，畢竟是誰春？」這個「畢」字是個象形字。甲骨文①是一把長柄的網，是「持網田獵」之義。②是金文的形體，比甲骨文更爲複雜，但詞義無變化。③是小篆的形體，與金文相似。④是楷書繁體字。⑤爲簡化字。

《說文》：「畢，田網也。」也就是說，「畢」是田獵時所用的網，如《詩經・小雅・鴛鴦》：「鴛鴦於飛，畢之羅之。」大意是：鴛鴦在那裡飛，用長柄網捕它，用大圍網捉它。「畢」既然是網，就可以引申爲網羅無遺之意，就是「完畢」，如《荀子・王制》：「王者之事畢矣。」再進一步就可以引申爲範圍副詞了，即「都」、「全」義，如王羲之〈蘭亭集序〉：「群賢畢至，少長咸集。」就是說：群賢們都到了，年輕的年長的也都聚集在這裡了。

請注意：古詩文中常見「占畢」一詞，如范成大〈廛居久不見山或勸作小樓以助登覽〉：「爽氣助占畢。」這裡的「占畢」本爲「苫箄」，是指簡冊、書冊。所以原句的大意是：空氣清爽有助於讀書。

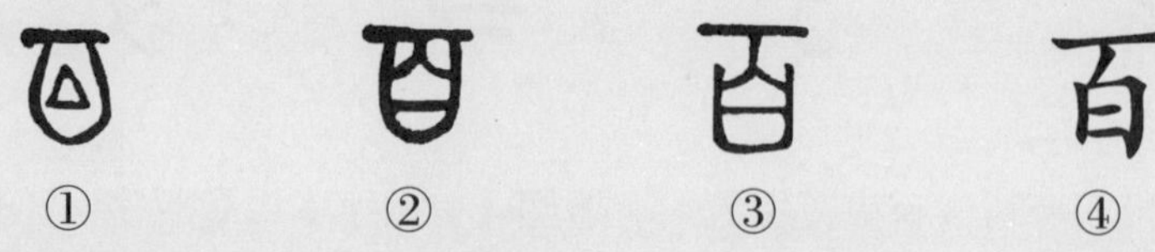

「百葉雙桃晚更紅，窺窗映竹見玲瓏。」這個「百」字本爲指事字。甲骨文①的下部是「白」字，其上加「一」是指事符號，用以與「白」相區別。②是金文的寫法，與甲骨文相似。③是小篆的形體。④爲楷書的寫法。

《說文》：「百，十十也。」這就是說十個十爲一百。如《三國志・蜀書・諸葛亮傳》：「成都有桑八百株。」由具體的「百」數，還可以引申爲「衆多」的意思，如《尙書・堯典》：「播時（蒔，移栽）百穀。」這裡的「百穀」，就是指衆多的穀類。再如《孫子兵法》：「知彼知己，百戰不殆。」也就是說：既了解敵人也了解自己，作戰多次也不會有什麼危險。「百姓」一詞，古今都用，一般地說，戰國以後泛指不居官位的人爲百姓。可是在戰國以前，「百姓」往往是對貴族的總稱，如《詩經・小雅・天保》：「群黎百姓，遍爲爾德。」大意是：衆多的庶民和貴族，普遍感化於您的美德。

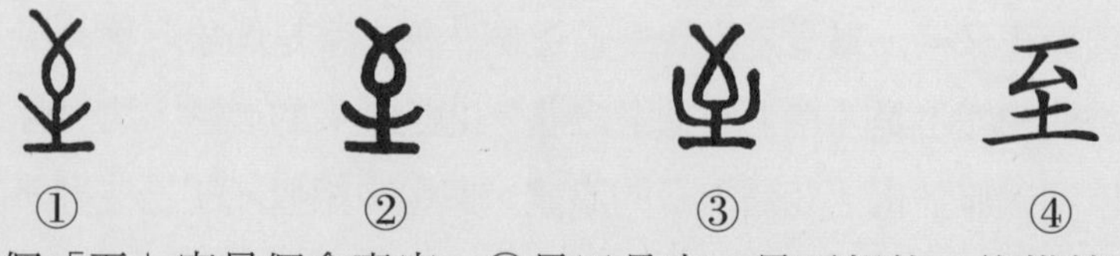

這個「至」字是個會意字。①是甲骨文，最下部的一條橫線表示地

▶殷墟銅矢（實大）選自周緯《中國兵器史稿》。

面，地面上插著一支箭，表示「到」的意思。②是金文，形體基本上與甲骨文相同。③是小篆，同於金文。④是楷書，從小篆直接演變而來。

「至」字本義是「到」或者「到達」，比如《左傳・文公二年》：「秦師又至。」就是說秦國的軍隊又到了。從「到」的本義又能引申為「極」，是到達了頂點的意思，如《史記・春申君列傳》：「物至則反。」事物發展到了頂點則要走向反面。從「頂點」之義又能引申為「最」的意思，比如《荀子・正論》：「罪至重而刑至輕。」這個詞義我們現在還用，比如交誼最深的朋友就稱為「至交」；誠心誠意，就稱為「至誠」；至高無上的地位，就稱為「至尊」；深刻中肯的話，就稱為「至言」；最高尚的德行，就稱為「至德」等等。

我們在閱讀古書時，會見到「至行」一詞，是指「最符合封建道德的品行」。請注意，這裡的「行」字必須讀古聲「ㄒㄧㄥˋ（幸）」，而絕不能讀成「行走」的「行」（ㄒㄧㄥˊ）。

這是「昨夜西風凋碧樹」的「西」字。甲骨文①像個鳥巢的形狀，這是個象形字。金文②也基本上同於甲骨文的形體，更像鳥巢的樣子了。小篆③反而變複雜了，上部加一條彎彎曲曲的曲線，這是代表鳥的形狀，鳥落在巢上休息，也就是棲息的意思。所以「西」字的本義就是「棲」（現在簡化為「栖」）。上古根本沒有「棲」字，需表示「棲」的意思時本寫作「西」。至於代表方向的「西」，這就是個假借字了。到了後世為了使漢字分工明確，於是就造了一個新形聲字「棲」，表示「棲息」，那麼「西」字就永遠表示方向了。④是楷書的寫法。

在古代主人將賓客和老師都安排在西面的座位上（面向東坐），以表示尊敬，所以對賓客和老師的尊稱也可以稱為「西席」或者「西賓」，如柳宗元〈重贈劉連州〉詩：「若道柳家無子弟，往年何事乞西賓。」這裡的「西賓」就是對家塾教師的敬稱。

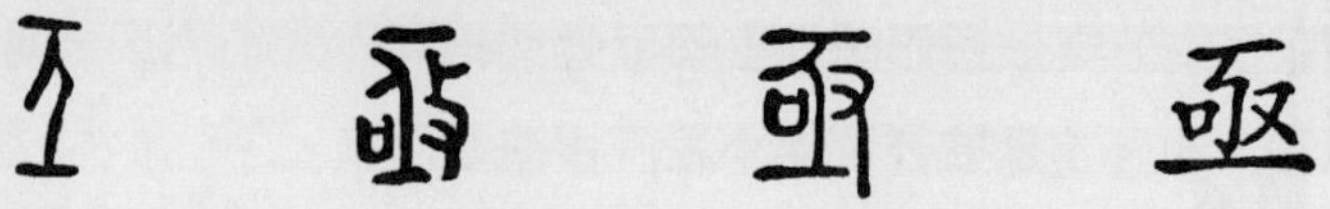

①　②　③　④

「君亟定變法之慮。」這個「亟」字本爲會意字。①是甲骨文的形體，中間是面朝左站立的一個人，上下的兩條橫線表示「上極於頂，下極於踵」。可見這個字就是「極」字的初文，表示「盡頭」、「極點」的意思。②是金文的形體，變得複雜了，在人的兩側增加了「口」和「𠂇」。③是小篆的形體，將金文的「𠂇」改爲「又」。④是楷書的寫法。

《說文》：「亟，敏疾也。」其實，「敏疾」並非「亟」字的本義，其本義應爲「極點」或「盡頭」。後來「亟」字被假借爲「急」、「快」，那麼當「盡頭」講的意義，就只好增加「木」字旁，這就產生了一個新形聲字「極」了。後世多用「亟」的假借義當「急」講，如《史記・陳涉世家》：「趣（ㄘㄨˋ促）趙兵亟入關。」就是說：催促趙軍趕快入關。至於「亟請于武公」（《左傳・隱西元年》）中的「亟」，那是「屢次」的意思，也就是說：屢次向武公請求。請注意：這裡的「亟」必須讀作ㄑㄧˋ，而不能讀作ㄐㄧˊ。

乙　部

①　②　③　④

這是「甲乙相貫」的「乙」字，是個象形字。①是甲骨文，彎曲之狀像腸形，所以《爾雅・釋魚》說：「魚腸謂之『乙』。」郭老也很肯定地說：「乙之像魚腸，丙之像魚尾，可無庸說。」（《甲骨文字研究》）②是金文，③是小篆，都像甲骨文的形體。④是楷書的寫法，其形變化不大。

「乙」字的本義爲魚腸，但這個本義到後世根本不用了。看「乙」字的形體倒有點像「鳥」的形象：上部左彎者爲頭，中爲腹，下部右彎的末端爲尾。所以古人則把「乙」字當「燕子」講，比如張融〈答周顒書〉：

「非鳧（ㄈㄨˊ符）則乙。」所謂「鳧」就是野鴨子。這句話的意思是：不是野鴨子就是燕子。我們讀《史記·滑稽列傳》時，會見到這樣幾句話：「從上方讀之，止，輒乙其處。」這個「乙」字不能當燕子講，而是指畫「乙」字形狀的符號。這種符號，是舊時讀書時標示暫停的地方。原話的大意是：讀書時，從上面讀下來，停止了，常常用「乙」形符號勾住。所以今天的編輯要在文章中勾進增補的字也常稱爲「塗乙」。至於天干第二位的「乙」字那是個假借字問題，與「乙」字的原義無關。

「乙」字是個部首字，也正因「乙」又像雲氣之形，所以「气」字就在「乙」字部。

① ② ③ ④ 氣 ⑤ 气

這是「朔氣傳金柝（ㄊㄨㄛˋ拓）」的「氣」字，是個象形字。你看甲骨文①的三條線就像空中浮游的雲氣。金文②與小篆③也基本上同於甲骨文的形體，仍有雲氣之形象。可是到了楷書④反而變得複雜了，「氣」的下部又增加了個「米」字，變成了外聲（气）內形（米）的形聲字，表示饋贈之義，比如《左傳》：「齊人來氣諸侯。」也就是說：齊人以物來饋贈諸侯。又因饋贈的東西與食物有關，所以後來當「饋贈」講的「氣」則又加了「食」字旁，成爲左形（食）右聲（氣）的新形聲字「餼」了。而「氣」字當「天氣」「氣味」中的「氣」用，同時停止使用「气」字。直到實行簡化字的時候，有的借古體爲簡化字，又將「氣」字廢除，寫成「气」⑤了。

「氣」字的本義即「雲氣」，比如《列子·天瑞》：「雲霧也，風雨也……此積氣之成乎天者也。」也就是說：雲霧和風雨等，都是積雲氣而成的自然現象。由「雲氣」又可引申爲「天氣」和「氣候」之義。至於《荀子·修身》中「治氣養生」裡的「氣」字則與「天氣」等毫無關係，那是在醫學上指人的「元氣」，是一種無形的「氣」。

「氣氛」一詞，古今都用。在今天來說，「氣氛」是指洋溢於某個特定環境中的情調和氣息，比如：「這次會談是在親切友好的氣氛中進行的。」可是「登靈台以望氣氛」（《說苑·辨物》）中的「氣氛」，是指雲氣，意思是登靈台而望雲氣。

人　部

這就是萬物之靈的「人」。①是甲骨文，面朝左立著一個人，上端是頭，向左下方伸展的一筆是臂，中間是身子，身子以下是腿。②是金文，③是小篆，基本上與甲骨文相同。小篆的腰部彎曲更大一些。④是楷書的寫法，一點也看不出「人」的樣子了。

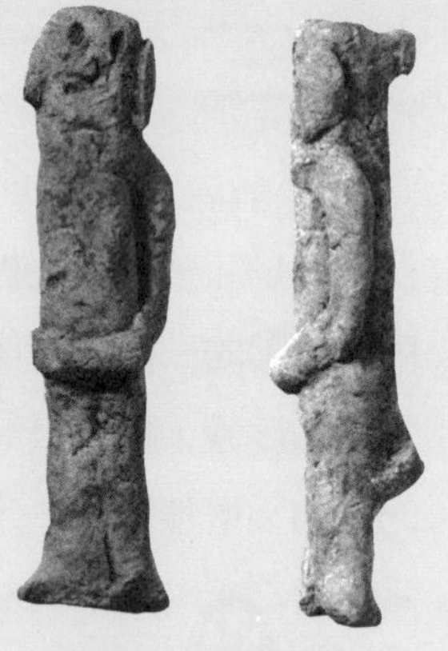

▲殷墟出土的人形泥塑，正、側面。

用「人」組成的詞是很多的，不過有幾個詞是應當注意的。如《爾雅・釋木》中的「核人」，就是我們後世人所說的「果仁」。在這裡「人」與「仁」是通用的。若見到老中醫開藥方時寫「棗人五錢」，可別笑話人家寫錯了。其實，把「棗仁」寫作「棗人」是有古代典籍作根據的。

我們讀到張國賓的《合汗衫》第四折時，會見到「有甚麼人事送些與老爺」的話。「人事」怎麼還能送人呢？原來，這裡是指「禮物」，意思是：「（你）有什麼禮物送些給老爺！」

「人」字是個部首字，凡由「人」字所組成的字，大都與人有關，比如「介」、「從」、「僕」、「伐」、「休」、「伏」等字。

「圖窮而匕首見。」這個「匕」字讀作ㄅㄧˇ，是個象形字。甲骨文①是面朝右而側立的人形。《說文》認爲「從反人」，這是對的。②是金文的寫法，仍像人形。③是小篆的形體，頗像「比」字的一半，也是「人」的形象。④爲楷書形體。

有人認爲「匕」字像「匕首」之形，不妥。因爲從甲、金文字看，「匕」字根本不像「匕首」，而頗肖人形，其本義爲「人」。卜辭中「匕」與「妣」實爲一字，女名。由人推及獸，如「牝」從「匕」，指雌獸。但後世本義消失。《說文》認爲「匕亦所以用比取飯」。這是許愼根據小篆的形體及其通行詞義而判定「匕」的本義是「湯匙（小勺子）」，比如《三國志・蜀書・先主傳》：「先主方食，失匕箸（筷子）。」「匕」字還可以代表「箭簇」義，如《左傳・昭公二十六年》：「匕入者三寸。」這是指箭頭射入三寸的意思。至於「匕首」義，那是從「箭簇」義引申出來的，如柳宗元〈古東門行〉：「馮敬胸中函（插入）匕首。」意思是：馮敬的胸膛被短劍刺入。

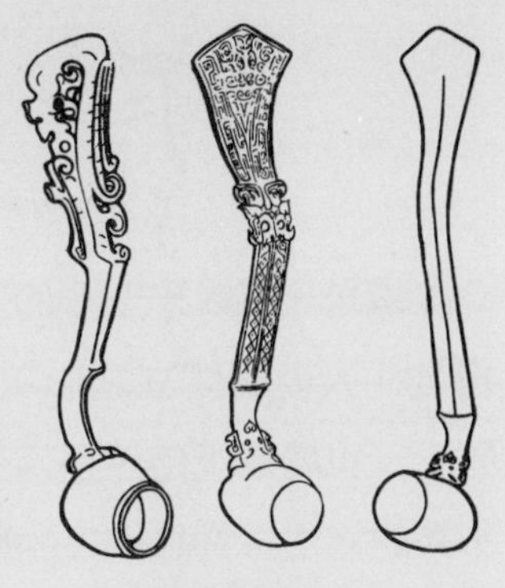
▲周代青銅小勺。

請注意：古代還有一個「匕」字，是「化」字的古體字。許愼說：「匕，變也，從到（倒）人。」可見「匕」與「化」音義皆同。

① ② ③ 千 ④

黃庭堅有「千里鵝毛意不輕」的詩句。對這個「千」字的分析歷來不一致。①是甲骨文的形體，中間實爲「人」形，下部附加的短橫是個指事符號，表數目，以別於「人」字，所以「千」字是個指事字。甲骨文「二千」就寫作，「三千」就寫作等。②是金文的形體，已不像「人」形了。③是小篆的寫法。④爲楷書的形體。

《說文》：「千，十百也。」這是對的。但又說「千」字「從十」，這就不妥，因爲甲骨文中的「十」實爲「七」，而「丨」才是「十」。

「千」字的本義古今是一致的，「十百爲千」，「盈千累萬」。請注意：「千古」一詞在古代有兩個意思。其一，是指時代的久遠，如辛棄疾〈南鄉子——登京口北固亭有懷〉：「千古興亡多少事，悠悠，不盡長江滾滾流。」其二，是指人死了，如《新唐書・薛收傳》：「豈其一朝成千古也！」也就是「一朝永別」之義。現在仍以「千古」爲哀輓死者之辭。

①　②　③

這是「仁人志士」的「仁」字，是個會意字。①是金文的形體，其上邊是「人」的側立之形；下邊的「二」，據蔣善國先生說「是重文的記號」，也就是說仍然是個「人」。「人」與「人」相處就要「仁」。②是小篆的寫法。③是楷書的形體。

《說文》：「仁，親也。從人從二。」許愼將「二」看做數字，恐不妥。應爲重文的記號。「仁」字的本義是「對人要親善、仁愛」，比如《莊子・天地》：「愛人……之謂仁。」

《論語・雍也》：「井有仁焉。」若理解爲「井中有仁人」那就錯了，這裡的「仁」是「人」的假借字，是說井中有「人」的意思。果核內的「果仁」，原來均寫作「果人」，同樣的道理，「仁」也是「人」的假借字。

①　②　③　④　⑤

這是「奴僕充家室」的「僕」字。「僕」字本爲會意字。你看甲骨文①惟妙惟肖，是面朝左站著一個人，人頭的上部有奴隸的標記（刑刀），雙手捧著「箕」之類的用具，向左下方彎曲的一筆表示腿。此人身穿帶有尾巴的特殊服飾（奴隸服）。這就是上古奴隸的形象。金文②的「人」移到左邊，右下角是手，手上拿的「箕」已變得不像了。③是小篆形體，僞變得實在複雜，其左邊的人形還在，其右邊的下部是左右兩手，雙手捧著一件掃帚一樣的東西，實際上這已經變成了左形（人）右聲（菐）的形聲字了。④是楷書的形體，由小篆③直接演變而來。⑤是左形（人）右聲（僕）的形聲簡化字。

▲端燈奴婢，河南鄞縣漢墓出土。

「僕」的本義是「奴隸」。由「奴隸」又可以引申爲「僕人」。比如徐宏祖《徐霞客遊記・楚遊日記》：「顧僕守衣洞外。」所謂「顧僕」，就是指一個姓顧的僕人。因「僕」爲下賤之人，後來古人對自己的謙稱也往往稱「僕」，比如司馬遷說：「僕非敢如是也。」（〈報任安書〉）也就是說，我不敢如此。因爲僕人也往往服駕車之役，所以駕車的人也可以稱爲「僕」，比如《論語・子路》：「子適衛，冉有僕。」意思是：孔子到衛國去，學生冉有替孔子趕車。

請注意：以上這些全是「僕」字的義項，另外在古代已經有一個「仆」（不是簡化字）字，是向前跌倒的意思。比如（《史記・項羽本紀》）：「衛士僕地。」也就是說衛士倒在地上。現在還說「前仆後繼」，不過這裡的「仆」字可以讀爲ㄆㄨ（撲），也可以讀爲ㄈㄨˋ（富），但絕不能讀ㄆㄨˊ（璞）。

這是「介甲之士登東城」的「介」字，是個象形字。①是甲骨文，面朝右側站立的一個人，手臂略向前下方伸展，腿部的前後四點是護身的鐵甲。②是金文，一個曲背彎腰形的人，不過其甲衣已成爲前後兩片了。③是小篆，形體與金文基本上相同。④是楷書的寫法。

「介」字的本義就是「鎧甲」，比如《禮記・曲禮上》：「介者不拜。」「介者」就是指披戴盔甲的人。再比如：「急則用介冑（ㄓㄡˋ宙）之士。」（《史記・韓非子傳》）「冑」是頭盔。這句話的意思是：緊急之時就用穿戴盔甲的武士。在《淮南子》中說的「介蟲」，是說「披甲的蟲子」嗎？是的。不過蟲子身上的甲並非鐵甲，而是指其硬殼。「介」字也可以當「個」講，比如「一介行李」也就是一個使者的意思。由「一個」之義又可以引申爲藐小、微賤，比如王勃稱自己是「一介書生」（〈滕王閣序〉），也就是謙稱自己是一個微賤的書生。

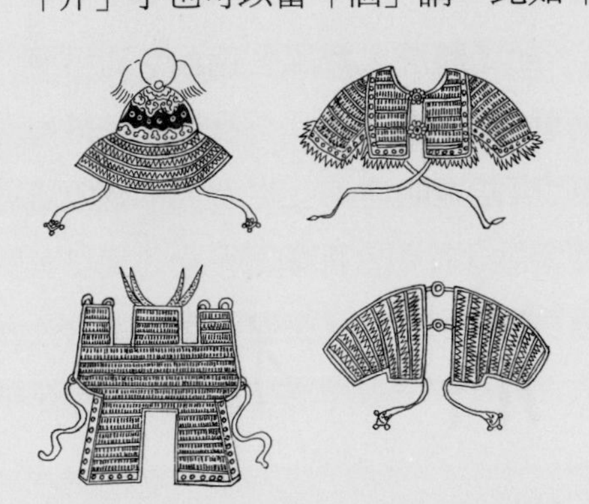
▲宋代鐵甲，選自周緯《中國兵器史稿》。

請注意：在古書中常見「介弟」一詞，這個「介」字有「大」義，所謂「介弟」即舊稱地位高的弟弟。所以後世人們在寫信時，對別人兄弟的敬稱也常用「介弟」一詞。

從　从

①　②　③　④　⑤

這是「時光從流水」的「從」字。①是甲骨文，是兩個面朝左面站立的人，一個跟隨一個，這就表示是前後相從之意。可見「從」字是個會意字。②是金文，③是小篆，都是兩人相從的樣子。④是楷書，形體就變得繁雜化了。這是因爲兩人相從就有行走之意，所以在形體右上部的「從」之下加了「止」（止，即腳），又在其左加上了「彳」（表示行動）。其實「彳」與「止」加在一起就是「辵」，也就是「辶」，表示行動之意。後因「從」實在太繁，所以在實行簡化字的時候便借用了古體字「从」。可見「从」並不是新造的簡化字，而是古體字的借用。

▲漢畫像磚中的人物形象（局部）。

「從」字的本義是「跟隨」，如《史記・晉世家》：「偃從重耳在秦。」這就是說狐偃跟隨著重耳在秦國。由「跟隨」之義又可引申爲「順從」，如《荀子・子道》：「從道不從君，從義不從父。」這裡的四個「從」字均爲順從的意思。「從」字後來又引申爲「自」或「由」的意思，如《史記・項羽本紀》：「從此道至吾軍，不過二十里耳。」也就是說：從這條道到我們的軍營，不過二十里。

「從」字舊時或讀ㄗㄨㄥ（宗），如《詩經・齊風・南山》：「衡（橫）從其畝。」實際上這個「從」字就是「縱」字。

在稱謂中用「從」字的很多，我們應當弄明白：「從女」即侄女，「從子」即侄兒，「從父」即伯父、叔父，「從母」即姨母。

化

①　②　③　④

這是「春風化雨」的「化」字。甲骨文①的左邊是一個面朝左側立的人，右邊是一個頭朝下腳朝上的倒人，可見這是個會意字，表示顛倒了。「顛倒」就是「變化」。②是金文的形體，與甲骨文相類似。③是小篆的寫法。④爲楷書的形體。

《說文》：「化，教行也。」所謂「教行」也就是「教化」。「化」字本義應爲「變化」，如《國語・晉語》韋注:「化，言轉化無常也。」《莊子・逍遙遊》：「化而爲鳥，其名爲鵬。」這是說：鯤變化成鳥，它的名字就叫大鵬。而「教化」之義那是從「變化」義引申出來的，如王充《論衡・佚文》：「無益於國，無補於化。」也就是說：對於國家無益，對於教化無補。

請注意：陶潛〈自祭文〉：「余今斯化，可以無恨。」這裡的「化」是什麼意思呢？用上述的講法，都講不通。其實，這裡的「斯」是語助詞；「化」是表示「死」的委婉說法。原意爲：我現在死了，可以無恨了。

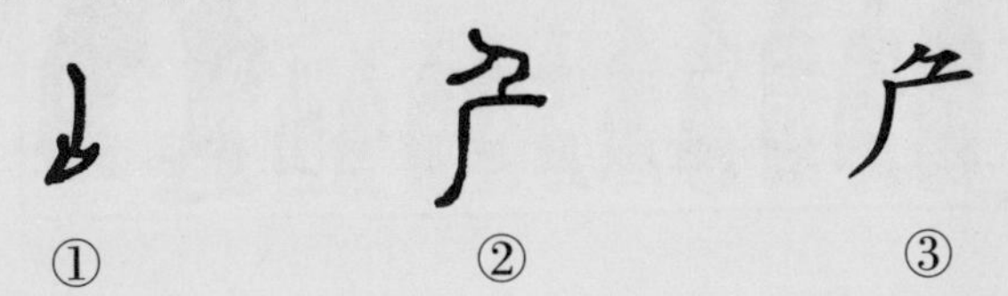

這是「熾炭擁爐危坐」中「危」字的初文，本爲象形字。甲骨文①的形體，于省吾先生認爲「本象欹器之形」。「欹器」是古代盛酒用的一種祭器，空著時就傾斜，灌入一半的水就正，灌滿了水就翻覆。②是小篆的形體，變爲一個彎著腰的人站在「厂（山崖）」上，表示「高」義。③是楷書的形體。這個字實爲「危」的初文，後世均寫作「危」。

《說文》：「产，仰也。」「仰」有「高」義。所以「危」字的本義爲「高」，如李白〈蜀道難〉：「危乎高哉！蜀道之難，難於上青天。」大意是：高啊，實在高啊！蜀道難行，比上青天還要難啊！太高就有「危險」義，所以「危」可引申爲「危險」，如《史記・范蔡澤列傳》：「秦王之國危於累卵。」這是說：秦王之國危險得就像把蛋累疊起來一樣。至於《史記・魏世家》中所說的「騎危」，並非「騎於危險」之處的意思，而是指騎在屋脊上，因爲屋脊是屋子的最高處，所以仍用「危」字的「高」義。

請注意：古代的「危」與「險」含義不同。「危」多作形容詞，表「危險」義；而「險」則表示險要之地、道路險阻等，多作名詞用。

  比

① ② ③ ④

「海內存知己，天涯若比鄰。」這是王勃〈杜少府之任蜀州〉詩中的兩個名句。這裡面的「比」字是挨著或靠近的意思。你看甲骨文①就是面朝右並站著的兩個人。上部是頭，中部是身子，下部彎曲者是腿，其右為向下伸展的手臂。這兩個人緊緊地挨在一起。這就是「比」字的本義。金文②和小篆③都是兩個人靠在一塊兒的形象（面部都朝右）。④是楷書的寫法，由於隸變的關係，左右的兩部分根本看不出是兩個人的形象了。

◀漢畫像磚上的文王朝拜圖。

「比」字本義是靠近、並列或挨著。也只有互相挨得很近才有比較的可能，所以這就產生了「比較」之意。如屈原《九章・涉江》：「與天地兮比壽。」也就是與天地比壽命。由「靠近」之義又能引申為「勾結」，如成語「朋比為奸」。由「比較」又能引申為「比喻」，這是古代賦詩作文的一種常用的修辭手法，如白居易〈與元九書〉：「諷君子小人，則引香草惡鳥為比。」這個「諷」就是指用含蓄的話說明。另外「比比」連用，一般是說「處處」之意，如《紅樓夢》第二回：「比比皆是。」是處處都如此的意思。但是「郡國比比地動」（《漢書・哀帝紀》），這裡的「比比」卻是「頻頻」或「屢次」的意思。

仔

① ② ③ ④

廣東方言，叫兒子也稱「仔」。你看甲骨文①多形象啊！右邊是一個面朝右的半蹲式的大人，左方是一個小孩（子）。這就表示母親生了一個小娃娃。金文②則變換左右位置，大人不僅是生了而且是背了一個小孩。

小篆③的左邊是把金文左側的大人變成了個單人旁，右邊仍然是個「子」，這是直接由金文變來的。④是楷書寫法，基本上與小篆相同。

「仔」的本義是幼小的，比如廣東人稱物之小者叫「仔」，讀音爲ㄗㄞˇ（宰），也就是「崽」的意思。從「幼小」又引申爲「細小」，這就是「仔細」之義的由來。而「仔細」則往往指「細心」或「細察」之義。白居易有「世路風波仔細諳」的詩句，這個「仔細諳（ㄢ庵）」就是細心地觀察熟悉的意思。

後世人們也常將「仔細」寫爲「子細」，但現在仍應寫爲「仔細」。

①　②　③

這是「付諸東流」的「付」字，本爲會意字。①是金文的形體。左邊是「人」，右邊是「又（手）」，是「付物予人」的意思。②是小篆的形體，類似於金文，只是將右邊的「又」變爲「寸」，其義不變。③是楷書的寫法。

《說文》：「付，與也。從寸持物以對人。」許愼認爲「付」字的本義是「給予」，如《尙書・梓材》：「皇天旣付中國民越厥疆土於先王……」大意是：上帝既然把中國的臣民和疆土交給了先王……

另外，「付」字還可以作單位量詞用，充當「副」字的通假字，如《元曲選・來生債一》：「另是一付肚腸。」這裡的「付」，就是代量詞「副」字用。

①　②　③　④

這個「北」字是個會意字。從甲骨文①的形體可以看得很淸楚，是兩個人背靠背地站著，所以「北」字的本義是「背」。金文②和小篆③都可以看出是兩個人脊背相靠的樣子。④是楷書的形體，好像是兩個人背靠背地坐著似的。

據上所述，「北」字本義是「背」或「相背」，所以《國策・齊策六》「士無反北之心」中的「北」字就是「背」的意思。古時作戰，打敗了仗，向後逃跑總是以背對敵，所以「北」亦有「敗」的意思（「北」與「敗」音亦近），如《孫子兵法・軍爭》：「佯北勿從。」意思是，敵人假裝敗回，則不能盲目追趕。所謂「敗北」，也是指打敗仗。

在古代典籍中，經常見到「北面」一詞，是「面朝北」的意思。我們可不要拿今天的「北面」、「南面」去理解。古代的「北面」有兩個意思：第一是古代的學生敬師之禮。老師面朝南坐，學生則面朝北聆聽老師的教誨，如《漢書・于定國傳》：「北面，備弟子禮。」也就是說：面朝北行學生之禮。第二是指古代的君主南面而坐，臣子朝見君主時則面朝北，所以對人稱臣則爲「北面」。「北面於燕」，也就是稱臣於燕國的意思。總之，「南面」爲上，「北面」爲下。

尼

① ② ③

這是「僧尼」的「尼」字，是個會意字。「尼」字在甲骨文中沒有單獨出現過，而是作爲「伲」、「秜」的偏旁出現的。①是甲骨文的形體，左邊是一個面朝左的人，坐在右邊這個人的脊背上，表示「欺壓」之意。②是小篆的寫法，與甲骨文基本相似。③爲楷書的形體。

《說文》：「尼，從後近之。」許愼此說不妥。因爲從甲骨文形體看，是一個人坐在另一個人的脊背上，反映了奴隸社會奴隸主對奴隸的欺壓。而「近」，只是「尼」字的引申義。由「近」又可以引申爲「親近」、「相近」，比如《尸子》：「悅尼而來遠。」大意是：喜歡親近人，就能使遠方的人到這裡來。當「親近」講的「尼」，後世多寫作「昵」，如《左傳・襄公二年》：「其（句首語氣詞）誰昵我？」這是說：有誰來親近我？「昵昵」就是親昵的樣子，如韓愈〈聽穎師彈琴〉：「昵昵兒女語。」

① ② ③ ④

「企望良人歸。」這個「企」字本爲象形字。甲骨文①是面朝左站立的一個人，下部有「止（腳）」，並有抬起腳後跟的樣子。②是《說文》

的古文形體，由「止」變爲「足」，並移於「人」之左。③是小篆的寫法，又將「足」還原爲「止」，但意義未變。④是楷書的寫法。

《說文》：「企，舉踵也。從人止聲。」許慎認爲「企」字的本義爲「踮起腳後跟」，這是對的，但說「從人止聲」則不妥。因爲從甲骨文看是個象形字，從小篆看也是個會意兼形聲的字，而絕非純形聲字。在古籍中，則多用「企」字的本義，如《漢書・高帝紀上》：「日夜企而望歸。」就是說：白天晚上都踮起腳後跟盼望回歸。由其本義又可以引申爲「盼望」，如《後漢書・袁紹傳》：「企望義兵，以釋國難。」由「盼望」又可以引申爲「趕上」，如《中論・天地》：「不敢企常。」大意是：不敢趕上董常這個人。《新唐書・杜甫傳》：「揚雄、枚皋，可企及也。」就是說：對揚雄和枚皋這兩個人，是可以趕得上的。

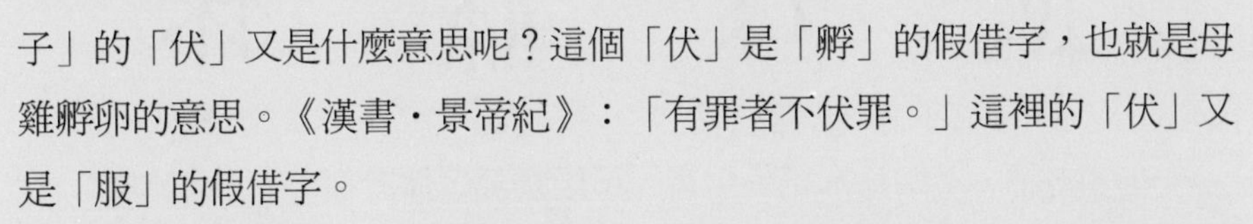

這個「伏」是個會意字。你看金文①左邊是一個面朝左的人，他的屁股之後有一隻犬（狗），犬一口就把人給拽倒了。所以「伏」的本義就是「趴下」。小篆②是由金文①演變而來，仍然是左人右犬。③是楷書的寫法，同於小篆。

▲元朝圖案。

「伏」的本義是「趴下」，如賈誼〈治安策〉：「伏中行說而笞其背。」這是說：使中行說這個人趴在地上，用鞭子打他的背。從「趴下」引申爲「埋伏」，如《左傳・莊公十年》：「懼有伏焉。」也就是說：「恐怕有伏兵。」那麼「雌雞伏子」的「伏」又是什麼意思呢？這個「伏」是「孵」的假借字，也就是母雞孵卵的意思。《漢書・景帝紀》：「有罪者不伏罪。」這裡的「伏」又是「服」的假借字。

在古代的書籍中常見到「伏莽」一詞，這是封建統治階級污蔑農民起義軍的卑稱。這個詞原出於《易經・同人》：「伏戎於莽。」也就是「潛伏兵戎於草莽之中」的意思。

伐

① ② ③ ④

讀過《詩經》的人，大都知道「坎坎伐檀兮」的詩句，「伐檀」就是「砍伐檀樹」。由此可見，「伐」有「砍」的意思。從「砍」引申為「割殺」。你看甲骨文①右邊是一把長戈，左邊是面朝左站著的一個人，戈的長刃正砍在人的脖子上。金文②基本上同於甲骨文的形體。小篆③也是左「人」右「戈」的結構，同樣是個會意字，表示砍頭的意思。④是楷書的形體，是直接由小篆變來的。

▲戰國銅鑑上的水陸攻戰圖。

「伐」的本義是「砍」，由此可以引申為攻打、討伐。如《書經・武成》：「武王伐殷。」因「攻打」就可能取勝，取勝則有「功」，所以「伐」字又可以當「功勞」講，如《左傳・莊公二十八年》：「且旌（ㄐㄧㄥ精）君伐。」「旌」是「表彰」義。這就是說：將要表彰您的功勞。從「功勞」又引申為「誇耀」，如《莊子・山木》：「自伐者無功。」自誇自的人則無功。

請注意：「紅娘」、「月老」都是媒人的代稱。可是也有人把媒人稱為「伐柯人」，對不對呢？《詩經・豳風・伐柯》：「伐柯如何？匪斧不克。取妻如何？匪媒不得。」這就是說：要砍倒柯樹怎麼辦呢？沒有斧子則不成。要娶妻怎麼辦呢？沒有媒人則不得。因此，到了後世，「伐柯人」就成了媒人的代稱了。

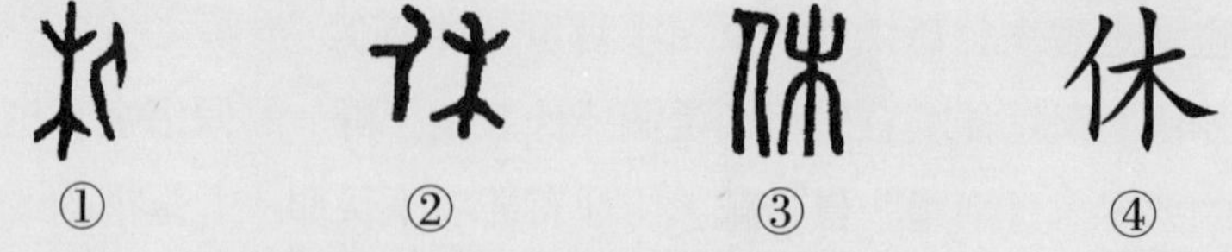

① ② ③ ④

在《史記・秦始皇本紀》中有「風雨暴至，休於樹下」的兩句話。你看甲骨文①也真像一個人「休於樹下」的樣子〔左「樹」（木）右「人」〕，所以「休」字是個會意字。金文②則把甲骨文的「人」與「樹」調換了位置，成為左「人」右「樹」的結構，其義不變。③是小篆

▲養老圖(局部)，中爲一老者倚樹而息。四川成都市博物館藏。

的寫法，與金文的形體一致。④是楷書的形體，直接由小篆發展而來。

「休」字的本義是「休息」。《韓非子．內儲說上》：「令下而人皆疾習射，日夜不休。」可是這裡的「休」字就不應解爲「休息」，而實際上是「停止」的意思。原話大意是：命令下達後，士兵們都迅速地練習射箭，日夜都不停止。由「停止」，後來又引申爲「禁止」或「不要」義，如杜甫〈戲贈友〉：「勸君休歎恨。」就是「勸君不要歎恨」的意思。那麼成語裡「休戚相關」中的「休」字又是什麼意思呢？「戚」是「悲哀」義，「休」字是從「休息」的本義遠引申爲「高興」的意思。「同志們休戚相關」，也就是形容同志之間的關係非常親密，高興與悲傷都緊緊相連。

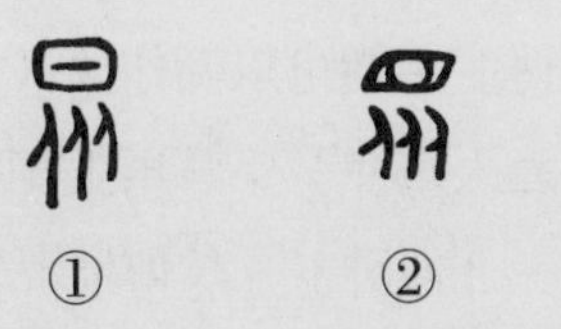

① ② ③ ④ ⑤

你看甲骨文①，眞有點「鋤禾日當午」的樣子：烈日當空（頭上爲「日」），很多人在彎腰勞動。這就是「衆」字的初造字。金文②有了變化，三人頭上的「日」變成「目」了，很像是統治者的一顆銅鈴似的大眼睛在監視群衆勞動。小篆③上爲橫「目」，下爲三人。④爲楷書的繁體字，「橫目」之下仍然是三個人，只是中間的「人」有一筆很長，不大像「人」了。⑤是楷書簡體字，僅保留了三個「人」，所以我們現在還常說「三人爲『衆』」。

▲芟草播種，東漢德陽畫像磚。

「衆」字的本義就是許多人。如《史記．高祖本紀》：「衆莫敢爲。」意思是：大家都不敢做。從「人多爲衆」之義，又可以引申爲「多」，如《史記・五帝本紀》：「衆功皆興。」

有的人在讀《禮記》時，見到了「衆子」一詞，就解釋爲「衆先生」，這就錯了。古代所謂的「衆子」，一般是指長子之外的諸子或妾所生的兒子。

①　②　③　④　⑤

「終見降王走傳車。」這個「傳」字本爲形聲字。甲骨文①的左邊是人，表義；右邊是「專（手拿紡磚形）」，表聲。②是金文的寫法，與甲骨文大致相同。③是小篆的寫法。④是楷書繁體字的寫法，都與甲骨文一脈相承。⑤是簡化字。

《說文》：「傳，遽也。」所謂「遽（ㄐㄩˋ）」就是「驛車」。《左傳・成公五年》：「晉侯以傳召伯宗。」就是說：晉侯用快馬拉的驛車召見伯宗這個人。由「驛車」的本義又可以引申爲「驛舍」、「客舍」，如《後漢書・陳忠傳》：「繕理亭傳。」這裡的「亭傳」就是客舍。以上的「傳」字均應讀作ㄓㄨㄢˋ。「傳」字還可以讀作ㄔㄨㄢˊ，那是「傳遞」、「傳送」的意思，如岑參〈逢入京使〉：「馬上相逢無紙筆，憑君傳語報平安。」今語還有「傳達」、「傳神」、「傳情」等。

請注意：「傳」與「遞」，在古時是有區別的。「遞」是說按著順序一個傳一個的意思，如《宋史・眞宗紀》：「死罪以下，遞減一等。」而「傳」則是前傳後，上傳下，並沒有一個接一個的意思。

①　②　③　④

「黍稷豐登佃家喜。」這個「佃」字讀作ㄉㄧㄢˋ，本爲會意兼形聲的字。①爲金文的形體，左邊是「田」，右邊是「人」，表示人在田中耕作。②是石文的形體，「人」移於「田」左，其義不變。③是小篆的寫法，與石文相似。④爲楷書的寫法。

《說文》：「佃，中也。從人田聲。」其實，「佃」字是個會意兼形聲的字，其形體分析應改爲「從人從田，田亦聲」。「佃」字的本義不是

▲《天工開物》中的耕種圖。

「中」，而是人在田中耕作，如酈道元《水經注・河水一》：「佃於石壁間。」也就是說：耕種於石壁間。由「耕種田地」可以引申爲「租種田地」，如《晉書・食貨志上一》：「廣開水田，募貧民佃之。」由「租種田地」又可以引申爲「租種田地的人」，稱作「佃戶」，如《新五代史・楚世家》：「押佃戶送租入城。」不過，《易・繫辭下》中「以佃以漁」的「佃」，那可不是「耕作」、「佃戶」義，而是「畋」字的通假字，當打獵講，必須讀作ㄊㄧㄢˊ。只有在「租種土地」和「佃戶」的意義上才應讀作ㄉㄧㄢˋ。

請注意：田、佃、畋三字的詞義有異有同。「田」有田地義，而「佃」、「畋」則沒有。「佃」有租田和佃戶義，而「田」、「畋」則沒有。只有在耕種和打獵的意義上三字才能夠通用。

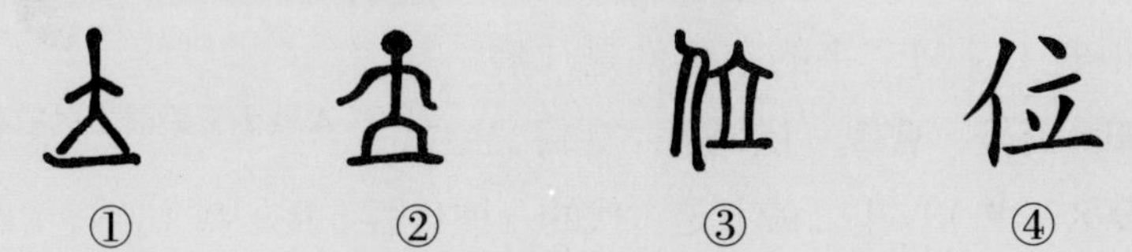

① ② ③ ④

甲骨文①是地平面上站著一個人，像個「立」字。金文②也基本上同於甲骨文的形體，而且其上部更像人形。原來，「位」字在甲、金文中就是「立」字，沒有單人旁，到了小篆③才加上了個單人旁，表示「人立」就是「位」。於是「位」成爲名詞，「立」成爲動詞，「位」與「立」有了明確的分工。④是「位」字的楷書的寫法。

「位」的本義是「位置」或「方位」，如《周禮・天官・序官》：「辨方正位。」也就是「辨別方位」的意思。

《孫子兵法・虛實》：「四時無常位。」大意是：一年四季不是一成不變的。後又引申爲「座位」，如《左傳・成公十七年》：「以戈殺駒伯、苦成叔於其位。」這就是說：用戈殺駒伯和苦成叔兩人在他們的座位上。由「座位」又可引申爲「官位」，如《戰國策・趙策四》：「位尊而無功，奉厚而無勞。」是說官位很高，但是沒有功勳；拿的薪水很多，但是未付出任何勞動。

我們讀文天祥的詩，會見到「未老先位置」一句。你若把「位置」一詞當做今天所說的「位置」講，那就不好理解。這裡的「位置」是「安排」或「布置」的意思。

① ② ③ ④

「本是同根生，相煎何太急！」這個「何」字本爲象形字。甲骨文①就像一個面朝左的人肩扛長戈，張口喘氣，邁步前進的樣子。②是金文的形體，更像人扛戈之形。③是小篆的形體，訛變爲「從人可聲」的形聲字。④是楷書的形體，與小篆一樣。

▲戰圖青銅器上的紋樣。

《說文》：「何，儋（擔）也。」這個說法很對。「何」字的本義就是「肩扛」，如《詩經・曹風・候人》：「何戈與祋（ㄉㄨㄟˋ）。」「祋」是古代的一種兵器，長一尋（八尺）四尺。這句詩的大意是：肩上扛著戈和祋。後來「何」被假借爲疑問代詞，如《商君書・更法》：「前後不同教，何古之法？」所謂「何古之法」，就是說：去學習哪一個古代呢？由代詞又可以引申爲副詞，當「多麼」講，如李白《古風五十九首・其三》：「秦王掃六合，虎視何雄哉！」這是說：秦王橫掃天地四方，多麼像猛虎怒視啊！正因爲「何」字後世多用其假借義，那麼它的本義就由「荷」字代替了，如《列子・湯問》：「遂率子孫荷擔者三夫。」也就是說，於是，就率領子孫中能挑擔子的三個人。

當「擔」、「扛」講的「荷」，必須讀ㄏㄜˋ，而不能讀作ㄏㄜˊ。「荷花」之「荷」，讀作ㄏㄜˊ。又與山東菏澤的「菏」字容易混淆，需加注意。

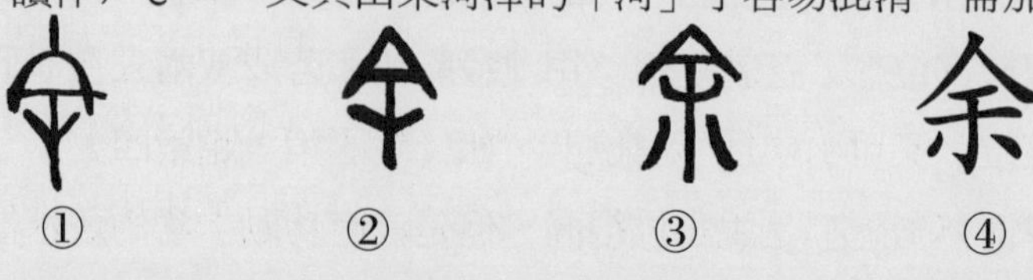

① ② ③ ④

▲龍山文化時期的房屋。

「向陽門第春常在，勤勞人家慶有余。」這個「余」字本為象形字。①是甲骨文的形體，像樹木支撐的房屋之形，與「舍」字同義。②是金文的形體，與甲骨文相似。③為小篆的寫法。④為楷書的寫法。

《說文》：「余，語之舒也。」許慎認為「余」字的本義是語氣詞，不妥。「余」字的本義為「房屋」，但該字本義早已消失，後世多假借為第一人稱代詞，如《爾雅・釋詁下》：「余，我也。」辛棄疾〈菩薩蠻——書江西造口壁〉：「江晚正愁余，山深聞鷓鴣。」《左傳・宣公十七年》：「余將老。」

有人認為以「余」代「多餘」的「餘」是實行簡化字以後的事。這是一種誤解。在古籍中經常以「余」代「餘」，如〈吳仲山碑〉：「父有余財。」《清平山堂話本・西湖三塔記》：「這奚宣贊（人名）年方二十余歲。」可見「餘」簡化為「余」是早有先例的。

請注意：在一般情況下「餘」應簡化為「余」，但在「余」和「餘」意義可能混淆時仍用「餘」，如文言句「餘年無多」。這很明白，「餘年無多」就不會被誤解為「余（我）年無多」了。再者。「餘」作姓用時，不能以「余」代替，如後燕的餘蔚就不能寫作余蔚。

我們大都讀過曹操的〈短歌行〉：「繞樹三匝（ㄗㄚ紮），何枝可依？」意思是：繞樹轉三周，哪條枝可以依靠呢？這「依靠」之義便是「依」字的本義。甲骨文①外部是一件大衣服，左右兩邊不封口處即為袖口，衣內裹著一個面朝左的「人」，表明人是依靠衣服取暖和蔽體。小篆②則把衣中的「人」移到「衣」的左邊了，意義完全沒有變，仍然是個會意字。楷書③是由小篆直接變來的。

「依」字的本義是「依靠」，如《楚辭・七諫・怨世》：「餘生終無所依。」從「依靠」又能引申爲「傍著」，如大家所熟知的王之渙〈登鸛雀樓〉詩：「白日依山盡。」這是說：太陽傍著高山而落下。從「傍著」又可以引申爲「依戀不捨」的意思，如《楚辭・九思・傷時》:「志戀戀兮依依。」後來發展爲成語「依依惜別」。但是，你若把「楊柳依依」也理解爲「楊柳也依依惜別」那就不合適，因爲這個「依依」是指輕柔的樣子。

▲撲蝶圖，（清）費以耕作。

請注意：「依」和「倚」雖然都有「依靠」義，但詞義輕重有別。「依」是靠近某物，意義輕；「倚」是斜靠在某物上，意義重，如《莊子・充德符》：「倚樹而吟。」則只能用「倚」，而不能用「依」。

① ② ③ ④

這個字就是「陷」字的初造字「臽」。你看甲骨文①就很形象，上部是一個面朝左而臂向左下方伸展的人；下部向左右上彎的曲線是一個陷阱，這表明一個人掉進「陷阱」的意思。金文②是人掉進「臼」（「臼」字最初就是「阱」字的象形字），與甲骨文義同，只是在「人」的中間有一個圓圈（表示阱口），說明人就是從這個阱口掉下去的。小篆③的形體近於甲骨文。④是楷書的寫法，「臼」的上部分是「人」形的變體（如「危」字的上部也是「人」形的變體）。「臽」字是個會意字，其本義就是「陷」。只是因爲到了後世，已看不出人掉進「陷阱」的樣子了，所以又在其左加上了「阝」（阜），表示一層層的，可以再爬上來。這個「陷」字從此就成了左形（阝）右聲（臽）的新形聲字了。「臽」字再也不用了。

請注意：「臽」字與「舀」字形音義均不相同。「舀」讀爲一ㄠ∨（咬），其上是爪（手），其下是「臼」，也就是伸手到臼中舀東西的意思。從「舀」得聲的字如「蹈」、「滔」、「韜」、「稻」等。從「臽」

得聲的字如「陷」、「閻」、「焰」等。可見「臽」與「舀」是完全不同的兩個字，萬萬不能混淆。

「陷溺」一詞在古文中常遇見，它是「淹沒」義，如《後漢書・明帝紀》：「百姓無陷溺之患。」後又引申為「受害」之意，如《新書・鑄錢》：「百姓方陷溺，上且弗救乎？」意思是：百姓剛受害，君王不去拯救他們嗎？

這是「爾曹豈與世傑等儕」中的「儕」字，讀作ㄔㄞˊ，本為會意兼形聲的字。金文①的左邊為「人」，右邊為「齊」，「人齊」就有「同輩」的意思。②是小篆的形體，與金文相似。③為楷書繁體字。④為簡化字。

《說文》：「儕，等輩也。」這是對的。但說「儕」字為「從人齊聲」則不妥，因為這個字並非單純的形聲字，而是會意兼形聲的字。同輩為「儕」，如仲長統《昌言・理亂》：「或曾與我為等儕矣。」這是說：有的曾經和我是同輩。又引申為「同等」，如《左傳・僖公二十三年》：「晉鄭同儕。」意思是：晉國和鄭國是同等的。由「同等」又引申為「共同」或「一起」，如《列子・湯問》：「長幼儕居。」這是說：長幼一起居住。男女同等，就可以引申為「婚配」，如《漢書・揚雄傳上》中所說的「儕男女」，也就是指婚配男女。

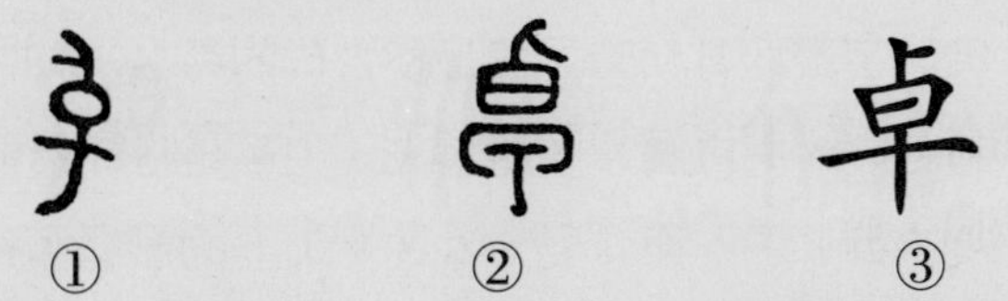

「斐然成章，卓然出衆。」這個「卓」字本為指事字。①是金文的形體，其下部為「子（人）」形，其上部為子之頭頂有某種標誌之形，所以「卓」有「高」義。②是小篆的形體，其下部訛變為「早」字。③是楷書的寫法。

《說文》：「卓，高也。早匕為卓。」許慎認為「卓」的本義為「高」，這是對的；但又說「卓」是「從早從匕」卻是錯的。《漢書・成帝記》顏師古注：「卓然，高遠之貌也。」「高遠」、「高超」均爲「卓」義，如王充《論衡・程祭遵傳》：「文辭卓詭。」這是說：文辭高超而特異（詭）。由「高」又可以引申爲「直立」，如蘇轍〈次韻洞山克文長老〉：「無地容錐卓。」這是說：連能直立一把錐子的地方都沒有。由「高」還可以引申爲「遠」的意思，如《漢書・霍去病傳》：「卓行殊遠而糧不絕。」

請注意：徐積〈謝周裕之〉「兩卓合六尺」中的「卓」字，是「桌」字的通假字。古代以「卓」代「桌」是常見的，後世則有了明確的分工，不能互相借用。

① ② ③ 臾
④

這是「須臾即得」的「臾」字，讀作ㄩˊ，原爲會意字。①是甲骨文的形體，其上部爲左右兩隻手，中間是面朝左的一個人，像兩隻手捉持人的頭部。②是金文的形體，更像捉人之形。③是小篆的寫法。④爲楷書的寫法。

《說文》：「束縛捽抴（ㄗㄨㄛˊ　ㄧㄝˋ）爲『臾』。從申從乙。」許愼認爲「臾」的本義爲「揪、拖」是對的，但對該字的形體分析不妥。「臾」字的本義早已消失，後世均用其假借義，與「須」字組成「須臾」一詞，表示時間很短，如范成大〈曉枕〉：「陸續滿城鐘動，須臾後巷雞鳴。」大意是：滿城的大鐘陸續地敲響，一會兒後巷的雄雞也叫了。另外，當「臾」字讀作ㄩˇ時，那是指古代的弓名，如《周禮・考工記・弓人》：「謂之夾、臾之屬。」所謂夾、臾都是古代最弱的弓。

請注意：「臾（ㄩˊ）」與「叟（ㄙㄡˇ）」的形體極爲相似，但其音、義都不同，不能相混。

① ② ③ 侯
④

王昌齡的〈閨怨〉詩中有「悔教夫婿覓封侯」一句，這當中的「侯」字的原義是什麼呢？你看甲骨文①的上部和左側是支撐起來的箭棚，上古就叫「侯」，如同今天的「靶子」。下部是一支箭，是表示箭射中靶子了。金文②基本上同於甲骨文的形體。小篆③反而變複雜了，最上部增加了一個面部朝左的人，表示「射侯」與人有關。④是楷書的寫法，把「人」移到了左側成了單人旁。

◀孔子觀射圖。

古代有「射侯」之禮，凡是能射中「侯」的就是了不起的男子。從這裡就引申出有本事的人可以稱「侯」，後來又變成了官職的等級，也就是古代五等爵位的第二等，如《禮記·王制》：「王者之制祿爵，公、侯、伯、子、男凡五等。」大意是：天子制定的俸祿和爵位，共分爲公、侯、伯、子、男這五等。後來又引申爲有國者通稱爲「侯」，正如鄭玄所說的：「侯，君也。」到了唐代，士大夫之間的尊稱也可以是「侯」，「侯如何如何」與「君如何如何」一樣，如杜甫所說的「李侯有佳句」，也就是李君有好詩的意思。《紅樓夢》裡所說的「侯門公府」，是指顯貴之家，絕無封侯之意。

至於福建省的「閩侯縣」的「侯」，應讀爲ㄏㄡˋ（後）而不能讀ㄏㄡˊ（猴）。還要請注意：「時候」、「問候」、「等候」、「候車」、「徵候」等中的「候」，中間有一小豎。又「候」字不能組成新的形聲字，而由「侯」字所組成的「猴」、「喉」、「睺」、「堠」、「篌」等形聲字均無當中的一小豎。

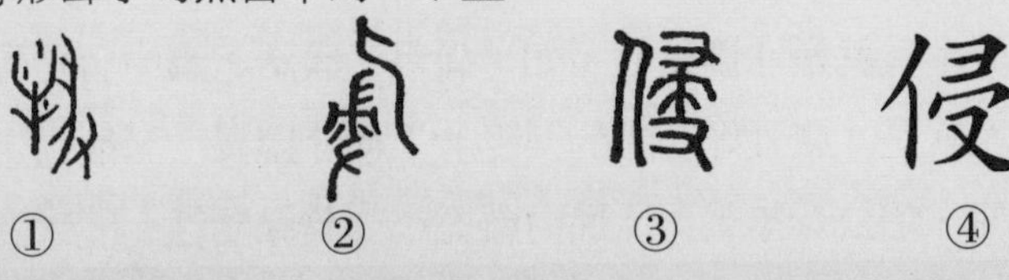

這個「侵」字變化較大。甲骨文①左邊是個「牛」（如牛頭的形狀，兩角上彎），右邊的上部是一把「帚」（笤帚），右下部是一隻手，這是手持笤帚給牛掃土的意思，牛頭上的三個點兒是表示掃下來的塵土。可見這是個會意字。金文②的右上部是面朝右的一個人（以「人」代「牛」），左下部是一隻手持帚，給那個人掃臀部掃腿，「帚」下的左右兩點兒，也代表掃下來的塵土。可見金文②是以「人」代「牛」，而小篆③則把「人」移到左邊去，右邊是以手持帚，同樣表示給人打掃塵土的意思。④是楷書的寫法，右邊的「手持帚」，省簡爲「㚈」了。

「侵」字的本義是「打掃」。因爲打掃有「漸進」的意思，所以「侵」字就有「漸進」之義，如「侵晨」就是漸近早晨。《三國志・吳書・呂蒙傳》：「侵晨進攻。」也就是說：天濛濛亮就進攻。「侵略」也像掃地一樣，一步一步向前擴展，所以「侵」又有「侵犯」之意，如《三國志・蜀書・諸葛亮傳》：「強不侵弱。」另外，《穀梁傳・襄公二十四年》：「五穀不升，謂之大侵。」這個「侵」字什麼意思呢？可千萬別當「侵犯」講，這裡的「侵」字是由「侵吞」之義引申出來的，當「荒年」講。原話是說：五穀長得不好，就叫做「大荒年」。《漢書・田蚡傳》：「田蚡（ㄈㄣˊ墳）貌侵。」這個「侵」是「寢」的假借字，是「相貌醜陋」意。原意是說：田蚡這個人相貌很醜。

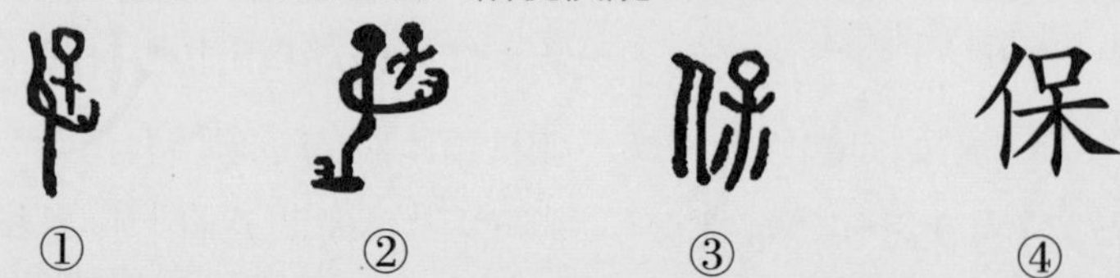

①　②　③　④

這是「四時保平安」的「保」字。這個字很有意思。你看甲骨文①是面朝左的一個大人，其手臂特別長，在其背後摟抱著一個嬰兒（子），關心備至，細心照料。金文②也同於甲骨文的形體，而且更像背孩子之形。小篆③則發生了較大的變化，這個「大人」變成了左邊的「單人旁」，「子」的下邊又加了左右兩點，似乎是把小孩的腿包起來的意思。楷書④是保留了小篆的筆畫，只是將曲筆變爲直筆而已。

「保」字的本義就是「撫養」，如《尚書・康誥》篇中有「保赤子」的話，通俗地說就是「撫養好初生的嬰兒」。從「撫養」又能引申爲「保護」，如《左傳・昭公八年》：「民力雕盡……莫保其性。」大意是：民力竭盡了……沒有什麼辦法能保住他們的性命。

《莊子・盜跖》中有：「大國守城，小國入保。」這個「保」字是什麼意思呢？其實這個「保」字也正是後世的「堡」字。築「堡」就是爲保衛，只是在「保」字之下增加了一個「土」字表示「堡」是用土建成的。這是一個後起的上聲（保）下形（土）的形聲字。自從「堡」字產生以後，兩字有了明確的分工，再不用「保」字代「堡」了。

◀《甲金篆隸大字典》中的「保」字。

① ② ③

這是「秋高氣爽」的「爽」字，本爲會意字。①是金文的形體，中間是「人」形，兩腋下似有相同的器物。②是小篆的形體，與金文的形體相似。③是楷書的寫法。

《說文》：「爽，明也。」這是對的。「爽」字的本義爲「明亮」、「光明」，如《尚書・牧誓》中的「爽」，陸德明的釋文：「爽，明也。」李白〈酬裴侍御對雨感時見贈〉：「風嚴淸江爽。」意思爲：風刮得很緊，淸江格外明亮。又能引申爲「暢快」，如蘇鶚《杜陽雜編》卷中：「龍膏酒，黑如純漆，飮之令人神爽。」由「明」又可以引申爲「開朗」，如《晉書・桓溫傳》：「溫豪爽有風槪。」大意是：桓溫的性格開朗而又有風度、氣槪。

① ② ③

「世胄躡高位，英俊沉下僚。」這個「僚」字本爲「寮」，《說文》中寫作「寮」。①是甲骨文的形體，像在室內燃柴之形，可見這是個會意字。②是小篆的形體，以「僚」代「寮」。③是楷書的寫法。

《說文》：「僚，好貌。從人聲。」其實，當「好貌」講的本有「嫽」字。「僚」字的本義是指人的官職，典籍中常將「寮」代「僚」，如《詩經・大雅・板》：「我雖異事，及爾同寮。」大意是：我們雖然做不同的事，但我和你們都是相同的官職。在一起做官的人稱爲「同僚」、「僚友」。春秋時對奴隸的一個等級也稱「僚」，如《左傳・昭公七年》：「隸臣僚，僚臣僕。」意思是：隸役使僚，僚役使僕。至於《詩經・陳風・月出》「佼人僚兮」中的「僚」字，那是「嫽」字的通假字。這句詩的大意是：佼人（美人）的儀容眞漂亮啊！

請注意：從魏晉以後對分布在四川、陝西、雲南、湖南、廣東、廣西等省、自治區的部分少數民族，也泛稱爲「僚」，不過這個「僚」必須讀作ㄌㄧㄠˇ。另外，不能簡化成「仃」。

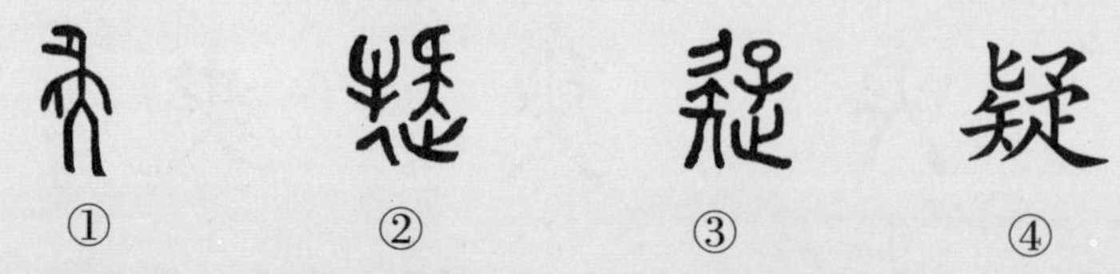
①　②　③　④

「床前明月光，疑是地上霜。」這個「疑」字本爲象形字。甲骨文①是正面站著的一個人，面部轉向左，張開嘴巴，像左顧右盼的樣子。這就是「疑」的初造字。金文②變得複雜化了，左上部增加了「牛」，郭沫若先生認爲是聲符；下部爲「辵」，表示行動義。③是小篆的形體，由金文演變而來。④是楷書的寫法。

《說文》：「疑，惑也。」這是對的。可是「從子止匕，矢聲」則不可信，因爲這僅僅是依據小篆分析；再說，許慎也並未講明「疑」字的各部分在該字中的含義。

「疑」字的本義是「疑惑」、「懷疑」，如《三國志・吳書・吳主傳》：「無所復疑，宜爲之備。」由此又可以引申爲「猶豫不決」，如《商君書・更法》：「疑行無成，疑事無功。」這是說：行動猶豫則辦不成事，辦事猶豫則無功效。賈誼在他的〈論積貯疏〉中說：「遠方之能疑者，並舉而爭起矣。」這是說：遠方那些能與皇帝相比擬的人，都會一齊起來的。可見這裡的「疑」字是「擬」字的假借字，應讀作ㄋㄧˇ。

儿　部

①　②　③　④　⑤

木蘭要出征時說：「阿爺無大兒。」（〈木蘭詩〉）這個「兒」字，從甲骨文①中我們可以看出，是一個面朝左站著的大頭娃娃，頭頂的中間是開口的。許慎說，這是「頭囟（ㄒㄧㄣˋ信）未合」。也就是嬰兒腦囟骨還沒有長在一起的意思。在大頭之下，向左下方伸展的一筆是嬰兒的手臂，右邊彎曲的一筆代表嬰兒的身子和腿。金文②的形體也基本上同於甲骨文，不過不太像人形了。小篆③的上部是個大圓頭，不過下部不太像臂與腿了。④是由小篆而變來的楷書形體，從曲筆變爲直筆。⑤是簡化字，爲了書寫方便，把嬰兒的「頭」去掉了。

▲小庭嬰戲圖，佚名，台北故宮博物院藏。

元稹《鶯鶯傳》：「玉環一枚，是兒嬰年所弄。」既然鶯鶯是女孩子，爲什麼在父母面前也自稱「兒」呢？是的，古代是有這種習慣。現在有的女士給父母寫信，也用「兒」自稱，顯得親而且雅。

你在讀《詩經》時，會見到「黃髮兒齒」一句。「黃髮」是指老人。這個「兒齒」不能理解爲「小孩的牙齒」，那是指老人齒落後而再生的細齒（這種情況很少見）。

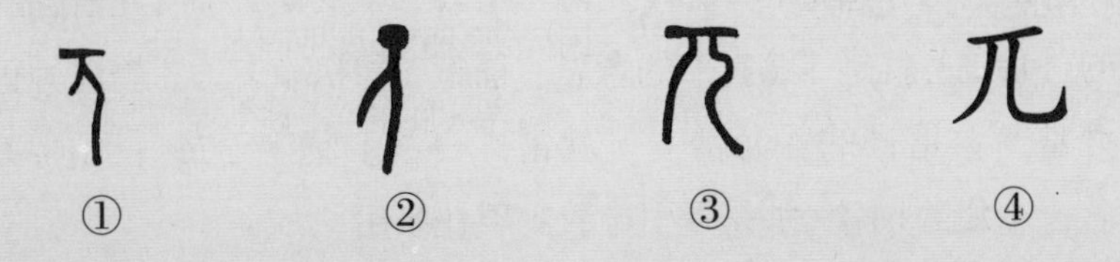

①　②　③　④

這個「兀（ㄨㄟ）」字是個象形字。甲骨文①是面朝左而側立的一個人，其頭是平頂的。金文②也同樣是面朝左側立的人形，頭部逼眞。③是小篆的形體。④是楷書的寫法。

「兀」字的本義是「人」。在上古與「元」是同一個字。後來引申爲高而上平的禿山爲「兀」，如杜牧〈阿房宮賦〉：「蜀山兀，阿房出。」這裡的「兀」字就是山禿的樣子。這兩句話的意思是：蜀山上的樹木被砍伐光了，阿房宮也就建造成了。可是「徹卷兀若無」（柳宗元，〈讀書〉）中的「兀」字就不是山禿的意思，那是形容茫然無知的樣子，意思是：讀完了一卷就好像什麼也沒有得到似的。山禿爲「兀」，就是山上沒有東西，所以「兀」字表示「無知」之義也是從「山禿」之義引申出來的。有人把杜甫〈入衡州〉詩「兀者安堵牆」中的「兀者」，理解爲「禿頭之人」是不對的。其實這裡的「兀者」是指砍去了一隻腳的人。

請注意：在古戲曲中常有「兀的」一詞，比如：「兀的不氣殺我也！」（《趙氏孤兒》）這個「兀的」是表示反詰語氣的虛詞，這句話的意思是：這豈不氣死我了！

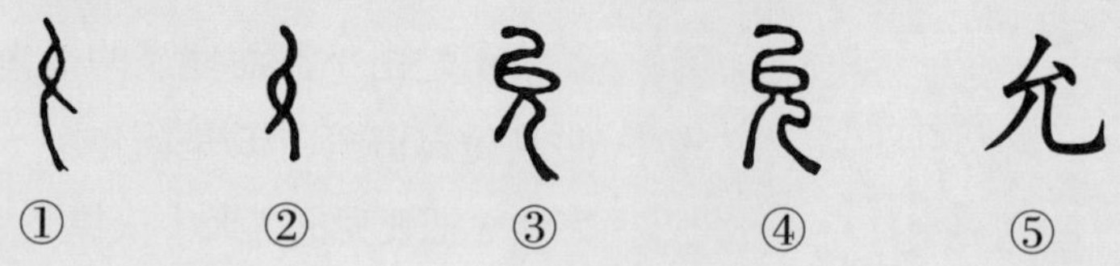

①　②　③　④　⑤

這是「未垂矜允」的「允」字，本爲象形字。①是甲骨文的形體。商承祚先生認爲：「象人回顧形，殆言行相顧之意。」也就是說像一個人回頭看的樣子。②是金文的形體。③是石鼓文的寫法。④是小篆的形體。⑤爲楷書的寫法。

《說文》：「允，信也。」這是說「允」字本義爲「誠信」、「誠實」，比如《詩經・小雅・車攻》：「允矣君子！」大意是：誠實啊君子！由「誠信」又可以引申爲「得當」、「公平」，如《後漢書・虞詡傳》：「案法平允。」這是說：處理案子很公平。由「得當」又可以引申爲「適當」、「適宜」，如《左傳・僖公二十八年》：「允當則歸。」這裡的「允當」就是「適宜」的意思。嵇康〈釋私論〉：「體清神正，而是非允當。」這裡的「允當」，就當「得當」講。至於「允」字當「允許」、「允諾」講，那是遠引申義，現在多用。

① ② ③ ④

這是「元首」的「元」字。甲骨文①的下部是一個面朝左而側立的人，最上部的一橫是表示頭部所在。金文②和小篆③也都是這個意思。④是楷書的寫法。

「元」字的本義就是「頭」，如：「狄人歸其元。」（《左傳・僖公三十三年》）也就是說：狄人送還了他（先軫）的頭。由「頭」義又可以引申爲人們的首領稱「元首」，比如：「元首明哉！」（《書經・益稷》）也就是說：君主英明啊！「元」字由「人頭」義又可以引申爲事情的開頭，即爲開始或第一，比如：「元年者何，君之始年也。」大意是：「元年」是什麼意思呢？是君之開國第一年呢。

「元元」一詞在古籍中常見。如《史記・文帝本紀》：「以全天下元元之民。」這個「元元之民」就是「善良之民」的意思。但「元元秋恨」（《後漢書・光武帝紀》）中的「元元」，若理解爲「善良的」那就不對了，這裡的「元元」是指老百姓。

有人問，爲什麼在清代的康熙之時，「玄色」被稱爲「元色」，「玄妙」改爲「元妙」？這是因爲康熙皇帝叫玄燁，爲避皇帝之諱，所以只好把「玄」字改爲「元」字（玄、元兩字讀音相近）。

① ② ③ ④

「木蘭無長兄。」這個「兄」字是個象形字。甲骨文①是面朝左跪著的一個人，其上部是「口」，是張口禱告之意。所以「兄」字本爲「祝」字的初文。②是金文的形體，與甲骨文相似。③是小篆的寫法。④爲楷書形體。

《說文》：「兄，長也。」據甲骨文分析，「兄」字的本義爲「祝」（「兄」上從口下從人）。而「兄長」只是「兄」字的假借義。當「祝」字產生以後，「兄」字就專作「兄長」用了，如《管子・心術》：「親如弟兄。」「兄」字的「兄長」義又可以引申爲「朋友」義，如柳宗元〈與蕭翰林書〉：「兄知之，勿爲他人言也。」後世在寫信時也常用「兄」作爲尊稱，如學兄、仁兄等。

「兄」字可由實詞借爲虛詞用，其用法有二：一、讀爲ㄎㄨㄤˋ（況），副詞，表「更加」意，如《墨子・非攻下》：「王兄自縱也。」這是說：王自己更加放縱了。二、讀爲ㄎㄨㄤˋ（況），連詞，表「況且」意，如《管子・大�》：「兄與我齊國之政也。」這裡的「兄（況）」，表示更進一層的意思。

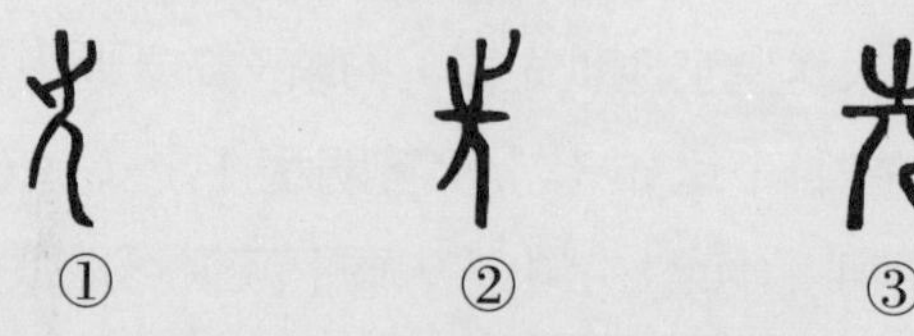

這是「沙場征戰，身先士卒」的「先」字。這個字是個會意字。你看甲骨文①下部是一個面朝左的人，人頭上長了一隻大腳，這就表示走在人的前頭的意思。「走在人的前頭」，當然就是「先」了。金文②的形體也同於甲骨文，只是腳形等粗黑了一些。小篆③上部看不出人腳的樣子了，下部也變得不像人形了。④爲楷書的形體，變得走樣了，完全沒有「上腳下人」的模樣了。

▲《甲金篆隸大字典》中的「先」字。

「先」的本義就是走在前面，如屈原《九歌・國殤》：「矢交墜兮士爭先。」意思是：彼此對射時，流矢交墜，戰士爭先衝殺。其後又引申爲時間的先後，如《史記・高祖本紀》：「先入定關中者王之。」大意是：先進入並平定關中的人稱王。這個「先」字實爲時間副詞。

這是「葡萄美酒夜光杯」的「光」字。「光」是什麼形象呢？你看甲骨文①的下部是面朝右跪著的一個人，人頭上有一把大火在照耀。火給人類帶來了光明，使人類邁入了文明時代。金文②則把人頭上的「火」簡化

▲《甲金篆隸大字典》中的「光」字。

了一點，其下部仍能看出彎腰屈膝的一個人。到了小篆③其上部的「火」還有火苗上冒之形，可是其下部的人已不像了。楷書④則根本看不出「人」與「火」的模樣兒了。

「光」字本義就是光明、光亮，如《孟子・盡心上》：「日月有明，春光必照焉。」由「光亮」又引申爲光彩、光榮，如《荀子・不苟》：「言己之光美。」意思是說自己的光彩。又可引申爲發揚光大之意，如諸葛亮〈出師表〉：「以光先帝之遺德。」也就是說：以發揚光大先帝所留下來的德。

時代不同，詞義也往往各有差異。比如「光棍」一詞，我們今天稱尙未娶妻子的人爲「光棍」，但在古代卻多指地痞、流氓，比如《牡丹亭・鬧宴》：「叫中軍官暫時拿下那光棍。」這裡的「光棍」就是指流氓。

① ② ③ ④ ⑤

「小臣持獻壽，長此戴堯天。」這個「堯」字本爲會意字。甲骨文①的上部是兩堆土，下部是面朝左的一個人，「土」本身就有「高」義，再架於人之上更有「高」義。②是《說文》中的古文形體，是兩個「人」的頭上均有「土」。③是小篆的形體，人的頭上有三堆土，極爲複雜。④是楷書繁體字。⑤爲簡化字。

▲《三才圖會》中的堯畫像。

《說文》：「堯，高也。」「堯」字的本義爲「高」。人中之最高明者爲「堯」。所以傳說中父系氏族社會後期部落聯盟的領袖，史稱「唐堯」，也是古代傳說中最賢明的帝王。杜甫〈諸將五首〉：「薊門何處盡堯封。」這裡的「堯封」就是指中國的疆域。據說堯、舜時開始劃定我國疆土爲十二州，所以後世也常常把「堯封」當成中國的代稱。

總之，古代人民對「堯」極爲崇拜，所以古籍中的「堯天」、「堯年」等詞，都用來比喻理想中的太平歲月、升平盛世。

① ② ③ ④ 克

「靡不有初，鮮克有終。」這個「克」字本爲象形字。甲骨文①的上部像人頭上戴的胄（頭盔），下部是一個面朝左而彎著腰的人。②是金文的形體，與甲骨文相似。③是小篆的寫法。④爲楷書的寫法。

《說文》：「克，肩也。象屋下刻木之形。」此說不妥。許愼是僅就小篆的形體而加以臆測。其實，「克」字的本義應爲「勝」，表示頭戴胄的武士能夠取勝之意，如諸葛亮〈草廬對〉：「操遂能克紹。」這是說：曹操終於戰勝了袁紹。由「戰勝」引申爲「能夠」，如《爾雅・釋言》：「克，能也。」柳宗元〈貞符序〉：「不克備究。」意思是：不能夠完備地探究。後又可以引申爲「克制」，如《後漢書・祭遵傳》：「克己奉公。」《論語・顏淵》：「克己復禮爲仁。」

▲武士像，漢畫像磚。

後世「克」字被假借爲公制中計量質量和重量的一種單位，如一公斤等於一千克，一台斤等於六百克。

① ② ③ ④ 競 ⑤ 竞

「五月五日，龍舟競渡。」這個「競」字本爲會意字。①是甲骨文的形體，像兩個人頭部皆有刑刀之形，有「競強」之意。②是金文的形體，兩人的上部皆訛變爲「言」。③是小篆的形體，與金文極相似。④是楷書繁體字。⑤為簡化字。

《說文》：「競，強語也，一曰逐也。」殆非本義。「競」字的本義應為「強」，如《詩經・周頌・執競》：「執競武王！」大意是：能懾服強敵的是周武王。由「強」可以引申為「爭逐」，如《商君書・錯法》：「功賞明，則民競於功。」互相爭勝就可以稱為「競爭」，如《莊子・齊物論》：「有競有爭。」對「競爭」一詞，郭象解釋得明白：「並逐曰競，對辯曰爭。」

請注意：舊時常稱作詩押險韻為「競病」，為什麼呢？據《南史・曹景宗傳》記載，南朝曹景宗大敗魏兵而還，武帝高興地設宴慶賀，宴飲時聯句賦詩。輪到景宗時，韻已用盡，只剩下「競」與「病」兩字。景宗泰然即賦：「去時兒女悲，歸來笳鼓競。借問行路人，何如霍去病？」武帝讚歎不已。因此，後世就將「競病」一詞作為賦詩押險韻的典故了。

① ② ③ ④

「神農竟不知。」這個「竟」字本為會意字。①是甲骨文的形體，上部的「言」（上古「言」與「音」同字）為樂器之形，下部是「人」，表示人奏樂。②是古璽文的形體，上部為「音」，下部仍為「人」，其義未變。③是小篆的寫法。④為楷書的寫法。

《說文》：「竟，樂曲盡為竟。從音從人。」許說實為引申義。「竟」字本義為「奏樂」，後引申為「樂曲盡」義。由此，又可以引申為「完結」、「終了」，如《晉書・謝安傳》：「看書既竟。」這是說：看書已經完畢。曹操〈龜雖壽〉：「神龜雖壽，猶有竟時。」由「終了」又可以引申為「終究」、「究竟」，如劉禹錫〈天論上〉：「道竟何為邪？」這是說：「道」這個東西究竟有什麼用處呢？由此又可以引申為「最終」，

▲奏樂圖，漢畫像磚。

如《史記．屈原賈生列傳》：「竟死於秦而歸葬。」

邊界爲國境的終了，所以當「境」字未產生以前，「竟」作「境」用，如《左傳．宣公二年》：「亡不越竟，反不討賊，非子而誰？」這是說：逃走而又不逃出國境，回來而又不討賊，不是你又是誰呢？《商君書．徠民》：「竟內不失須臾之時。」這是說：國境以內不誤一點農時。這個意義後世均寫作「境」。

几部

几　几　几

①　②　③

「几」字，讀作ㄐㄧ是個象形字。①是小篆的形體，像短而小的桌形，可以坐、卧、靠或放置東西，一器多用。②是竹簡文的形體。③是楷書的形體，與小篆相似。

《說文》：「几，踞几也。象形。」許說正確。據《周禮．春官》記載，上古有「五几：玉几、雕几，彤几、漆几、素几。」《孟子．公孫丑》：「隱几而卧。」即伏在几上睡覺。今北方仍有炕几、桌几的用具。

在古代典籍中，常見「几杖」一詞，那是指几案和手杖，主要是供老年人平時靠身和走路時扶持之用，所以古以賜几杖爲敬老之禮，如《史記．孝文紀》：「吳王詐病不朝，就賜几杖。」

另外，「几」字還能讀作ㄐㄧˇ。「几几」爲「彎曲」義，如《詩經．豳風．狼跋》：「公孫碩膚，赤舄（ㄒㄧˋ，以金爲飾的鞋）几几。」大意是：公子王孫體肥胖，紅鞋彎彎眞漂亮。

▲戰國漆木几。

「几」與「幾」本爲含義不同的兩個字。「幾」爲「細微」、「庶幾」等義，多作疑問詞，用來詢問數目，如

《孟子・離婁》：「子來幾日矣？」現在「幾」借「几」作簡化字，應讀爲ㄐㄧˇ。

「几」是個部首字。在漢字中，有些字的結構中含有「几」的部分而又難以歸部，就歸入「几」部了。如《康熙字典》中的凡、凱、憑等字，《新華字典》中的風、鳳、夙、凫等字。

八　部

①　②　③　④

這個「八」字雖很簡單，但它仍是個會意字。甲骨文①和金文②都是表示一個東西被分成兩半的樣子。所以「八」就是「分」的意思。小篆③好像兩個「人」背靠背的樣子，所以也有「分別」之義。④是楷書的形體。

「八」當「分」講的本義後來完全消失了。當數字用的「八」那是同音假借的問題，在詞義上沒有任何聯繫。

在《周禮・郊特牲》中有「八蠟」一詞。所謂「八蠟」，是古代奴隸主貴族在臘月祭神的名稱。請注意：「八蠟」的「蠟」字應當讀爲ㄓㄚˋ（詐），這是個特殊讀音。

「八」字是個部首字。在漢字中凡由「八」字所組成的字大都與「分」有關，如「小」、「分」、「半」等字。

①　②　③　④

這個「小」字也是個會意字。甲骨文①的當中是一塊細長之物，其兩側是一個「八」字，就是分的意思。一物分爲二物，當然就比原物小了。②是金文的形體，其義仍同於甲骨文。小篆③是由甲骨文變來的，其「分」義更爲明顯。④是楷書的寫法。

「小」的本義與「大」相反。這個詞義極易理解，但是在古書中由「小」字所組成的詞我們可要認眞對待，稍不注意就會搞錯。比如「小年」一詞，一般是指「幼年」。至於「惠（蟪）蛄不知春秋，此小年也」(《莊子·逍遙遊》)，這裡面的「小年」若解爲「幼年」，那就錯了，應當解爲「壽命短促」。原話的意思是：蟪蛄連春秋都不知道，因爲它的壽命太短促了。

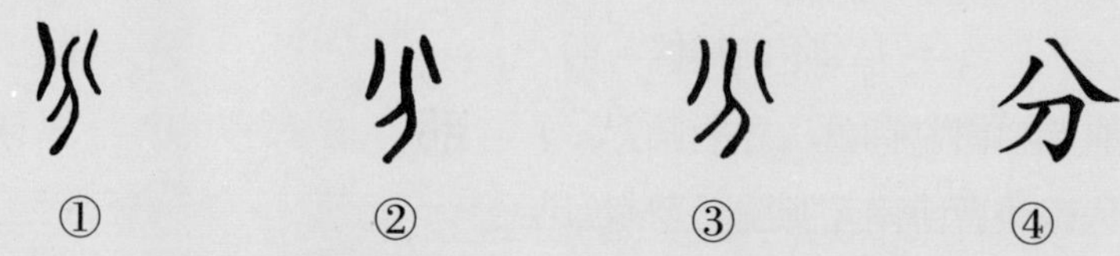

① ② ③ ④

這個「分」字也是個會意字。甲骨文①的外面是個「八」字，當中是一把「刀」，「以刀判物謂之『分』」，也就是說：用刀把一個東西割開就叫做「分」。②是金文的形體，中間的刀形更爲形象。③是小篆的形體，與甲、金文字完全一致。④是楷書的寫法。

「分」字的本義是「分開」，如：「分天下以爲三十六郡。」（《史記·秦始皇本紀》）至於「四體不勤，五穀不分」（《論語·微子》）中的「分」字應解釋爲「分辨」，是從本義中引申出來的。從「分開」之義又可以引申爲「一半」的意思，如《列子·周穆王》：「人生百年，晝夜各分。」也就是說：人活一百歲，白天與晚上各占一半。

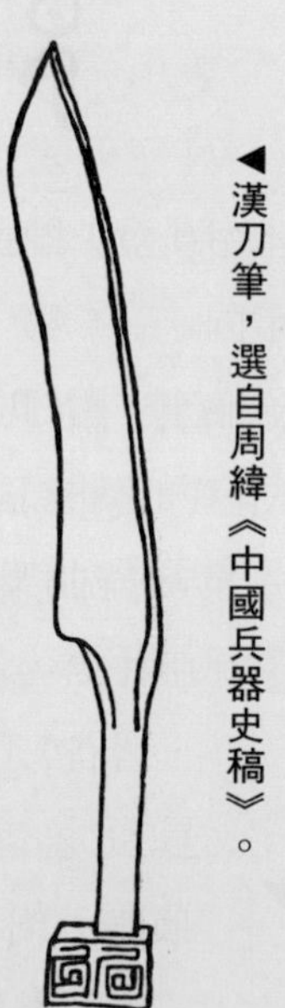

◀漢刀筆，選自周緯《中國兵器史稿》。

請注意：「各守其分，不得相親」(《淮南子·本經訓》)中的「分」字當「名分」或「職分」講。這裡的「分」字你若讀爲ㄈㄣ（芬）就不對了，這裡必須讀ㄈㄣˋ（奮）。再比如《漢書·蘇武傳》：「自分已死久矣。」這裡的「分」字當「料想」講，必須讀ㄈㄣˋ。當「格外」講的「分」字也應讀作ㄈㄣˋ，如：月到中秋分外明；粗茶淡飯分外香。這兩句話中的「分」都必須讀作ㄈㄣˋ，是「格外」或「特別」之義。

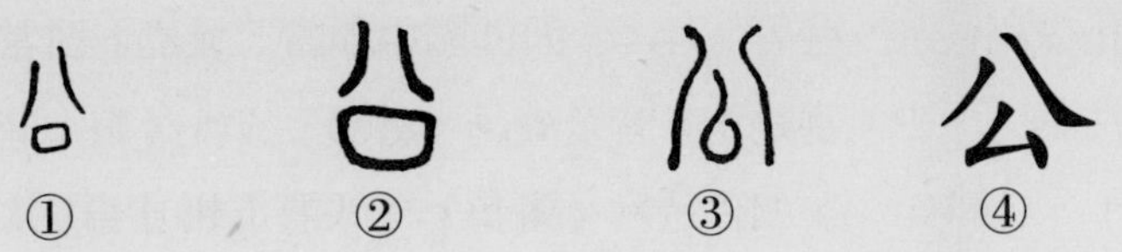

這是「雨我公田」的「公」字，很可能是一個象形字。關於「公」字的本義，衆說紛紜。①是甲骨文的形體，據朱芳圃先生說，「公」字本爲「甕」字的初文，也就是一個大口甕的形象，上有甕蓋。②是金文的形體，將其下部的方口變爲圓口。③是小篆的寫法。④是楷書的形體，從「八」從「ㄙ」。

《說文》：「公，平分也。」恐非本義。「公」可能原爲「瓮」形，後來因爲被假借爲「公私」、「公平」等，所以只好在「公」下又增加一個「瓦」字作爲義符，這就新產生了一個「瓮」字，從此以後，「公」與「瓮」便有了明確的分工。

《韓非子・五蠹》：「自環者謂之『私』，背私謂之『公』。」此說實爲許慎所本。「公」與「私」相對，如《商君書・農戰》：「先實公倉，收餘以食親。」大意是：先要裝滿公家的糧倉，餘下的糧食再用來供養父母。由「公家」又能引申爲「公正」，如《鹽鐵論・非鞅》：「邪臣擅斷，公道不行。」也就是說：奸臣們獨斷專行，公正的道理就無法實現。由「公正」又能引申爲「公開」、「公然」等。

「夜來風雨聲，花落知多少。」這個「少」字本爲指事字。上古「少」與「小」通用。①是甲骨文，僅四個小點，表示不多。②是金文的形體，是在「小」字的基礎上再加上一撇（指事符號），仍表示不多。這一撇是撇向右，在甲、金文字中左右反正往往無別。③是小篆的形體。④爲楷書的寫法。

《說文》：「少，不多也。」這個「不多」正是「少」字的本義，如《孫子兵法・謀攻》：「敵則能戰之，少則能逃之。」大意是：敵我兵力相當，就能打敗它；我們兵力少，就要避開它。由「不多」義可以引申爲「稍微」，如《戰國策・趙策四》：「太后之色少解。」也就是說：太后的怒色稍微和緩了一些。

請注意：「少」字是個多音多義詞，當讀ㄕㄠˋ（哨）時，一般是指「少年」、「青年」，如孫過庭《書譜》：「老不如少。」即「老年不如少年」的意思。至於《史記．扁鵲倉公列傳》中所說的「少腹痛」，那是指「小肚子痛」。可見，「少」可做「小」的通假字，在「大小」的意義上，「少」可代「小」而用。

① ② ③ ④

「不稼不穡，胡取禾三百兮？」這個「兮」字本為指事字。①是甲骨文，橫線之上的兩點是指事符號，表示說話時聲音自口中發出。②是金文的形體，與甲骨文相似。③是小篆的寫法。④為楷書的形體。

《說文》：「兮，語所稽也。」「稽」本為「停留」的意思，這裡是指聲音延續義。「兮」字是語氣詞，古代多用於詩賦的句中或句尾，和現代漢語的「啊」、「呀」相仿，如劉邦〈大風歌〉：「大風起兮雲飛揚。」這是用在句中的；《詩經．衛風．碩人》：「巧笑倩兮，美目盼兮。」（倩：笑靨美好貌。盼：轉目時黑白分明。）這是用在句尾的。不管在句中還是在句尾，均可以譯作「啊」或「呀」。

① ② ③

白居易的〈賣炭翁〉：「半匹紅紗一丈綾，繫向牛頭充炭直！」這裡面的「半」字也是個會意字。金文①的上部是個「八」字，是「分」的意思；下部是個「牛」字，把一條牛分成兩部分就是「半」字的本義。小篆②的形體，也基本上同於金文。③是楷書的寫法，變走樣了，上部的「八」變成了兩點，下部的「牛」變成了兩橫一豎。

「半」字的本義就是二分之一，如半尺布、半文錢、半壁江山等等。由「二分之一」又可以引申為「大塊」的意思，如《漢書．李陵傳》：「令軍士人持二升糒（ㄅㄟˋ備）、一半冰。」這句話的大意是：命令戰士每人拿著二升乾飯(「糒」)、一大塊冰。值得注意的是，這裡的「半」

字若讀作ㄅㄢˋ（辦）那就不對了，應讀作ㄆㄢˋ（盼）。可見「半」字也是個多音多義詞。

入　部

①　②　③　④

「蓮子心中苦，梨兒腹內酸。」這個「內」字本為會意字。①是甲骨文的形體，上為「屋」，下為「入」，入屋為「內」。②是金文的形體，與甲骨文相似。③是小篆的形體。④為楷書寫法。

《說文》：「內，入也。」桂馥認為：「凡自外入為內，所入之處亦為內。」入內即為「納」，所以「內」字的本義為「納」，讀作ㄋㄚˋ，如《史記・秦始皇本紀》：「百姓內粟千石，拜爵一級。」這是說：老百姓若能交納一千石糧食，就升官一級。

「內」由本義「納」可以引申為「裡面」，表方位，與「外」相對，讀作ㄋㄚˋ。如《廣雅・釋言》：「內，裡也。」《儀禮・士昏禮》：「主婦闔扉（關門），立於其內。」由「裡面」可以引申為「內室」，如《漢書・晁錯傳》：「家有一堂二內。」這裡的「二內」，就是指兩個內室。因為妻、妾多居內室，所以「內」字有時也指「妻」、「妾」，如《西遊記》第六十回：「江湖中說你是一條好漢，原來是個懼內的庸夫！」由「妻」、「妾」義又可以引申為「女色」，如〈左傳・僖公十七年〉：「齊侯好內。」這是說：齊侯貪於女色。

心在胸內，所以有時「內」也指「內心」，如白居易〈六年春贈分司東都諸公〉：「我為同州牧，內愧無才術。」「內愧」，正如今之言「內疚」。

又 部

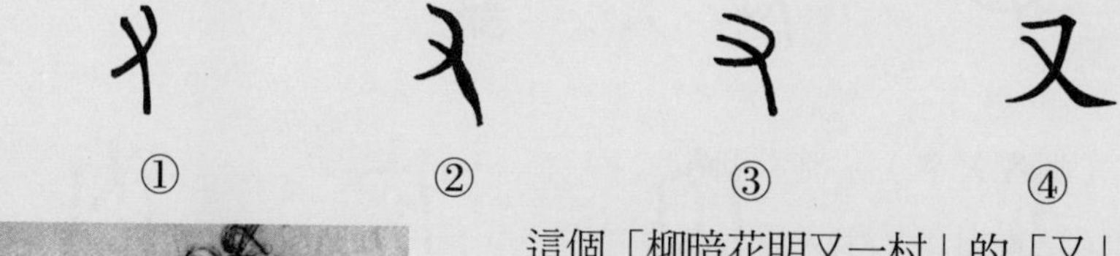

① ② ③ ④

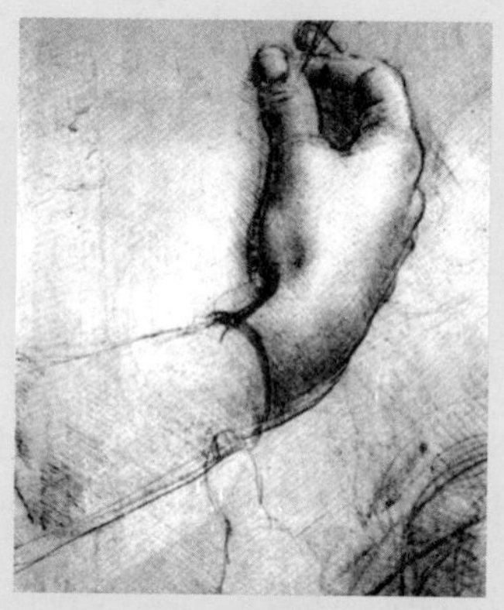

▲手形（局部），達文西奇作。

這個「柳暗花明又一村」的「又」字本是個象形字。甲骨文①就像一隻右手：向左上方和左下方伸展的筆畫表示手指頭，向右下方伸展的一長筆表示手臂。金文②就更像一隻右手了，粗大的手指頭（僅三個）向左上方伸展。小篆③也是三個指頭向左的一隻右手。④是楷書的形體，倒是與甲骨文的形體極爲相似。

「又」字的本義就是「右手」。可是當有了「左右」的「右」字以後，這個「又」字就當「更」、「再」講了，表示重複或繼續。比如：「野火燒不盡，春風吹又生。」（白居易〈賦得古原草送別〉）「又」字還可以引申爲表示更進一層的意思，如《三國演義》第七回：「吾乃袁氏之故吏，才能又不如本初。」大意是：韓馥說，我是袁氏的舊臣，才能又不如本初。由「更進一層」的意思又引申爲表示整數之外又加零數的意思，如「一又二分之一」。「又」字之前的數是整數，「又」字之後的數是零數。

請注意：在《詩經》中的「又」字常常作「有」字的假借字用，如《詩經．周頌．臣工》：「亦又何求？」這裡的「又」字就代替了「有」字。

「又」字是個部首字。在漢字中，凡由「又」字所組成的字大都與「手」有關，如「及」、「雙」、「父」、「友」、「右」、「芻」、「皮」、「史」、「爭」、「受」等字。

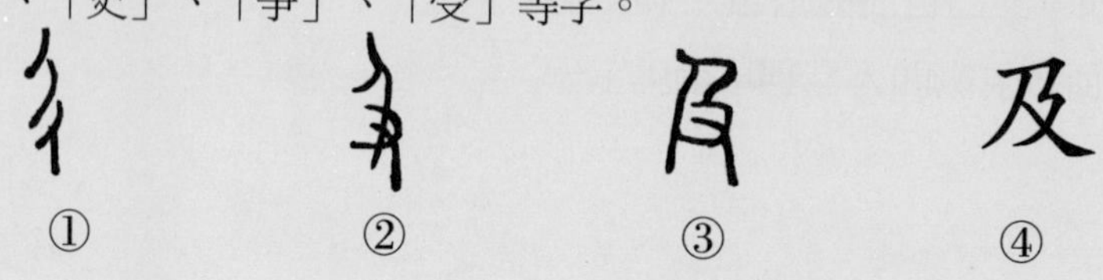

① ② ③ ④

這是「及春當耕耘」的「及」字。這個字是個會意字，觀其結構，頗爲醒目。甲骨文①的左上方是一個面朝左的彎著腰的「人」，右下方是一隻右手，意思是手捉住了一個人。金文②的中間也是一個面朝左而彎腰的「人」，背後伸過來一隻右手捉住了腿，而且手指超過了腿。小篆③的上部也是一個面朝左的「人」，腰部彎到九十度，手臂向下伸得特別長，右下部是一隻右手，好像人的腳就站在這隻右手上似的。④是楷書的形體，是由小篆直接變來的。

「及」字的形體表示手捉住了一個人。之所以能夠捉住，是因爲追上或趕上了。因此「及」字的本義就是「追上」或「趕上」，如《左傳・成公二年》：「不能推車而及。」意思是：不能下去推車，所以就被敵人追上了。由「追上」又能引申爲「到」或「至」，如：「賓入及庭。」（《儀禮・燕禮》）也就是說，賓客進來走到庭前。由「到」又能引申爲「比得上」，如在李白的〈贈汪倫〉詩中有這樣兩句：「桃花潭水深千尺，不及汪倫送我情。」這裡面的「不及」就是「比不上」的意思。

以上的「及」字都是當動詞用。由動詞又能發展爲連詞，如《詩經・豳風・七月》：「七月亨葵及菽。」「亨」就是「烹」，「葵」是一種水菜，「菽」是豆子。這句詩的意思是：七月就要烹煮水菜和豆子。這裡的「及」字就當連詞「和」、「與」講。

這個「友人萬里情」的「友」字是個會意字。甲骨文①是兩隻右手靠在一起，這就像現在的舊友重逢，兩人都伸出右手，緊緊相握，表示友誼。金文②是兩隻粗壯的右手。③是小篆的形體，兩隻右手一上一下。可是到了楷書④，把小篆上部的一隻右手變成了一隻左手，這樣書寫方便，形體美觀。

「友」字的本義就是「朋友」，如《荀子・性惡》：「擇良友而友之。」這句話中的兩個「友」字詞性是不同的：前一個「友」字是名詞，當「朋友」講；後一個「友」字是動詞，當「友好」講。也就是說，要選擇好的朋友和他友好。凡「友好」，大都互相親近，因此，「友」字從

▶《甲金篆隸大字典》中的「友」字。

「友好」之義又可以引申爲「相親近」，如：「瓚深與先主相友。」(《三國志・蜀志・先主傳》)這裡的「相友」也就是「相親近」的意思。

在古書中常見「友于」一詞，如《書經・君陳》：「友于兄弟。」這是指「兄弟相愛」的意思。另外，陶潛〈庚子歲五月從都還阻風〉詩：「再喜見友于。」若把這句詩中的「友于」理解爲「兄弟相愛」那就錯了。這裡的「友于」是「兄弟」的代稱，當然也是從「兄弟相愛」之義引申出來的。所謂「再喜見友于」，也就是說：更爲高興的是又見到兄弟們。

在上古，「朋」和「友」的含義是有區別的：「同門曰朋」，即師從同一個老師的人稱爲「朋」；「同志曰友」，也就是說「志同道合之人」稱爲「友」。

① ② ③雙 ④双

這是「比翼雙飛」的「雙」。金文①的上部是嘴巴朝左的一對鳥(佳)，其下是一隻右手，可見這是一個會意字，是一隻手捉住了兩隻鳥的意思，這就叫做「雙」。②是小篆的形體，基本上同於金文。③是楷書的寫法，與小篆的結構完全一致。④是簡化字。

▲民間剪紙：對鳥。

「雙」字的本義就是「一對」，如「白璧一雙」，就是「白璧一對」的意思。由「一對」之義也可以引申爲「偶」的意思，與「單」或「隻」相對，如：「唐朝故事，隻日視事，雙日不坐。」(《宋史・禮志》)這幾句話的大意是：過去唐朝的典章制度，單日坐堂辦公，雙日則不坐堂。凡「偶」就有比較的可能，所以「雙」字又可以引申爲

「比較」或「匹敵」之義，如「其像無雙」（宋玉，〈神女賦〉）。也就是說：其相貌無人能與她匹敵（相比）。

「聰明反被聰明誤。」這個「反」字本爲會意字。①是甲骨文的形體，左邊爲「厂（厓）」，右邊爲「又（手）」，表示用手攀援山厓而上之意。②是金文的形體，與甲骨文相似。③是小篆的寫法。④爲楷書的形體。

《說文》：「反，覆也。」其實，「覆」並不是「反」字的本義，而是引申義。「反」字的本義是「攀」，在經傳中常寫作「扳」，比如《禮記・喪大記注》中的「攀援」就寫作「扳（反）援」。可見，「反」就是「扳」字的古文，是「援引」、「攀登」之意。由「攀登」可以引申爲「翻轉」，如《荀子・非相》：「定楚國，如反手爾（耳）。」由「翻轉」可以引申爲「相反」，與「正」相對，如《莊子・秋水》：「知東西之相反。」至於「春往冬反」（《韓非子・說林上》）中的「反」卻非「相反」義，而是「返回」義，在這個意義上，後世均寫作「返」。

請注意：《荀子・儒效》中有這樣一句話：「積反貨而爲商賈。」所謂「商賈」就是商人，「反貨」就是「販貨」，可見，「反」字可作「販」字的通假字，所以，這裡的「反」必須讀作ㄈㄢˋ，而不能讀爲ㄈㄢˇ。

「支」是個會意字。①是《說文》中古文的形體，像手持竹枝或樹枝之形。②是小篆的形體。③是楷書的寫法。

《說文》：「支，去竹之枝也。從手持半竹。」張舜徽先生認爲，所謂「去竹之枝」，就是「去其旁小枝條而後可用」。所謂「手持半竹」，就是手（又）拿小篆「竹」字的一半之形，即一條竹枝。可見「支」字實爲「枝」字的初文，如《詩經・衛風・芄蘭》：「芄蘭（一種蔓生植物）之支。」這句詩中的「支」即爲「枝」。由「枝條」義可以引申爲「分支」義，如《新唐書·驃國傳》：「有江，支流三百六十。」

「支」可作「肢」的假借字，如《資治通鑑·漢紀》：「心腹四支，實相悖賴，一物不備，則有闕（缺）焉。」

「支持」一詞，今天多用爲「支撐」、「鼓勵」、「贊助」義，但古代多指「對付」義，與今天用法完全相反，如《元曲選·殺狗勸夫》：「他覺來，我自支持他，包你沒事。」這裡的「支持他」就是「對付他」的意思。

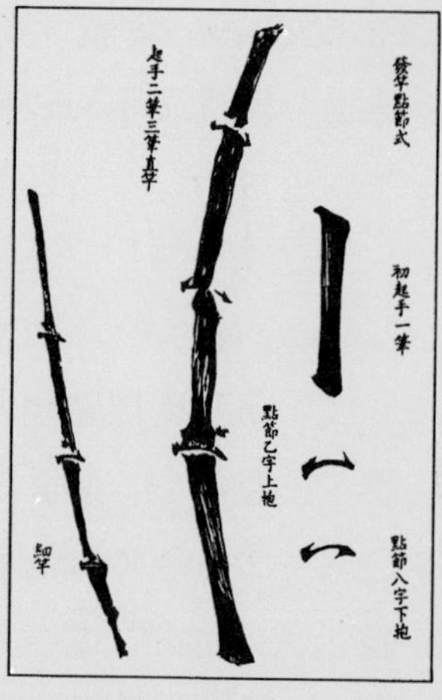

▲《芥子園畫傳》中教如何畫竹的一頁。

「支」字是個部首字，但眞正屬於「支」部的字卻極少，《說文》中「支」部僅收了一個字，所以「支」字多作形聲字的聲符，如「芰」、「伎」、「吱」、「岐」、「妓」、「技」、「翅」等字。《新華字典》刪去了「支」部。

① ② ③ ④

這個「父」字是個會意字。甲骨文①左邊的一條豎線是工具之形（即斧石之類），右邊是一隻手，手拿工具表示從事野外勞動的男子。金文②也是這個意思，不過所用的工具較甲骨文的形體更粗壯。③是小篆的形體，右手之形尙能看出，但工具之形已經不見了。④是楷書的形體。

「父」字，照郭沫若的說法，就是「斧」字的初文。手拿石斧從事艱苦的野外勞動的男子即爲「父」，後則引申爲「父母」之「父」。由「父母」之「父」，又可以引申爲對老年人的尊稱，比如「田父」、「漁父」等等。不過這裡的「父」字必須讀爲ㄈㄨˇ（府）。柳宗元的〈鈷鉧潭西小丘記〉中有這樣一句話：「農夫漁父過而陋之。」也就是說：種田的、捕魚的老人路過而看不起它。「父」字有時也可以代

▲殷代出土的斧。

「甫」而用，那是古代在男子名字之下所加的美稱，如《史記・齊太公世家》：「封師尚父于齊營丘。」意思是：把齊國營丘這個地方封給了師尚。「師尚」之後加一個「父」（甫）字就是給師尚的美稱。

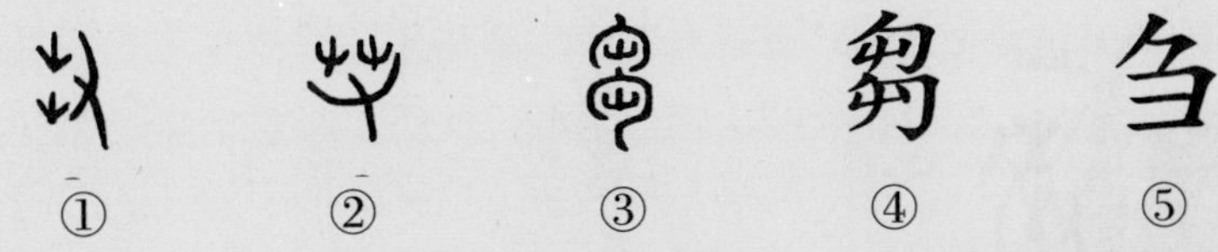

①　②　③　④　⑤

這個「芻」（ㄔㄨˊ鋤）字是個會意字。甲骨文①的左邊是兩棵草，右邊是一隻大手，手拔青草，「以飼耕牛」。金文②那就更形象了，手在下方，草在手上。③是小篆的形體，「手」形發生了僞變，草形猶在。④是楷書的形體，直接由小篆演變而來。⑤是簡化字。

「芻」字的本義是拔草。又可以引申爲割草，如《說文解字・草部》：「芻，刈（ㄧˋ藝）草也。」所謂「刈草」就是割草。割草幹什麼呢？餵牲口。所以餵牲口的草也叫「芻」，如《莊子・列禦寇》：「（牛）食以芻叔。」也就是說：用草和豆子（叔即菽，豆子）餵牛的意思。也正因爲餵牛的草叫芻」，所以牛羊的回嚼就叫「反芻」。

▲收穫圖（局部），漢畫像磚。

請注意：在古書中，凡是由「芻」字所組成的詞，基本上都與「草」有關，如：「芻言」，比喻草野之人的言論，往往是指自己的言論的謙詞；「芻靈」，古代送葬用的茅草紮的人馬；「芻蕘」，指割草和打柴的人；「芻秣」，餵養牛馬的草料。

古人寫論說文，很喜歡把自己的言論稱爲「芻議」，相當於「芻言」，表示是草野之人的淺見，這是很謙虛的話。現代人學習古人這種謙虛精神，也往往把自己文章的題目定爲「×××芻議」。這個「芻議」不一定說是草野之人的淺見，而大半是說自己的見解很粗糙淺薄。

①　②　③　④

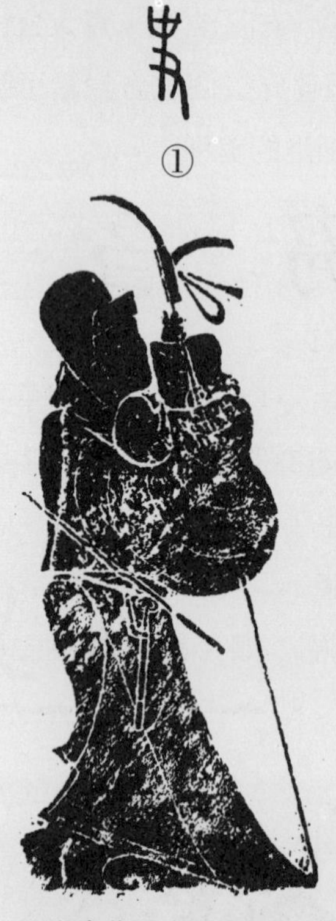
▲漢畫像磚中的官吏圖。

「史」字本來也是一個會意字。甲骨文①的上部的「中」字形，原來也是指捕捉禽獸的長柄網，下部是一隻右手。金文②與甲骨文的形體相類似。③是小篆的形體，是由甲、金文字直接演變而來的，形體大同小異。④是楷書的形體，寫法較小篆方便得多。

「史」字的本義是指管理狩獵或記錄獵獲物的人。後來引申爲記錄國家大事的人叫「史官」，如《左傳・昭公十二年》：「是良史也。」也就是說：這個人是古代的好史官。從「史官」又引申爲記載歷史的書稱爲「史」，如《史通・敘事》：「史之煩蕪。」其意思是：歷史是很煩雜的。

古書中常有「史乘」一詞，這個「史乘」最初是指晉國的一部史書，也叫《乘》。後來稱一般的史書就叫「史乘」。請注意：「史乘」中的「乘」字若讀爲ㄔㄥˋ（秤）那就錯了，這裡必須讀爲ㄕㄥˋ（勝）。

①　②　③　④

「右」字本爲象形字。甲骨文①就像一隻右手之形，所以在上古「又」字就是右手。②是金文的形體，在「又」字之下，又增加了「口」字，變成了一個專當「右手」講的「右」字了。③是小篆的形體，是由金文直接演變而來。④是楷書的形體，把其中的一大撇的方向改到左邊了。

「右」字本爲「又」，是個右手之形。後因「又」字被用爲「再、更」之義了，所以就在「又」下增加了一個「口」字，表示「贊助」之義，如：「天子所右，寡君亦右之。」（《左傳・襄公十年》）也就是說：天子所贊助的，我也贊助之。後又因「右」字被用爲「左右」之

「右」，那麼當「保佑」、「贊助」或「照顧」講的「右」就只好在其左增加了個單人旁，新產生了一個左形右聲的新形聲字「佑」來加以區別。這樣一來，「右」與「佑」就有了明確的分工。在古代是以右爲上的，如「右姓」就是指世家大族；「右職」是指重要的職位；「右戚」是指與帝王親近的親戚；「右族」是指古代有聲望的大族。

請注意：古代的東方和西方，往往用左方和右方代之，如鍾會〈檄蜀文〉：「姜伯約屢出隴右。」所謂「隴右」就是「隴西」，這與我們現在地圖上標的方向正相反。現在看地圖應該是右東左西。

皮

①　②　③

這個「皮」字是個會意字。金文①的左邊是一把長柄平頭的鏟刀，刀柄的右側還有一個鐵環，右下側是一隻手，也就是說，手拿平頭鏟能剝獸皮。小篆②的形體發生了僞變，只是手的部分還仍然保留著，至於平頭鏟的形狀根本看不出來了。③是楷書寫法。

「皮」的本義就是獸皮，如：「皮之不存，毛將安附。」（《左傳・僖公十四年》）也就是說：連皮都沒有了，皮上的毛將在哪裡附著呢？由「獸皮」，又可引申爲物體的表面之義，如：「以目皮相，恐失天下之能士。」(《史記・酈食其傳》)這裡的「相」當「看」講，也就是說：只從表面看，恐怕全天下的能人都會失掉的。

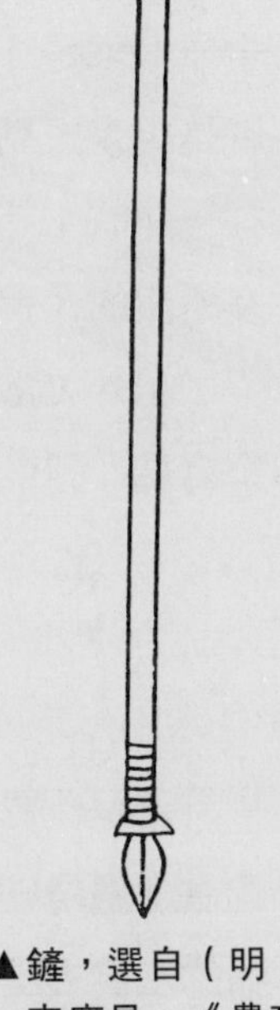

▲鏟，選自（明）宋應星，《農政全書》。

請注意：皮、革、膚三個字在古代的詞義是不同的。皮和革都是指「獸皮」，不過帶毛的叫「皮」，去掉毛的叫「革」。「膚」字則是專指人的皮膚。

爭　爭

①　②　③　④　⑤

這是「百花爭春鬥豔」的「爭」字。甲骨文①是上一隻手和下一隻手在爭奪一個曲形的東西，兩手相爭互不相讓。金文②也同樣是上一隻手和下一隻手在爭奪一件像耕田的犁具一樣的東西。小篆③也是兩隻手在爭奪一條像彎曲的木棍一樣的東西。儘管這三種形體所爭的東西不一樣，但都有兩隻手在爭奪的意思，前後是完全一致的。所以把這個字的本義理解爲「相爭」，那是沒有疑問的。④是楷書的形體，相爭之物變成了一豎鉤。⑤是楷書的異體字，因形體的筆畫少，書寫方便，所以現在大陸廢除了「爭」字，而保留了「争」字。

「爭奪」是「爭」字的本義，如《韓非・說林下》：「爭肥饒之地。」就是爭奪肥沃的土地的意思。從「爭奪」引申爲「爭辨」，如《戰國策・趙策三》：「鄂侯爭之急，辨之疾。」

「爭」字在西北方言中還當「差」講，如：「比著桃源溪上路，風景好，不爭多。」（辛棄疾，〈江神子——博山道中書王氏壁〉）這個「不爭多」就是「差不了多少」的意思。現在西北人說：「爭點兒摔倒。」也就是說差一點兒摔倒。「爭」字還能當疑問副詞「怎」講，如李商隱有這樣一句詩：「爭拭酬恩淚得乾。」這個「爭拭」就是「怎擦」的意思。現在所說的「爭知」也就是「怎麼知道」的意思。

另外，當「爭」字讀ㄓㄥˋ（正）時，就當「規勸」講，這個意義後來寫爲「諍」了。這就產生了一個左形右聲的新形聲字。

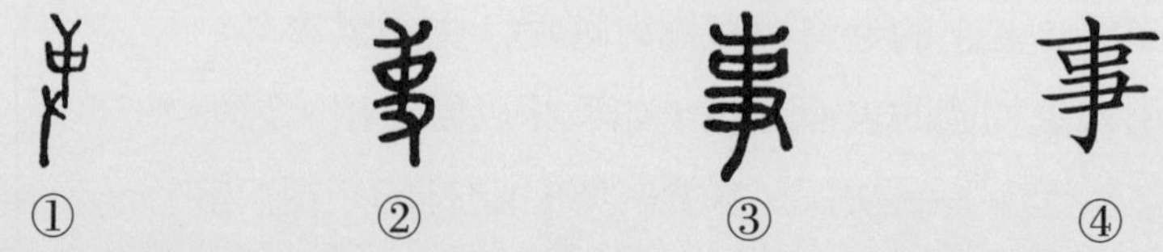

①　②　③　④

這是「言得古今千秋事」的「事」字。這個字是個會意字。甲骨文①的右上邊是一個捕捉禽獸的長柄網，其左下角是一隻左手，這表示手執捕獵的工具去田獵就叫「事」。金文②的形體和甲骨文形體相類似，只是長柄網在上，手在下（由左手變爲右手）。③是小篆的形體，是一隻右手拿著一個柄很長的捕捉工具。④是楷書的寫法，與小篆的形體基本相同。

「事」字的本義原指「捕獵」，後來就引申爲不管做什麼事情都可以稱爲「事」，如：「世異則事異。」（《韓非子・五蠹》）也就是說，時代不同，事情就各異。由「事情」又可以引申爲「從事」，如李白〈鄴中贈大王〉詩：「龍蟠事躬耕。」所謂「龍蟠」就是隱居不做官，這句詩的大意是：隱居而親自從事農田耕作。在李格非的〈書洛陽名園記後〉中有這樣幾句話：「天下常無事則已，有事，則洛陽必先受兵。」這裡的「事」字用「事情」或「從事」之義都講不通。其實，這個「事」是特指「戰事」、「變故」。也就是說：天下太平無事便罷，一旦有戰亂，那麼洛陽就一定要先受到攻擊。

至於「事」當「侍奉」講，那是由「從事」之義引申出來的，如《易經・蠱》：「不事王侯。」也就是不侍奉王侯的意思。

「事件」一詞，現在一般是指歷史上或社會上所發生的大的事故。可是在古代就不同了，如在吳自牧的《夢粱錄》中有這樣的話：「賣早市點心，如煎白腸、羊鵝事件。」這裡的「事件」是專指家畜、家禽的內臟。

「事故」一詞，今天一般指意外的變故或突然發生的災禍，可是古代就不完全是這樣，比如白居易的〈對酒勸令公開春遊宴〉詩：「自去年來多事故，從今日去少交親。」這裡面的「事故」不是變故，也更不是災禍，而是指一般的事情。

請注意：在上古，「事」、「吏」、「使」同體。

① ② ③ 叔 ④

「兄弟列土，叔侄登科。」這個「叔」字本爲會意字。①是甲骨文，左邊的箭頭之下繫有繩索，像弋（ㄧˋ）射之繳，向右彎的是「弓」。②是金文的形體，與甲骨文極爲相似。古借爲伯叔之「叔」。③爲小篆的寫法。④爲楷書的形體。

《說文》：「叔，拾也。」也就是說，「叔」字的本義爲「拾取」，如《詩經・豳風・七月》：「八月斷壺，九月叔苴（ㄐㄩ）。」大意是：八月摘葫蘆，九月拾麻籽。經傳中又假借訓「拾」的「叔」爲「伯叔」之「叔」，即伯、仲、叔、季，排行第三，如柳宗元〈哭連州凌員外司馬〉：「仲叔繼幽淪。」也就是說：二弟和三弟相繼死去。父親的弟弟亦稱「叔」，此爲後起之義，如文天祥

▲戰國青銅器上的紋樣，圖爲一個人俯身拾東西的樣子。

〈指南錄後序〉：「數呂師孟叔侄為逆。」也就是說：指責呂師孟叔侄成了叛逆。因為「叔」與「季」排行第三、第四，具有「末」義，所以古籍中的「叔世」，猶言「末世」，是指國家政權衰敝的年代，如《晉書．劉頌傳》：「實是叔世。」而將衰亂將亡的年代稱為「季世」。

這是「受之有愧」的「受」字。從甲骨文①的形體看，上面是一隻手，下面又是一隻手，中間是一隻「舟」，是一手「授」一手「受」的意思，也就是一方給予一方接受的意思。所以在上古「受」、「授」是用同一個「受」字來表示的，這就叫做「施受同詞」。②是金文的形體，也是「給」和「受」同一隻舟的樣子。小篆③則把中間的「舟」簡化為「禿寶蓋」了，這是為了書寫方便，但是上下的兩隻手還是原樣保留下來。④是楷書的寫法，上為「爪」（手），下為「又」（手），基本上還是小篆的形體。

「受」字既當「給予」講，也當「接受」講，怎樣區別呢？主要是看上下文的意思而定，如《三國志．吳書．吳主傳》：「權辭讓不受。」這是說「孫權辭讓不接受」的意思。《韓非子．外儲說左上》：「因能而受官。」這是說「根據才能而授官」的意思，這裡的「受」字就當「給予」講了。由此可見，上例是「接受」義而下例則是「授予」義，詞義相反，不能混淆。

但到了後世，又在「受」字的左邊加了提手旁，表示用手給的意思，這就產生了新的左形右聲的形聲字「授」字，專當「給予」講，那麼原來的「受」字就專作「接受」用了。這樣兩者就有了明確的分工：「授獎」、「授權」、「教授」等只能用「授」；「接受」、「承受」、「遭受」等只能用「受」。

力　部

▲耕地圖，漢畫像磚。

項羽說過「力拔山兮氣蓋世」的話。這個「力」字是個象形字。①是「力」字的甲骨文形體，看樣子就是古代耕田用的犁：上部彎曲的部分是木製的犁把，下部就是耕田的鐵製犁頭，古代亦稱爲「耒耜」。所以「力」就是犁的象形字。②是金文的形體，③是小篆的寫法，這都不像犁的樣子了，反而有點像三齒的鐵叉。④是楷書。

耕田是要用力的，所以「力」字後來就用爲「力量」的「力」了。當「力」字被用作「力量」講以後，那麼當耕田講的「力」該怎麼辦呢？這就只好再造出一個形聲字「犁」字來代替。這個「犁」字下部的「牛」字，就表示農業技術發展了，開始用「牛」耕田了，其上部的「利」字僅表讀音。

▲古文字中的「力」字。

許愼在《說文解字》中說，「力」像「人筋之形」。這種說法不可信。因爲從古籍中找不到當「筋」講的「力」。

「力」字是個部首字，凡由「力」字所組成的字，大都與「力量」和「行動」有關，如「男」、「勞」、「動」、「勁」、「努」、「助」等。

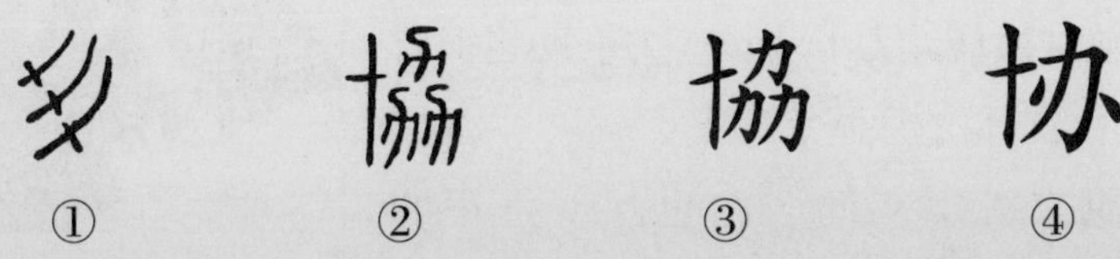

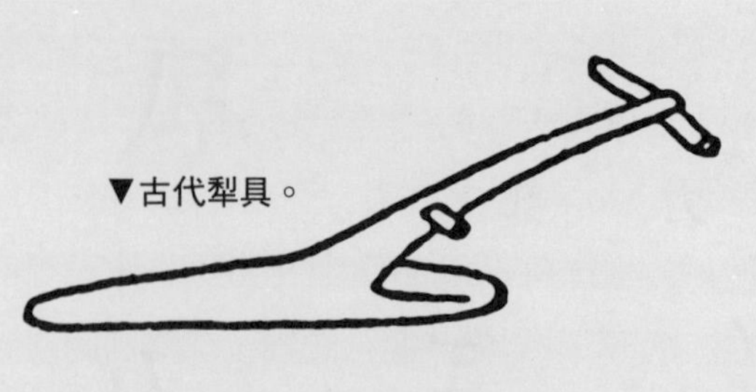

▼古代犁具。

這是「同心協力」的「協」字，本為會意字。①是甲骨文的形體，三個「力」，也就是三個「耒耜（犁具）」之形，表示「同力」之意。②是小篆的形體，在三力的左邊又加上「十」字，表示「衆多的力」。③是楷書的形體。④為簡化字。

《說文》：「協，衆之同和也。」也就是「齊心協力」的意思，如《三國志・蜀書・諸葛亮傳》：「與豫州協規同力。」也就是說：和劉備共同合作。由這個本義又可以引申為「和洽」，如《左傳・僖公二十四年》：「君臣不協。」這是說：君臣之間不夠和洽。

《說文》在「協」字下還說：「叶，古文協，從十從口。」可見「叶」字是「協」字的古文，所以「叶」亦可讀ㄒㄧㄝˊ，有「和洽」義，如王充《論衡・齊世》：「叶合萬國。」也就是說：與萬邦和洽。由該義又可以引申為「共同」義。

請注意：與「協」同義的「叶」字在古代從不當作「樹葉」的「叶」用，一般是用作「叶韻」、「叶句」等。實行簡化字以後，才借用「叶」字代替繁體「葉」字了。

助

① ② ③

這是「風助火勢」的「助」字，本為形聲字。①是金文的形體，其上部為「且」（表聲），其下部為「又」，「又」就是「手」（表形），可見該字是「從又，且聲」的形聲字，表示「以手助」之意。②是小篆的形體，將金文的「又」移到「且」的右邊，並且換作「力」，以「力」助也很有道理。③為楷書的形體。

◀商紂王像。

《說文》：「助，左也。」這裡的

「左」就是「佐」字的本字，為「幫助」之意。可見「助」的本義為「幫助」，如《孟子・公孫丑下》：「得道多助，失道寡助。」大意是：堅持正義就能得到多方面的支持和幫助，違背正義必然陷於孤立無援。

「助紂為虐」，本指幫助商代紂王幹暴虐之事，後世多用來比喻幫助惡人做壞事。後來有人將這個成語寫作「助桀為暴」，這並不錯，在《史記・田單列傳贊》中就寫為「助桀為暴」。「桀」為夏代的暴君。

請注意：「助」字可作「鋤」字的通假字，表示「除去」的意思，如《莊子・徐无鬼》：「以助其色。」這是說：除去他的驕人之色。這裡的「助」應讀作ㄔㄨˊ。

① ② ③ ④

「疾風知勁草，烈火見眞金。」這個「勁」本為形聲字。丁佛言認為①是古陶文的形體，其左為「弓」（表形），其右為「巠」（表聲），可見這個字是「從弓巠聲」的形聲字，表示弓很有力。②是小篆的形體，將「弓」移到「巠」的右邊，並且換作「力」，有「力」就有「勁」，也有道理。③是楷書繁體字。④為簡化字。

《說文》：「勁，強也。」其實「勁」字的本義，並不是指一般的「強」，而是指「強弓」，如賈誼〈過秦論〉：「良將勁弩，守要害之處。」「弩」是古代的一種用機械力量射箭的弓。這話的原意是：派虎將執強弓，把守要害的地方。在古書中常見「勁直」一詞，那是指剛勁正直，如《韓非子・孤憤》：「能法之士，必強毅而勁直。」

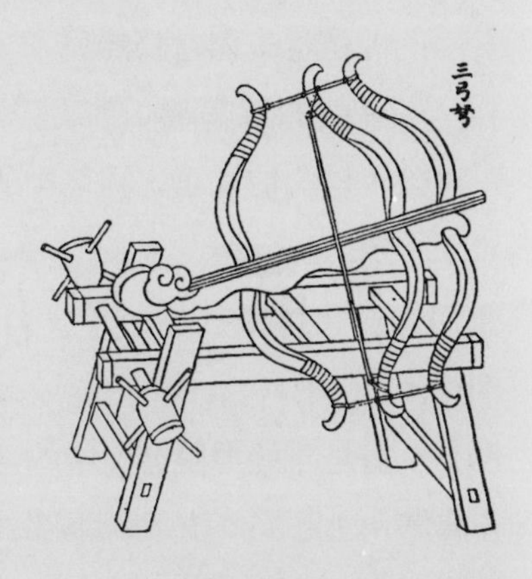

▲宋代三弓弩，選自周緯《中國兵器史稿》。

請注意：「勁」字還可以讀作ㄐㄧㄣˋ，如：使勁、用勁、幹勁、衝勁、起勁等等。

① ② ③ ④

「男」字是個會意字。甲骨文①的左邊是「田」，右邊是個犁鏵一樣的耕田工具。古代勞動人民在勞動上有所分工，這種耕田之事是由男人擔任的，所以稱為「男」。②是金文的形體，犁鏵變得像手形。③是小篆的形體，基本上與金文相似，只是「力」字移到了「田」下。④是楷書的寫法。

▲耕種圖，漢畫像磚，陝西綏德出土。

「男」字的本義，就是指能在田中勞動的壯年男子，如《禮記·內則》：「三十而有室，始理男事。」也就是說：男人到了三十歲成家立業，開始作男人該作的事。《史記·文帝本紀》：「太倉公無男，有女五人。」這裡的「男」字不能理解為一般男女的「男」，而是特指「兒子」講的，這是說太倉公無兒子，只有五個女兒。

周朝的五等爵位都是男子充任，所以「男」字就被借為五等爵位（公、侯、伯、子、男）中的第五等。這五等爵位直到清代還在沿用。

① ② ③ ④

這是「智勇雙全」中的「勇」字，本為會意兼形聲的字。①是金文的寫法。上部為「戈」，下部為「用」。「用」亦表音，意謂「用戈者，勇也」。②是《說文》中古文的寫法，上部訛變為「甬」，下部為「心」，可見「勇」與「心」有關。③是小篆的形體，「心」又變為「力」，說明「力」是「勇」的基礎。④是楷書的寫法。

《說文》：「勇，氣也。從力甬聲。」「勇」字的本義為「勇氣」，如《左傳·曹劌論戰》：「夫戰，勇

▶秦始皇兵馬俑中身披鎧甲的武士。

氣也。」這是說：打仗，就必須憑藉勇氣呢。《莊子・胠篋》：「入先，勇也。」有氣力、有膽量的人稱爲勇士，如《史記・廉頗藺相如列傳》：「臣竊以爲其人勇士，有智謀，宜可使。」

在古代，「勇猛精進」是指刻苦修習、猛進不已的意思，如《無量壽經》上：「勇猛精進，志願無卷惓（倦）。」

刀　部

① ② ③ ④

這就是「大雪滿弓刀」的「刀」字。甲骨文①的上部是刀柄，下部是刀頭，是帶「刃」的部分。②是金文的形體，大體上與甲骨文相似。所以「刀」字是個象形字。到了小篆③，刀柄成了彎曲形，不過還有點「刀」的樣子。可是到了楷書④，那就一點也不像「刀」的形狀了。

「刀」字除了其本義當「刀槍」的「刀」講之外，還有另外的兩個詞義我們要注意。比如有的人在讀《荀子・富國》時，把「厚刀布之斂」，解釋爲「用厚刀割布」，那就錯了。其實古代的一種金屬貨幣的樣子像刀，所以稱爲「刀布」（「布」是古代的一種錢幣）。所謂「厚刀布之斂」，就是「加重貨幣稅收」的意思。這是其一。其二，在《詩經・衛風・河廣》中有「誰謂河廣？曾不容刀」的話。你可千萬不要解釋爲「誰說黃河寬呢？連把小刀都容納不下」。這就把「刀」字完全解釋錯了。這裡的「刀」當「小船」講，後世則常寫爲「舠」（ㄉㄠ刀）。

▲刀布。

「刀」字作偏旁用的時候，就寫作「刂」，同樣也是兩畫，均在一個漢字的右側，稱爲「立刀旁」或「側刀旁」。凡是從「刂」的字，大都與「刀」的作用有關，如：「刃」、「刑」、「剁」、「利」、

「割」、「剖」、「剝」等字。

① ② ③

這是與敵展開「白刃戰」的「刃」字。甲骨文①是刀頭向右歪的一把刀，在其刃部加一個點兒，作爲指事符號，表明此處最鋒利，即刀刃所在。所以「刃」字在六書中就屬於「指事字」一類。小篆②則大體與甲骨文的形體相似，只不過刀頭朝左歪罷了。但楷書③則看不出刀刃的樣子了。

▲商代青銅刀，右邊爲早期金文中的「刀」字。河南安陽出土。

這裡值得我們注意的是：「刃」字除了當刀刃講之外，還能引申爲泛指刀的意思，如王充《論衡》：「童子操刃與孟賁戰，童子必不勝。」意思是：一個小孩拿刀與一個勇士戰，小孩一定不勝。可見這個「刃」字，就當「刀」講。再者，「刃」字本爲名詞，但有時也當動詞用，如：「左右欲刃相如。」（《史記・廉頗藺相如列傳》）這裡面的「刃」字就當「殺」講，意思是，左右的人都想殺掉藺相如。

① ② ③ ④

這是個「勿」字。甲骨文①是一把刀頭向左彎的刀，其中的三點，是表示用刀割東西而沾附於刀上的物屑等。而這些物屑往往是無用之物，所以「勿」字的本義當「不要」講。「勿」字是個會意字。②是金文的形體，與甲骨文基本相同。③是小篆的寫法，把其中的「點兒」變成撇了。④是楷書的寫法，是直接由小篆的曲筆變來的。

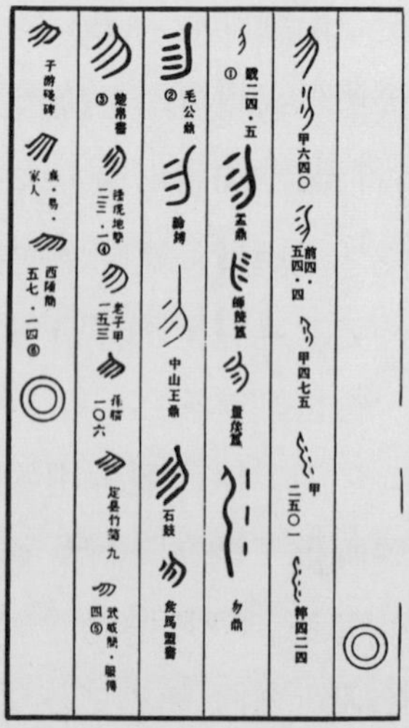

◀《甲金篆隸大字典》中的「勿」字。

「勿」字的本義當「不要」講，這在古代書籍中是常見的，如《孫子兵法・軍事》：「餌兵勿食。」所謂「餌兵」，就是用來誘敵的軍隊。大意是說，用來誘人上鉤的軍隊，不要去消滅它。從「不要」又引申爲否定副詞「不」的意思，如《左傳・莊公十二年》說：「衛人欲勿與。」也就是說：衛國人想不給。

在古典文學中，經常會見到「勿勿」一詞，雖然也有「匆匆」的意思，但你可別認爲是「匆匆」兩字之誤。因爲「勿勿」一詞本身就有「匆匆忙忙」的意思。

①　②　③　④

「丁卯毋相雜。」這個「卯」字本爲象形字。①是甲骨文的形體。吳其昌認爲：「卯之始義，爲雙刀對植之形。」「劉」字的左上部分就是「卯」。《爾雅・釋詁》：「劉，殺也。」再者，古音「卯」與「劉」同部，「卯」字的本義亦應爲「殺」。②是金文的形體。③爲小篆的形體，與甲、金文相似。④爲楷體的寫法。可見「卯」字的古今形體是一脈相承的。

《說文》：「卯，冒也。二月，萬物冒地而出，象開門之形，故二月爲天門。」這是牽強附會的說法，不足信。「卯」字在甲骨卜辭中經常有卯幾牢、卯幾牛、卯幾羊的說法，這是用牲之名，殺牲祭祖祭天等。所以「卯」字的本義應爲「殺」。後來本義消失，被假借爲地支的第四位，也是十二時辰之一，故「卯時」即上午五時至七時。因爲這個時間爲舊時官署開始辦公的時間，所以上班點名，也稱爲「點卯」、「畫卯」。早晨喝的酒，古時亦叫「卯酒」，如白居易〈醉吟〉：「心頭卯酒未消時。」也就是說：心頭的晨酒還沒有消呢。

①　②　③　④

這個「刑罰」的「刑」字非常形象。你看甲骨文①的形體，像一個人被關在水牢之中（或阱中）。到了金文②則把「人」移到了「井」外。小篆③則發生了僞變，將金文②右邊的「人」變成了「刀」，好像表明用

「刀」加刑；井內又加上了一個點兒作爲指事符號，表示水在其中。楷書④又發生了一次僞變，把「井」錯變爲「开」了，「刀」變成了「立刀旁」，變得面目全非。倘若不了解這個演變過程，那就無法得知「刑」字的字形與字義有什麼聯繫。

「刑」的本義是「刑罰」，從本義又可引申爲治理，如《周禮・秋官・序官》：「以佐王刑邦國。」就是「幫助國君治理國家」的意思。我們讀《戰國策・魏策》的時候，還會見到「刑白馬以盟于洹水之上」的話，這裡的「刑」是「殺」的意思，「刑白馬」就是「殺白馬」的意思。

① ② 刖 ③

這個「刖（ㄩㄝˋ月）」字本爲象形字。甲骨文①的形體多麼形象，是正面站立的一個人，只有一隻左腳，其右是一把鋸子，把右腳鋸掉了。這是古代一種極爲殘酷的刑罰。小篆②則變成了會意字了，其左是月（肉），其右是（刂），割去腳，也有以刀割肉之意。有人認爲「刖」字是個左聲（月）右形（刀）的形聲字，其實這是個誤解，因爲其左邊根本不是「月亮」之「月」，而是「肉月旁」。③是楷書形體，是由小篆直接變來的。

▲周代青銅器上受刖刑的人像（局部）。

「刖」字的本義就是把腳砍掉的一種酷刑，在上古亦稱「剕（ㄈㄟˋ廢）刑」，如：「王以和爲誑，而刖其左足。」（《韓非子・和氏》）「和」就是「和氏」（人名），「誑」就是欺騙。大意是：王認爲和氏在搞欺騙，所以就砍掉了和氏的左腳。由這個本義又可引申爲「截斷」，如《易林・艮之需》：「根刖殘樹，花葉落去。」這個「根刖」也就是把根截斷的意思。

「刖」亦有「削」的意思。有人把「削足適履」寫爲「刖趾適屨（ㄐㄩˋ據）」，你可別認爲人家寫錯了，其實原話出自《魏略》。「趾」就是腳，「屨」就是麻鞋（或鞋）。這仍然是「削足適履」的意思。

①　②　③

「列星隨旋。」這個「列」字本爲象形字，與「歹」同字。甲骨文①的上部像枯骨破碎的裂紋，下部像死人的空骨，所以「歹」亦有「列」義。②是小篆的形體，枯骨亦有變形，並在其右增加了「刀」，表示用刀裂。③是楷書的寫法。

《說文》：「列，分解也。」這是對的。可見「列」正是「裂」字的初文，是「分解」、「割裂」的意思，如《荀子・大略》：「古者列地建國。」所謂「列地」，就是割地。由「分割」又可以引申爲「行列」、「位次」等，如《左傳・僖公二十二年》：「既濟，而未成列。」這是說：已經渡過了大河，但還沒有來得及排成行列。由「行列」又可引申爲「排列」，如《晉書・宣帝紀》：「帝列陣以待之。」意思是：宣帝（司馬懿）排列陣式而等待。

「列席」一詞，今義是指參加會議而無表決權。但古代的「列席」卻是「設席列坐」的意思，如王勃〈聖泉宴〉：「列席俯春泉。」

「列」字古時還可以作「烈」字的通假字，如「烈風淫雨」在古代多寫作「列風淫雨」。

①　②　③　④

「金就礪則利。」這個「則」字本爲會意字。①是金文的形體，左爲「鼎」右爲「刀」，表示在「鼎」上刻畫。②是小篆的寫法，將金文的「鼎」訛變爲「貝」。③是楷書繁體字，由小篆體演變而來。④是楷書簡化字的寫法。

《說文》：「則，等畫物也。從刀從貝。」許愼所說的「等畫物」，就是比照樣子刻畫器物的意思，近於本義。但認爲「從刀從貝」則不妥，因爲「則」字的金文左邊爲「鼎」，並非「從貝」。實際上，在上古多將刑書、律法鑄於大鼎，作爲人們行動的準則（見《左傳・昭西元年》的記載）。所以「則」字的本義爲「法則」、「準則」，如屈原〈離騷〉：

「願依彭咸（殷賢大夫）之遺則。」也就是說：願意依照彭咸這位賢人留下來的準則行事。成語「以身作則」也正是這個意思。由「準則」又能引申爲「效法」，如《史記・周本紀》：「則古公、公季之法。」這句話的意思是：要效法古公、公季（均爲人名）之法。

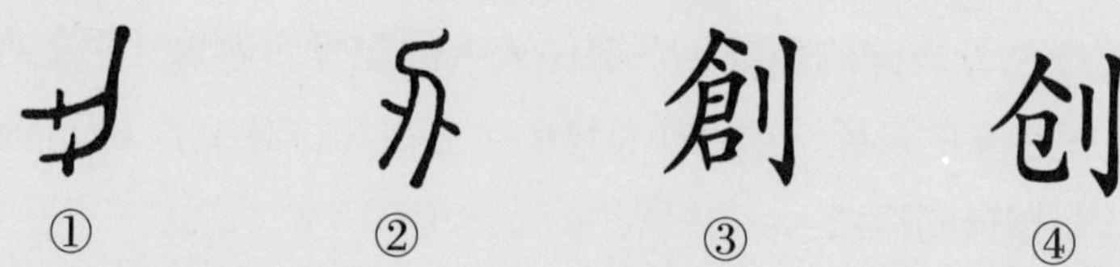

① ② ③ ④

這是「創巨痛深」的「創」字，本爲象形字。①是金文的形體，馬敘倫認爲「象傷物所著之血」。這是指「刀」割過後，刀上還沾了兩滴血。②是小篆的寫法，基本上同於金文。③是楷書繁體字，是由原來的象形字變爲左聲右形的形聲字了。④爲簡化字。

《說文》：「創，傷也。」其實，「創」的本義應爲「割」，而「傷」只能算是引申義，如《後漢書・華佗傳》：「四五日創癒。」這是說：四五天傷口就好了。「創」有「突破」義，所以凡事有所突破也可以稱爲「創」，比如「創舉」、「開創」等。不過這些詞中的「創」字必須讀爲ㄔㄨㄤˋ，而不應讀作ㄔㄨㄤ。

請注意：王充《論衡・書虛》中有「吾君背有疽創」句，這裡的「疽（ㄐㄩ）」是一種毒瘡，所以「疽創」也就是「疽瘡」。可見，「創」字是「瘡」字的假借字，在「瘡癤」、「生瘡」等意義上可代「瘡」而用。

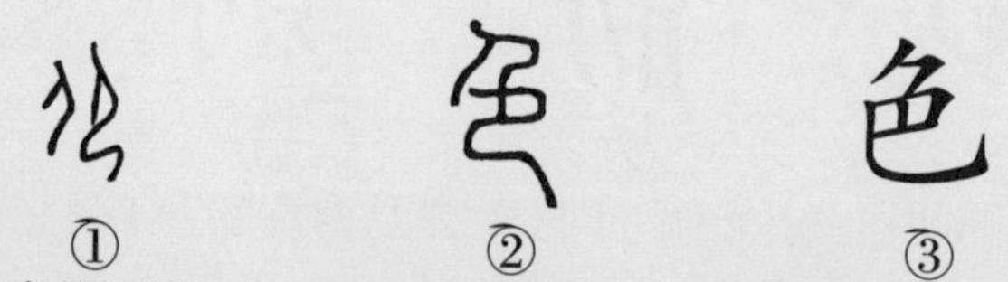

① ② ③

「滿園春色關不住，一枝紅杏出牆來。」這個「色」字本爲會意字。甲骨文①的左邊是「刀」，右邊是一個跪著的人。唐蘭先生認爲「色」是「斷絕之義也」。②是小篆的形體，「刀」訛爲「人」。③是楷書的寫法。

《說文》：「色，顏氣也。」恐不妥。「色」的本義爲「斷絕」，實際上也正是「絕」字的初文。《說文》釋「絕」爲「斷絲也」。後世「色」字的本義由「絕」字來代替，而「色」被借爲「顏色」義，如《後漢書・仲長統傳》：「目能辨色。」由「顏色」引申爲「怒色」，如《戰國策・趙策四》：「太后之色少解。」也就是說：趙太后的怒色稍稍緩解了一些。至於「去聲色，禁嗜欲」（《淮南子・時則訓》）中的「色」，那是指「女色」。原話的大意是：要遠離音樂和女色，禁止嗜好和貪欲。

請注意：在現代漢語裡，「色」有時也可以讀爲ㄕㄞˇ。如：掉色、退色。另外，有一種賭具叫「色子」，如「擲色子」、「打色子」等，也應讀作ㄕㄞˇ。

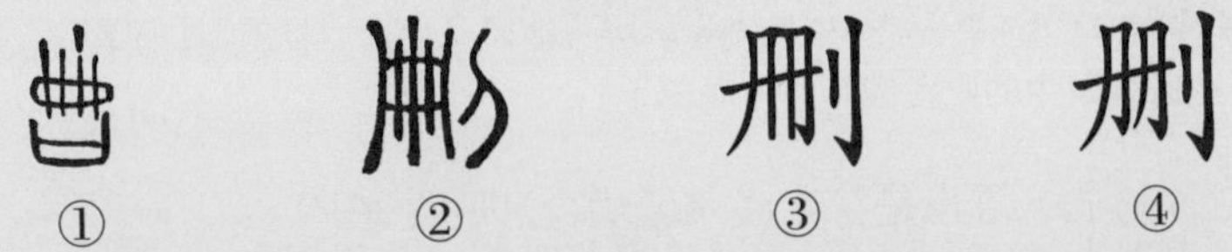

① ② ③ ④

這是「刪除」的「刪」字，是個會意字。①是甲骨文的形體，其上部爲「冊」，下部爲「口」（在甲骨文中，「口」常作裝飾符號）。在卜辭中，該字常用爲「砍」義，也就是「除掉」的意思。②是小篆的形體，其右增「刀」，表示用「刀」刪除。③是楷書異體字，大陸現已廢除。④爲楷書的寫法。

《說文》：「刪，剟（ㄉㄨㄛ）也。」「剟」爲「刊」義，也就是「砍除」、「刪除」的意思，如《漢書・律曆志上》：「刪其僞辭，取正義，著於篇。」凡有「刪除」，必有「節取」，所以「刪」又可以引申爲「節取」的意思，如《漢書・藝文志》：「今刪其要，以備篇籍。」所謂「刪其要」，就是「節取其要」的意思，若理解爲將重要的東西都刪掉那就錯了。

請注意：「芟（ㄕㄢ）」本爲「割草」的意思，「芟夷」就是削除。可是後世也將「芟夷」寫作「刪夷」，如魯迅《且介亭雜文末編・「這也是生活」……》：「刪夷枝葉的人，決定得不到花果。」

① ② ③ ④

這是「風滿利劍平胡虜」的「利」字。這個字是個會意字。①是甲骨文的寫法，其左是成熟了的莊稼，穗子向左邊下垂；右邊是一把「刀」，就是用刀割莊稼；「禾」、「刀」之間的三個點兒，就是在收割時穀粒脫落的樣子，用「刀」割「禾」，說明「刀」的鋒利。可見「鋒利」之義也

▲漢畫像磚中的收穫圖拓片（局部）。

正是「利」字的本義。金文②左邊的「禾」右邊的「刀」均未變，只是掉下來的穀粒排列得更規整了。小篆③同於金文的形體，僅把金文中的兩個點兒去掉了。楷書④把「刀」字變爲「立刀旁」了，這也是符合漢字結構合理的要求。

「利」在上古作「鋒利」義用較多，如《韓非子・難一》：「矛之利，於物無不陷也。」這就是說：「矛的銳利，任何東西都能被戳穿。」當你讀王充《論衡・物勢》時，就會見到「辯口利舌」的話，「舌頭」也能「鋒利」嗎？這就講不通了。這裡的「利」字是指說話乾淨俐落、語言「鋒利」，使對方無法招架。當然，這也是從「槍刀」之「鋒利」引申出來的。至於「利益」之「利」，那是從「收禾而得利」中引申出來的，如《商君書・算地》：「利出於地，則民盡力。」此「利」即指「利益」。那麼《史記・越世家》中「逐什一之利」的「利」也當「利益」講嗎？不對了。這個「利」當「利潤」講。這句話是說：「追求十分之一的利潤。」

①　②　③

「春到塞外。」這個「到」字本爲會意字。①是金文的形體，左邊爲「至」，右邊爲「人」，「人至爲到」。②是小篆的形體，訛變爲「從至刀聲」的形聲字了。③是楷書的寫法。

《說文》：「到，至也。從至刀聲。」許愼認爲「到」字的本義爲「至」，這是對的。但其形體分析不妥，因爲「到」字最初並不從「刀」，在金文中是從「人」。「到」的本義爲「到達」，如《論語・憲問》：「民到於今受其賜。」也就是說：老百姓到今天還得到他的好處。《三國志・吳書・吳主傳》：「蒙到，二郡皆服。」這是說：呂蒙到達以後，二郡都服了。

《莊子．外物》：「草木之到植者過半，而不知其然。」這裡的「到植」就是「倒植」。可見「到」可作「倒」的通假字，是「顛倒」的意思。在現代漢語中，「到」、「倒」兩字有明確分工，不可混淆。

這是「捨得一身剮」的「剮」字，讀ㄍㄨㄚˇ。①是甲骨文，左爲「刀」形，右爲「骨」形，以刀剮骨即爲「剮」。這是個形聲兼會意的字。說它是形聲，那是左形右聲；說它是會意，就是用刀剮骨。②是小篆的形體。③是楷書繁體字。④是簡化字。

《說文》中的「剮」作「冎」，訓其義爲「剔人肉置其骨也」。其實，「冎」字是「骨」字的本字。古代有一種殘酷的死刑，這種刑罰也叫「凌遲」，如陶宗儀《說郛》：「遂擒頳（ㄔㄥ），釘於車上，將剮之。」大意是：於是捉住了頳這個人，把他釘在車上，將要剮死他。關漢卿《竇娥冤》：「剮一百二十刀處死。」這都是用了「剮」字的本義。

這是「劍拔弩張」的「劍」字，本爲形聲字。①是金文的形體，左表義右表音。②是小篆的形體，將金文的義符「金」換成了義符「刃」，變成了右形左聲的形聲字了。③是楷書繁體字，基本上與小篆相同，只是把「刃」換成了「刀」，其義不變。④是簡化字。

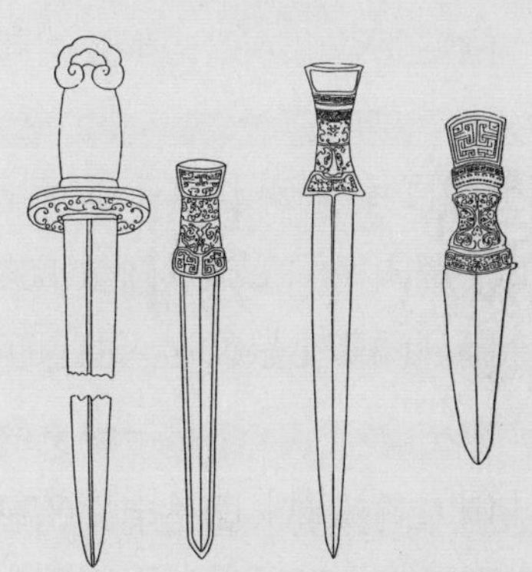

▲周代玉具劍，選自周緯《中國兵器史稿》，清高宗藏。

《說文》：「劍，人所帶兵也。」這是說人所經常佩帶在身上的兵器。劍，有兩面長刃，中間有脊，柄很短。《史記．項羽本紀》：「項籍少時，學書不成，去；學劍，又不成。」這裡的「劍」字是指「劍術」。

請注意：在古書中常見到「劍首」一

詞，有人理解爲「劍鋒」，那是不對的。實際上，「劍首」是指鑲嵌在劍柄上端的裝飾品，常以玉或金屬製成，扁圓形，其上鏤有美麗的花紋。比如《莊子・則陽》中所說的「劍首」，即劍柄上端與劍身連接處的兩邊突出部分。

這個「契」字本爲象形字。甲骨文①的左邊是三橫一豎，右邊是「刀」，這是用刀契刻之形。②是小篆的形體，基本上同於甲骨文的形體。③是楷書的寫法，因爲「契」是指刻「木」，所以下面加上了個「木」字。後來楷書④又發生了僞變，下部變成了個「大」字，這是沒有道理的。

「契」字的本義就是「刻」。在《六書正僞》中說：「象刀刻畫竹木以記事者。別作契，契爲後人所加。」這話是對的。另外，當「刻」字用的「契」，有時還加「金」字旁，表示用金屬刀雕刻之意，寫爲「鍥」。

「契」字從「刻」這個本義引申爲「契約」，如《韓非子》中所說的「符契之所合」，就是指「契約」或「憑證」。古代符契刻字之後，剖爲兩半，雙方各收存一半以作憑證。古代國君傳達命令或調遣兵將時，常用「符契」這種憑證。

「契」字到了今天，人們往往把右上方的「刀」字寫爲「刃」字，其實，那是不對的。「契」字從「刀」而絕不從「刃」。這正如有的人偏偏要把「染」字錯寫成「染」一樣，非要誤添一個點兒不可。這些都要引起我們的注意。

「罰以劓刑。」這個「劓」字讀作一丶，本爲會意字。①是甲骨文的形體，左爲鼻（自）形，右邊爲「刀」，表示用刀割鼻子。②是金文的形體，「自」訛變爲「臬」，但意義未變。③是小篆的形體，由金文直接變來。④爲楷書的形體，從鼻從刀，比金文、小篆更爲合理。

《說文》：「劓，刑鼻也。」此說甚是。「劓」字的本義就是「割去鼻子」。「劓刑」是古代的五刑之一，如《尙書・呂刑》：「劓罰之屬千。」「屬」是「條目」義，這是說：割鼻之刑的條目有一千條。《韓非子・內儲說下》：「王怒曰：『劓之！』」意思是王發怒道：割去他的鼻子！由「割鼻」義可以引申爲「割除」，如《尙書・多方》：「劓割夏邑。」「邑」爲「國都」義，但這裏指的是「國家」。這句話的大意是：割除夏朝這個國家。

卜　部

這是「問卜」的「卜」字。上古人，特別在殷商之時，凡是年成的豐歉、戰事的勝負、天氣的陰晴等必先占卜。所謂占卜，即把烏龜的甲刮光，再進行鑽鑿，並放在火上烤，這樣在龜甲上就會出現或橫或縱的裂紋，根據這種裂紋再來分析是凶還是吉。甲骨文①就是龜甲上裂紋的形象（有縱有橫）。金文②即表示有帶彎曲的裂紋。小篆③乾脆就把斜形的裂紋改爲一橫，但不管如何變都是象形字。④是楷書的形體。

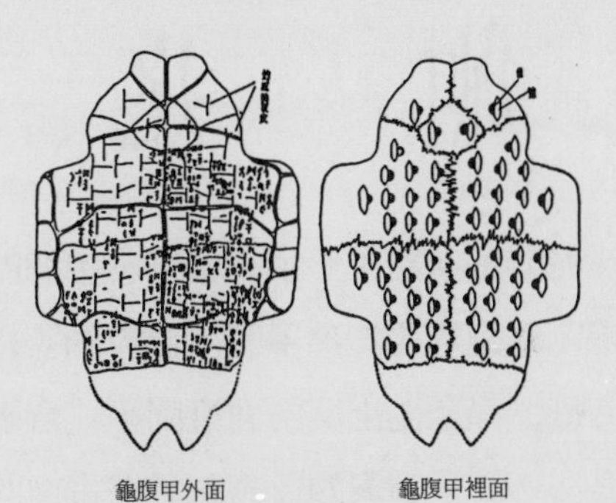

▲占卜用的龜甲。

「卜」的本義就是「占卜」。柳宗元在他的《非國語・卜》中說：「卜者，世之餘技也。」所謂「餘技」，就是低等而無用的技藝。

從「問卜」，還能引申爲「猜測」、「估計」的意思。

請注意：「卜」與「筮」（ㄕ丶試）是不同的，烤龜殼判斷凶吉爲「卜」，用蓍（ㄕ詩）草的排列判斷凶吉叫「筮」。有人把「卜」字寫爲「卜」，這是不對的，那個點兒不能穿過一豎。

「卜」字是個部首字，凡由「卜」字組成的字，大都與「占卜」之義有關，如「占」、「貞」等字。

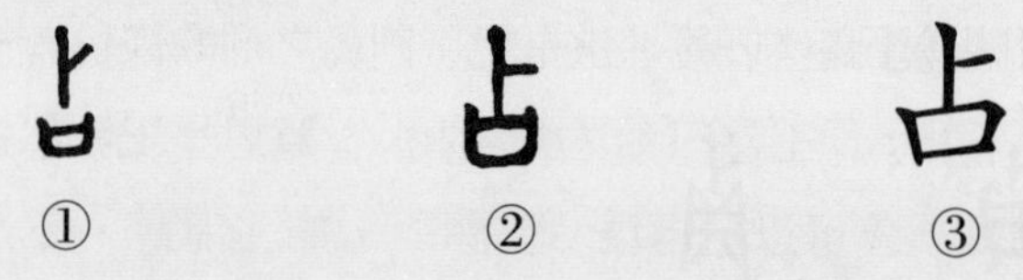

這是「占卜」的「占」字。金文①的上部就是「卜」字，下部就是「口」字，這就表明卜過了，再用口加以解釋，這就叫「占」。所以「占」字也是個會意字。小篆②和楷書③就是從金文發展而來的，其形體基本相似。

《左傳·僖公十五年》：「史蘇（人名）占之曰，『不吉』。」這裡面的「占」字就是用的本義。從這個本義還能引申出預測的意思，在清人龔自珍的〈送欽差大臣侯官林公序〉中有「占天下之變」的話，就是預測天下的變化的意思。

「占」（ㄓㄢˋ戰）字讀去聲時，就是「占有」的意思，如《晉書·食貨志》：「男子一人，占田七十畝。」用作占有之義時，後世又造了一個新形聲字「佔」，以示與「占卜」的「占」字相區別；爲了書寫方便，現在則仍簡化爲「占」。

① ② ③ ④

「梅開五福，竹兆三多。」這個「兆」字本爲象形字。金文①中間的一條線，及兩側的兩個「卜」字形的線，都是用火灼龜甲時所出現的裂紋的形象；卜者即根據裂紋來判斷凶吉。每卜都是從正反兩面發問，「合兩卜爲一兆」。②是《說文》中古文的寫法。③是小篆的形體，是在古文的基礎上又增加了一個「卜」字，反而繁雜化了。④是楷書的寫法，又刪去了小篆形體上的「卜」字。

《說文》：「（兆），灼龜坼（ㄔㄜˋ，裂開）也。……象形。」許慎認爲「兆」的本義就是灼龜甲時所出現的裂紋，這是對的。比如《史記·文帝本紀》：「卦兆得大橫。」所謂「大橫」，就是一種卦名。由此又可以引申爲「徵兆」、「預兆」，如《商君書·算地》：「此亡國之兆也。」就是說：這是國家滅亡的預兆啊！至於《尚書・呂刑》中所說的「兆民賴之」裡的「兆」，那是個數詞，當「百萬」或「億萬」講，與「兆」字的本義毫無關係，是個假借字問題。

這是「慈竹貞松」的「貞」字。甲骨文①的上部是個「卜」字，下部是個「鼎」字（也有上部沒有「卜」字的）。「鼎」字指上古做飯用的三足大鍋，在這僅表示火具，即「用火具而卜」為「貞」。金文②的上部仍用「卜」字，下部的「鼎」就更像實物了（不過「鼎」下僅出現了兩足）。小篆③則把「鼎」改為「貝」了，主要是為了書寫方便。④是楷書的形體。⑤是現在用的簡化字。

「貞」的本義是「占卜」，如《周禮・春官・天府》：「以貞來歲之𡟶（ㄇㄟˇ美）惡。」就是說：「以占卜明年之善惡（吉凶）。」後來又假借為「堅貞」或「有操守」之義，如成語「堅貞不屈」。另外，在封建社會中的一種壓迫婦女的道德觀念，專指婦女不能改嫁為「貞」，就是所謂「貞節」，如《史記・田單列傳》：「貞女不更二夫。」即貞節的婦女不嫁第二個丈夫的意思。

冫部

這個「冬」字本來就是「終了」的「終」字。你看甲骨文①多麼形象，就像一段絲或者一根繩索，兩頭都打上結，表示兩個頂端，也就是「終結」的意思。而冬季又是一年四季中最末的一個季節，所以就借用這個「冬」字來表示。那麼再要表示「末了」的意思又該怎麼辦呢？就另外在「冬」字之旁加上表義的「糸」，造出了一個新形聲字「終」字。到了金文②，形體有所變化，把一個「日」字包在繩索當中，表示太陽光不太溫暖了，所以也就是冬天的意思。小篆③的形體改變較大，把金文當中的「日」去掉了，又在其下增加了一個「仌」（冰）字；這樣改頗有意思，不見太陽而只見冰，當然就是滴水成冰的寒冬了。④是楷書的形體，爲了書寫方便，把小篆③下部的冰塊改爲兩個「點兒」了。

「冬冬」連用，則與「冬天」之義毫無關係，那是後起的象聲詞，如陸游〈二月二十四日作〉詩：「棠梨花開社酒濃，南村北村鼓冬冬！」可是後來人們又造了一個上形（鼓）下聲（冬）的新形聲字「鼕」，表示敲鼓的聲音，但是筆畫實在太多，書寫不便，因此在簡化漢字時，把「鼕鼕」廢除了，現在仍用「冬冬」作象聲詞。

這就是「冰清玉潤」的「冰」字。甲骨文①的兩個「人」字形，就像嚴寒之下突起的冰塊。可見「冰」字原來就是個象形字。②是金文的形體，與甲骨文相似。可是到了小篆③變化可就大了，在「冫」（冰）旁邊又加了個「水」字，表示「冰」是由水凝結而成。④是楷書的寫法。

▲《甲金篆隸大字典》中的「冰」字。

「冫」本來就是「冰」的象形字，如《說文解字・仌部》：「凍也，象水凝之形。」也就是說：是凍的意思，像水凝結後的形狀。這是個部首字。一個字凡有「冫」作爲組成部分，大都有「寒冷」之意，如：「寒」、「冬」、「冷」、「凍」、「凌」、「冽」、「涼」、「凜」等字都含有「冫」的部分，所以也都有「冰冷」的意思。

我們在閱讀古典詩詞時常會見到「冰鏡」一詞，假若你把這個「冰鏡」理解爲用「冰」作的鏡子那可就不對了。其實這個「冰鏡」在古代專指「明月」，如孔平仲的〈玩月〉詩：「團團冰鏡吐清輝。」就是說：圓圓的明月吐清輝。

另外，在過去常有「喜盼冰人來」的話。這個「冰人」是什麼人呢？其實並不是「冷冰冰」的人，而是指「媒人」（《晉書》）。

請注意：「氷」是「冰」的異體字，大陸文改會在廢除異體字時，把「氷」字廢掉了，所以我們今後只能寫「冰」字了。再者，「冰」字在古代還可以代「凝」字用，應讀爲ㄋㄧㄥˊ（寧），這是因爲冰有凝結的特性，如《新唐書・韋思謙傳》：「涕泗冰須。」這個「冰須」並不是冰塊的鬍鬚，而是說鼻涕凝結在鬍鬚上。所以「冰」字不當名詞用，而是當動詞凝結講。

這是「冶鑄營造」的「冶」字，本爲會意字。①是金文的形體，左上部的兩短橫爲金屬塊，下部爲「火」，右邊的「刀」表示以「火」熔化金屬而鑄造刀器之意。②是古璽文的形體，左邊的兩條短橫和右邊的兩個三角形，均爲熔化的金屬塊。③是小篆的形體，把原來的兩橫訛變成了冰塊形（因金屬塊和冰塊均能熔化或溶化，所以可以互代）。又將原來的兩個三角形訛變爲「台」。④是楷書的寫法。

▲漢畫像石上的冶煉圖。

《說文》：「冶，銷也。」段玉裁說：「銷者，鑠金也。」可見「冶」字的本義就是「熔煉金屬」的意思，如《史記・平准書》：「冶鑄煮鹽。」也就是說：冶煉鑄造和煮鹽。由「冶煉」可以引申爲「鑄造工人」。如《莊子・大宗師》：「今之大冶鑄金。」由「冶煉」又可以引申爲「造就」。如王安石〈上皇帝萬言書〉：「冶天下之士而使之皆有君子之才。」「冶」字當「豔麗」講，那是個假借義，如古樂府〈子夜歌〉：「冶容多姿鬢，芳香已盈路。」這裡的「冶容」也正是指豔麗的容貌。

請注意：「冶」字在古代還常作「野」字的通假字，如《南方草木狀》：「冶葛，毒草也。」古樂府〈子夜四時歌〉：「冶遊步春露。」「冶葛」就是「野葛」，「冶遊」就是「野遊」。

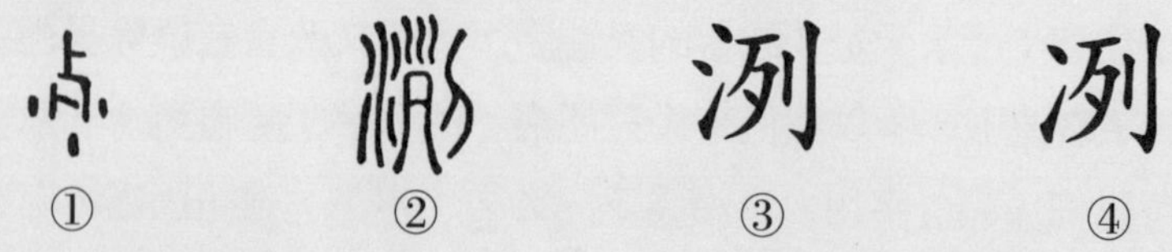

① ② ③ ④

這是「寒風何凜洌」的「洌」字，是個會意字。甲骨文①的上部是枯骨形，下部爲冰水狀，即「洌」之古文。②是小篆的形體，變成左爲「水」、右爲「列」的形聲字了。③是楷書。④是現在的寫法。

《說文》：「洌，水清也。」這並不是本義，而是後起義。甲骨文中「洌」通「烈」，「洌雨」猶言「暴雨」。後世的「洌」多爲「寒冷」義，如《素問》：「風寒冰洌。」「洌洌」，就是寒冷的樣子，比如左思〈雜詩〉：「秋風何洌洌，白露爲朝霜。」

歐陽修〈醉翁亭記〉：「釀泉爲酒，泉香而酒洌。」請注意，這裡的「洌」字不是「寒冷」義，而是指酒味清醇而言。

「洌」字在古籍中多作「洌」，後世也通「冽」。「洌」多爲「水清」、「酒清」義，「冽」多爲「寒冷」義。

厂 部

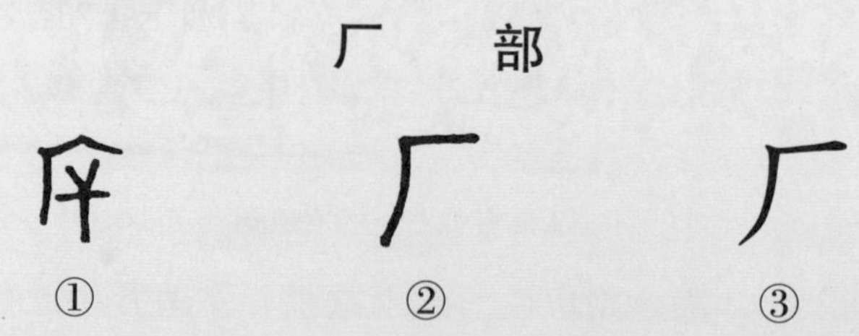

① ② ③

「厂」字在古代是獨立的字，而並不是「廠」字的簡化字。這個「厂」字應讀作ㄏㄢˇ（喊）。金文①是個外形（厂）內聲（干）的形聲字。「厂」很像突出的石岩，下面可以住人。②是小篆的形體。③是楷書的寫法。

「厂」與「广」在上古文字中常常混用，如「廈」、「廚」等字也可以寫作「厦」、「厨」。不過現在大陸就不能通用了，必須寫作「厦」、「厨」。

「厂」字是個部首字，凡是由「厂」字所組成的字，大都與房屋或山崖有關，如「厨」、「原」、「厓」、「歷」等。

①　②　③　④　⑤

這個「歷」字的上古形體很有意思。甲骨文①的上部是兩棵「禾」，表示一行一行的莊稼，下部是一隻腳（止），腳趾朝上，腳後跟朝下，表示腳步從一行一行的莊稼中走過。金文②的左上邊增加了個「厂」字，表明在山崖之前種有一行行整整齊齊的莊稼。小篆③把甲骨文和金文合併，雖然字形複雜了，但是表意更爲全面，表示人的腳步從山崖前的莊稼田中一步一步地走過。楷書④的形體是直接從小篆變來的。⑤是簡化字，這就變成了一個外形（厂）內聲（力）的新形聲字了。

▲漢畫像磚圖形。

「歷」字的本義是「經過」，如司馬遷在〈報任安書〉中說：「足歷王庭。」也就是說：從匈奴君主的住處走過。由這個本義又可以引申爲「逐個地」、「一件一件地」，如《漢書・藝文志》：「歷記成敗存亡禍福古今之道。」大意是：一件一件地記載古今成敗存亡禍福的道理。從這個意義出發，後世就產生了新疊音詞「歷歷」了，如杜甫還曾以「歷歷」爲題寫了一首〈歷歷〉詩，詩中說：「歷歷開元事，分明在眼前。」這就是說唐玄宗開元年間的事情，一件件清晰分明地出現在眼前。成語「歷歷在目」，也正是由此而來。

時間的推移是一月月一年年地前進的，所以表示歷法、歷書的「歷」字，古人想得很周到，把「歷」改爲「曆」，以「日」代「止」，很有道理，如《舊唐書・志一》：「玄宗召見，令造新曆。」這個「曆」字就是「曆法」的「曆」。由此可見，「歷」和「曆」的關係，是古今字的關係，「歷」是古字，「曆」是今字。現在都簡化為「历」了。

請注意：「歷」字異體字較多。如「曆」、「厤」、「歴」等。不管哪種寫法，現在簡化字均寫作「历」，便於記憶，書寫方便。

① ② 原③

這是「左右逢源」之「源」的本字「原」。金文①的「厂」就表示前檐突出的山崖。在這個大山崖的旁邊有一股清澈的泉水涓涓不息地流出。可見「原」字是個象形字。②是小篆的形體，變得比金文複雜得多，由原來的一股泉變為三股。③是楷書的寫法，比小篆簡單，與金文似。

▲溪橋深翠圖，（清）方琮作。

「原」字的本義就是「源泉」，如《左傳·昭公九年》：「木水之有本原。」這就是說：木有本，水有源。從這個本義又引申為開始、起源，如《管子·水地》：「地者，萬物之本原。」從「源」的「水流平緩」之義，又可引申為平坦之地稱為「平原」。我國古代的偉大詩人屈原的名和字是連在一起的（名「平」字「原」）。他的《九歌·國殤》：「平原忽（遼闊）兮路超遠。」就是說：平原遼闊路途遙遠。

在上古根本沒有「源」字。一個「原」字既表示「水源」，又表示「平原」。到了後世，人們才在「原」字的左邊加了個「三點水」，形成了左形（水）右聲（原）的新形聲字「源」，而本來的「原」字只代表「平原」等等。這樣就使「原」、「源」分工明確了。

關於「原」字，我們在閱讀古文時要注意兩個詞：①「原禽」，在古代專指「雉」（野雞），因為野雞從來不到溝濕處，而都是在平原上活動。②「原人」，是指那些貌似誠實而實際虛偽的人。這裡的「原」字應該讀ㄩㄢˋ（願）。

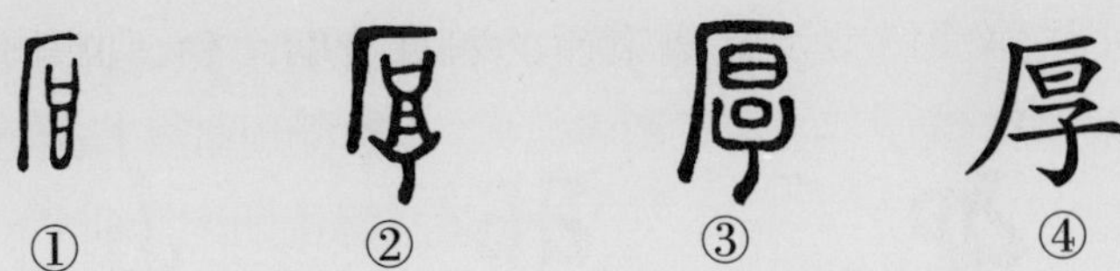

① ② ③ ④

「厚貌深情，人莫能知。」這個「厚」字本爲形聲字。①是甲骨文的形體，上部爲「厂（厓）」形，下部像一個敞口尖底的酒罎形，表聲。②是金文的形體，其下部更像一個尖底的酒罎形。③是小篆的形體。④是楷書的寫法，其下部又訛變爲「子」，這就不好理解了。

《說文》：「厚，山陵之厚也。」這個說法基本正確。厚與薄是相對的，如《荀子・勸學》：「不臨深溪，不知地之厚也。」這是說：不靠近深深的山谷，就不能知道大地的厚度。由「厚」又可以引申爲「深」、「重」，如「無可厚非」、「隆情厚誼」等。「刻薄」的反面就是「厚道」，如《史記・絳侯周勃世家》：「勃爲人木強敦厚。」所謂「木強」，就是指性格質樸而剛強。原話的大意是：周勃的爲人，質樸剛強而又厚道。「厚」由「深」義又可引申爲酒的「醇厚」，即酒味很濃。

請注意：現在所說的「厚顏」，一般是指臉皮厚，不知羞恥。可是古代的厚顏，卻多謂「難爲情」，如孔稚〈北山移文〉：「豈可使芳杜厚顏，薜荔蒙恥？」另外，「厚」往往因受「原」字形體的影響而寫成「厚」（多了一撇），那就錯了。

匚 部

① ② ③ ④

這個「匚」（ㄈㄤ方）字今天已經不用了，可是由它組成的字倒有好幾個。①是甲骨文的寫法，像口朝左的竹筐子。②是金文的形體，更像竹筐的樣子，只是其口轉向右邊。小篆③則變成單線的了。④是楷書的寫法。

「匚」字是個部首字，一個字若有「匚」作爲組成部分，那麼這個字在古代往往與「筐」及能盛東西的器具有關，如「匱」、「匣」、「匡」、「匠」等。

①　②　③

「也」字本為象形字。①是金文的寫法，很像古代的一種盥器「匜（一ˊ）」。這種盥器與盤合用，用匜倒水，以盤承接之。②是小篆的寫法，與金文相似。③是楷書的寫法。

《說文》：「也，女陰也。象形。」許慎認為「也」字是女子外陰的象形字，這種說法不對。「也」字本為盥器之形，是「匜」的初文，比如《左傳·僖公二十三年》：「奉也（匜）沃盥。」這句話的大意是：（懷嬴）捧著倒水的匜伺候他洗臉。「也」字後來被借作虛詞用了，因此又造出一個「匜」字來代替「也」。

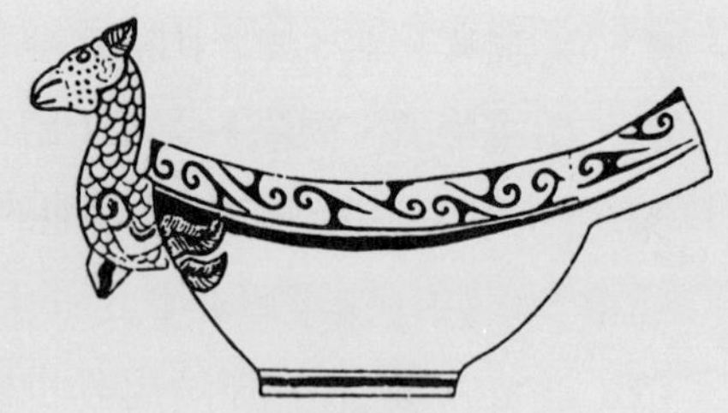

▲戰國朱繪陶匜。

「也」字作語氣詞用，主要是放在句尾，表示判斷或肯定，如《韓非子·五蠹》：「皆守株之類也。」大意為：這都是「守株待兔」之類的人呢。有時「也」字也放在句中，多表示語氣的停頓，以提起下文，如《荀子·天論》：「天不為人之惡寒也輟冬。」就是說：老天絕不會因為人們厭惡寒冷而停止冬季的到來。

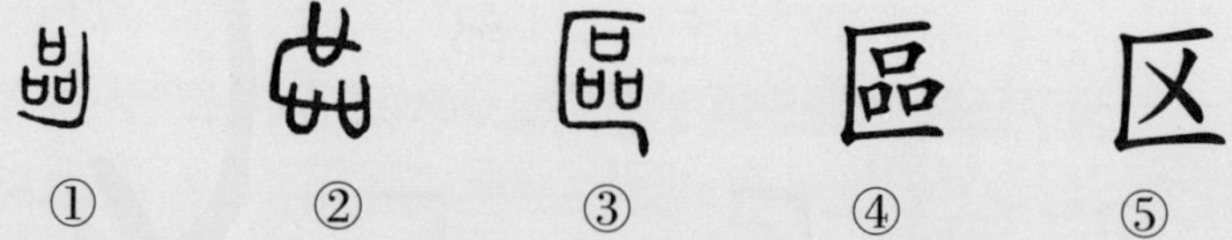

①　②　③　④　⑤

「一心抱區區，懼君不識察。」這個「區」字原為「甌（ㄡ）」字的初文，是一種小盆之類的容器，是個象形字。①為甲骨文的形體，像盆內盛有很多東西（品）。②是金文的寫法。③為小篆的形體。④為楷書繁體字。⑤為簡化字。

《說文》：「區……藏匿也。」是說能裝東西的器具。《說文》：「甌，小盆也。」可見「區」與「甌」本為同義。段玉裁說，因為「區之義內藏多品，故引申為區域為區別」。如賈思勰〈齊民要術序〉：「具為區處。」也就是說：都分別作了處置。又因爲「區」本爲「小盆」義，由「小」又可以引申爲「區區」義，也正是「小」的意思，如賈誼〈過秦論〉：「然而秦以區區之地，致萬乘之權。」大意爲：但是秦國就靠那麼一點地方，就能達到施行皇帝的權力。

請注意：「區」當古代的量器名用時，就必須讀爲ㄡ。如《左傳・昭公三年》：「齊舊四量：豆、區、釜、鍾。」這是說：齊國曾經用過四種量具，就是豆、區、釜、鍾。四升爲豆，四豆爲區。區作姓用，也讀作ㄡ。

① ② ③

▲《甲金篆隸大字典》中的「匠」字。

這個「獨具匠心」的「匠」字是個會意字。金文①的外框「匚」是口朝右可以裝木工用具的方口箱子，其中的「斤」就是木工用的斧頭，所以在上古只有木工才叫「匠」。②是小篆的形體，③是楷書形體，都是從金文的形體演變而來。

「匠」字的本義就是木工，亦稱「木匠」，如：「匠石運斤成風。」（《莊子・徐无鬼》）也就是說：一位姓石的木匠掄起斧頭一陣風。可是到了後來，具有專門技術的人都可以稱爲「匠」，如《韓非子・定法》：「夫匠者，手巧也，而醫者齊（同「劑」）藥。」大意是：那些匠人都是手巧的人，而醫生能夠配藥才行。

古詩文中常有「匠心」一詞，如張祜〈題王右丞山水障〉詩：「精華在筆端，咫尺匠心難。」這裡的「匠心」猶言「造意」，是指文學藝術上的構思。另外，「匠心」也有「工巧的心思」之意，比如現在還說「匠心獨運」等。

① ② ③ ④

這是「曲突徙薪」的「曲」字。①是甲骨文的形體，像一種彎曲的東西，中間有紋飾。②是金文的形體，與甲骨文相類似。③是小篆的形體，像能裝東西的器物之形，可見「曲」本爲象形字。④爲楷書的寫法。

《說文》：「曲，象器曲受物之形也。」「曲」字的本義就是「彎曲」，與「直」相對，如《禮記・經解》：「猶衡之於輕重也，繩墨之於曲直也。」大意是：如同秤之對於輕和重，木工畫直線的工具之對於彎曲和筆直呢。又如《史記・李斯列傳》：「不問可否，不論曲直。」由「彎曲」又可以引申爲「偏邪」、「不正直」，如《韓非子・有度》：「能去私曲。」也就是說：能革除私人的偏邪。

于省吾先生說：「又樂章爲曲，謂音宛曲而成章也。」就是說樂曲之「曲」，也是從聲音的委宛而得名，如宋玉〈對楚王問〉：「是其曲彌高，其和彌寡。」大意是：所以說樂曲的格調越高，能和著唱的人就越少。不過，這裡的曲，應讀作ㄑㄩˇ，不能讀ㄑㄩ。

這是「消聲匿跡」的「匿」字，本爲會意字。①是金文的形體，外部像受物之器具形，其內藏著一個面部朝右的人，表示隱藏的意思。②是小篆的形體，內部的人變爲「若」。（「若」字的金文形體，像人在理順頭髮的樣子。）③是楷書的寫法。

《說文》：「匿，亡也。」這是對的。在《廣韻》中也說「匿」爲「藏也、微也、亡也」的意思。比如《商君書・墾令》：「過舉不匿。」所謂「過舉」就是指錯誤的行爲。這句話的大意是：錯誤的行爲不隱藏。由「隱藏」又引申爲「隱瞞」，如《三國志・魏書・司馬朗傳》：「疑朗匿年。」這是說：懷疑司馬朗隱瞞了年齡。

「匿名信」，就是不署眞姓名的信件。但是把《舊唐書・王鍔傳》中的「匿名書」理解成不署作者眞姓名的書，那就錯了。其實古代的「匿名信」就稱爲「匿名書」，當今才稱爲「匿名信」。

广　部

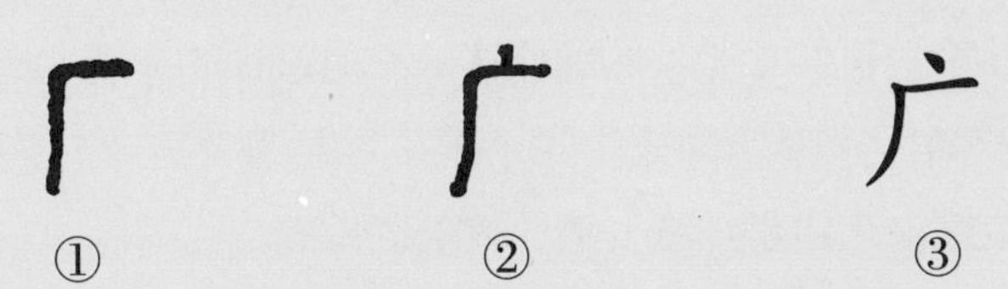

①　②　③

這並不是「廣」字的簡化字「广」，而是個象形字「广（ㄧㄢˇ眼）」字。金文①很像靠近山崖而作成房子。②是小篆的形體。③是楷書的寫法。

「广」字的本義是靠近山崖而作成的房子，如：「開廊架崖广。」（韓會，〈陪杜侍御遊湘西兩寺〉）

這個「广」字是個部首字，凡是由「广」字所組成的字大都與房屋或場所有關，如「廡」、「庫」、「店」、「廟」、「府」、「庭」等。

①　②　③　④　⑤

這是「普天同慶」的「慶」字。甲骨文①的左邊是「文」，右邊是一隻頭朝上的「鹿」，這是表示身上有花文（紋）、極為美麗的鹿。可見「慶」字本是個會意字。②是金文的形體，「文」移於鹿的腹部，變為「心」。③為小篆的形體，由金文的鹿尾變為「夊（腳）」。④為楷書繁體字。⑤為簡化字。

▲帶花紋的鹿，漢畫像磚。

《說文》：「慶，行賀也。」恐非本義。由甲骨文得知，「慶」的本義應為「美鹿」，而「行賀」只能是引申義。後世本義消失，多用其「慶賀」、「祝賀」等引申義，比如《三國志・吳書・吳主傳》：「蜀遣衛尉陳震慶權踐位。」大意是：蜀國派遣陳震去慶賀孫權登上帝位。由「慶賀」又可以引申為「獎賞」，如《管子・牧民》：「嚴刑罰，則民遠邪；信慶賞，則民輕難。」這是說：嚴明刑罰，那麼老百姓就會遠離邪念；獎賞講信用，那麼老百姓就會敢於赴難。

請注意：在古籍中，常用「羌」字作句首語助詞，但有時則用「慶」字，可見「慶」可作「羌」的通假字。不過這裡的「慶」應讀作ㄑㄧㄤ，而不讀ㄑㄧㄥˋ。李學勤先生說，馬王堆帛書《五十二病方》中的「慶良」即「蜣螂」，這是「慶」通「羌」的確證。

牀 床

① ② ③ ④

這個「床」字是個象形字。甲骨文①就像豎起來的一張床，床腿朝左，床面朝右，也就是「床」字的初文。②是小篆的形體，右邊增「木」，因爲床是由木所製的。這就變成形聲字了。③是楷書繁體字，由小篆變來。④是借用古代的俗體字作爲簡化字。

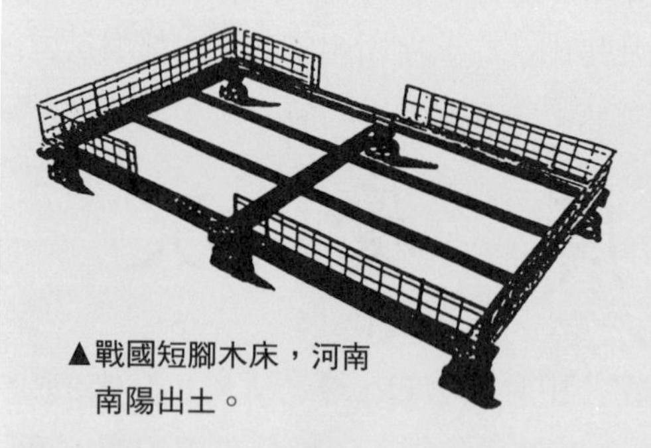

▲戰國短腳木床，河南南陽出土。

《說文》：「牀（床），安身之坐者。」「床」的本義也就是供人睡臥的用具，如《詩經・小雅・斯干》：「乃生男子，載寢之牀。」就是說：於是生了男子，就給他睡覺的床。「床」由「人睡臥的用具」這個本義，又可以引申爲「安放器物的架子」，像琴床、筆床等，如徐陵〈玉台新詠序〉：「翡翠筆床。」就是指用翡翠做的筆架。

請注意：古代所說的「床裙」，也就是現在的「床圍」；古代所說的「床帷」，也就是現在的「床帳」。古今的叫法不同而已。

這是「年庚相當」的「庚」字，本爲象形字。甲骨文①就像中間有長柄，左右有兩耳可以搖的樂器。②是金文的形體，更像有兩耳的樂器。郭沫若認爲：「庚，蓋鉦之初字矣。」即古代的「庚」，就是後世的「鉦（樂器）」。③是小篆的寫法。④是楷書的寫法。

《說文》：「庚，往西方，象秋時萬物庚庚有實也。」此說不妥。「庚」字的本義就是代表一種樂器。當「庚」字被假借爲天干第七位時，則又造出新形聲字「鉦」來代替這種樂器的名字。

「庚」字的常用義是天干的第七位和當「年齡」講，如「年庚」就是指年齡，「同庚」就是指同齡。

在古書中常見「庚癸」一詞，實際並非指天干，而是軍糧的隱語，如《左傳・哀公十三年》杜預注：「庚，西方，主穀；癸，北方，主水。」所以後世也就把「庚癸」作爲軍糧的代稱。另外，「庚」字還可以當「賠償」講，如《禮記・檀弓下》：「請庚之。」也就是說：給賠償（莊稼）。

① ② ③龐 ④庞

「龐然大物也，以爲神。」這個「龐」字本爲會意字。甲骨文①是在屋子下面有一巨龍，意味著這屋子實在高大。②是小篆的形體，其中的「龍」形變得不像了，筆畫極爲複雜。③是楷書繁體字，與小篆極爲相似。④是簡化字。

▲戰國透雕龍紋玉佩。

《說文》：「龐，高屋也。」這個本義後世已經消失，而多用「高大」這個引申義，如王夫之〈小雲山記〉：「大雲龐然大也。」這是說：大雲山實在是高大呀！由「高大」又可以引申爲「雜亂」，如《舊唐書・李勉傳》：「汴州水陸所湊，邑居龐雜。」大意是：在汴州水陸所聚合的地方，城市所居極多而又雜亂。

請注意：《詩經・小雅・車攻》：「四牡龐龐，駕言徂東。」「言」爲語助詞，無義。這兩句詩的大意是：四匹公馬充實而強壯，駕著車子往東奔馳。不過，這裡的「龐」不能讀ㄆㄤˊ，而必須讀作ㄌㄨㄥˊ。

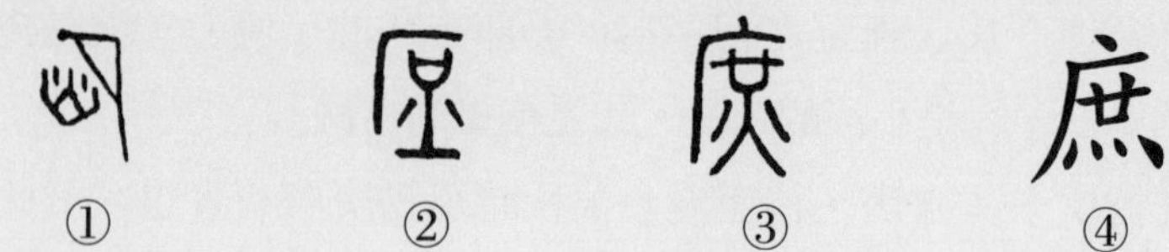

①　②　③　④

「庶民無憂。」這個「庶」字本爲會意兼形聲的字。①是甲骨文的形體，上部爲「石」，下部爲「火」，以火烤石，石熱能夠烙烤食品，也可將熱石投入水中煮水，所以于省吾先生說：「庶即『煮』之本字。」其形體分析應爲「從火從石，石亦聲」。②是金文的形體，類似於甲骨文。③爲小篆的形體，「石」訛變爲「广」。其內部的「火」又訛變爲「光」。④爲楷書的寫法。

《說文》：「庶，屋下衆也。」不妥。其實在甲骨文中當「衆」講的「庶」，則應在「庶」下再加一個「衆」字，這個字後世不傳了，所以就以「庶」字代替。這樣「庶」就有「衆」義了，如《莊子・漁父》：「以傷庶物。」這是說：傷害了衆物。由「衆」又可以引申爲「民衆」，如《史記・秦始皇本紀》：「庶心咸服。」這是說：民衆之心都順從了。《左傳・昭公三十二年》：「三後之姓，於今爲庶。」大意是：夏商周三代帝王的後代，到今天則成爲平民了。

「庶」字轉化爲虛詞，則爲副詞，多表示希望，如《左傳・桓公六年》：「庶免於難。」這是說：希望免於難。

①　②　③　④

這是「痲生蓬中，不扶則直」的「痲」字。金文①的上部是「厂」，表示屋簷形，其內不是「林」字，而是掛著一縷一縷的纖痲，曬乾才能用。所以這個字是個會意字。小篆②也同於金文的寫法。本來小篆的寫法就已經夠複雜的了，可是後世人認爲痲是草屬，所以又在上部增加了一個草字頭，變成了上形下聲的新形聲字「蔴」。楷書③寫起來實在不便。後來在實行簡化字時，又把草字頭去掉了。所以，④是楷書簡化字，也就是今天的通用形體。

「痲」的本義，就是可做繩索的大痲，如《管子・牧民》：「養桑痲，育六畜，則民富。」又可引申爲痲布喪服，如《禮記・雜記下》：

「麻者不紳」。「紳」是繫在衣外的大帶子，大意是：穿麻布喪服則不能繫上大帶子，這是古代的制度。人們多愛讀《聊齋志異》，在〈呂無病〉篇中有「衣服樸潔，而微黑多麻」的話。裡面的「麻」字與喪服無關，「多麻」是衣服不平滑的意思。人的臉上有「麻子」，也說明臉上不平滑，這是借「大麻」的「麻」字代替「麻子」的「麻」，這是個假借字問題，與「大麻」之「麻」的本義無關。

子　部

這是「伢子（小孩）爭分守歲錢」的「子」字。甲骨文①就是一個小孩之形，頭上長了三根頭髮，眞像《三毛流浪記》中的「三毛」形象。②是金文的形體，是一個剛出生的嬰兒，上部是頭，左右是兩臂，兩腿是用小被裹在一起的樣子。小篆③也同於金文的形體。④是楷書的寫法。

「子」的本義就是「嬰兒」，如《荀子・勸學》：「干、越、夷、貉之子，生而同聲，長而異俗。」意思是：古代干、越、夷、貉等民族的嬰兒，剛出生時哭的聲音都一樣，可是長大後風俗習慣就不同了。從「嬰兒」的本義又可以引申為「兒子」，如《列子・湯問》：「子又生孫，孫又生子。」那麼《韓非子・說林上》中所說的「衛人嫁其子」，又是什麼意思呢？若理解爲「衛國人兒子出嫁」那就成爲笑話了。這裡的「子」是指女兒。

另外，古代對男子的美稱或尊稱亦可稱

▶《甲金篆隸大字典》中的「子」字。

「子」，如墨子、莊子、荀子、韓非子等。《左傳・僖公三十年》：「吾不能早用子，今急而求子。」也就是說，我過去沒有用您，今天有急難之事前來求您。古代五等爵位的第四等爲「子」，即公、侯、伯、子、男中的「子」。這五等爵位直到清代還在沿用。

「子息」一詞在古書中經常見到，一般當「兒子」講。可是賈思勰〈齊民要術序〉：「乃畜牛羊、子息萬計。」這裡的「子息」不是指「兒子」，而是用作動詞變爲「孳養生息」之義。

「子」字是個部首字，凡由「子」字所組成的字，大都與小孩有關，如「孕」、「孩」、「孫」、「孝」、「學」等。

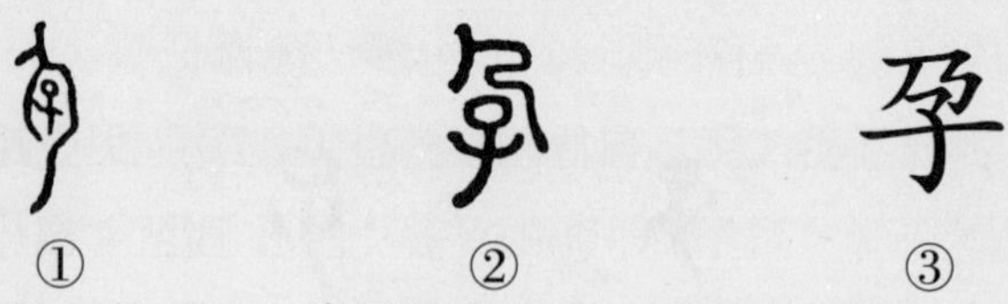

這個「懷孕」的「孕」字是個會意字。甲骨文①的外部是面朝左側立的一個人，腹中有「子」，誠有「十月懷胎，一朝分娩」的樣子。②是小篆的形體，其上變爲「乃」字，根本沒有人形了，只是下部的「子」還依然存在。③是楷書的寫法，直接由小篆演變而來。

「孕」字的本義是「懷胎」，如：「孕婦十月生子。」（《莊子・天運》）有時也指「胎」講，如「懷孕」、「有孕」等。至於「包孕」一詞那是用其比喻義，是指像胎兒一樣被裹在其中，如在語法中，大句子裡面又包有小句子，語法學家往往稱爲「包孕句」。「孕育」，一般是指在母體中孳養嬰兒的胚胎，有時也比喻從既存事物中培養出新生事物。

這是「笑看老翁又增孫」的「孫」字。這個字是個會意字。甲骨文①的左邊是「子」，是小兒形，右邊是繩索形。繩索就有繫聯之義，也就是說：繫於「子」下者就是「孫」。金文②的左上部是「子」，右下部也是繩索之形。③是小篆的形體，其右的繩索之形變成了「系」字，表示繫聯，也正是「子子孫孫，無窮匱也」的意思。④是楷書的寫法。⑤是簡化字。

「孫」字的本義是「兒子的兒子」，由此引申和類推，就有「孫」、「曾孫」、「玄孫」等。

古書中，常有「孫竹」一詞，如「孫竹之管」(《周禮・春官・大司樂》)。這就是說用「孫竹」做成的管樂器。所謂「孫竹」就是竹的枝根（即竹鞭）末端新生的竹。

請注意：當「孫」字讀ㄒㄩㄣˋ（迅）的音時，那是當「遜」字用了。這有兩個義項。第一，是「恭順」義，如：「朕不孫。」（《史記・晉世家》）也就是國君自己說：我不恭順。第二，是「逃跑」義，如：「孫子齊。」（《左傳・莊公九年》）也就是逃到齊國去的意思。

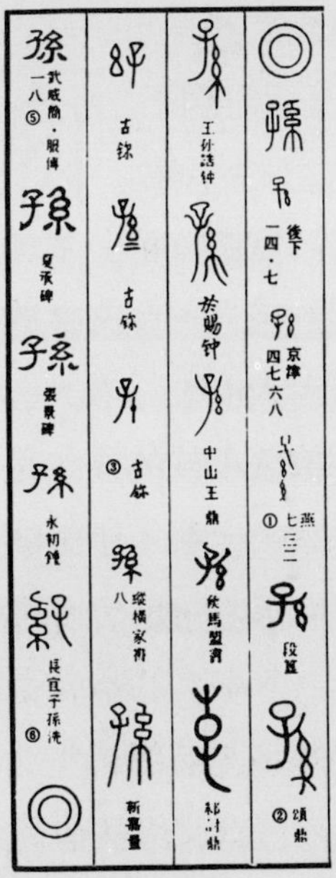

▲《甲金篆隸大字典》中的「孫」字。

①　②　③　④

這是「朝氣蓬勃」的「勃」的本字「孛」，讀作ㄅㄟˋ，又讀ㄅㄛˊ，本爲象形字。甲骨文①的下部是子（小孩），上部是長髮。這就表示小孩生長迅速，寓有「蓬勃興盛」之意。（上部也可解作「丰」字，《說文》：「丰，草盛丰丰也。」「丰」古音讀如蓬。「孛」與「蓬」爲雙聲字。）②是帛書的寫法，類似甲骨文。③是小篆的形體上部發生了訛變。④是楷書的形體。

《說文》在分析「孛」字的形體時說：「人色也，故從子。」這是根據《論語・鄉黨》中的「色孛如也」得出「人色也」的結論。其實「孛」字的本義應爲「蓬勃」或「旺盛」，所以後世也多用「勃」字來代替，如徐宏祖《徐霞客遊記・滇遊日記》：「煙氣鬱勃。」也就是說：煙氣很濃又很盛。「孛」字由「盛」義又可引申爲星芒四出掃射的現象，所以彗星的別名也叫「孛星」，如《爾雅・釋天》：「孛星，星旁氣孛孛然也。」

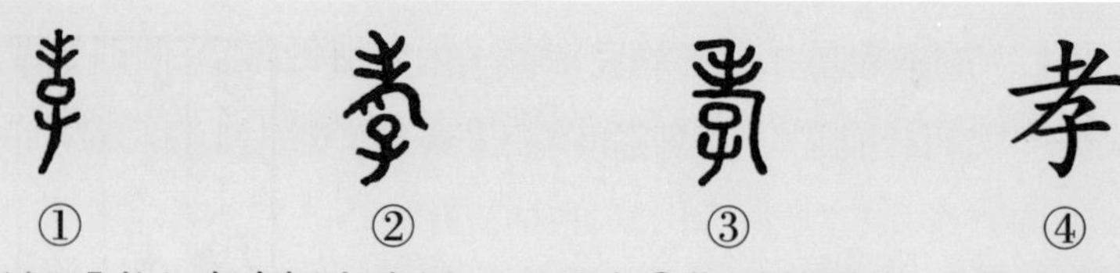

這個「孝」字也挺有意思。甲骨文①像長著長頭髮的老人。金文②的上部是面朝左長著長頭髮的駝背「老人」，「老人」之下有「子」（小孩），老人的手按著小孩的頭，是小孩用頭扶持老人行走，眞是個「孝子」啊。小篆③基本上同於金文，只是老人的手不像了。④是楷書的寫法，完全失去了象形的意味。

「孝」的本義是對老人「孝順」，如許愼的《說文解字・老部》：「孝，善事父母者。」這就是說：善於侍奉父母就稱爲「孝」。

在古書中有「孝鳥」一詞。難道小鳥也會孝敬老鳥嗎？據說烏鴉能夠反哺，小烏鴉能獨立生活之後，就覓食給老烏鴉吃，所以崔豹的《古今注・鳥獸》中說：「烏，一名孝鳥。」

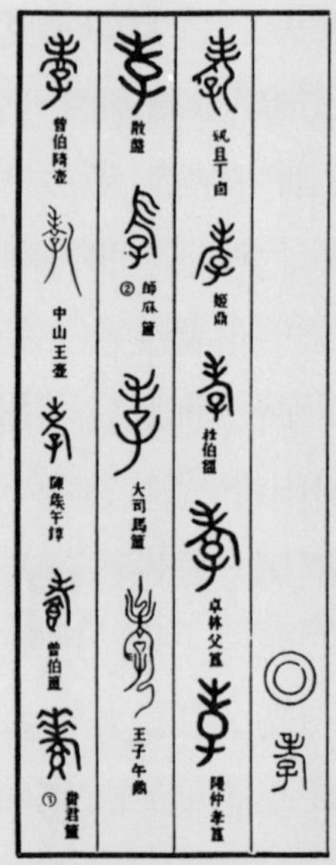

▲《甲金篆隸大字典》中的「孝」字。

① ② ③

「室中更無人，惟有乳下孫。」這個「乳」字本爲象形字。甲骨文①就像一個母親面朝左而跪坐著，兩手環抱一個娃娃，胸前的一點爲乳房，表示給娃娃餵奶。②是小篆的形體，其右邊的曲筆是「女」形之訛變。③是楷書的寫法。

《說文》：「人及鳥生子曰乳，獸曰產。」許愼的說法不妥。其實，「乳」字的本義應爲「餵奶」、「吃奶」，是動詞，「生子」只能算引申義，如賈思勰《齊民要術・養羊》：「羊羔乳食其母。」這是說：小羊羔從母羊那兒得到奶吃。李商隱〈行次西郊作〉：「皇子棄不乳。」大意是：不給皇子奶吃，而且把他扔掉了。從「吃奶」可以引申爲「乳房」，如魏學〈核舟記〉：「袒胸露乳。」由此又可以引申爲「生子」，如王充《論衡・氣壽》：「婦人疏字（生手）者子活，數乳者子死。」大意是：

婦女生的孩子稀，則孩子容易活；孩子密，則容易死。

①　②　③

這是「孟冬之月」的「孟」字，本為會意字。①是金文的形體，像器中有一個嬰兒（子），表示給初生嬰兒沖洗。②是小篆的形體，下部寫作「皿」。③為楷書的寫法。

《說文》：「孟，長也。」其實，其本義是「始」、「首先」，「長」只是「孟」字的引申義。也就是說，初生嬰兒，首先就要洗個「降生澡」。由「始」之義可以引申為排行第一，如《史記・魯周公世家》：「見孟女，說（悅）而愛之。」所謂「孟女」，就是第一個女兒。「第一」就有「老大」、「長」之義，如「孟兄」就是長兄。每個季度的第一個月也可以稱「孟」，如曹操《步出夏門行・冬十月》：「孟冬十月，北風徘徊。」所謂「孟冬」也就是冬季的第一個月，即十月。

▲沐浴圖，雲南紙馬。

請注意：在《詩經・鄭風・有女同車》中有「彼美孟姜」一句詩。若將「孟姜」理解為哭長城的「孟姜女」，那就錯了。春秋時齊為大國，並且齊姓姜，所以「孟姜」是指齊國國君的長女。

①　②　③　④　⑤

我們應當有「學而不厭，誨人不倦」的精神。①就是「學」字的甲骨文形體。朱芳圃先生說，上部像左右兩手結網之形，「結網為複雜之技能，非傳授不能獲得」。這個「獲得」就是「學」的意思。金文②的下部加了「子」更明白了，就是教孩童學習之意。小篆③的形體大體上同於金文。④是楷書的寫法（繁體）。⑤是現在用的草體楷書化的簡化字。

從以上的形體分析看，「學」字是個會意字，其本義就是「學習」的意思。從「學習」引申為「學問」，如：「其學甚博。」（《韓非子・外儲說左上》）是說「他的學問很淵博」的意思。從「學習」這個動詞，又引申爲名詞「學校」。比如王安石〈上皇帝萬言書〉：「古者天子諸侯自國至於鄉黨皆有學。」是說古代天子諸侯自國都到鄉（一萬兩千戶）至黨（五百戶）都有學校。

另外，「學」字在上古還可以當「教」講，凡當「教」講的「學」字都應當讀作ㄒㄧㄠˋ（效）。後來爲了從字形上加以區別，便在「學」字的右邊加上了一個「攴」字（表示打），寫作「斆」，表示「斆」是「教」的意思，如《書・盤庚》：「盤庚斆於民。」即「盤庚教給老百姓」的意思。這個「斆」就應該讀作ㄒㄧㄠˋ（效）。

弓　部

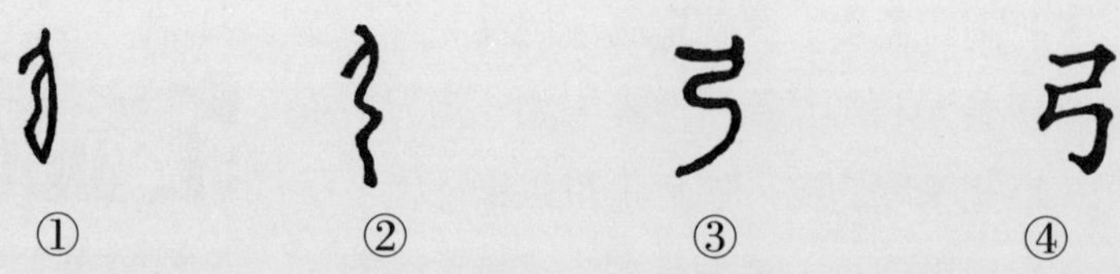

①　②　③　④

唐代大詩人杜甫說「挽弓當挽強」，只有強弓才彈性強、力量大、射得遠。從甲骨文①看，左邊是弓背，右邊是弓弦，眞像古代的武士所用的強弓，所以「弓」字是個象形字。②是金文的形體，只有弓背而省掉了弓弦。小篆③大體與金文相似，還有弓的樣子。可是楷書④就看不出弓形了。

「弓」的形狀是彎曲的。「弓鞋」，是指古代纏足婦女所穿的鞋，呈彎曲形，如郭鈺有「草根露濕弓鞋繡」的詩句。「弓腰」，是指古代舞女的彎腰狀，如：「舞袖弓腰渾忘卻，蛾眉空帶九秋霜。」（《酉陽雜俎》）

有人說「步弓」是古代射箭用的「大弓」，這就是「指鹿爲馬」了。其實「步弓」是古代一種量田的工具，一弓等於五尺，這種弓根本不能用來射箭。

「弓」字是個部首字。凡是由「弓」爲部首所組成的字，大都與弓矢有關，如「弦」、「彈」、「張」、「弛」、「弩」等。

①　②　③　④

這是「引人入勝」的「引」字，是個指事字。①是甲骨文的形體，是一張大弓，弓背上有一小畫作爲指示符號，表示是引弓之處。②是金文的形體，與甲骨文相類似。③是小篆的形體，將原來弓背上的一小畫變爲獨立的一豎畫。④爲楷書的寫法。

《說文》：「引，開弓也。」這是對的，如盧綸〈和張僕射塞下曲〉：「將軍夜引弓。」開弓使弦滿，相距益長，因此可引申爲「延長」、「長久」之意，如《詩經・小雅・楚茨》：「子子孫孫，勿替引之。」「替」爲「廢」義。這句話的意思是：子孫後代，要永遠保持祭禮。拉滿弓，不發箭，「引而不發」可以作示範，這就可以引申爲「引導」、「帶領」之義，如《史記・魏公子傳》：「公子引侯生坐上座。」這是說：魏公子引導侯生坐在上座。「引子」一詞是指戲曲的開始部分。中醫的藥引也叫「引子」。

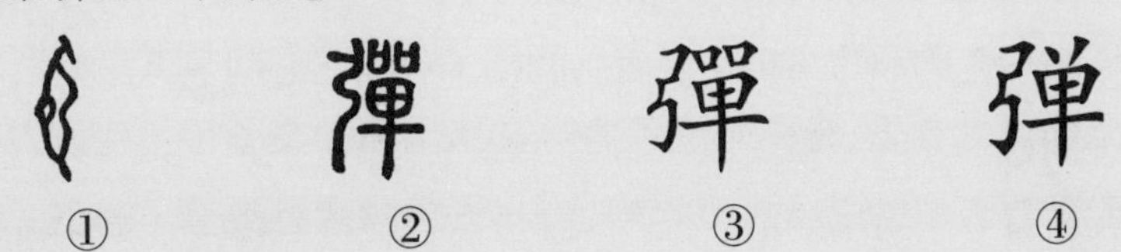

①　②　③　④

這是「孤鴻應彈墜荒丘」的「彈」字。甲骨文①是一張弓，在弓上有一個小圓圈，就是彈丸的形象。小篆②變成了筆畫繁多的左形（弓）右聲（單）的形聲字「彈」。③是楷書的寫法，基本上同於小篆。④是楷書簡化字。

「彈」的本義就是「彈弓」，如《戰國策・趙策四》：「左挾弓，右攝丸。」也就是說：左手夾著彈弓，右手拿著彈丸。這個彈（ㄉㄢˋ旦）字本爲名詞，可是當它作動詞用的時候，就應讀爲ㄊㄢˊ（壇），有「發射」的意思。比如《左傳・宣公二年》：「從臺上彈人，而觀其避丸也。」這就是說：晉靈公這個昏君，在臺子上用彈弓射人，來觀看人們東奔西跑地躲避彈丸，以此取樂。

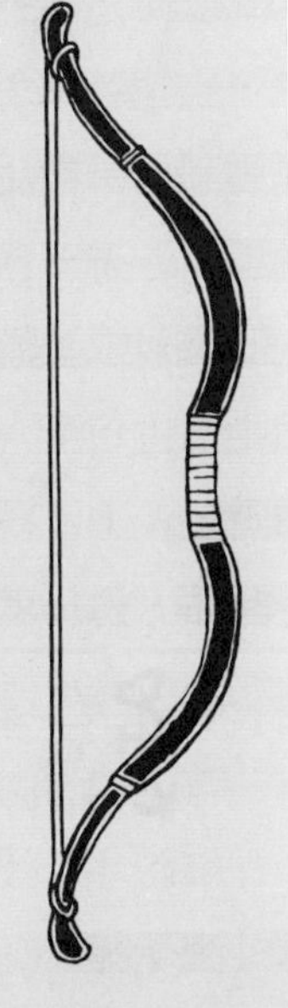

▶宋代的弓箭，選自周緯《中國兵器史稿》。

請注意：在古典史籍中的「彈射」一詞，大都是表明用彈丸射擊之義，如陸龜蒙〈練瀆〉詩：「彈射盡高鳥，杯觥醉潛魚。」可是《三國志・蜀書・孟光傳》裡「彈射利病」中的「彈射」，那也是用「彈丸射擊」的意思嗎？錯了。這裡的「彈」字應讀爲ㄊㄢˊ（壇）；這個「彈射」是「指摘」之義。

馬部

馬　马

①　②　③　④　⑤

杜甫說：「射人先射馬。」這個「馬」字是個象形字。甲骨文①是頭朝上，背朝右，尾朝下的一匹馬。金文②的形體也與甲骨文大致相似，頸上的鬃毛鬣鬣可見。小篆③的形體則與金文非常接近，不過不太像馬形了。④爲楷書的形體，根本沒有馬的樣子。因爲這個字筆畫較繁，所以就產生了簡化字⑤的形體，僅有三畫，書寫方便。

在古書中用馬字的地方很多，需要我們仔細分辨。《禮記・投壺》中有「爲勝者立馬」的話，這個「馬」字可不是「馬牛」之「馬」，而是「碼」字的假借字，也就是古代計算時所用的「籌碼」。原話的意思：爲勝者立下籌碼。

成語「馬首是瞻」。「瞻」，就是「看」，有人把這個成語理解爲「只看馬頭」，這就不對了。《左傳・襄公十四年》：「雞鳴而駕，塞井夷灶，唯余馬首是瞻。」意思是說：雞一叫就把戰車駕好，把井堵了，灶平了，就看我的馬頭衝向何方，用以決定你們行動的方向。現在就用「唯……馬首是瞻」的話來比喻服從某一個人的指揮或樂於追隨

▲秦代馬頭陶俑。

某一個人。

「馬」字是個部首字，凡是由「馬」字所組成的字大都與馬或牲口有關，如「馭」、「駒」、「駕」、「驕」、「驢」、「騾」等。

① ② ③ ④ ⑤

這是「駕馭」的「馭」字，是個會意字。甲骨文①上部是一匹頭朝上的馬，下部是一隻手，是用手駕馭馬的意思。金文②的結構位置有所變化，其左是馬，其右是手拿馬鞭之形，也是馭馬之意。③是小篆的形體，左爲馬，右爲手，是由甲骨文演變而來，因爲其右是手，而並非手執鞭形，是以手馭馬之意。④是楷書的形體，是由小篆直接演變而來的。⑤是簡化字。

▲漢畫像磚，軺車出行圖，河南鄭州出土。

「馭」字的本義是駕馭車馬，現在趕馬車的人仍然稱爲「馭手」。由「駕馭」之義又引申爲「控制」，如：「豈是安上馭下之理乎？」（《晉書・姚泓載傳》）大意是：難道說這就是安服上面和控制下面的道理嗎？

請注意：御、禦、馭這三個字在古代是有區別的。在抵禦的意義上，上古一般寫作「御」，而後來則寫作「禦」。在駕馭的意義上，「御」和「馭」是相通的，但也有細微差別：「御」，一般是指駕車馬的人；「馭」，多指駕馭車馬的動作。另外，「御」字有「侍奉」、「進獻」和與皇帝有關的事物的意義，但「禦」和「馭」卻沒有這方面的意義。

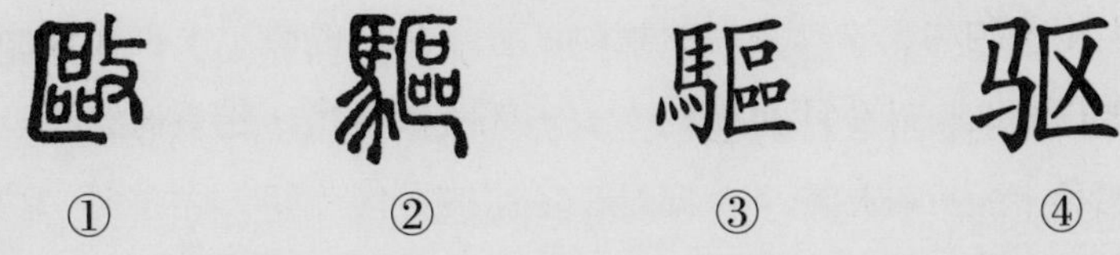

① ② ③ ④

這是「爲淵驅魚」的「驅」字，本爲形聲字。①是石鼓文的形體，左「區」右「攴」，表示「撲打」、「驅趕」。②是小篆的形體，將「攴」改爲「馬」，亦有道理，這同樣是表示「趕馬」的意思。③是楷書繁體字。④爲簡化字。

《說文》：「驅，馬馳也。」其實「驅」字的本義應是「趕馬」，如《史記・越王勾踐世家》：「乘堅驅良。」意思是：乘坐堅固的車子，驅趕著駿馬。由「趕馬」的本義又可以引申爲「驅逐」，如賈思勰《齊民要術・種麻》：「麻生數日中，常驅雀。」大意是：麻剛生出地面的幾天內，要經常地驅逐麻雀（別讓麻雀將麻苗吃了）。《禮記・月令》：「驅獸，毋害五穀。」也就是說：把野獸驅逐了，別讓牠們損害五穀。由「驅逐」又可以引申爲「逼迫」，如陶潛〈乞食〉：「饑來驅我去。」這裡的「驅」字就當「逼迫」講。

▲漢畫像磚上的幾種馬車車型。

① ② ③ ④

這是「白駒過隙」的「駒」字，本爲形聲字。①是金文的形體。左邊是「句」，表聲；右邊是「馬」，表形。②是小篆的形體，「馬」移於左邊，其義不變。③是楷書繁體字。④爲簡化字。

▲安陽婦好墓中出土的兩件商代小型玉馬。

《說文》：「駒，馬二歲曰駒。」可見古代的駒有齒齡的限制，到了後世則稱「小馬」爲「駒」，如《詩經・小雅・角弓》：「老馬反爲駒。」「少壯的駿馬」亦可稱「駒」，古代也常以駒比喻「少年英俊的人」，如《後漢書・趙熹傳》：「名家駒，努力勉之。」也就是說：（你是）名家的英俊少年，應當努力勤勉。

古籍中的「駒齒」，並非指馬駒的牙齒，而是指兒童的「乳齒」，因爲駒有「小」義，如《北齊書・楊愔傳》：「此兒駒齒未落。」也就是說：這孩子還沒有退奶牙呢。

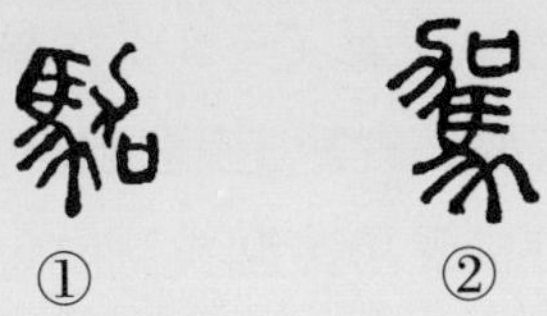 駕 驾

① ② ③ ④

▲馬車，漢畫像磚。

這是「駕輕就熟」的「駕」字，本為形聲字。①是石鼓文的形體，其左為「馬」，表形；其右為「加」，表聲。②是小篆的寫法，「加」移於「馬」上，其義不變。③是楷書繁體字。④為簡化字。

《說文》：「駕，馬在軛中。從馬加聲。」「駕」字的本義就是把車套在馬身上，如《詩經・小雅・采薇》：「戎車既駕，四牡業業（強健的樣子）。」大意是：兵車已經套好，四匹雄馬非常健壯。由此又可以引申為「駕馭」，如《韓非子・難一》：「駕往救之。」這是說：駕車前去救他。後世又特指「皇帝的車」，由車又引申為特指「皇帝」，如《舊唐書・王希夷傳》：「至駕前，年已九十六。」

在古籍中常見「駕長（ㄓㄤˇ）」和「駕娘」等詞，「駕長」是指行船的「梢工」，「駕娘」是指「操舟的婦女」，因操舟撐船均有「駕馭」意。

幺　部

幺

① ② ③

「幺」字讀作ㄧㄠ，是個象形字。①是周朝早期金文的形體，像一小束絲的樣子。②是小篆的寫法，與金文的形體相似。③是楷書的形體。

《說文》：「幺，小也。象子初生之形。」許慎認為「幺」字的本義為「小」是正確的，但是說它「象子初生之形」則不可信。許氏之所以有

此解，是因爲「幼」字從「幺」。徐灝說：「丝（一ㄡ）從絲省，而幺從丝省。丝訓微，析之則其形愈微。故凡物之小者，皆謂之幺，因之子初生亦曰幺也。丝，於虯切；幺，於堯切，亦一聲之轉也。」徐氏頗有見地地將「幺」字的形、音、義闡發得清楚明白，令人信服。

「幺」字的本義爲「小」，如《爾雅・釋獸》注稱最後出生的小豬爲「幺豚」。蘇軾〈異鵲〉詩：「家有五畝園，幺鳳集桐華。」這裡的「幺鳳」即指傳說中體型較小的鳳鳥。「幺錢」，即指漢代徑七分、重三銖的小錢。顧炎武《日知錄・幺》中說：「謂一爲幺是也。」因爲「一」是最小的整數，所以至今人們還稱一爲幺。今山東萊陽一帶稱最後出生的小孩或小動物爲「小幺郎」，湘西及四川一帶稱幼子爲「幺兒」。

「幺」是個部首字，從《說文》到《新華字典》等絕大多數的常用漢字工具書中均立有「幺」部。在漢字中，凡由「幺」所組成的字，多有「小」義，如「丝」爲「微」義，「幼」爲「小」義，「幽」爲深暗而狹小義，「幾」爲「微」義等。

糸　部

①　②　③　④　⑤

這個「糸」字是個象形字，簡化成「纟」。甲骨文①就像一小把絲擰在一起，防止亂了。②是金文的形體。③是小篆的寫法，④是楷書形體，⑤是簡化字形體。

這個「糸」字不讀ㄙ（司），而應讀爲ㄇㄧˋ（密），它的本義是「細絲」。宋朝研究《說文解字》的學者徐鍇說：「一蠶所吐爲『忽』，十忽爲『絲』；『糸』，五忽也。」可見這種絲是極細的。

「糸」字是個部首字，凡由「糸」所組成的字大都與「絲」及「織」的行爲有關，如「經」、「織」、「級」、「紗」、「綸」等等。

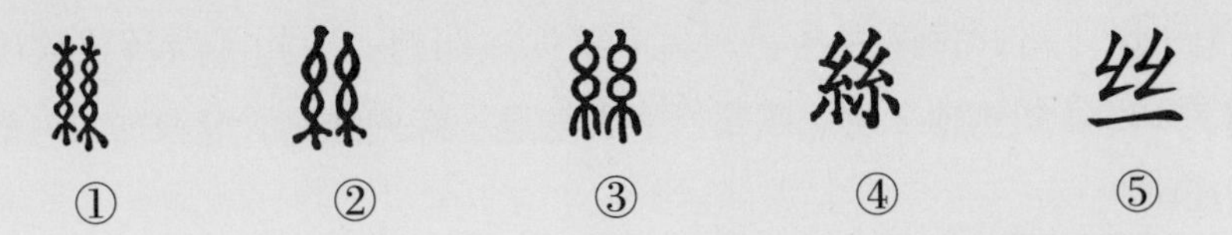

①　②　③　④　⑤

白居易有這樣的詩句：「潯陽地僻無音樂，終歲不聞絲竹聲。」這個「絲竹」的「絲」字就是個象形字。甲骨文①就是兩小把蠶絲扭在一起之形。金文②與甲骨文的形體相類似。小篆③是從金文演變而來的。④是楷書的寫法。⑤是簡化字。

▲漢畫像磚中的紡織場面，屋頂上懸掛的是一團絲。

「絲」的本意是「蠶絲」，如李商隱〈無題〉詩：「春蠶到死絲方盡，蠟炬成灰淚始乾。」在《鹽鐵論・散不足》中有這樣的話；「古者庶人耋（ㄉㄧㄝˊ，七十歲）老而後衣絲。」這裡面的「絲」字可不能理解爲單純的蠶絲，而是指「絲織品」。這句話的大意是：古代的老百姓要到七十歲以後才能穿絲織品。又因爲絲很細小，所以可以算作一種計算長度、容量、重量的微小單位，如一絲爲千分之一分。後來引申用來形容細微之極，如絲毫不差、一絲不苟等。

在古詩中，我們經常會見到「絲桐」一詞，如在王粲的〈七哀詩〉中有這樣兩句：「絲桐感人情，爲我發悲音。」琴多用桐木製成，上安絲弦，可以彈奏，所以稱琴爲「絲桐」。假若單說「絲」字，也往往指古代的絃樂器（胡琴、琵琶等）；單說「竹」字，往往指古代的管樂器（笛、簫等）。

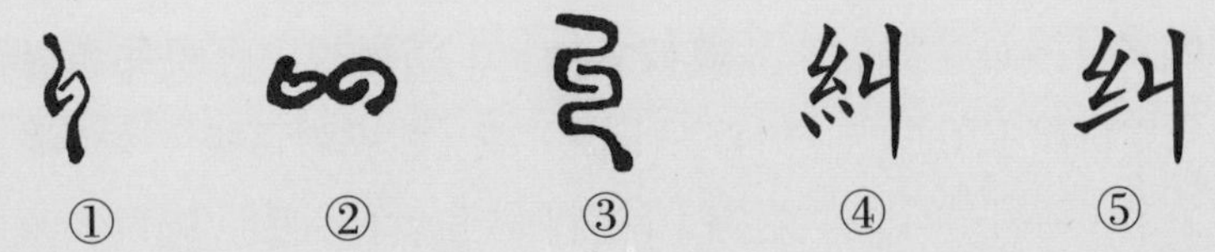

①　②　③　④　⑤

這是「糾纏不休」的「糾」字，本爲象形字。①是甲骨文的形體，像瓜蔓或兩股繩索糾纏在一起的樣子。②是金文的形體，更像糾纏的樣子。③爲小篆的形體，與甲、金文相似。④爲楷書繁體字，增加表意的「糸」旁，變成了會意兼形聲的字。⑤爲簡化字。

《說文》：「丩，相糾繚也。一曰瓜瓠結起丩。象形。」許說正確。

「丩」、「糾」實爲古今字，其本義爲「糾纏」，如《詩經・魏風・葛屨》：「糾糾葛屨，可以履霜？」大意是：麻繩纏繞的夏布鞋，怎能穿著踩冰霜？

在古籍中，「糾糾」可作「赳赳」的通假字，比如「赳赳武夫」，在《後漢書・桓榮傳》李賢注引謝承所說的話就寫作「糾糾武夫」。

請注意：「糾紛」一詞，現在多指「紛擾」、「爭執」。但在古籍中則多指「交錯雜亂」的樣子，如李華〈弔古戰場文〉：「河水縈帶，群山糾紛。」

① ② 級③ 级④

「蔑彼名級。」這個「級」字本爲會意兼形聲的字。①是甲骨文的形體，左邊是手捕捉了一個人的形象，即爲「及」字，既表意也表該字的讀音，右邊是「阜」，表示山阜有層次，也有「臺階」之意。于省吾先生認爲該形體是「級」字的初文。②是小篆的形體，將「及」移到了右邊，「阜」又變爲「糸」。③爲楷書繁體字。④爲簡化字。

《說文》：「級，絲次第也。」這是說「級」的本義爲「絲的等級」。其實在甲骨文中，右邊的「阜」表示山阜有層次，有「臺階」義，如姚鼐〈登泰山記〉：「道皆砌石爲磴，其級七千有餘。」再如徐宏祖《徐霞客遊記・楚遊日記》：「在石隙中轉折數級下。」由「臺階」又可以引申爲「等級」，如《史記・秦始皇本紀》：「百姓內（納）粟千石，拜爵一級。」也就是說：老百姓若能交上千石糧食，就可以提官一級。再如顏延之〈陶征士誄〉：「蔑彼名級。」這是說：輕視那名譽和等級地位。至於古籍中所說的「斬首數十級」或「斬虜數百級」（《漢書・趙充國傳》），這裡的「級」是指「首級」，也就是人頭，因爲人頭是人身上的第一級，故稱「首級」。

① ② ③ 亂④ 乱⑤

「剪不斷，理還亂。」這個「亂」字本爲會意字。①是金文的形體，其上部爲「爪（手）」，下部爲「又（手）」，中間是在笠（ㄏㄨˋ，絞繩器）上的亂絲，這就表示用雙手理亂絲。②是戰國詛楚文的形體，右邊增加了「乙」，其義未變。③是小篆的形體。④爲楷書繁體字。⑤爲簡化字。

「亂」字的本義爲「治理亂絲」，後來引申爲「無秩序」，如《史記・項羽本紀》：「楚軍大亂壞散。」又引申爲「亂世」、「不太平」，如《韓非子・難一》：「法敗則國亂。」也就是說：法律敗壞了，國家也就亂了。

請注意：按「亂」的本義，也可引申爲「治」，所以《說文》說：「亂，治也。」如「亂臣」一詞，既有貶義，也有褒義，如《尚書・泰誓》：「予有亂臣十人。」這裡的所謂「亂臣」，也就是古代統治階級稱善於治國的能臣。又如《尚書・顧命》：「其能而亂四方。」所謂「亂四方」，即爲治理四方。

①

②

③

系
④

這個「幽情系難解」的「系」字也是一個象形字。甲骨文①的上部是一隻手，下部抓著兩縷絲，是掛起來的意思。金文②比甲骨文繁雜了一些，又多了一縷絲，但仍不失懸掛之意。小篆③減掉了兩縷絲，書寫時方便多了。④是楷書的形體，基本上與小篆相同。

「系」字的本義是「掛」或「懸」，如《荀子・勸學》：「系之葦苕。」這是說：蒙鳩鳥把自己的巢懸掛在蘆葦穗之上。從「懸掛」又可以引申爲「拴綁」，如《淮南子・精神》：「系絆其足。」從「拴綁」又能引申爲「相繼」或「連接」之義，如《晉書・郤洗傳》：「聖明系踵。」這就是說：聖明之人才，接踵而來。後來，「系」字又可以引申爲「系統」、「世系」等。

▲《甲金篆隸大字典》中的「系」、「係」、「繫」字。

「系」字又可以讀爲ㄐㄧˋ（紀），當讀這個音的時候，它的詞義表示「打結」，如：「把鞋帶系（ㄐㄧˋ紀）上。」

請注意：在古代有系、係、繫三個字，它們的用法是有區別的。在「連接」、「拴綁」的意義上，這三個字可以通用。在相互「關聯」的意義上，一般都是寫作「繫」或「係」，而不寫作「系」。但「世系」、「系統」的意義則應寫作「系」而不寫作「係」或「繫」。另外，「係」字在古白話中還可以當判斷詞「是」字用，如《水滸傳》第三回：「捕捉打死鄭屠犯人魯達，即係經略府提轄。」這就是說：捕捉並打死鄭屠的犯人魯達，實際上就是經略府的提轄。「係」當「是」的用法，這是「系」、「繫」兩字所沒有的。在大陸廢除異體字的時候，「係」、「繫」兩字均已廢除，現在大陸不論用在什麼地方，全用一個「系」字。

① ② 經③ 经④

這個「經正而後緯成」的「經」字原是個象形字。金文①的下部是織布時撐線用的「工」，上部的三條曲線就是織布的「經線」之形。②是小篆的形體，爲了使其「經線」的詞義更爲明確，所以又在其左增加了表意部分「糸」，這樣「經」字就變成了左形右聲的形聲字了。③是楷書的寫法。④是簡化字。

「經」字的本義是指織布的縱線，是與「緯」相對的，如：「經正而後緯成，理定而後辭暢。」（《文心雕龍・情采》）其大意是：經線正緯線才能成，文章的內容定好了，文辭才能流暢。後來從「經緯」之義又可引申爲南北東西之義，南北謂之「經」，東西謂之「緯」，如：「國中九經九緯。」（《考工記・匠人》）若沒有「經」也就談不上「緯」，所以「經」是主要的。人體氣血通路的主幹也稱爲「經」，如「經脈」、「經絡」等。也正因其重要，所以記載一定階級最高思想道德標準的書籍就稱爲「經典」，如《唐書・經籍志上》：「四部者，甲乙丙丁之次也，甲部爲經。」也就是說，舊時在圖書目錄中，以甲乙丙丁爲次

▲織女像。

序，甲部的書籍均為儒家的經典。

▲元代紡紗織布機。

至於「經理宇內」（《史記・秦始皇本紀》）中的「經」字，那是「管理」的意思；所謂「經理宇內」，也就是「管理國家」之義。在《公羊傳・昭公十三年》中有「靈王經而死」的話，這裡的「經」字是「頸」字的借字，是「縊頸」之義，當「上吊」講。

「經濟」一詞，現在是指國民經濟的總稱。可是「以道德經濟為己任」（《宋史・王安石傳論》）中的「經濟」，不能理解為錢財，而是「經世濟民」或「治理國家」的意思。

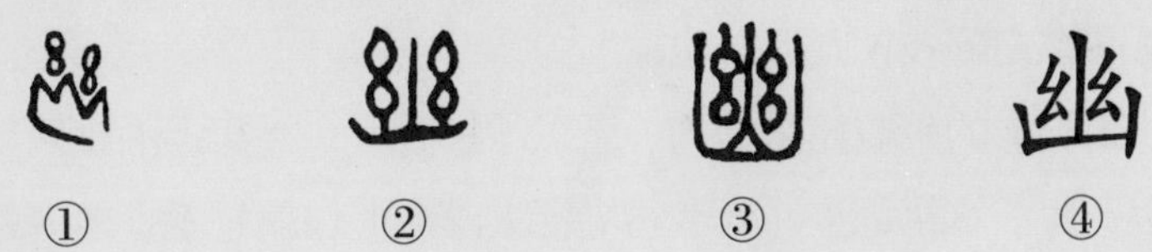

「獨憐幽草澗邊生，上有黃鸝深樹鳴。」這個「幽」字本為會意字。甲骨文①的上部是兩縷細絲，下部是「火」，以微火燒細絲，發出微光。②是金文的形體，與甲骨文相似。③是小篆的形體，其下部訛變為「山」。④為楷書的寫法。

《說文》：「幽，隱也。從山中，亦聲。」許慎根據小篆的形體，誤認為下部從「山」。「幽」字的本義為「昏暗」，如屈原〈離騷〉：「路幽昧以險隘。」這是說：道路昏暗不清而又很艱險。由此又可引申為「隱晦深奧」，如柳宗元〈答韋中立論師道書〉：「參之〈離騷〉以致其幽。」大意為：參照〈離騷〉而使之達到隱晦深奧。此後又可引申為「幽靜」、「幽情」，如王羲之〈蘭亭集序〉：「一觴一詠，亦足以暢敘幽情。」

請注意：現在所說的「幽默」，是英語humour的譯音，意思是說某人的語言或行為生動有趣，並且有較深的含義。但是，我國古籍中的「幽默」卻是「寂然無聲」的意思，如《楚辭・九章・懷沙》：「孔（很）靜幽默。」大意為：非常寂靜，沒有任何聲音。

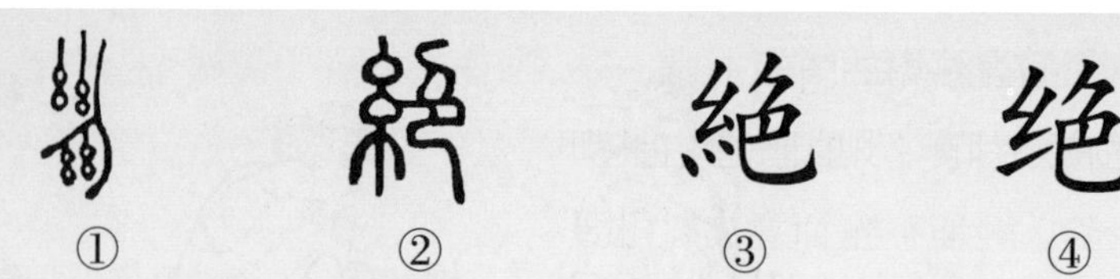

①　②　③　④

這是「絕處逢生」的「絕」字，本爲會意字。①是金文的形體，用「刀」斷「絲」，表示斷絕。②是小篆的形體，左爲「絲」，表形，右爲「色」，表聲，並且「色」的本義也是「斷絕」，這就變成會意兼形聲的字了。③是楷書繁體字。④爲簡化字。

《說文》：「絕，斷絲也。」可見「絕」字的本義爲「斷」、「斷絕」，如《淮南子・天文訓》：「天柱折，地維絕。」這是說：擎天的大柱折了，繫地的大繩也斷了。由此可以引申爲「極」，極美的女子稱爲「絕色」，如《拾遺記・吳》：「（孫亮）愛姬四人，皆振古絕色。」「極妙」亦稱爲「絕妙」，有「高超」之意，如《三國志・魏書・華佗傳》：「佗之絕技，凡此類也。」

「斷絕」的裂紋總是横的，所以「横渡」、「穿過」也可稱「絕」，如陸游〈夜泊水村〉：「老子猶堪絕大漠。」也就是說：老漢還能夠横穿過大沙漠。

①　②　③

「丹心素節本無求。」這個「素」字本爲會意字。①是金文的形體，其中間爲白繒（絲織品）之形，下部兩側爲雙手，是表示雙手執白繒。②是小篆的形體，雙手被省掉了，其上部更像繒的下垂形，其下部的「絲」表示白繒是用絲織成的。③是楷書的寫法。

《說文》：「素，白致繒也。」「素」的本義是緻密而沒有顏色的絲織品，如古詩〈上山采蘼蕪〉：「新人工織縑（ㄐㄧㄢ，細絹），故人工織素。」大意是：新人擅長織細絹，故人擅長織白而細的繒。由「白繒」可以引申爲「白的」、「沒有染色的」，如《禮記・玉藻》：「……天子素服，乘素車。」這是說：……天子穿素衣，乘坐不帶顏色的車子。由此又可引申爲「樸素」或「純樸」，如陶潛〈移居〉：「聞多素心人。」意思是：聽說很多人都是心地純樸的人。

請注意：古籍中常有「素衣」一詞，有時指古代禮服的白色中衣；有時指白色的凶服；有時指白色的衣服，多比喻清白的操守。到底爲何義，要根據文意而定。

「吾離群而索居。」這個「索」字，本爲象形字。甲骨文①就像一條大繩，上端像大繩三股分開的樣子。②是楚帛書的形體，像雙手搓繩的樣子。③是小篆的形體，已發生了訛變。④爲楷書的寫法。

《說文》：「索，草有莖葉可作繩索。」從甲骨文的形體看，「索」的本義就是「大繩」，如《小爾雅・廣器》：「大者謂之索，小者謂之繩。」司馬遷〈報任安書〉：「關木索，被箠（ㄔㄨㄟˊ）楚受辱。」大意是：戴上木枷，蒙受鞭刑的恥辱。「索」最初是狩獵或農事中的工具，因此又可引申爲「求取」義，如杜甫〈少年行〉：「指點銀瓶索酒嘗。」由「求取」引申爲「尋找」、「搜索」，如《後漢書・杜林傳》：「吹毛索疵。」《史記・秦始皇本紀》：「乃令天下大索十日。」「索」字又有「盡」義，如《韓非子・初見秦》：「士民病，蓄積索。」

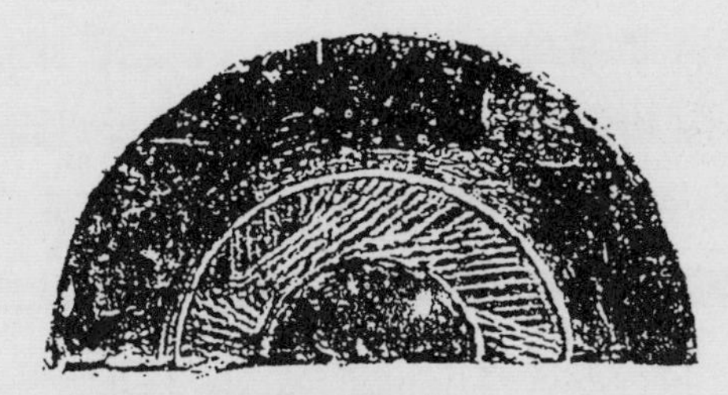

▲春秋繩紋瓦當。

這是「夜以繼日」的「繼」字，本爲象形字。①是金文的形體，像絲連續之形，故有「繼」義。②是小篆的形體，左邊又增加「糸」，右邊仍爲絲的接續。③是楷書繁體字。④爲簡化字。

《說文》：「繼，續也。」「繼」字的本義爲「連續」、「接續」，如〈離騷〉：「吾令鳳鳥飛騰兮，繼之以日夜。」由此又可以引申爲「繼承」，如《荀子・儒效》：「工匠之子，莫不繼事。」大意是：工匠的兒子們，沒有不繼承其父業的。又可以引申爲「延續」，如《晉書・劉聰載記》：「觀魚於汾水，以燭繼晝。」「延續」就有「增加」之義，所以「繼」又有「增益」義，如《墨子・非命上》：「絕長繼短，方地百里。」

①　②　③懸　④悬

這是「懸燈結彩」之「懸」字。金文①的左邊是一棵樹（木），其右是用一條繩索吊著一個人頭，眼睛圓睜。小篆②則發生了較大的變化，其左是倒「首（頭）」，還有彎彎曲曲的頭髮下垂，其右是個「系」字，表示「吊」的意思。③是楷書的寫法，在小篆的基礎上又增加了一個「心」字，表示「牽掛」或「提心吊膽」之意。小篆本爲會意字，而現在變成一個上聲（縣）下形（心）的形聲字，這就複雜多了。④是簡化字。

▲《廬山瀑布圖》，（清）高其佩作。

「懸」字的本義就是「吊掛」，如：「懸流飛瀑，近三百許步。」（《水經注・廬江水》）這是說廬山倒掛的飛流瀑布，有三百多步長。由「吊掛」之義又可引申爲「牽掛」，如「懸心」、「懸念」等。「牽掛」也往往與「遙遠」有關，所以「懸」字又有「遠隔」之意，如庾信的〈詠懷〉詩：「遙看塞北雲，懸想關山雪。」由「遙遠」之義又可以引申爲「久延不決」的意思，如「懸案」等。

「懸河」本來是形容瀑布，如：「懸河注壑，二十餘丈。」（《水經注・淸水》）可是後世則多形容說話滔滔不絕或言辭流暢奔放，如「懸河瀉水」、「口若懸河」等。

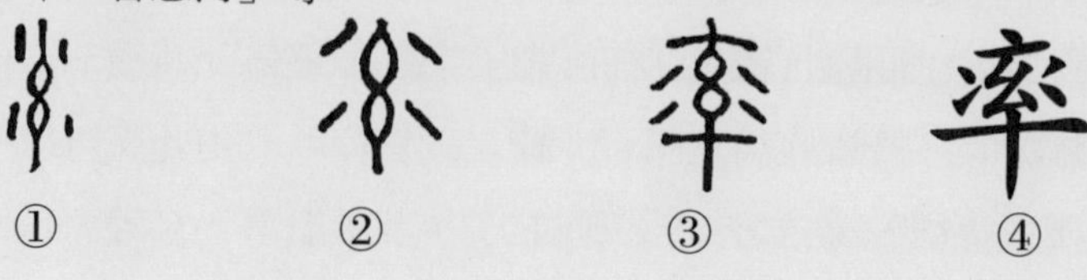

這是「率師夜襲」的「率」字，本爲象形字。①是甲骨文的形體，中間爲「網」形，其兩側的四點像水流下，可見「率」本爲魚網之形。②是金文的形體，四點外撇，像提網時水滴外濺。③是小篆的形體。④爲楷書的寫法。

《說文》：「率，捕鳥畢也。象絲網，上下其竿柄也。」「畢」是古時田獵用的長柄網。許愼認爲「率」爲「鳥網」，其實是「魚網」，由「魚網」引申爲「鳥網」倒是可能的。由「網」引申爲「捕捉」，如《文選・張衡〈東京賦〉》：「悉率百禽。」這是說：用網子捕捉各種禽（鳥獸的總稱）。由「捕捉」可以引申爲「帶領」，如《左傳・宣公十二年》：「率師以來，惟敵是求。」這是說：率領著軍隊前來，只是尋找頑敵。由動詞「帶領」可以引申爲帶兵的人，即「主將」，如《荀子・富國》：「將率不能則兵弱。」到了後世，在這個意義上均寫作「帥」。

請注意：在《史記・商君列傳》中有：「有軍功者，各以率受上爵。」這裡的「率」爲「標準」、「規格」之義，必須讀作ㄌㄩˋ。現在還說效率、生產率、出勤率等。

「執轡赴疆場。」這個「轡」字讀作ㄆㄟˋ，本爲會意字。①是甲骨文的形體，上部是「車」，下部是三條馬韁繩，這就表示這一輛車套了三匹馬。②是金文的形體，與甲骨文相似。③是小篆的形體，由韁繩形訛變爲絲形，中間一條變爲「口」，與「車」相連。許愼說：「軎（ㄨㄟˋ），車軸端也。」④是楷書繁體字。⑤爲簡化字。

▲驂車過橋，漢畫像磚。

《說文》：「轡，馬轡也。」「轡」字的本義就是駕馭牲口所用的韁繩，如《詩經・鄭風・大叔於田》：「執轡如組，兩驂如舞。」大意爲：拉住韁繩像有編有織，驂馬兩匹飛馳如舞。《詩經・秦風・小戎》：「四牡孔阜，六轡在手。」「孔」爲「很」義，「阜」爲「高大」義。詩的大意爲：四匹公馬高又大，六條馬韁手中拉。

「轡頭」是指馬的籠頭、嚼子之類，如〈木蘭詩〉：「南市買轡頭。」

士部

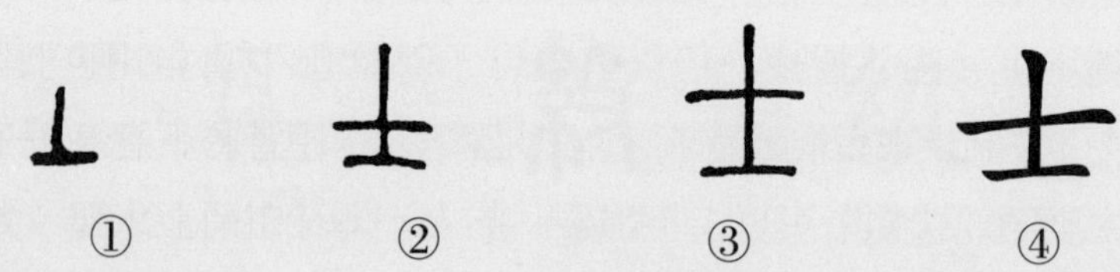

這是「身先士卒」的「士」字，是個象形字。①是甲骨文的形體，像禾苗立於地上。②是周朝晚期金文的形體。③是小篆的寫法。④爲楷書的寫法。後三種形體，均在甲骨文的基礎上增加一橫。

「士」字的本義衆說紛紜。《說文》：「士，事也。」許慎認爲「士」字的本義爲「事」。《釋名・釋言》：「事，傳也；傳，立也。」《漢書・蒯通傳》注：「東方人以物臿（插）地爲事。」所以吳承仕說：「事，謂耕作也。……蓋耕作始於立苗，所謂插物地中也。人生莫大於食，事莫重於耕。故士爲插物地中之事。」可見，「士」字即爲插苗地中，而耕作插苗古爲男子之事，所以「士」就引申爲「男子」的美稱，如《詩經・鄭風・女曰雞鳴》：「女曰雞鳴，士曰昧旦。」「士」又可以引申爲「兵士」義，如屈原《楚辭・九歌・國殤》：「旌蔽日兮敵若雲，矢交墜兮士爭先。」《呂氏春秋・簡選》注：「在車曰士，步曰卒。」但後世則不分乘車或徒步，均稱爲士。至於王充《論衡・刺孟》裡「有士於此」中的「士」，那是「仕」的通假字，指作官。

「士」是個部首字。在漢字中，凡是從「士」的字，往往與男性有關，如「壻（婿）」字從「士」，《說文》解爲：「夫也。」「壯」字從「士」，《禮記・曲禮》解釋說：「三十曰壯，有室。」「有室」即有妻，也是指男子。《說文》、《辭源》等多數漢語工具書的「士」部與「土」部分立，但《辭海》則將「士」部合進「土」部。

宀 部

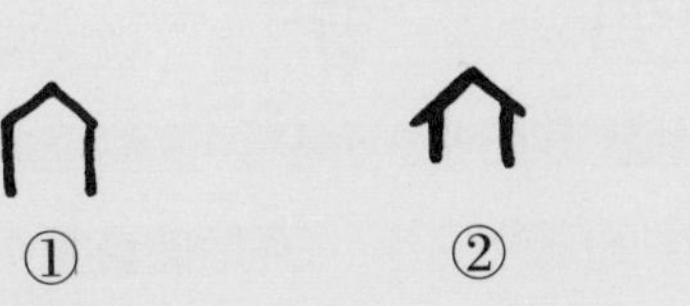

這是個「宀」（ㄇㄧㄢˇ免）字。在古代就是代表房子的意思。甲骨文①和金文②都有房子的樣子。小篆③則變成圓頂房子了，眞像遼闊草原上的「蒙古包」。楷書④就不太像房子了。

▲半坡村的房屋復原圖，新石器時期。

「宀」字的本義就是房屋。許愼的《說文解字》說：「交覆深屋也。象形。」這話是對的。

「宀」字是個部首字，通常稱爲「寶蓋頭」，一般不單獨使用。

在漢字中，凡由「宀」所組成的字，大都與房屋有關，如「室」、「宅」、「家」等。

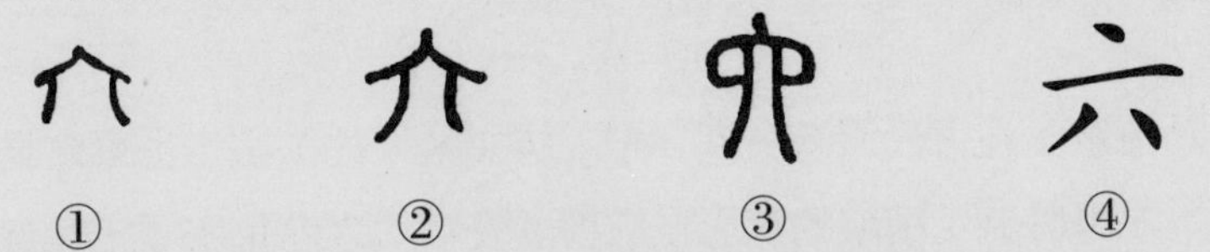

這是「六合同春」的「六」字，原爲象形字。甲骨文①很像房舍的側視形，兩旁有房簷突出。②是金文的形體，與甲骨文基本相似。③是小篆的寫法，已失去房屋之形。④是楷書的寫法。

▲半坡遺址的房屋(想像圖)。

「六」字的本義爲「房舍」，也就是與「宀」是一個字。而《說文》解「六」爲「從入從八」，這是依據小篆的形體分析而致誤。後來「六」字當「房舍」講的本義消失了，而被假借爲數目字用了，如「六月飛霜」等。

請注意：「六」字當山名和縣名用時，則大都讀作ㄌㄨˋ，如「六安」（山名兼縣名，都在安徽省）、「六合」（縣名，在江蘇省）。

這是「家安邦寧蒼生樂」詩句中的「寧」字，原是個會意兼形聲字。①是甲骨文的形體，像在一個房間內放置了一個器皿表示很穩重很安寧的意思。下面「丁」字是表示讀音的，因爲「丁」與「寧」音近。到了金文②則在「皿」上增加了一個「心」，這是表意部分，「心安」就是「安寧」的意思。正如朱芳圃先生所說：「古人以心爲形之主，心安則形靜，故金文增心爲義符。」（《殷周文字釋叢》）③是小篆的形體，與金文相類似。④是繁體字，直接由小篆楷化而來。因爲這個字筆畫繁多，書寫不便，所以形體⑤就截取上下兩頭，產生了新簡化字「寧」。

「寧」字的本義就是「安寧」，如柳宗元〈捕蛇者說〉：「雖雞狗不得寧焉。」大意是：雖說是雞狗也都不得安寧。《史記・陳涉世家》：「王侯將相寧有種乎？」這裡的「寧」字，就不是「安寧」的意思了，而是當疑問副詞用，即有「難道」之意。其意思是：王侯將相難道說是天生的嗎？

請注意：在古代還有一個「宁」（ㄓㄨˋ注）字，也可寫爲「貯」、「佇」，是貯藏、積聚的意思。它與「安寧」之簡化字「宁」沒有任何關係，只是形體相同。

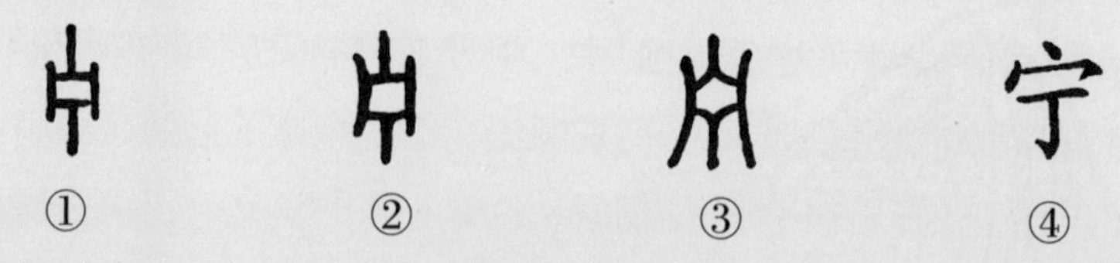

這個「宁」（ㄓㄨˋ注）字是個象形字。甲骨文①像貯藏東西的處所，四周是牆壁。②是金文的形體，基本上與甲骨文相同。小篆③變得更爲美觀，好似一個六邊形的倉室。④是楷書的寫法。

「宁」的本義是指貯藏東西的地方。《說文解字》說：「宁，辨積物也。」由此義又引申爲古代群臣朝見君主之處，即殿上屏風與門之間的地方，如《禮記‧曲禮》：「天子當宁而立，諸公東面、諸侯西面。」這就是說：在群臣朝見天子的時候，天子立於宁中，諸公則面朝東而立，諸侯則面朝西而立。

「宁」本與「貯藏東西」有關，既然是「東西」就往往有「貝」字作爲組成部分。所以後來就在「宁」的左側增加了表意的「貝」字，這就變成了左形（貝）右聲（宁）的形聲字「貯」了。「宁」算是古字，「貯」算是今字。後世凡是「藏」義均寫作「貯」，而不寫「宁」了。「貯」字後來又被簡化爲「贮」，這正是今天簡化字的寫法。

至於「寧夏」、「安寧」的簡化字「宁」字，那與「宁（ㄓㄨˋ注）」字毫無關係，音義均不相同。「宁（ㄋㄧㄥˊ）」字是「寧」字的簡化字，當「平安」、「安定」講，如《易經‧乾》：「萬國咸寧。」就是「萬國都安定」的意思。「安寧」的「寧」字還可以讀作ㄋㄧㄥˋ（擰，去聲），如《楚辭‧漁父》：「寧赴湘流，葬於江魚之腹中。」也就是說：寧願跳進湘水，葬在魚的腹中。

這是「衆葩敷榮向春風」的「向」字，本爲象形字。甲骨文①就像一座房子，在牆壁上開了一個窗子。金文②和小篆③都同於甲骨文。④是楷書的形體，已經看不出房子的牆壁上有窗戶的形象了。

「向」字的本義是專指「朝北的窗戶」。《詩經‧豳風‧七月》：「塞向戶。」也就是說，把朝北的窗子塞好，把門縫好，準備過寒冬了。從這個本義又引申爲「方向」或「朝向」的意思，如《史記‧項羽本紀》：「沛公北向坐，張良西向侍。」後又遠引申爲「從前」之義，如司馬遷〈報任少卿書〉：「向者僕常厠於大夫之列。」「僕」是古人謙虛的自稱，相當於「我」；「厠」在古代多當「置身於」講。這話的大意是：從前我常置身於大夫之列。

《史記‧游俠列傳》：「向其利者爲有德。」這個「向」字是什麼意思呢？其實這是「享受」之「享」的假借字，原意是：享受其利的算是有德的。

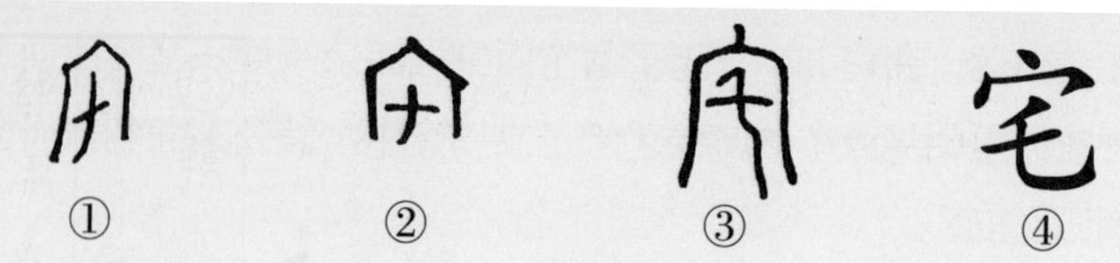

① ② ③ ④

「方宅十餘畝，草屋八九間。」這個「宅」字，本爲形聲字。甲骨文①就像一座房子，中間像「十」形的部分爲「乇（ㄓㄜˋ）」字的初文，表聲。②是金文的形體，與甲骨文基本相似。③是小篆的寫法。④爲楷書的寫法。

《說文》：「宅，所托也。」這是對的。這也正如《爾雅》所說：「宅，居也。」《玉篇》也說：「人之居舍曰宅。」可見「宅」字的本義就是「住所」、「住處」，如《韓非子・詭使》：「無宅容身。」「宅」本爲名詞，又可以引申爲動詞，當「居住」講，如《尚書・禹貢》：「四既宅。」就是說：四方可居住的土地。

請注意：《禮記・雜記上》中所說的「大夫卜宅與葬日」裡的「宅」字，若理解爲「住所」，那就錯了。這裡的「宅」是指「葬地」或「墓穴」。大意是：大夫選擇墓地和下葬的時間。

① ② ③

在《墨子・公輸》中說：「宋莫能守，可攻也。」這也就是說，宋國沒有辦法防守，可以攻取。爲什麼「守」字要這樣寫呢？你看金文①外面是房屋，屋內有一隻大手，這就有「防守」或「把持」之意。所以「守」字是個會意字。小篆②屋內是個「寸」字，實際上古代的「寸」字也完全是「手」形。所以小篆也是直接由金文演變而來。③是楷書的寫法，同於小篆的形體。

「守」字的本義爲「防守」，後又引申爲「守候」之意，如《韓非子・五蠹》：「守株，冀復得兔。」也就是說：守候在樹下，希望（冀）再得到一隻兔子。這就是成語「守株待兔」。

閱讀古籍，常遇到「守拙」一詞，你若認爲這是「安於笨拙」或「守住笨拙」之意，那就全錯了。在古代，封建士大夫自詡清高而不外出作官，這就叫「守拙」，如陶淵明〈歸園田居〉：「開荒南野際，守拙歸園田。」

①　②　③　④

在陸游的〈東陽道中〉詩中有「先安筆硯對溪山」一句。這裡的「安」字是「安放」之義，並非「安」字的本義。從甲骨文①看，「安」字的外面是一座房子，房中坐著一位面朝左的少女，把房門一關，眞是既平安又舒適，「女居室中爲『安』」。金文②也是室中有一女，可見「安」字是個會意字。小篆③的形體也同於甲、金文字。④是楷書的寫法，「宀」下有一「女」。

「安」的本義是「平安」，如《荀子・王霸》：「國安則無憂民。」就是說：國家平安了，則老百姓也就無憂無慮了。後又可引申爲「習慣於」，如《漢書・藝文志》：「安其所習，毀所不見。」

「安身」就是容身、立足的意思，如《三國演義》中所說的：「取彼荊州爲安身之地。」但是你可不能類推，如《左傳・昭西元年》：「君子有四時：朝以聽政，晝以訪問，夕以修令，夜以安身。」這裡的「安身」是當「休息」講。有時「安」字還可當疑問代詞用，如《史記・陳涉世家》：「燕雀安知鴻鵠之志哉！」這是說：小燕雀怎麼能知道大雁的宏志呢？這個「安」可當「怎麼」講，與「安」字本義無關，這是個假借字的問題。

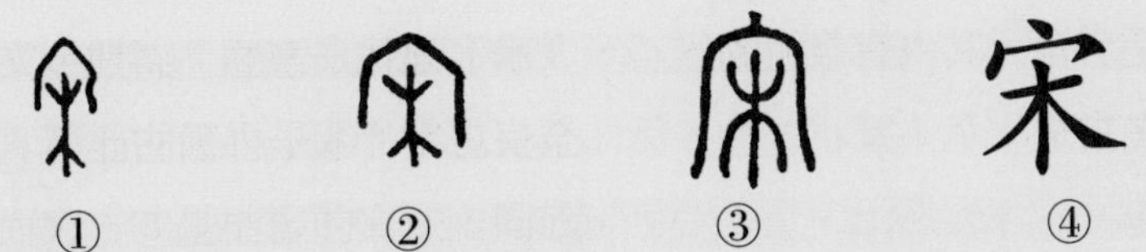

①　②　③　④

「漢儒專言訓詁，宋儒專言義理。」這個「宋」字本爲會意字。①是甲骨文的形體，其外爲房屋形，屋內有木支撐。②是金文形體，與甲骨文相似。③是小篆的形體，與金文極相似。④是楷書的寫法。

《說文》：「宋，居也。從宀從木，讀若送。」可見「宋」字的本義與「家」字的本義相似，都是居住的地方。這個本義後來消失了，被借爲周代的諸侯國名，在今河南商丘一帶。後又作朝代名，如北宋、南宋等。現在廣泛用作姓。

①　②　③　④　⑤　⑥

「災異數見，不可不憂。」這個「災」字本爲會意字。甲骨文①的外部是房屋之形，內部是「火」，火焚房屋爲「災」。②是《說文》中的或體字，實際就是從甲骨文演變而來，本爲正體，《說文》卻誤爲或體。③是「災」字的籀文形體，上部的「川」字中間有一橫，表示川被堵塞就要決口成災，下部又有「火」，水火無情，當然更是災害之意。④爲小篆的形體，變成一個形聲字了（「火」爲形，其餘的部分爲聲）。⑤是楷書體，是由籀文演變而來，成爲後世的書寫正體了。⑥爲當今的簡化字，實際上是甲骨文形體的借用，仍表示火燒房屋，是會意字。

《說文》認爲「災」就是「天火」。實際上「災」字的本義是「火災」，如《左傳・桓公十四年》：「御廩災。」也就是說：一定要防備糧倉著火。後來，又指「天災」，如《漢書・食貨志下》：「古者天降災戾（惡氣）。」這是說：古時天降災難。後來「災」的含義擴大，泛指一切災害，如水災、風災、雹災、旱災、蟲災等等。

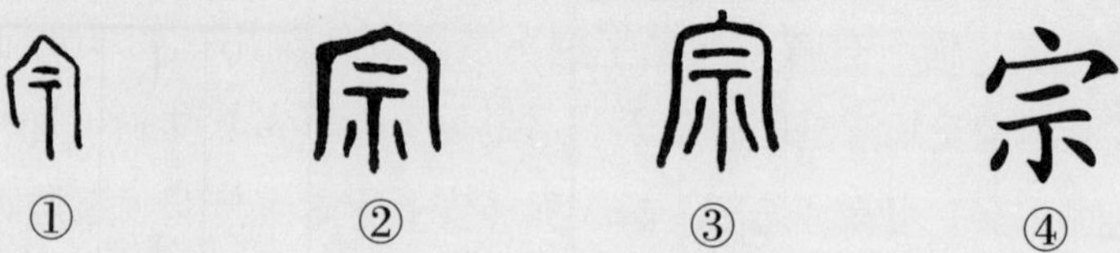

①　②　③　④

「萬變不離其宗。」這個「宗」字本爲會意字。①是甲骨文的形體，外部是房舍，其內有祭祖的靈石，表示這裡就是宗廟。②是金文的形體，房舍之內是「示（靈石）」，仍爲祭祖之義。③是小篆的形體。④爲楷書的寫法。

《說文》：「宗，尊祖廟也。」如《詩經・大雅・鳧鷖》：「既燕（宴）於宗。」這是說：已經宴飲在祖廟。由此又可以引申爲「祖宗」，如《左傳・成公三年》：「使嗣宗職。」大意是：使我繼承祖宗傳下來的職位。後又引申爲「宗族」，如《史記・秦始皇本紀》：「車裂以徇，滅其宗。」「徇」是對衆宣示。也就是說：車裂其身以示衆，並滅掉了他的宗族。上古以宗爲本，所以「宗」也能當「本」、「主旨」講，如《老子》：「言有宗。」這是說：言論要有所本。

「宗師」，一般是指受人尊崇、奉爲師表的人，如「一代宗師」。但《漢書・平帝紀》中所說的「宗師」卻爲官名，這種官是掌管宗室子弟的訓導。

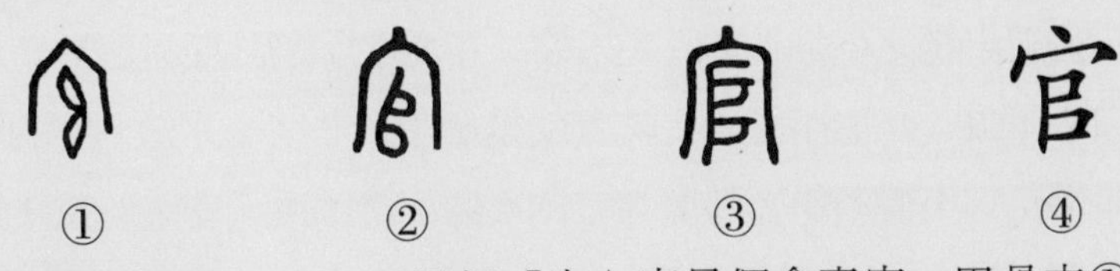

▲執鉞小吏，漢畫像磚，河南唐河縣出土。

這個「官」字是個會意字。甲骨文①的外部是「宀」，即上古的屋形，其內是「㠯」。「㠯」與「王（斧）」類似，在古代均爲有鎭壓之權的標誌。可見屋內掛「㠯」，是表示權威之所在，也就是「官府」的意思。②是金文形體，與甲骨文很相似。③是小篆的形體，屋內之「㠯」，已經變得不像了。④是楷書的寫法。

「官」的本義是「官府」，如柳宗元〈童區寄傳〉：「願以聞於官。」就是說：希望把這件事報告給官府。後來從「官府」的本義又引申爲「官位」或「官職」等，如《荀子・正論》：「量能而授官。」也就是說，根據一個人的才能的大小而授予官職。後來又可引申爲「官吏」義。王充在《論衡》中說：「百官共職於下。」以上的「官」字全是作名詞用，但在古書中也有「使動」用法，即「使……作官」之義，如曹操在〈論吏士能行令〉中說：「故明君不官無能之臣。」大意就是，聖明的國君是不使那些無功之臣作官的。

値得注意的是，在兩漢以前，「官」與「吏」的概念是不同的：「官」，一般是指行政機關或指職務；「吏」，則是專指「官吏」。比如荀況的著作中所提到的「官人」，就是指政府裡的人，「官」的本身並沒有官員的意思。可是到了漢朝以後，「官」就不是指行政機關了，而多指一般的官員。「吏」則是指低級的官員。當然，「官」字的行政職務的意義還在沿用。

定

① ② ③ ④

這是「一籌定乾坤」的「定」字。甲骨文①的外面是個房子，房內上爲「口」下爲「止」（腳），其實就是個「正」字。「正」字的本義就是腳站得端正，不偏不斜。那麼在室內不偏不斜即爲「安定」或「定居」之義。可見「定」字也是個會意字。金文②的形體則同於甲骨文，只不過「正」上的「口」變成了實心的，其義未變。③是小篆的寫法，室中就是個「正」字。④是楷書的寫法。「宀」下的「正」字變成了「𤴓」了。形體有所改變，但其義仍未變。

「定」的本義是「安定」或「平定」，如《詩經・小雅・節南山》：「亂靡有定。」就是說，戰亂還沒有平定。後又引申爲「決定」或「肯定」，如《荀子・解蔽》：「吾慮不淸，則未可定然否也。」大意是：我還沒有考慮淸楚，還沒有肯定可否。

「定情」一詞，在古代則往往指男女結合成爲夫婦。漢朝繁欽有〈定情詩〉，唐喬知之有〈定情篇〉，都指結婚。

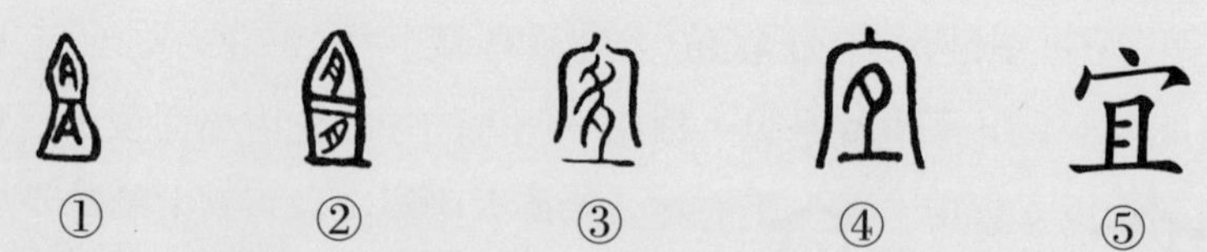

「欲把西湖比西子，淡妝濃抹總相宜。」這個「宜」字，本爲象形字。①是甲骨文的形體，其外形就像古代祭祀時盛牛羊等祭品的禮器，中間的兩個“A”字形代表祭品（牛羊肉）。②是金文的形體，較甲骨文複雜了一些。③是《說文》中古文的寫法，其外部變爲「宀」字，像一個罩子。④爲小篆的形體，較前者簡單了一些。⑤爲楷書的形體。

《說文》：「宜，所安也。從宀之下，一之上，多省聲。」許愼所謂的「所安也」，並非「宜」字的本義而是引申義。「宜」本爲用牲之法，後轉爲祭名，如《尚書・泰誓傳》：「祭社曰宜。」祭品是美味佳餚，故引申爲此義，如《詩經・鄭風・女曰雞鳴》：「與子宜之。」大意是：給您美味佳餚。由合乎口味的「佳餚」又可引申爲「合適」，如王符《潛夫論・相列》：「曲者宜爲輪。」這是說：彎曲的適合於作車輪。由「合適」又可以引申為「應該」，如諸葛亮〈前出師表〉：「不宜妄自菲薄。」也就是說：不應該過分地看輕自己。柳宗元《非國語下・命官》：「官之命，宜以材耶，抑以姓乎？」也就是說：要任命官吏，應該看他的才能大小呢，還是看他姓什麼（指出身什麼門第）？

這個「寶」字較複雜。甲骨文①上部是一座房屋，屋內有「貝」有「王」（「王」是大斧頭，代表政權）。這就是說，當時認為有「權」有「貝」是最可寶貴的。可見這是個會意字。金文②又在甲骨文的基礎上增加了「杵」和「臼」之類的「舂米」用具，這是生活的必需品，所以都是「寶貝」。③是小篆的形體，「王」和「貝」都在，只是把「杵」和「臼」變成了「缶」字。④是楷書的寫法，基本上同於小篆。⑤是簡化字，「宀」（屋）內有「玉」就是「寶」，這就成了一個新的會意字。

「寶」字本義當「寶貝」講，後來對美玉也總稱「寶」。比如《國語・魯語上》：「以其寶來奔。」這個寶即「玉」。古時銀錢貨幣亦稱「寶」，如「元寶」、「通寶」等等。

舊時在給朋友寫信時，常用「寶眷」一詞，這是對他人家屬的敬稱。

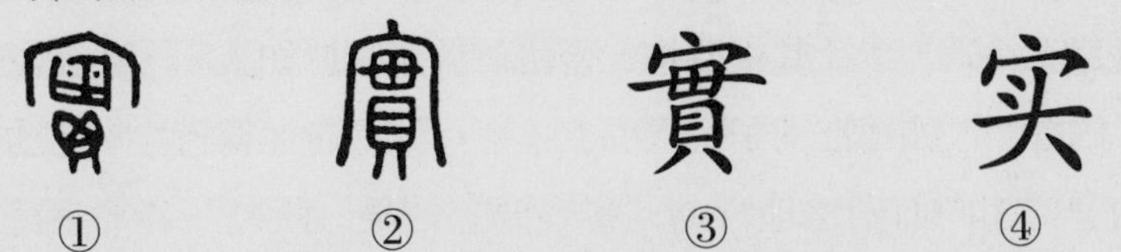

「傳聞之事，恆多失實。」這個「實」字本為會意字。①是金文的形體，其上部為「宀」，即房屋之形，屋內有「貫（錢財）」。②是小篆的形體，與金文形體相似。③是楷書繁體字。④為簡化字。

《說文》：「實，富也。從宀從貫。」「實」字的本義應為「充實」或「充滿」，如《商君書・去強》：「倉、府兩實，國強。」大意是：糧倉和錢庫都充實，那麼國家就強盛。果子是飽滿的，所以由「充實」又可以引申為「果實」、「種子」，如鮑照〈梅花落〉：「念其霜中能作花，露中能作實。」由此又可以引申為「眞實」、「不虛」，如《漢書・司馬遷傳贊》：「不虛美，不隱惡，故謂之實錄。」王充《論衡・問孔》：

「世之儒生不能實道是非也。」這是說：世上的儒生不能誠實地說出是與非。「實」字遠引申義，就是作副詞用，表示「的確」、「確實」，如《史記‧李斯列傳》：「實無反心。」也就是說：確實沒有反叛之心。

請注意：「實際」與「實質」的含義是不同的。「實際」，是指客觀事物眞實的情況，也指人們的行動，即實踐。「實質」，是指本質，即事物、論點或問題的實在內容。

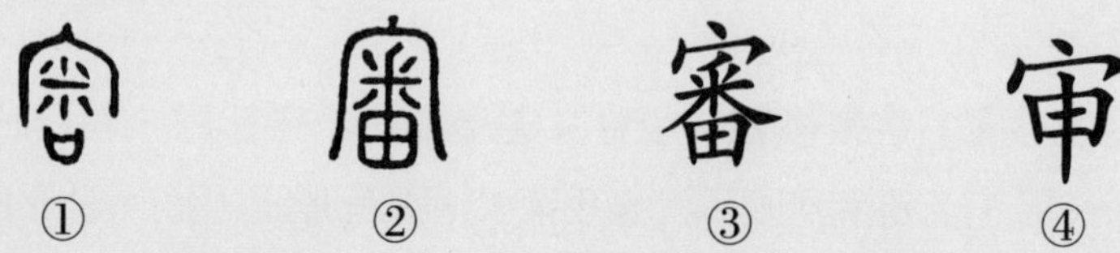

這是「審時度勢」的「審」字，本爲會意字。①是金文，上爲屋形，中間的「釆」是「辨別」之意，其下從「口」表「審訊」。總之，該字爲「屋中行審」的意思。②是小篆的形體，中間變爲「番（蹯）」字。「番」本爲野獸足跡之形，古人據野獸的足跡而辨別之，故亦有「審察」之意。③爲楷書繁體字。④爲簡化字，由會意變爲形聲。

《說文》：「審，悉也。知審諦也。」這是對的。可見「審」的本義爲「審察」、「細究」，如賈誼〈治安策〉：「莫如先審取捨。」大意是：不如先搞清楚該取什麼該捨什麼。要審察就應詳盡細密，所以「審」字又可以引申爲「周密」，如王充《論衡‧問孔》：「用意詳審。」蔡邕〈貞定直父碑〉：「其接友也，審辨眞僞，明於知人。」由此又可以引申爲「愼重」，如《淮南子‧人間》：「不如擇趨而審行之。」也就是說：不如選擇趨向而愼重地行動。審察要有結果，所以「審」字可以引申爲「果眞」、「確實」，如《漢書‧王商傳》：「審有內亂殺人。」也就是說：果眞有內亂殺人之事。

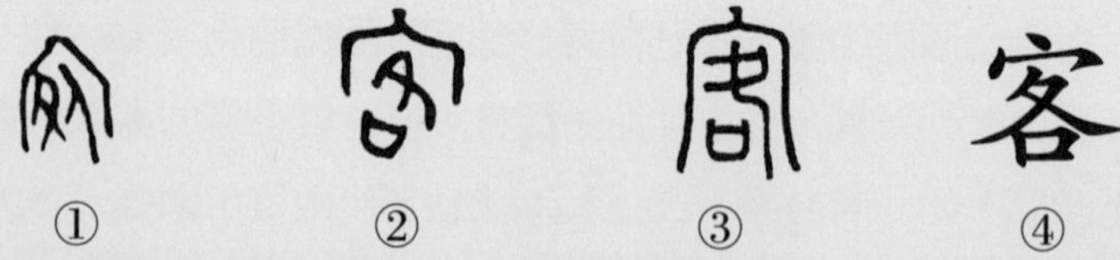

「渭城朝雨浥輕塵，客舍青青柳色新。」這個「客」字本爲會意字。①是甲骨文的形體，郭沫若認爲是「客」之古字。上部的外面是房屋之形，屋內右邊有一個面朝左的人，其左邊有一隻大腳，表示外人到了的意思。②是金文的形體，房內變爲「各（格）」字，爲「到達」之義，仍表示外人到了的意思。③是小篆的形體，與金文相似。④爲楷書的寫法。

《說文》：「客，寄也。從宀各聲。」許說不妥。因爲「寄」是引申義。「客」字的本義是「自外而來的人」，如《史紀・秦始皇本紀》：「李斯上書說，乃止逐客令。」大意是：李斯上書勸說皇帝，要停止執行驅逐外來人的命令。由此而引申爲「寄居他鄉的人」爲「客」，如杜甫《羌村三首》：「柴門鳥雀噪，歸客千里至。」因杜甫長期寄居他鄉，現已歸故里，所以稱「歸客」。由「外來人」之義，又可以引申爲「客人」，如《古詩十九首》：「客從遠方來。」

請注意：「客氣」現指「謙讓」、「有禮貌」。可是古代的「客氣」，多爲「虛驕之氣」或「假心假意」。如《左傳・定公八年》：「虎曰：『盡客氣也。』」意思是：陽虎說，都是假心假意的。

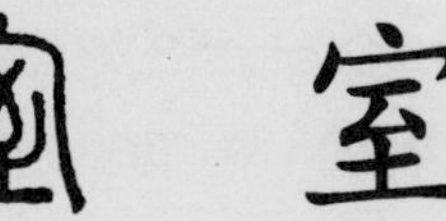

① ② ③ ④

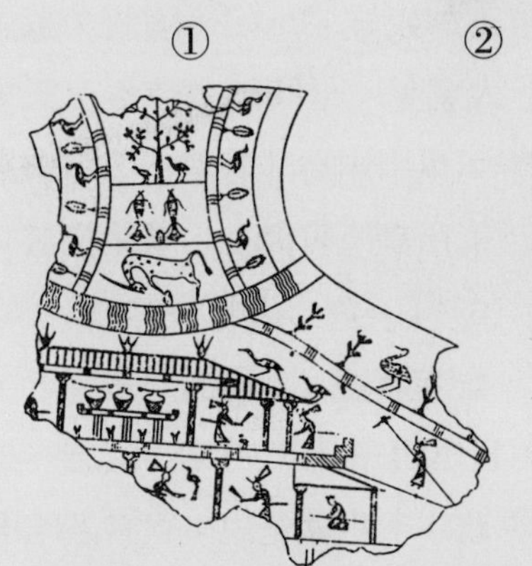

▲戰國刻紋銅罐紋樣，下方展現了當時室內生活的情景。

「室雅人和美。」這個「室」字本爲會意兼形聲的字。甲骨文①的上部爲房屋之形，其內爲「至」，既爲讀音，也表示「止息」之義。②是金文的形體，與甲骨文甚似。③是小篆的形體。④爲楷書的寫法。

《說文》：「室，實也。從宀至聲。室、屋皆從至，所止也。」許愼說「從宀至聲」，可見「室」爲形聲字；但又說「所止也」，「室」又是會意字。其實原話應改作「從宀從至，至也聲」。「室」字的本義爲「房屋」，如《詩經・小雅・斯干》：「築室百堵，西南其戶。」大意是：建造的房屋百堵牆，西南各有它的門窗。由「房屋」可以引申爲「房間」、「內室」，如《後漢書・陳蕃傳》：「嘗閑處一室，而庭宇荒穢。」由此又可以引申爲「家」，如杜甫〈石壕吏〉：「室中更無人，惟有乳下孫。」由「家」又可以引申爲「妻」、「妻室」，如《禮記・曲禮上》：「三十曰壯，有室。」所謂「有室」，就是娶了妻。

請注意：《詩經・唐風・葛生》：「百歲之後，歸於其室。」這裡的「室」是什麼意思呢？是指「墳墓」。這兩句詩的大意是：熬到百年之後，來到你的墓穴和你同眠。

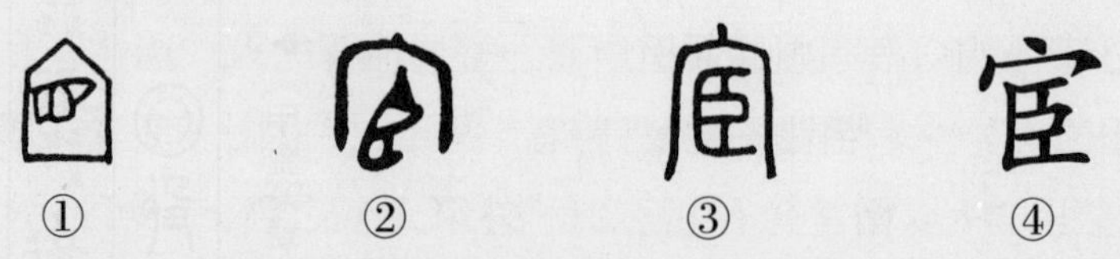

①　②　③　④

「宦海風波，實難久戀。」這個「宦」字讀作ㄏㄨㄢˋ，本爲會意字。①是甲骨文的形體。外面像宮室外部輪廓，與「宀」同。「臣」、「目」初本一字，「臣」爲奴隸，這就表示室內是奴隸。②是金文的形體，從「宀（房屋形）」從「臣（豎目形）」。③是小篆的形體，與金文極相似。④是楷書的形體。

《說文》：「宦，仕也。從宀從臣。」當「仕」講應是「宦」字的引申義，並非本義。「宦」的本義應爲「帝王的奴僕」，如《國語・越語上》：「卑事夫差，宦士三百人於吳。」大意是：低賤地去侍奉吳王夫差，送了三百人給吳國當奴僕。由「奴僕」可以引申爲「管家」，引申爲「作官」，如《儒林外史》：「宦海風波。」所謂「宦海」，就是指舊時官場有險惡，就像在海浪之中沉浮無定。由「作官」又可以引申爲「宦官」，如《新唐書・李石傳》：「方是時，宦寺氣盛。」所謂「宦寺」，就是指宦官。原話的大意是：正在這時，宦官專橫。又如《三國志・蜀書・後主傳》：「宦人黃皓（ㄏㄠˋ）始專政。」也就是說：宦官黃皓開始掌握政權。

請注意：另有個「宧（ㄧˊ）」字，指房屋的東北角，與「宦」字形體近似，不可混淆。

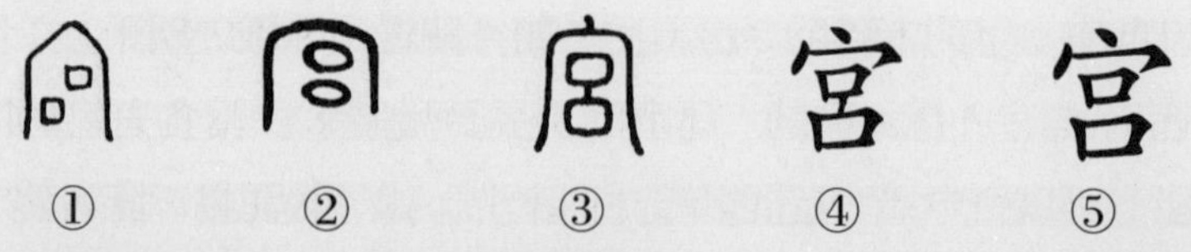

①　②　③　④　⑤

「高髻雲鬟宮樣妝，春風一曲杜韋娘。」這個「宮」字本爲會意字。甲骨文①的外形像一座房子，內部的兩個「口」表示內部有幾個房間，正如羅振玉所說：「象有數室之狀。」②是金文的形體，與甲骨文極爲相似。③是小篆的形體。④爲楷書異體字。⑤爲楷書規範體。

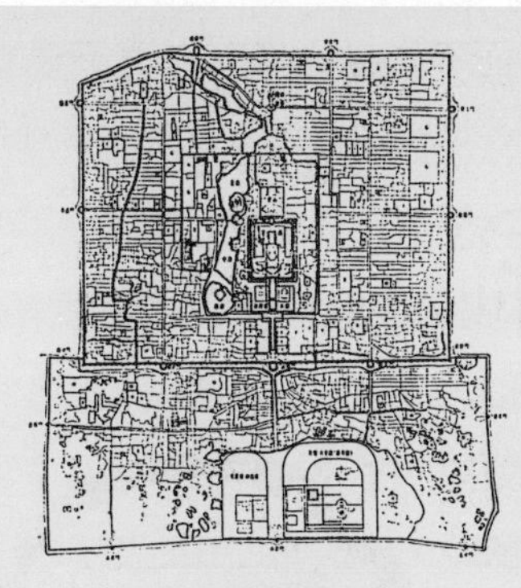
▲北京城平面圖。

《說文》：「宮，室也。」「宮」字的本義爲「室」，如《墨子・號令》：「父母妻子，皆同其宮。」《爾雅・釋宮》：「宮謂之室，室謂之宮。」後來則專用爲帝王的「皇宮」、「宮殿」，如王建〈宮詞〉：「宮人早起笑相呼，不識階前掃地夫。」所謂「宮人」，就是宮殿中的「宮女」。「宮」亦可當「宗廟」講，如《詩經・召南・采蘩》：「於以用之？公侯之宮。」大意是：什麼地方用著它？公侯的宗廟要用它。

「宮刑」亦稱爲「腐刑」，即割去男子的生殖器、破壞婦女的生殖機能或禁閉於宮中，如司馬遷〈報任安書〉：「詬（ㄍㄡˋ）莫大於宮刑。」也就是說：恥辱沒有比宮刑更厲害的了。

請注意：「室」與「宮」上古無別。後世，「宮」就專指宮殿了，「室」則指房舍之內的房間。

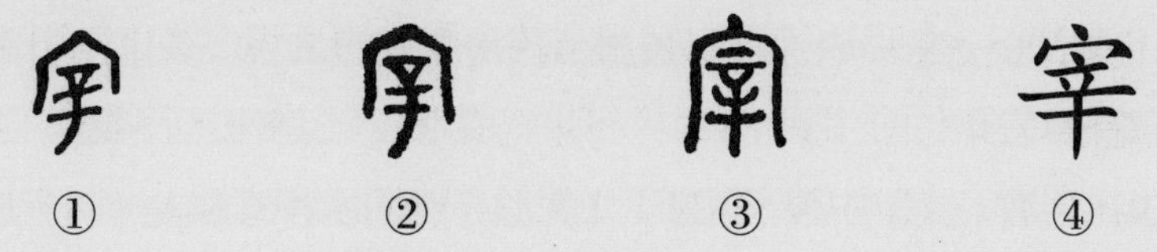

這個「宰」字，也是會意字。甲骨文①在「宀」（屋）內有「辛」，「辛」字本爲平頭刀之形，也就是說在屋內以刀操勞即爲「宰」，所以「宰」本爲奴隸。②是金文的形體，沒有什麼變化。③是小篆的形體，筆畫較甲、金文多了幾筆。楷書④是直接由小篆演變而來。

「宰」的本義是「奴隸」。後來奴隸頭也稱「宰」，又引申爲幫助國君管理朝政的即爲「宰相」（「宰輔」，一般亦指「宰相」）。「宰官」，你可別認爲是「宰相」。其實一般的官員都可以稱爲「宰官」，如蘇軾的〈縱筆〉詩：「父老爭看五角巾，應緣曾觀宰官身。」不過到了後世，縣令亦可稱「宰官」。要操勞家務，古代就免不了要殺豬宰羊，所以宰也有「殺」義。顏師古注《漢書》說：「宰，爲屠殺也。」廚夫也可以稱爲「宰夫」。

請注意：「宰」字是「宀」下從「辛」，而不是從「幸」，可不要寫錯了。

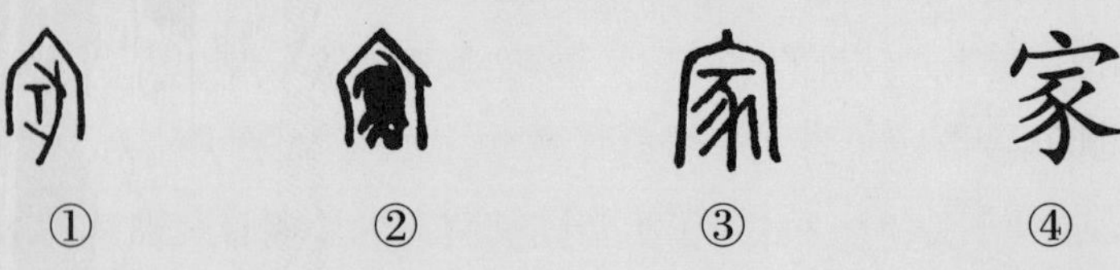

▲漢瓦當中的「家」。

賀知章的名詩〈回鄉偶書〉「少小離家老大回」，這個「離家」當然是指「人」離家了。可是甲骨文①卻以「屋內有豕（豬）」為「家」。從這個字可以看出，在上古人們的牧業是從養豬開始的，可見豬對人之重要。「家」字是個會意字，你看金文②那就更形象了，外面是屋，屋內有一隻頭朝下的豬。小篆③是屋內有「豕」（豬）。④是楷書的寫法，與小篆大體相同。

「家」的本義即家庭。《韓非子．顯學》：「儒者破家而葬，服喪三年。」這是說：儒家主張傾家蕩產舉行喪禮，守孝三年。「家」字有時也作謙稱，如和外人談起自己家中的長輩，則稱家兄、家父（或家尊）等。

「家法」，本為族權下家長用來統治家族的法規，後來則引申為家長責打奴僕或子女的用具，如：「叫丫環取家法過來，待我賞他個下馬威。」（李漁，《蜃中樓．抗姻》）至於「一回家和衣睡，一回家披衣坐」（《西廂記》）裡的「家」是個虛字，「一回家」即「一會兒」的意思。

這是「賓至如歸」的「賓」字，本為會意字。甲骨文①的外部是房屋之形，中間跪著一個人，人下有「止（腳）」，表示走進祀神之意。②是金文的形體，其下部又增加了「貝」。③是小篆的形體，發生了較大的訛變。④為楷書繁體字的形體。⑤為簡化字。

《說文》：「賓，所敬也。」「敬」為「賓」字的引申義，而本義應為「祀神」。卜辭中有「王賓」的話，也就是「王來祭天」之意。由「祀」可以引申為「敬」，對客有敬意，故能引申為「客人」，如《荀子・禮論》：「賓出，主人拜送。」《儀禮・士冠禮》：「主人再拜，賓答禮。」後又可引申爲「服從」或「歸順」，如《史記・五帝本紀》：「諸侯咸來賓從。」也就是說：諸侯都來歸順。「賓」字還可以當「排斥」、「拋棄」講，實爲「擯」字的假借字，如《莊子・徐无鬼》：「先生居山林，……以賓寡人。」

請注意：古代的「賓」與「客」有別。「賓」多指「貴賓」，「客」爲「一般的客人」，或指「門客」、「食客」等。

① ② ③ ④

這是「夜宿荒灘頭」的「宿」字，是一個會意字，很像一幅畫。你看甲骨文①的外面就是一座房屋的形象，屋內的右邊是一條席子，席子的上面仰面躺著一個人，這是表示住宿的意思。金文②的各組成部分同於甲骨文，只是席子變成了三角形，「人」與「席子」調換了一下位置，但意思沒有變。小篆③的「席子」變成了「百」，沒有象形的樣子了。④是楷書的形體，它是直接由小篆變來的。

「宿」字的本義就是住宿，如《荀子・儒效》：「暮宿於百泉。」後來由「住宿」又引申爲「夜」，如賈思勰《齊民要術・水稻》：「淨淘種子，漬（ㄗˋ字）經三宿。」這就是說：把稻種淘淨以後，再泡三夜。「夜」本身就含有過去了的意思，所以「宿」字又可以引申爲「素來就有」的意思，如：「宿願」、「宿志」。《戰國策・魏策二》：「田盼，宿將也。」這個「宿將」就是有經驗的老將。

不過，還要注意：如果說「星宿」、「二十八宿」的「宿」字，那只能讀ㄒㄧㄡˋ（秀）。另外，說「我住了一宿」，就可以讀ㄒㄧㄡˇ（朽），相當於「宿」字。

① ② ③ ④

這是「寅吃卯糧」的「寅」字，本爲象形字。①是甲骨文的形體，就像一枝箭（矢）形。②是金文的形體，「矢」變得複雜了一些，左右爲兩隻手，表示用雙手奉矢之形。③是小篆的形體，箭頭訛變成「宀」，完全失去了雙手奉矢之形了。④爲楷書的寫法。

《說文》：「寅，髕也。正月，陽氣動，去黃泉，欲上出，陰尚強。象宀不達，髕寅於下也。」這段話牽強附會，迂曲難解。「寅」字的本義就是「箭」或「雙手奉矢」。箭有「射進」義，所以《爾雅・釋詁》：「寅，進也。」由「進」又可以引申爲「進禮」、「虔敬」之義，如《尚書・無逸》：「嚴恭寅畏。」「寅畏」即「敬畏」義。

古書中常見「寅吃卯糧」的話。農曆以干支紀年，「寅」是地支的第三位，「卯」是地支的第四位，寅年就吃了卯年的糧食，比喻入不敷出，預先借支，如《官場現形記》第十五回：「就是我們總爺，也是寅吃卯糧，先缺後空。」

「寅」字被借爲地支用字之後，則完全失去了本義。又可指十二時辰之一，「寅時」即凌晨三時至五時。

① ② ③

這是「宜將剩勇追窮寇」的「寇」字。①是甲骨文的形體，外面是一座大房子，裡面的左邊是面朝左站著的一個人，右邊的「攴」就是一隻手舉著有杈的棍子（或鞭子）打人，這種關起門來行兇的人不是好人，所以稱爲「寇」，如「匪寇」、「盜寇」等。可見「寇」字是個會意字。②是小篆的形體，也還能看出在房內打人的意思。但是到了楷書③就大變樣了。

從上面的字形分析可以得知，「寇」字的本義就是「盜匪」的意思。但是，我們必須注意，古代爲反抗統治階級而起來鬧革命的勞動人民，也往往被誣衊爲「寇」，如：「大臣背叛，民爲寇盜。」（《穀梁傳・僖公十九年》）從「寇盜」又引申爲入侵者，如杜甫有一首〈復愁〉詩，其中有「萬國尚防寇」一句，這裡面的「寇」字就是指入侵者。抗日戰爭時，中國人民對日本侵略軍就稱「日寇」。

有人把「張冠李戴」寫成「張寇李戴」，這是由於不了解兩個字的區別。其實，「冠」字上部的「禿寶蓋」在甲、金文字中就是人的帽子形，下面的「元」也是「人」形，其中的「寸」就是「手」形，是以手拿帽子給人戴的意思。所以「冠」的本義就是帽子，它與「寇」字的形、音、義完全不同。

①　②　③

「耿耿不寐，如有隱憂。」這個「寐」字本爲會意兼形聲的字。甲骨文①的外部是房屋之形，內部有一個人，表示在室內睡覺。根據羅振玉的分析，其內的「木」表示該字的讀音。②是小篆的形體，其內部的就寐之「人」變爲睡床之形，「木」訛變爲「未」。有床則有「睡覺」義。③是楷書的形體。

《說文》：「寐，卧也。」「卧」本是「趴下」義，由此可引申爲「睡覺」義。「寐」字的本義更準確地說應是「睡著了」，如《詩經・邶風・柏舟》：「耿耿不寐，如有隱憂。」大意是：心情不寧難入睡，胸中隱藏無限憂。《詩經・衛風・氓》：「夙興夜寐，靡有朝矣。」這是說：起早又晚睡，沒有一朝能休息。

在古籍中常見「假寐」一詞，這是指不脫衣服坐著打盹，如《左傳・宣公二年》：「尙早，坐而假寐。」這是說：離上朝的時間還早，（趙宣子）便穿著衣服坐著打盹。

請注意：在上古睡、寐、眠、卧、寢的含義不同。「睡」是坐著打盹，相當於「假寐」；中古以後「睡」指睡覺，與「寢」同義。「寐」是睡著了。「眠」的本義是閉上眼睛，可以引申爲睡眠。「卧」，本指趴在几上睡覺，可引申爲躺在床上，不一定睡著。「寢」是躺在床上睡覺，也可指病人躺在床上，不一定睡著。

①　②　③

這是「深秋鳴寒蟬」的「寒」字。「寒」字在甲骨文中尙未發現。金文①的形體結構較爲複雜，其外部是一個房屋，屋內的中間是面朝左站著一個人，一隻大腳踩著兩塊冰（即兩橫），眞是寒從腳起，雖然在人的周圍塞上了四把草，這又能擋住多少寒氣呢？小篆②是繼承金文的寫法，各個組成部分也基本上沒有什麼變化。③是楷書的形體，變得完全走樣了。

「寒」的本義就是「寒冷」，如《荀子・勸學》：「冰，水為之，而寒於水。」大意是：冰是水凝結成的，但它卻比水寒。寒能使人發抖，而憂懼也能使人發抖，所以「寒」字亦有「害怕」義，如《戰國策・秦策四》：「梁氏寒心。」也就是說：梁氏（魏國）很害怕。逢貧必寒，所以「貧困」也可以稱「貧寒」，如《史記・范睢蔡澤列傳》：「范叔一寒如此哉！」「寒玉」一詞是古代常用的，泛指美玉。但是李群玉的〈引水行〉「一條寒玉走秋泉」中的「寒玉」，也當「美玉」講嗎？錯了。這裡的「寒玉」是指「水」。「儀冠凝寒玉」中的「寒玉」又是什麼意思呢？這裡卻是指清俊的容貌。

① ② ③ ④ ⑤ ⑥

「寑與目存形，遺音猶在耳。」這個「寑」字，本為會意字。①是甲骨文的形體，外部是房屋之形，內部有一把掃帚，表示掃淨臥室而就寑。②是金文的形體，與甲骨文相似。③是小篆的形體，室內除了手（又）持掃帚之外，又增加了「人」，「就寑」之義甚明。④是楷書的形體。⑤為楷書異體字，將「人」換成了「爿（ㄔㄨㄤˊ床）」。同樣為「就寑」之義。⑥為簡化字。

《說文》：「寑，卧也。」「寑」字的本義為「卧」、「就寑」，如《詩經・小雅・斯干》：「下莞上簟，乃安斯寑。」大意是：下有蒲席，上有竹簟，於是可以安穩地就寑。諸葛亮〈後出師表〉：「寑不安席，食不甘味。」由「卧」可以引申為「橫躺著」，如《荀子・解蔽》：「見寑石，以為伏虎也。」「寑」亦可作「寑室」解，如蒲松齡《聊齋志異・畫皮》：「乃以蠅拂授生，令掛寑門。」這是說：於是將驅蚊蠅的撣子交給王生，叫他掛在寑室的門上。因為「寑卧」而停止了活動，所以這就可以引申為「息」、「止」義，如王褒〈四子講德論〉：「秦人寑兵。」也就是說：秦國停止了武力。

另外，「相貌醜陋」古亦可稱「寑」，如《新唐書・鄭注傳》：「貌寢陋。」這是說：相貌難看。

這是「寡不敵衆」的「寡」字，是個會意字。你看了甲骨文①的形體，也許就會了解個大概的意思：外面是一座房子，裡面只有一個人（頭上還長著長頭髮，有身子和手臂），這當然就有「少」的意思了。小篆②則把房內之「人」變得更複雜了，變成了上「頁」下「分」。③是楷書的形體，是由小篆變來的，從組成的各個部分來說，基本上沒有變化。

「寡」字的本義就是「少」，如《商君書・農戰》：「農者寡，而遊食者衆，故其國貧危。」這個「寡」字，就是「少」的意思。房內只有一個人爲寡，所以老而無夫的人亦稱爲「寡」，如《墨子・辭過》：「振孤寡。」「振」同「賑」，就是「救濟」的意思。這句話也就是說：救濟孤寡之人。

由「少」義，也可引申爲古代君主的自稱，或者臣子對他國的國君稱自己的國君，如：寡人、寡君、寡小君等。

請注意：「寡」與「少」是同義詞，「少」和「多」相對；而「寡」的詞義更廣一些，它除了與「多」相對外，還可以與「衆」相對。「少」字一般則不與「衆」相對。

夕　部

「夕陽無限好，只是近黃昏。」這個「夕陽」的「夕」字是個象形字。甲骨文①的形體，多麼像個半「月」形！可見「夕」與「月」在金文中很可能就是一個字。金文②則中間去了一小豎，但仍是半「月」形；中間的那一小豎可能代表「光」，有光爲「月」，而無光則爲「夕」。小篆

③同於金文，只是下部不封口了。楷書④的外形類似於月亮，但中間少一畫，是「月」而又殘缺不全無光無色，所以「夕」就是傍晚之義。

「夕」字的本義爲「日暮」，如《詩經・王風・君子于役》：「日之夕矣，牛羊下來。」是說太陽落山了，牛羊要回家。從日落、傍晚又引申爲「夜」，如《後漢書・第五倫傳》：「竟夕不眠。」就是整夜沒睡。「夕」爲白晝之末，所以一個月的最後一旬也稱爲「月之夕」，一年的最後一季爲「年之夕」。白居易《秦中吟・不致仕》：「朝露貪名利，夕陽憂子孫。」這裡的「朝露」和「夕陽」若解釋爲「早晨的露水」和「傍晚的太陽」那就錯了。這個「朝露」、「夕陽」是代表「年輕時」和「晚年」，原詩的意思是：年輕時追逐名利，晚年時憂慮子孫（的將來）。

「夕」字是個部首字。在漢字中凡由「夕」字所組成的字大都與「月」或「夜」有關，如「多」、「夙」、「夜」等字。

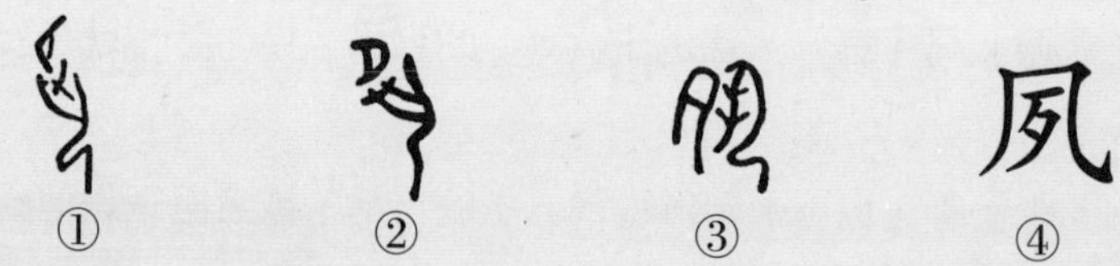

這是「夙（ㄙㄨˋ速）夜匪懈」（晝夜不息）的「夙」字。你看甲骨文①的左上方是個「月」形，「月」下跪著一個人，揚起雙手表示勞作。多勤勞啊！天不亮就起來幹活。金文②的左邊仍爲「月」形，右邊是一個人。小篆③左邊爲月形，但其右邊的「人」形已經僞變得很不像了。楷書④則把「月」（夕）變到「凡」中了，根本看不出「月」下有「人」形，變成了純文字符號。

「夙」字的本義是「早晨」，如《漢書・武帝紀》：「夙興以求。」天一亮就求索。既然「夙」當「早晨」講，那麼「夙怨」就是「早怨」嗎？這就不對了。因「夙」字又可以引申爲「過去」或「舊」的意思，所以「夙怨」就是「舊怨」。有的人把「夙怨」寫爲「宿怨」，當你見到以後不要認爲錯了！其實「夙」也可以假借爲「宿」，「夙怨」可以寫作「宿怨」，「夙儒」也可以寫作「宿儒」。

至於「夙興夜寐」四字，有人把它理解爲「早晨起來，晚上睡下」，其實這是不對的。「夙興夜寐」是說人很勤勞，「起早睡遲」的意思。

① ② ③ ④

「梅開五福，竹兆三多。」這個「多」字是個會意字。在甲骨文①中，很像是重疊的兩個「夕」字。許慎說：「重也，從重夕，夕者相繹也，故爲多。」其大意是：晝夜更替永遠不停，所以這就是「多」的意思。金文②和小篆③也都是兩個「夕」字。④是楷書的寫法，它與前幾種形體均相似。

「多」字的本義與「少」相對，後來又引申爲「餘」的意思。如：「兩百多」即「兩百有餘」之意。《史記・商君列傳》:「反古者不可非，而循禮者不足多。」這裡的「多」是什麼意思呢?若當「多少」之「多」講，根本講不通。其實這個「多」是「稱讚」的意思，是「多」的本義的遠引申。這兩句話的原意是：反古的不值得責難，而循禮的也不值得稱讚。請注意:「多方」一詞，往往當「多方面」講，可是在《莊子・天下》中有「惠施多方，其書五車」的話，這個「多方」是什麼意思呢？若是釋爲「多方面」那就錯了。其實這個「方」字是指「學術」；「多方」是說「學識廣博」。原話的意思是：惠施這個人學識廣博，他的書有五車。

① ② ③

「夜來風雨聲，花落知多少。」在甲骨文中至今還沒有發現「夜」字。金文①就像正面站著一個「人」（類似於「亦」字的甲骨文形體），人的右臂下的一點表示這裡就是「腋」下。他左臂下是個「月」，表示月亮已經升到人的腋下那麼高了，這就是「夜間」到了。小篆②大致同於金文，其左臂之下也是「月」形。楷書③變化較大，已經很難看出「夜」的意思了。

「夜」的本義就當「晚上」講，與「白天」相對，如岑參的詩：「忽如一夜春風來，千樹萬樹梨花開。」這個「一夜」，就是「一晚上」。我們在閱讀古典文學作品時，常會見到「夜台」一詞，如李白〈哭宣城善釀紀叟〉詩，其中有這樣兩句：「夜台無李白，沽酒與何人？」這裡的「夜台」是專指「墓穴」，是墓穴的代稱。爲什麼「墓穴」叫「夜台」呢？這是因爲人進了墓穴，就等於永遠是長夜，所以「夜台」又稱「長夜台」，也就是暗喻死去。（李周翰注，《文選・陸機〈輓歌〉》）

請注意：「夜」還有一個異體字「亱」，因「夜」與「月」有關，而與「旦」義不合，所以在廢除異體字時，就把含有「旦」字的「亱」給廢除了，現在只能寫「夜」字。

① ② ③ ④ ⑤

這是「夢筆生花」的「夢」字，本爲會意兼形聲字。①是甲骨文的形體，右邊是一張床形，左邊是一個人躺在床上，手撫額頭在做夢。這個突出眼眉的人形也表聲。②是楚帛書文字的形體，基本上失去了原形。下部增加了「夕」，表示夜晚做夢。③是小篆的形體。④爲楷書繁體字的寫法。⑤爲簡化字。

《說文》：「夢，不明也。」做夢時大腦不清醒，故謂不明。可見「夢」字的本義即爲「做夢」，如《論語・述而》：「久矣吾不復夢見周公。」這是說：我很久沒有再夢見周公了。由「做夢」可以引申爲「虛幻」義，如《荀子・解蔽》：「不以夢劇亂知，謂之靜。」這是說：不以夢中虛幻、囂煩干擾認識，這就叫做靜。

「夢囈」是指說夢話，也用此比喻荒唐的言論，如張岱〈陶庵夢憶序〉：「又是一番夢囈。」

請注意：《說文》將「夢」與「㝱」分爲兩字，其實在上古本爲一字，只是寫法稍有不同。《說文》：「㝱，寐而有覺也。」許慎以「㝱」爲本字。

夊　部

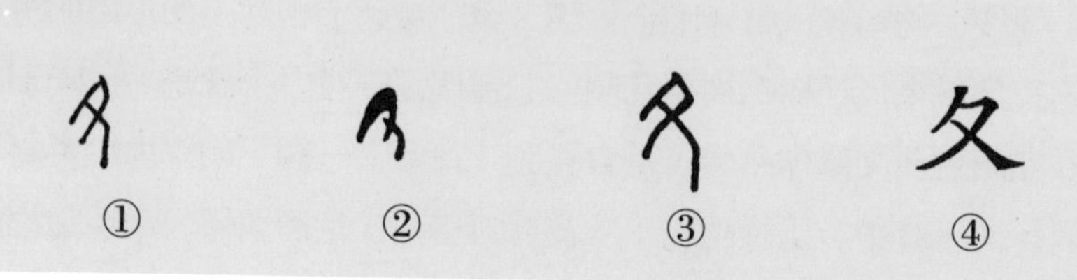

① ② ③ ④

這個「夂（ㄓˇ紙）」字是個象形字。甲骨文①很像腳跟朝上、腳趾朝下的一隻左腳。金文②那就更像一隻左腳了。③是小篆的形體，與甲骨文①的形體相類似。楷書④就根本沒有腳的樣子了。

「夂」字的本義是「腳」，不過這個字現在不再單獨使用了。值得注意的是：「夂」字與「父」、「久」、「支」等字的形、音、義都不同，千萬不能相混。

這個「夂」字是個部首字，凡由「夂」字作爲組成部分的字，大都與腳有關，如「降」、「各」、「舞」、「夏」、「麥」等字。

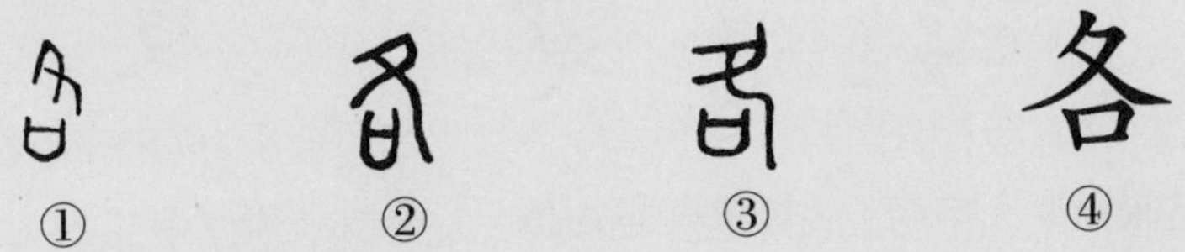

這個「各」字是個會意字。甲骨文①的上部是一隻腳趾朝下的腳，其下部的「口」字是個門口，表示人從外面走進來的意思。②是金文的形體。③是小篆的形體，都與甲骨文相似。④是楷書的寫法。

「各」字的本義現在已經消失。現在多用「每個」或「各個」之義。「各得其所」的成語古今都用，一般都是表示每個人都得到適當的安置，如《漢書・東方朔傳》：「元元（善良）之民，各得其所。」這兩句話是說：善良的老百姓都得到了適當的安置。可是在上古「各得其所」就不是這個意思了，如：「交易而退，各得其所。」（《易經・繫辭下》）這兩句話的大意是：交易完了而回去，每個人都如其所願。可見成語的含義也有時代的區別。

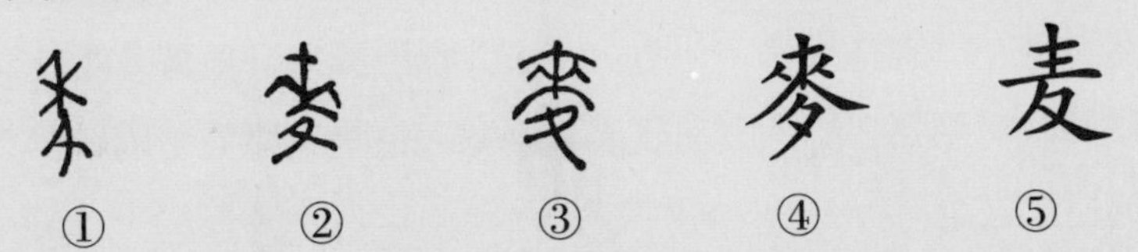

這是個「麥」字。從甲骨文①的形體看，其上部是一棵小麥形，麥穗朝左，麥下就是一隻腳趾朝下的腳（倒「止」）。凡是腳都有「走」的意思，所以這個「麥」字本來就是「來去」之「來」的本字，而「來」倒是「麥」的本字。可是在卜辭中使用「麥」字較少，而使用「來」字極多，所以這就發生了互換現象，把原來當「小麥」講的「來」，變成了「來去」之「來」；把本來當「來去」講的「麥」，變成了「小麥」的

「麥」。這一交換再也沒有還原過。金文②仍然是上爲「麥」形，下爲一隻腳。小篆③也沒有大變，下部仍爲腳形。④是楷書形體。⑤爲簡化字。

在古典文學中，我們常會碰到「麥秋」一詞，你若理解爲「秋麥」那可就不對了。蔡邕在《月令章句》中說得對：「百穀各以其初生爲春，熟爲秋，故麥以孟夏爲秋。」所以「麥秋」是指「麥熟」。這樣，羅隱〈寄進士盧休〉詩中「麥秋梅雨遍江東」的話就很好理解了。這是說，麥子快成熟的時候，江東的梅雨季節也就到了。

這個「夏」字的上古形體較爲複雜。從金文①看，其上爲「頭」，中間爲「軀幹」，兩側爲「手」，其下爲「足」，實際上就是「人」形。②爲小篆的形體，也是「人」形，但已經發生了僞變，人的身軀部分沒有了，只是一隻大腳還在。③是楷書的形體，它是從小篆演變而來，根本看不出人的形象了。

「夏」字的本義是「人」。《說文》講的有道理：「夏，中國主人也。」所謂「中國」，即指黃河流域及中原一帶。所以古代中國人也稱爲「華夏」。作爲一年之中的第二季「夏」，那是假借字的問題，這與「夏」字的本義無關，如晁錯〈論貴粟疏〉：「春耕，夏耘（除草），秋穫，冬藏。」在《楚辭·九章·哀郢》中有「曾不知夏之爲丘兮」的話，這個「夏」是什麼意思呢？是「夏季」？是「華夏」？都講不通。其實這個「夏」字在這裡是代替了「廈」字，「丘」即爲「廢墟」。這句話的大意是：何曾料到郢都的大廈都變成了廢墟。這是屈原對楚國統治集團誤國廢邦的痛恨之詞。

李白〈高句驪〉詩：「翩翩舞廣袖。」這個「舞」字就是個象形字。我們看甲骨文①的中間是正面立著的一個人，左右兩手執牛尾而舞，正如後世頭插雉翎翩翩起舞的意思。金文②發生了較大的變化，除了基本上保留甲骨文的形象之外，又在其左下加上了「彳」，在其右下加上了「止」，合起來是「辵」，表示動的意思——「起舞」當然要動的。小篆③則又比金文簡化了一些，在「舞人」之下，加上了左右的兩隻腳，這也正表明舞蹈必須用腳。④是楷書寫法，是直接由小篆楷化而來，筆畫極爲繁雜，但至今仍未簡化。

▲舞樂百戲，漢畫像磚，四川大邑出土。

「舞」字的本義就是「跳舞」，如《韓非子・五蠹》：「執干戚舞。」也就是說：拿著武器跳舞。從跳舞又引申爲「舞弄權術」，如《史記・張湯傳》：「舞智以御人。」這是說：玩弄智謀權術而控制人。

夂　部

①　②　③ 復　④ 復　⑤ 复

「百川東到海，何時復西歸，少壯不努力，老大徒傷悲。」這個「復」字很形象。甲骨文①的上部的中間是窖穴的上視形，可住人，其兩端是兩個出入通道。下部是一隻腳，表示可以出入，可見這是個會意字。②是金文形體，左邊增加「彳」，表示行動，這就變成了左形右聲的形聲字了。③是小篆的寫法，直接由金文變來。④爲楷書繁體字。⑤爲簡化字。

《說文》對「復」字的釋義是：「往來也。」這是對的。「復」字的本義是「回來」或「返回」，如屈原《九章・哀郢》：「至今九年而不復。」從「回來」義又可以引申爲「報復」義，如《左傳・定公四年》：「我必復楚國。」就是說，我一定要報復楚國。《史記・司馬相如傳》中所說的「王辭而不復」，這裡的「復」字不應理解爲「回來」或「報復」，而是當「回答」講，是王推辭而不回答的意思。

「復」字後來由實詞轉化爲虛詞，即作副詞用，當「又」或「再」講，如「日復一日」、「年復一年」等。

請注意：繁體字「複」、「復」及「答覆」的「覆」大陸現已簡化成「复」，但是「覆」字用在「顛覆」、「傾覆」、「覆蓋」、「覆沒」、「覆亡」、「覆轍」等詞中時，仍用「覆」不用「复」。

處 処 處 處 处

① ② ③ ④ ⑤

這是「何處望神州」的「處」字，本爲會意字。①是金文形體，像一隻蹲踞的老虎形，下部右邊的「几」形可能是虎足的變形。②是小篆的形體，將金文的「虎」字頭又去掉了。③也是小篆的形體，又增加了「虎」字頭。④是楷書繁體字。⑤爲簡化字。

《說文》：「處，止也。」其實「止」並非本義，而是引申義。「處」字的本義應爲「居住」，如屈原《九章・涉江》中所說的「處乎山中」，也就是居住於山中的意思。由「居住」可以引申爲「停止」，如《孫子兵法・軍爭》：「日夜不處。」就是說：日夜不停地前進。

請注意：古書中常有「處決」一詞，若一律理解爲執行死刑那就錯了。古籍中的「處決」大都是「安排」、「決斷」的意思，如《新唐書・李輔國傳》：「外事聽老奴處決。」這個「處決」就是「處置」、「裁決」意。

夔 夔 夔

① ② ③

這個「夔」字讀作ㄎㄨㄟˊ，本爲象形字。①是金文的形體，是傳說中的山中怪物，上部爲有角的頭，中部有尾，下部是一隻腳。②是小篆的形體，變得雖很複雜，但仍能看出上爲「首」下爲「足」。③是楷書的寫法。

《說文》：「夔，神魖（ㄒㄩ）也，如龍，一足；從夊，象有角、手、人面之形。」「夔」的本義，很可能就是傳說中的山中怪物。許慎說的「一足」，是拘泥於字形的側視而生的誤解。《韓非子・外儲說》：「夔（夔爲舜臣）非一足也，一而足也。」這是說：夔不是只有一隻腳，而是說有夔這樣一個人也就夠了。殆神話演變成了史實，晚周的思想家又加以附會。在商周時代的「彝」器上多雕鑄其狀作爲文飾。

「夔夔」一詞，義爲「敬懼的樣子」，如《尚書・大禹謨》：「夔夔齋栗。」「齋」爲恭敬，「栗」爲害怕。

「夔牛」則爲古代傳說中的一種高大的野牛，如《山海經・中山經》：「岷山，……多夔牛。」郭璞說：「今蜀中有大牛，重數千斤，名曰夔牛。」這種牛似乎誰也沒有見過。

亼　部

這是個亼「（ㄐㄧˊ集）」字，是小篆的形體。這個字至今在甲、金文字中還沒有發現過。這是個會意字，三畫聚合在一起，表示「集」的意思。《說文解字・亼部》：「亼，三合也。」實際是「集」字的異體字。

這個字現在不單獨使用了，僅作部首字用。凡由「亼」字所組成的字，大都有「集」或「遮蓋之器」以及裝東西的用具之義，如「倉」、「舍」、「合」、「會」等字。

①　②　③　④

「今茲美禾，來茲美麥。」這個「今」字本爲會意字。①是甲骨文的形體，當是「吟（ㄐㄧㄣˋ噤）」字的初文，閉口不言爲「吟」。②是金文的形體。③是小篆的寫法。④爲楷書的寫法。

《說文》：「今，是時也。」這並非「今」字的本義，而是假借義。「今」字的本義「吟（噤）」已經消失了。

「今」，後世多用作表示「現在」、「當前」等，如陶潛〈歸去來兮辭〉：「覺今是而昨非。」這是說：認爲現在是對的，而過去錯了。

「今上」一詞在古書中常見到，那是指封建時代臣子稱當代的皇帝，如《史記·魏其武安侯列傳》：「孝景崩，今上初即位。」這是說：漢景帝剛剛去世，漢武帝初即位。

請注意：「今昔」一詞古今都用，指「現在和過去」，但古代的「今昔」多指「昨天夜晚」，如《史記·龜策列傳》：「今昔汝漁何得？」就是說：昨晚捕魚得到什麼？

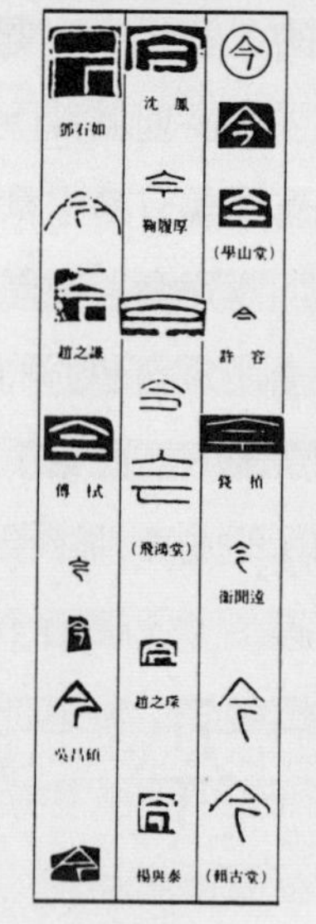

◀《甲金篆隸大字典》中的「今」字。

▲舂米，上角爲穀倉，漢畫像磚。四川彭縣出土。

這是「稻菽滿倉」的「倉」字。從甲骨文①看，也很有點糧倉的意味，其上是倉的屋頂，中心是糧倉的一扇門，下部是倉的基石，這種一扇門的倉在山東膠東一帶是常見到的。金文②也與甲骨文相類似，只是中間的那扇門變形了。小篆③也與甲骨文的形體相接近，只是中間的那扇門與甲骨文的門相反，門樞由右邊移到了左邊。楷書④則看不出「糧倉」的樣子了，門與基石變成了「君」字。後因這個字太繁，所以簡化爲「仓」。⑤的形體是「倉」字的草書楷化。

「倉」的本義是藏糧食的地方，如高誘注《呂氏春秋·仲秋》說：「圓曰囷，方曰倉。」「倉」與「囷」都是裝糧食的，但形狀不同名稱也不同。值得注意的是：在古代「倉」能代替「艙」、「蒼」、「滄」，如楊萬里的〈初二日苦熱〉詩：「船倉（艙）周圍各五尺。」《禮記·月令》：「駕倉（蒼）龍（青色大馬）。」《漢書·揚雄傳上》：「東燭倉

(滄)海,西耀流沙。」再者,在古代「倉」與「庫」是有嚴格區別的,裝糧食的叫「倉」,裝其他物品的才稱爲「庫」,絕不相混。

另外,「仓」與「仑」是不同的兩個字,但有人經常把「仓」字誤寫爲「仑」字:本來是寫「抡鐵鍬」,卻錯成了「抢鐵鍬」。只要記住下面這個規律,問題就解決了:「仓」是「倉」的簡化字;如果一個字有「侖」作爲組成部分,那麼這個「侖」都應簡化爲「仑」,如「論」、「輪」、「綸」、「掄」就應簡化爲「论」、「轮」、「纶」、「抡」等。由此可見,「仓」與「仑」是不能混淆的。

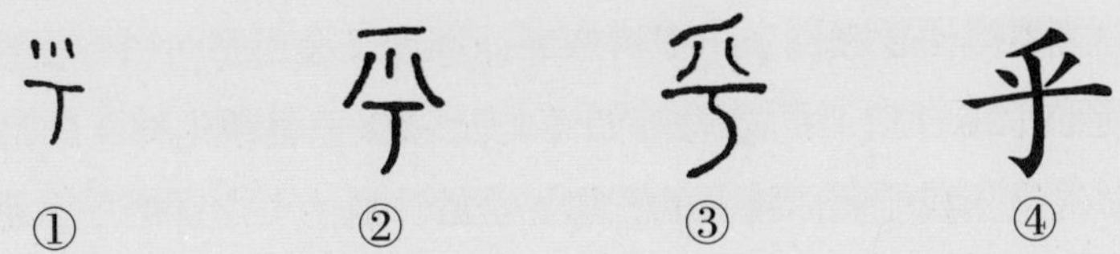

① ② ③ ④

「有朋自遠方來,不亦說(悅)乎?」這個「乎」字與「兮」字相類似,也是個指事字。甲骨文①橫線之上的三點是指事符號,表示說話時氣息或聲音自口中發出。②是金文的形體,與甲骨文基本相似,只是上部多了一橫。③是小篆的形體。④爲楷書的寫法。自古至今一脈相承。

《說文》:「乎,語之餘也。」許慎將「乎」字解作語氣詞。「乎」字也就是「呼」字的初文。

「乎」字最主要的用法是作語氣詞,基本有兩種情況:第一,用在句末表示感歎語氣,相當於現代漢語的「啊」或「呀」,如《論語・憲問》:「使乎!使乎!」也就是說:好一個使者啊!好一個使者啊!第二,用在句末表示疑問、反詰語氣,相當於現代漢語的「嗎」,如《論語・憲問》:「豈其然乎?」這是說:難道眞的是這樣的嗎?

「乎」字放在句中,有時作介詞用,相當於「於」,如《荀子・勸學》:「學至乎沒(歿,死亡)而後止也。」大意是:學到死那天然後停止呢。

① ② ③ ④

這個「令」字也挺有意思,你看甲骨文①上部的三角形之物是屋頂(或大傘蓋),下面是面朝左而跪坐著的一個人,像是在發布命令。金文

②基本上同於甲骨文的形體，其中的「人」形惟妙惟肖。③是小篆的形體，下面的「人」已僞變了。④爲楷書形體。根本看不出「屋」下的「人」形了。

▲拜謁，漢畫像磚拓片。四川廣漢出土。

「令」字本義是「命令」，如《詩經・齊風・東方未明》：「倒之顚之，自公令之。」大意是：已經累得快要顚倒了，從貴族老爺那裡又發出了命令。從「命令」之義又能引申爲「使」的意思，如《史記・孫子吳起列傳》：「臣能令君勝。」就是「我能使你勝」的意思。至於「縣令」之「令」，那是個假借字的問題，即借「命令」之「令」爲「縣令」之「令」。另外，舊時表示尊敬則常在稱呼之前貫以「令」字，如「令尊」是稱對方的父親的敬詞，「令堂」是稱對方的母親的敬詞，「令兄」是稱對方的哥哥的敬詞，「令弟」是稱對方弟弟的敬詞，「令妹」是稱對方妹妹的敬詞，「令郎」或「令嗣」是稱對方的兒子的敬詞，「令愛」（或作「令嬡」）是稱對方的女兒的敬詞，「令坦」是稱對方女婿的敬詞。這些都是舊時書信中常用的敬稱。

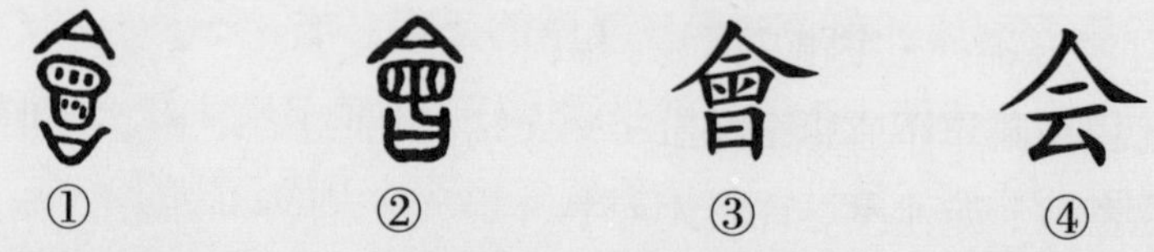

鄭玄注的《儀禮・士喪禮》說：「會，蓋也。」一點不錯。你看金文①的上部就是個蓋子的形狀，下部是個底兒，中間像裝的一些東西。上有蓋子，下有底兒才能合，所以「會合」兩字到了後世就成了一個詞。②是小篆的形體，其下部發生了僞變，底兒變成了「日」字。楷書③的筆畫繁多，後來又產生了簡化字④「会」。

「會」的本義爲「蓋子」，是名詞，後又引申爲動詞「聚會」或「會合」，如阮籍的〈詠懷〉詩：「嘉賓四面會。」也就是說：貴賓從四面八方會合到這裡。從「會合」又引申爲「會面」，如《史記・留侯世家》：「與上會留。」就是說：與皇帝在留這個地方會面。那麼《史記・陳涉世家》中「會天大雨」的「會」字又是什麼意思呢？它在這裡成了副詞，是「恰巧」的意思。原話是說：恰巧這天下大雨。

請注意，「會」字當算帳講則應讀ㄎㄨㄞˋ（快），如「會計」、「財會」。秦和西漢時稱江蘇蘇州一帶為「會稽」（ㄎㄨㄞˋ ㄐㄧ快機）。

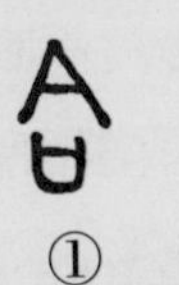   

① ② ③ ④

這是「敬獻合歡璧」的「合」字，是個象形字。甲骨文①像盛飯的食器，上部是蓋子，下部是食器底。一蓋一底即為一合。金文②和小篆③都與甲骨文的形體相類似。楷書④也是與前面的形體一脈相承，沒有多大變化。從字形的分析可以看出，「合」字的本義是「關閉」的意思。

▲古代食器。

「合」字從本義的「關閉」可引申為「融洽」。由「融洽」又可引申為「匹配」，如《詩經・大雅・大明》：「天作之合。」就是說：這是老天爺給匹配的。由「匹配」引申為「適合」，如白居易〈與元九書〉：「文章合為時而著，歌詩合為事而作。」也就是說，文章要適合於時代的要求而寫，詩歌要適合於事務的要求而作。

「合」字也是一個多音多義詞，當它讀為ㄍㄜˇ（葛）時，那就是容量單位，如市制「十合（ㄍㄜˇ葛）為一升」。這裡的「合」字你若讀為ㄏㄜˊ（何）那就錯了。

① ② ③ ④

在甲骨文中「令」和「命」同字。你看「命」字，甲骨文①的上部也是一個屋頂（或大傘蓋），下部是一個面朝左跪坐的人在發布命令。可見這個「命」字是一個會意字。金文②的左下角又增加了一個「口」字，這就表示用「口」發布。③是小篆的形體，是由金文直接演變而來。④是楷書的寫法，其右下角的「人」形竟變成「卩」了。

「命」字的本義就是「命令」，如：「從命而利君謂之順，從命而不利君謂之諂（ㄔㄢˇ產）。」（《荀子・臣道》）這就是說：聽從命令而有利於國君，這就叫做忠順，聽從命令而不利於國君，這就叫做奉承。在上古最高統治者要人民把「命令」視同「生命」，所以「命」字又可以引申爲「生命」或「性命」，如在《論語・雍也》中記載顏淵「不幸短命死矣」。再者，歷代反動統治階級用騙勞動人民，宣揚吉凶禍福等一切遭遇都是神的意志和命令，所以有了「天命」一詞，如：「死生有命，富貴在天。」（《論語・顏淵》）

請注意：在古代「命」和「令」的詞義是有區別的。「命」字專指上級對下級下達命令，而「令」則有時還表示「使」的意思。「侖字是「命」字的異體字，後來「侖」字被廢除不能再用了。

① ② ③

這是「客舍青青柳色新」的「舍」字。我們看金文①的上部就像屋頂（兩面坡），中間的「干」形部分就是頂柱與橫樑，下部「口」即爲磚石砌的牆基。由此可見，「舍」的本義就是房屋，亦稱房舍。②是小篆形體，其他各部分均同於金文，僅「干」形的第二橫改爲向上彎曲。這不僅美觀，而且也很像廟宇中的斗拱，這樣的房屋是很結實的。楷書③的形體基本上同於金文。

▲摩梭人野外風籬建築。

「舍」的本義是房屋，又可引申爲「客舍」的意思。如《莊子・說劍》：「夫子休就舍。」大意是，夫子要休息請到客舍裡去。從名詞「房舍」又可以引申而用爲動詞「住宿」，如《莊子・山木》：「夫子出於山，舍於故人之家。」這個「舍」就是「住宿」的意思。至於《左傳・僖公二十三年》的「辟（避）君三舍」中的「三舍」，若有人理解爲「三個房舍」那可就錯了。這裡的「舍」是指行軍三十里爲一舍，「三舍」就是九十里。

「舍」字到了後世，凡是當「捨棄」講時，就在其左增加了一個提手旁，造出了一個新形聲字「捨」。可是後來又因「捨」字筆畫多，書寫不便，所以又被簡化爲「舍」。這是「返老還童」，又變回去了。

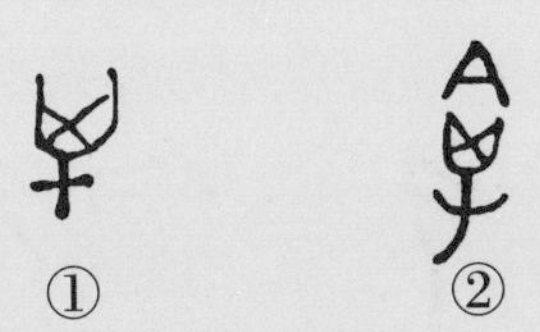

① ② ③ ④

這是「禽獸多出沒」的「禽」字，這個字原爲象形字。甲骨文①的上部是個網形，下部是網具的柄，可見「禽」本爲捕捉禽獸的工具。

▲戰國青銅器的的狩獵紋樣。

②是金文的形體，從象形字變成了上聲（今）下形（網形）的形聲字，反而變繁雜了。③是小篆的形體，變得更爲繁雜了，其上部的「今」字與楷書的「今」字有所不同。④是楷書的寫法，基本上與小篆相同。

「禽」字的本義就是捕捉禽獸的工具，後來又引申爲鳥獸的總稱，如《三國志・魏志・華佗傳》：「吾有一術，名曰五禽之戲。」大意是：吾有一種鍛鍊身體的方法，名字就叫「五禽戲」，也就是模仿虎、鹿、熊、猿、鳥這些「禽」（鳥獸）的動作。「禽」字亦可專指鳥類，如《爾雅・釋鳥》：「二足而羽謂之禽，四足而毛謂之獸。」也就是說：兩隻腳而長羽毛的叫做「禽」，四隻腳而長細毛的叫做「獸」。至於《史記・秦始皇本紀》中所說的「禽滅六王」，不是「禽鳥」滅了六王的意思。這個「禽」字後世寫作「擒」，加了個「提手旁」，表示活抓之意，如杜甫〈前出塞〉：「射人先射馬，擒賊先擒王。」

請注意：「禽」與「犢」（小牛），古代常常連用，寫作「禽犢」，這個詞多指饋贈禮物。所以「禽犢」也可以作爲取悅於人的東西，如《荀子・勸學》：「小人之學也，以爲禽犢。」這就是說：小人的學問，是用來誇耀自己，像以禽犢之物贈送別人一樣地來取悅於人。

彳 部

這是個「彳（ㄔˋ斥）」字，是個象形字。甲骨文①是「行」字的左半邊（「行」字的甲骨文形體是個十字路口）。金文②的形體與甲骨文基本相同。可是小篆③就變得不太像了。楷書④那就根本沒有路口的形象了。

「彳」字一般不單獨使用，它經常與「亍（ㄔㄨˋ處）」字連在一起組成一個詞「彳亍（ㄔˋ ㄔㄨˋ）」，表示「小步」或者「走走停停」的意思，如：「彳亍中輟。」（潘岳，〈射雉賦〉）這是說：小步走而後又停下來。「彳亍上灘舟。」（李贄，〈觀漲〉）這是說：走走停停地上了灘舟。

「彳」字是個部首字：凡是由「彳」字所組成的字，大都與「行爲」或「動作」有關，如「行」、「御」、「徒」、「徙」等。

這是「保衛」的「衛」字的繁體字「衞」，是個會意字。甲骨文①的上部是腳趾朝左的一隻腳，下部是腳趾朝右的一隻腳，中間的「口」字形表示一個區域或者一個城市。那麼腳步在其周圍循回，就是「保衛」的意思。金文②的形體更爲形象，中間的圓圈表示區域或城市，周圍的四隻腳眞像是哨兵或衛士所留下的足跡。這個金文的形體比甲骨文的形體繁雜了一些。可是到了小篆③更繁雜了，其中間是沿用了甲骨文的形體，左右兩側增加了個「行」字，表示這個區域或城市四通八達。同時，這個「衞」字從原來的會意字變成了外形（行）內聲（韋）的形聲字了。④是楷書的寫法，直接由小篆演變而來。⑤是簡化字。

▲執戟衛士，漢畫像磚，陝西臨潼出土。

「衛」字的本義就是「保衛」或「保護」，如：「朋友相衛。」（《公羊傳·定公四年》）「以衛王宮。」（《戰國策·趙策四》）從「保衛」之本義又可以引申爲「衛士」或「衛兵」，如《左傳·僖公二十四年》：「秦伯送衛於晉三千人。」就是說：秦伯送了三千衛士到晉。可是《聊齋志異》中的「家人捉雙衛來」是什麼意思呢？是捉了兩個「衛兵」來嗎？不是的。是說家中有人捉了兩頭毛驢來。毛驢爲什麼稱「衛」呢？據羅願的《爾雅翼·釋獸》記載：晉代的衛玠好騎毛驢，所以後世人稱毛驢也叫「衛」。

請注意：我們現在所說的「衛生」是個「醫學名詞」，可是《莊子·庚桑楚》中所說的「衛生」卻與現在的意義不同。古代的「衛生」是指「養生」，所謂「衛生之經」就是「養生之道」。當然現在的「講衛生」也就是「講清潔」，清潔了就不生病，這不也是「養生」嗎？

[甲骨文] [金文] [小篆] 後 后

①　②　③　④　⑤

「如積薪耳，後來者居上。」「後」原爲會意字。甲骨文①的上部爲繩索之形，下部是一隻腳趾朝下的腳（止）。林義光說：「足有所繫，故後不得前。」②是金文的形體，其左又增加一個表示行走的「彳」，由原來的會意字變成了形聲字。③是小篆的形體，與金文基本相同。④爲楷書的繁體字。⑤爲被借用的簡化字。

《說文》：「後，遲也。」「後」字的本義爲「走在後面」的意思，如《論語·先進》：「子畏於匡，顏淵後。」大意是：孔子在匡這個地方被囚禁了，（他的學生）顏淵最後才來。《韓非子·外儲說左上》：「將後齊、燕。」意思是：將要落在齊國和燕國的後面。「後」亦可引申爲時間的「遲」、「晚」，如《荀子·修身》：「或先或後。」這是說：有的早有的晚。

請注意：在古書中常見「後進」一詞，這絕非指進步較慢的人，而是指「晚輩」，比如《晉書・裴秀傳》：「後進領袖有裴秀。」這是說：晚輩們的領袖是裴秀。「後事」今天多指「喪事」，如「料理後事」。但是古代則多指「後來的事情」，如《晉書・閻纘傳》：「前事不忘，後事之戒。」

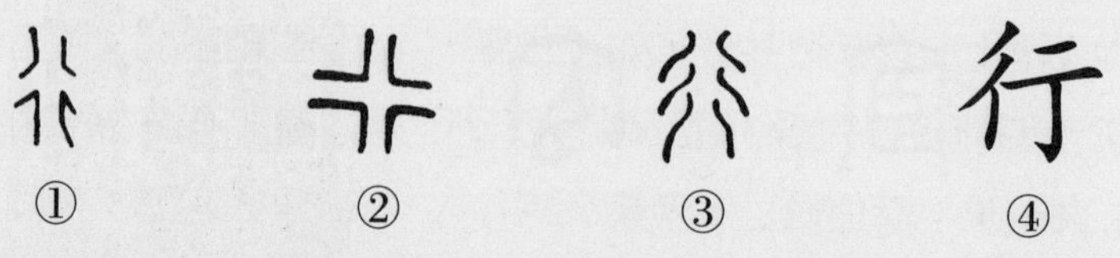
① ② ③ ④

「走林而射鳥，行畔而觀魚。」這個「行」字是個象形字。甲骨文①中間是一條大路，左右兩側又分出了兩條小路。金文②的形體是東西南北都能通行的十字路口。③是小篆的形體，變得根本看不出通行道口的樣子了。④是楷書的寫法。

「行」字本義就是「路」，如：「遵彼微行（ㄏㄤˊ航）。」（《詩經・豳風・七月》）也就是「沿著那條小路」的意思。因為是「路」就可以行走，所以「行」又當「行走」講，如：「八駿日行（ㄒㄧㄥˊ形）三萬里。」（李商隱〈瑤池〉詩）這就由當「路」講的名詞變成了當「行走」講的動詞。從「行走」義，又可以引申為「離開」，如：「子明殺之，以其妻行。」（《左傳・襄公二十二年》）也就是說：子明把他殺了以後，又帶領自己的妻子離開了。至於〈兵車行〉、〈長干行〉等中的「行」字又是什麼意思呢？那是古詩中的一種體裁，也叫做「歌行體」。

我們現在所說的「行李」，一般是指出行者所攜帶的衣箱、鋪蓋等物。可是古代就不是這個意思，如：「行李之往來，共（供）其乏困。」（《左傳・僖公三十年》）你如果把這裡的「行李」理解成「鋪蓋卷」那就不對了。這個「行李」是指「使者」。原話的意思是：使者往來，我們可以供給他們一切費用。（無資曰「乏」，無糧曰「困」。）「行李」之「李」，在古代也可以寫作「理」，其義不變。

請注意：古代的「行」相當於現代的「走」，古代的「走」相當於現代的「跑」。

① ② ③

「急應河陽役，猶得備晨炊。」這裡的「役」字本為會意字。①是甲骨文的形體，左邊是一個面朝左站立的人，其背後是一隻手執物打擊，表示「役使」。②是小篆的形體。③是楷書的寫法。

《說文》：「役，戍邊也。」其實「戍邊」是引申義，本義應為「役使」或「驅使」，如柳宗元〈封建論〉：「亟役萬人。」「亟」應讀ㄑㄧˋ，是「屢次」、「多次」之意。就是說：屢次役使萬人。由「役使」可以引申為「戍邊」，如《詩經・小雅・采薇序》：「命將率遣戍役以守衛中國。」由「戍邊」引申為「戰役」、「戰爭」，如《左傳・昭公五年》：「邲之役。」也就是說：在邲那個地方的一次戰役。因為「役使」主要是指兵役和勞役，所以「役」字又可以引申為「勞役」，如《三國志・吳書・吳主傳》：「民困於役。」這是說：老百姓貧困於勞役。

▲《甲金篆隸大字典》中的「役」字。

請注意：古代的「役夫」一般是指服勞役或兵役的人，但有時也用以罵人，如《左傳・文西元年》：「呼！役夫！」也就是說：唉！你這個賤貨！

① ② ③ ④ ⑤ ⑥

這是「貫徹於始終」的「徹」字，本為會意字。甲骨文①和金文②的左邊是「鬲（食具）」，右邊是「手」，這表明吃過飯以後撤去食具。③是《說文》中的古文形體，又在其左邊增加了「彳」，表示移動。④是小篆的寫法，原來的「鬲」、「手」訛變為「育」、「攴」，但詞義未變。⑤為楷書繁體字。⑥為簡化字。

《說文》：「徹，通也。」「通」是「徹」字的遠引申義，本義應為

「撤去」，如《左傳・襄公二十三年》：「平公不徹樂。」由「撤去」又可以引申爲「拆除」，如《詩經・小雅・十月之交》：「徹我牆屋。」即拆除我的牆屋。到了後世又可引申爲「撤退」，如《三國志・吳書・吳主傳》：「徹軍還。」以上的這些用法，後世均寫作「撤」。

「徹」有移動義，所以又可以由移動而引申爲「剝啄下」或「剝下」，如《詩經・豳風・鴟鴞》：「迨天之未陰雨，徹彼桑土，綢繆牖戶。」「桑土」即「桑杜」，指桑樹的根。大意是：趁著天還沒有下雨，剝下桑根把巢築，纏繞捆綁修窗戶。

▲上古時期的陶鬲。

「徹」的遠引申義爲「通」，如《列子・湯問》：「汝心之固，固不可徹。」這是說：你的心實在固執，固執得簡直不可貫通。

① ② ③ ④

「寒來暑往，秋收冬藏。」這個「往」字本爲形聲字。①是甲骨文的形體，上部是一隻腳趾朝上的腳，下部的「王（斧頭形）」字表讀音。可見「往」字本爲上形下聲的形聲字。②是金文的形體，左又增加了意符「彳」，表示行動。③是小篆的形體。④爲楷書的寫法。

《說文》：「往，之也。」「之」當「到……去」講。許慎的說法正確，如《史記・滑稽列傳》：「至其時，西門豹往會之河上。」屈原《九歌・國殤》：「出不入兮往不反（返）。」由「去」又可以引申爲「過去」、「往日」，如《論語・八佾》：「既往不咎。」意思是：對過去的事不再責備。

另外，「往」由「去」義還可以引申爲「送去」，如杜甫〈與楊修書〉：「今往僕少小所著辭賦一通。」「僕」，男子謙稱自己。也就是說：現在送去我小時候所作的辭賦一份。

請注意：在古代「去」和「往」的含義有所不同。古代的「往」相當於現在的「去」；古代的「去」是「離開」的意思，如「孟子去齊」，是說孟子離開齊國，而絕非孟子到齊國去。

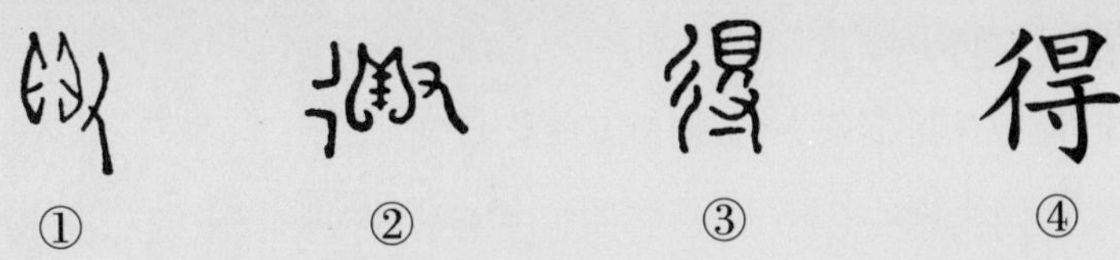

①　②　③　④

這個「得道多助」的「得」字是個會意字。甲骨文①的左上方是張開的兩扇貝殼，右下部是一隻手，手拿極爲珍貴的貝，這就表示「得到」、「獲得」的意思。金文②的當中是一個石花貝，其右側是一隻手，手拿貝表示獲得了。但這還不夠，其左邊又增加了「彳」，這就是說得到了以後又拿著走了。小篆③左邊的「彳」和下邊的手（寸）還在，可是「貝」字卻僞變成了「見」。楷書④的右上方又錯變成了「日」。

「得」字的本義是「得到」或「獲得」，如《後漢書・班超傳》：「不入虎穴，不得虎子。」「得」字還可以引申爲事情做對了的意思，如：「歷古今之得失。」這個「得失」就是「對和錯」的意思。

另外，「得」字的遠引申義是表示「能夠」或「可以」，如晁錯的〈論貴粟疏〉中有這樣兩句話：「春不得避風塵，夏不得避暑熱。」這裡的「不得」就是「不能」的意思。現代漢語「不得已」和「使不得」中的「得」字，也是「能夠」或「可以」的意思。至於《荀子・成相》「尙得推賢」中的「得」字，那是「德」字的假借字，本應寫成「德」，但作者暫時借「得」代替。

請注意《紅樓夢》第九十四回：「這件事還得你去才弄的明白。」這裡面的「得」字當「必須」或「須要」講，所以應當讀作ㄉㄟˇ，如果讀作ㄉㄜˊ（德）那就錯了。

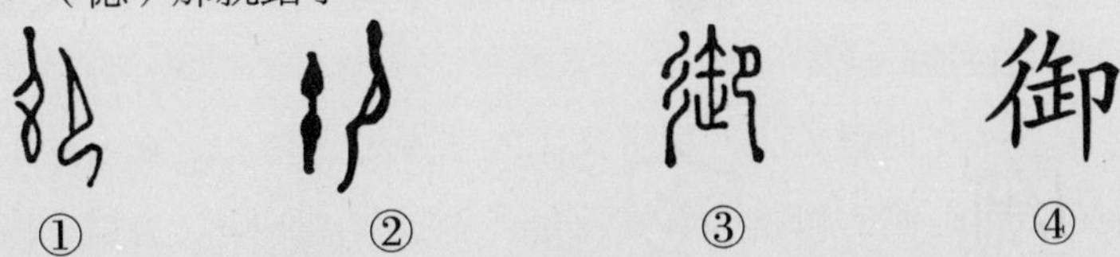

①　②　③　④

這個「御」字是個會意字。甲骨文①的左邊是一條擰在一起的繩索，作爲馬鞭子；其右是一個面朝左的人，拿著馬鞭子趕車。金文②的形體也是從甲骨文直接變來的，其右更像人形。③是小篆的形體，反而變得複雜化了。其左邊增加了一個表示行動的「彳」，中間的下部又增加了一隻腳（止）表示行動。右邊那個面朝左的人就不太像了。④是楷書的形體，是由小篆直接變來的，根本看不出人拿馬鞭子趕車的意思了。

▲軒車，漢畫像磚，四川新都出土。

「御」字的本義是「駕馭馬車」，如：「桓公田於澤，管仲御。」（《莊子・達生》）所謂「田」就是打獵，「澤」就是沼澤。大意是說：齊桓公在沼澤地帶打獵，管仲駕馭馬車。由此又可引申爲駕車的人叫「御」，如：「其御屢顧。」（《左傳・成公十六年》）也就是說：那個趕車的人多次回頭看。這種趕車的人，現在往往稱爲「御手」（也可以寫爲馭手）。趕車本身有「管理」之義，古代的帝王「管理」（實爲統治）人民，所以也稱爲「御」，如「御駕」、「御旨」、「御批」等等。至於《詩經・邶風・谷風》中所說的「我有旨蓄，亦以御冬」中的「御」字卻是「抵禦」的意思，這就是說：我蓄有好吃的東西，也可以用來抵禦寒冬。這個意義後來寫作「禦」。

請注意：御、馭、禦三個字的意義既有相同之處又有不同之處。「御」常指駕馬的人，而「馭」字一般是指駕馬車的動作。在「抵禦」的意義上，上古寫作「御」，後世則寫作「禦」。而「禦」、「馭」卻無「侍奉」、「進獻」之義。

① ② ③ 德 ④

「德」字是個會意字。甲骨文①的左邊是「彳」（ㄔㄟ斥），它在古文字中是表示行動的符號。其右部是一隻眼睛，眼睛之上是一條垂直線，這是表示目光直射之意。所以這個字總的意思是：行動要正，而且「目不斜視」，這就是「德」。金文②的會意就更爲全面了，「目」下又加了「心」，這就是說：目正、心正才算「德」。③是小篆的寫法，仍然是會意：其右部的上方變成了「直」，「直心」爲「德」。所以在古代「德」字也可以寫爲「悳」（悳）。④是楷書的寫法。

「德」字的本義是「道德」或「品行」，如《荀子・非十二子》：「不知則問，不能則學，雖能必讓，然後爲德。」這就是說：一個人要作到「問」、「學」、「讓」才能算是有「德」。從「道德」又可以引申爲「恩德」。《史記・秦始皇本紀》：「刻石頌秦德。」大意是：用刻石樹碑的方式來歌頌秦之恩德。至於「臣不德君」（《韓非子・外儲說左下》）中的「德」字，由名詞變爲動詞，是「感激」的意思，也就是說：我並不感激您。當然，這個「感激」之義也是從恩德變來的。

「德配」一詞，在古書中常用，本指「德行可與匹配」，後來則引申爲對別人妻子的尊稱，如舊時給朋友寫信則常說：「德配康福？」也就是說：你的妻子好嗎？

請注意：有人把「德」寫爲「徳」，中間丟了一橫就錯了。

弋　部

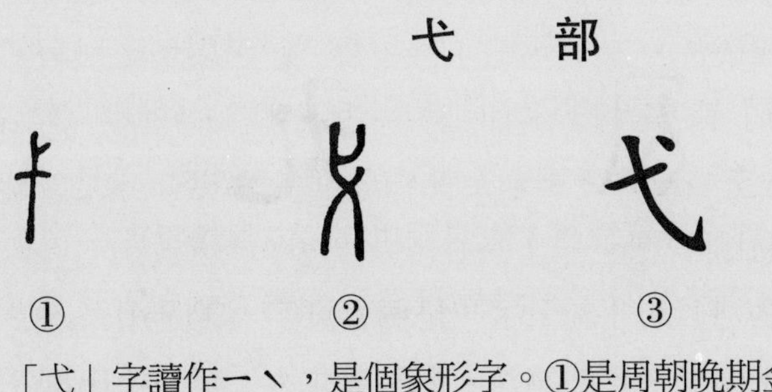

①　②　③

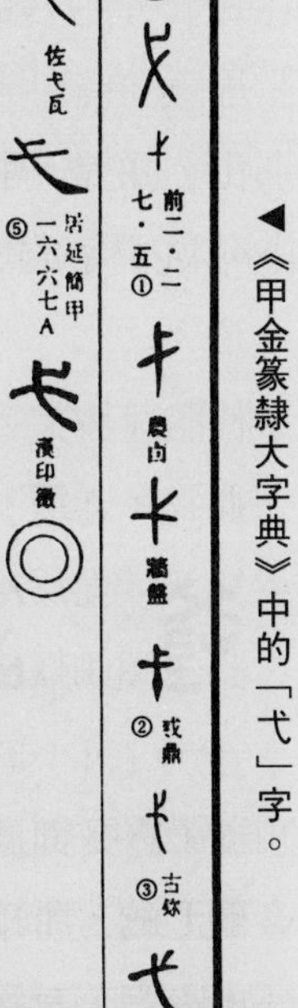

▲《甲金篆隸大字典》中的「弋」字。

「弋」字讀作ㄧˋ，是個象形字。①是周朝晚期金文的形體，像一根帶杈的小木樁之形。②是小篆的形體。③是楷書的寫法，看不出木樁的樣子了。

《說文》：「弋，橜也。象析木鋭邪著形。」許慎認爲「弋」字的本義即爲「木樁」，其形就像將木樁削尖而斜釘在牆上或別的地方一樣，正如王筠所說：「必邪著之者，備所掛之物脫落也。」這話很有道理。農村中常斜釘一木橛於牆，可以掛東西，也可以拴牲口。

「弋」字本義爲「小木樁」，如《爾雅・釋宮》：「雞棲於弋爲榤（ㄐㄧㄝˊ）。」「榤」同「桀」，也是小木樁，是雞棲息的木架。因「弋」可以拴東西，所以將細繩拴在箭上射，也叫「弋」，如《詩經・鄭風・

女曰雞鳴》：「弋鳧與雁。」「鳧（ㄈㄨˊ）」，野鴨子。因爲箭上拴有繩子，射中後就可拉繩而取，所以「弋」又能引申爲「取」義，如《管子・侈靡》：「弋其能者。」

「弋」與「戈」形體相近，江西有個弋陽縣，有人誤爲戈陽縣；弋陽縣有個戲劇曲調名叫「弋陽腔」，有人就誤爲「戈陽腔」，均應注意。

「弋」字在《說文》中並未立爲部首，它是明朝梅膺新增加的部首，所以後世的《康熙字典》、《辭源》、《辭海》等多數常用工具書也均因之而立爲部首。有些漢字的本義雖與「弋」無關，但其楷書結構中含有「弋」的部分而又難以歸部，也就只好歸入「弋」部，如《辭源》中的式、弑等字，《新華字典》中的忒（ㄊㄜˋ）、甙（ㄉㄞˋ）、貳等字。

丸　部

①　　　②

這是「彈丸之地」的「丸」字，是個會意字。①是小篆的形體，爲「仄」字的反寫。②是楷書的寫法。形體變化大，已看不出反「仄」之形。

《說文》：「丸，圜（圓）也。傾側而轉者。從反仄。」「丸」是圓形物，「仄」是傾側的意思，一個圓形物能傾側反轉，其形不變，所以其寫法「從反仄」（把仄字反寫）。鄧散木先生說得對：「丸，上下左右皆圓，傾側輾轉，其形如一。」

「丸」的本義是指小而圓形的物體，如《左傳・宣公二年》：「從臺上彈人，而觀其辟（避）丸也。」這裡指彈丸。因爲丸是圓形的，蛋也是圓形的，所以「丸」字也可當「蛋」字用，如《呂氏春秋・本味》：「丹山之南，有鳳之丸。」所謂「鳳之丸」，就是鳳的蛋。後世「丸」字多用爲量詞，如曹植《曹子建集・善哉行》：「仙人王喬，奉藥一丸。」

「丸」字是個部首字，但眞正屬於「丸」部的字卻甚少。《康熙字典》、《辭源》和《新華字典》均無「丸」部，《說文》和《辭海》立有「丸」部。《辭海》丸部中的「孰」與「埶」等字，實際上均與「丸」義無關，只是因爲它們的楷書形體含有「丸」的部分而已。

尸　部

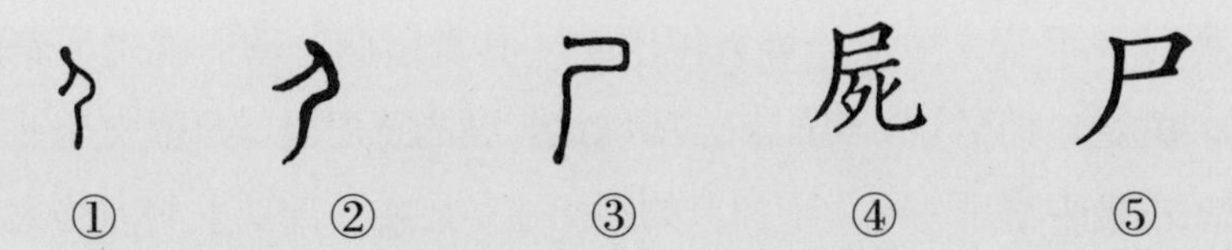

①　②　③　④　⑤

在《論語．鄉黨》中說：「寢不尸。」意思是：孔子睡覺不像死屍一樣，直著腿躺。但是，實際上孔子睡覺也不見得都是彎著腿的。你看甲骨文①就是一個面朝左、曲腰彎腿的人。上部是頭，中間是身子，下部是腿，左側向左下方伸展的一筆是臂。這就是「尸」字最早的形體，可見這是個象形字。金文②的形體也基本上同於甲骨文。小篆③去掉了手臂，已看不出人的形狀。④是楷書繁體字，爲了明確起見，「尸」下又加了一個「死」字，其實這是畫蛇添足，自找麻煩。⑤是簡化字，實際上又恢復了古體字，一點也看不出死人的樣子了。

「尸」的本義是「屍體」，如《左傳．宣公十二年》有「收晉尸」的話，也就是把晉兵屍體收回去的意思。

古書中還有「尸位」的詞語，不可以理解爲「放屍體的地方」。這個「尸位」，是說有的人「居其位而不盡其職」，光拿薪金而不幹實事，好像占著死屍的位置。在《書．五子之歌》中有「太康尸位」的話，這是罵太康只居其位而不盡其職。

「尸」字是個部首字，凡由「尸」字所組成的字大都與「人」或「臀」部有關，如「尾」、「尿」、「屎」等字。

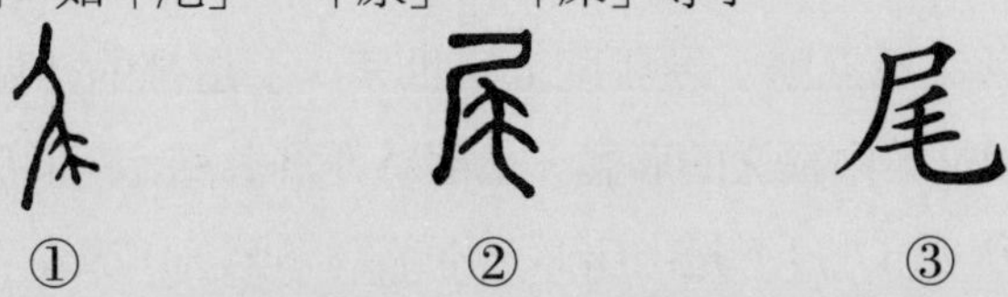

①　②　③

你看這個「尾」字多有意思：甲骨文①是面朝左的一個人（本爲尸

形），屁股上長了一條大尾巴。小篆②的上部爲「尸」，其下爲「毛」（尾巴）。③是楷書的寫法，根本看不出人長尾巴的形象了。實際上「尾」字是個象形字，特別是「毛」更像尾形。

「尾」字本義就是「尾巴」。從「尾巴」又引申爲「末尾」，如「首尾相接」。從「末尾」又可引申爲「在後面」，如《後漢書・岑彭傳》：「囂（人名）出兵尾擊諸營。」所謂「尾擊」，就是從後面打的意思。當你讀《尚書・堯典》時，會見到「鳥獸孳尾」的話。你可千萬別理解爲「鳥獸孳（ㄗ資）生出一條大尾巴」。其實這個「孳」就是「繁殖」，「尾」就是「交尾」（交配）。所以這句話的意思是「鳥獸交配」。

在古書中常用「尾大不掉」的話。這是比喻「部屬」勢力強大，上級就指揮不動了。此典原出自《左傳・昭公十一年》，原話是：「末大必折，尾大不掉，君所知也。」

①　②　③

這是個「尿」字，也是一個會意字。甲骨文①是一個向左側立的「人」，向左射出的三個點兒是表示「尿」。這就表明這是一個男人在站著尿尿。小篆②反而變得複雜化了，變成了「尾」字下再加「水」。③是楷書的形體，把小篆中的「毛」字去掉了。

「尿」字的本義就是指人尿。在《說文解字》中寫作「㞙」，是個會意字，表明人尿的水爲「尿」，在古代經籍中通作「溺」。

請注意：「尿尿」在一起連用時，前一個作動詞，後一個是名詞，應讀作ㄙㄨㄟ（雖）。

①　②　③

「八月秋高風怒號，卷我屋上三重茅。」這裡的「屋」字本爲會意字。①是《說文》中籀文的形體，上部爲「尸」和「厂」形。《說文》：「尸，象屋形。」「厂」是山崖形。下部爲「至」，表示在屋內「止息」之義。②是小篆的形體，「至」上爲「尸」，去掉「厂」形。③是楷書寫法。

《說文》：「屋，居也。」「屋」的本義爲「房屋」，如范成大〈顏橋道中〉：「稻堆高出屋山頭。」大意爲：稻子的大堆比房屋的山牆頭還要高。

▲東漢明器中的山型住宅模型。

請注意：古書中的「屋漏」一詞是常見的，若理解爲房屋漏了，那就錯了。「屋漏」有兩種含義：一種是指古代室內西北隅施設小帳的地方；第二種是指屋的「承霤」，也叫「屋」、「水落」，即承屋上雨水下霤於地的用具。

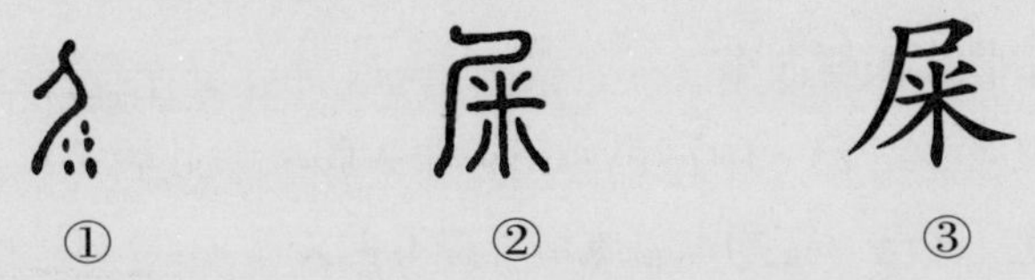

「屎」字是個會意字。甲骨文①實在形象，面向左側立的一個「人」，在臀部之後有五個小點兒，這就是人拉的屎。小篆②的上部「尸」也是人形，下部寫作「米」，這說明人的「屎」是由「米」經消化以後變成的。③是楷書的寫法，是由小篆直接演變而來。

「屎」字在《玉篇》中還可以寫作「戻」，變爲上形（尸）下聲（矢）的形聲字了。「屎」的本義就是「糞」。

由這個本義加以引申，用來形容最不好的東西，如《通俗篇・藝術》：「今嘲惡詩曰屎詩。」

在《詩經・大雅・板》中有「殿屎」一詞，其意思是「愁苦的呻吟」。請注意：這裡的「屎」必須讀爲ㄒㄧ（溪）。

己部

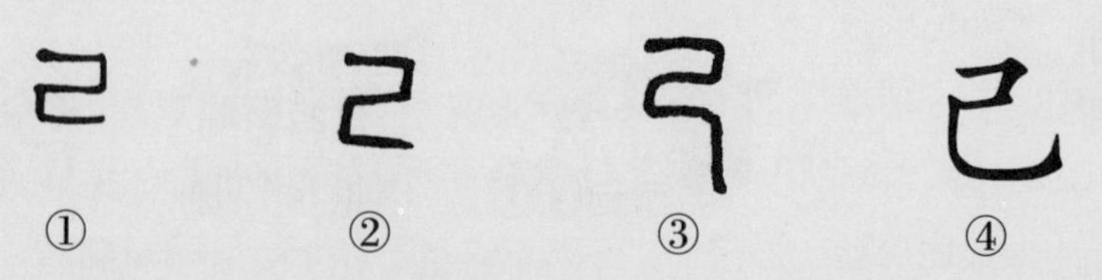

「知彼知己，百戰不殆。」這個「己」字，甲、金、篆俱全，是個象形字。①是甲骨文的形體。羅振玉和郭沫若都認爲，「己」像繫在箭上用以射飛鳥的彎彎曲曲的絲繩之形，也就是「弋」字的本字。②是金文的形體，與甲骨文極爲相似。③是小篆的形體。④是楷書。均由甲骨文演變而來。

《說文》：「己，中宮也。……象人腹。」此說不妥。實際上，「己」字的本義應爲「繳（ㄓㄨㄛˊ）」，即拴在箭上的絲繩。後來其本義消失，又因「己」與「弋」的讀音相近，古音同在「之」部，所以「己」字就被借爲代表「自己」的「己」字用了，如《論語・學而》：「不患人之不己知，患不知人也。」也就是說：不怕別人不了解自己，卻怕自已不了解別人呢。「己」字還可以被借爲天干的第六位用，列在「甲乙丙丁戊」之後。

▲《甲金篆隸大字典》中的「己」字。

請注意：「己」與「巳」、「已」形體相似，而形、音、義均不相同，一不小心就會搞錯。有這樣一個口訣便於記憶：封口「巳」，半封「已」，完全開口是「自己」。「己」字是個部首字，但隸屬於「己」部中的字如「巳」、「已」、簡化字「异」、「导」等，或封口或半封口，不能誤用「己」。

① ② ③ ④

這個「巳」字讀作ㄙˋ，本為象形字。甲骨文①就是「子」，郭沫若認為：「實象人形。」②是金文的形體，與甲骨文的形體相類似，更像人。③是小篆的寫法，已發生了訛變。④是楷書，由小篆的形體演變而來。

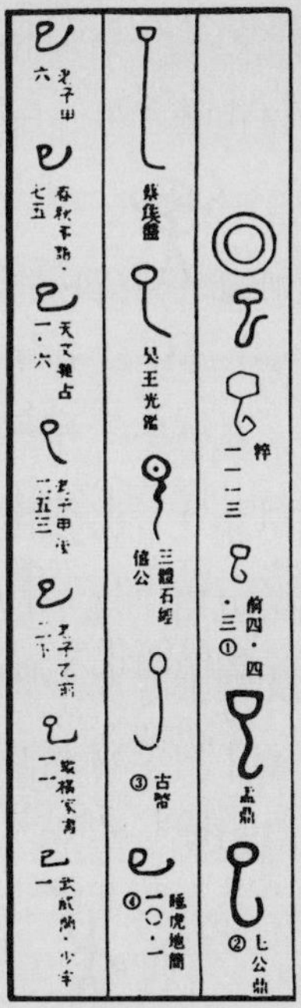

《說文》認為：巳為它（蛇），象形。就是說「巳」為蛇，象蛇形。其實「巳」字的本義為「人」。「祀」字從「巳」，就像一個人跪於神前祈禱的樣子。後來「巳」的本義消失了，而被借作地支的第六位，列在「子丑寅卯辰」之後。也代表十二時辰之一，「巳時」即上午九時至十一時。

請注意：「巳」字與「己」、「已」二字的形、音、義均不相同，參見「己」字解。

▲《甲金篆隸大字典》中的「巳」字。

① ② ③ ④ ⑤

「導入柳溪仙境間。」這裡的「導」字本為會意字。①是金文的形體，其外部為「行」字，表示十字路口。其中的上部為「首」，代表人；下部有「止（腳）」，表示行走。其大意是：人入十字路口，需要引導。所以「導」字的本義為「引導」。②是石鼓文的形體，其下部的「止」訛變為「寸（手）」。③是小篆的形體，又將外部的「行」變成了「辵」，但意義未變。④為繁體字。⑤為簡化字。

《說文》：「導，引也。」許說甚確，如《北史・西域傳》：「發使導路。」也就是說：派遣使者引路。由「引導」又可以引申為「疏通」、「暢通」，如《國語・周語上》：「為川者決之使導。」也就是說：治理河水的人，開決河道使水暢通。由「引導」的本義還可以引申為「啓發」、「開導」，如《漢書・武帝紀》：「抶世導民。」

請注意：在《後漢書・和熹鄧皇后紀》中有「導官」的記載。所謂「導官」即為「主導擇米以供祭祀的官」。其實，這裡的「導」本應寫作

「檤（ㄉㄠˋ）」，其下從「禾」，與米有關。可見「導」也能作「檤」字的通假字。

「獨在異鄉爲異客，每逢佳節倍思親。」這裡的「異」字本爲象形字。甲骨文①就像正面站立的一個人，雙手上舉而護住頭部。②是金文的形體，更像人護頭之狀。③是小篆的寫法，已發生了訛變。④爲楷書繁體字。⑤爲簡化字。

《說文》：「異，分也。」「分」並非「異」字的本義，而是後起義。「異」字的本義是「護翼」，正如《盂鼎》所說的「天異臨子」，即以「異」爲「翼」。後世大都用「異」字的「不同」義，如《韓非子・五蠹》：「世異則事異。」其大意是：時代不同，國家的政治與社會情況也就不一樣。由「不同」又可以引申爲「奇特」，如柳宗元〈捕蛇者說〉：「永州之野產異蛇。」這裡的「異蛇」，也就是指奇特的毒蛇。

「異物」，一般是指「別的東西」，或指「珍奇的物品」，如《漢書・曹世叔妻傳》：「每有貢獻異物。」也就是說：每逢有人貢獻珍奇的物品來。可是《漢書・賈誼傳》中的「化爲異物」，卻是指「死亡的人」，那是「鬼」的諱辭。

干　部

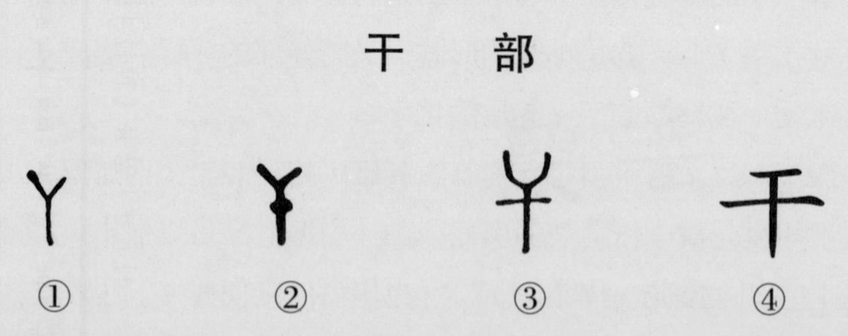

這是「大動干戈」的「干」字。甲骨文①像一根上頭帶杈的木棍子。金文②在其上部又加上了一個大疙瘩。看來「干」字是一個象形字，是一杆鐵杈的形狀，在上古就是一種武器，如《韓非子・五蠹》「執干戚（古代像大斧頭一樣的武器）舞」，即拿著武器跳舞的意思。小篆③也還有鐵杈的樣子。楷書④則把小篆上部的曲筆拉平。

「干」的本義是武器，由此而引申爲「干犯」，而「干犯」再引申爲「沖」，所以杜甫〈兵車行〉中「哭聲直上干雲霄」，就是「哭聲沖雲霄」的意思。「干」與「千」的形體不同，不能搞錯，「干」字的上部是一橫，「千」字的上部是一撇。

在簡化漢字時，以「干」代「幹部」的「幹」和「乾濕」的「乾」。但值得注意的是，「乾」字有時讀ㄑㄧㄢˊ（錢），如「乾坤」、「乾隆」，這種時候就不能用「干」字代替。至於「天干、地支」的「干」字，那只是同音假借，與「干」字本義毫無關係。

「干」字是個部首字，如「平」、「幸」、「幹」等字在《康熙字典》中均列爲「干」部。

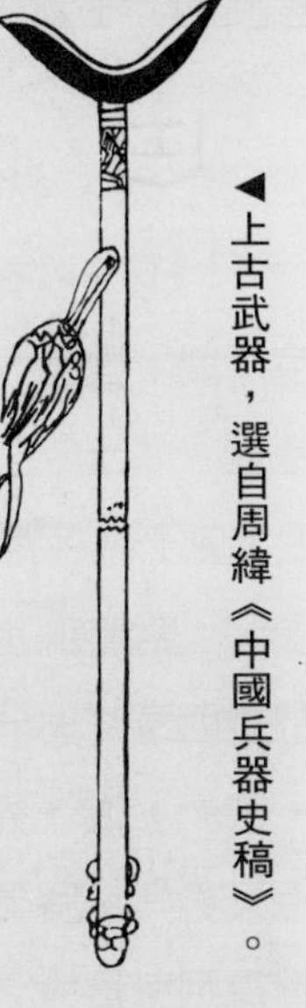
▲上古武器，選自周緯《中國兵器史稿》。

工　部

①　②　③　④

「工欲善其事，必先利其器。」從甲骨文①的形體看，「工」字就像斧頭一樣的工具，下部就是斧頭鋒利的刃部。金文②的下部更像斧頭刃了。③是小篆的形體，把斧頭刃變成了一橫，這樣就使文字符號化，書寫很方便。④是楷書的寫法，基本上與小篆相似。

「工」字從「工具」的本義引申爲手操工具幹活的人爲「工」，如《左傳・隱公十一年》：「山有木，工則度之。」此處的「工」即指「工人」。工人作工要細緻而精巧，所以韓愈在〈進學解〉中所說的「子雲相如，同工異曲」，其中的「工」字就是細緻、巧妙的意思。這兩句話的原意是：揚雄（子雲）和司馬相如，雖然文風不同，但都有非常美妙的藝術技巧。

在古代所說的「工女」，是專指採桑、紡織的婦女，如鮑照的〈詠採桑〉：「季春梅始落，工女始蠶作。」這就是說：春末梅花開始落了，養蠶的少女開始採桑了。假若把這裡的「工女」理解爲後世的「女工」那就不對了。

「工」字是個部首字。在漢字中凡由「工」字所組成的字大都與「工具」或「技能」有關，如「巨」、「巧」、「式」等字。

①　②　③　④

這個「壬」字本爲象形字。甲骨文①就像纏線用的木製工具。金文②的中間有一個圓點，有人認爲這是表示已繞上了線團；李學勤先生說：「古文字直筆常加點。」③是小篆的形體，中間的一點變成了一橫。④爲楷書的寫法。

《說文》認爲壬「象人懷妊之形」。這是從小篆的形體看，「壬」字中間一橫最長，像婦女懷孕之後腹大的樣子。但這個說法不足信。其實「壬」字就是「紝」字的初文。本是繞線的工具，繞線則線團不斷增大，所以就引申爲「大」義，如《詩經·小雅·賓之初筵》：「百禮既至，有壬有林。」大意是：百禮都已周到，而且很大很盛。另外，巧言諂媚的奸佞之人，也可稱爲「壬人」，如王安石〈答司馬諫議書〉：「辟邪說，難壬人。」也就是：排除邪說，批駁奸佞之人。後世，「壬」字很少單獨使用，即使單獨使用，也大都作天干的第九位。

①　②　③

這是「巨掌擎蒼天」的「巨」字。從金文①的形體看，右邊是一個正面站立的「人」，右手拿著一個量角度或量方形的工具。其實這個字本來就是「規矩」的「矩」字，「矢」爲「人」形，「巨」爲「巨」形，金文只不過將表示「人」形的「矢」移到了字的右邊。②是小篆的形體，把「人」形部分省掉了。③是楷書的寫法，基本上與小篆的形體相似。

「矩」本爲畫直角或方形的工具，如《荀子・賦篇》：「圓者中（ㄓㄨㄥˋ仲）規，方者中矩。」「規」是畫圓形的儀器。這兩句話的意思是：畫圓的就要符合「規」的要求，畫方的就要符合「矩」的要求。所以「規矩」就是標準。

我們現在還說，要守「規矩」，不能隨心所欲地亂來。這個「守規矩」，也就是遵守標準的意思。

後來，「矩」字被一分爲二。金文①原形的「矩」，只代表「規矩」的「矩」；而去掉了「矢」字的「巨」，只代表「巨大」的「巨」。這個「巨」之所以能代表「巨大」的意思，當然也是從「度量」引申出來的，如《三國志・蜀書・諸葛亮傳》：「事無巨細，亮皆專之。」意思是：事情無論大小，諸葛亮都要親自處理。由此可見，這個「巨」字就是「大」的意思，它與「細」相反，今天仍用。不過，《漢書・高帝紀上》：「沛公不先破關中兵，公巨能入乎？」這當中的「巨」字，你若理解爲「大」的意思，根本講不通。原話的意思是：（假若）沛公不破關中兵的話，你怎麼能夠進來呢？所以這個「巨」字是個副詞，是「怎麼」的意思，表示反問，實際上它就是疑問副詞「詎」字的先造字。

① ② ③ ④

這個「巫」字本爲象形字。甲骨文①和金文②中的「－」、「I」形，很像古代的度量工具。③是小篆的形體，「I」的左右訛變爲兩個「人」形。④爲楷書的寫法。

《說文》：「巫，祝也。女能事無形，以舞降神者也。象人兩褎（袖）舞形……」其實「巫」的本義可能爲古代的度量工具，後來專指能以舞降神的人。但也並非單指女巫，如《韓非子・顯學》：「此人所以簡巫祝也。」大意是：這個人輕視那些給人求神祝福的人。後來則特指女巫，如《後漢書・張衡傳》：「巫覡（ㄒㄧˊ）之言。」「覡」是男巫。原話的意

▲《甲金篆隸大字典》中的「巫」字。

思爲：是女巫和男巫的話。《後漢書・襄楷傳》：「多巫覡雜語。」也就是說：大都是巫婆和男巫的胡說八道。

土　部

「太山不讓土壤，故能成其大。」這個「土壤」的「土」字是個象形字。甲骨文①表示從地面上突起來的一堆土。古人非常敬重土，有了土就有農業，有了農業就有衣食。所以人們把這種堆起來的土看成是神，並向祂祭獻。金文②基本上與甲骨文的形體相同，只是將虛心變爲實心罷了——這與青銅的鑄造有關。③是小篆的形體。④是楷書的形體。

◀《甲金篆隸大字典》中的「土」字。

「土」的詞義很廣，這裡不必細說。值得注意的是，當「土」字與「桑」字結合而組成「桑土」（指「桑根」）一詞時，這個「土」字應讀爲ㄉㄨˋ（杜），實爲「杜」字假借字。

另外，當我們讀范成大的〈重九日行營壽藏之地〉詩時，會見到「縱有千年鐵門限，終須一個土饅頭」這兩句詩。這個「土饅頭」是指「墳墓」，因爲墳墓在遠處一望也確像土饅頭。這兩句詩的意思是：即使有千年的鐵門能隔住，可是最終誰也免不了有一死。

「土」字是個部首字，凡由「土」字組成的字大都與「土」有關，如「垣」、「埋」、「城」、「塞」等。

①　　　　②　　　　③

這個「壬」字讀作ㄊㄧㄥˇ，本爲象形字。甲骨文①就像一個人站在一個圓土堆上，表示挺身之意。所以「壬」爲「挺」字的初文。②是小篆的形體。其下部是「土」，其上部是一個面朝左站立的一個人。③是楷書的形體。

《說文》：「壬，善也。從人士。」這不妥。其下並非從「士」，而實從「土」。從「士」的字是「壬」字，即天干中的第九位。這兩個字很相似，不能搞混。另外，許愼還提出第二種說法：「象物出地挺生也。」這也不對。這與他上面所說的「從人」相矛盾；再說，從甲骨文和小篆的形體看，它的上部絕非「土上生物之形」。

「壬」字的本義應爲「挺」，所以後世也正是用「挺」代「壬」，如蘇軾〈留侯論〉：「拔劍而起，挺身而鬥。」由「挺直」又可以引申爲「挺拔出衆」的樣子，如《宋史・沈遼傳》：「幼挺拔不群。」這是說：他從幼年起就和一般的人不一樣。自從「挺」字產生以後，「壬」字也就不用了。需要說明的是：「廷」、「庭」、「蜓」、「梃」等字中的「壬」，本來都從「土」，現在都作「壬」，從「士」。

①　　②　　③　　④　　⑤

這個「爺娘妻子走相送，塵埃不見咸陽橋」中的「塵」字是個會意字。①是「塵」字的籀文形體（見《說文解字》），其中有三隻鹿，在上面一隻鹿的兩側是兩個「土」字，這就表明群鹿奔跑，塵土飛揚，可見這是個會意字。小篆②則減少了一個「土」字，把餘下的一個「土」移到三隻鹿的腳下，這就更爲形象地表明了群鹿奔跑揚起塵土的意思。楷書③是直接由小篆變來的，但筆畫太多，所以後來又減少了兩個鹿，變成了楷書④的形體。⑤是新簡化的會意字，「小土」謂之「尘」，這是很有道理的。

「塵」字的本義就是「塵土」，如晁錯〈論貴粟疏〉：「春不得避風

▲飛奔的鹿，漢畫像磚。

塵，夏不得避暑熱。」行路之「蹤跡」是與「塵土」有關的。所以從飛揚的「塵土」又可以引申為「蹤跡」義，如《宋史・南唐李氏世家》：「思追巢（巢父）、許（許由）之餘塵。」也就是說：打算追隨巢父和許由這兩個傳說中人物的蹤跡。這個「追餘塵」，後來就演變成今天還用的成語「步人後塵」。

在古典文學中，常見到「塵網」一詞。在古代，人們往往把當時的社會看成是束縛人的「羅網」，如陶潛〈歸園田居〉詩：「誤落塵網中，一去三十年。」所以「塵網」就是指當時的社會。

① ② ③

「督撫廷推，九卿共之。」這個「廷」字，原為會意字。①是金文的形體，左邊的曲線表示庭院，院中有「土」，右邊是面朝左站立的一個人。②是小篆的寫法，「土」移於人下。③是楷書的寫法。

《說文》：「廷，朝中也。」此說欠妥。因為「廷」為「庭」之初文，本為人所住之庭院，其後才引申為「朝中」之意，也就是古代封建君主受朝拜和處理政事的地方，如《韓非子・孤憤》：「無能之士在廷。」《史記・廉頗藺相如列傳》：「設九賓於廷。」這兩句話中的「廷」，均指朝廷。至於《後漢書・郭太傳》中所說的「縣廷」，那是指地方官辦理公事的廳堂，當然也是從「朝廷」之義引申出來的。

請注意：《詩經・唐風・山有樞》：「子有廷內，弗灑弗掃。」大意是：您有深宅空地，卻不去灑掃整理。這裡面的「廷」字，仍用的是本義，指「庭院」。在現代漢語中，「廷」、「庭」兩字有了分工，「朝廷」、「宮廷」用「廷」字，「庭院」、「庭園」、「家庭」用「庭」。

①　②　③　④　⑤

這個「坰」字讀作ㄐㄩㄥ，本爲象形字。①是金文的形體，是一面開口的區界形，中間的「口」表示京都所在，這就是表示京都的遠郊。②是《說文》中的古文形體。③是小篆的寫法，中間的「口」沒有了。④也是小篆的形體，在金文形體的左邊又增加表意的「土」旁，變成形聲字了。⑤爲楷書形體。

《說文》：「冂，邑外謂之郊，郊外謂之野，野外謂之林，林外謂之冂。象遠界也。」許愼的說法是根據《爾雅》來的，《爾雅・釋地》：「邑外謂之郊，郊外謂之牧，牧外謂之野，野外謂之林，林外謂之坰。」許愼缺少「牧」。總之，「坰」字的本義就是遙遠的郊野，如《列子・黃帝》：「出行經坰外。」這是說：外出經過遙遠的郊野。

①　②　③　④

這是「坎坷不平」的「坎」字，本爲象形字。甲骨文①就像坑坎的形狀。②是小篆的形體，與甲骨文相似。③也是小篆的形體，變成左形右聲的形聲字。④爲楷書。

《說文》：「凵，張口也。象形。」這不夠確切，因爲這個字的本義並不是「張口」的意思，而是像坑坎，或稱坑穴，如賈思勰《齊民要術・大豆》：「坎方深各六寸，相去二尺。」這是說：所挖的坑穴方與深各需六寸，相距有二尺遠。

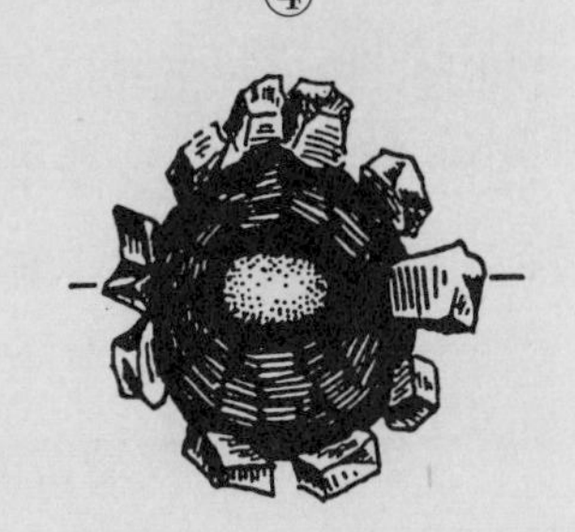

▲西藏卡若文化中的火塘。

請注意：「坎坎」一詞在古詩文中經常見到，但詞義有所區別。一般是作象聲詞用，如《詩經・魏風・伐檀》：「坎坎伐檀兮。」這是說伐檀樹時所發出的咔咔之聲。但是《太玄・窮》中的「其腹坎坎」，並不是說腹中發出響聲，而是說腹中空蕩蕩的。至於「懷情坎坎」，那是說非常喜悅的樣子。因此選擇什麼詞義，這要根據上下文的意思來確定。

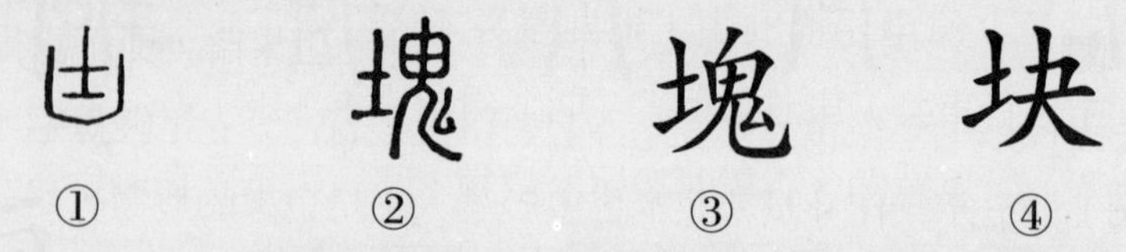

這個「塊」字本來是個會意字。①是甲骨文的形體，其外是筐形，其內是「土」，表示土塊裝在筐內。小篆②則變成左形（土）右聲（鬼）的形聲字。「塊」的本義就是「土塊」，如賈思勰《齊民要術・大豆》：「土和無塊。」也就是說（種大豆）要把土調和均勻，而不要有土塊。「一塊」東西往往是孤立的、單獨的，所以「塊」字又能引申爲「孤獨」之義，如《漢書・楊王孫傳》中有「塊然獨處」的話。這個「塊然」就是孤獨貌。其後又引申爲量詞，如《宋史・帝紀》：「趙氏一塊肉。」我們今天大量使用這種詞義，如鐵塊、煤塊、三塊磚、四塊石等等。

這是「風塵十載歸故里」的「里」字。這個字是個會意字。金文①的上部是「田」，下部是「土」。人民是「恃田而食，恃土而居」，所以有「田」有「土」，才能生活。由於這些條件，就能形成居民聚居的地方，稱之爲「里」。②是小篆的形體，直接由金文變來的，筆形極爲相似。③是楷書形體，與小篆基本相同。

「里」的本義是古時居民所聚居的地方，如《詩經・鄭風・將仲子》：「無逾我里。」也就是說：不要邁過我居住的地方。從「聚居」又可引申爲居民單位，先秦以「五家爲鄰，五鄰爲里」，也就是說二十五家爲「里」。「里」字當居民單位講的詞義，我們今天還在沿用，如在我國南方一些大城市稱某些居民單位爲「里弄」；在農村，就稱爲「鄉里」，有時也特指故鄉。後來，「里」字由居住地方之義又可引申爲長度單位，即一百五十丈爲一里。

另外，古代「里」、「裡」、「裏」各不相同。「裡」與「裏」是異體字，雖然這兩個字都是形聲字，但結構卻不一樣：「裡」字是左形（衣）右聲（里），而「裏」字是外形（衣）內聲（裏）。這兩個字的意義是一樣的，是指衣服裏子、內裏。大陸在廢除異體字時，則把「裡」字廢除了，只保留了「裏」字。可是「裏」字筆畫太多，書寫不便，結果也被簡化用「里」字代替了。所以我們今天只用一個「里」字就夠了。

①　②　③

這個「垣」（ㄩㄢˊ）字是會意兼形聲字。春秋戰國時石刻文字①的右上部的小圓圈是表示圍牆，還留有朝右的出入之門；左邊是「土」，這就表示圍牆是用土築成的，這就是會意。說它是形聲，是因為它是左形（土）右聲（亘），這就叫會意兼形聲。小篆②的形體變得較複雜了。③是楷書的寫法，是由小篆直接演變而來的。

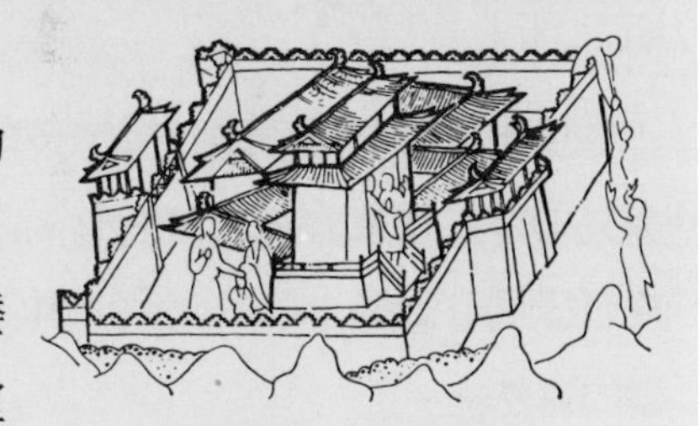
▲北朝壁畫中的建築紋樣。

「垣」的本義是「圍牆」（較矮的），如《管子・輕重・乙》：「內毀室屋，壞牆垣。」這就是內毀室屋，外毀圍牆的意思。後來又引申為城池或某些官署的代稱，如白居易〈張十八〉詩：「諫垣幾見遷遺補。」這個「諫垣」就是指「諫官」。這句話的原意是：諫官幾次升為拾遺或補闕的官。

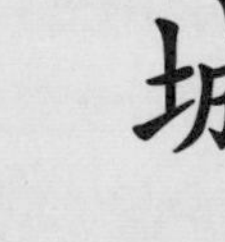

①　②　③

▲重慶沙坪壩出土的石棺上的建築紋樣。

這是「春城無處不飛花」的「城」字。金文①左邊中間的圓圈是表示城圍，上下兩端是兩座城樓對峙。右邊是一把鋒刃朝左的大斧頭（武器），是用武器保衛城池的意思。可見這個「城」字是會意兼形聲。說它是會意，因為有以武器護城的意思；說它是形聲，因為它是左形（城郭形）右聲（成）。②是小篆的形體，將金文左邊的城郭簡化為「土」字（因城樓與土有關），書寫方便。③是楷書的形體，直接由小篆演變過來的。

「城」字本義是「城牆」，如李賀〈雁門太守行〉：「黑雲壓城城欲摧。」由城牆義又擴大爲「城市」義，如《史記・吳起傳》：「擊秦，拔五城。」也就是說：攻打秦國，攻下了五座城市。

請注意：「城」與「郭」的含義是不同的。當「城」與「郭」分提時，那麼「城」是指內城，「郭」是指外城；當「城」與「郭」連用時，「城郭」就是指城市。

「漢皇重色思傾國，御宇多年求不得。」這個「重」字本爲會意字。金文①是在「東」（大口袋形）之中間加一個面朝左的人形，表示人背的東西極重。②是小篆的寫法，其下部又增加「土」，變得複雜了。③爲楷書的寫法。

《說文》：「重，厚也。從壬東聲。」許愼據小篆的形體加以分析，所以誤出「壬」字。「重」字的本義爲與「輕」相對，表示東西重，如《史記・秦始皇本紀》：「金人十二，重各千石。」「石」爲重量單位，一百二十市斤爲一石。《孟子・梁惠王上》：「權，然後知輕重。」也就是說：稱過了，才知道輕重。由此又可以引申爲「重要」、「重視」，如《荀子・強國》：「重法愛民而霸。」這是說：重視法又愛護民，這就能夠稱霸。

「重」又可以讀ㄔㄨㄥˊ，作「重複」解，如《三國志・蜀書・諸葛亮傳》：「刪除重複。」又可作「層層」解，如陸游〈九月三日・泛舟湖中〉：「重重紅樹秋山晚，獵獵青簾社酒香。」還可以作副詞用，作「重新」解，如范仲淹〈岳陽樓記〉：「乃重修岳陽樓。」

這是「落紅埋幽徑」的「埋」字，是個會意字。甲骨文①的形體多形象啊！其下部的曲線表示挖了一個土坑，中間是「牛」（正面看牛頭之形）；在「牛」的兩側有四個點兒，這就表示塡的土，其意就是把牛埋於地下。小篆②在形體上發生了很大的變化，其上部是草，其下是「貍」（狸），後者是一種動物，藏在草中就是「埋藏」之義。到了楷書③則又變成了一個筆畫簡單的後起會意字，其左是「土」其右是「里」，把東西藏在土裡，當然就是「埋」的意思了。

「埋」字由藏在土中這個本義出發，又可以引申爲「葬」，如蔡琰〈胡笳十八拍〉：「死當埋骨兮。」東西給「埋了」，當然就看不見、聽不見了，所以後世也就有了「隱姓埋名」等詞。

在古書中，常有「埋玉」一詞，比喻有才能的人的死亡等於把美玉埋在土中，同時也是表示對死者的悼惜。

今天所說的「埋怨」一詞，是從《西遊記》中借過來的，有「責備」或「抱怨」之義，如《西遊記》第三十九回：「豬八戒高聲喊叫，埋怨行者是一個急猴子。」請注意：「埋怨」的「埋」字應當讀爲ㄇㄢˊ（蠻），而不應讀爲ㄇㄞˊ（霾）。

① ② ③ ④

「賢智之士，邦國之基。」這個「基」字本爲會意兼形聲的字。甲骨文①的下部爲「其（箕）」，箕中裝有「土」，爲起土築牆基之義。②是金文的形體，「土」移於「其」下，意義未變。③是小篆的形體。④爲楷書的寫法。

《說文》：「基，牆始也。從土，其聲。」也就是說打地基是築牆的開始。但許慎認爲「基」字是單純的形聲字，不妥。實爲會意兼形聲的字，應作：「從土從其，其亦聲。」「基」字的本義爲「牆基」、「地基」，如賈思勰《齊民要術・園籬》：「於牆基之所，方整深耕。」《詩經・周頌・絲衣》：「自堂徂基。」也就是說：從堂上來到庭階（庭階靠近房基）。由「牆基」又可以引申爲「基礎」，如《老子》：「貴以賤爲本，高以下爲基。」《詩經・小雅・南山有台》：「樂只君子，邦家之基！」大意是：樂哉君子，您是國家的根基！

「基」字又可以由「根基」義引申爲「開始」義，如《國語・晉語九》：「基於其身。」也就是說：從自己開始。

(古文字圖：野 ① ② ③ ④)

①　②　③　④

這是「野火燒不盡」的「野」字。甲骨文①的兩側是「木」（樹），中間是「土」，這就表明野外之土有山林。可見這個「野」字本為會意字。金文②也是這種形體，只不過「土」上有「林」，意思更確切。可是到了小篆③則變得複雜了，其左是上「田」下「土」，這都表明野外有田有土；右邊是個「予」字，這是表聲音的（古代「野」與「予」的聲母相同，讀音相近），這就組成了左形右聲的形聲字了。④是楷書的寫法，是直接由小篆的形體演變而來的。

▲孤村野渡圖，（清）葉欣作。

「野」字的本義就是「郊外」，如柳宗元〈捕蛇者說〉：「永州之野產異蛇。」這就是說：永州的郊外出產一種特殊的毒蛇。由「郊外」又可引申為朝廷之外、民間的也可稱「野」，以與「朝」相對。如《晉書・杜預傳》：「朝野清晏，國富兵強。」大意是：朝內與民間都很安定，國富兵強。又因野外之物一般具有野蠻、不馴的特性，如《左傳・宣公四年》：「狼子野心。」由此可以引申為表示人的粗魯、鄙野，如孔子很不喜歡他的學生子路的性格和作風，說：「野哉由（子路）也！」

在古籍中用「野」字所組成的詞是很多的，我們應當注意它們的確切含義，免得弄錯。「野火」一般是指原野焚枯草所放的火，如白居易〈賦得古原草送別〉：「野火燒不盡，春風吹又生。」但《列子・天瑞》：「人血之為野火也。」這個「野火」是指「磷火」。再比如「野心」一詞，古代多指「野性」，是難以制服之義；現在多指對名利、權位強烈而非分的欲望，如「野心勃勃」、「野心家」等。可是白居易〈詔授同州刺史病不赴任〉詩中有這樣一句：「野心常怕鬧。」這裡的「野心」卻是指「閒散之心」。

「壄」字是「野」的異體字，已經廢除了，現在只應寫作「野」。

這是「塞向瑾戶」的「塞」字，是個會意字。甲骨文①的上部是個「宀」（房子）字，中間的兩個「工」表示一堆東西，最下部是兩隻手，也就是用手把一堆東西塞到房子之中的意思。金文②則把甲骨文上部的「宀」改爲「穴」，表示把洞塞好。③是小篆的形體，是在最下部又增加了個「土」字，這就表示把洞塞好以後再用土封上。④是楷書的形體，是由小篆演變來的。

「塞」字的本義是「堵塞」，應讀爲ㄙㄞ（腮），如韓愈〈原道〉：「不塞不流，不止不行。」就是說：沒有塞，也就無所謂流；沒有止，也就無所謂行。由「堵塞」之義又可以引申爲「遏止」，如《商君書・畫策》：「善治者塞民以法。」大意是：善於治理國家的人，要用法來遏止百姓們的不法行爲。因爲要「塞住」的地方也往往是要害的地方，所以從「堵塞」之義又可以引申爲「要塞」之義。這裡的「塞」字應當讀爲ㄙㄞˋ（賽），如《漢書・晁錯傳》：「守邊備塞，勸農利本，當世急務。」大意是：守備好邊疆的要塞。鼓勵農民搞好農業這個根本，這都是現在迫切需要搞好的事情。

請注意：「塞」字在今天若干的書面語詞中使用時，經常讀爲ㄙㄜˋ（澀），如閉塞、塞責等等。

「學書求墨蹟，釀酒愛朝和。」這個「墨」字是會意兼形聲的字。①是古璽文的形體。上古就有墨。李學勤先生說：「考古上墨的實物有戰國末的。」漢朝以後多用松煙、石炭等原料作墨，因此「墨」字由「黑」和「土」組成。②是小篆的形體，上爲「黑」，下爲「土」。③是楷書的寫法。

《說文》：「墨，書墨也。從土從黑，黑亦聲。」「墨」字的本義就是寫字用的墨，如《莊子・田子方》：「舐（ㄕㄟ）筆和墨。」「舐」爲「舔」義，「和」爲「研」義。也就是說：舔筆研墨。因爲「墨」爲黑色，所以又可以引申爲「黑」，如《法書要錄》：「（張芝）臨池學書，池水盡墨。」也就是說：張芝靠近池邊學寫字，池中的水全染黑了。古代五刑之一的「墨刑」，即在臉上刺字，再塗上墨，如《尚書・伊訓》：「臣下不匡，其刑墨。」即臣子不糾正君主的過失，就要處他以墨刑（亦稱「黥刑」）。

▲清代名墨——胡開文大富貴亦壽考五色墨。

請注意：《史記・屈原傳》中「幽墨」一詞，實爲「幽默」，「墨」爲「默」的通假字。但古代的「幽默」卻是「寂靜無聲」義，而今天的「幽默」乃是英語humour的譯音，是指語言或舉動生動有趣而含義較深。

① ② ③

▲《甲金篆隸大字典》中的「疆」。

這是「肝膽塗疆場」的「疆」字，是個會意字。金文①的結構相當複雜，其右部有兩個「田」字，而「田」字的上中下有三條橫線，這就表示田界之義，左邊的一張「弓」是丈量田地的用具，表示劃定田界是要丈量的。其下有一個「土」字，表示田地與「土」有關。小篆②的形體與金文基本相似，只是爲了結構合理、書寫方便，把「土」字移到「弓」的左側。楷書③的形體是直接從小篆變來的。

「疆」字的本義就是「境界」、「邊界」，如《史記・秦始皇本紀》：「聖法初興，清理疆內。」這就是說：秦始皇的法制剛剛建立，就要清理境內。岳飛〈南京上高宗書略〉：「恢復故疆。」也就是恢復原來的「邊界」的意思。從「邊界」又引申爲「極限」，如《詩經・豳風・七月》：「萬壽無疆。」這個「無疆」就是沒有「極限」的意思。

我們讀《呂氏春秋・長攻》篇時，會見到「安危疆弱」的話，這裡的「疆」字應當讀爲ㄑㄧㄤˊ（強），實際上是「彊」字的通用字。上古沒有「強」字，需要表達這個意思時均寫作「疆」，因其筆畫過繁，後世才出現了「強」字。

大　部

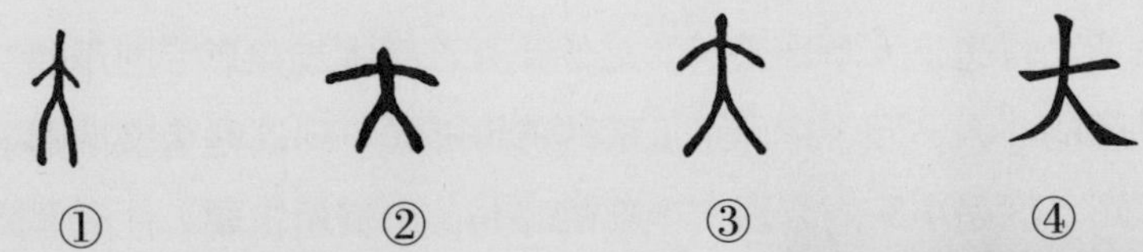

①　②　③　④

這個「大」字是個象形字。甲骨文①、金文②、小篆③都像「人」形。楷書④則把人的兩臂伸平變成了一橫，這樣「大」字就不像「人」形了。

▲商代晚期大禾方鼎上的銘文「大」和「禾」字。

「人」爲「萬物之靈」，所以上古以人爲大，這就成了「大小」之「大」了，如王充《論衡・說日》：「見日出入時大，日中時小也。」意思是：太陽剛升起和將落山時都顯得大，而中午時小。從「大」又能引申爲「尊敬」之義，如「大王」、「大作」等。但《戰國策・秦策二》「亦無大大王」中前一個「大」字是什麼意思呢？這個「大」字是動詞「超過」的意思，至今還在沿用，如說「你大我兩歲」，也就是你超過我兩歲的意思。

「大」字還可以讀ㄊㄞˋ（太）。上古沒有「太」字，只有「大」字。比如《易經》中的「大極」、《春秋》中的「大子」、《尙書》中的「大誓」、《史記》《漢書》中的「大上皇」、「大后」等，其中的「大」字都應讀爲「太」。

請注意：「大夫」一詞中的「大」字兩讀：第一，奴隸制時代的諸侯國中，國君之下設卿、大夫、士三級，秦漢以後有御史大夫、諫大夫、中大夫、光祿大夫等。以上的「大」字都與「官職」有關，所以只能讀ㄉㄚˋ（大），而不能讀ㄉㄞˋ（代）。第二，宋代以後稱醫生為「大夫」，至今仍然沿用。這個「大」字只能讀ㄉㄞˋ（代），而不能讀ㄉㄚˋ（大）。

「大」字是個部首字，凡由「大」字組成的字大都與「人」有關，如「夫」、「夭」、「夾」、「奔」、「奚」、「爽」等。

「大道之行也，天下為公。」這個「天」字本為象形字。甲骨文①就像正面站著的「人」形，突出了上部的方框「頭」。②是金文的形體，更像「人」形。③是小篆的寫法，上部的「一」仍表示「頭」。④是楷書的寫法。

《說文》：「天，顛也。」「顛」就是「頭」，許慎釋天為「頭」，這是對的。但他認為「天」為會意字，又說「從一大」，就不對了，因為「天」本來就是人的象形字，不能分開。

「天」的本義是「頭」或「頭頂」，在頭上刺字也稱「天」，如《周易·睽》：「其人天且劓（ㄧˋ）。」這是說：那人在額上刺了字又割去鼻子。兩眉之間，稱為「天庭」，如《三國志·魏書·管輅傳》：「此二人天庭及口耳之間，同有凶氣。」人的至高無上部分為天（頭），由此又引申自然界的至高無上也為「天」，如王充《論衡·談天》：「古天與今無異。」就是說：古代的天與現在的天沒有什麼兩樣。

請注意：在古書中常見「天馬」一詞，一般多指「駿馬」。可是《呂氏春秋·仲夏》注中所說的「天馬」，那是指「螳螂」，正如《爾雅·翼》中所說，螳螂「頭長而身輕。其行如飛，有馬之象」。所以又稱為「天馬」。

「四方無事太平年。」在上古，「太」與「大」均寫作「大」，是個象形字。甲骨文①和金文②中的「太」字就是「大」字，像正面站立的人形。③是陶文的形體，下面又增加一個曲筆，以便與「大」字相區別。④是小篆的形體，其下變爲一點。⑤爲楷書的寫法。

《說文》中無「太」字，而是在「泰」字中收了古文的「太」字。段玉裁認爲古「大」字以後即分化出「太」字，如「大宰」俗作「太宰」，「大子」俗作「太子」。「太」字的本義爲「過於」，如杜甫〈新婚別〉：「暮婚晨告別，無乃太匆忙！」這裡的「太」就是「過於」義。由「過於」義又可以引申爲「最」或「極」，如《呂氏春秋・恃君》：「太古嘗無君。」這裡的「太古」也就是說「最古的時候」。

請注意：古代「太」、「泰」、「大」三個字常常可以通用，如《管子・八觀》：「禁侈泰（太），爲國之急也。」大意是：禁止過分地奢侈，這是治國的當務之急。《史記・李斯列傳》：「服太（泰）阿之劍。」「泰阿」，古寶劍名。這是說：佩帶泰阿寶劍。另外，「太平」一詞，在古代往往是連年豐收的意思，如《漢書・食貨志上》中所說的「三登曰太平」。這裡的「太平」就是指「連年豐收」。

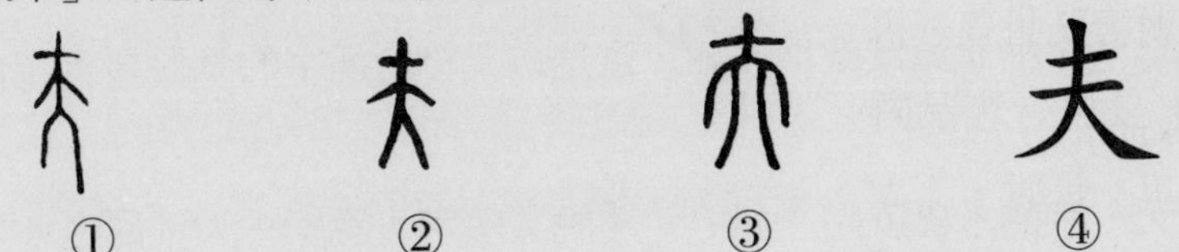

「使君自有婦，羅敷自有夫。」這個「夫」字是個象形字。甲骨文①的下部是「大」（就是正立著一個人），「大」的上部有一小橫，表示頭簪形。這就是說：「以簪束髮」，人已長成。②是金文的形體，與甲骨文類似。③是小篆的形體，其下部變得不像「人」形了。④是楷書的寫法。

▲西周虎紋頭簪。

「夫」字的本義就是成年男子，如賈誼〈論積貯疏〉：「一夫不耕，或受之饑。」也就是說：假若一個成年男子不耕種，有人就要挨餓。

在古代詩文中，由「夫」字所組成的詞是很多的，如「夫子」是古代對男子的尊稱。李白〈贈孟浩然〉：「吾愛孟夫子，風流天下聞。」這個「孟夫子」即對孟浩然的尊稱。可是在《論語》中所說的「夫子」，是學生對老師的稱呼，如：「子見夫子乎？」意思是：「您見過我的老師嗎？」

至於「夫」字當指示代詞「這」、「那」用，是假借字的問題，與「夫」字的本義毫無關係，如《左傳・成公十六年》：「夫二人者，魯國社稷（ㄐㄧˋ季）之臣也。」大意是：這兩個人，是魯國所依靠的大臣呢。「夫」字有時還可以當句首語氣詞用，如《左傳・莊公十年》：「夫戰，勇氣也。」就是說：說起打仗來，那是要靠勇氣的。這個「夫」字放在句首，表示提起議論。有時又可以放在句末，表示感嘆，如《論語・子罕》；「逝者如斯夫！」意思是：一去不復返的事就像這樣（流水）啊！

請注意：以上這些作虛詞用的「夫」字，如果讀爲ㄈㄨ（膚）那就不對了，而應當讀爲ㄈㄨˊ（扶）。

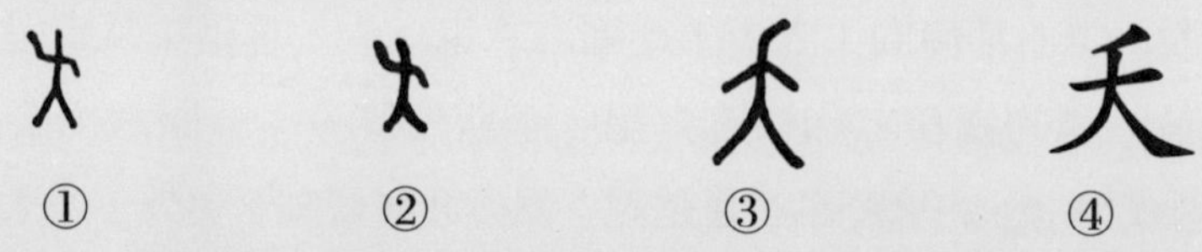
①　②　③　④

這個「夭」字是個象形字。甲骨文①像一個人彎曲兩臂。金文②的形體也基本上同於甲骨文。小篆③則把彎曲的兩臂之形改爲向右歪頭。④是楷書的寫法，把歪頭狀改爲一撇，這是爲了符合漢字的筆形要求和書寫方便而改動的。

「夭」字的本義就是「屈」。《說文解字》說：「夭，屈也。」屈得過頭了，就會折斷。所以由「屈」能引申爲「折」，「短命」可稱爲「夭折」。一件事情未能作完也可稱爲「夭折」，有「半途而廢」之義。古代的「夭折」一般不是指人爲的，後來又可以引申爲「人爲的摧折」，如《管子・禁藏》：「毋伐木，毋夭英。」也就是說：不要砍伐樹木，不要摧折花卉。

「夭」字本讀爲ㄧㄠ（妖），但當它讀爲ㄠˇ（襖）時，詞義也變了。剛剛出生的禽獸叫「夭」（ㄠˇ襖），如《淮南子・時則訓》：「毋覆巢、殺胎夭。」就是說：不要把鳥巢捅翻，殺死小鳥！

請注意：古代當「夭折」、「短命」講的「夭」字，多寫作「殀」，但後來「殀」字被廢除了，均寫作「夭」，這主要是爲了書寫方便。這個「夭」字與「天」字的形體略有不同，「夭」上是一撇，「天」上是一橫。

這是「孟子去齊」的「去」字。甲骨文①的上部是個「人」，下部是「口」（表示門口），人離開了門口即為「去」，所以「去」字的本義是「離開」。可見「去」字也是一個會意字。金文②的上部同於甲骨文，下部的門口轉了一個方向，其詞義並沒有變。小篆③的形體同於甲骨文，只不過在「口」字的上部開了一個口，表示人走了的意思。④是楷書的形體，其上部的「大」字僞變爲「土」字。

「去」的本義是「離開」，如《韓非子・外儲說左下》：「陽虎去齊走趙。」就是說：陽虎這個人離開了齊國，而又跑到了趙國。（「走」在古代是「跑」的意思。）後來從「離開」這個本義又引申爲「過去」的意思，如崔護〈題都城南莊〉：「去年今日此門中，人面桃花相映紅。」這裡的「去年」就是過去了的一年。從本義「離開」又能引申爲「去掉」，如曹操〈讓縣自明本志令〉：「除殘去穢（ㄏㄨㄟ丶會）。」所謂「去穢」，就是「把骯髒的東西都去掉」的意思。從「離開」又能引申爲「相距」，如「相去萬餘里」，就是相距萬餘里的意思。就「去」字當「離開」講這個本義而言，與今天「到什麼地方去」的意思正好相反，如「我去上海」，是「我到上海去」的意思，而絕不是我離開上海。這種具有古今相反義的詞是值得注意的。

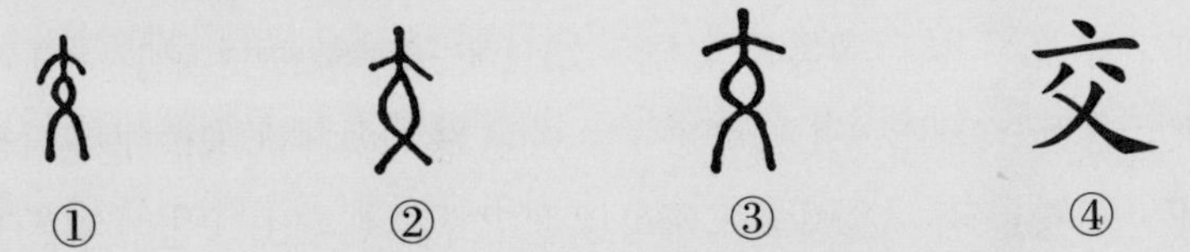

這個「交」字是個象形字。甲骨文①像正面站著一個人，兩脛相交叉。金文②和小篆③也是這個樣子。④是楷書的寫法。

「交」字本義是「交叉」或「交錯」，如屈原《九歌・國殤》：「矢交墜兮士爭先。」意思是，箭交錯墜落，戰士們都爭先恐後地衝鋒陷陣。從「交錯」又可以引申爲「交流」，如《鹽鐵論・本議》：「交庶物而便百姓。」大意是：交流各種各樣的物品（庶物），以方便老百姓。

「交通」一詞，古今均用。現在我們所說的「交通」，是指各種運輸和郵電通信的總稱。可是古代就不是這個意思，如陶淵明〈桃花源記〉：「阡陌交通，雞犬相聞。」所謂「阡陌」（ㄑㄧㄢ　ㄇㄛˋ千莫）是田間小路，「交通」是「彼此相通」之義。

至於「〔仲冬之月〕虎始交」（《淮南子・時則訓》）中的「交」，那是「交配」的意思。這個詞義是從「交流」或「結交」之義引申出來的。

請注意：「交」字在唐宋詩詞中，有時還可以當「教」字用，如岑參的〈歎白髮〉：「白髮生偏速，交人不奈何。」白髮偏偏生長得這樣快，眞教人無可奈何！這裡的「交」字即通「教」字，現在不這樣用了。

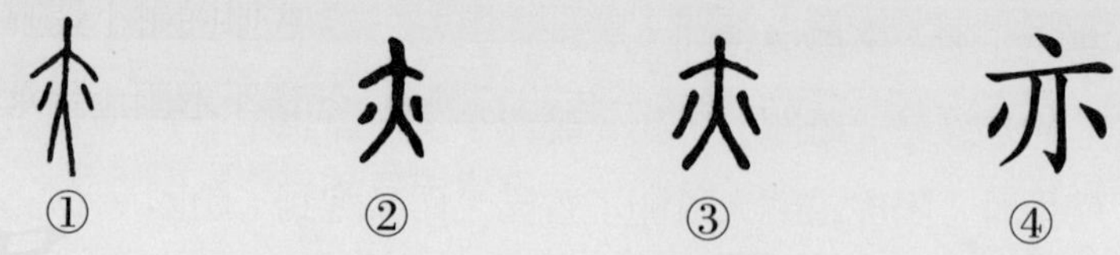

這個「亦」字是個典型的指事字。甲骨文①是正面立著的一個人，兩臂之下的兩個點兒就是指事符號，表示這裡就是腋下。金文②也是這種形體。小篆③與甲、金文字一脈相承。④是楷書的形體，中間的「人」形變得根本不像了。

「亦」字的本義是「腋」（上古沒有「腋」字）。但因爲後世「亦」字被假借爲虛詞用了，其義大致相當於現代漢語中的「也」字，「亦」字當「腋」講的本義就只好重新造一個新的左形（月即肉）右聲（夜）的形聲字「腋」來代表。從此，「亦」與「腋」有了明確的分工，「亦」字只作虛詞用，而「腋」字就代替了「亦」字的本義。

「亦」字作「也」講最爲常見，如《史記・陳涉世家》：「今亡亦死，舉大計亦死，等死，死國可乎！」大意是：現在逃跑也是死，舉行起義也是死，同樣是死，爲國事而死可以吧！「亦」字由「也」字的「進一層」之義，又可引申爲「特」，如《戰國策・齊策四》：「王亦不好士也，何患無士！」就是說：王特別不喜歡士，哪裡還擔心沒有士呢？

在古漢語中，「亦」字經常和「不」字連用，組成「不亦」一詞，用於反問句，表示委婉的反詰語氣，如《論語・學而》：「學而時習之，不亦說乎？」可譯爲：學習以後，按一定的時間去溫習它，不亦很高興嗎？

請注意：成語「亦步亦趨」的含義古今有所不同。「步」就是

「走」，「趨」就是「快走」。在《莊子・田子方》裡記載，顏淵對孔子說：「夫子步亦步，夫子趨亦趨，夫子馳亦馳。」大意是你慢走我也慢走，你快走我也快走，你跑我也跑。後世常用「亦步亦趨」來比喻事事模仿或追隨別人。原爲褒義，現爲貶義。

①　②　③　④　⑤

這個「夾」字是個會意字。甲骨文①中間是一個大人，左右兩個小人攙扶這個大人。金文②的形體基本上同於甲骨文。小篆③左右的兩個小人，已變得很小了。④是楷書的形體，是直接由小篆演變而來的。⑤是草書楷化的簡化字。

▲周公輔成王圖，漢畫像磚。

「夾」字的本義是「在左右輔佐」，如《左傳・僖公二十六年》：「昔周公太公……夾輔成王。」也就是說：周公、太公輔佐成王的意思。從「左右輔佐」，又可引申爲從「左右進攻」，如「夾擊」、「夾攻」等等。在兩者之間也可稱「夾」，如「夾縫」、「夾道」等。從左右兩側又可以引申爲裡外兩層，如「夾衣」、「夾被」。這個意義後來寫作「裌」或「袷」，但現在均簡化爲「夾」。

我們讀《後漢書・東夷列傳》時，會見到這樣兩句話：「其地東西夾，南北長。」這裡的「夾」字通「狹」，是「狹窄」之義，應該讀作ㄒㄧㄚˊ（匣）。原話的意思是：那塊地方東西狹窄，南北很長。

請注意：「夹」字的繁體字是「夾」，它與「夾（ㄕㄢˇ閃）」字的寫法不同。「夾」字當中是兩個「人」，「夾」字當中是兩個「入」。「夾」字是偷了東西藏在懷裡的意思。

①　②　③　④

這是「星夜奔冀州」的「奔」字。這個字是個會意字。金文①的上部是一個「人」，下部是三個「止」（腳），表示一個人甩開兩臂，邁開「三隻腳」，當然跑得更快了。②是小篆的形體，上部的人形還在，只是下部的「止」發生了僞變，變成了三棵草形，好像一個人在草地上奔跑似的。③是楷書的形體，小篆的三棵草又變成了三個「十」字，除了書寫方便以外，「十」字是毫無意義的。④是簡化字。

「奔」字的本義就是「跑」，如王安石〈祭歐陽文忠公文〉：「快如輕車駿馬之奔馳。」由「跑」又可以引申爲戰敗逃跑，如《左傳·僖公五年》：「晉滅虢（ㄍㄨㄛˊ國），虢公丑奔京師。」意思是：晉國消滅了虢國，虢公丑就逃到京師去了。從「逃跑」又可以引申爲「私奔」，這是在舊社會專指男女不依照舊禮教的規定而自相結合，如《史記·司馬相如列傳》：「文君夜亡奔相如。」這裡的「亡」是逃跑義，「奔」即爲「私奔」。大意是：卓文君深夜逃跑而私投司馬相如。

請注意：「奔」字在過去也可以寫作「奔」或「犇」，但因這兩個形體較爲複雜，大陸在廢除異體字時全被廢掉了，現在只保留「奔」這一種寫法。當然，作爲人名用仍可以寫成「犇」。

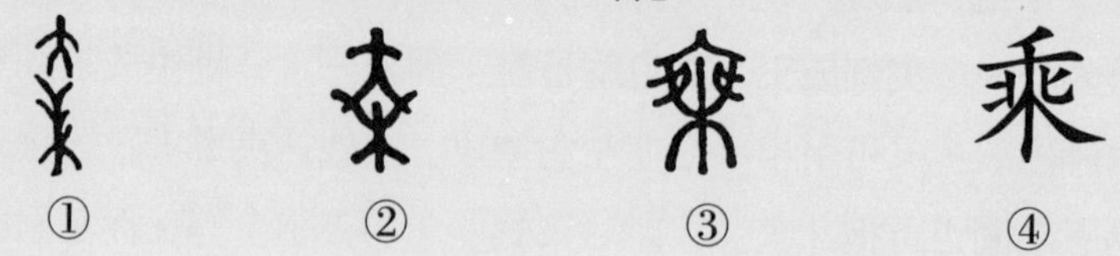

① ② ③ ④

這是「乘肥馬，衣輕裘」的「乘」字，是個會意字。甲骨文①的下部是一棵樹，樹頂上站著一個人，表示乘於其上。金文②也是這個意思，其下是「木」（樹）形，其上是「人」形。小篆③下部的「木」形猶在，但其上的「人」形則不太像了，不過人的左右兩隻腳倒是很像攀援樹枝之形。④是楷書的形體，中間的「北」字之形是由小篆中人腳之形變來的。

「乘」字的本義就是「駕」，如《易經·繫辭下》：「服牛乘馬。」由「駕」又可以引申爲「登」或「升」，如：「俱乘高臺。」（《列子·黃帝》）也就是說：都登了高臺。因爲「登」有「凌」義，所以「乘」字又能引申爲「欺凌」之義，如：「三國必起而乘我。」（《荀子·強國》）也就是說：三個國家一定會共起而欺凌我們。

請注意：當「乘」字作量詞用時，那就必須讀爲ㄕㄥˋ（剩），如：「命子封帥車二百乘以伐京。」（《左傳·隱西元年》）這裡的「乘」字就當量詞「輛」講，必須讀爲ㄕㄥˋ（剩）。這句話的意思是：鄭伯命令子封率領二百輛戰車去攻打京這個地方。在古籍中還有「乘矢」、「乘壺」的說法。難道說還能乘坐「箭」和「壺」嗎？不是的。所謂「乘矢」，就是四支箭；「乘壺」，就是四把壺。因爲古代「乘車駕四馬」，所以「乘」字在這裡都是「四」的代稱，毫無乘坐之意。

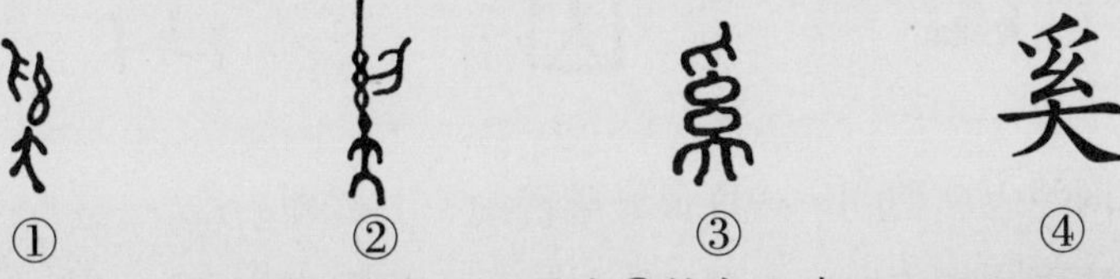

這個「奚」字是個會意字。甲骨文①的左上方是一隻手（爪），手的右側是一條繩索形，繩索之下吊了一個人。這就表示捉來了一個奴隸。金文②的形體基本上同於甲骨文，只是「手」移到了右上方。③是小篆的寫法，不太像捉住一個人的樣子了。④是楷書的寫法，原來的「人」形變成了「大」字。

▲捧奩侍女，南朝畫像磚，江蘇常州出土。

「奚」字的本義就是「奴隸」，如《周禮・天官・塚宰》：「奚三百人。」「奚」字也可以特指女奴隸，如《周禮・秋官・禁暴氏》：「凡奚隸聚而出入者，則司牧主，戮（ㄌㄨˋ）其犯禁者。」大意是：凡是男女奴隸聚衆出入的，都要嚴加管理，殺掉那些違犯奴隸主禁令的人。這是奴隸主對奴隸的血腥鎮壓。後來「奚」字也可以引申爲「奴僕」，如《新唐書・李賀傳》中所提到的「小奚奴」就是指「奴僕」。

「奚」字在古籍中，用得最多的還是其假借義，即作爲疑問代詞用，當「何」、「胡」講，如《莊子・逍遙遊》：「彼且奚適（到）也？」也就是說：它將到什麼地方去呢？

山部

① ② ③

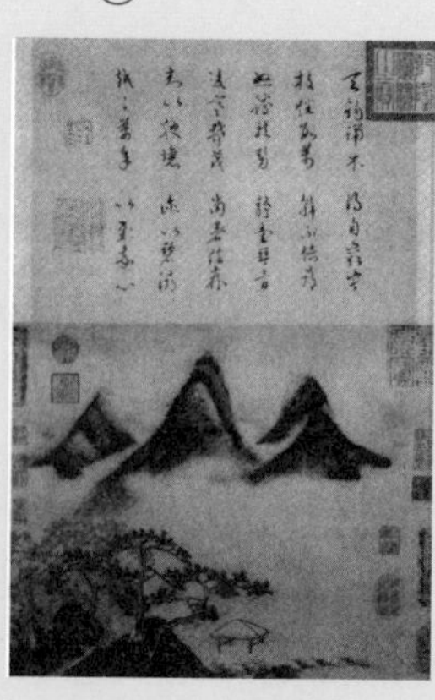

▲春山瑞松圖，（宋）米芾作。

「黃河遠上白雲間，一片孤城萬仭山。」這裡的「山」字就是個象形字。金文①是三個山峰組成一個「山」字。小篆②爲了書寫方便則將實心山變爲單線的了，但三個山峰還仍然保存。③是楷書形體，基本上與小篆相同。

「山」的本義是指大山。可是有幾個由「山」字組成的詞還需引起注意：黃景仁的〈圈虎行〉中有「役使山君作兒戲」的詩句，這個「山君」是「老虎」的代稱。因虎爲山獸之王，所以稱牠爲「山君」。原詩的意思是：要得老虎作兒戲。

古書中所說的「山斗」一詞，是指「泰山和北斗星」。這是古人比喻自己所尊崇欽慕的人，如《聊齋志異・青鳳》中有「久仰山斗」的話即是。

「山」字是個部首字，凡由「山」字所組成的字大都與山嶺有關，如「嵩」、「崇」、「峻」、「巍」等。

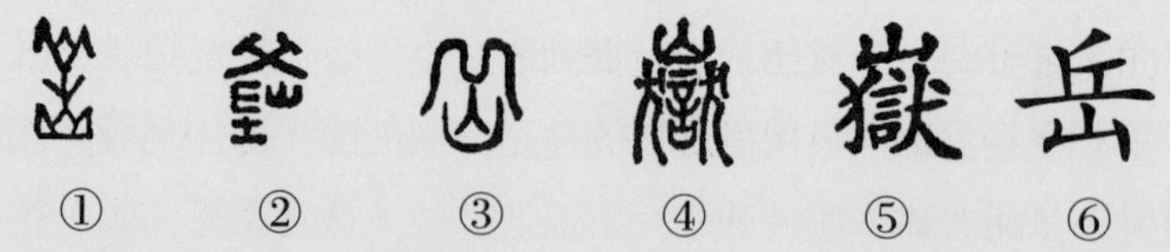

① ② ③ ④ ⑤ ⑥

「輕氣暖長嶽，雄虹赫遠峰。」這個「嶽」字的形體原很複雜。①是甲骨文的形體，像上下多層山嶽的形狀，可見這是個象形字。②是古璽文的形體，由三部分組成，其上部像山峰起伏，其下左爲「阜」，阜下爲「土」，右爲「山」，表示山嶽之意。③是《說文》中古文的寫法，比古璽文簡化了許多，上爲遠丘形，下有山。④是小篆的寫法，變成了從

「山」、從「獄」得聲的形聲字了。⑤爲楷書繁體字的寫法。⑥爲簡化字。

▲溪山行旅圖，（宋）范寬作。

《說文》：「嶽，東岱、南霍、西華、北恆、中泰室。王者之所以巡狩所至。從山獄聲。」其實「嶽」字的本義爲「高山」。我國有五大名山，即稱爲「五嶽」，如陸機〈漢高祖功臣頌〉：「波振四海，塵飛五嶽。」所謂「五嶽」，就是東嶽泰山、西嶽華山、南嶽衡山、北嶽恆山、中嶽嵩山。

在古籍中常見「岳丈」一詞，即指「岳父」。爲什麼稱「岳丈」？據說與東嶽泰山有關。在趙翼《陔餘叢考》卷三十七「丈人」中有這樣的記載：「至婦翁曰岳丈，曰泰山，其說尤紛紛不一。或曰，晉樂廣爲衛玠妻父，『岳丈』蓋『樂丈』之訛也。《釋常談》則曰，因泰山有『丈人峰』故也……世俗以婦翁有丈人之稱，而丈人又有山岳之典，遂引以爲美稱耳。」

① ② ③

這個「嵩（ㄙㄨㄥ松）」字是個會意字。金文①的上部是「山」，下部是「高」，「高山謂之嵩」。②是小篆的形體，與金文基本相同。③是楷書的寫法，是由小篆直接演變而來的。

「嵩」字的本義就是「山高」。後來又引申爲山的專名，叫「嵩山」，在河南省，五嶽中的中嶽。

在古書中常見「嵩呼」一詞，這是指舊時臣下祝頌皇帝高呼萬歲的意思。請注意，「嵩」字也可以寫作上形（山）下聲（松）的形聲字「崧」。

川　部

①　②　③　④

這是「百川灌河」的「川」字。甲骨文①彎彎曲曲的形狀像一條河流，曲線中的五個點兒是指河流中的漩渦。所以「川」字是個象形字，它的本義就當河流講。金文②則把水中的「點兒」去掉了，這是爲了書寫方便。③是小篆形體，同於金文。④是楷書的形體。

「川」字又可以從「河流」的本義引申爲「平野」或「平地」，如我們現在還說「平川廣野，一望無際」。

「川」字是個部首字。凡由「川」所組成的字大都與水有關，如「州」、「邕」、「巟」等字。

◀《篆刻字典》中的「川」字。

①　②　③　④

「關關雎鳩，在河之州。」這個「州」字是個象形字。你看甲骨文①的形體就很淸楚，自上而下的三條曲線就是「川」字，表示河流，而中間有個小圓圈，表示水中有塊陸地。《說文解字》說：「水中可居曰『州』。」所以「州」字的本義就是水中之陸地。金文②的形體基本上與甲骨文相同。小篆③則複雜化了，三支水流都加上了「小州」。而楷書④則把三個「小州」變成了三個「點兒」，這是爲了書寫的方便。

▶《篆刻字典》中的「州」字。

「州」字從「水中的陸地」這個本義引申爲古代的行政區劃，如兩漢三國時的州比郡大，隋唐時的州則相當於以前的郡。從「州」字的本義又可引申爲古代的居民組織，如在《周禮・地官・大司徒》中說：「五黨爲州。」一黨爲五百家，五黨即兩千五百家。

在上古只有「州」字而沒有「洲」字（《說文解字》就沒有「洲」字）。可見「洲」字中的「三點水」爲後世所加。請注意：在我國國內的地名中一般用「州」，如「廣州」、「蘭州」、「徐州」、「鄭州」、「柳州」等等。在世界的地名上則用「洲」字，如「亞洲」、「歐洲」、「非洲」等等。

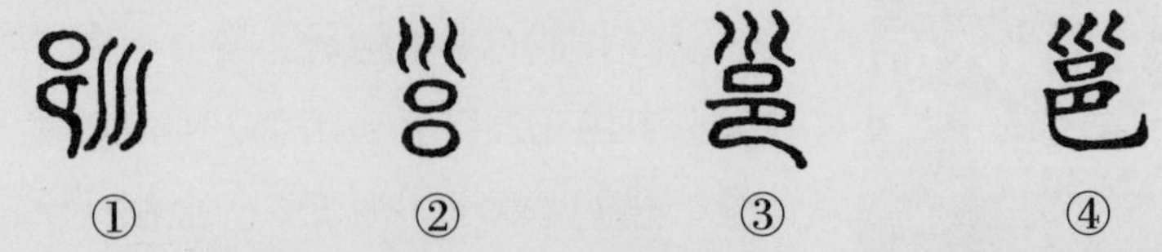
① ② ③ ④

這是「君臣邕穆」的「邕」字，讀作ㄩㄥ。本爲象形字。①是金文的形體，右邊是「川」，左邊是「邑」。②是《說文》中籀文的形體，上部爲「川」，下部的兩個圓圈像積水的沼澤。水入沼澤不能流通，這就表示「壅塞」的意思。③是小篆的形體，下部的沼澤之形訛變爲「邑」，但意義未變。④是楷書的形體。

《說文》：「邕，四方有水自邕成池者是也。」許愼的說法正確。「邕」字的本義爲「積水不流」、「堵塞」，如《漢書・王莽傳》：「邕涇水不流。」也就是說：堵塞了涇水而不流通。據黃約齋《字源》說，在「邕」字的右邊增加一「隹（水鳥）」字就成了「雝」。「雝」字的左邊訛變爲「亥」，這就成爲「雍」字了，其本義爲「堵塞」，如《漢書・匈奴傳》：「隔以山谷，雍以沙幕（漠）。」也就是說：被山谷隔住，被沙漠堵塞。當「堵塞」講的「雍」字，後世均寫作「壅」，變成「從土，雍聲」的新形聲字了。

口　部

①　②　③

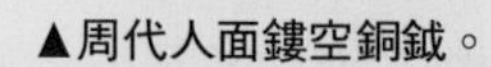

這個「口」字是個象形字。甲骨文①和小篆②的形體都像人的嘴。③是楷書寫法。

「口」字的本義就是「嘴」。由「嘴」之義又引申爲「人口」，如：「十口之家，十人食鹽。」（《管子‧海王》）這個「十口」就是「十口人」的意思。

請注意：現在計算牲畜往往也用「口」，如「五口豬」等。可是古代是不用「口」的。

「口」字是個部首字，凡是由「口」字組成的字，其詞義往往與「嘴」或「方形」物有關，如「吃」、「叫」、「中」、「司」、「嚣」等等。

①　②　③　④

這是「卉中自生香」的「中」字，是個象形字。甲骨文①是直立的一面旗幟，向左彎曲的四條線是「旗遊」（旗幟上的飄帶），而中間的「口」形就表示「中間」之意。②是金文的形體，「旗遊」飄向右邊。③是小篆的形體，把「旗遊」全省略了，中間旗杆呈彎曲形，這是一種書寫上的美化。④是楷書的寫法。

「中」字的本義就是「內」或「裡」，如：「草中狸鼠足爲患。」（柳宗元，〈籠鷹詞〉）也就是說：草裡狸鼠之類足以成爲禍害。由「內裡」之義又可以引申爲「中間」。至於「中夜哀鳴」（傅玄，〈短歌行〉）裡的「中」字，是「半」或「一半」的意思。所謂「中夜」就是

「半夜」，「中途」就是「半路」。

請注意：「中」字若用爲動詞的時候，就不能讀作ㄓㄨㄥ（忠）了，而必須讀作ㄓㄨㄥˋ（衆），如：「圓者中規，方者中矩。」（《荀子·賦篇》）其大意是：圓的，要符合畫圓形的儀器的要求；方的，要符合畫方形的工具的要求。所以這個「中」就當「符合」講。「百發而百中」，也就是動詞「射中」之義。還有「命中」和「中傷」等等，都是當動詞用，必須讀爲ㄓㄨㄥˋ（衆）。

① ② ③ ④

這個「古」字是個會意字。甲骨文①的上部可不是「中華」的「中」字，而是「十」字，表示「多」義；其下部是個「口」字。這是說，世世代代口口相傳就叫「古」。金文②的上部仍然是「十」字，下部是「口」字。小篆③和楷書④基本上同於甲金文字。

「古」字的本義就是「古代」，與「今」相對，如《韓非子·五蠹》：「古今異俗。」就是說：古今的風俗是不相同的。由「古代」這個本義又可以引申爲「舊」、「原來」之義，後世往往寫作「故」。

「古老」一詞一般是指「歷史悠久」，如古老的國家、古老的民族等。但是「古老向予言」（李白，〈上留田行〉）中的「古老」，是指「老年人」。

「古風」一詞，大都指古代的風習，如陸游〈遊山西村〉詩：「衣冠簡樸古風存。」所謂「古風存」，也就是說古代的風習依然還在。可是「古風無手敵」（姚合，〈贈張籍〉）中的「古風」，卻是指古體詩，如李白集有〈古風〉五十九首。

① ② ③ ④

這個「召」字本爲形聲字。①是甲骨文的形體，上部是刀形，表聲，下部是「口」，表示呼喚或打招呼。②是金文的形體，與甲骨文基本相同。③是小篆的形體。④爲楷書的寫法。前後一脈相承。

《說文・口部》：「召，呼也。」在《說文・言部》又說：「呼，召也。」可見「召」與「呼」是互訓字，詞義相同。都是「招呼」的意思。「召」爲「招」的初文。「召」字的本義爲「呼喚」，如計六奇《明季北略》：「李自成召父老至武英殿，問民間疾苦。」由其本義而又可以引申爲「招致」、「導致」。如柳宗元〈敵戒〉：「敵存滅禍，敵去召過。」這裡的「召」即爲「招致」的意思。

請注意：「召」字用爲地名和姓時，不能讀爲ㄓㄠ，而應讀作ㄕㄠˋ。如古邑名召陵、周代燕國的始祖召公、《詩經・國風》之一的「召南」，「召」字都讀作ㄕㄠˋ。

① ② ③ ④

這是「司令」的「司」字，是個象形字。甲骨文①的左下部是人的嘴形，右邊是手指朝上而又向左彎的一隻右手。用手遮在口上，表示發布命令。②是金文的形體，更像是手遮口上之形。③是小篆的形體。④是楷書的形體，是由小篆直接演變而來。

「司」字的本義是「司令」，也就是發布命令。由此而引申爲「主管」或「掌管」，如：「命南正重以司天。」（《史記・太史公自序》）所謂「南正」就是官員；重，是人名；天，指天文。這句話的意思是：命令南正重主管天文。「司」字這種意義現在還在繼續沿用，如主管機器的叫「司機」，主管汽錘的叫「司錘」，主管藥物的叫「司藥」，主管會議儀程的叫「司儀」等。至於《山海經・大荒西經》中「司日月之長短」的「司」字，已由「主管」引申爲「觀察」；所謂「司日月之長短」也就是「觀察日月之長短」的意思。

① ② ③ ④

「四郊陰靄散，開戶半蟾生。」這裡的「四」字原爲指事字。甲骨文①的四條橫線即代表「四」，該形體沿用到戰國。②是金文的形體，像鼻子出氣的樣子，由原來的指事字變爲象形字了。郭沫若先生認爲：「四乃呬之初文。」③為小篆的形體，比金文稍有省略。④為楷書的寫法。

《說文》：「四，陰數也。象四分之形。」此說不足信。「四」字的本義應為「呬」。《爾雅・釋詁》：「呬，息也。」郭璞的注：「呬，氣息貌。」也就是說，像鼻息的樣子，這是對的。後來因讀音的關係，就將「四」字借作數目字用了。那麼代表鼻息的用字，則只寫作「呬」，變成了「從口四聲」的新形聲字了。

◀《篆刻字典》中的「四」字。

甘

① ② ③

這個「甘」字就當「甜」講。甲骨文①的外形是個「口」，當中的一小橫是指事符號，也就是指著舌頭所在的地方，表示這裡最知道甜。所以「甘」字是個指事字。小篆②像甲骨文的形體。楷書③也與甲骨文形體相似。

「甘」當「甜」講是它的本義。「甜」字就是個會意字，右邊是知道味道的「舌」，左邊是「甘」，這就成了「甜」。「甘」除了「甜」這個本義之外，又可引申出凡「美味」均能稱為「甘」，如《韓非子・外儲說右上》：「甘肥周於堂。」意思是：美味佳餚擺滿堂上。從味道的甘美，又能引申為語言的「甜」，如《左傳・昭公十一年》：「今幣重而言甘，誘我也。」就是說：現在用很多的錢和甜言蜜語來引誘我。後來又引申為「甘心情願」的意思，如龔自珍〈病梅館記〉：「甘受詬厲。」是心甘情願受斥罵的意思。

請注意：「甘」與「旨」是不同的。在先秦，「甘」字除代表「甜」以外，還泛指「美味」。而「旨」只代表一般美味及好吃的東西。有時「甘旨」連用，是指美好的食品，如《韓詩外傳》：「鼻欲嗅芬香，口欲嗜甘旨。」

這個「呂」字也是個象形字。你看甲骨文①是兩個方「口」，表示人（或動物）的脊骨，一塊接一塊地連成一串。金文②則變成了圓形，當然也還像脊骨的樣子。小篆③為了使脊骨之間緊密相連，所以中間又加了一條連接線。④為楷書的寫法，是直接由小篆演變而來。後來大陸為了書寫方便，則把楷書中間的那一豎筆省掉了，這就成為⑤的形體了。

「呂」字的本義是當「脊骨」講。但後來又假借為古代音樂十二律中的陰律，總稱「六呂」。所以要當「脊骨」講的「呂」則只好又創造了一個新形聲字膂（上聲下形）。自此以後，「呂」字再不當「脊骨」用了。到了後世，「呂」字也多用為姓氏字。

▶《甲金篆隸大字典》中的「舌」字。

這是「舌劍唇槍」的「舌」字，是個象形字。①是甲骨文的形體，整體像舌形。②是古陶文的形體，與甲骨文相似。③是小篆的寫法。④為楷書的寫法。

《說文》：「舌，在口所以言也，別味也。」這是說舌頭的作用，對的。但許慎又說，舌是「從干，從口，干亦聲」，把這個整體象形的「舌」分解為「干」和「口」兩部分；段玉裁又解釋說：「干，犯也。言，犯口而出之；食，犯口而入之。」這都是牽強附會的說法。

「舌」的本義即「舌頭」，如《莊子・盜跖》：「不耕而食，不織而衣，搖唇鼓舌，擅是生非。」所謂「鼓舌」，就是賣弄口舌，多指花言巧語，含有貶義。在古籍中常見「金鈴木舌」一詞，所謂「木舌」是指鈴鐸中的錘。《國語・周語》中有「舌人」一詞，有人認為這是善於說話的人。其實，「舌人」是指古代的翻譯官，正如韋昭注《國語》所說：「舌人，能達異方之志。」

「彼有旨酒，又有嘉肴。」這個「旨」字是個會意兼形聲的字。甲骨文①的上部是「匕」，也就是「匙（湯匙）」的形狀，下部是「口」，盛湯入口便覺味美，這是會意。同時，「旨」也是「從口，從匕得聲」的字，故爲形聲。②是金文的形體，與甲骨文基本相同。③是小篆的寫法，將原形的「口」變爲「甘」，「甘」爲「甜」義，所以「味美」的意思更爲明顯。④爲楷書的寫法。

《說文》：「旨，美也。」如《禮記・學記》：「雖有嘉肴，弗食，不知其旨也。」就是說：雖然有好菜，不吃，就不知道其味的鮮美。由「味美」又能引申爲「讚美」之意，如《尚書・說命中》：「王曰：『旨哉！』」大意是：王說，實在好啊！「旨」字還可以由口中的「味美」引申爲思想中的「意味」、「意思」，如《周易・繫辭下》：「其旨遠。」這是說：其意思是很深遠的。

請注意：「旨」與「甘」是有區別的。「旨」，一般是指味美好吃的食物；而「甘」除了味美之外，還有「甜」的意思，特別在先秦的作品中更是如此。

「名下無虛士。」這個「名」字，本爲會意字。甲骨文①的左邊是「口」，右邊是「夕」。甲骨文中的「夕」與「月」本爲一個字。唐蘭先生認爲，這就表明在月下說話的意思。也可以說是在月下呼喚名字。②是金文的形體，變作月下有口，其義未變。③是小篆的形體。④是楷書的寫法。

《說文》：「名，自命也。從口從夕。夕者冥也。冥不相見，故以口自名。」「名」字的本義就是「名字」，如《莊子・逍遙遊》：「北冥有魚，其名曰鯤。」大意是：北海有一種大魚，它的名字叫鯤。由「名字」

又可以引申爲「命名」，如王安石〈遊褒禪山記〉：「其後名之曰褒禪。」這是說：從那時以後，就命名爲褒禪。又可以引申爲「名望」、「名聲」，如《史記・西門豹傳》：「西門豹爲鄴令，名聞天下。」

請注意：《周禮・春官・外史》：「掌達書名於四方。」這裡的「名」是什麼意思呢？這是指「文字」，正如鄭玄所說：「古曰名，今曰字。」

這是「普天同慶」的「同」字。甲骨文①的上部是覆盤之形，表示「會聚」義；下部是「口」，以一口代衆口，會聚衆口即爲同，所以「同」字是個會意字。②是金文的形體，與甲骨文基本相同。③是小篆的寫法。④爲楷書形體。

《說文》：「同，合會也。」基本正確。所以「同」字的本義應是「共同」，如《韓非子・說林上》：「同事之人，不可不察也。」這是說：共同作事的人，不能不觀察。由「共同」可以引申爲「同一個」，如《三國志・吳書・吳主傳》：「同船濟水。」這是說：乘同一條船渡過河去。再引申一步就有「相同」義，如「同年」就是年歲相同；「同產」，是同母兄弟；「同好」，是愛好相同的人。

請注意：古時稱同學爲「同窗」，如關漢卿《金線池》：「我有個同窗故友，姓韓名輔臣。」那麼「同門」是什麼意思呢？仍然是指「同學」，是說同出一師門下，如顏師古注《漢書・孟喜傳》：「同門，同師學者也。」至於「同志」，古時多指「志趣愛好相同」，如《國語・晉語四》：「同德則同心，同心則同志。」

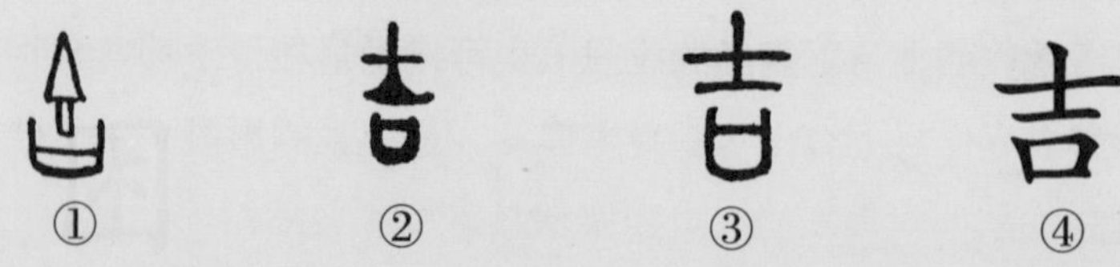

這是「吉祥如意」的「吉」字，本爲會意字。①是甲骨文的形體，上部是一銳利的兵器之形，下部是裝置兵器的器物，本有「寶愛」之義，所以也就可以引申爲「吉利」。②是金文的寫法，其上變爲斧頭（兵器）之形。③是小篆的形體，其上訛變爲「士」。④爲楷書的形體。

《說文》：「吉，善也。」「善」只能是「吉」字的引申義。而「吉利」才是「吉」字的本義，如《穀梁傳・哀公元年》：「卜之不吉則如之何？」就是說：占卜的結果不吉利，那該怎麼辦呢？由「吉利」、「吉祥」可以引申爲「善」、「美」等。如《尚書・泰誓中》：「吉人爲善。」也就是說：善人做善事。「吉日」一詞，現在多指「好日子」、「吉祥之日」，可是在古籍中則往往指「朔日」，即陰曆每月的初一。

▲《甲金篆隸大字典》中的「吉」字。

請注意：在上古，「吉祥」多寫爲「吉羊」，如《積古齋鐘鼎彝器款識》：「大吉羊。」這裡的「大吉羊」就是「大吉祥」的意思。在甲骨文和金文中，很可能至今還沒有發現「祥」字，大都以「羊」代「祥」。

① ② ③ ④

這是「山鳴谷應」的「谷」字，原爲會意字。①是甲骨文的形體，上部是水形，下部是水的出口處，表示泉水從泉眼流出。②是金文的形體，與甲骨文相同。③是小篆的形體。④爲楷書的寫法。

《說文》：「谷，泉出通川爲谷。」可見「谷」的本義就是「兩山之間的水道或夾道」，如《荀子・強國》：「山林川谷美。」姚鼐〈登泰山記〉：「東谷者，古謂之天門溪水。」大意是：所謂東谷，就是古代所稱的天門溪水。因爲山谷往往是狹窄的，由此就可以引申爲比喻「困境」之意，如《詩經・大雅・桑柔》：「人亦有言，進退維

▶《篆刻字典》中的「谷」字。

谷！」大意是：人們也說過這樣的話，進退都是一條死路！

另外，「谷」還可以讀ㄩˋ，如「吐谷渾」，這是我國古代西北部的一個民族名，是鮮卑族的一支，曾經建立吐谷渾國。

請注意：在古代「谷」與「穀」是兩個不同的字；「谷」指山谷，「穀」指糧食，實行簡化字時，則在這個意思上以「谷」代「穀」。

① ② ③ 君④

「君不見黃河之水天上來，奔流到海不復回。」這個「君」字本爲會意字。甲骨文①的上部是一隻手拿著一枝筆，表示寫字；其下部的「口」是文飾符號（也有人認爲「口」發命令）。②是金文的形體，與甲骨文相似。③是小篆的寫法。④爲楷書的寫法。

《說文》：「君，尊也。」其實，「尊」只是「君」字的引申義。「君」的本義是上古執筆寫字的官。由「官」義又可以引申爲「君主」，如《荀子・非相》：「彼後王者，天下之君也。」也就是說：那後王，就是天下的君主。由「君主」又可以引申爲「封號」，如戰國時的商鞅稱商君，白起稱武安君，還有春申君、信陵君等。由封號可以引申爲「您」的尊稱，如古樂府〈孔雀東南飛〉：「十七爲君婦。」《三國志・魏書・武帝紀》：「能安之者，其在君乎！」這是說：能安定國家的，大概就在您（曹操）了！

請注意：「君主」一般是對國家元首的一種稱呼，可是「初以君主妻河」（《史記・六國年表》）中的「君主」，卻是指「公主」。這是說：當初以公主嫁給河伯。

① ② ③ 聽④ 听⑤

這是「逆風聽蟬唱」的「聽」字。甲骨文①的左邊是一個大耳朵，右邊是一個「口」，表示一人用口說，一人用耳聽，可見這是個會意字。②是金文的形體，與甲骨文基本相似。③是小篆的寫法，繁雜化了。左上方爲「耳」，左下方是「壬」（站在土堆上的一個人），表音。右邊是

「德」字的古體字。好像是「有德者耳聽」的意思。④是楷書的形體，直接由小篆演變而來。⑤爲簡化字。

《說文》：「聽，聆也。」「聆，聽也。」可見許慎認爲「聽」與「聆」是同義詞，能夠互訓。其實兩者是有差別的。「聽」是一般的聽，如《荀子・勸學》：「耳不能兩聽而聰。」這是說：耳朵不能同時聽兩個方面而都聽得很清楚。而「聆」字則是細聽，比如段玉裁糾正許慎的說法：「聆者，聽之知微者也。」很正確。謝靈運〈登池上樓〉：「傾耳聆波瀾。」這裡的「聆」字即爲「細聽」的意思。

請注意：古代本來就有一個「听」字，應讀作ㄧㄣˇ。「听然」，是張口而笑的樣子，如司馬相如〈子虛賦〉：「無是公听然而笑。」這是說：無是公這個人張口而笑的樣子。至於在什麼地方才能讀ㄧㄣˇ，什麼地方應該讀ㄊㄧㄥ，這要根據上下文來判斷。

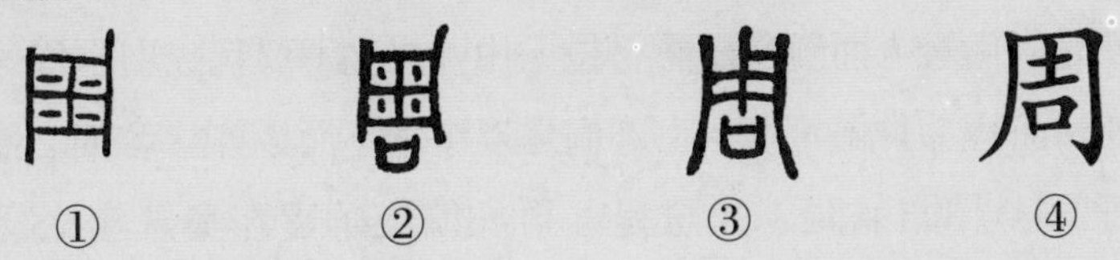

① ② ③ ④

這是「周而復始」的「周」字，本爲象形字。甲骨文①就像在玉片上雕刻的花紋。②是金文的寫法，其下增加了「口」，可能係裝飾部分。③是小篆的形體，直接由金文演變而來。④爲楷書的寫法。

▲周代玉器紋飾。

《說文》：「周，密也。從用口。」把「周密」看成「周」字的本義，把它的結構說成是「從用口」，都不妥。在結構上，「周」與「用」字無關。「周」字的本義應爲「雕刻」的「雕」，也就是「雕」字的本字。後世「周」的本義爲「雕」字所代替。凡雕的圖像與花紋有疏有密，所以這就引申爲「周密」的意思，如《漢書・張安世傳》：「以謹慎周密自著。」從「周密」又可以引申爲「周遍」，如《史記・秦始皇本紀》：「親巡天下，周覽遠方。」大意是：親自巡視天下，周遍地觀察遠方的形勢。

請注意：賈思勰〈齊民要術序〉中說的「周人之急」及「周濟貧乏」等，這裡面的「周」字均爲「救濟」義，在這個意義上後來均寫作

「賙」。

尚

①　②　③　④

「賢人尙志。」這個「尙」字本爲象形字。甲骨文①下部像一建築物，壁有窗戶，上有兩橫，爲煙氣上騰狀。②是金文的形體，其下部是個「向（窗戶）」字，上部未變。③是小篆的形體。④爲楷書的寫法。

《說文》：「尙，曾也，庶幾也。」許愼認爲「尙」字的本義爲「曾也，庶幾也」，都是作虛詞用，這不妥。「尙」字的本義爲煙氣自窗戶上騰。由此可以引申爲「超過」或「高出」，如《鹽鐵論・相刺》：「尙於唐虞。」也就是說：超過唐堯和虞舜。由「高出」義又可以引申爲「崇高」、「尊重」，如《荀子・成相》：「堯、舜尙賢身辭讓。」意思是：堯和舜都是崇尙賢人而親自辭讓帝位。由「崇高」又可以引申爲「加在上面」，如《詩經・齊風・著》：「尙之以瓊華乎而！」「瓊華」爲美石之名；「乎而」爲語氣詞。大意是：再加飾瓊華實在美妙無比啊！至於「尙」字的「尙且」、「還」之義，那是轉成虛詞後的用法。

請注意：上古的「尙方」是爲皇帝製造兵器等的官署名，與皇帝有關；所謂「尙方寶劍」，是指皇帝所用的寶劍。

詠　咏

①　②　③　④

「復登於朝，遐邇詠歌。」這個「詠」字本爲形聲字。①是金文的形體，從口，永聲。②是小篆的形體，因「口」與「言」義相近，故以「言」代「口」，其義未變。③爲楷書形體，大陸在廢除異體字時將該形體廢除了，現在只使用④的寫法「詠」。

《說文》：「詠，歌也。」這是對的，如《晉書・謝安傳》：「安本能爲洛下（洛陽）書生詠，有鼻疾，故其音濁。」班固〈東都賦〉：「詠殷周之《詩》。」由「歌唱」義可以引申爲「用詩詞來讚頌」，如曹操《步出夏門行・冬十月》：「歌以詠志。」也就是說：以歌來讚頌志向。再如「詠梅」、「詠雪」等，也是「讚頌」義。

「詠懷」，也就是用詩歌來抒發情懷，如杜甫有〈自京赴奉先縣詠懷五百字〉，阮籍也有〈詠懷〉詩八十二首。後世作詩也常稱爲「詠詩」。

這是「累累若喪家之犬」的「喪」字。①是甲骨文的形體，本爲形聲字。三個口爲形符，中間的「桑」形爲聲符。三口則表哭喪意。②是金文的形體，其上部是個「噩」字，下部是「亡」字，「噩亡爲喪」，這又變成了會意兼形聲的字。③是小篆的形體，其上部的「噩」訛變爲「哭」字，成了「哭亡爲喪」。④是楷書繁體字。⑤爲簡化字。

《說文》：「喪，亡也。」可見「喪」字的本義爲「喪失」、「喪亡」，如《左傳・哀公十五年》：「喪車五百。」再如《韓非子・五蠹》：「偃王行仁義而喪其國。」所謂「喪其國」，就是失掉了他的國家。由「喪失」又引申爲「死亡」，如陶潛〈歸去來兮辭序〉：「尋（不久）程氏妹喪於武昌。」由「死亡」引申爲「喪事」，如《陳書・沈洙傳》：「因欲迎喪，久而未返。」王安石〈上皇帝萬言書〉：「婚喪祭養。」就是指婚姻、喪事、祭祀、供養。不過，這裡的喪必須讀作ㄙㄤ。

「喪明」，爲「眼睛失明」義。《禮記・檀弓上》：「子夏（孔子學生）喪其子而喪其明。」故後世常稱死了兒子爲「喪明之痛」。

①　②　③　④

「下品無高門，上品無賤族。」這個「品」字本爲會意字。甲骨文①中的「口」表示器物之形，從三「口」表示器物衆多。②是金文的形體。其中一器呈傾斜形。③是小篆的寫法。④爲楷書的寫法。自甲骨文至楷書一脈相承。

《說文》：「品，衆庶也。從三口。」段玉裁說：「三人爲衆，故從三口。」「品」字本義應爲「衆多」，如左思〈吳都賦〉：「混品物而同廛（ㄔㄢˊ）。」「廛」，是指在公共場所中存放貨物的倉庫。這句話的意思是：把混雜而衆多的貨物都放在同一座倉庫中。由「衆多之物」可以引申爲「品種」義，如《尙書・禹貢》：「厥貢羽毛齒革惟金三品。」大意是：應該進貢的是羽毛、牛尾、象牙、犀牛皮和金屬等多種東西。由「品種」又可以引申爲「等級」，如《漢書・匈奴傳上》：「給繒（ㄗㄥ）絮食物有品。」意思是：所供給的絲織品和食物都是有等級的。又如上品、中品、下品即指不同的等級。等級需要品評，所以又可以引申爲「品評」，如《晉書・苻堅載記上》：「品而第之。」也就是說：品評優劣而定其等級。後又可以引申爲「品質」、「品德」等等。

① ② ③ ④

這是「知人則哲」的「哲」字，本爲形聲字。①是金文的形體。其上部爲「折」，表音；下部爲「心」，表意，表示「聰明」之意。②是小篆的形體，直接由金文變來。③爲小篆的異體字，將「心」換成「口」，其義未變。④爲楷書的寫法。

《說文》：「哲，知也。從口，折聲。」許愼的說法是對的。這裡的「知」實爲「智」，是「聰明」的意思，如《尙書・皐陶謨》：「能哲而惠，……何遷乎有苗？」大意是：既聰明而又有恩德，……何必還要遷徙流放苗民呢？由「聰明」又可以引申爲「有才能的人」，如賈思勰〈齊民要術序〉：「捨本逐末，賢哲所非。」舊時，稱那些才能識見超越尋常的人爲「哲人」，稱那些在某方面造詣極深的人爲「哲匠」。

請注意：「喆」爲「哲」的異體字，早已廢除了，除了人名用字之外，一般均寫爲「哲」。

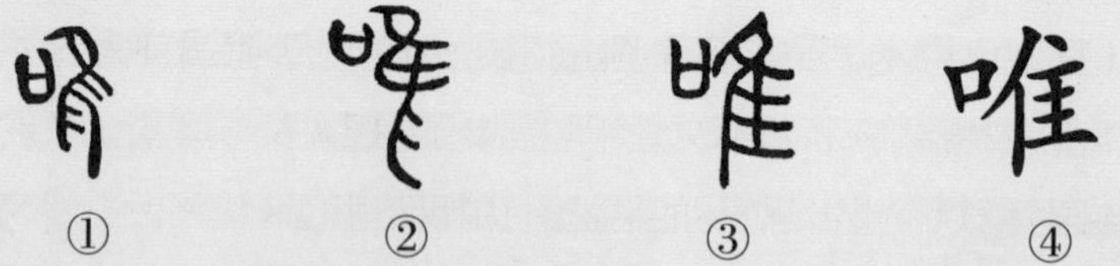

① ② ③ ④

這個「唯」字，本爲會意兼形聲的字。①是甲骨文的形體，右邊像一隻鳥形，左邊爲一「口」，原表示鳥鳴之聲。②是金文的形體。③是小篆的形體。④是楷書的形體。從形體上看，一脈相承。

《說文》：「唯，諾也。從口，隹聲。」「唯」字的本義也就是應答之聲，如《漢書・韓信傳》：「信（韓信）再拜賀曰：『唯。』」《禮記・曲禮上》：「必愼唯諾。」由此而產生了「唯唯諾諾」，如《韓非子・八奸》：「未命而唯唯，未使而諾諾。」「唯唯諾諾」的成語現在多用於貶義，形容只是順從附和，不敢表示不同意見的樣子。「唯」字由應答聲還可以引申爲句首語氣詞，表示「希望」，如《左傳・僖公三十年》：「唯君圖之。」即希望您多考慮考慮。「唯」還可作範圍副詞用，當「只」講，如《史記・魯仲連傳》：「方今唯秦雄天下。」也就是說：現在只有秦國稱雄天下。

請注意：唯、維、惟三個字的本義不同：「唯」的本義是應答聲，「維」的本義爲繩子，「惟」的本義爲「思」。但在「思」的意義上，惟、維通用，在範圍副詞「只」的意義上，唯、惟通用，只有作語氣詞時，三者都通用。

這是「群鴉亂噪」的「噪」字，原爲會意字。金文①中有一棵樹，樹上有三個「口」，表示群鳥在枝頭鳴叫。②是小篆的寫法。③爲楷書形體，左邊又增加一個「口」，變成了會意兼形聲的字了。

《說文》：「喿，鳥群鳴也。從品在木上。」許愼的說法很正確。「噪」字的本義就是「鳥叫」，如杜甫〈羌村〉：「柴門鳥鵲噪，歸客千里至。」這是說：柴門之上，鳥鵲歡鳴，客（杜甫）自千里之外回到家門。從群鳥鳴叫又可以引申爲「喧譁」，如《北史・流求傳》：「勇者三五人出前跳噪。」

請注意：「噪」與「嗓」兩字的形體極爲相似，而音、義大有區別，不能相混。

「玉不琢，不成器。」這個「器」字本爲會意字。①是金文的形體，四邊有四個「口」，中間爲「犬」。人喧譁爲「囂」，犬吠爲「器」，所以「器」字應爲「狺」（ㄧㄣˊ）字的初文。②是小篆的形體，與金文相似。③爲楷書的寫法。

《說文》：「器，皿也。象器之口，犬所以守之。」這是將「器」字的假借義誤爲本義。「器」字本義爲「犬吠聲」，後來其本義消失，被假借爲陶器、器皿，如《老子》：「埏埴（ㄕㄢ　ㄓˊ）以爲器。」「埏埴」是調和黏土。意思是：調和黏土而製作陶器。又可泛指「器具」，如《韓非子・顯學》：「冰炭不同器而久。」這是說：冰與炭不可能長久地放在同一個器具之中。從器具的作用，就可以引申爲人的「才能」，如《三國志・蜀書・諸葛亮傳》：「亮之器能政理，抑亦管、蕭之亞匹也。」大意是：諸葛亮的才能，能管理政事，也是可以與管仲、蕭何相比的。有「才能」則必將受到「器重」，如《後漢書・陳寵傳》：「朝廷器之。」

①　②　③　④

這個「囂」字是個會意字。金文①的中間是個「頁」字，「頁」是人頭，在一個頭上有四個「口」。②是小篆的形體，將金文「頁」字兩側的兩個「口」，移到了頭頂以上。③是楷書的寫法，由小篆直接演變而來。④是楷書的簡化字。

「囂」字的本義是「喧譁」或「吵鬧」，如：「交易市合則囂。」（《正字通》）就是說：人只要集合到交易的場所，那必然是聲音嘈雜。

「囂塵」一詞，現在是指聲音很高的意思，如「甚囂塵上」。可是古代卻是指「嘈雜骯髒」，如：「子之宅近市，湫隘囂塵，不可以居。」（《左傳・昭公三年》）所謂「湫隘」就是低下狹小。這幾句話的意思是：您的住宅靠近鬧市，而且低下狹小嘈雜骯髒，不可以居住。「囂張」一詞，是「放肆」、「跋扈」的意思，如「氣焰囂張」。

在《三國志・魏書・和洽傳》中有這樣兩句話：「農業有廢，百姓囂然。」這裡面的「囂」字不能理解爲「吵鬧」，而是「敖」字的假借字，是「憂愁」的樣子。它的讀音是ㄠˊ（敖），不讀ㄒㄧㄠ（宵）。

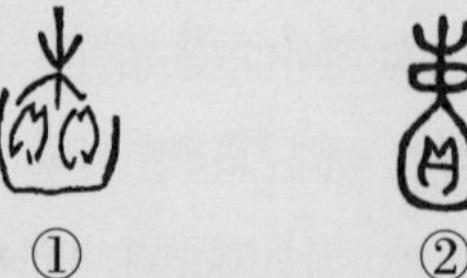

①　②　③　④

「三十年前共苦辛，囊螢曾寄此煙岑。」這個「囊」字，本爲象形字。①是甲骨文的形體，很像一個紮住口的大口袋，口袋裡面裝著兩隻貝。②是金文的形體，更像一個大口袋，裡面裝了一隻貝。③是小篆的形體，像上下兩頭都紮住的大口袋，口袋內的字通「襄」，表聲。④是楷書的寫法。

《說文》：「囊，橐（ㄊㄨㄛˊ）也。」「橐」是一種口袋，所以「囊」字的本文也是「口袋」，如《詩經·大雅·公劉》：「乃裹餱糧，於橐於囊。」「糧」就是乾糧。大意是：於是包紮好乾糧，把大大小小的口袋全裝滿。口袋能裝東西，這就可以由「口袋」義引申爲「囊括」義，如《文選·賈誼〈過秦論〉》：「有席捲天下，苞（包）舉宇內，囊括四海之意，併吞八荒之心。」用口袋盛也可以稱「囊」，如《宋書·沈攸之傳》中所說的「囊米」，也就是用口袋盛米的意思。

請注意：「囊」與「橐」雖然都是「口袋」義，但「囊」是一頭開口的口袋，而「橐」卻是兩頭開口的口袋，裝滿了東西以後，就要兩頭都紮住。《詩經》毛傳又說；「小曰橐，大曰囊。」若「囊橐」連用，則是泛指口袋。

口　部

①　②　③　④

這個「口」就是「圍」的本字。同時它也是個部首字，讀作ㄨㄟˊ（韋）。①是甲骨文，②是金文，③是小篆，④是楷書。這個字很形象，就像一圈圍牆。所以，在古代凡是表示周圍有界限或捆縛之意的字大都從「口」，如「囚犯」

▲有圍牆的住宅，北朝壁畫中的建築紋樣。

的「囚」字，「花園」的「園」字，「國家」的「國」字，「苗圃」的「圃」字，「包圍」的「圍」字，「羊圈」的「圈」字等等。

請注意：在字典或詞典中，部首「口」和部首「囗」雖然筆畫相同，但形體的大小是有嚴格區別的，不可混淆。

①　②　③

這個「囚」字很形象。從甲骨文①的形體看，周圍像個土坑或井形，中間是面朝右立著的一個人，人體周圍的點兒是表示難受得身上冒汗。這是把罪人或者俘虜關起來的意思。所以這就是「囚犯」的「囚」字，是個會意字。②是小篆的形體，方框中像一個面朝左而下彎腰的人，身上的汗點兒都去掉了。楷書③是由小篆形體變來的，其組成部分與小篆同。

▲上海的站籠，1904年。

「囚」字從「囚犯」的本義引申爲「拘禁」的意思，如《尚書・蔡仲之命》：「囚蔡叔於郭鄰。」這是說：把蔡叔拘禁在郭鄰這個地方。

有人曾把《詩經・魯頌・泮水》中「在泮獻囚」的話解釋爲在泮這個地方獻罪犯，其實不對。這裡的「囚」是指俘虜。

①　②　③　④

這個「妙手回春」的「回」字是個象形字。甲骨文①就像流水的旋轉之形。金文②仍然是水的旋轉之形，只是與甲骨文旋轉的方向相反。③是小篆的形體，爲了符合漢字結構規整的要求和書寫的方便，竟變成了大口套住小口。④是楷書的寫法。

「回」字的本義就是「旋轉」，如《爾雅・釋天》中所說的「回風」也就是「旋風」。「水深而回」（《荀子・致士》）中的「回」字是指「漩渦」，當然也有旋轉之意。凡是「旋轉」，隨時都在改變著方向，所以「回」字又可以引申為「改變志向」之意，如柳宗元在〈與韓愈論史官書〉中說：「雖死不可回也。」這句話可不是「到死不回頭」的意思，其眞意是：即使是死，也不可改變自己的志向。到了後世回字多用於「回來」或「回去」義，如李白的〈將進酒〉詩：「黃河之水天上來，奔流到海不復回。」

「回」字由「旋轉」或「掉轉」之義又可以引申為「不走正道」的意思，當「奸邪」講，如王安石〈兼併〉詩中所說的「奸回」就是「奸邪」的意思。

請注意：回、迴兩字在古代的用法不盡相同。「迴」字是個後起字，它的先造字就是「回」字。後來兩字相通，但「迴」字從來不當「奸邪」講。「迴」、「廻」、「囬」三種形體現在大陸都不再用了，它們均簡化為「回」，實在方便。

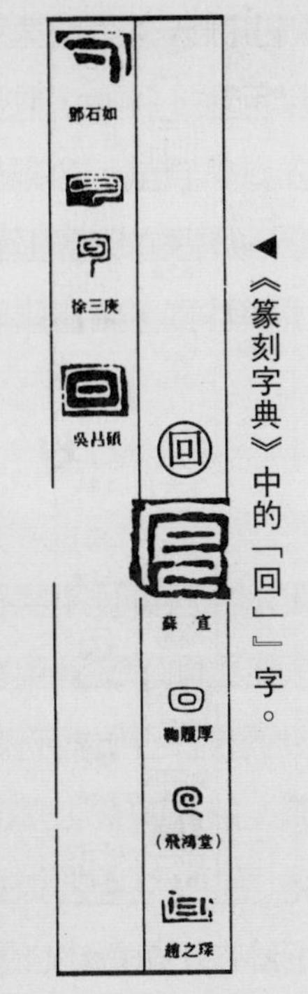

◀《篆刻字典》中的「回」字。

這個「囟」字讀作ㄒㄧㄣˋ，原為象形字。甲骨文①像人頭的形狀，中間的「×」表示小兒頭上的「囟門」。②是小篆的形體。③為楷書的寫法。

《說文》：「囟，頭會，腦蓋也，象形。」這話是對的。「囟」就是指「囟門」，在《禮記‧內則》疏中說：「囟是首腦之上縫。」新《辭海》講得清楚，「連合胎兒或新生兒顱頂蓋各骨間的膜質部，在新生兒顱頂前部有一菱形的『前囟』，亦稱『額囟』，出生後不久即封閉，後部有一三角形的『後囟』，亦稱『枕囟』，出生後一年半左右封閉。」

「囟」與「煙囪」的「囪」字，「鹽鹵」的「鹵（ㄌㄨˇ）」（簡化字為「卤」）字形體近似，容易誤認，需加注意。

▲《篆刻字典》中的「因」字。

「回風吹四壁，寒鳥相因依。」這個「因」字本爲會意字。①是甲骨文的形體，「口」爲「席」的四方形，裡面的「大」爲「人」形，像人臥於席上。②是金文的形體，與甲骨文相似。③是小篆的形體。④爲楷書的形體。從形體上看，「因」字的古、今文寫法是一脈相承的。

《說文》：「因，就也。」此說不妥。「就」，只是「因」字的引申義，而並非本義。「因」即「茵」字的初文，本義應爲「席子」、「褥子」。席子是人用來躺臥或依靠的東西，因此，「因」可以引申爲「依靠」、「憑藉」義，如《左傳・僖公三十年》：「因人之力而敝之，不仁。」大意是：憑藉人家的力量而又去破壞他，這是不仁義的。由「憑藉」又可以引申爲「沿襲」，如《論語・爲政》：「殷因於夏禮。」這是說：殷商沿襲夏朝的禮制。由「沿襲」又可以引申爲「原因」，如：「事出有因。」由此又引申爲介詞，當「因爲」、「由於」講，如：「因噎廢食。」比喻因小而廢大，甚至於怕做錯事就索性不幹了。

①　②　③　④

這個「鹵」字讀作ㄌㄨˇ，本爲象形字。①是金文的形體，外部像裝鹽的容器，內部像裝滿了鹹鹽。②是小篆的形體，與金文極爲相似。③是楷書繁體字。④爲簡化字。

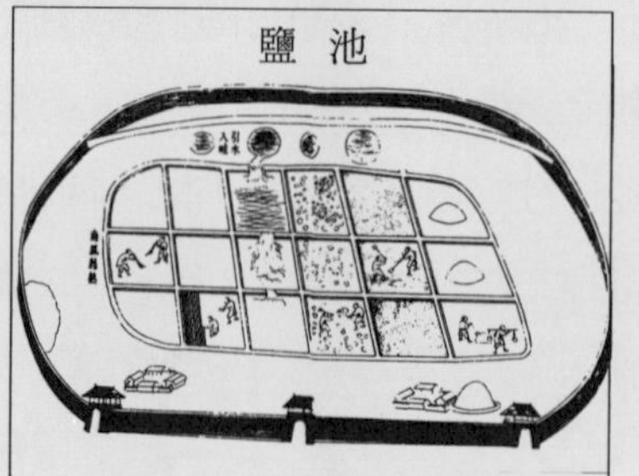

▲《天工開物》中的鹽池插圖。

《說文》：「鹵，西方鹹地也。從西省，象鹽形。」許說不確。「鹵」字與「西」毫無關係，本爲容器中裝的鹹鹽。鹹鹵之地不長穀物，如《宋史・劉幾傳》：「邠地鹵。」這是說「邠」這個地方是鹹鹵地（不生穀物）。

在《史記・秦始皇本紀》中有「流血漂鹵」的話，這裡的「鹵」應作何解呢？其實，它是「櫓」字的假借字，這是說：殺人太多，血把船櫓都能漂起來。

古書中常見「鹵莽」一詞，多表示冒失、粗率，如杜甫〈空囊〉：「世人共鹵莽。」這裡的「鹵莽」亦可寫作「魯莽」。但是，《文選・楊雄〈長楊賦〉》中所說的「夷坑谷，拔鹵莽」裡的「鹵莽」，卻是指荒地野草。所以，「鹵莽」也有「荒廢」義，如蘇軾〈渚宮〉：「二王台閣已鹵莽。」

① ② ③ ④

這個「卣」字讀作ㄧㄡˇ，本爲象形字。甲骨文①就像一個酒器之形。這種酒器一般是用青銅製成，橢圓形，大腹小口，上有蓋和提梁。②是金文的形體。中間的一點，表示裝有酒漿之意。③是小篆的形體，似乎酒在器中晃動。④是楷書的寫法。

▲商代青銅卣。

《說文》：「卣，草木實垂卣卣然也。」許愼說：像草木的果實下垂的樣子。這個說法不可靠。「卣」的本義應爲「酒器」，如《尚書・文侯之命》：「用賚爾秬鬯一卣。」「賚」讀ㄌㄞˋ，是「賞賜」義；「秬」讀ㄐㄩˋ，黑黍；「鬯」讀ㄔㄤˋ，是祭祀用的酒；所謂「鬯」就是用黑黍和香草釀的酒。原話的大意是：我贈給你香酒一樽（或謂：我賞給你中樽酒杯一個）。《詩經・大雅・江漢》：「厘爾圭瓚，秬鬯一卣。」「圭瓚」，一種玉器；「厘（ㄌㄧˊ）」，通「賚」，賜給。這是說：賜給你一個玉器和香酒一樽。

① ② ③ ④

這是「困知勉行」的「困」字，原爲會意字。①是甲骨文。外邊的方框像門的四旁，中間的「木」爲門橛。「困」是「梱」的古文。②是戰國竹簡文的形體。③是小篆的形體，與甲骨文相同。④是楷書的寫法。

《說文》：「困，故廬也。」恐不妥。「困」字本義應爲「門橛」，因門橛有限制的作用，因此引申爲「圍困」，如諸葛亮〈後出師表〉：「困於南陽。」也就是被圍困在南陽的意思。從「圍困」義又能引申爲「窘迫」、「困窘」，如《史記・屈原傳》：「齊竟怒不救楚，楚大困。」這是說：齊國竟然生氣而不去救楚國，楚國非常困窘。由此又可以引申爲「貧乏」，如《史記・宋世家》：「歲饑民困。」又能引申爲「生活困難」，如《尚書大傳・略說》：「行而無資謂之乏，居而無食謂之困。」由「生活困難」又可引申爲「困倦」，如白居易〈賣炭翁〉：「牛困人饑日已高，市南門外泥中歇。」

「困」，後來也作「睏」的通假字，是「疲乏想睡」的意思。

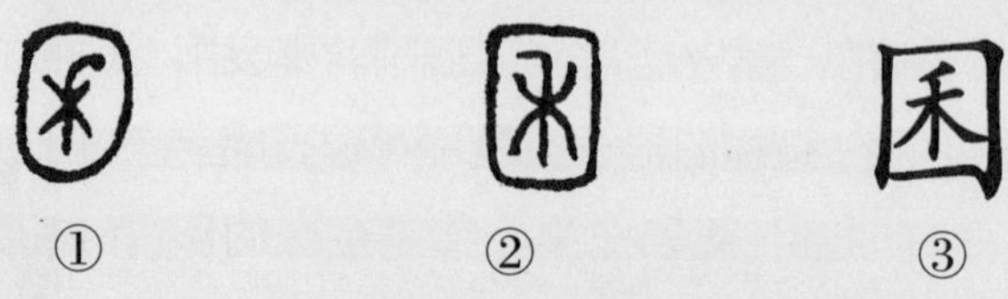

①　②　③

「不稼不穡，胡取禾三百囷兮？」這個「囷」字讀作ㄑㄩㄣ，本爲會意字。①是古陶文的形體，其外部很像囤子形，內部是「禾」，表示裝有糧食。②是小篆的形體，與古陶文相似。③爲楷書的形體。

《說文》：「囷，廩之圜者。從禾，在中。」許愼的說法是對的。古代圓形的穀倉叫做「囷」，方形的穀倉叫做「倉」，如《詩經・魏風・伐檀》：「不稼不穡，胡取禾三百兮囷？」大意是：既不播種又不收割，爲什麼能占有三百囤的糧食呢？

「倉」就是泛指貯藏糧食的倉庫，如《禮記・月令》：「（仲秋之月）穿竇窖，修囷倉。」也就是說：到了秋季，挖好地窖，修好倉庫（準備貯菜藏糧）。因爲「囷」是圓形的，所以「曲折迴旋」亦可稱「囷囷」，如杜牧〈阿房宮賦〉：「盤盤焉，囷焉。」

①　②　③　④

從這個字的甲骨文①的形體看，就像一個周圍有園牆，中間有樹苗的苗圃。這就是個「囿」（ㄧㄡˋ）字。可見「囿」字的本義就是園林。後來專指古代帝王畜養禽獸的園林。這個字因為讀作「有」（去聲），所以到了金文②就變成內聲（有）外形（囗）的形聲字「囿」了。小篆③的形體與金文一致，其內也是個「有」字。楷書④也是直接從小篆形體變來的。

▲徐光啓《農政全書》中的插圖。

「囿」字是指帝王畜養禽獸的園林。這個字到漢代以後也稱為「苑」。另外又可引申為「菜園」之意，如《大戴禮記・夏小正》：「囿有見韭。」也就是在菜園中開始生出韭菜來了。事物集聚之處也可以稱「囿」，如司馬相如〈上林賦〉：「遊於六藝之囿。」但是，你若見到《莊子・天下》「辯者之囿」一句時，可不能理解為「管理辯論人的地方」。這裡的「囿」字是局限或知識面狹窄的意思。這是因為「囿」有圍牆，所以就有受局限或範圍狹窄的意思。再如有的人寫了一篇文章，他很謙虛地說：「囿於見聞，難免有錯，請諸位批評指正。」這裡的「囿」字也是受局限的意思。

① ② ③ ④

孔子在《論語》中說過：「吾不如老圃。」這是說：「我不如種菜的老農。」這個「圃」字，我們從甲骨文①的形體看，其下部是眾多的方框菜田，其上部長出了兩棵菜苗。所以「圃」字的本義是種植蔬菜瓜果的園子。金文②則把甲骨文的形體簡化了一下，並在周圍加了個方框表示圍牆。到了小篆③則把其中的苗圃形偽變為「甫」，這就變成了內聲（甫）外形（囗）的形聲字「圃」了。楷書④則是直接由小篆的形體變來的，也是外形內聲的形聲字。

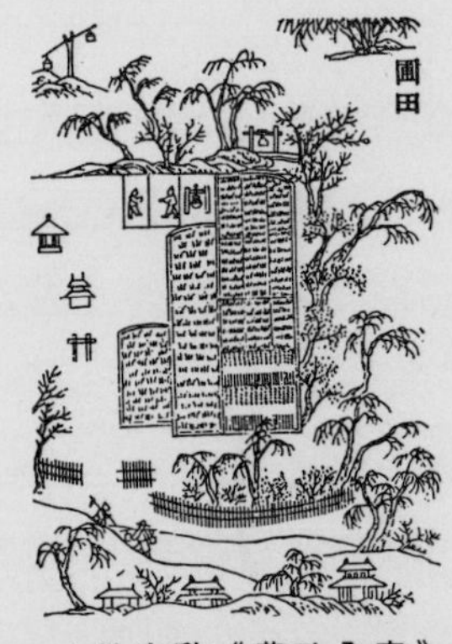

▲徐光啓《農政全書》中的插圖。

《周禮・天官・大宰》：「園圃，毓（育）草木。」這就是用了「圃」字的本義。也就是說：

園圃是繁育草木的地方。孟浩然〈南山下與老圃種瓜〉詩：「先人留素業，老圃作鄰家。」這裡的「老圃」是把老菜農稱爲「老圃」。

這個字的讀音要注意：有的人把「圃」讀爲「甫」，這不完全對。因爲「甫」有兩種讀音：①當「開始」講或作人名用時應當讀ㄈㄨˇ（斧）；②作地名用時，則應讀ㄆㄨˇ（普），如甫田（亦作「圃田」)。可是「圃」字只是一個讀音，即讀ㄆㄨˇ（普），而不能讀ㄈㄨˇ(斧)。

①　②　③　④

這是「陷於囹圉」的「圉」字，讀作ㄩˇ，本爲會意字。①是甲骨文的形體，內部是一個面朝右跪著的人，雙手戴著刑具，外部是囹圄（牢獄）之形，表示犯人被關進監牢之中。②是金文的形體，內部的「人」形已省掉了，僅存一刑具。③是小篆的寫法。④爲楷書的形體。

《說文》：「圉，囹圄，所以拘罪人。」許說甚確。實際上「圉」字也正是「圄」字的異體字。由關人之「牢獄」義又可以引申爲「關馬處」或「養馬」，如《左傳・哀公十四年》：「圉馬於成。」也就是說：將在「成」這個地方養馬。又可以引申爲「養馬人」，稱之爲「圉人」，古時多爲奴僕，如《左傳・昭公七年》：「馬有圉，牛有牧。」

「圉」本有固定的範圍之意，所以這又可以引申爲「邊境」或「邊疆」義，如《左傳・隱公十一年》：「……固我圉也。」也就是說：……鞏固我國的邊疆。《詩經・大雅・召旻》：「民卒流亡，我居圉卒荒。」大意是：人民盡在流亡，我國的邊境也盡遭災荒。

寸　部

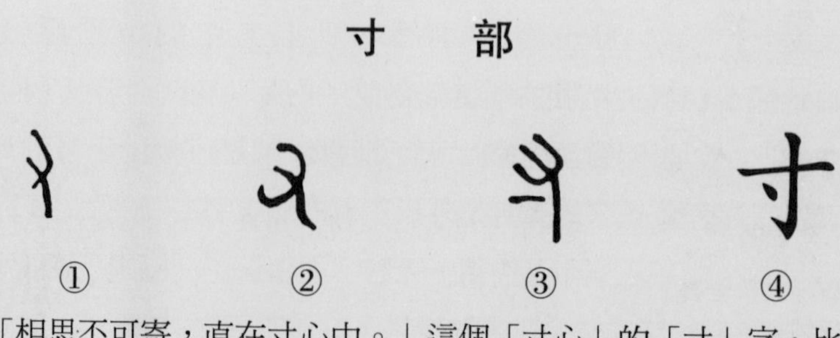

①　②　③　④

「相思不可寄，直在寸心中。」這個「寸心」的「寸」字，比喻區區之心。其實「寸」字在甲骨文和金文中作偏旁用時，與「又」（手）字並沒有什麼區別。你看甲骨文①和金文②的形體就是「手」（又）形。③是小篆的形體，在手下之左側有一小橫，這是離手掌一寸的地方，就叫「寸口」（試脈處）。④是楷書的形體。

「寸」的本義是指「寸口」。《說文・寸部》：「寸，十分也，人手卻一寸動脈謂之寸口。」也就是說：一寸是十分，正如自人的手掌向後退一寸的地方叫做「寸口」。後來，「寸」字被用爲長度單位了。因爲「寸」很短，所以又被引申爲「短小」之義，如：「誰言寸草心，報得三春暉。」（孟郊，〈遊子吟〉）「寸草」，在這裡象徵兒女。

「寸」字是個部首字。凡由「寸」所組成的字大都與手或手的動作有關，如「對」、「封」、「守」等字。

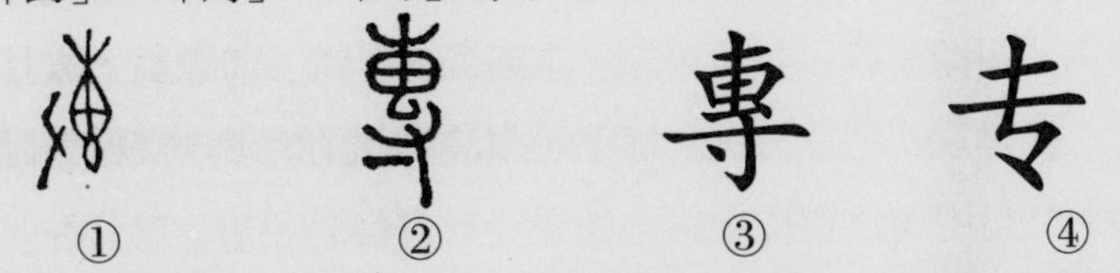

「三十侍中郎，四十專城居。」這個「專」字，原爲會意字。甲骨文①的右邊像紡線用的「紡磚」，左邊是一隻手，轉動紡磚而紡線。②是小篆的形體，其下的「寸」仍爲「手」。③是楷書繁體字。④爲草書楷化的簡化字。

《說文》：「專，六寸簿也……一曰專，紡專。」許愼第一種說法不妥，第二種說法是對的，「專」字本義就是「紡磚」。不過這個本義已經消亡了，而後世多用其「獨」、「獨占」等意義，如柳宗元〈捕蛇者說〉：「有蔣氏者，專其利三世矣。」大意是：有個姓蔣的人，獨占其利已經有三代了。由「獨」又可以引申爲「專橫」，如《左傳・桓公十五年》：「祭仲專，鄭伯患之。」這是說：祭仲這個人專橫得很，鄭伯很擔心。

請注意：古代的「專一」與今天的「專一」在詞義上有所區別，如《史記・孝文本紀》：「今大臣雖欲爲變，百姓弗爲使，其黨寧能專一邪？」這裡的「專一」有「專擅」或「獨斷獨行」的意思。

「自寄一封書，今已十月後。」這個「封」字是個會意字。甲骨文①左邊的下部是一個土堆，土堆之上栽種了一棵樹苗。右上部是一隻手（寸），也就是說，手拿樹苗往土堆上栽種就叫做「封」。金文②左邊的土上的樹苗還在，只是把甲骨文右上方的「手」改爲面朝左側立的一個「人」，伸著兩臂表示向土中栽種樹苗。③是小篆的形體，是從甲骨文蛻變而來，其右並不是側立的人，而仍然是一隻手（寸）。楷書④則把小篆左邊的「樹」改爲「土」，書寫方便。「封」字的本義是在土上培育樹木，如《左傳・昭公二年》：「封殖此樹。」也就是「栽種培育此樹」的意思。要栽種就要聚土，所以聚土築墳也可稱爲「封」，如《左傳・文公三年》：「封殽（ㄒㄧㄠˊ淆）屍而還。」其大意是：把在殽地戰死的人築墳掩埋好後回去。「築墳」有將屍體封閉於土中的意思，因此「封」字又能引申爲「封閉」義，如《史記・李斯列傳》：「書已封，未授使者，始皇崩。」就是說：把信已經封好了，還沒等遞給使者，秦始皇就死了。從「封信」又可引申爲單位量詞，如「一封書信」、「一封艾香」等。

請注意：「封」字的左邊是上下兩個「土」字，不能寫成四畫一豎。

① ② ③ 將④ 将⑤

「一車炭重千餘斤，宮使驅將使不得。」這個「將」字本爲會意字。①是甲骨文的形體，其左爲豎起來的「几案」形（几腿朝左），右邊是「肉」，表示肉放在几案上。②是金文的形體，在「肉」下又增加了兩隻手，表示雙手捧肉放在几案之上。③是小篆的形體，兩手變爲「寸（手）」，其義未變。④爲楷書的繁體字。⑤爲簡化字。

《說文》：「將，帥也。」許愼之說不妥。因爲「帥」是「將」的遠引申義。「將」字的本義應爲「置肉於案上」，後引申爲「扶」、「持」，如〈木蘭詩〉：「爺娘聞女來，出郭（外城）相扶將。」由「持」引申爲「帶領」，如《後漢書・蔡邕傳》：「遂攜將家屬，逃入深山。」由「帶領」引申爲「將領」，如《呂氏春秋・執一》：「軍必有將。」《史記・陳涉世家》：「王侯將相寧有種乎？」這裡的「將」必須讀作ㄐㄧㄤˋ。

另外，當「將」字當「請」、「願」講時，應讀爲ㄑㄧㄤ，如《詩經・衛風・氓》：「將子無怒，秋以爲期。」大意是：請你別生氣，秋天爲婚期。

尊

① ② ③ ④

陸游〈雜感〉：「一尊易致葡萄酒，萬里難逢鸛鵲樓。」詩中的「尊」字就是一個會意字。甲骨文①的下部是一雙手，上部是一個大酒杯（或酒瓶），是赤誠獻酒的意思。金文②與甲骨文的形體比較一致，只是酒器上增添了幾道美麗的花紋。③是小篆的形體，在酒器（酉）之上又增加了兩撇，實爲酒器的蓋子。④是楷書的寫法，其下部由金文和小篆的雙手變爲一隻手（寸）了，是由小篆直接演變而來。

▲西周銅尊。

「尊」字的本義就是「酒器」。在古代，向人敬酒是須非常尊重的，因此「尊」字又引申爲「尊重」義，如：「始皇尊寵蒙氏。」（《史記・蒙恬列傳》）這就是說：秦始皇非常尊重蒙氏。凡器物總有個單位，所以「尊」字還有遠引申義，那就是作單位量詞用，如三尊開山砲、五百尊神像等。

在古籍中常見「尊公」一詞，如：「當爲尊公作佳傳。」（《晉書・陳壽傳》）這裡的「尊公」不是對人的敬稱，而是稱對方父親的敬詞，如舊時寫信常說：「尊公康寧？」也就是說：你的父親好嗎？「尊公」有時寫作「令尊」。

① ② ③ ④

這個「公爵」、「侯爵」的「爵」字本爲象形字。①是甲骨文的形體，就像古代酒器的形狀，下有足，用以溫酒或盛酒，盛行於商代和西周初期。②是金文的形體，更像酒器的形狀，其右邊又增加了一隻手。③是

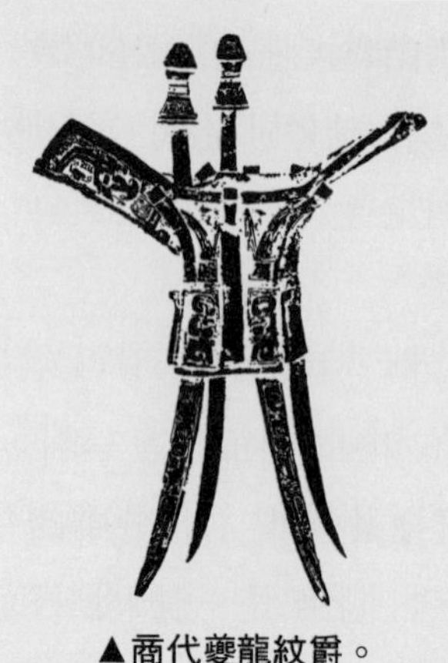
▲商代夔龍紋爵。

小篆的形體，其下部訛變爲從「鬯（古代祭祀用的一種酒）」，變得相當複雜。④是楷書的寫法。

《說文》：「爵，禮器也。象爵之形。」許說正確。「爵」字的本義就是「酒器」，是一種「禮器」，如《左傳・莊公二十一年》：「王與之爵。」也就是說：王給了他一件酒器。「爵」由「禮器」引申爲「爵位」，如《禮記・王制》：「王者之制祿爵，公、侯、伯、子、男，凡五等。」《韓非子・定法》：「官爵之遷與斬首之功相稱也。」意思是：官位的提升是與殺敵的功勞相稱的。至於《孟子・離婁上》中「爲叢驅爵」的「爵」，若理解爲禮器那就錯了。其實，這裡的「爵」是「雀」字的通假字。原話的意思是：替樹林趕來鳥雀。這裡的「爵」必須讀作ㄑㄩㄝˋ。

請注意：古書中常見的「爵室」一詞，不能理解爲有官爵的人所居之室，而是大船上的瞭望室，如《釋名・釋船》：「又在上曰爵室，於中候望之，如鳥雀之警示也。」

巾　部

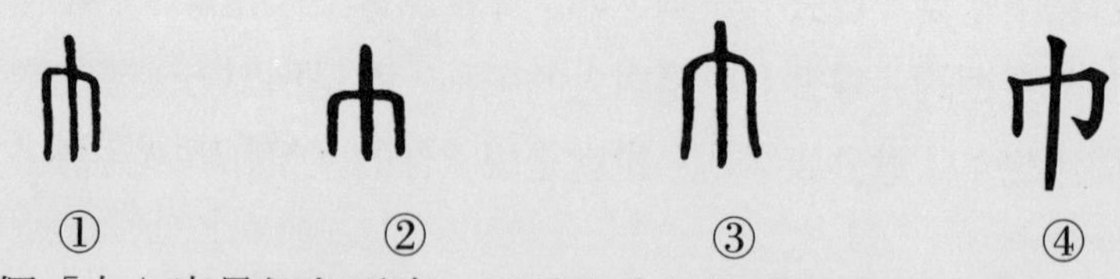

①　②　③　④

這個「巾」字是個象形字。甲骨文①就像掛下來的一幅布或一條手巾。金文②和小篆③基本上同於甲骨文。④是楷書的寫法。

「巾」字的本義是指古代擦抹用的布，類似今天所用的手巾。從手巾又引申爲頭巾、領巾、車巾等。在閱讀文言文時，我們經常會遇到「巾幗」一詞，這個「巾幗」是指古代婦女的頭巾或髮飾，後世則往往用「巾幗」作爲婦女的代稱，稱女英雄爲「巾幗英雄」。

▲古時女式髮巾。

請注意：古代有關帽子之類的字有好幾個，必須加以區別。冕：是帝王、諸侯、卿、大夫等統治階級的人物所戴的禮帽。冠：是古代的帽子的總稱。巾：是紮在頭上的織物。弁（ㄅㄧㄢˋ變）：是古代用皮革做成的帽子。帽：是後世才有的字，今天都稱爲帽子。

「巾」字是個部首字，凡由「巾」字所組成的字大都與「布」有關，如：「布」、「幅」、「常」、「帷」、「幕」、「幡」等字。不過像「帚」、「帝」等字的下部其實不是「巾」字，下面再作分析。

   帚

①　②　③　④

這是「敝帚自珍」的「帚」字，讀ㄓㄡˇ（肘），是一個象形字。甲骨文①就像一把笤帚，上部的帚苗是掃地的部分，下端是笤帚把兒。金文②的形體更像一把掃炕或掃床的笤帚。小篆③則發生了較大的變化，已經不像笤帚的樣子了，其下部手可握持的部分變成了「巾」字，因此許愼在《說文解字》中把「帚」字放在「巾」部裡。其實這「帚」字與「巾」字在詞義上毫無關係。④是楷書的形體，連一點笤帚的模樣兒也沒有了。

「帚」字的本義就是「笤帚」。笤帚可以用來掃除，所以「掃」，表示用手（提手旁）持帚才能打掃。

你在閱讀古書時，還會碰到「箒」字，這是個什麼字呢？其實就是「帚」字的異體字，其上部加了個「竹字頭」，表示笤帚是用竹子作的，這實在是多此一舉，因「帚」字本來就是笤帚形，所以在廢除異體字時，把「箒」字廢除了。

▲執彗門吏，漢畫像磚，河南古鄞縣出土。

帝

①　②　③　④

這個「帝王」的「帝」字是個象形字。甲骨文①像橫七豎八的一堆木柴，準備點燃。金文②基本上同於甲骨文。小篆③比甲骨文、金文更複雜，其下部變成了「巾」，所以姑且將「帝」字放在「巾」部。其實「帝」字與「巾」字在詞義上並無聯繫，僅是「帝」字的部分形體似「巾」。④是楷書的寫法。

▲遠古人點燃的木柴。

「帝」字本像準備點燃的木柴之形。點燃木柴是爲了祭天，正如《爾雅・釋天》中所說：「祭天曰燔（ㄈㄢˊ凡）柴。」所謂「燔」就是焚燒的意思。點燃木柴，火光熊熊，象徵天神之威靈。所以「帝」字的本義就是「天神」，又稱爲「天帝」，是整個宇宙所謂的「主宰者」。由「天帝」又可以引申爲「帝王」，如「三皇五帝」。

在古代典籍中常見「帝室」一詞。有人認爲是指皇帝的住處。其實，「帝室」是「皇家」的意思，如《三國志・蜀志・諸葛亮傳》：「將軍既帝室之胄。」意思是：將軍（指劉備）本來就是皇家的後代。如果要說皇帝居住的地方，在古代往往稱爲「帝鄉」，也就是指「京城」。

帶

①　②　③　④

「衣帶漸寬終不悔，爲伊消得人憔悴。」這個「帶」字本爲象形字。①是金文的形體，上下有纓頭，很像一條兩頭下垂的長帶子，中間呈彎曲形。②是小篆的形體，下部變爲「巾」形。③是楷書的繁體字。④爲簡化字。

《說文》：「帶，紳也。」「紳」爲腰帶，可見「帶」字的本義爲「腰帶」，如《詩經・衛風・有狐》：「心之憂矣，之子無帶。」大意是：我的內心很憂愁，那人沒有好衣帶。《荀子・儒效》：「逢衣淺帶。」「逢」爲「大」義，「淺」爲「闊」義。這是說：大的衣服寬闊的腰帶。因爲「帶」是長條的，所以能引申爲「圍繞」義，如《戰國策·魏策一》：「前帶河，後被山。」意思是：前面有黃河圍繞，後面靠著大山。因腰帶經常帶在身上，所以經常掛在身邊亦可稱爲「佩帶」，這就由名詞轉化爲動詞，如《漢書·龔遂傳》：「民有帶持刀劍者。」

請注意：古籍中常見「帶甲」一詞，那是「步兵」的通稱，因爲步兵常帶甲冑。後來也泛指「披甲的將士」，如《史記·蘇秦列傳》：「帶甲數十萬。」也就是說：有將士幾十萬人。

門部

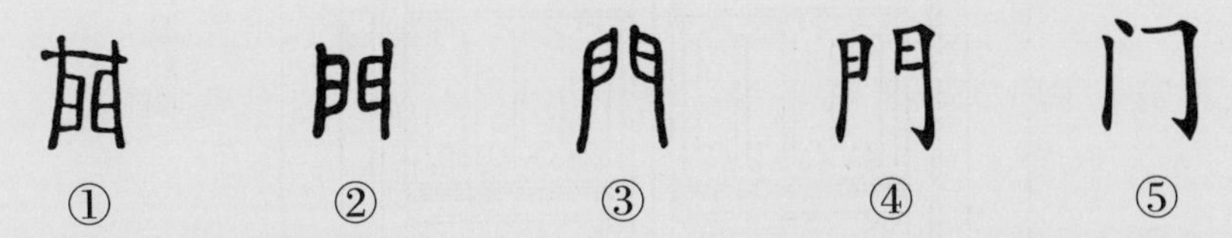

① ② ③ ④ ⑤

這是「執戟進轅門」的「門」字，是個象形字。甲骨文①上部是一條嵌入門樞的橫木，下部很像兩扇門的形象。金文②則把門上的橫木去掉了，但仍保持兩扇門的原樣兒。③是小篆的形體。④是楷書的寫法，基本上同於小篆。⑤是簡化字。

「門」字自古至今皆用其「門戶」的本義，如《墨子·號令》：「門常閉。」後來引申爲進出口也稱門，如《徐霞客遊記·楚遊日記》：「洞門甚隘。」就是說「洞門很狹窄」的意思。一門之內爲一家，所以「門」也能當「家」或「家族」講，如《三國志·蜀書·先主傳》：「汝勿妄言，滅吾門也。」大意是：你不要胡說，當心滅掉我們的家族。從「家族」之義，又能引申爲「門類」的意思，如《舊唐書·杜佑傳》：「書凡九門，計二百卷。」這就是說：這部書分爲九個門類，一共有兩百卷。

請注意：在古書中經常會見到「門貼」一詞，那是指「對聯」。古人要賣田宅和器物要寫一個招貼，這個「招貼」也同樣稱爲「門貼」，如《南史》中所說：「百姓那得家家題門貼賣宅？」那麼「門貼」出現在一段文字中究竟當「對聯」講還是當賣田宅的「招貼」講，這只有根據上下文的意思才能判定。

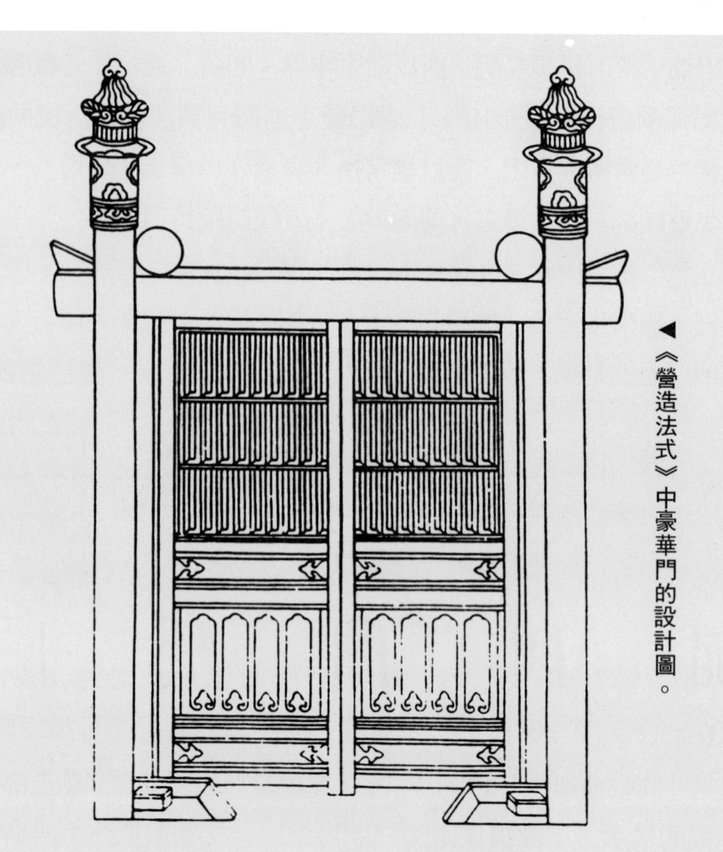

◀《營造法式》中豪華門的設計圖。

「門」字是個部首字，凡由「門」所組成的字大都與門戶及其動作有關，如「閉」、「間」、「閑」、「閘」等字。

① ② ③ ④ 開 ⑤ 开

「太白發句，謂之開門見山。」這個「開」字原為會意字。①是璽文的形體，外部是兩扇大門，內部的「一」是門閂，下面是一雙手，表示用雙手拉開門閂。②是《說文》中的古文形體，與璽文基本相似。③是小篆的形體，內部發生了訛變。④為楷書繁體字。⑤為簡化字。

《說文》：「開，張也。」以「張」來釋「開」字的本義，不夠確切。其實「開」的本義也就是「開門」，如《南史・梁本紀下》：「開門揖盜。」這是比喻引進壞人，自招禍患。由「開門」義又可以引申為「張開」義，如《莊子・盜跖》：「開口而笑者。」另外還可以引申為「分開」、「開發」等。

請注意：「開明」一詞在古籍中也經常見到，比如《淮南子・地形訓》：「東方……曰開明之門。」「明」，指太陽。日出東方，則天下大明，所以這裡的「開明」就是「啓明」，代表東方。另外，《山海經・海內西經》：「開明，獸身，大類虎。」這裡的「開明」則又是傳說中的獸名。可見「開明」一詞古今詞義是不相同的。

①　②　③ 關　④ 关

「秦時明月漢時關。」這個「關」字本爲會意字。①是金文的形體，外爲門形，門中有一對門閂，表示「關門」之意。②是小篆的寫法，較金文複雜一些。③是楷書繁體字。④爲簡化字。

《說文》：「關，以木橫持門戶也。」這是對的。所以「關」的本義就是「門閂」，如《左傳・襄公二十三年》：「臧紇斬鹿門之關以出。」這是說：臧紇這個人砍斷了鹿門（城門名）的門閂而出去了。由「門閂」可以引申爲動詞「關閉」，如陶潛〈歸去來兮辭〉：「門雖設而常關。」就是說：雖然也安了兩扇大門，但又常關閉著。由此又可以引申爲「關口」，如李白〈蜀道難〉：「一夫當關，萬夫莫開。」

◀《篆刻字典》中的「關」字。

請注意：在古籍中常用「關山」一詞，一般是指關隘山川，如〈木蘭詩〉：「萬里赴戎機，關山度若飛。」但有時也指今寧夏回族自治區的六盤山，所謂「大關山」即六盤山的主峰。

①　② 閉　③ 閉　④ 闭

這是「城門閉，言路開」的「閉」字，是個會意字。金文①的上部左右是兩扇門，下部的「+」字就是門閂。門戶緊關，插上門閂，這就是「閉」的意思。②是小篆的形體，兩扇門當中加上了兩條門閂，關閉得好緊，萬無一失。到了楷書③，門閂僞變成「才」字了，其實「閉」字與「才」字毫無關係。④是簡化字。

「閉」字的本義就是「關門」，如《史記・康叔世家》：「門已閉矣。」又可引申爲「閉上」，如《史記・張儀列傳》：「願陳子閉口，毋復言。」意思是：希望陳子（陳軫）閉住嘴巴，不要再說了。從「閉上」又可以引申爲「堵塞」，如《漢書・李尋傳》：「閉絕私路。」也就是堵塞私路的意思。

現在所說的「閉關」往往指「閉關自守」，可是在古代是「閉門謝絕人事」的意思，如江淹的〈恨賦〉：「罷歸田里，閉關卻掃，塞門不仕。」大意是：罷官回家，關門灑掃，不外出做官。

①　②　③　④　⑤

這是「松下問童子」的「問」字。甲骨文①是門內有口，表示在門內發問，這是個會意兼形聲的字。②是戰國印文，與甲骨文相同。③是小篆的形體。④是楷書繁體字。⑤爲簡化字。

《說文》：「問，訊也。」這是對的。可是說「從口，門聲」則不妥。因爲「門」字也含有意義，而並非單純表音。所以「問」字實爲會意兼形聲的字。「問」字本義就是「訊問」，如《史記・晏嬰傳》：「晏子怪而問之。」計六奇《明季北略》：「問民間疾苦。」由「訊問」又可以引申爲「問候」、「聘問」（代表本國政府訪問友邦）。由「聘問」又引申爲「饋贈」，如《左傳・成公十六年》：「問之以弓。」就是「把弓饋贈給他」的意思。《詩經・鄭風・女曰雞鳴》：「雜佩以問之。」所謂「雜佩」，就是古代的飾物。這是說：我解下雜佩贈送給您。

請注意：古代的問、訊、詰的含義有所區別。「問」的詞義非常廣泛，有詢問、審訊、問候、聘問、問難等等。而「訊」則用於審問。「詰」多用於反問、追問，如《左傳・襄公二十五年》：「士莊伯（人名）不能詰。」這是說：士莊伯這個人不能追問。

① ② ③ 閑 ④ 闲

▲餵馬圖，漢畫像磚。

這個「閑」字是個會意字。金文①上部是左右兩扇大門，下部的門中擋上木頭，這就是柵欄，是養馬圈。小篆②基本上同於金文的形體。楷書③又基本上同於金文的形體，這三種形體一脈相承，都是會意結構。④是簡化字的寫法。

「閑」字的本義是指養馬的圈，如《周禮・夏官・校人》：「天子十有二閑，馬六種。」這就是說：天子有十二個馬圈，馬六種。從「馬圈」義又引申爲「範圍」，如《漢書・武五子傳》：「制禮不逾閑。」就是說：制禮不能超出一定的範圍。既然有一定範圍，就有「防止」之義，如劉禹錫〈天論〉：「建極閑邪。」大意是：建立準則，防止邪說。可見這裡的「閑」字就當「防止」講。

李白〈廬山謠〉：「閑窺石鏡清我心。」這當中的「閑」字，如果解釋爲「馬圈」、「範圍」就不通。實際上這個「閑」字又引申爲「空閒」、「清閒」的意思。再看宋玉〈登徒子好色賦〉：「體貌閑麗。」這裡的「閑」字又是什麼意思呢？實爲後來的「嫻」字，是「文雅」、「雅靜」之義。

「閑」字與「閒」字本爲兩個字，古代曾經通用過，但大陸在廢除異體字時把「閒」字廢掉了，只保留「閑」字，所以「空閒」、「清閒」、「忙閒」等等，大陸只能寫「閑」而不能再寫「閒」了。

① ② ③ 間 ④ 间

這個「間」字是個會意字。金文①門上有一彎明月，月下有兩扇大門，這就表示由門隙間可以望見明月。之所以能夠望見明月，也正因爲兩扇門之間有空隙，所以「間」字的本義就是間隙、空隙。②是小篆的寫法，把門上的月移到門內，表示門縫中見月光，結構合理，書寫方便。③是楷書形體。④是簡化字。

這個「間」字在上古寫作「閒」（門裡是個「月」字），本義爲間隙、空隙，如《史記·管晏列傳》：「妻從門閒而窺其夫。」這個「從門閒而窺」就是「從門縫中看」的意思。當「閒」字讀爲ㄐㄧㄢˋ（見）的時候，可當「隔閡」講，如《左傳·哀公二十七年》：「君臣有閒。」由「隔閡」又可引申爲「離閒」。

請注意：閒、間、閑這三個字有區別。上古根本沒有「間」字，是後代寫作「間」的，上古都寫作「閒」。當產生了「間」字以後，人們則把讀ㄐㄧㄢ（艱）和ㄐㄧㄢˋ（見）的都寫作「間」，而把讀ㄒㄧㄢˊ（閑）的都寫作「閒」。「閑」的本義是柵欄，在通常情況下，「閒」與「閑」是不相通的；只是在「空閒」的意義上有時寫作「閒」。漢字簡化後，「閒」字被廢除了，凡是「空閒」、「忙閒」等意義均寫爲「閑」。

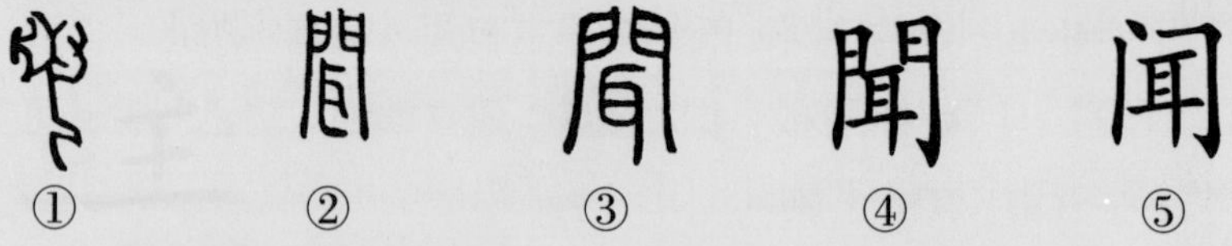

「春眠不覺曉，處處聞啼鳥。」這個「聞」字原爲會意字。甲骨文①的下部是面朝右的人形，人的頭上有一隻大耳朵，這就突出了「聽」的意思。②是戰國印文的形體，變成了外聲內形的形聲字，仍爲「聽」意。③是小篆的寫法，與印文相似。④是楷書繁體字。⑤爲簡化字。

《說文》：「聞，知聲也。」「聞」的本義爲「聽見」，如《晉書·祖逖傳》：「中夜聞荒雞鳴。」所謂「荒雞」，就是半夜鳴叫的雞，古人以此爲不祥。《史記·高祖本紀》：「項羽卒聞漢軍楚歌。」由「聽見」可以引申爲「知識」、「見聞」，如《史記·屈原列傳》：「博聞強志。」這就是說：學識見聞廣博，記憶力又很強。

「聞」有一個後起的假借義，當「嗅」講，如李商隱〈和張秀才落花有感〉：「掃後更聞香。」現在仍說「用鼻子聞一聞」。

「聞」讀作ㄨㄣˋ，那是「聲譽」、「名聲」義，如《詩經·大雅·卷阿》：「令聞令望。」大意是：好的聲譽好的名望。

請注意：「聞」與「聽」在古代是有區別的。「聽」是聽的行為，「聞」是聽的結果。《大學》中有「心不在焉，聽而不聞」的話，可見「聽」、「聞」有別。

① ② ③ ④

這是「辟荒植五穀」中「辟」字的繁體字「闢」。金文①的形體生動形象，其上部是關閉的兩扇門，其下部是兩隻手，這就表示雙手把門推開的意思。所以這個字是個會意字。可是到了小篆②則由會意字變成了外形（門）內聲（辟）的形聲字了。雖然形體變得繁雜了，但是卻體現了漢字由表意向標音發展的趨勢。③是楷書形體，由小篆直接演變而來。④是簡化字，把整個「門」字簡化掉了。

「闢」字的本義就是「開」或「打開」，如：「寢門闢矣。」（《左傳・宣公二年》）也就是說：臥室的門打開了。由「打開」之義又可以引申為「開闢」，如司馬相如〈上林賦〉：「地可墾闢。」這個「闢」字就是「開墾」或「開闢」的意思。由「開闢」之義又能引申為「排除」，如「辟耳目之欲」。也就是排除耳目之欲的意思。至於「闢謠」之「闢」，那是「駁斥」之義，是從「排除」之義引申出來的。

請注意：「辟」字還可以讀ㄅㄧˋ，如「辟世」，即「避世」，也就是逃避現實的意思。「辟」字又可作假借字，如《史記・魏其武安侯列傳》：「辟倪兩宮間。」「辟倪」就是「睥睨」的假借字，是「暗中窺探」的意思。又如《論語・先進》：「師也辟。」就是說：師這個人是個偏激（或孤僻）的人。總之，同一個「辟」到底怎樣才能理解得正確，這要看上下文的意思而定。

女部

「唧唧復唧唧，木蘭當戶織。不聞機杼聲，惟聞女嘆息。」這個「女」字是個惟妙惟肖的象形字。甲骨文①就像面朝左跪著的一個人，上身是直立的，兩臂交叉在胸前。金文②基本上與甲骨文的形體相同，只是在「女人」的頭上多了一條橫線，實爲頭簪之類的裝飾品。③是小篆的形體，不如甲骨文更像跪著的人形。④是楷書的寫法，變得完全沒有人形了。

▲漢代陶女圖。

「女」字的本義即指「婦女」，如賈誼〈論積貯疏〉：「一女不織，或受之寒。」就是說：要是一個婦女不織布，有的人就要受凍。有時又特指未嫁的女子，如《詩經・周南・關雎（ㄐㄩ居）》：「窈窕（ㄧㄠˇ ㄊㄧㄠˇ咬挑）淑女，君子好逑。」意思是：體態多好的女子啊，可與君子匹配。另外，也當「女兒」講，如〈木蘭詩〉：「不聞爺（父親）娘喚女聲。」以上各例均爲名詞，由名詞又可引申爲動詞「嫁」，如《左傳・桓公十一年》：「宋雍氏女於鄭莊公。」也就是說，宋雍氏嫁於鄭莊公。不過這種當「嫁」講的「女」字，應當讀ㄋㄩˋ。至於「女」讀爲ㄖㄨˇ（乳），那是代替了古代的第二人稱「汝」（當「你」講）。

有幾個用「女」字組成的詞，我們應當注意：在黃庭堅〈送薛樂道知鄖鄉〉詩中有這樣一句：「雙鬟女弟如桃李。」這句詩中的「女弟」是指「妹妹」。如此看來，那麼姊姊可稱爲「女兄」了？對！你看，劉知幾的《史通・浮詞》中就把姊姊稱爲女兄。

有人曾把「女酒」理解爲婦女喝的酒，這就不對了。《周禮・天官・序官》：「女酒三十人。」「女酒」是指古代宮廷中能釀酒的女工，所以是釀酒女工的代稱。

再比如，我們讀劉禹錫的〈石頭城〉詩，其中有這樣的名句：「淮水東邊舊時月，夜深還過女牆來。」李賀的〈石城曉〉詩：「月落大堤上，女垣棲烏起。」這些詩句中的「女牆」和「女垣」都是指古代城牆上的矮牆，絕不能認爲古代還有男牆、女牆之分。

「女」字是個部首字，凡由「女」字所組成的字大都與婦女有關，如「奴」、「好」、「妥」、「媚」等字。

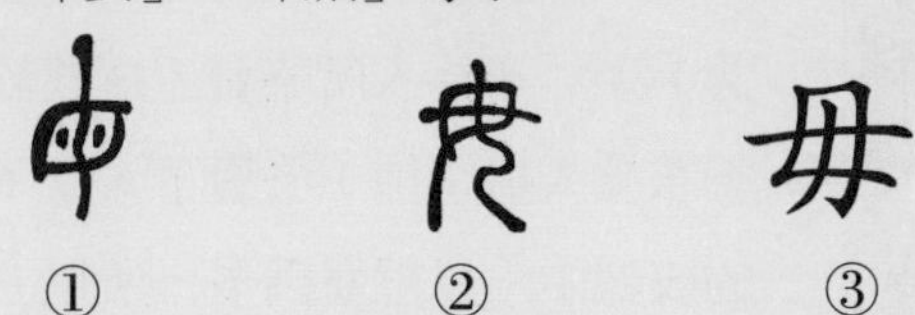

①　②　③

這是「寧缺毋濫」的「毋」字，讀作ㄨˊ，本爲象形字。①是金文的形體，像站立的婦女，其中的兩點表示乳房，所以在金文中「母」與「毋」爲同字。②是小篆的形體，將其中的兩點變爲一横。高亨先生認爲：「毋是母字之誤變。」③是楷書的寫法。

《說文》：「毋，止之也。從女，有奸之者……」許慎對「毋」字的形體分析不妥。「毋」字在金文中本爲「母」字，到小篆才與「母」字相區別。古人言「毋」，猶如今人稱「莫」，所以便借「毋」表示禁止之意。

「毋」字的本義爲「勿」或「不要」，如《詩經・小雅・角弓》：「毋教猱（ㄋㄠˊ，猴子）升木。」這是說：猴子上樹不用教。《史記・項羽本紀》：「距（拒）關，毋內（納）諸侯。」由「不要」義又能引申爲「不」，如《韓非子・說林下》：「以我爲君子也，君子安可毋敬也。」「毋」字還可以作「無」字的假借字，如《史記・秦始皇本紀》：「脛毋毛。」

《禮記・郊特牲》中所說的「毋追」，那是夏代的冠名，這裡的「毋追」必須讀作ㄇㄡˊ　ㄉㄨㄟ。

古籍中所說的「毋望」，並非「不要希望」之意，而是「非常」的意思，如《史記・春申君列傳》：「世有毋望之福，又有毋望之禍。」

① ② ③

▲捧博山爐的侍女，南朝畫像磚。

這個「奴」字是個會意字。金文①的左邊是個「女」，右下部是一隻大手（又），表示抓住了一個人。在古代戰爭中抓來的戰俘，都淪爲奴隸（不僅是女的）。②是小篆的寫法，與金文基本相似。楷書③從小篆直接演變而來。

「奴」字的本義是「奴隸」，如《史記・季布傳》：「布爲人所略賣，爲奴於燕。」大意是：我季布被人搶（掠）去賣了，當了燕的奴隸。在古代的奴隸中，以婦女爲多，所以「奴」也往往指「奴婢」，如陸游〈歲暮——感懷〉詩：「富豪役千奴，貧老無寸帛（絲織品）。」到了後世，女子表示自卑的稱呼，也往往用「奴」字，如《宋史・陸秀夫傳》：「楊太妃垂簾與群臣語，猶自稱奴。」男子對自己有時也可以賤稱爲奴，如計有功《唐詩紀事・昭宗》：「何處是英雄，迎奴歸故宮。」

好

① ② ③ ④

這個「好」字是個會意字。甲骨文①的左邊是個半跪著的婦女，胸前抱著一個嬰兒。金文②的左上部是一個嬰兒，右邊是半跪著的婦女，最上部的一小橫，是婦女頭上的簪飾。到了小篆③「子」與「女」的位置又同於甲骨文了，可見在古代組成漢字各部分的位置往往是不固定的。④是楷書的寫法。

從「好」字的會意形式看，在古代很可能是以多子女的母親爲「好」。如果以今天的意思去理解古人的意思，認爲一男（子）一女很要好，這就會成了「好」的本義，這個理解是不對的。

「好」字又可以引申爲容貌美，如《戰國策・趙策三》：「鬼侯有子而好。」意思是：鬼侯有個女兒長得很美。從「美」又能引申爲「友好」，如諸葛亮〈草廬對〉：「外結好孫權。」也就是東面與孫權友好。

「好」字也是一個多音多義字，當「好」字讀作ㄏㄠˋ（號）的時候則有兩個意思：第一，當「喜歡」講，如《史記・酈食其傳》：「沛公不好儒。」也就是說：劉邦不喜歡儒生。第二，圓形玉器或錢幣，中間的「孔」稱爲「好」，孔外的部分稱爲「肉」。

「忽如一夜春風來，千樹萬樹梨花開。」這個「如」字本爲會意字。①是甲骨文的寫法，左邊是口，右邊是跪著的女人，雙手交叉置於胸前，表示「從命」之意。②是石鼓文的形體，「口」與「女」位置調換，其義不變。③是小篆的形體，與石鼓文基本相同。④爲楷書的寫法。

《說文》：「如，從隨也。」由「從隨」之義又可引申爲「到……去」，如《三國志・吳書・吳主傳》：「權將如吳。」「如」當「像」講，也是從「隨從」之義引申出來的，如《詩經・鄭風・大叔于田》：「執轡如組，兩驂如舞。」大意是：手拉馬韁繩像是有編有織，兩匹驂馬跑起來就像跳舞。由「像」又可以引申爲「及」或「不及」，如《史記・韓非傳》：「斯自以爲不如非。」這是說：李斯自認爲自己不如韓非。由此又可以引申爲假設連詞「假如」，如《三國志・蜀書・諸葛亮傳》：「如其不才，君可自取。」意思是：假如他沒有才能，您就可以取代他。

在古籍中經常出現「如是」這一詞，其義多爲「如此」、「這樣」等。但有時也作「許可」用，如《金剛經》：「如是，如是。」就是說：可以，可以。

這個「婦」字也是一個會意字。甲骨文①的左上方是一把笤帚，右邊跪著一個人（女），是表示手拿笤帚掃地的人就是「婦」。②是金文的形體，基本上同於甲骨文的形體。③是小篆的寫法，爲了書寫方便，把「女」字旁移到了「帚」的左邊。楷書④與小篆③的寫法基本一致。⑤是簡化字。

古代已婚的女子稱爲「婦」，如王昌齡〈閨怨〉：「閨中少婦不知愁。」又可以引申爲「妻」的意思，如古樂府〈陌上桑〉：「使君自有婦，羅敷自有夫。」這裡的「自有婦」，就是說：本來就有了妻子。「婦」字還可以當「兒媳」講，如《爾雅・釋親》：「子之妻爲婦。」《天朝田畝制度》中所說的「凡分田：照人口，不論男婦」。這裡面的「婦」字不是特指，而是泛指婦女。

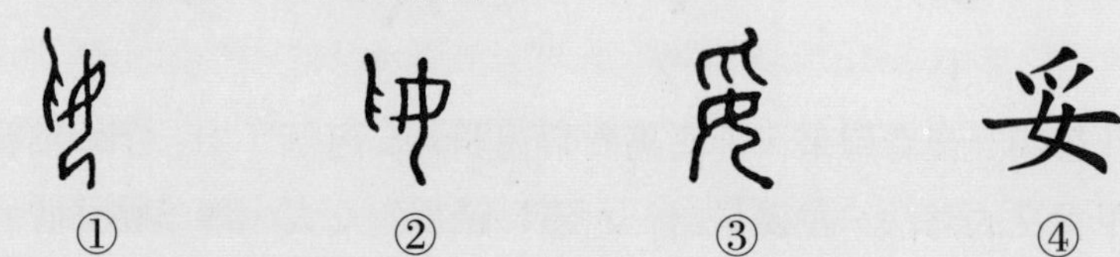

這個「妥」字是個會意字。甲骨文①的左上部是一隻手（爪），右邊跪著一個婦女，是制服女奴之形。金文②的形體也基本上同於甲骨文，不過其右邊的婦女有點半站的樣子。小篆③則手在婦女的頭上，這不僅爲了結構合理，而且也更能顯示制服之意。④是楷書的寫法，是由小篆直接演變而來。

「妥」字的本義是「制服女奴以求安」，如：「北州以妥。」（《漢書・武五子傳》）也就是「北州穩定」的意思。後來由「穩定」之義又可以引申爲「妥貼」，如：「或妥貼而易施。」（陸機，〈文賦〉）這裡的「妥貼」就是指「恰當」或「合適」。「易施」是指「平穩」。這句話的意思是：有的則合適而平穩。現在說的「不妥」，也就是「不合適」的意思。

我們讀杜甫的〈故司徒李公光弼〉詩時，會見到「擁兵鎭河汴，千里初妥貼」兩句詩。這裡的「妥貼」若理解爲「恰當」或「合適」那就不對了，而應當理解爲「安定」。這兩句詩的意思是：派大兵鎭守河汴，千里之地剛剛得到安定。

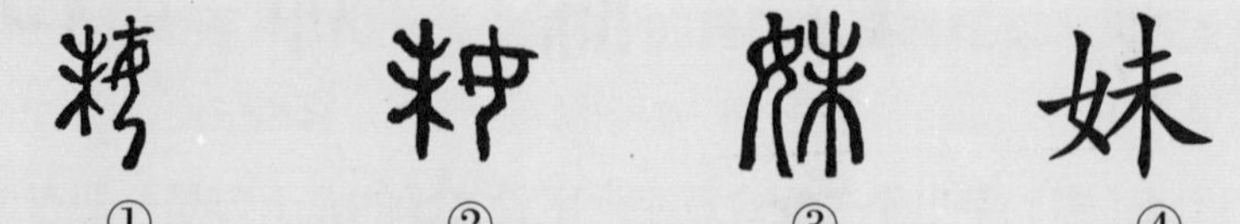

「姊妹弟兄皆列土，可憐光彩生門戶。」這個「妹」字本爲形聲字。甲骨文①的左邊是「未」，表聲；右邊是「母」，表形。②是金文的形體，其左邊未變，右邊由「母」變爲「女」，義近。③是小篆的寫法，左右位置對調。④為楷書的形體。

《說文》：「妹，女弟也。從女，未聲。」許說極是。所謂「女弟」，也就是「妹妹」，如《詩經．衛風．碩人》：「東宮之妹，邢侯之姨。」「東宮」，就是齊太子；「邢侯」，就是邢國的國君。這兩句詩的大意是：她是齊太子的親妹妹，也是邢侯的小姨子。

「妹夫」是指妹妹的丈夫，可是古代常稱妹夫為「妹婿」，如白居易〈楊六尚書新授東川節度使代妻戲賀兄嫂〉：「覓得黔婁（人名）為妹婿。」這裡的「妹婿」就是妹妹的丈夫。

請注意：「妹」與「妺（ㄇㄛˋ）」是兩個不同的字。前者從「未」得聲，後者從「末」得聲，不能相混。「妺喜」是夏桀的妻子，商湯滅夏，她與夏桀同奔南方而死。

「爺娘妻子走相送，塵埃不見咸陽橋。」這個「妻」字是會意字。①是甲骨文「妻」字的形體，其下部為面朝左跪著的一個婦女，頭上是蓄長髮之形，右上部有一隻手，整個形體是「捉女為妻」，這與上古的搶親風俗有關。②是小篆的形體，與甲骨文基本相似。③是楷書的寫法。

《說文》：「妻，婦與夫齊者也。」這是對的。夫婦等齊，男子的配偶為妻，如《史記．吳起傳》：「吳起取（娶）齊女為妻。」由「妻子」又可以引申為「以女嫁人」，作動詞用，如《三國志．魏書．荀傳》：「太祖以女妻彧（ㄩˋ）長子惲。」也就是說：太祖把女兒嫁給荀彧的長子惲為妻。

請注意：古代的「妻孥」是指妻子兒女的統稱，但有時也寫作「妻帑（ㄋㄨˊ）」，如《詩經．小雅．常棣》：「宜爾室家，樂爾妻帑。」大意是：弄好你的家室，使你的妻子兒女都得到歡樂。

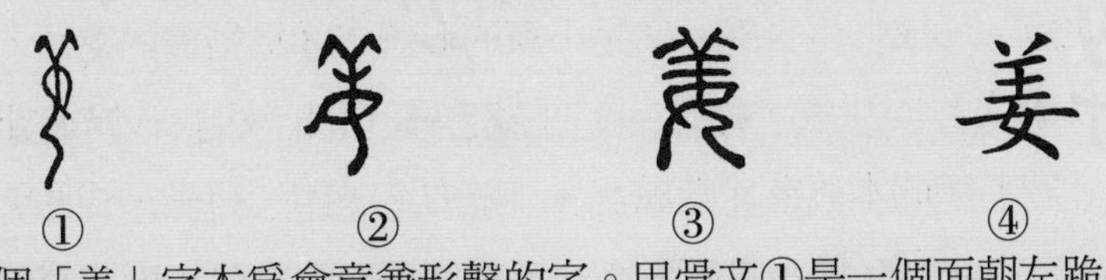

這個「姜」字本為會意兼形聲的字。甲骨文①是一個面朝左跪坐的女

人，頭上戴的羊角冠，表示「很美」的意思。同時，「羊」亦表聲。②是金文的形體，與甲骨文相似。③是小篆的寫法。④爲楷書的寫法。

《說文》：「姜，神農居姜水，以爲姓。從女，羊聲。」此說不妥。因「姜」字的本義爲「美」，而不是姓。再說「姜」是會意兼形聲的字，而非單純的形聲字。

古代「姜」與「薑」本爲兩字，「姜」多作姓用，「薑」爲「生薑」之「薑」。大陸在實行簡化字時，便以「姜」代「薑」了。

古書中的「薑桂」本指生薑肉桂。因其味越老越辣，所以常用以比喻人越到老年性格越剛強，如《宋史・晏敦復傳》：「況吾薑桂之性，到老愈辣。」

① ②

這個「姝」字讀作ㄕㄨ，是個形聲字。①是小篆的形體，左「女」表形，右「朱」表聲。②是楷書的寫法。

《說文》：「姝，好也。從女，朱聲。」「姝」字的本義爲「美好」，如《詩經・邶風・靜女》：「靜女其姝，俟我於城隅。」大意是：文靜美麗的姑娘啊，在城角等候我。《法華經・譬喻品》：「形體姝好。」這是說：體態柔美。

「姝」字單獨使用，有時可指「青年女子」，如《樂府詩集・陌上桑》：「使君遣吏往，問是誰家姝。」

①  ② ③

這是「威振天下」的「威」字。是個會意兼形聲的字。①是金文的形體，右邊是一把類似長柄大斧的武器，左下角是一個女人，即表示「施威」之意。「戊」也表聲。②是小篆的形體。③爲楷書的寫法。

《說文》：「威，姑也。」「威」雖可訓「姑」，但並非本義。其實，「威」字的本義爲「威風」、「威力」，如《荀子・強國》：「威動海內。」《史記・陳涉世家》：「威振四海。」又可以引申爲「威嚴」，如《管子・八觀》：「禁罰威嚴，則簡慢之人整齊。」這是說：刑罰威嚴，輕視法令的人也會規規矩矩。「威嚴」會使人害怕，所以「威」又能通「畏」，當「怕」講，如《詩經・小雅・常棣》：「死喪之威，兄弟孔懷。」大意爲：死亡是很可怕的，只有兄弟最爲關懷。

「作威作福」現在多謂妄自尊大、濫用權勢的意思。可是在上古，本指「刑罰」和「獎賞」，如《尚書・洪範》：「惟辟作福，惟辟作威。」「辟」指天子。大意是：只有天子才有權給人以獎賞，只有天子才有權給人以懲罰。

這是「婚喪嫁娶」的「娶」字，是個會意兼形聲的字。①是甲骨文的形體，左邊是「女」，右上邊是一手揪住一隻耳朵，即爲「取」。②是小篆的形體，與甲骨文相一致。③是楷書的寫法。

《說文》：「娶，取女也。」如《左傳・隱公元年》：「初，鄭武公娶于申，曰武姜。」大意是：起初，鄭武公在申國娶妻，名叫武姜。又如〈西門豹治鄴〉：「苦爲河伯娶婦。」

「娶妻」之「娶」本可寫作「取」，如《詩經・齊風・南山》：「取妻如之何？匪媒不得。」意思是：取妻靠什麼？沒有媒人辦不成。《史記・吳起傳》：「吳起取齊女爲妻。」在這個意義上，後世均寫爲「娶」，可見「娶」字是會意兼形聲的字，應爲「從取從女，取亦聲」。

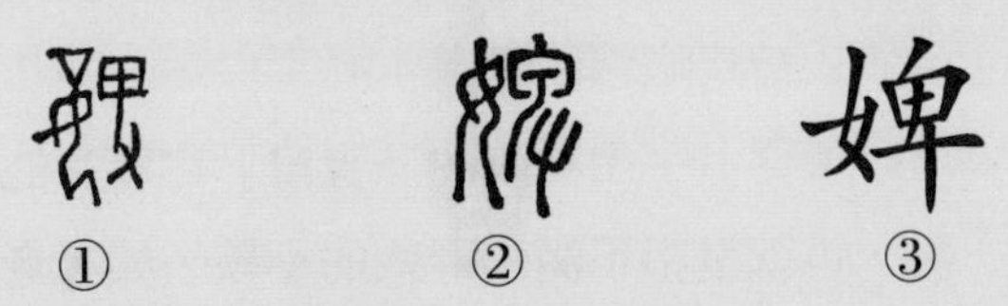

「婢子寒且倦，主人哦不窮。」這個「婢」字，本爲會意兼形聲的字。①是甲骨文的形體，左邊是「妾」，右邊是「卑」，表示「卑賤的女子」之意。②是小篆的形體，將原甲骨文左邊的「妾」換成了「女」，其義不變。③是楷書的形體。

《說文》：「婢，女之卑者也，從女卑，卑亦聲。」許慎說法甚確。在古代受剝削階級所役使的女子稱爲「婢」，如《世說新語・文學》：

「（鄭玄）嘗使一婢，不稱旨，將撻之。」意思是：鄭玄曾經使喚一個女婢，不稱心意，要鞭打她。白居易〈續古〉：「豪家多婢僕，門內頗驕奢。」「驕奢」，驕橫奢侈。這兩句詩的原意是：豪門權貴的家裡養著很多女婢、男僕，門府之內非常的驕橫奢侈。

◀漢畫像石上的主婦與婢女。

古書中常見「婢子」一詞，有時當「婢女」講，但有時也是婦人自稱的謙詞。到底作何解，應根據語言環境和文意而定。

  嬰 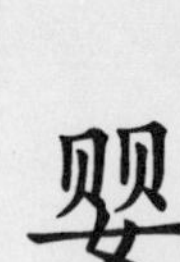

① ② ③ ④

這是「世網嬰我身」的「嬰」字，本為會意字。①是金文的形體，上部是「貝」，下部是「女」，表示婦女頸上掛著由貝做成的裝飾品。②是小篆的形體，上部從兩貝，其義未變。③是楷書繁體字。④為簡化字。

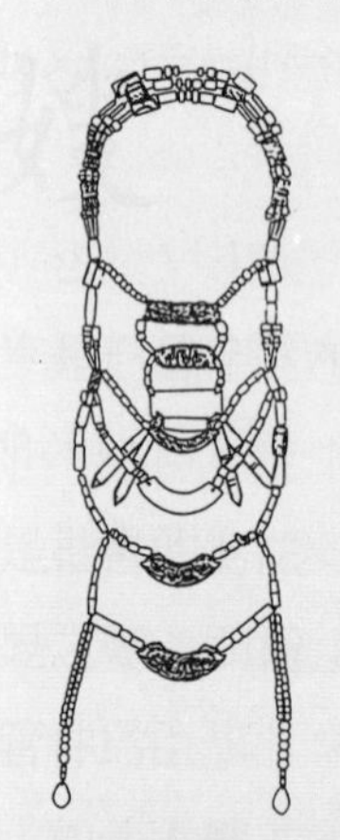
▲晉侯墓出土的四珩四璜聯珠串飾。

《說文》：「嬰，頸飾也。」這是正確的。「嬰」字的本義也就是上古用貝做成的項鍊。由此義可以引申為「纏繞」、「圍繞」，如陸機〈赴洛道中〉：「世網嬰我身。」「世網」比喻世事。這是說：世事把我纏繞住了。由此又可以引申為「被……纏住」、「為……所困」，如李密〈陳情表〉：「而劉夙嬰疾病。」這是說：李密的祖母劉氏被疾病纏住了。

「嬰」字由項飾的「寶貝」之義又能引申為「嬰兒」義，也就是指不滿一周歲的小孩，如《老子》：「如嬰兒之未孩。」「孩」，指小孩笑。這就是說：好像還不會笑的嬰兒一樣。

 媚

① ② ③ ④

「回頭一笑百媚生，六宮粉黛無顏色。」這就是「百媚生」的「媚」

字。甲骨文①是面朝右跪著一個人（女），頭部是一隻大眼睛，眼睛的上部是彎曲的兩根長眉毛，表示好看。金文②的形體基本上同於甲骨文。③是小篆的形體，變成了左形（女）右聲（眉）的形聲字了。④是楷書的寫法，與小篆的形體結構完全一致。

「媚」字的本義是「美好」或「好看」，如司馬相如〈上林賦〉：「嫵媚孅（ㄒㄧㄢ纖）弱。」這是說：體態美好苗條的樣子。由此又可以引申爲「喜愛」，如《詩經．大雅．下武》：「媚茲一人。」也就是說：就喜歡這一個人。可是《史記》中所說的「女以色媚」中的「媚」字，若解爲「喜歡」就講不通了。這個「媚」字是「諂媚」或「討好」的意思。這個詞義現在還用，如說「某人眞像個媚態的貓」。至於「春光明媚」的「媚」字，那可是用的本義，當「美好」講。

在古詩中，我們經常會見到「媚子」一詞，一般是用來稱所寵愛的人。另外，在庾信的〈鏡賦〉中有這樣一句：「懸媚子於搔頭。」是說把所寵愛的人懸掛在頭上嗎？這就成笑話了。這個「媚子」是指美麗的首飾。

①

②

「父母早下世，兄嫂養育恩。」這個「嫂」字是形聲字。①是小篆的形體，左邊爲「女」，右邊爲「叟」（「叟」即「叜」，是「搜」的本字）。可見這是一個「從女叟聲」的形聲字。②是楷書的寫法。

《說文》：「嫂，兄妻也。」這是對的。「兄之妻」即稱「嫂」，如《莊子．盜跖》：「昔者桓公小白殺兄入嫂，而管仲爲臣。」

「嫂」，到了後世也用爲對已婚婦女的敬稱，如「大嫂」。「丘」爲「大」義，所以古人也常稱大嫂爲「丘嫂」。

① ② ③ ④

「藹藹綺庭嬪從列，峨峨紅粉扇中開。」這個「嬪」字爲會意字，讀作ㄆㄧㄣˊ。①是甲骨文的形體，其外部像房屋的形狀，屋內的左邊是一個面朝右的人，右邊是一個面朝左的人，從形體上看是個女人，爲祀鬼神之意。②是小篆的形體，變成了左形右聲的形聲字。③是楷書的繁體字。④爲簡化字。

《說文》：「嬪，服也。」許慎在解釋「婦」字時，也說「服也」。可見「嬪」字與「婦」字同義，由「婦」引申爲「嫁」義，如《尚書・堯典》：「嬪於虞。」大意是：把兩個女兒嫁給舜。由此又可以引申爲對妻子死後的美稱，如《禮記・曲禮下》：「生曰父，曰母，曰妻；死曰考，曰妣，曰嬪。」古代宮廷中的女官也可以稱爲「嬪」，如《左傳・昭公三年》：「以備嬪嬙。」「嬙」，也是宮廷女官名。

請注意：《漢書・王莽傳上》「嬪然成行」中的「嬪」字，用以上的義項均解釋不通。其實，這裡的「嬪」字是「繽」字的通假字，是形容「衆多」、「繁盛」。

① ② ③ ④

這個「嬉」字本爲會意兼形聲的字。①是甲骨文的形體，左邊是「喜」，右邊是面朝左的婦女之形，表示「喜樂」之意。②是小篆的形體，「女」訛變爲「人」，並移於「喜」之左，其義不變。③是楷書的寫法。④是隸變後的寫法（古代「人」、「女」互通）。

《說文》：「僖，樂也。從人，喜聲。」「僖」字的本義爲「樂」是對的。但把「僖」字看成單純的形聲字倒是錯的，因爲「喜」旁音、義俱有，所以「僖」字的形體結構應爲「從人從喜，喜亦聲」。它是會意兼形聲的字。

「僖」字隸變以後寫作「嬉」，其本義爲「戲樂」，如張衡〈歸田賦〉：「追漁父以同嬉。」

古籍中「嬉笑怒罵」經常連用，據黃庭堅《豫章集・東坡先生眞贊》記載：「東坡之酒，赤壁之笛，嬉笑怒罵，皆成文章。」意謂蘇東坡文如行雲流水，無所不可，他才思敏捷，不拘形式與題材，都能隨意發揮，寫成好文章。

乞　部

①　②　③

「小樹不禁攀折苦，乞君留取兩三條。」在甲骨文、金文中，「乞」與「氣」同字，均爲象形字。①是甲骨文的形體，像高空飄浮的雲氣，不能認作「三」字。②是金文的形體，也像雲氣的形狀。③爲楷書的寫法。中間減去了一橫，專用作「乞求」之「乞」。

《說文》中無「乞」字。《廣韻・迄韻》：「乞，求也。」如《論語・公冶長》：「乞諸其鄰而與之。」大意是：到鄰人那裡乞求一點送給他。《三國演義》第二十一回：「乞丞相作急圖之。」由「乞求」（動詞）義引申爲「乞丐」（名詞），如袁宏道〈山居小話〉：「余疑其爲女乞而問曰：『爾有丈夫乎？』乞微笑。」這裡的「女乞」就是指討飯的女子。因乞丐必貧窮，所以「乞」有時也當「貧窮」講，如《宋書・后妃傳・明恭王皇后》：「外舍家寒乞。」「寒乞」即爲「貧寒」義。

請注意：「乞」字有時用如「吃」字，相當於「受」，如《清平山堂話本》：「乞了一驚。」也就是「吃了一驚」的意思，這種用法較爲罕見。

心　部

①　②　③　④

這個「心」字完全是一個象形字。你看甲骨文①很像一個心的形狀。金文②略有變化，但也像一顆心。小篆③則變得不太像心的樣子了。④是楷書形體。

「心」的本義就是「心臟」，又可以引申爲「心思」或「心意」，如《詩經・小雅・巧言》：「他人有心，予忖度之。」古人認爲心臟是在人的胸部的中間，所以又可以引申爲中心、中央之義，如李白所說的：「流水折江心。」（〈送麴十少府〉）這個「折江心」就是彎曲於江流之中央。

「心眼」一詞，一般是指心底、內心，如《老殘遊記》第十四回：「昨日我看見老哥，我從心眼裡喜歡出來。」這個詞我們現在還在用，如說某某人心眼好。可是古代的「心眼」一詞往往是指「見識」或「眼力」，如「心眼高妙」就是指很有見識。

「心」字是個部首字，放在左邊時寫作「忄」。凡由「心」字所組成的字大都與「心」有關，如「想」、「愁」、「慕」、「念」、「惕」等。

「有志者，事竟成。」這個「志」字是個形聲字。①是古璽文的形體，上部是「之」，表聲；下部是「心」，表形。②是小篆的形體，與璽文形體極相似。③是楷書的寫法。

《說文》：「志，意也。」「意」爲「志」字的本義，如《尚書・堯典》：「詩言志。」這就是說：詩歌是表達內心思想的。由「意」可以引申爲「志向」，如《詩經・關雎序》：「在心爲志。」又如《史記・陳涉世家》：「燕雀安知鴻鵠之志哉！」志在心中不可忘，所以又能引申爲「記住」，如《新唐書・褚亮傳》：「一經目，輒志於心。」意思是：只要親眼看過，常常牢記於心中。

請注意：《史記・劉敬叔孫通列傳》：「設兵張旗志。」這裡的「志」是「幟」字的假借字。「旗志」就是「旗幟」。《南齊書・江傳》：「高宗胛上有赤志。」這是說：高宗的肩胛上有個紅痣。可見「志」又是「痣」的假借字。

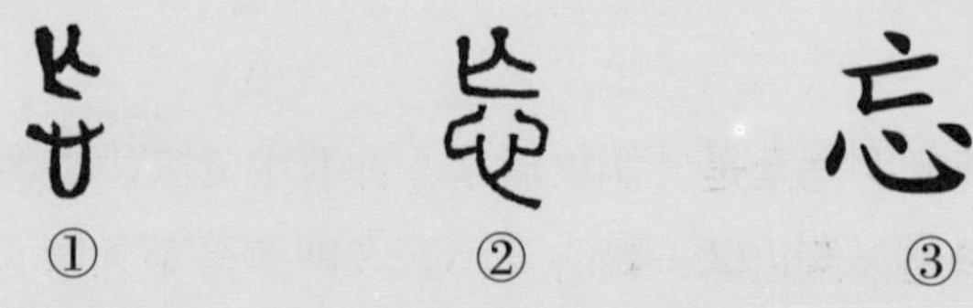

這是「樂而忘憂」的「忘」字，是個會意兼形聲的字。①是金文的形

體，上部爲「亡（失去）」，下部爲「心」，表示亡失了心中記憶之事。其結構應爲「從亡從心，亡亦聲」。②是小篆的寫法，與金文極相似。③是楷書的寫法。

《說文》：「忘，不識也。」段玉裁認爲：「識者，意也……所謂記憶也。」不能記憶即爲「忘」，如《漢書・師丹傳》：「忘其前語。」也就是說：忘記了他前面所說的話。

古籍中常見「忘形」一詞，一般是指因快樂而失去常態，如蔡邕〈琴賦〉：「舞者亂節而忘形。」這是說：跳舞的人樂得亂了節拍而失去了正常的姿勢。後世則有成語「得意忘形」，用於貶義。可是古時也往往不是貶義，如《儒林外史》第十回：「牛先生，你我數十年故交，凡事忘形。」這裡的「忘形」是不拘形跡，不拘身分，說明很知心。再如《舊唐書・孟郊傳》裡的「忘形交」，也正是指知心朋友。

請注意：「忘」可作「亡」的通假字。古代當「還是」、「抑或」講的「亡其」一詞，有時就寫作「忘其」，如《戰國策・趙策二》：「不識三國之憎秦而愛懷邪？忘其憎懷而愛秦邪？」

「人無遠慮，必有近憂。」這個憂字本爲象形字。①是金文的形體，是一個面朝左而站立的人，舉手搔頭，表示憂愁。②是古璽文的形體。上部爲「頁（頭）」，中間是「心」，下部有「夊（腳）」，仍表示人的憂愁之意。③是小篆的寫法。④爲楷書繁體字。⑤爲簡化字。

《說文》：「憂，愁也。」可見「愁」爲「憂」字的本義。《說文》將當「愁」講的「憂」寫作「㥑」，顯然表示會意。《詩經・小雅・小弁》：「心之憂矣，寧莫之知？」大意是：心裡的憂愁呀，爲什麼沒有人知道呢？李白〈梁甫吟〉：「杞國無事憂天傾。」化用成語「杞人憂天」。

在古書中常見「丁憂」一詞，這裡的「丁」是「遭到」、「遭遇」之意。所以古代稱父母之喪爲「丁憂」，如《魏書・李彪傳》：「朝臣丁父憂者假滿赴職。」

請注意：「憂」與「慮」本不同義。「憂」多爲「愁」；「慮」爲「考慮」。但後世「慮」也可當「愁」講，「憂慮」成爲一個複合詞了。

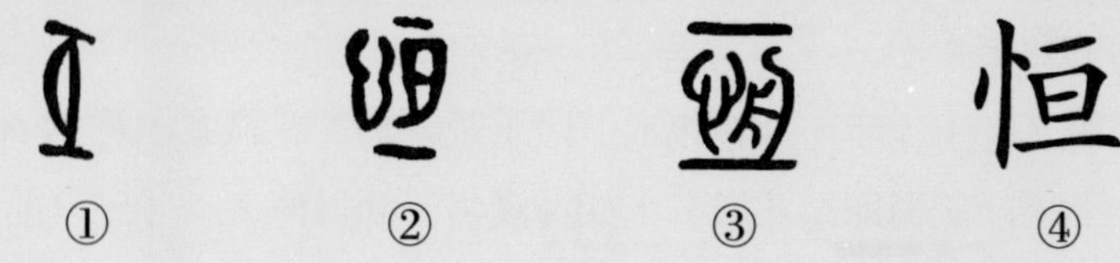

①　②　③　④

這是「持之以恒」的「恒」（即「恆」）字，原爲會意字。甲骨文①的中間是「月」，上下的兩條橫線表示界限，這就說明月亮永遠在一定的範圍內運行，體現永恆之意。②是金文的形體，中間又增加一「心」字，表示「心」也要「恒」。③是小篆的形體，將「月」訛變爲「舟」。④爲楷書的寫法。

《說文》：「恒，常也。」如《晉書・袁甫傳》：「陰積成雨，雨久成水，故其城恒澇也。」這裡的「恒」就是「經常」的意思。由「常」又可以引申爲「固定的」、「永久的」，如劉禹錫〈天論上〉：「（天）恒高而不卑。」這是說：天，永遠是高的而不是低的。

「恒」字由「經常」義又可以引申爲「平常」，如《戰國策・秦策二》：「甘茂賢人，非恒士也。」大意是：甘茂這個人是一位賢人，不是平常的人。

請注意：《詩經・小雅・天保》：「如月之恒。」這裡的「恒」是上弦月漸趨盈滿的意思，必須讀作ㄍㄥˋ，而不能讀作ㄏㄥˊ。

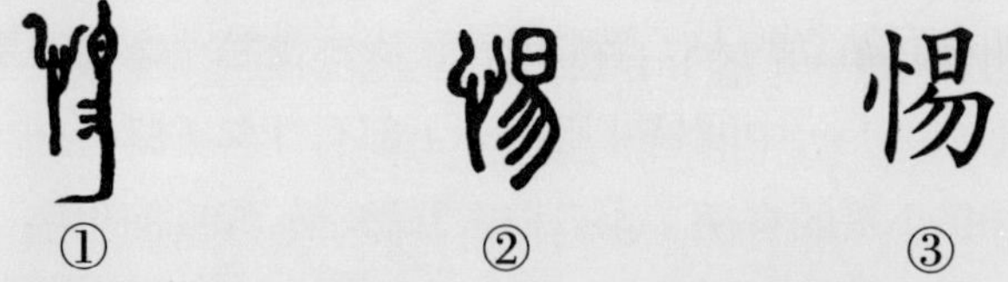

①　②　③

這個「提高警惕」的「惕」字，是一個會意兼形聲的字。金文①的左邊是個「心」，右邊是「易」字，像「蜥蜴」（四腳蛇）之形，上部是頭，下部有腿有尾。說它是會意字，是認爲四腳蛇要咬人，所以要當心！有「心」字表示提高警惕；說它是形聲字，因爲是左形（心）右聲（易）。②是小篆的形體，是由金文直接演變而來。③是楷書的寫法，是由小篆直接演變而來。

「惕」字的本義就是「敬畏」或「擔心」，如《左傳・襄公二十二年》：「無日不惕，豈敢忘哉！」大意是：沒有哪一天不擔心的，哪裡還

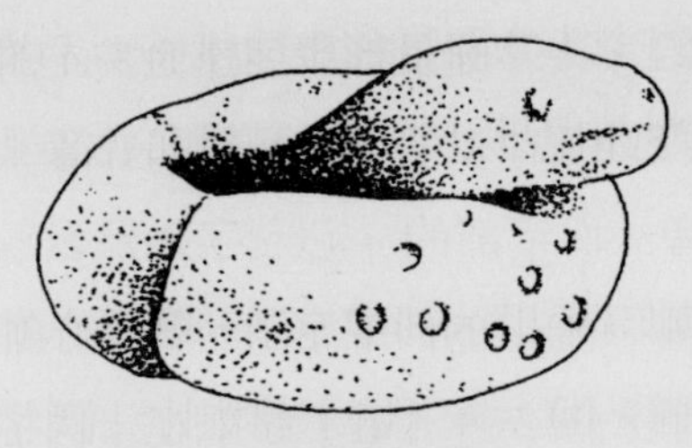
▲北朝蛇形。

敢遺忘呢？在古漢語中，用惕字所組成的複音詞是很多的，大都有「恐懼」之意，如「惕厲」是「危懼」的意思，「惕息」是「恐懼」貌，「惕惕」是「憂懼」的意思。今天也有了雙音詞「警惕」。

請注意：有人把「惕」字寫為「惖」或「㤖」，這都是不對的。「惕」字的右邊是「容易」的「易」，而「易」字沒有簡化，只有以「昜」作偏旁時才能簡化為「𠃓」。因此可見，「惖」、「㤖」的兩種寫法都是錯誤的。

①

②

③

「恩惠及於天下。」這個「惠」字本為會意字。①是金文的形體，上部是「專」的本字，下部為「心」。徐鍇說：「為惠者，心專也。」可見「專心為惠」。②是小篆的形體。③是楷書的寫法。

《說文》：「惠，仁也。」其實，「仁」是引申義。「惠」字的本義應為「專心」，由此可引申為「仁愛」，如《詩經．小雅．節南山》：「昊天不惠，降此大戾。」大意是：老天沒有仁愛之心，降下這個大罪。《鹽鐵論．憂邊》：「故民流溺而弗救，非惠君也。」這是說：老百姓處於苦難之中而不去拯救，這就不是一個有仁愛之心的國君。由「仁愛」又可以引申為「恩惠」，如《韓非子．有度》：「不為惠於法之內。」意思是：不能在法令的範圍內施恩。至於《列子．湯問》「汝之不惠」中的「惠」，則為「慧」字的通假字，當「聰明」講。

後世，「惠」字多作有求於人的敬辭，如惠存、惠我好音等。《詩經．邶風．終風》中有這樣一句：「惠然肯來。」這是說和藹可親地到來。後世在請柬中也常用為歡迎他人來臨之語，如「敬請惠顧」、「惠臨指導」等。

①

②

③

「慕風而就山，慕水而就川。」這個「慕」字是個形聲字；金文①的上部是個「莫」字，日落草中，表示太陽下山了；其實「莫」就是「暮」字的初文，不過它在「慕」字中只表讀音，而下部的「心」字才是表意的。這樣，「慕」字就成了上聲（莫）下形（心）的形聲字了。②是小篆的形體，與金文的結構完全一致。③是楷書的寫法。「心」字如在一個字的下部，有時寫作「㣺」，除了「慕」字以外還有「恭」字。從筆畫的數目上看，「心」與「㣺」均為四筆，只是筆形上有些差異。

「慕」字的本義是「思慕」或「想念」，如《孟子・萬章上》：「人少，則慕父母。」這是說：人在少年，則要想念父母。可是「衆士慕仰」（《三國志・蜀書・諸葛亮傳》）中的「慕」字是什麼意思呢？若解釋為「想念」那就不對了。這個「慕仰」就是「敬仰」的意思。

「慕名」一詞，就是仰慕他人的名氣的意思，如說「慕名而來」。

文部

①

②

③

④

這個「文」字是個象形字。像什麼呢？像一個心寬體胖的壯年人。你看甲骨文①就像正立的人形。最上端是頭，向左右伸展的是兩臂，下部是兩腿，胸前刻有美觀的花紋。金文②的形體基本上同於甲骨文，胸前的花紋更好看了。小篆③則把胸前的花紋省略了。④是楷書的形體，一點也看不出「人」形了。

▶古代黎族人的紋身。

「文」字本義就是指在胸前刻的花紋，我國上古人有這樣的習慣。《莊子・逍遙遊》：「越人斷髮文身。」就是說越人把頭髮剪斷，在身上刻花紋。從「花紋」又引申為「文字」，如甲骨文就近於花紋之形。從「文字」又引申為「文章」，如李贄《焚書・

童心說》：「詩何必古選，文何必先秦。」這裡的文即指「文章」。可是古代的「文章」一詞有多種含義，我們讀到時須細心分析，如《詩經·大雅·蕩序》「無綱紀文章」中的「文章」是指禮樂法度，《楚辭·九章·橘頌》「文章爛兮」中的「文章」是指文采，而《官場現形記》「便曉得其中另有文章」中的「文章」是指暗含的意思，如同我們今天還說「其中大有文章」。

「文」字是個部首字。在舊的辭典中，凡由「文」字作部首所組成的字大都與花紋有關，如「斐」、「斑」等。

爻　部

①　②　③　④

這是個「爻」字，本爲象形字，讀作ㄧㄠˊ。①是甲骨文的形體，像物與物互相交叉的形狀。②是金文的形體，像三物互相交叉的形狀。③是小篆的形體。④爲楷書的寫法，與甲、金文的形體一脈相承。

《說文》：「爻，交也。象易六爻頭交也。」許說「爻」字的本義爲「交」是對的。但說「象易六爻頭交」則不對。「爻」字僅有四畫，不足六爻；再說，《周易》中的六爻均爲平列，頭亦不相交。

在《周易》中組成卦的符號，稱爲「爻」。「—」代表陽爻，「--」代表陰爻。每三爻合爲一卦，可得八卦。以兩卦相重可得六十四卦。爻的變化就決定了卦的變化。

「爻」字的本義爲「交叉」義。馬敘倫、蔣善國認爲：「爻」即「梐」字初文（梐，古代官府門前的木製障礙物）。朱芳圃認爲：「蓋象織文之交錯。甲文罔字從此。」張舜徽認爲：「爻即殽之初文。」各家說法雖然不同，但其「交錯」之義是一致的。

「爻」爲部首字。但眞正屬於「爻」部的字是很少的，有些漢字只是因爲它們的楷書結構中含有「爻」的筆形而又難以歸部，也就只好歸入

「爻」部，如爽、肴、爾等字。

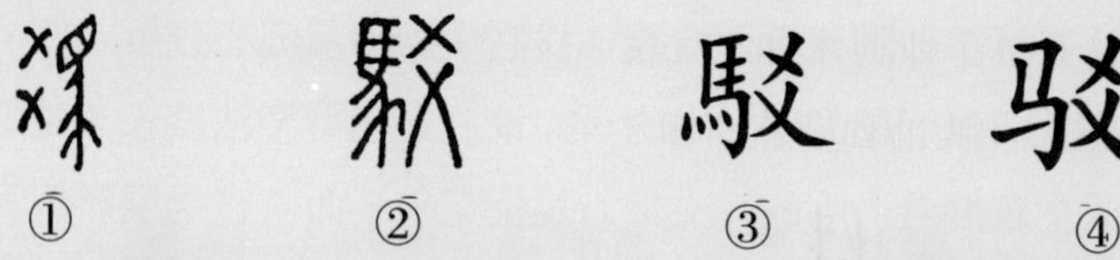

這是「斑駁陸離」的「駁」字，本爲會意字。甲骨文①右邊是一匹頭朝上的馬，馬的左邊是「爻」，表示馬身有交錯的花紋。②是小篆的形體，「馬」移到左邊，其義不變。③是楷書繁體字。④是簡化字。

《說文》：「駁，馬色不純也。從馬，爻聲。」許慎認爲馬的毛色不純是「駁」字的本義，這是對的；但又認爲該字是從爻得聲則不對，「爻」實爲馬身上的花紋形，是表意的。所以「駁」字的本義就是指「馬的毛色不純」，如《莊子・田子方》：「乘駁馬。」也就是騎上五花馬之意。又《詩經・豳風・東山》：「之子于歸，皇駁其馬。」「皇」，黃白相間的顏色。這兩句詩的大意是：這個姑娘嫁我時，騎著花馬眞漂亮。由「毛色不純」引申爲「混雜」、「雜亂」，如劉禹錫〈天論上〉：「法小弛則是非駁。」也就是說：法紀稍有鬆弛，那麼是非就要混雜了。反對雜亂、混雜，就引申爲辨正是非，列舉理由，以否定別人的錯誤意見，如駁斥、辯駁、反駁、批駁等。

請注意：「駕馭」的「馭」字讀作ㄩˋ，與「駁」字的形、音、義都不同，不可混淆。

火部

「烽火連三月，家書抵萬金。」這個「火」字是個象形字。甲骨文①就像火苗上冒的樣子。②是金文偏旁「火」（至今尚未發現金文中有獨體的「火」字）。從這個偏旁也足以看出火苗上冒的樣子。③是小篆的形體，還保留了一點火苗上冒的樣子。楷書④是直接由小篆演變而來，結構完全一致。

「火」字的本義是「火焰」，如王充《論衡．言毒》：「若火灼人。」就是「像火燒人」的意思。上例的「火」字當名詞用，又可以引申爲動詞，如《禮記．王制》：「昆蟲未蟄，不以火田。」也就是說：昆蟲還沒有冬眠，不要用火燒田。

我們在讀〈木蘭詩〉時，會見到「出門看火伴，火伴皆驚惶」的詩句。原來古代兵制，五人爲列、兩列爲火。即十人共一火（即一灶）炊煮，同火吃飯的稱爲「火伴」。（見《通典．兵一》）後世引申爲生活或工作在一起的同伴。「火伴」，現在多寫作「夥伴」。

「火輪」一詞在古典詩詞中也經常見到，這可不是指後世的汽船，而是指太陽。圓形爲輪，所以火紅的太陽就可稱爲「火輪」。比如韓會〈桃園圖〉詩：「火輪飛出客心驚。」這裡的「火輪飛出」是指太陽已升得很高的意思。

「火」字是個部首字。凡由「火」字所組成的字大都與火、熱或火的作用有關，如「赤」、「炎」、「黑」、「焚」等字。

① ② ③ ④

這是「聖堂一炷香」之「炷」的本字「主」，本爲象形字。①是甲骨文，其下爲「木」，其上爲點燃的火形。②是戰國陶文的形體，最上部的一點是火苗，中間是裝油的燈盞之形，最下部爲燈檯。所以這是一盞燈的形象。③是小篆的形體，也像燈形。④爲楷書的寫法。

《說文》：「主，燈中火主也。」此說正確。「主」字的本義就是「燈心」。當「主」字被借爲「主人」、「君主」義之後，那麼當「燈心」講的意思就只好在其左又增加一個表義的形符「火」，寫作「炷」，如《新唐書．皇甫無逸傳》：「無逸抽佩刀斷帶爲炷。」大意爲：皇甫無逸（人名）拔出佩刀割下帶子當作燈心。

後世「主」字多用其假借義，當「國君」講，如《商君書．君臣》：「兵強而主尊。」由此又可以引申爲皇帝的女兒亦稱「主」，如《後漢書．宋弘傳》：「帝令主坐屏風後。」「主」亦有「主人」義，如柳宗元

〈鈷鉧潭西小丘記〉：「問其主。」

①　②　③　④

《周禮》：「以烝，冬享先王。」這個「烝」字本爲會意字。甲骨文①的上部爲「禾」，中間爲禾米盛於「豆（食器）」中，下部是一雙手表示祭祀。②是金文的形體，省去了「禾」與雙手，只是豆中有米。③是小篆的形體，上部變爲「丞」，下部增加了「火」。④爲楷書的寫法。

《說文》：「烝，火氣上行也。從火，丞聲。」此說不妥。「烝」字本爲會意字，非形聲字，其本義應爲冬祭名，如《爾雅・釋天》：「冬祭曰烝。」在《春秋繁露》中也說：「冬日烝。」可見冬季祭祀就叫「烝」。古籍中「烝」與「蒸」可互相通用，「冬祭曰烝」可寫作「冬祭曰蒸」。由「祭」引申爲「進」，如《詩經・小雅・甫田》：「烝我髦士。」大意是：進獻了我俊秀之士的本領。祭與火有關，所以用火烤也叫「烝」，如《荀子・性惡》：「故枸木必將待櫽栝（ㄧㄣˇ　ㄍㄨㄚ）烝矯然後直。」「櫽栝」是矯正曲木的工具。原話的大意是：彎曲的木頭一定要經過烘烤，用工具矯正才能變直。用熱氣蒸也叫「烝」，所以「烝」也有「熱氣盛」的意思，如杜甫〈早秋苦熱〉：「七月六日苦炎烝。」

「烝」還有「大」和「多」意，如《詩經・大雅・烝民》：「天生烝民。」

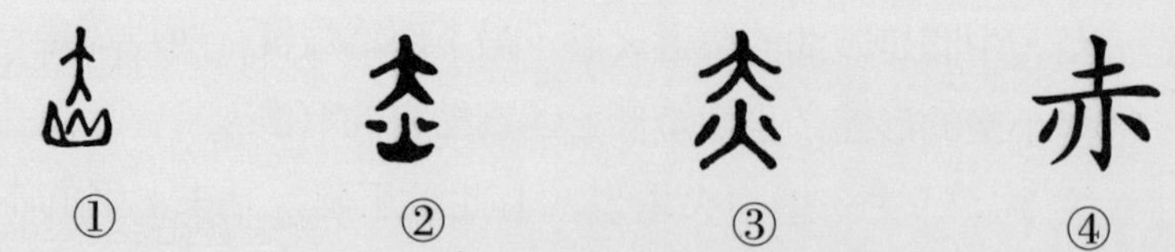

「赤日炎炎似火燒」的「赤」字本是個會意字。甲骨文①的上部是個「人」（大），下部是「火」，人被火烤紅了。金文②與甲骨文的形體結構完全一致，只是變得筆形粗壯。③是小篆的寫法，仍然是上「人」（大）下「火」。可是到了楷書④就把「大」變成了「土」，「火」也不像「火」了。

「赤」字本爲「被火烤紅」之義，所以後世以「赤」爲「紅」，如賈思勰《齊民要術・種椒》：「色赤椒好。」從「紅」又可以引申爲「純眞」、「忠誠」，如李白〈與韓荆州書〉：「推赤心於諸賢之腹中。」成語有「赤膽忠心」。從「紅」又可以引申爲「光」或「光著」，如杜甫〈早秋苦熱〉詩：「安得赤腳踏層冰。」這個「赤腳」也就是光著腳的意思。赤膊、赤身裸體中的「赤」字也是「光」的意思。

請注意：在古代表示紅顏色的有好幾個字，如赤、朱、丹、殷（ㄧㄢ）、絳、紅、緋等。如果按照由淺及深的不同程度而排列的話，那麼這七種紅應該是這樣：紅、緋、丹、赤、朱、絳、殷。「朱」是火紅，「絳」是深紅，「殷」是黑紅。

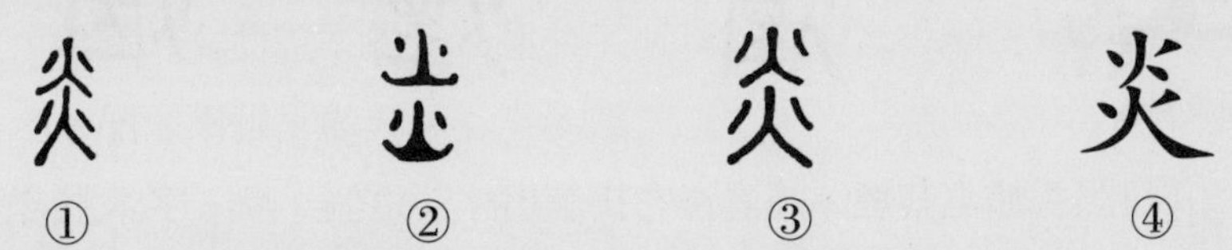

①　②　③　④

「炎」字是個會意字。甲骨文①的上下兩把大火，火光沖天，表示火旺。②是金文形體，同樣是兩把大火。③是小篆形體，同甲骨文的形體更爲接近。④是楷書形體，由小篆直接演變而來。

「炎」字的本義是「火盛」，後又引申爲「燒」，如《書經・胤征》：「火炎昆岡，玉石俱焚。」「昆岡」是古代傳說中的產玉之山。也就是說：火燒了昆岡，玉石全部被焚。由「燒」又可引申爲「灼熱」，如《水滸傳》第十六回：「赤日炎炎似火燒。」假若「炎炎」當「言論美盛貌」講的時候，那麼就要讀爲ㄊㄢˊ　ㄊㄢˊ（談），如《莊子・齊物論》：「大言炎炎。」這就是指言論多而美的意思。

「炎」也與「焰」通，當「火苗」講，如《後漢書・任光傳》：「火炎燭天地。」這裡的「燭」字當「照」講。這也就是火光照天地的意思。

①　②　③

「春蠶到死絲方盡，蠟炬成灰淚始乾。」這個「炬」字本爲象形字。甲骨文①是一個面朝左而跪坐的人，雙手舉著火炬。商承祚先生說：「此象人執炬火……許君殆未見炬之專字，而借苣爲炬。」②是小篆的形體，借「苣」爲「炬」。③是楷書的形體。

《說文》：「苣，束葦燒也。」束葦而燒即作火把用，如《晉書・苻堅載記下》：「繫炬於樹枝，光照十數里中。」由「火把」義又可以引申爲「焚燒」，如杜牧〈阿房宮賦〉：「楚人一炬，可憐焦土。」又引申爲「蠟炬」義，如李商隱〈無題〉：「春蠶到死絲方盡，蠟炬成灰淚始乾。」

後世，「苣」與「炬」有了明確的分工。「苣」爲蔬菜名，即「萵苣」。還有一種菜叫「苣（ㄑㄩˇ）蕒菜」，別稱「匍莖苦菜」，嫩苗可吃，葉可製農藥，能防治蚜蟲。「炬」專用作「火炬」、「蠟炬」等。

① ② 煙 ③ 烟 ④

「日照香爐生紫煙，遙看瀑布掛前川。」這個「煙」字本爲會意字。古璽文①的上部爲「窗」，左下角爲「火」，右下角爲「手」，表示手執火而燃燒，煙自窗出。②是小篆的形體，變成了「從火，垔聲」的形聲字了。③是楷書異體字的寫法，大陸現已廢除。④爲保留使用的「烟」字，也是形聲字，但其筆畫較少，書寫方便。

《說文》：「煙，火氣也。」「煙」字的本義爲「炊煙」，借指「人家」、「住戶」，如《史記・律書》：「鳴雞吠狗，煙火萬里。」劉禹錫〈竹枝詞〉：「山上層層桃李花，雲間煙火是人家。」

「煙花」一詞多指春天豔麗的景物，如李白〈黃鶴樓送孟浩然之廣陵〉：「故人西辭黃鶴樓，煙花三月下揚州。」可是《還牢末》「煙花新眷愛」中的「煙花」卻是指妓女，「煙花」變成妓女的代稱。

請注意：「烟煴」指的是天地之蒸氣，這裡的「烟」應讀作ㄧㄣ，有時也寫作「絪縕」。

① 烄 ② 烄 ③

這個「烄」字讀作ㄐㄧㄠˇ，本爲會意兼形聲的字。甲骨文①的上部是「人」，下部是「火」，以火焚人爲「烄」。②是小篆的形體，「火」移於「交」之左，其義未變。③是楷書的形體。

《說文》：「烄，交木然（燃）也。從火，交聲。」許說不妥。首先，許慎把這個字看成是單純的形聲字，實際上是會意兼形聲字。再者，「交」字的本義並不是「交木然」，而是在火中焚人。在上古每逢天大旱，便把女奴放在火上燒死，以乞降雨，這在甲骨文中多有記載。

① ② ③

「地火峰林焚」的「焚」字也是個會意字。甲骨文①的上部是樹林，下部有一把大火（「山」字形），火燒山林謂之「焚」。②是小篆的形體，上部像「籬笆」之形，下部是「火」，仍然表示焚燒之義。到了楷書③又恢復了甲骨文的結構，書寫也比小篆方便。

「焚」字的本義就是「燒」，如《禮記・月令》：「毋焚山林。」即不要把山林燒掉。《韓非子・難一》：「焚林而田，偷取多獸，後必無獸。」這裡的「田」（同「畋」）就是打獵，「偷取」就是「苟且獲得」。這段話的大意是：焚燒森林而打獵，苟且獲得很多野獸，可是以後就一定沒有野獸可打了。

古書中多見「焚硯」一詞，就是把硯臺等文具燒掉，表示以後不再寫作。實際上那是說自己的文章不如人家的文章好。

① ② ③ ④

這是「燃燒」之「燃」的本字「然」，原爲會意字。①是金文的形體，左上角是「肉」，右上部爲「犬」，下部爲「火」，表示以火燒犬肉。②也是金文的形體，其下部更像火苗上冒的形狀。③爲小篆的形體。④爲楷書的寫法。

《說文》：「然，燒也。」其實「然」字的本義爲「以火燒犬肉」。古時以犬祭天，燔燒犬肉爲祀。由此可以引申爲「燃燒」義，如《三國志・魏書・劉馥傳》：「夜然脂照城外。」可見「然」字就是「燃」字的本字。正因爲楷書「然」已看不出「燃燒」之義了，所以後人就在「然」字的左邊又增一「火」字，成爲新的形聲字「燃」。其實，這個「火」字顯得重複，因爲「然」下的四點就是「火」。

「然」字還被借爲指示代詞用，如《荀子・勸學》：「教使之然也。」也就是說：教育使他這樣呢。也可表示肯定的回答，如《論語・陽貨》：「然，有是言也。」也就是說：對，我說過這話。「然」字有時也可以作形容詞的詞尾，如《詩經・邶風・終風》：「惠然肯來。」這是說：和藹可親的樣子來到身邊。

「滿面灰塵煙火色，兩鬢蒼蒼十指黑。」這個「黑」字是個會意字。金文①的上部表示像煙囪形，當中的黑點兒是表示煙囪裡面的黑灰，下部是個「炎」字。這就是說，在燒火時，把煙囪裡面都熏黑了。②是小篆的形體，與金文的形體基本相似。③是楷書的寫法，把小篆的「火」變成了四個點兒了。在漢字中，凡是有「四點底」的字大都是「火」字變來的，這是爲了結構美觀，書寫方便。

「黑」的本義就是「黑色」，特別是指熏黑的顏色，如《說文解字》說：「黑，火所熏之色也。」

在古書中用「黑」字組成的詞很多，有些詞應當引起我們的注意。比如《史記・高祖本紀》：「左股有七十二黑子。」這個「黑子」是指「黑痣」。可是庾信的〈哀江南賦〉「地惟黑子」中的「黑子」是比喻土地極小。「黑頭」一詞在古書中也常見到，是什麼意思呢？是指「少年」，如司空徒〈新歲對寫眞〉詩：「市朝偏貴黑頭人。」這就是說：市朝偏以青少年爲貴。

請注意：「黑」字的上部並不是「里」字，書寫時應注意。

① ② ③

這是「煌煌熒熒」的「煌」字，本爲象形字。①是金文的形體，燈上有火形，表示「明亮」之意。②是小篆的形體，變成了「從火，皇聲」的形聲字了。③是楷書的寫法。

《說文》：「煌煌，輝也。從火，皇聲。」「煌煌」經常連用，其本義爲「明亮」，如《詩經・陳風・東門之楊》：「昏以爲期，明星煌煌。」大意是：約定會面在黃昏後，明亮的星星掛天中。由「明亮」可以引申爲「光彩鮮明」，如宋玉〈高唐賦〉：「煌煌熒熒，奪人目精。」「精」實爲「睛」。這是說：光彩鮮明晶熒，耀人眼睛。

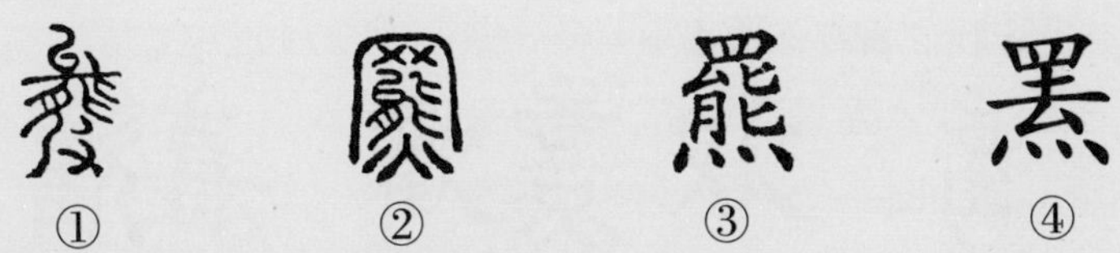

① ② ③ ④

「獨有英雄驅虎豹，更無豪傑怕熊羆。」這個「羆」字本爲形聲字。①是《說文》中古文的形體，其上部的「能」是「熊」的象形字；下部是「皮」，表聲。可見「羆」本是「從能，皮聲」的形聲字。②是小篆的形體，「熊」上增「网」。許愼說：「從熊，罷省聲。」又成爲一個新的形聲字了。③是楷書繁體字。④爲簡化字。

《說文》：「羆，如熊，黃白文（紋）。」實際上，「羆」是熊的一種，也稱爲馬熊，如《詩經・大雅・韓奕》：「有熊有羆。」又：「獻其貔皮，赤豹黃羆。」也就是說：貢獻貔皮，還有赤豹和黃羆。曹操《步出夏門行・冬十月》：「熊羆窟棲。」這是說：熊羆棲於洞穴之中。

古書中還有「羆九」一詞，也是一種野獸，與熊類似，在郭璞的《山海經圖贊》中有記載。

① ② ③ ④

這是「戰功赫赫」的「赫」字，本爲會意字。①是甲骨文的形體。羅振玉和商承祚等先生都認爲這是個「亦（赫）」字，中間爲「人」形，兩側有「火」，照得人身火紅。②是金文的形體，與甲骨文相似。③是小篆的寫法。④爲楷書的寫法。

《說文》：「赫，火赤貌，從二赤。」「赫」字的本義爲「火紅色」，如《詩經・邶風・簡兮》：「赫如渥赭（ㄓㄜˇ），公言錫（賜）爵。」大意是：面容紅潤像赭石，公侯歡顏把酒賜。由「火紅」可以引申爲「顯赫」，如《詩經・衛風・淇奧》：「赫兮咺（ㄒㄩㄢ）兮！」「咺」是「容光煥發」義。其大意爲：顯赫英俊啊，容光煥發啊！由「顯赫」引申爲「威儀」、「發怒」的樣子，如《晉書・摯虞傳》：「赫如雷霆。」即發怒的樣子似雷霆。《後漢書・張綱傳》：「天子赫然震怒。」

「赫赫」，一般是指顯耀盛大的樣子，但有時則是形容乾旱時燥熱之狀，如《詩經・大雅・雲漢》：「赫赫炎炎，云我無所。」大意是：天氣燥熱日炎炎，我們實在無去處。

① ② 熹 ③

這個「熹」字是會意兼形聲的字。①是甲骨文的形體，上部爲「鼓」形，下部是「火」，上古製好鼓之後，要用微火烤乾其蒙皮，所以「熹」爲「烤」義。②是小篆的形體，字形較繁，但意思未變。③是楷書的寫法。

《說文》：「熹，炙也。從火，喜聲。」許愼把「熹」字看成是單純的形聲字，不妥。其實「熹」字的結構應爲「從火從喜，喜亦聲」。「熹」字的本義爲「烤」、「炙」，由此而引申爲「火旺」，如木華〈海賦〉：「熹炭重燔。」「火旺」就明亮，所以「熹」又可以引申爲「明亮」，如《管子・侈靡》：「有時而星熹。」至於「熹微」那是「天色微明」義，如陶潛〈歸去來兮辭〉：「恨晨光之熹微。」

請注意：「熹」與「熺」在一般情況下可以通用。但「熺」可作「饎」的通假字，當「酒食」或「熟食」講。

① ② ③ 燎 ④

這是「星火燎原」的「燎」字，是個象形字。甲骨文①的下部是「火」，上部是「木」，「木」字上面的小點表示火焰。②是金文形體，類似於甲骨文。③是小篆的寫法，其上部的「木」已經發生了訛變，下部的「火」依然在。④是楷書的寫法。因爲下面的「火」訛變爲「小」，所以在其左邊又增加一個「火」旁，表示「燎」與「火」有關。

「燎」字的本義是「放火焚燒草木」，如《詩經・小雅・正月》：「燎之方揚，寧或滅之？」大意是：那焚燒草木的野火正旺，難道會有人撲滅它？由「焚燒」又可以引申爲「烘烤」，如《後漢書．馮異傳》：「對灶燎衣。」也就是對著灶火烘乾衣服的意思。不過這裡的「燎」字應讀作ㄌㄧㄠˇ。

請注意：在古籍中常見「燎髮」一詞，其實並非直指燒頭髮，而是比喻消滅仇敵極容易，如《隋書》：「攻如燎髮，戰似摧枯。」也就是說：進攻猶如火燎毛髮，作戰就像摧枯拉朽。又「遼」字簡化成「辽」，但「燎」字右邊不能寫成「了」。

① ② ③

「燎毛燔肉不暇割，飲啖直欲追羲媧。」這個「燔」字讀作ㄈㄢˊ，本爲會意兼形聲的字。①是金文的形體，上爲省略的「掌（獸掌）」形，下部爲「火」，表示火烤獸掌。②是小篆的寫法，將上部的掌變爲「番（本爲獸掌形）」，「火」移於左邊，其義不變。③是楷書的寫法。

《說文》：「燔，爇（ㄖㄜˋ）也。從火，番聲。」許說不妥。「爇」爲「點燃」或「放火焚燒」義，而「燔」字的本義應爲「烤」、「炙」。再者，「燔」字的形體結構應爲「從火從番，番亦聲」，而不是「從火，番聲」的單純形聲字。「燔」即烤肉食，如《詩經．小雅．瓠葉》：「有兔斯首，炮之燔之。」大意是：這裡有個兔子頭，用泥包好煨著它，去毛加火烤著它。由「烤」引申爲「燒」，如《韓非子．和氏》：「燔《詩》、《書》而明法令。」古代有一種祭祀儀式，即將玉帛、犧牲置於積柴之上，焚燒祭天，稱爲「燔柴」，如《禮記．祭法》：「燔柴……祭天也。」

請注意：「膰」是古代祭祀時用的烤肉，有時「燔」可作「膰」的通假字，如《孟子．告子下》：「燔肉不至。」也就是說：祭肉不見送來。

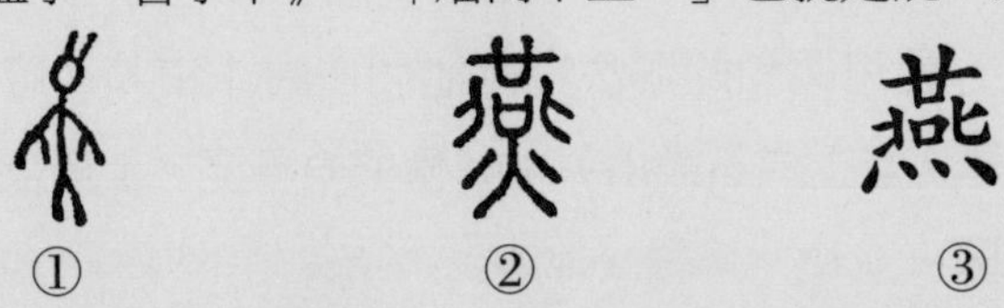

① ② ③

「燕雀處居屋，子母相哺。」這個「燕」字本爲象形字。①是甲骨文的形體，就像一隻頭朝上展翅奮飛的燕子。②是小篆的形體，與甲骨文有點相似，下部的燕尾訛變為「火」字。③是楷書的寫法。

▲燕，選自《本草綱目》。

《說文》：「燕，玄鳥也。」「玄」為「黑」義；「玄鳥」就是黑鳥，因為燕子是黑色的。許說不夠周密，因為有很多鳥都是黑色的。「燕」字的本義為「春燕」，如《史記・陳涉世家》：「燕雀安知鴻鵠之志哉！」「鴻」是大雁，「鵠」是天鵝。這是說：小燕子怎麼能夠知道大雁和天鵝的志向呢？

「燕」字可做「宴」字的通假字：一是「安閒」的意思，如《史記・萬石君傳》：「雖燕居必冠。」意思是：雖然安閒地在家中，但也一定要戴著帽子（表示恭敬）；二是用酒飯招待客人，如《漢書・高五王傳》：「帝與齊王燕飲。」

請注意：戰國時有個燕國，是七雄之一。但這裡的「燕」讀作ㄧㄢ，不能讀作ㄧㄢˋ。

①　②　③　燮④

「論道經邦，燮理陰陽。」這個「燮」字讀作ㄒㄧㄝˋ，本為會意字。①是甲骨文的形體，于省吾先生認為中間「乃言字」，上部為火形，右下為「又（手）」。②是金文的形體，中間的「言」發生訛變，但「火」形仍在。③是小篆的形體，中間為「言」。④是楷書的寫法。

《說文》：「燮，和也。」其實這不是本義。該字的本義為「憂」，如甲骨文中的「夕燮」，就是說「夕有憂患」之義。後來其本義消失了，而假借義為「和」，如《尚書・洪範》：「燮友柔克。」大意是：對那些和氣可親的人，就用柔和的辦法對待他們。由「和」又可以引申為「和諧」，如謝靈運〈登上戍石鼓山〉：「愉樂樂不燮。」所謂「不燮」，就是不和諧的意思。

請注意：「燮」字與「變」的繁體字的形體極為相似，應區別清楚。

①　②　③

這個「爇」字讀作ㄖㄨㄛˋ，又讀ㄖㄜˋ。甲骨文①是手拿火炬焚燒草木的樣子，可見這是個象形字。②是小篆的寫法，反而繁化了，變成上聲下形（火）的形聲字了。③是楷書的寫法，直接由小篆演變而來。

《說文》：「爇，燒也。」用「燒」解其本義基本正確。但許慎並沒有詳細說明它的具體意義。在甲骨卜辭中多次出現「爇田」一詞，就是點燃火炬以驅趕老虎，準備獵取。可見這是打獵的一種方式。到了後世，「爇」字的字義擴大了，放火焚燒也可以稱爲「爇」，如《左傳・昭公二十七年》：「遂令攻氏，且爇之。」也就是說，便下令攻打氏，並且還要放火焚燒。

①　②　③

這個「爨」字讀作ㄘㄨㄢˋ，本爲會意字，結構相當複雜，而且越變越繁。①是《說文》中籀文的形體，外形爲大的灶門，雙手堆柴於火上。②是小篆的形體，其上部又增加了雙手執灶具之形。③爲楷書形體，直接由小篆演變而來。

「爨」字的本義是「燒火做飯」，如《孟子・滕文公上》：「許子以釜甑爨，以鐵耕乎？」大意是，許行也用鍋甑做飯，用鐵器耕田嗎？由「燒火做飯」的本義又可以引申爲「灶」，如《墨子・備城門》：「二舍共一井爨。」也就是說：兩戶人家共同使用一口井一個灶。

請注意：宋雜劇和金院本中某些簡短表演的名稱，也常稱爲「爨」，如《講百花爨》、《文房四寶爨》等。另外，「爨」字的筆畫很多，歷來數法不一，《說文解字》和《康熙字典》都放在二十九畫內，而新《辭海》卻放在三十畫內，我們應以新《辭海》爲準。

戶部

① ② ③

「姊妹弟兄皆列土，可憐光彩生門戶。」這個「戶」字是個象形字。甲骨文①是一扇門的樣子，也就是小門的意思。②是小篆的形體，與甲骨文非常相似。③是楷書的寫法。

「戶」的本義是單扇門，正如《說文解字・戶部》所說：「半門曰戶。」後來又引申爲出入口的通稱，如門戶、窗戶等。後來又可引申爲「住戶」、「一家一戶」。

當我們讀白居易〈久不見韓侍郎〉詩時，會見到「戶大嫌甜酒，才高笑小詩」兩句。這裡的「戶」字解作「住戶」、「門戶」等都講不通，其實是指「酒量」。意思是：酒量大的人是不喜歡喝甜酒的，因爲不過癮。

在《晉書・謝安傳》中有「過戶限，心甚喜」的話。這個「戶限」是什麼意思呢？戶是門，那麼限制門的東西是什麼呢？當然是「門檻」了。所以「過戶限」就是「過門檻」的意思。

另外，「戶」是「門」，門有防止人出入的作用，所以「戶」字也有「阻止」的含義，如《左傳・宣公十二年》：「屈蕩（人名）戶之。」也就是「屈蕩阻止他」的意思。

「戶」字是個部首字。凡由「戶」字所組成的字大都與「門」、「窗」有關。如「啓」、「扉」、「扇」等。

① ② ③ ④ ⑤

「啓」也是一個會意字。甲骨文①的左邊是一隻左手，右邊是一扇門，手把門打開就叫「啓」。金文②的左上部是「門」，右上部是一隻右手，下部又增加了一個「口」字，表示把門開了一個「口」的意思，也同樣是「開」。③是小篆的形體，「又」變成了「攴」，「攴」（撲）有「打」的意思。④是楷書的寫法。⑤是簡化字。

「啓」字的本義就是「開」或「打開」，如《左傳・昭公十九年》：「啓西門而出。」也就是說：打開西門而離去。由「開」之義又能引申爲「開發」或「開拓」，如：「齊桓公……啓地三千里。」（《韓非子・有度》）意思是：齊桓公開發土地方圓三千里。由「開發」之義又能引申爲「啓發」，如：「啓叔孫氏之心。」（《左傳・昭公二十七年》）大意是：啓發叔孫氏之心扉。凡「啓發」就要用言語說話，因此「啓」字又能引申爲「陳述」之義，如在王安石的〈答司馬諫議書〉中有這樣的話：「某啓：昨日蒙教。」其大意是：「（王安石）陳述：昨日承蒙指教。」其實，今天我們所說的「啓事」也正是「陳述的事情」，若理解爲「把事情打開」那就不確切了。

請注意：在古代「啟」字還可以作「啓」、「啓」等，大陸在廢除異體字時則把後兩種形體都廢除了，只保留了「啟」這一種寫法。後來「啟」又簡化爲「启」。

欠　部

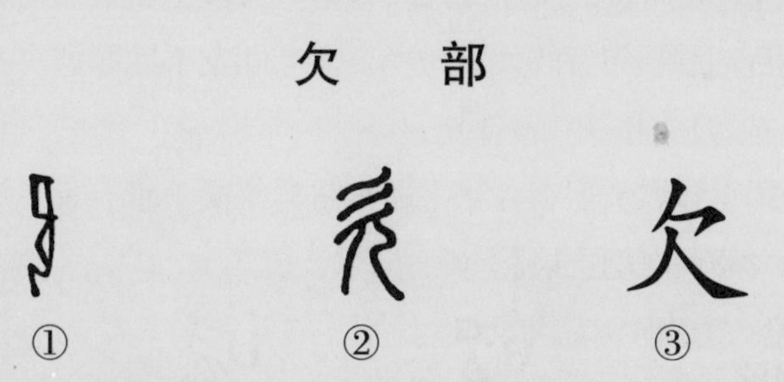

這個「欠」字也是個象形字，不用多分析你也能看出點意思來。甲骨文①是面朝右跪著一個「人」，頭部朝右開口處就是人張著大嘴巴，打呵欠就是如此，所以這就是打呵欠的「欠」字。小篆②就變得不像人的樣子了，上部的三撇好像人的頭髮或張口噴出的氣體。楷書③更看不出人打呵欠的形象了。

「欠」字本義是「呵欠」，如白居易〈江上對酒二首〉：「眠多愛欠伸。」是說睡覺多了，大都愛打呵欠伸懶腰。至於「欠債」、「虧欠」都是假借義，與本義無關。《紅樓夢》第三十四回中說：「（寶玉）猶恐是夢，忙又將身子欠起來。」這個「欠」字，是將身子抬起一下的意思。打「呵欠」就有「張開」之義，那麼「張開」就有「抬起」之義，所以「欠起身」當「抬起身」講也就好理解了。

「欠」字是個部首字，凡由「欠」字所組成的字大都與人的嘴巴的動作有關，如：「吹」、「歌」、「飲」、「欬」、「欷」等。

①　②　③　④

這是「歡天喜地」的「歡」字，本爲形聲字。①是戰國璽印文的形體，左邊是「雚」字，表讀音，右邊是一個面朝左而站立的人，張口歡笑之形。②是小篆的寫法，與璽印文相似。③是楷書繁體字。④是簡化字。

《說文》：「歡，喜樂也。」如《史記・魏其武安侯列傳》：「丞相卒飲至夜，極歡而去。」大意是：丞相飲酒直到深夜，極盡歡樂而後才離去。由「歡樂」之義又引申爲古時相愛男女的互稱，是一種特指用法，如《樂府詩》：「聞歡下揚州，相送楚山頭。」這裡的「歡」就是指自己所愛的人，至今仍有「另覓新歡」之說。

元好問〈留月軒〉：「三人成邂逅，又復得歡伯。」這裏的「歡伯」是酒的別名。這兩句詩的大意是：三個老朋友不期而遇，又正好有美酒作伴。

請注意：「歡」字在古籍中還常常寫作懽、驩、讙，這都是「歡」的異體字，大陸現在均已廢除。

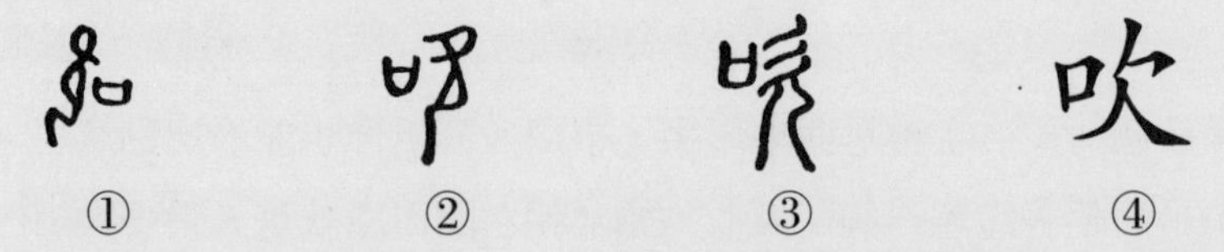

①　②　③　④

「風乍起，吹皺一池春水。」這個「吹」字是個會意字。甲骨文①的左邊是一個面朝右張著嘴巴半跪著的人，其右是個「口」，有「人」有「口」就表示「吹」。金文②的結構與甲骨文基本一致，只是「人」與「口」的位置顛倒了一下。③是小篆的形體，「口」字並無變化，但是其右邊則變得沒有「人」的樣子了。④是楷書的形體。

「吹」字的本義是用口吹氣，又可以引申爲大自然界的吹風，如馮延已有「風乍起，吹皺一池春水」的名句。

「吹」字如果讀ㄔㄨㄟˋ（去聲）的話，那是指對竽笙等樂器的吹奏，如《禮記・月令》：「命樂正入學習吹。」就是說命令樂師入學學習吹奏的本領。

「吹毛」一詞，在古代往往是指「很容易」，如：「去仲尼，猶吹毛耳。」（《韓非子・內儲說上》）就像吹毛那麼容易。但是盧綸〈難綰刀子歌〉「吹毛可試不可觸」中的「吹毛」則是利劍名。古代要試劍是否鋒利，往往是將一根頭髮橫放在劍刃上，用力一吹頭髮斷了就證明這劍非常快。因此「吹毛」就變成了寶劍的代稱了。「吹毛可試不可觸」，就是說：寶劍只能試其快否，但是不能用手觸它。

次

①　②　③

這就是「垂涎三尺」之「涎」字的異體字「㳄」。這個字很有意思，甲骨文①的右邊是面朝左跪著的一個人，張開大嘴巴，其左是從口中流出了長長的口水——饞人想吃美味，但又吃不上，於是「垂涎三尺」。可見這是個會意字。②是小篆的形體，是由甲骨文直接演變而來的。③是楷書形體。

「㳄」字到了後世，一般寫作形聲字「涎」。請注意：「涎」字不讀ㄧㄢˊ（延），必須讀爲ㄒㄧㄢˊ（閑）。「涎」字的本義是「唾沫」、「口水」，如杜甫〈飲中八仙歌〉：「道逢曲車口流涎。」也就是說：路上碰到拉酒麴的車子，口就流唾液了。當「涎涎」兩字連用時，若讀爲ㄒㄧㄢˊ（閑），那就錯了。這裡必須讀ㄧㄢˋ（硯），表示光澤的樣子，如：「燕燕尾涎涎。」（《漢書・孝成趙皇后傳》）這說明燕子的尾羽經太陽光一照，光澤耀眼，這就叫「涎涎」。

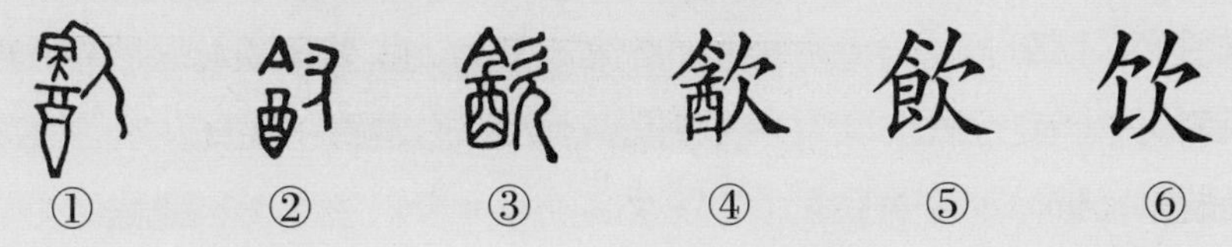

這是「早飲朝露」的「飲」字，這個字很複雜。甲骨文①左下部分是個酒瓶（酉）形，酒瓶之上是個大舌頭，舌頭之上是人張的大口，從

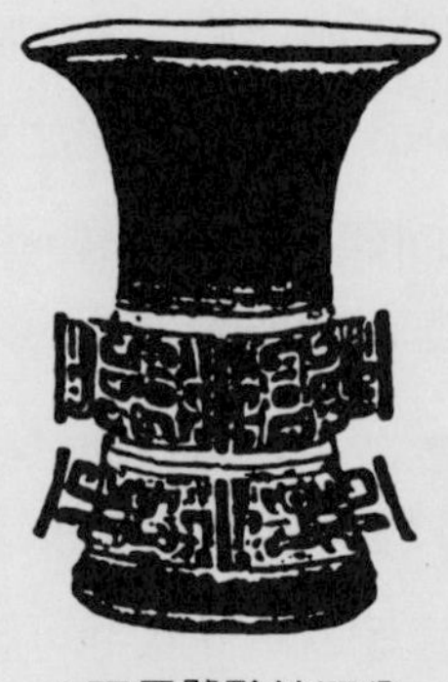

▲西周饕餮紋酒尊。

「口」再接一條線彎轉到右邊就是立著的一個人，表示一個人彎腰低頭在伸舌喝酒。金文②變成酒瓶上有個三角形的酒瓶蓋子，右邊是面朝左站著一個人，張大嘴，其中有一個舌頭表示喝。小篆③的酒瓶（酉）上是個「今」字（表聲），右邊變成了「欠」（「欠」原為張口形）。④為由小篆變來的楷書形體，但書寫不便，後又將左邊換成了「食」，這就成為楷書⑤，變為會意字。⑥是簡化字。

「飲」的本義是「喝」，如《荀子・大略》：「飲而不食者，蟬也。」這是說：光喝而不吃的是「蟬」。後又引申為可喝的東西叫「飲」，如《史記・秦始皇本紀》：「衣服食飲與繚同。」就是說：衣著吃喝都和繚（人名）是一樣的。但「飲馬長城窟」中的「飲」字，是使馬喝的意思，馬是主動者，所以必須讀為ㄧㄣˋ（印）。

你讀《呂氏春秋・精通》時，會見到「矢乃飲羽」的話。「羽」是指箭尾上的羽毛。「飲羽」是指把整個箭都射進了物體，連箭尾的羽毛都不見了，形容發箭的力量極猛。

欺

① ② ③ ④

「貪財冒賄，欺罔視聽。」這個「欺」字本為形聲字。①是金文的形體。左邊為「其」，表聲；右邊是「言」，表形。②是小篆的形體。③是小篆的異體字。「言」與「人」有關，「欠」本為「人」形，所以小篆即以「欠」代替了金文中的「言」，其義未變。本為以言騙人，後又以人行騙。④是楷書的寫法。

《說文》：「欺，詐欺也。從欠，其聲。」「欺」字的本義為「欺詐」、「欺騙」，如《戰國策・秦策一》：「蘇秦欺寡人。」《韓非子・孤憤》：「其行欺主也。」由「欺騙」可以引申為「欺負」、「欺凌」，如賈誼《新書・解縣》：「匈奴欺侮侵掠，未知息時。」這是說：匈奴前來欺凌侵掠，不知何時才能停止。

「欺罔」為「欺騙」、「蒙蔽」義，如《南史・朱異傳》：「欺罔視聽。」也就是說：欺騙、蒙蔽人們的耳目。

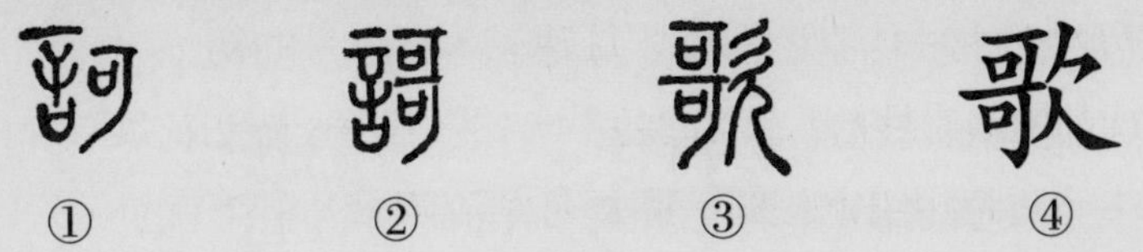

「流風入座飄歌扇，瀑布侵階濺舞衣。」這個「歌」字本爲形聲字。①是金文的形體，左邊是「言」，右邊是「可」，是「從言，可聲」的形聲字。②是小篆的異體字。③是小篆的通行體。將「言」換成「欠」，義相近，都與「人」有關。④爲楷書的形體。

《說文》：「歌，詠也。從欠，哥聲。」「歌」字的本義爲「唱」，如《詩經·魏風·園有桃》：「心之憂矣，我歌且謠。」大意是：內心有憂愁啊，我唱歌謠以解憂！古代「歌」與「謠」是不同的，《毛傳》：「曲合樂曰歌，徒歌曰謠。」

「歌」字由「唱」可以引申爲「歌曲」，如《尚書·堯典》：「詩言志，歌永（詠）言。」由「歌曲」又可以引申「作歌」、「編歌」，如《詩經·陳風·墓門》：「夫也不良，歌以訊之。」「夫」指統治者；「訊」爲勸告義。大意是：這人不太好，作歌勸告他。

請注意：「歌女」，舊時多指以唱歌爲生的女子。可是蚯蚓的別名也叫「歌女」，如崔豹《古今注·魚蟲》：「蚯蚓，一名蜿蟺，一名曲蟺，善長吟於地中，江東謂之歌女。」

月　部

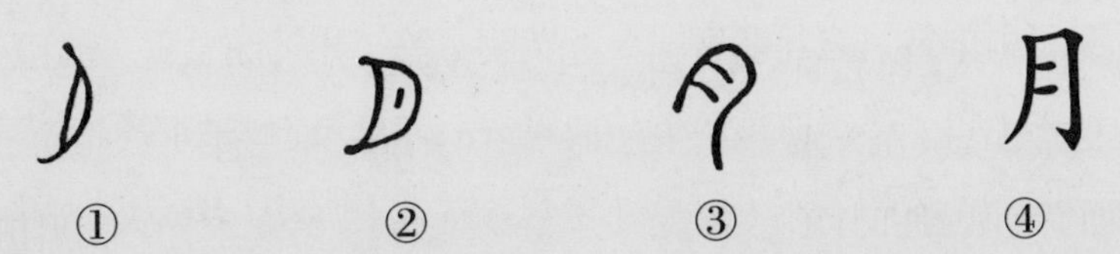

甲骨文①就是「一彎皓月懸中天」的形象。所以「月」字是個象形字。金文②像甲骨文，只是中間加了一小豎，古人用以表示月中的桂樹等。③是小篆的形體，變得不太像月亮的樣子了。④是楷書的寫法，更看不出月亮的形狀了。

「月」字的本義很好理解，但是由「月」字所組成的詞則往往不太好理解，如：「月吉」一詞大都指每月初一，但有時也專指正月初一；「月旦」也稱爲「月朔」，指每月的初一；「月華」是指「月光」或「月色」，如張若虛〈春江花月夜〉：「此時相望不相聞，願逐月華流照君。」這就是說：此時此刻，只能相望而不能相聞，願意追隨著月光流照於你。至於「月題」一詞，是指「馬絡頭」。成玄英疏《莊子・馬蹄》說：「月題，額上當顱，形似月者也。」

◀竹月，近代高劍父作。

「月」字是個部首字。凡由「月」字所組成的字大都與「月亮」、「光明」有關，如「明」、「朗」、「朔」等字。

① ② ③ ④

《荀子・天論》說得對：「在天者莫明於日月。」也就是說，在天上沒有比太陽和月亮更明亮的了。我們的祖先也正是這樣想的，所以甲骨文①是左「月」右「日」組成「明」字，可見這是一個會意字。可是到了金文②則發生了僞變，把「日」字變成了「窗戶」形，月亮照在窗上即表示光明的意思，當然也是會意字。小篆③是由金文形體變來的，大致與金文同，其左也有窗戶形。到了楷書④又還原到甲骨文的會意方式，用「日」和「月」組成「明」，不過日、月的位置與甲骨文相反。

「明」字的本義是「光明」，後又引申爲「明顯」，如《荀子・正名》：「是非之形不明。」也就是說，是非的外部表現並不明顯。由物之明，又可引申爲人之「明智」、「英明」等，如《商君書・君臣》：「明王之治天下也，緣法而治，按功而賞。」大意是：英明的帝王治理天下，是依法而治，按功之大小行賞。至於《管子・制分》所說的「聰耳明目」中的「明」字，那是指眼睛亮、視力好。

① ② ③ ④

「有朋自遠方來。」這個「朋」字本爲象形字。甲骨文①就像兩串貝

(或玉)連結在一起的形象。郭沫若認爲就是古人的「頸飾」。②是金文的形體,與甲骨文相似。③是《說文》借「鳳」字古文的形體爲「朋」。④爲楷書的寫法。

《說文》認爲「朋」就是「古文『鳳』」,象形。此說不妥。「朋」字本爲「貝」的數量的稱謂,五貝爲一串。兩串爲一朋,如《詩經·小雅·菁菁者莪》:「錫(賜)我百朋。」也就是說:賜給我一千個貨幣。因一朋爲兩串,所以可以引申爲「朋友」義,如李白〈陳情贈友人〉:「斯人無良朋。」意思是:這個人沒有好朋友。由此又可以引申爲「朋黨」,即有「互相勾結」之義,如屈原〈離騷〉:「世並舉而好朋兮。」大意是:世上隨聲附和的人互相勾結啊!由「朋黨」又可以引申爲「倫比」,如《詩經·唐風·椒聊》:「彼其之子,碩大無朋。」就是說:像她那樣的好姑娘,誰能比她更健壯。

「朋」字的遠引義就是「齊」、「同」,如《後漢書·李固杜喬傳贊》:「朋心合力。」也就是齊心合力的意思。

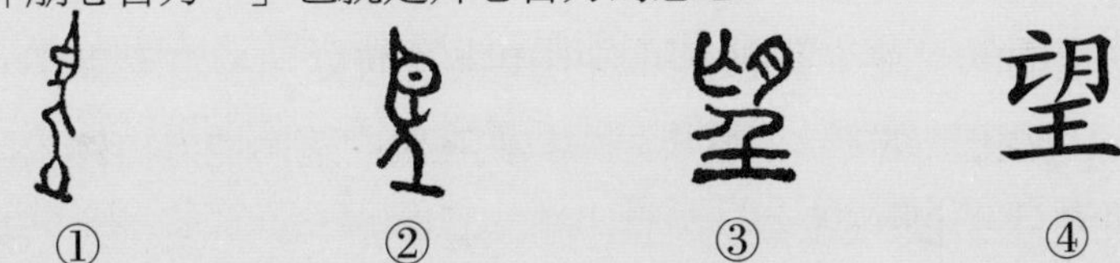

①　②　③　④

這是「登高而遠望」的「望」字,本爲會意字。①是甲骨文的形體,上部是一隻大眼睛,下部是一個人面朝左站在一個土堆上,表示登高而遠望。②是金文的形體,與甲骨文相似。③是小篆的形體,左上角增加了表聲的「亡」,右上角爲「月」,下部仍爲「人」形,表示望月之意。④爲楷書的寫法。

《說文》:「望,出亡在外望其還也。」「望」字的本義應爲「遠望」,如《詩經·衛風·河廣》:「誰謂宋遠,跂予望之。」大意是:誰說宋地很遠,翹起腳跟就能望見。《左傳·莊公十年》:「吾視其轍亂,望其旗靡。」這是說:我看到他們的車轍都亂了,遠望他們的戰旗也倒了。由「遠望」可以引申爲「盼望」,如曹操〈收田租令〉:「欲望百姓親附。」這是說:盼望百姓們依附。「望」有「遠」、「高」之義,所以又可以引申爲「名望」、「聲望」,如《詩經·大雅·卷阿》:「如矽如璋,令聞令望。」大意是:好像玉矽,好像玉璋,是好名聲,是好聲望。

農曆每月十五日亦稱爲「望」，因爲這天太陽西下時，月亮正好從東方升起，故稱作「望」。

①　②　③

「不期修古，不法常可。」這個「期」字本爲形聲字。①是金文的形體。其上部爲「其」，表聲；其下部爲「日」，表形。這說明「期」字與時間（日）有關，所以從「日」。②是小篆的形體。「其」字未變，將「日」換成了「月」，因爲「日」與「月」均能表時間，可以互換。③是楷書的寫法。

《說文》：「期，會也。從月，其聲。」「期」字的本義應爲「限定的時間」，如《詩經・王風・君子于役》：「君子于役，不知其期。」大意是：心上人外出服役，不知何時才算歸期。《史記・陳涉世家》：「會天大雨，道不通，度已失期。」這是說：適逢天下大雨，道路不通，估計已經誤了期限。由「期限」可以引申爲「約會」，如《詩經・鄘風・桑中》：「期我乎桑中。」意思是：我們在桑中這個地方約會。又可以引申爲「期望」、「要求」等。

請注意：「期」還可以讀作ㄐㄧ，一周年、一整月就稱爲「期年」、「期月」，如《左傳・襄公九年》：「行之期年。」也就是說，施行了一周年。《後漢書・耿純傳》：「期月之間，兄弟稱王。」這是說：在一個月之內，兄弟就稱王了。

毛　部

①　②　③

這是「毛」字。從金文①的形體看，就像彎彎曲曲的毛髮之形。小篆②的形體也基本上同於金文。③是楷書的寫法，是由小篆的形體直接演變而來。

現在如果有人說：「某人的頭髮長得眞好。」他聽到後就很高興。但是如果說：「某人頭上的毛長得很好。」聽後他會生氣的。可是古代的「毛」也特指頭髮，如《左傳・僖公二十二年》：「不禽二毛。」這個「禽」字就是後世的「擒」字；「二毛」是指頭髮華白的老人。可見「二毛」就是指頭髮黑白相間的人，這裡的「毛」就指頭髮。

《後漢書・馮衍傳上》：「飢者毛食。」這裡的「毛」字應如何理解呢？「飢餓者吃毛」嗎？不是的。其實這個「毛」是「沒」的假借字（因「毛」與「沒」讀音相近）。這句話的原意是：「飢餓的人沒有飯吃。」

「毛」字是個部首字。在漢字中凡是由「毛」所組成的字大都與毛髮有關，如「毳」、「氈」、「毫」、「毯」等字。

① ② ③

三毛爲「毳」（ㄘㄨㄟˋ脆）。金文①和小篆②都是三毛形。楷書③是從小篆形體變來的，結構基本相同。三毛堆在一起也就表示細毛很多的意思，可見這個「毳」字是個會意字。

「毳」字本義是鳥獸的細毛，如《漢書・晁錯傳》：「鳥獸毳毛，其性能寒。」話的原意是：鳥獸身上的細毛是能耐嚴寒的。因絲絨很細，所以也可以稱毳，如白居易〈紅線毯〉：「太原毯澀毳縷硬。」就是說太原出的毯子澀而且絲絨發硬。

我們讀《漢書・溝洫志》時，會見到「泥行乘毳」的話。「乘毳」是什麼意思呢？其實這是以「毳」字代「橇」字，應讀爲ㄑㄧㄠ（敲）。

氏　部

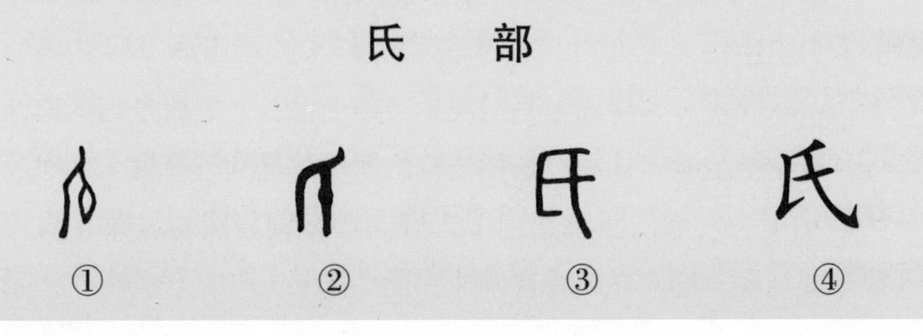
① ② ③ ④

「氏」字本爲象形字。甲骨文①是一個面朝右側立的人，手裡提著一個陶器之類的東西。金文②的形體沒有大變，不過人手所提之物已上升到臂中間。③是小篆的形體，臂上的一點變成了一橫，同時也失去了人形。④是楷書的寫法，由小篆直接演變而來。

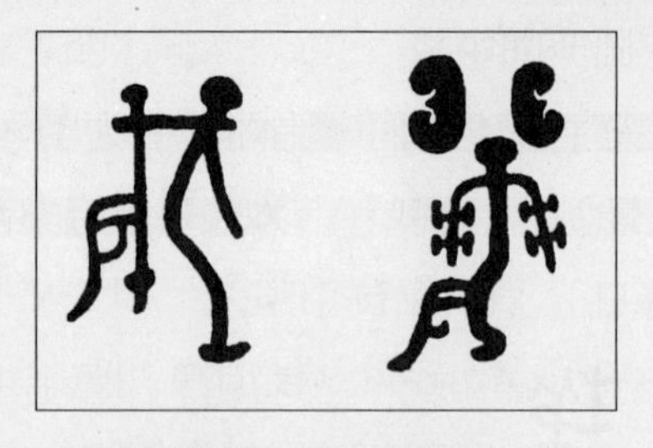
▲周代禮器上的指事符號，可能是當時人的族徽。

「氏」字本義已經消失，後來被假借爲代表「氏族」之「氏」，是古代貴族標誌宗族系統的稱號，爲姓的支系，用以區別子孫之所由出生。古代女子稱姓，男子稱氏。不過女子嫁後，也往往在其父姓之後繫一「氏」字。另外，遠古傳說中的人物也往往稱氏，如「神農氏」、「伏羲氏」、「夏後氏」等等。舊時對學術上很有造詣的人的尊稱，多在其姓之後加一「氏」字，如「左氏」（左丘明）、「許氏」（許慎）、「段氏」（段玉裁）等。

請注意：我國古代西北部有一個民族叫「月氏」，這裡的「氏」字必須讀爲ㄓ（支）。

「氏」字是個部首字。不過在漢字中從「氏」字的字很少。

① ② 民③

這個「民」字是個象形字。金文①的上部是一個眼睛，其下是一把錐子刺進了眼睛。這表明在奴隸制社會裡，奴隸主用極其殘酷的手段把奴隸的一隻眼睛刺瞎，並強迫他們勞動。小篆②形體大變，完全看不出錐子刺眼的形象了。③是楷書的寫法，是由小篆直接演變而來。

「民」的本義就是奴隸。遠在《書經・梓材》篇就有記載。從「奴隸」又可引申爲被統治的人，如《穀梁傳・成公元年》：「古者有四民：有士民，有商民，有農民，有工民。」在上古，人與民是有明顯區別的：「人」是指統治者，「民」是指被統治者。可是到了後世，人與民就沒有什麼區別了，它們依照漢語由單音詞向雙音詞發展的規律，將「人」與「民」連結在一起，變成雙音詞「人民」了。

「民天」一詞在古文中經常見到，它並不是指「老百姓的天下」，而是指「糧食」，正如《漢書》中所說：「民以食爲天。」

「民」字是個部首字。凡由「民」字所組成的字大都與百姓有關，如「氓」字等。不過，在漢字中從「民」的字也很少。

斗　部

①　②　③　④ 斗

「李白斗酒詩百篇」中的「斗」字是個象形字。甲骨文①就是一把長柄的大勺子，上部是勺子頭，下部是勺子柄。金文②也是這個形象，只是勺柄向右傾斜。③是小篆的形體，變得看不出勺子的形狀了。④是楷書的寫法。

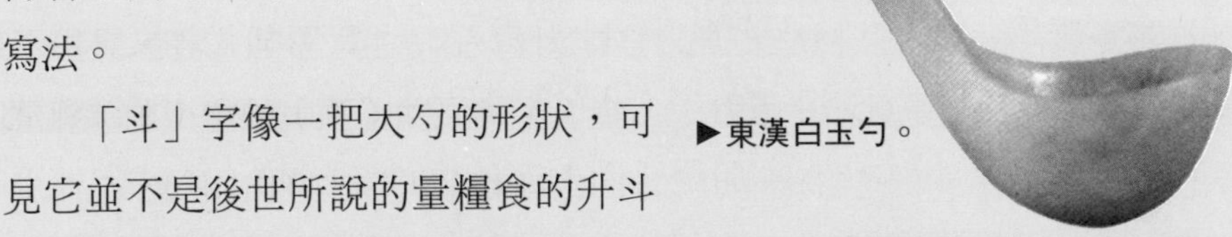

▶東漢白玉勺。

「斗」字像一把大勺的形狀，可見它並不是後世所說的量糧食的升斗之「斗」，而是古代的一種盛酒器，如《史記・項羽本紀》：「玉斗一雙，欲與亞父。」大意是：玉酒器一對，打算給范增（亞父）。「斗」字從能盛東西引申爲量具：十升爲一斗，十斗爲一石（ㄉㄢˋ擔）。在《漢書・律曆志上》中也有這樣的記載：「十升爲斗，十斗爲斛（ㄏㄨˊ湖）。」又因爲甲骨文的斗字很像一把大勺形，所以天上由七顆星組成的像一把大勺子的星群也稱爲斗，即北斗。至於《水經注・谷水》篇中所說的「斗聳」一詞，那是指高聳的樣子；「斗」字實爲「陡」字的借字，「斗聳」即爲「陡聳」，也就是又陡又高的意思。

古代「鬥爭」之「鬥」寫爲「鬥」、「鬭」、「鬦」等，後來大陸一概簡化爲「斗」，應讀爲ㄉㄡˋ，而不讀爲ㄉㄡˇ。

請注意：在古書中經常見到「斗牛」一詞，可千萬別理解爲鬥牛作樂的意思。如《晉書・張華傳》中所說的「斗牛之間」，並不是兩牛相鬥之時，而是指天上二十八宿的「牛宿」和「斗宿」之間（「星宿」也就是星的位置）。

「斗」字是個部首字。在漢字中凡由「斗」字所組成的字，大都與量器有關，如「料」、「斟」、「斛」等。

① ② ③ ④

「蒸庶欣欣，喜遇升平。」這個「升」字本爲象形字。甲骨文①就像一把頭朝上口朝左的大勺子，其口中的一點表示盛的東西。可見「升」本爲量具。②是金文的形體。③是小篆的形體，變得複雜化了。④是楷書的寫法。

▲商鞅時期的「升」。

《說文》：「升，十龠也」。「龠（ㄩㄝˋ）」也是一種量具。段玉裁認爲，「龠」應爲「合」，「十合爲升，十升爲斗」。賈思勰《齊民要術・種穀》：「良地一畝，用子五升。」也就是說：一畝好田，要用五升穀種。至於「上升」之「升」，那是「升」字的假借義，如《後漢書・王符傳》：「以此遂不得升進。」這是說：因爲這個原因，於是就不被提升。

請注意：古代升、昇、陞的用法是有區別的。作爲量具只能寫作「升」；太陽升起就寫作「昇」，如江淹〈石劫賦〉：「日照水而東昇。」在「官員晉級」的意義上，一般是寫作「陞」，如王安石〈本朝百年無事札子〉：「陞擢之任。」這是說：提升選任官員的職責。現在不管什麼情況只用「升」字了。

① ② ③

這個「料」字是個會意字。金文①的左邊是「米」的形象，右邊是「斗」，上部的斗口朝左，其中的一小橫是表示舀進的米，其下的「十」字部分表示長柄。②是小篆的寫法，左邊的「米」形還在，只是右邊部分看不出「斗」的樣子了。③是楷書的寫法，由小篆直接演變而來。

「料」字的本義就是「量米」。由此而引申爲「計算」或「統計」，如：「必料其民」。（《吳子・圖國》）也就是說：一定要統計他的老百姓。由「計算」之義，又可以引申爲「估計」、「料想」，如「料當初」也就是「料想當初」的意思。至於「儲積物料」（《宋史・河渠志一》）中的「料」，那是由被量的東西而引申爲「物料」之義，這種引申屬於遠引申。

《莊子・盜跖》「疾走料虎頭」中的「料」字是什麼意思呢？這個「料」字的意思與上面所說的本義及引申義毫無關係，實際上是「撩」字的假借字，是「撩撥」或「碰觸」的意思，必須讀爲ㄌㄧㄠˊ（遼），而不能讀爲ㄌㄧㄠˋ（料）。

牛　部

「橫眉冷對千夫指，俯首甘爲孺子牛。」這個「牛」字是個象形字。甲骨文①是正面看牛頭的形象，兩側向上彎的部分是一雙牛角，牛角之下向斜上方伸展的兩筆是牛的一雙耳朵。金文②的形體也基本上同於甲骨文，只是將牛耳拉平，成爲一條橫線。小篆③與金文的形體相類似。④是楷書寫法，根本看不出牛頭之形了。

「牛」的本義就是六畜之一的「牛」，如：黃牛、水牛、犛牛等。

在古典作品中，用「牛」字組成的詞是很多的，但有幾個詞要引起我們的注意。古代常用「牛酒」一詞，這並不是一種酒的名字，而是古代用牛和酒作賞賜、慰勞或饋贈的物品，如《後漢書・臧宮傳》：「奉牛酒以勞軍營。」也就是說：奉獻牛（肉）和酒犒（ㄎㄠˋ靠）勞軍隊。所以到了後世，人們也常以「牛酒」作爲禮物的別稱。

在蔡襄的詩中有這樣兩句：「去年大暑過京口，唯子見過牛馬走。」

▲西周青銅器上的牛紋。

（〈和答孫推官久病新起見過〉）後一句若理解爲「只有您見過牛馬走路」就不對了。所謂「牛馬走」也就是「奔走於牛馬之間」的意思。這是什麼人呢？就是掌管牛馬的僕人。後來也就用「牛馬走」作爲自謙的代稱，當「我」講。上面兩句詩的原意是：去年大暑，當路過京口的時候，只有您見過我。

「牛」字是個部首字。凡由「牛」字所組成的字，大都與牛或牲畜有關，如「牡」、「牝」、「牢」、「牲」、「犢」等字。

牝

①　②　③

這個「牝」（ㄆㄧㄣˋ聘）字是一個會意字。甲骨文①的左邊是個「牛」，右邊的「匕」是個雌性符號。從甲骨文的其他文字看，凡是表示母羊、母豬、母馬、母鹿的字都有這個雌性符號。②是小篆的形體，其左仍然是「牛」，但是其右的雌性符號變得與甲骨文的雌性符號相反，像個反「刀」形。③是楷書的形體，是直接由小篆變來的。

「牝」字的本義是指鳥獸的雌性，與「牡」相對。《史記・龜策列傳》：「鳥獸有牡。」當然也就有「牝」了。因爲雄性與雌性正相反，而丘陵（凸出）與溪谷（凹進）也正相反，所以古代也以「牡」、「牝」比喻丘陵和溪谷，如《大戴禮記・易本命》：「丘陵爲牡，溪谷爲牝。」

在《尚書・牧誓》中有「牝雞無晨」的話，這是說母雞沒有打鳴報告天明的責任。可是假若母雞要管天明之事，這就叫「牝雞司（掌管）晨」，舊時多用這個成語比喻婦人篡權亂政。

①　②　③

這個「牟」字讀作ㄇㄡˊ，原爲象形字。①爲金文的形體。牛頭上的

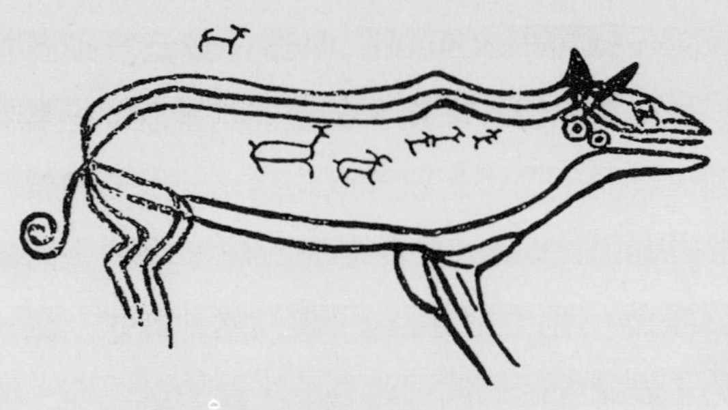

▲賀蘭山岩畫中的巨牛。

一橫畫表示牛叫時所發出的聲氣。②是小篆的寫法，牛頭之上的一橫畫變爲「厶」，更藝術化了。③是楷書的寫法。

《說文》：「牟，牛鳴也。從牛，厶象其聲氣從口出。」許愼的分析是正確的。

「牟」字的本義爲「牛叫聲」，如柳宗元〈牛賦〉：「牟然而鳴。」後來「牟」字假借爲「取」或「營取私利」義，如《漢書・食貨志下》：「如此，富商大賈亡（無）所牟大利。」大意是：像這樣，富商大賈（大商人）都沒有地方去營取私利。至於《詩經・周頌・思文》「貽我來牟」中的「牟」，那是「麰」字的假借義，當「大麥」講。原話的意思是：贈送給我們小麥（來）和大麥。

請注意：「牟」字作地名字用時，一般應讀爲ㄇㄨˋ，如山東牟平縣。

① ② ③ 告④

「一葉知秋，寸綠告春。」這個「告」字是個會意字。甲骨文①的上部是個「牛」（牛頭形），下部是個「口」字，大意是，用口告訴人，「這個牛是要抵人的！」正如《說文解字・口部》所說的：「牛觸人……所以告人也。」②是金文的形體，③是小篆形體，均與甲骨文相似。④是楷書的寫法，把「牛」字的下半截去掉了，寫作「告」。

▲鬥牛圖，漢畫像磚，南陽漢畫像館。

「告」字的本義是「告訴」，如《莊子・庚桑楚》：「吾固告汝曰。」意思是，我本來就告訴你說。從「告訴」又可以引申爲「報告」，如：「越人斬吳王頭以告。」（《史記・絳侯周勃世家》）這句話中的

「告」字就當「報告」講。從「報告」又可以引申爲「告發」或「控告」，如：「賞施於告奸。」（《商君書・開塞》）這句話是說：把獎賞施於告發奸邪的人。在《國語・魯語上》中有這樣兩句話：「國有饑饉，卿出告糴（ㄉㄧˊ敵）。」這裡的「告糴」是什麼意思呢？是「告訴買糧」嗎？不對。這是說請求買糧食。所以這個「告」字又當「請求」講，是從「報告」之義引申出來的，如請求准假叫「告假」，請求饒恕叫「告饒」。

請注意：「告」、「誥」、「詔」三個字的用法在古代有同有異，「告」和「誥」的原義都當「告訴」講，後來則有區別：下告上叫「告」，上告下叫「誥」或「詔」。到了秦朝以後，「詔」字只限於皇帝下命令用。可是宋朝以後又有所變化，「誥」字只限於皇帝任命高級官吏或封爵時用。

① ② ③ ④

這個「牡」字也是個會意字。甲骨文①的左邊是「牛」，右邊是古文字中的一種雄性符號。從甲骨文的其他文字看，凡表示公羊、公豬、公馬、公鹿的字都有這種雄性符號。所以它們也都是會意字。金文②的左邊仍然是「牛」，右邊發生了僞變，把雄性符號錯變成「土」字了。這就由原來的會意字變成了左形（牛）右聲（土）的形聲字「牡」了。③是小篆的形體，與金文的形體完全一致。④是楷書的寫法。

「牡」字的本義是指鳥獸的雄性，與「牝」相對。《詩經・邶風・匏有苦葉》：「雉（ㄓˋ志）鳴求其牡。」「雉」是野雞，這裡是指母野雞。這句詩是說：母野雞叫是尋求雄野雞。其原意是寫一個女子聽到雌雉求牡的鳴聲，從而想到她的未婚夫假如能在這時來迎娶該多好。從「牡」字的「雄」性之義又可以引申爲特指鎖簧，也就是舊時鎖中可以插入和拔出的部分。至於「牡丹」的「牡」字那是個假借字問題，與「牡」字的本義毫無關係。

① ② ③ ④

這個「亡羊而補牢」的「牢」字是個會意字。甲骨文①的外面像飼養牲畜的欄圈，其中間是「牛」，也就是把「牛」關在欄中之義。金文②的形體與甲骨文的形體基本一致。③是小篆的寫法，把牛關在欄中，在欄門上再橫上一塊大木頭，牛跑不出來，可謂牢固了。④是楷書的寫法，從「宀」從「牛」當然仍是一個會意字。

「牢」字的本義是「牛欄」，又可引申爲作祭品用的牛羊豬，據《禮記・王制》篇記載：在祭祀時牛羊豬三樣祭品齊全就叫作「太牢」，只用羊豬就叫「少牢」。後來「牢」字的詞義有所發展，關犯人的地方也稱爲「牢」，如囚牢、監牢等。凡是「牢」就必須「固」，所以「牢」又從名詞引申爲形容詞，當「堅固」講。

請注意：「牢」字是個多音多義詞，當讀爲ㄌㄡˊ（樓）時，那就當「削」講。當讀爲ㄌㄠˋ（澇）時，那就是指官方所發給的糧食，如《後漢書・應劭傳》：「多其牢賞。」這裡的「牢」字就是指供應的軍糧。

① ② ③

「人爲萬物之靈。」這個「物」字本爲會意兼形聲的字。①是甲骨文的形體，左爲牛，右爲勿。卜辭謂雜色牛爲「物」。②爲小篆的形體，與甲骨文相似。③是楷書的寫法。

《說文》：「物，萬物也。牛爲大物，天地之數起於牽牛，故從牛，勿聲。」許慎的說法牽強附會。「物」的本義是指「雜色牛」，如《詩經・小雅・無羊》中有「三十維物」。傳云：「異毛色者三十也。」也就是說：雜色牛三十條。由「雜色牛」可以引申爲「雜色的帛」，如《周禮・春官・司常》：「雜帛爲物。」由「雜色牛」又可以引申爲「顏色」，如《周禮・春官・保章氏》：「以五雲之物辨吉凶。」所謂「五雲之物」，也就是指各種顏色的雲。後世「物」也就指各種各樣的東西，如《荀子・天論》：「一物爲萬物一偏。」也就是說：一種東西也就是萬物之中的一個方面。

請注意：「物色」一詞，現在是指「選擇」。可是古代多指「風物」、「景色」，如《西京雜記》卷二：「物色惟舊。」顏延之〈秋胡〉：「日暮行采歸，物色桑榆時。」

① ② ③ ④

▲古文字中「羊」字的不同寫法。

這個「牲」字是個形聲字。甲骨文①的左邊是正面看的羊頭的形象，上部是向下彎的一對羊角，中間是眼睛。爲什麼是一隻眼呢？因爲甲骨文已經不是圖畫了，而僅是象徵性的符號，所以也不必畫得十全十美。最下部的箭頭形表示羊的嘴巴。若把甲骨文①楷化，那就應該寫爲「羏」。「羏」字的右邊是「生」，「生」下部的一條橫線是表示地面，地面之上是長出的一棵草（或樹苗），這就表示生長之義。但是「生」在「羏」中僅表讀音。所以這個「羏」字是一個左形（羊）右聲（生）的形聲字。金文②把甲骨文左邊的「羊」換成了「牛」；牛的兩角向上彎，羊的兩角向下彎，這是「牛」和「羊」兩字在甲骨文中的根本區別，這好像是一條規律。③是小篆的形體，是從金文直接演變而來。④是楷書的寫法。

「牲」字本義是指供祭祀和食用的家畜。現在我們所說的「牲口」，是指牛、驢、騾、馬，可是在古代是指禽獸等動物。《明史・職官志三》中所說的「牲口房」，並非牛棚馬廄，而是指收養異獸珍禽的處所。

請注意：「犧牲」一詞的古今詞義是不相同的，假若以今義釋古義那就錯了。古代的「犧牲」是宗廟祭祀用牲的通稱，純色牲（純色牛或純色羊等）叫做「犧」，體全的牛或羊等叫做牲，如《周禮・地皮・牧人》：「凡祭祀，共（供）其犧牲。」而今

▲商周銅尊（牲尊）器形。

天所說的「犧牲」則是捨棄、捐棄生命之義，如「犧牲生命」、「爲國犧牲」等。

另外，古代有一種青銅作的酒器叫「犧尊」。值得注意的是，這裡的「犧」字不能讀ㄒㄧ（西），而必須讀ㄙㄨㄛ（唆），這是一種特殊讀法。

手　　部

①　②　③

▲達文西素描作品(局部)。

「娥娥紅粉妝，纖纖出素手。」（《古詩十九首》）這個「手」字是個象形字。你看金文①多像一隻大手，上部是五個指頭，下部是手臂。小篆②也很像一隻手的形象。③是楷書的寫法，不太像手的樣子了。

「手」字的本義就是指腕以下能拿東西能做事的部分，是名詞。可是後來又引申爲動詞當「持」或「執」講，如《公羊傳・莊公十三年》：「曹子手劍而從之。」就是說：曹子拿著寶劍而跟著他。其實當「持」講的手，我們今天還在沿用，如「人手一冊」，就是每人各拿一本的意思。由「執」義，又可以引申爲用手打擊之義，如《漢書・司馬相如傳上》：「手熊羆。」也就是赤手空拳把熊羆打死的意思。

在古代典籍中，用「手」字組成的詞很多，有些詞的含義稍不注意就會搞錯。比如「手刺」一詞，不是手上紮了一根刺，而是指古代下級官員要去拜見高官，自己親手寫的介紹自己身分的名帖。再是「手談」一詞，不能理解爲盲人的「手語」、「指語」，而是指「下圍棋」。還有「手筆」一詞，現在一般是指親手所寫或所畫的東西，可是在古代就複雜了，如在《官場現形記》第五十九回中說：「這是二舍妹，她自小手筆就闊，氣派也不同。」這裡面的「手筆」卻是指「排場」。

「手」字是個部首字，在漢字中凡由「手」或「寸」所組成的字大都與「手」和動作有關，如「扶」、「搜」、「承」、「拳」、「拿」等字。

① ② ③ ④

這個「丑」字本爲象形字。①是甲骨文的形體，像留有長指甲的一隻手形。郭沫若認爲，「丑」字「實象爪之形」。②是金文的形體。與甲骨文極爲相似，只是方向相反。③是小篆的寫法，上下指甲相延而成一線，其義不變。④爲楷書的寫法。

《說文》：「丑，紐也。」此爲曲說。不過許慎認爲「丑」字「象手之形」倒是正確的。「丑」字的本義消失後被借用爲地支名，即地支的第二位，列在「子」字後面。與天干相配，用以紀年，如西元1985年就是農曆乙丑年；用以紀月，即農曆十二月；用以紀日，如《春秋‧桓公八年》：「夏五月丁丑。」用以紀時，「丑」時即凌晨一時至三時。

請注意：「俊丑」之「丑」本寫作「醜」，但因後者筆畫太繁，便借「丑」代之。有人認爲這種借代是實行簡化字時才開始的。這是誤解。在傳統戲曲中扮演滑稽可笑的喜劇人物或反面人物的「小花臉」、「三花臉」本稱爲「醜」，但古代則常以「丑」代之。正如徐渭在《南詞敘錄》中所說：「丑，以粉墨塗面，其形甚醜。」今省文作丑。現在亦均寫作「丑」。

① ② ③ ④

「西南諸峰，林壑尤美。」這個「尤」字本爲指事字。①是甲骨文，在一隻右手的手指上有一點，意思是生了一個肉瘤，即「疣」，俗稱「瘊子」，中醫上叫「千日瘡」。②是金文的寫法，與甲骨文相似。③爲小篆的形體。④爲楷書的寫法。

《說文》：「尤，異也。」這是說，「尤」字的本義爲「特異」、「不正常」。此說近是。「尤」實爲「疣」字的初文。因爲疣在人體是多餘的、不正常的，所以能引申爲「過錯」，如《詩經・小雅・四月》：「莫知其尤。」這是說：沒有人知道他的過失。由「過錯」又引申爲「指責」，如司馬遷〈報任安書〉：「動而見尤。」也就是說：稍有一動就被指責。「疣」本來就是突出於皮膚的，所以又可以引申爲「突出」、「異常」的意思，如韓愈〈送溫處士赴河陽軍序〉：「拔其尤。」也就是說：要選拔那突出的人。由「突出」義就轉化爲副詞「尤其」、「特別」，如《漢書・辛慶忌傳》：「食飲被服尤節約。」後世多用此義。

① ② ③ 尹 ④

這個「尹」字讀作ㄧㄣˇ，本是會意字。①是甲骨文，一豎是一枝筆的形象，右邊是一隻手，是史官執筆辦事之意。②是金文的寫法。③是小篆的形體。④是楷書的形體。都是從甲骨文演變而來的，並無多大變化。

《說文》：「尹，治也。」其實「尹」字的本義並非「治理」，本義應爲「長官」，如《尚書・益稷》：「庶尹允諧。」「庶」爲「衆」義；「允」爲「確實」義；「諧」爲「和諧」義。原話的大意是：衆長官確實很和諧。再比如「師尹」是周官名；「令尹」是春秋時楚官名；「關尹」是古時守關之吏；「京兆尹」是古代掌治京城的官。我國在1914年，省下設道，道置道尹，爲一道之行政長官。由「長官」義又引申爲「治理」，如《左傳・定公四年》：「以尹天下。」也就是「以治理天下」的意思。

① ② ③

「似聞胡騎走，失喜問京華。」這個「失」字本爲形聲兼會意字。①是詛楚文的形體，左邊是一隻手，手腕的右邊是個「乙」字，表示東西從手中丟失了。同時「乙」也爲聲符。②是小篆的寫法，與詛楚文極爲相似。③是楷書的寫法。

《說文》：「失，縱也。」這個說法是對的，因爲「縱」有「捨掉」

之意。可見「失」字的本義應爲「喪失」、「丟失」，如曹操〈敗軍抵罪令〉：「失利者免官爵。」這是說：失利的人，是要免去官爵的。由「丟失」又可以引申爲「耽誤」、「錯過」，如《尚書・泰誓》：「時哉弗可失。」就是說：時機呀，是不能錯過的。由「錯過」又能引申爲「過失」，如柳宗元〈封建論〉：「失在於政，不在於制。」大意是：其過失在於政治，而不在於郡縣制。

請注意：《荀子・哀公》：「其馬將失。」這是說：那馬將要奔逃。這裡的「失」字不能讀ㄕ，而必須讀爲ㄧˋ，是「逸」的假借字。

①　②　③

這是「扔掉」的「扔」字，本爲會意字。甲骨文①的右下方是一隻右手，左方是一個曲形之物（乃），表示手扔之意。②是小篆的形體，手移到「乃」的左邊。③是楷書的寫法。

《說文》：「扔，因也。」不妥。「扔」字的本義就是「丟掉」、「扔棄」，如《紅樓夢》：「每日大家早來晚散，寧可辛苦這一個月，過後再歇息，別把老臉面扔了。」

「扔」字有時讀作ㄖㄥˋ，那是「牽引」、「拉」的意思，如《老子》：「則攘臂而扔之。」這是說：就舉起胳膊，指引人們遵守禮節。另外，「扔」也有「摧毀」義，如《後漢書・馬融傳》李賢注：「扔，摧也。」當「摧」講的「扔」字也讀作ㄖㄥ。

①　②　③　④

「解人之困，丞人之急。」這個「丞」字是個會意字。甲骨文①的中間是一個面朝左半跪著的人，下面有一條向上彎的曲線，像個大土坑，這就是人掉進土坑（或陷阱）的意思；人的上部左右有兩隻手，這就表示把人從土坑中救出來。金文②則把表示土坑的曲線去掉了，左右兩手也移到了人的下部，表示用雙手把人救出去的意思。③是小篆的形體，把甲骨文下部的土坑換成了一座大山，高山上站著一個面朝左彎腰曲背的人，左右有兩隻手攙扶著這個人從大山上下來。④是楷書的寫法。

「丞」字的本義就是「救」，如揚雄的〈羽獵賦〉：「丞民乎農桑。」這裡的「乎」字相當於「於」字，原話的意思是：用農桑之業來拯救老百姓。這裡的「丞」字，應當讀作ㄓㄥˇ（整），實際上就是「拯」字的本字。因爲「丞」字當「丞相」等用了，所以就在「丞」字的左邊加了個「提手旁」，寫作「拯」。這樣，「丞」字當「救」講的本義就被「拯」字所取代。

「丞」字從「救」的本義又可以引申爲「輔助」，如：「相國、丞相，皆秦官；金印、紫綬，掌丞天子助理萬機。」（《漢書・百官公卿表上》）「掌」就是「主管」的意思；「萬機」指國家的一切重要政事。這兩句話的大意是：相國、丞相，都是秦朝所設的官；他們有金印、紫綬，輔助皇帝處理國家一切大事。到了秦漢以後，「丞」則往往指各級地方長官的副職，如副縣令稱爲「縣丞」，副知府稱爲「府丞」等等。至於「於是丞上指」（《史記・張湯傳》）中的「丞」字，那是「承」字的假借字，當「秉承」或「承受」講。上面這句話的意思是：在這時秉承皇帝的意旨。

「官不過侍郎，位不過執戟。」這個「執」字本爲會意字。①是甲骨文的形體，左邊是類似手銬一類的刑具，右邊是一個面朝左半跪著的人，雙手被手銬鎖住。②是金文的形體，與甲骨文相似。③是小篆的寫法，左邊的刑具和右邊的人都失去了原形。④爲楷書的繁體字。⑤爲簡化字。

▲《三才圖會》中的刑具圖。

《說文》：「執，捕罪人也。」許慎的說法正確。「執」字的本義就是「拘捕」、「捉拿」，如《韓非子・外儲說左下》：「衛君欲執孔子，孔子走，弟子皆逃。」再如《左傳・僖公五年》：「遂襲虞，滅之，執虞公。」大意是：便立即襲擊虞國，把虞國消滅，捉住了虞國的國君。由「捉拿」又可以引申爲「握」，如《荀子・哀公》：「上車執轡（ㄆㄟˋ）。」意思是：上車握住牲口韁繩。由「握」又能引申爲「主持」、「主管」，所謂「執牢獄者」就是主管牢獄的官，「執政」就是掌握政權的人，如《舊唐書・黃巢傳》：「大詬（ㄍㄡˋ）執政。」這是說：（黃巢）大罵掌權的人。後來，「執」字又引申爲「執行」，在現代漢語中經常出現。

① ② 埽 ③ 掃 ④ 扫

「掃蕩六合清，仍爲負霜草。」這個「掃」字本爲會意字。甲骨文①的右邊是一把掃把，左邊是一隻手，表示掃除塵土。②是小篆的形體，掃把仍在右邊，左邊換成「土」，以帚掃土，仍爲掃除意。③爲楷書繁體字，又將「土」換成「手」，爲以手持帚掃除之意。④爲簡化字。

《說文》：「埽（掃），棄也。」「棄」即爲「棄除」之義，正是「掃除」的意思，如《後漢書・陳蕃傳》：「大丈夫處世，當掃除天下。」這是說：大丈夫生在世界上，就應當掃除天下一切邪惡。

在古詩文中常見「掃眉」一詞，那是指畫眉，作爲「女子」的代稱。舊時也往往把有文才的女子稱爲「掃眉才子」，如王建〈寄蜀中薛濤校書〉：「掃眉才子知多少。」也就是說：有文才的女子有多少。

什麼能解除憂愁呢？古人認爲酒最能解憂，所以蘇軾在他的〈洞庭春色〉詩中就把酒稱爲「掃愁帚」，後世也就把「掃愁帚」作爲美酒的代稱了。

① ② ③ 揚 ④ 扬

「大風起兮雲飛揚。」這個「揚」字本爲會意字。①是金文的形體，右邊是一個面朝左而彎腰站立的人，左邊是一盞高座明燈，顯示揚舉明燈之意。②是小篆的形體，將金文中的「人」形變爲「手」形，而「燈」移於右邊，變作「昜」，成爲會意兼形聲的字了。③是楷書繁體字。④爲簡化字。

《說文》：「揚，飛舉也。」這是對的。但說「從手，昜聲」，則不妥，因爲「昜」本含有意義。「揚」字的本義爲「舉」，如屈原《九章・哀郢》：「楫齊揚以容與兮。」所謂「容與」是指徘徊不前。這是說：船槳齊舉而又徘徊不前啊。由「舉」又可以引申爲「宣揚」，如柳宗元〈貞符〉：「揚大功。」也就是說：宣揚大功。由「宣揚」義又可以遠引申爲「容貌出衆」。如裴度〈自題寫眞贊〉：「爾貌不揚。」這是說：你的容貌並不出衆。

請注意：《詩經・大雅・公劉》：「干戈戚揚。」若把這句話理解爲「舉起干戈」那就錯了。「干」是盾，「戈」是長兵器，「戚」是大斧，「揚」是指「鉞」，也是斧類。所以這句詩是指的四種兵器。

扶

① ② ③

這是「抑強扶弱」的「扶」字。金文①的左邊是「夫」（「夫」就是「人」），有兩臂兩腿，最上部的一條橫線是頭上橫插的簪子，右下方是一隻大手，表示用手扶人走路之意。②是小篆的形體，「夫」移到「手」的右邊了，而且也不太像「人」的形象。③是楷書的寫法，它由小篆演變而成。可見「扶」字是一個會意字，若把它理解爲「扌」形「夫」聲的形聲字那就錯了。

「扶」字的本義是「攙扶」，如《戰國策・齊策四》：「扶老攜幼。」由「攙扶」又能引申爲「扶植」或「扶持」，如《荀子・勸學》：「蓬生麻中，不扶而直。」由此還可以引申爲「扶助」、「支援」，如《戰國策・宋衛策》：「扶梁伐趙。」也就是支援梁而攻打趙的意思。

在古典文學中，用「扶」字所組成的詞很多，必須審慎地加以理解。比如我們讀《漢書・霍光傳》，其中有這樣一句：「中孺（霍光的父親）扶服叩頭。」這個「扶服」是什麼意思？其實這是一對假借字，「扶」應讀爲ㄆㄨˊ，「扶服」就是「匍匐」。上面那句話的原意是：中孺匍匐磕頭。

抑

① ② ③ ④

這是「抑揚頓挫」的「抑」，本爲會意字。①是甲骨文的形體，其左上方是一隻大手（爪），右邊是面朝左半跪的一個人，這表示用手壓服一個人之形。②是小篆的形體，「手」在「人」的右邊，其義不變。③爲《說文》中的俗體字，又在其左邊增加了一個提手旁。④爲楷書的寫法。

《說文》：「抑，按也。」「抑」字的本義就是「按」、「壓」之義，如《老子》：「高者抑之，下者舉之。」「抑」與「舉」對文，可見「抑」有「壓制」之義。由「壓制」又可以引申爲「約束」，如《晉書·桓伊傳》：「安惡其爲人，每抑制之。」這是說：謝安討厭他的爲人，經常約束他。

「抑」字後來由實詞轉變爲虛詞，作選擇性連詞，當「抑或」、「還是」講，如《大戴禮記·五帝德》：「請問黃帝者，人邪？抑非人邪？」又可作轉折連詞用，當「然而」講，如諸葛亮〈草廬對〉：「非惟天時，抑亦人謀也。」還可以作句首語助詞用，無義，如《左傳·昭公十三年》：「抑齊人不盟，若之何？」意思是：齊人不結盟，那怎麼辦呢？

請注意：在古代雖然「按」與「抑」都有向下壓之意，但「抑」的程度重，並且常用於不太具體的含義。

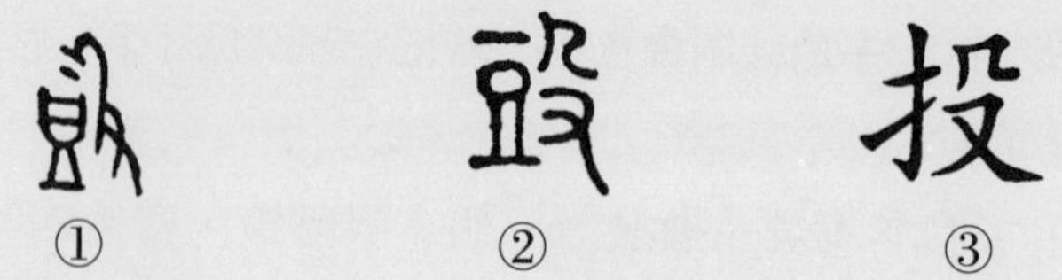

這是「投筆從戎」的「投」字，是個會意字。甲骨文①的左邊是「豆」，右邊是「殳」，表示「敲擊」義。②是小篆的形體，由甲骨文直接演變而來。③是楷書的寫法，將「豆」換成提手旁。

《說文》：「豛（投），繇擊也。」「投」字的本義應爲「敲擊」，而許慎所說的「繇擊」是引申義。現在多用其引申義「投擲」，如《史記·西門豹傳》：「即使吏卒共抱大巫嫗（ㄩˇ）投之河中。」大意是：馬上派吏卒們一起抱起那個老巫婆投到河中。由「投擲」可以引申爲「扔掉」，如劉希夷〈從軍行〉：「平生懷仗劍，慷慨即投筆。」這裡的「投筆」是棄文就武的意思。陶潛〈辛丑歲七月赴假還江陵夜行途中作〉裡的「投冠」，並不是說將帽子扔掉，而是比喻棄官。

「投桃報李」，多比喻互相贈答，語源於《詩經·大雅·抑》：「投我以桃，報之以李。」

① ② ③ ④

「春風喚新葉，酷霜百卉折。」這個「折」字是個會意字。甲骨文①就很形象，其左是一把曲柄橫刃大斧（斤），右邊是一棵小樹（木）；木匠掄起大斧猛力一砍，把小樹攔腰砍斷（上部是樹頭，下部是樹根）。金文②則把斧頭移到了右邊，其左下部的樹根又顛倒了一下（樹根朝上），這就是金文所發生的僞變。到了小篆③又發生了第二次僞變，其左邊變成上下兩棵草，變成用斧頭砍草的意思了。等到楷書④又發生了第三次僞變，其左變成了一隻手（提手旁），好像是說以手拿大斧之義。

「折」字的本義就是「折斷」，如《詩經・鄭風・將仲子》：「無折我樹杞。」也就是不要折斷我種的杞的意思。由「折斷」又可引申爲「死亡」，如「夭折」。由「折斷」還可以引申爲「曲」或「彎」，如《淮南子・覽冥訓》：「河九折注於海」。大意是：黃河拐了九道彎而後流到渤海。至於「損兵折將」中的「折」，那可不是「折斷」或「夭折」之義，而是當「損失」講。

「折」字是個多音多義字，如「這個鍬把折了」中的「折」字，應當讀作ㄕㄜˊ（舌），不可讀爲ㄓㄜˊ（摺）。

「折枝」一詞，今人作「折取樹枝」之義，可是在古代卻是指「按摩」、「搔癢」，如《孟子・梁惠王上》：「爲長者折枝。」大意是：替長者按摩搔癢。

① ② ③ ④ ⑤

「俏也不爭春，只把春來報。」這個「報」字本爲會意字。甲骨文①的左邊是一種刑具，中間是面朝左跪著的一個人，人頭的後邊有一隻大手，可見這就是表示押解一名罪人的意思。②是金文的形體，與甲骨文相似。③是小篆的寫法。④爲楷書的繁體字。⑤爲簡化字。

《說文》：「報，當罪人也。」也就是說，「報」字的本義爲「判決罪人」，如《韓非子・五蠹》：「報而罪之。」意思是：判決而治他的罪。由「判罪」可以引申爲「報告」，如《史記・蒙恬列傳》：「使者還報。」意思是：使者回來報告。由「報告」又引申爲「報答」，如《詩經・衛風・木瓜》：「投我以木桃，報之以瓊瑤（佩玉名）。」這是說：姑娘送我鮮木桃，我報答姑娘的是瓊瑤。「報復」，現指敵意地回擊曾經傷害過自己的人，但古代不論報恩還是報仇都可稱「報復」，如《漢書・朱買臣傳》：「諸嘗有恩者，皆報復焉。」這裡的「報復」就是「報答」的意思。

古代回信亦可稱「報」，如王安石〈答司馬諫議書〉：「故略上報。」意思是：所以我簡略地寫這封回信。

①　②　③

這是「居尊若卑」的「卑」字，本爲會意字。①是金文的形體，左上部是一個橢圓形的酒器之形，下部爲一隻左手，表示奉酒器之意。②是小篆的形體，原來酒器之形訛變爲「甲」字。③爲楷書的寫法。

《說文》：「卑，賤也，執事也。」許說不妥。「賤」、「執事」爲引申義。其實，「卑」字本義應爲「手執酒器」。因執酒器爲尊者酌酒的人爲低下之人，所以就引申爲「卑」，如諸葛亮〈出師表〉：「先帝不以臣卑鄙。」這是說：先帝（劉備）不認爲我卑賤見識短。由人的地位低引申爲地勢「低」，如《史記・賈誼傳》：「聞長沙卑濕。」意思是：聽說長沙地勢低而又潮濕。由「低」又可以引申爲「衰弱」，如《國語・周語下》：「王室其愈卑乎！」這是說：王室越來越衰弱了。

請注意：《荀子・宥坐》中有這樣的話：「卑民不迷。」這裡的「卑」字實爲「俾」字的通假字，當「使」講，原意是：使民不迷。這裡的「卑」必須讀作ㄅㄧˋ。

①　②　③

這個「奉」字本爲會意兼形聲的字。①是金文的形體，上部爲

「豐」，表聲，也表示所捧之物；下部爲兩手形，表示雙手捧物。②是小篆的形體，其下部爲三手之形。③是楷書的寫法。

《說文》：「奉，承也。」其實「承」是引申義，「奉」的本義應爲「捧」，如《韓非子·和氏》：「楚人和氏得玉璞楚山中，奉而獻之厲王。」又如《史記·廉頗藺相如列傳》：「臣願奉璧往使。」所謂「奉璧」也就是雙手捧著玉璧。由此又可以引申爲「獻」，如《周禮·地官·大司徒》：「祀五帝，奉牛牲。」由「獻」可以引申爲「給予」，如《左傳·僖公三十三年》：「天奉我也。」也就是說：這是老天給予我的。由「給予」引申爲「供給」、「供養」，如王符《潛夫論·浮侈》：「以一奉百。」

另外，「奉」又可做「俸」的通假字，如《戰國策·趙策四》：「位尊而無功，奉厚而無勞。」在這個意義上，後世均寫作「俸」。

這是個「承」字。甲骨文①的上部是面朝左半跪著的一個人，人的下面是兩隻大手，是「捧著」的意思，可見「承」是個會意字。金文②也基本上同於甲骨文的形體。小篆③則有所變化，即在金文的兩手之間又增加了一隻手。④是楷書的形體，既看不出「人」，也看不出「手」的模樣了。

「承」字的本義是「捧」，如《左傳·襄公二十五年》：「承飲而進獻。」也就是說：捧著酒一類的東西而進獻的意思。從「捧」又引申爲接受、承受等，如《左傳·僖公十五年》：「敢不承命？」大意是：哪裡敢不接受命令呢？從「接受」又可以引申爲「繼承」或「接續」的意思，如《後漢書·班彪列傳》：「漢承秦制。」也就是說漢朝繼承了秦朝的制度。

在古代史籍中，我們經常見到「承乏」一詞，它是什麼意思呢？一般都是在任官吏的自謙之詞。也就是說自己所任職位一時還沒有適當的人選，暫由自己來補缺充數，含有自己不稱職的意味。「承塵」一詞在古代也常用，是什麼意思呢？是特指天花板，因爲天花板能「捧住」屋頂上的塵土，使之不得下落。《後漢書・雷義傳》中說的「投金承塵上」，也就是把錢藏在天花板之上的意思。

這是「勇擔重任」的「擔」字，本爲形聲字。①是小篆的形體，爲左形右聲的形聲字。②是楷書繁體字，左邊由「人」變成了「手」，但仍爲形聲字。③爲簡化字。

《說文》：「儋（擔），何（荷）也。」如《戰國策・秦策一》：「負書擔橐。」這是說：背著書挑著大口袋。

請注意：「擔」字作動詞用時應讀作ㄉㄢ，而作名詞用時應讀作ㄉㄢˋ，如《儒林外史》第二十五回：「門口挑了一擔茯靈糕來。」有時作重量單位用（一百斤爲一擔），也讀作ㄉㄢˋ。《楚辭・遠遊》中的「擔撟」一詞是形容高舉的樣子，但這裡的「擔」字應讀作ㄑㄧㄝˋ，實爲「揭」字的通假字，當「舉」講。

「力拔山兮氣蓋世。」這個「拔」字本爲會意字。甲骨文①上部爲左右兩隻手，中間是一棵樹。于省吾先生認爲「象兩手拔木之形」。即古「拔」字。②是小篆的形體，變成了「從手，犮聲」的形聲字了。③爲楷書的形體，直接從小篆變來。

《說文》：「拔，擢也。」可見「拔」就是「抽出來」、「拔起來」的意思，如《三國志・吳書・吳主傳》：「秋八月朔，大風，……松柏斯拔。」大意是：在秋天的八月初一，天颳起大風……松樹柏樹被拔起來。由此又可以引申爲「提拔」，如李白〈與韓荊州書〉：「山濤作冀州，甄拔三十餘人。」這是說：山濤在當冀州的長官時，經審察而提拔了三十多人。由「拔起」又可以引申爲「攻取」義，如《史記・高祖本紀》：「攻下邑，拔之。」也就是說：攻打下邑（古縣名），攻取了。拔起來有突出之意，所以「拔萃」多指才具特出，如《後漢書・蔡邕傳》：「曾不能拔萃出群。」

請注意：《詩經．大雅．綿》有「柞棫（ㄩㄟ）拔矣」句，這裡的「拔」指的是樹木高大。是說「柞樹樹高大參天」，而且「拔」字應讀作ㄅㄟˋ，不能讀作ㄅㄚˊ。

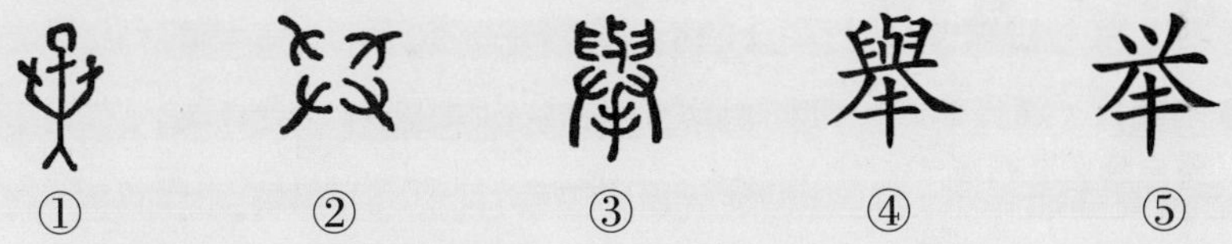

①　②　③　④　⑤

「舉頭望明月，低頭思故鄉。」這個「舉」字很形象，于省吾先生認爲甲骨文①就是「舉」字的初文。其下是一個大人，雙手舉起一個小孩（子）。可見這是個會意字。②是金文的形體，是四隻手對舉的意思。甲、金文都是會意結構。可是到了小篆③則變成形聲字了，其上中是「与」，表聲；其下是三「手」，表形。④爲楷書繁體字。⑤是簡化字，是草書楷化體。

《說文》：「舉，對舉也。從手，与聲。」釋義是對的。但說「從手，与聲」是僅就「舉」字的小篆體分析的，不夠全面。從上面所列的形體看，「舉」字的本義就是「舉起」或「抬起」，如《新五代史．楊行密傳》：「爲人長大有力，能手舉百斤。」由「舉起」義又可以引申爲「攻下」或「占領」，如《穀梁傳．僖公二年》：「五年而後舉虞。」就是說：五年以後占領了虞國。「舉」字還能從實詞轉化爲虛詞，即範圍副詞「全」義，如「舉世無雙」等。

請注意：古文中的「舉錯」，多指「起用和廢置」意。但是《史記．秦始皇本紀》中「舉錯必當」卻爲「措施一定要得當」的意思。可見這裡的「錯」字實爲「措」字的假借字。

①　②　③

「雙杯行酒六親喜，我家新婦宜拜堂。」這個「拜」字本爲會意字。①是金文的形體，左爲「手」，右爲「頁」（很像面左而立的人形），「頁」即「頭」的形象。這就表示舉手至頭爲拜。②是小篆的形體，爲兩手之形，合掌爲拜。③是楷書的寫法。

▲拜謁圖，漢畫像磚，河南南陽漢畫館藏。

《說文》：「拜，首至地也。」「拜」字的本義為恭敬的禮節，如《周禮・春官・大祝》中就有「九拜」之禮。《尚書・益稷》：「皋陶拜手稽首。」「稽首」，指頭要觸到地面的一種禮節。這是說：皋陶行跪拜之禮。又可以引申為「拜見」、「謁見」，如王充《論衡・知實》：「孔子時其亡也而往拜之。」大意是：孔子等到他不在家的時候便前去拜見他。「授給官職」亦可稱「拜」，如《三國志・蜀書・諸葛亮傳》：「拜亮為丞相。」也就是說：授丞相的官職給諸葛亮。

請注意：《詩經・召南・甘棠》：「蔽芾（ㄈㄟˋ）甘棠，勿剪勿拜。」這裡「拜」作何解呢？其實它是「拔」的通假字。詩的大意是：茂盛濃密的杜梨樹，不要剪它，不要拔它。

① ② ③ ④

「昭王擁彗先驅。」這個「彗」字本為會意字。①是甲骨文的形體，像兩把掃帚，上部中間的三個點兒指灰塵。總體表示以帚掃除塵灰。商承祚認為：「下掃謂之掃，上掃謂之彗。」②是小篆異體字，其上增加「竹」，表示掃帚是用竹做成，中間是掃帚的訛變之形，下邊為一隻手（又）。③是小篆的形體，上部無「竹」。④為楷書寫法。

《說文》：「彗，掃竹也。」所謂「掃竹」就是掃把。其實「彗」字的本義為「掃」，是動詞，而非名詞「掃把」，如《後漢書・光武帝紀下》：「高鋒彗雲。」這是說：強大的武力，就像風掃殘雲一樣。由「掃」引申為「掃帚」，如《漢書・高帝紀》：「太公擁彗。」這是說：太公拿著掃帚。也正因為有一種流星像一把大掃帚，所以就稱為「彗星」，通常叫「掃帚星」，古代也稱「妖星」，如屈原《九歌・少司命》：「登九天兮撫彗星。」後世迷信者多以彗星的出現為不祥之兆。

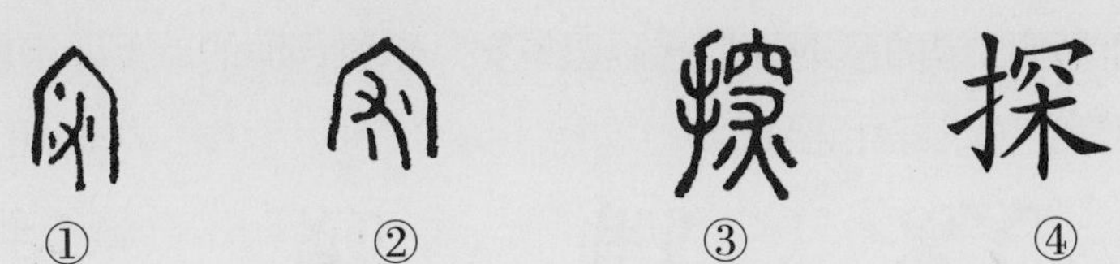

①　②　③　④

「探討意未窮，回艫夕陽晚。」這個「探」字，本爲會意字。甲骨文①的外形爲洞穴，其內有一隻大手，人手在穴中有所求，實爲「探」之初文「罙」。②是金文形體，類似於甲骨文。③是小篆的寫法，左邊又增加了一隻手，右邊也比甲、金文更繁了。④是楷書的寫法。

《說文》：「探，遠取之也。」許愼說「遠取」，很有道理，因爲「探」的本身就有「深」的意思。所以「探」的本義應爲「深掏」，如《新五代史・南唐世家》：「取江南如探囊中物爾。」大意是：奪取江南，就像向口袋裡掏取東西一樣容易。由「掏取」又可以引申爲「探測」，如《商君書・禁使》：「探淵者知千仞之深。」這是說：探測深潭的人能知道千仞（古代七尺或八尺爲一仞）之深。

請注意：古籍中常見「探湯」一詞，那是比喻「小心戒懼」，如傅玄〈和班氏〉：「秋胡（人名）見此婦，惕然懷探湯。」不過這裡的「探」字不能讀ㄊㄢˋ，而必須讀爲ㄊㄢˊ。

①　②　③　④

這個「搜」字本爲會意字。你看甲骨文①的上部是「宀」，表示古代的房屋，屋內有一個火把，右下角是一隻手，也就是說，手拿火把在屋內搜索。②是小篆的形體，仍然是由「宀」、「火」、「手」三部分組成。可是到了楷書③又僞變爲「叟」，完全不像原來的形體了。後來因爲「叟」字被假借爲當「老人」講，那麼要表「搜索」之義，就只好在「叟」之左又增加了個提手旁（扌），變成了左形右聲的形聲字「搜」了。

「搜」字的本義就是「搜索」，如《莊子・秋水》：「搜於國中三日三夜。」也就是說：在首都搜索了三天三夜。由「搜索」的本義又可以引申爲「尋求」，如在左思寫的〈吳都賦〉中有「搜瑰（ㄍㄨㄟ歸）奇」的話，就是尋求珍奇之物的意思。

請注意：當「尋找」講的「搜」，古代還可以寫作「蒐」，如《宋史・李植傳》：「蒐選強壯，以重軍勢。」這裡面的「蒐」字就是「搜」的異體字，大陸現已廢除。

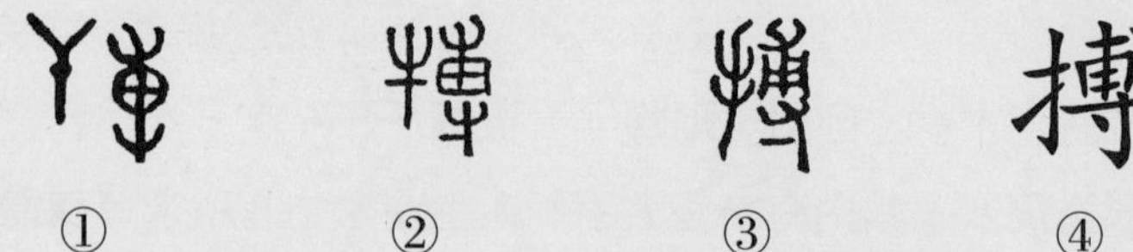

①　②　③　④

「搏手困窮，無望來秋。」這個「搏」字本爲形聲字。①是金文的形體，左邊是「干（盾之類的武器）」，表示用武器搏鬥，右邊的「尃」表示讀音。②是石鼓文的形體，左邊的「干」訛變爲「牛」。③是小篆的形體，由「牛」變爲「手」，有道理。④爲楷書的寫法。

▲戰國銅器上的搏鬥紋樣。

《說文》：「搏，索持也。」段玉裁又解釋說：「索持，謂摸索而持之。」許慎與段玉裁的說法均不妥。由金文的形體看，「搏」字的本義是「搏鬥」，如《左傳・僖公二十八年》：「晉侯夢與楚子搏。」這是說：晉侯做夢與楚子搏鬥。由「搏鬥」引申爲「捕捉」，如《周禮・夏官・環人》：「搏諜賊。」意思是：捉住那個做間諜的壞人。由「捕捉」又可引申爲「抓取」，如張衡〈西京賦〉：「搏耆（ㄑㄧˊ）龜。」所謂「耆龜」就是老龜。大意是：用手指抓取那個老烏龜。

請注意：「搏」與「摶（ㄊㄨㄢˊ）」是不同的兩個字，不能相混。「摶」是把散碎的東西捏聚成團的意思。

①　②　③

這是「黑雲壓城城欲摧」的「摧」字，本爲會意兼形聲的字。①是甲骨文的形體，左邊從「攴」，右邊爲「隹（鳥）」，即撲打鳥，有摧毀之意。②是小篆的形體，「隹」上又增加了「山」，摧毀之意更爲明顯。③是楷書的寫法。

《說文》解釋「摧」字的本義爲「擠」、「折」等。「折」爲「斷」義，與「摧」義相近。「摧」字的本義爲「毀壞」、「摧毀」，如《漢書・賈山傳》：「雷霆之所擊，無不摧折者。」

「摧」字也有「悲傷」義，如古樂府〈孔雀東南飛〉：「阿母大悲摧。」該義實爲「折斷」等義的遠引申義。

請注意：《詩經・邶風・北門》：「我入自外，室人交遍摧我。」這裡的「摧」字不是「折斷」、「摧毀」之義，而是「折磨」的意思。詩的大意是：我從外面剛回來，妻子兒女都來折磨我。

①　②　③　④

「夏氏之亂，成公播蕩。」這個「播」字本爲形聲字。①是金文的形體，右邊是「攴（ㄆㄨ）」，左邊爲「釆」，獸類足跡形，表聲。②是《說文》中古文的形體，訛變爲「番」，這就變成了「從攴，番聲」的形聲字了。③是小篆的形體，將「攴」變爲「手」，仍爲形聲字。④爲楷書的寫法。

▲《天工開物》中表現播種情形的插圖。

《說文》：「播，種也，一曰布也。從手，番聲。」「播」字的本義爲「播種」，如《詩經・豳風・七月》：「亟其乘屋，其始播百穀。」大意是：趕快修好房屋，又要開始播種百穀。由「播種」可以引申爲「傳播」，如《左傳・昭公四年》：「播於諸侯。」也就是：傳播到諸侯當中去。由「傳播」引申爲「分散」，如《尙書・禹貢》：「又北播爲九河。」也就是說：再向北分散爲九條支流。由「分散」可以引申爲「捨棄」，如劉向《楚辭・九歎・思古》：「播規矩以背度兮。」大意是：捨棄規矩而又違反法度啊！

「播」還可作「簸」的通假字，如《莊子・人間世》：「鼓筴播精，足以食十人。」「筴」爲小簸箕。大意是：抖動小簸箕向神位上灑米，所得精米也足夠養活十人。

斤　部

①　②　③　④

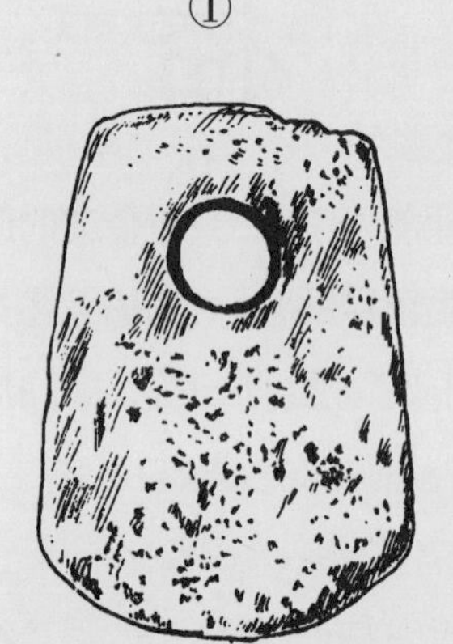
▲新石器時期的石斧。

這是「運斤（斧子）成風」的「斤」字。甲骨文①的上部是橫刃朝左、下部有一條曲柄的大斧頭，可見這是一個像斧子形狀的象形字。所以在上古「斤」就是大斧，是一種武器。金文②是刃朝右的兩把大斧子。到了小篆③雖然形體很美觀，但卻不像斧子了。楷書④則完全走樣了。

「斤」字的本義就是大斧頭，如《左傳・哀公二十五年》：「皆執利兵，無者執斤。」也就是說：軍隊都拿著鋒利的武器，沒有鋒利武器的就拿著大斧頭。既然「斤」的本義是大斧頭，那麼它爲什麼又代表重量單位呢？有人說是因爲古代做個大斧頭要秤秤幾斤重。這是主觀臆測。其實，在最初的口語裡已有了當重量講的詞，而在筆下卻沒有這個字，就把「斤」字借來用上了（因爲讀音相同的關係），並且永借不還了。那麼沒有代表「斧」的字，可怎麼辦呢？我們的祖先又在「斤」字之上加了一個「父」字，於是就產生了一個新形聲字「斧」（上聲下形）。這樣，「斤」、「斧」兩字就各有各的職責了。

「斤」字是一個部首字。凡由「斤」字所組成的字往往與斧頭或斧頭的動作有關，如「所」、「新」、「斷」、「斯」、「析」、「折」等字。

①　②　③

「物類之起，必有所始。」這個「必」字本爲象形字。①是金文的形體。其上部的缺口處，可以捆綁斧頭，其下爲彎曲的斧柄。②是小篆的形體，根本看不出斧柄的樣子了。③爲楷書寫法。

《說文》：「必，分極也。」此說不妥。因爲「必」字本爲「柄」的象形字，實際上也就是「柲（ㄅㄧˋ）」字的初文。「柲」就是兵器的「柄」，如杜預注《左傳・昭公十二年》：「柲，柄也。」因爲兵器的柄一定要固定牢，所以「必」字又可以引申爲「定」義，這就轉化爲副詞「必定」、「一定」、「定然」等，如《商君書・更法》：「治世不一道，便國不必法古。」大意是：治世並不只有一種方法，對國家有利也不一定要去效法古代。由「必定」又可以引申爲「果眞」義，如《史記・廉頗藺相如列傳》：「王必無人，臣願奉璧往使。」也就是說：王果眞沒有人可派，那麼我願意拿上璧出使秦國。

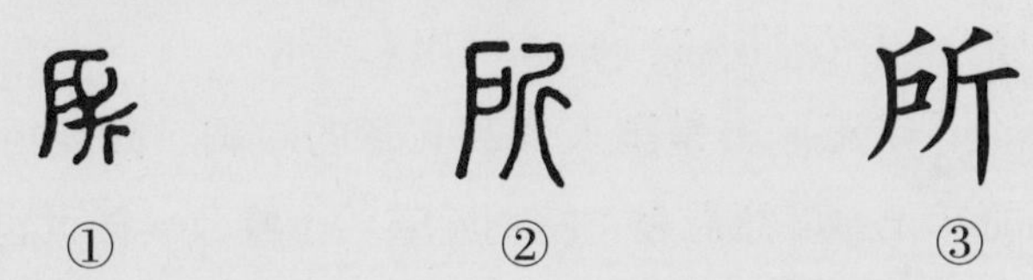

①　②　③

「所」字是個會意字。金文①的左邊是一扇門（戶），右邊是一把大斧頭，以斧破門，表示盟誓之義。小篆②的形體基本上同於金文。③是楷書的形體。「所」字當「破門」講的本義到了後世已經消亡，而大都被假借爲「處所」的「所」字用了，如《左傳・僖公二十八年》：「公朝於王所。」就是說：公在王的住所朝見了王。現在又引申爲特指機關或特種用途的處所，如醫務所、派出所、招待所等等。

「所」字又可由實詞引申作古漢語中的虛詞，主要是用作代詞，放在動詞之前，組成名詞性的片語，表示「……的人」、「……的事物」、「……的地方」等等，如《左傳・襄公十四年》：「賜我南都之田，狐狸所居。」也就是說：給我南都的土地，那是狐狸居住的地方。

「所」字有時還可以表示大概的數目，如《史記・留侯世家》：「父去里所，復還。」大意是：老人離開一里路左右，又回來了。

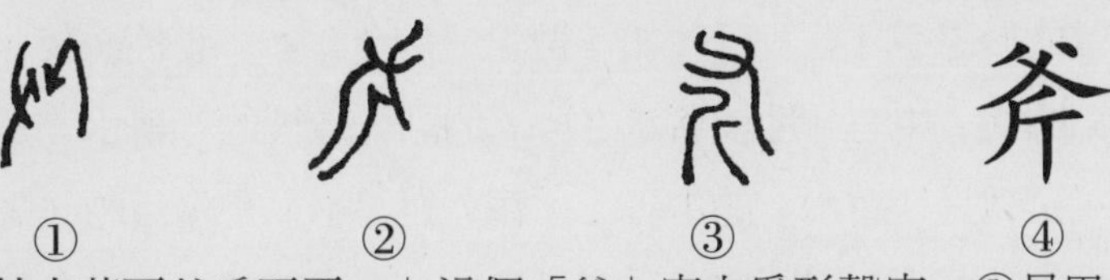

①　②　③　④

「林木茂而斧斤至焉。」這個「斧」字本爲形聲字。①是甲骨文的形

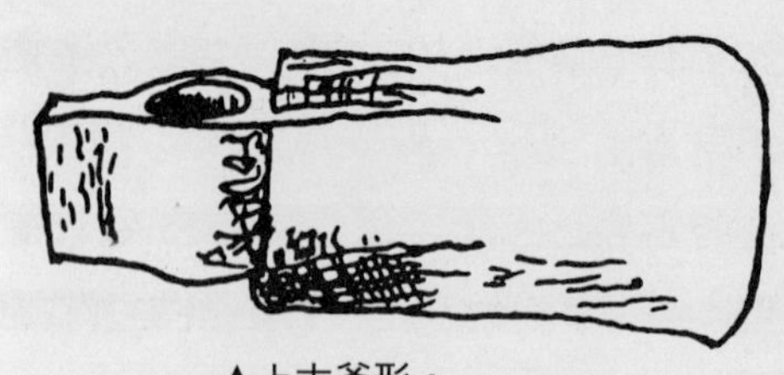

▲上古斧形。

體。右邊是「斤（斧頭）」，表形；左為「父」，表聲。②是金文的形體。③是小篆的形體，變為上聲下形的形聲字。④為楷書的寫法。

《說文》：「斧，斫也。」許慎認為「斧」字的本義為「斫」。這不妥。「斫」為動詞，只能是「斧」的引申義。「斧」字的本義應為名詞「斧頭」，如《詩經・齊風・南山》：「析薪如之何？匪斧不克。」大意是：要砍柴呀怎麼辦？不用斧子就不能辦成。古代的兵器亦用大斧，如《三國演義》第五十二回：「道榮輪大斧來迎，戰不數合，氣力不加，撥馬便走。」「斧」由名詞引申為動詞，當「砍」講，如曹操〈苦寒行〉：「斧冰持作糜。」這是說：砍下的冰塊用來煮粥。

請注意：「斧正」，是請人修改文章的敬詞，如陳衎〈與鄧彰甫書〉：「萬祈斧正。」意思是：特別盼望給予修改。後世也有人將「斧正」寫作「斧政」、「削正」等，均可。

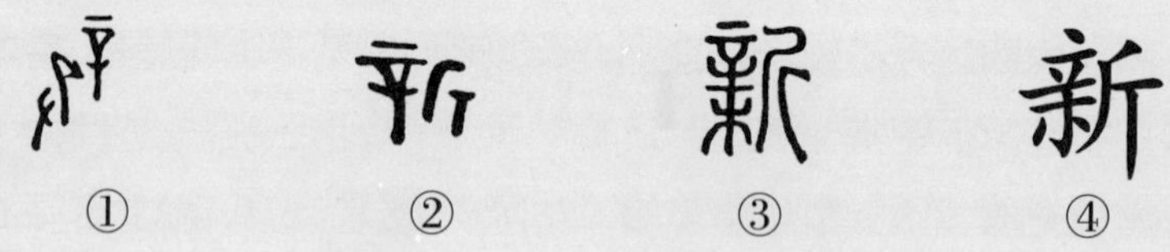

① ② ③ ④

「兩潭秋水，一彎新月。」從甲骨文①的形體看，「新」字的左邊是一隻手舉著一把曲柄斧頭，右上部是一棵樹的形象，這是用斧頭砍柴的意思。所以「新」字是個會意字。金文②則把「斤」（斧頭）移到了右邊，又省去了「手」，但仍有用斧砍柴的意思。小篆③變得太繁雜了，其左邊的下部又增一「木」字，表示是樹木的意思，右邊仍是斧頭。楷書④直接由小篆楷化而來，已看不出舉斧砍柴的樣子了。

「新」字的本義就是「柴火」。可是後來因為被借為「新舊」之「新」用了，所以當「柴火」講時就加上個「草字頭」作為義符，變成了上形下聲的形聲字「薪」了，如《禮記・月令》：「收秩薪柴。」在《南史・陶淵明傳》中有「助汝薪水之勞」的話，這裡的「薪水」是指「打柴挑水」，這就是「薪水」的本義。「薪」與「水」是生活的必需品，所以到了後世，「薪水」就引申為「俸祿」，今天也就是指「工資」。

「新」的含義是很廣的，用「新」字所組成的詞也很多，如：「新人」、「新火」、「新聖」、「新垣」等等。蘇軾〈新居〉詩：「數朝風雨涼，畦菊發新穎。」這裡的「新穎」是什麼意思呢？「穎」字的本義是禾本植物子實帶芒的外殼，所以「新穎」的原義就是指植物新生的小芽。蘇軾的詩意是：幾天的清晨風雨涼，畦中的秋菊發嫩芽。今天我們所說的「立意新穎」、「式樣新穎」等等是新鮮、新奇之意，也都是從「新芽」的本義引申出來的。所以如果拿今義向古義上套，往往會套錯的；只有掌握古今詞義的演變，才能準確地理解詞義。

午　部

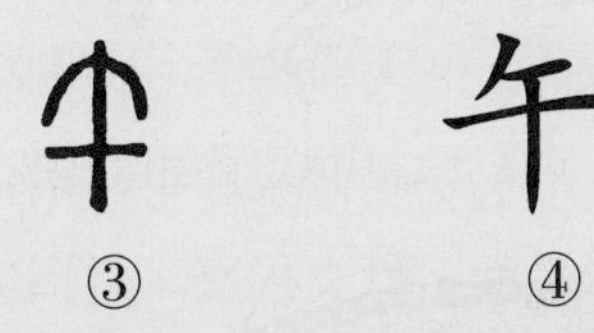

①　②　③　④

▲兔搗藥蟾舉臼圖，漢畫像磚。

「午」字就是「杵」字的本字，是個象形字。甲骨文①像兩頭粗圓、中間有一細腰的杵形，可以用來舂米。②是金文的形體，上端向左右伸展的部分是兩個把手，供兩個人使用，抬起落下便於用力。③是小篆的形體，變得不像杵的樣子了。到了楷書④那就更不像杵形，它是由小篆直接變來的。

「午」字的本義就是「杵」。以「杵」搗「臼」才能舂出白米，所以「午」有「抵觸」或「違反」之義，如：「午其軍，取其將。」（《荀子・富國》）這個意義後來大都寫作「忤」或「迕」。有「違反」義就不可能「順」，所以由「不順」又可以引申爲縱橫交錯，如在《儀禮・特牲饋食禮》中有「午割之」一句話，這個「午割」，不是「在中午割」，而是縱橫交錯地割。

當「午」字被借用爲地支的第七位以後，那麼它當「杵」用的本義又該怎麼辦呢？就在其左增加一個木字旁，形成了左形（木）右聲（午）的形聲字「杵」。自此以後「午」、「杵」有了明確的分工。

「鋤禾日當午」的「午」字，就是指「中午」。古人用地支計時，所謂「半夜子時，正晌午時」，後者即中午十一點到下午一點。

「午」字是個部首字。在漢字中，凡由「午」所組成的字大都與「違反」或「抵觸」義有關，如「啎」字等。

爪　部

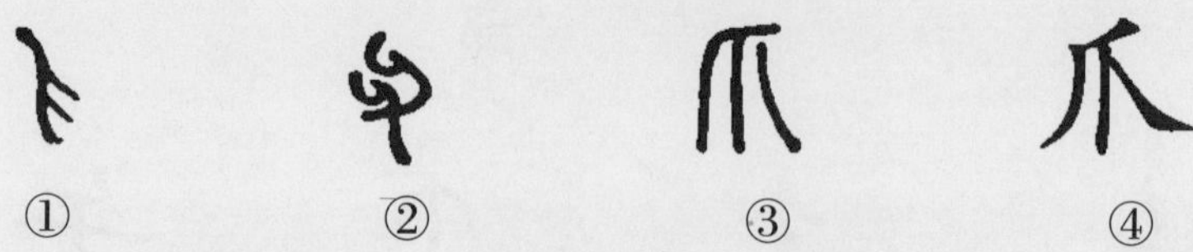

①　②　③　④

「爪」字是個象形字。甲骨文①就像一隻指尖朝下的「爪」形。金文②的形體與甲骨文相反，是指尖朝上。③是小篆的形體，由甲骨文演變而來。④是楷書的寫法，與小篆的形體相類似。

「爪」字本爲鳥獸的腳趾，如鴻爪、虎爪等。也可以作手腳指甲的通稱，如《列子・天瑞》：「皮膚爪髮，隨世隨落。」也就是說：皮膚、指甲和毛髮之類的東西，將隨時間的推移而不斷脫落。「爪」字也可以由名詞引申爲動詞，如柳宗元的〈種樹郭橐駝傳〉中有這樣兩句話：「爪其膚，以驗其生枯。」這裡的「爪」字實際上就是動詞「抓」，也就是說：扯下一塊樹皮，以察看這棵樹是活的還是已經死了。

請注意：「爪牙」一詞古今都用，但古今的詞義卻有所不同，如《漢書・李廣傳》：「將軍者，國之爪牙也。」若按我們現在對「爪牙」一詞的理解去看這句話，那就成貶義了。其實這裡的「爪牙」是比喻武臣爲國家的棟樑，是個褒義詞。只是到了後世，「爪牙」才比喻反面人物，成爲貶義詞，當「狗腿子」或「幫兇」講。「爪」也可以讀爲ㄓㄨㄚˇ（抓上聲），如雞爪子、貓爪兒等。

「爪」字是個部首字。在漢字中凡由「爪」字所組成的字大都與手或手的動作有關，如「孚」、「印」、「爲」、「采」等字。

①　②　③　④　⑤　⑥

這是「爲有犧牲多壯志」的「爲」字，是個會意字。甲骨文①的上端是一隻手，其下是頭朝上尾朝下腹朝右的一頭大象，意思是手拉大象去勞動的意思。金文②的上部也是手（爪），其下部的大象變爲腹朝左了。③是小篆的形體，越變越複雜，僅是上部的手形還有點兒像，下面的大象就不像了。④是複雜的楷書體，是由小篆直接演變而來。⑤是簡化了的楷書體。⑥是最新簡化字。

▲馴象圖，漢畫像磚。

「爲」本爲「役象以助勞」，也就是牽著大象去勞動的意思，其本義是「作」、「幹」等。這個本義我們今天還用，如「事在人爲」、「敢作敢爲」。從「作」又可以引申爲「造」、「製」，如《易經・繫辭下》：「結繩而爲網罟。」所謂「罟（ㄍㄨˇ古）」也是一種魚網。意思是：把繩索結起來製成魚網。由「製」之義又能引申爲「治理」，如《商君書・農戰》：「善爲國者，倉廩雖滿，不偷於農。」這裡的「偷」字是「怠惰」或「忽視」義。原話的意思是：善於治理國家的人，糧倉雖然已經很滿了，但是仍然不忽略農業的重要。

「秦爲知之，必不救也。」（《戰國策・秦策四》）這裡的「爲」字怎樣理解呢？這個「爲」字當「如果」講，是個假設連詞，是一個特殊用法，很罕見。這兩句話的大意是：秦國如果知道了，一定是不會去救的。

「爲」字當讀作ㄨㄟˋ（慰）時，大都作介詞用，①可當「給」、「替」講，如：「庖（ㄆㄠˊ袍）丁爲文惠君解牛。」（《莊子・養生主》）就是說：廚師替文惠君宰割牛。②可當「因爲」講，如《史記・留侯世家》：「爲其老，強忍，下取履。」也就是說因爲他老了，所以強忍內心的不快，下去（給那老人）取上鞋子來。③當「被」講，如「爲矢所傷」，也就是說被箭射傷了。

另外，「爲」字還可以作句末語氣詞用，表示反問或感歎，如：「死何含珠爲？」（《莊子·外物》）也就是說：人死了以後爲什麼還要含一顆珠子呢？原話最後的一個「爲」字就是反問性的句末語氣詞。

①　②　③

「瓜熟蒂落」，「瓜」字是個象形字。你看金文①中間的大瓜還結在蔓上，其向右下方伸展的一筆是瓜鬚的形象。小篆②的「瓜」變小了，但仍有瓜形。③是楷書的寫法，這麼一變就不像瓜的樣子了，但仍然可以看出楷書與金、篆文字一脈相承。

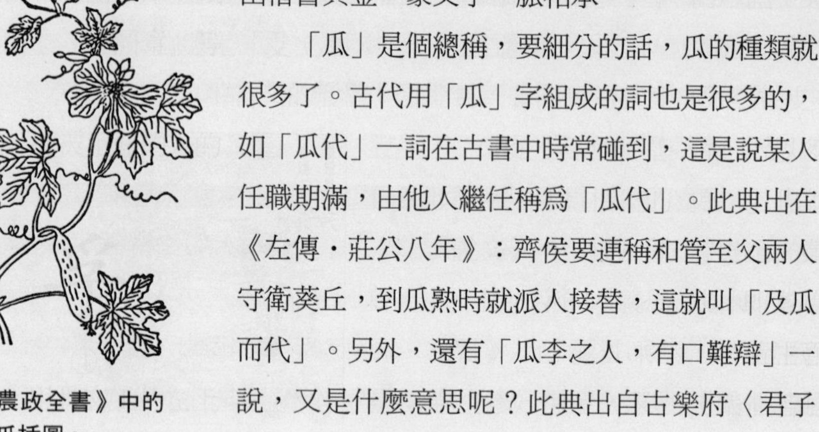

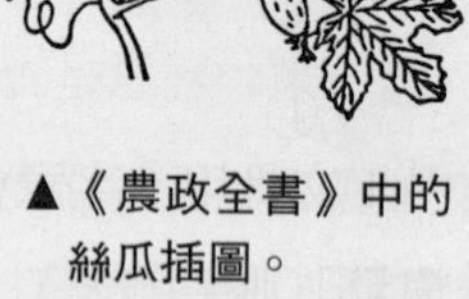

▲《農政全書》中的絲瓜插圖。

「瓜」是個總稱，要細分的話，瓜的種類就很多了。古代用「瓜」字組成的詞也是很多的，如「瓜代」一詞在古書中時常碰到，這是說某人任職期滿，由他人繼任稱爲「瓜代」。此典出在《左傳·莊公八年》：齊侯要連稱和管至父兩人守衛葵丘，到瓜熟時就派人接替，這就叫「及瓜而代」。另外，還有「瓜李之人，有口難辯」一說，又是什麼意思呢？此典出自古樂府〈君子行〉：「君子防未然，不處嫌疑間；瓜田不納履，李下不正冠。」大意是：人要防患於未然，有嫌疑的地方不去；正如在瓜田裡不要提鞋（怕人疑爲彎腰偷瓜），在李子樹下不要整帽子（怕人疑爲偷摘李子）。所以後世就把「瓜李之人」比作有嫌疑的人；把「瓜田李下」比作有嫌疑的境地。

「瓜」字是個部首字。在漢字中凡由「瓜」字所組成的字大都與「瓜果」有關，如「瓞」、「瓣」等字。

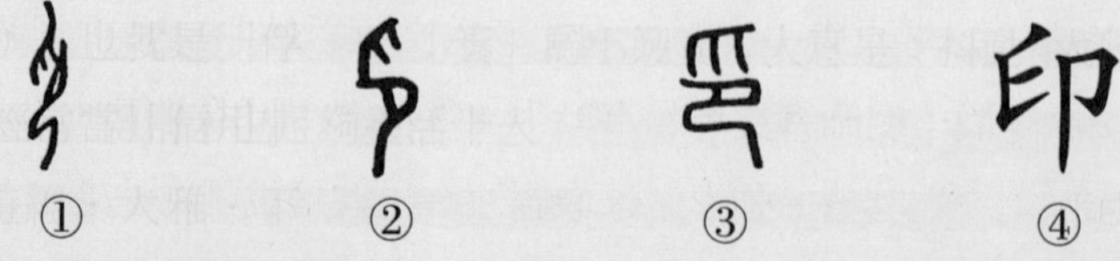

①　②　③　④

這個「印」字是個會意字。甲骨文①的左上方是一隻大手（爪），右邊是面朝左半跪的一個人，意思是要用手壓服一個人之形。金文②就更明顯了，上面的大手把下面這個面朝左的人，按得彎腰曲背，好像在鞠九十度的躬。所以「印」字即「抑」字的本字（「印」與「抑」古聲也通）。小篆③的上部仍爲手形（爪），下部的「人」卻錯變爲「卩」了。楷書④將手（爪）變到左邊，「人」（卩）變到右邊，根本看不出用手按人頭之意了。

「印」字的本義就是「按」的意思。由「按」又引申爲被按的「圖章」叫做「印」。

請注意：秦以前的「印」都稱爲「璽」，可是秦始皇卻規定自他以後，只有皇帝的「印」才能稱「璽」（ㄒㄧˇ洗），而官私所用的均改稱「印」。漢代又出現了「章」或「印章」的名稱。唐以後帝王的「印」或稱「寶」，官私印中又出現了「記」、「朱記」、「關防」、「圖章」等名稱。

在古書中，常見「印堂」一詞，這是舊時相面的人，稱被相面的人的額部雙眉之間的部位爲「印堂」。

① ② ③ ④

這是「激戰獲孚」的「孚」字。這個字是個會意字。甲骨文①的左上方是一隻手，其下是「子」形（也就是「人」形），表明手抓「俘虜」之義。②是金文形體，大致與甲骨文的形體相似，手下捉了一個人。③是小篆的形體，與金文的形體大致相似。④是楷書的寫法，仍然上部是「爪」（手），下部是「子」。

▲漢畫像磚上的獻俘圖（左下角）

「孚」字就是「俘」字的初文，表明捉住了一個人。後來因爲「孚」字看不出有人的形象，所以在其左又增加了單人旁（亻），也就是「俘虜」的「俘」。這樣一來，「孚」字就不當「俘」講，經常當「信用」講，這是因爲在古代交換俘虜是必須講信用的，如《詩經·大雅·下武》：「成王之孚。」也就是說：成王的「信用」。後來又引申作「爲人所信服」之義，如：「小信未孚，神弗福也。」（《左傳·莊公十年》）

這兩句話的意思是：小信用還沒有爲人所信服，神是不會保佑的。「孚」字的「信服」之義，今天還用，如「深孚衆望」等。

「孚」有時充當「孵」的假借字，如《通俗文》中所說的「卵化曰孚」，韋昭注《國語》中也說：「未孚曰卵。」不過這種意義，後世均寫作「孵」。

① ② ③ ④

「樂土樂土，爰得我所。」這個「爰」字讀作ㄩㄢˊ，本爲會意字。甲骨文①的上下是兩隻手，中間的一條直線是玉環（瑗）的側視形；瑗是臣子扶人君登階的玉璧，君臣之手各執玉璧的一邊，所以「爰」有「引導」之義。②是金文的形體，變得複雜了。③是小篆的形體。④爲楷書的寫法。

《說文》：「爰，引也。」這是對的。「爰」字的本義爲「牽引」。後來被假借爲虛詞用了。所以當「引導人君」講的「爰」就增加了玉字旁寫作「瑗」，當「牽引」講的「爰」就增加了提手旁寫作「援」。

「爰」作爲虛詞主要用作副詞，相當於「就」、「於是」，如張衡〈思玄賦〉：「爰整駕而亟行。」也可以作語氣詞用，如《詩經・邶風・擊鼓》：「爰居爰處？爰喪其馬？」大意是：哪裡住呀哪裡留？我的戰馬死在何方？在此，「爰」字無意義。

「爰爰」爲「緩緩」義，如《詩經・王風・兔爰》：「有兔爰爰，雉離于羅。」大意是：野兔來去緩緩，野雞陷於羅網。

丂 部

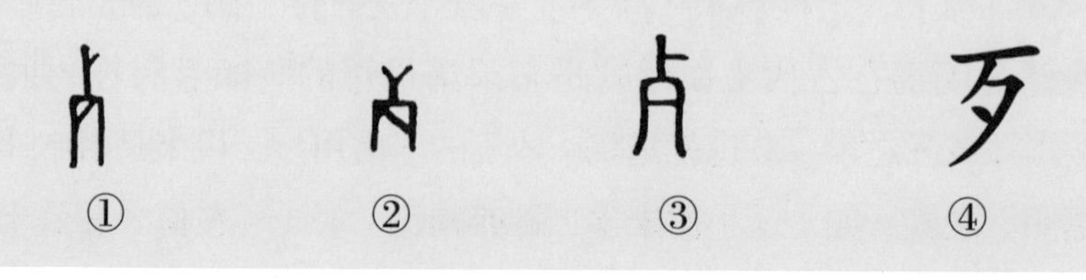

① ② ③ ④

這是個「歹」字。甲骨文①的上部像骨頭破碎的裂紋，下部像死人的空骨。金文②和小篆③也大體與甲骨文相似。所以「歹」字的本義就是死人的殘骨。因此，凡是從「歹」的字，大都與死有關，如「死」、「殮」、「殪」、「歿」等。現在引申爲「不好」，稱之爲「歹」，如「不識好歹」。

「歹」字是個部首字。在漢字中凡由「歹」字所組成的字，大都與「壞」、「死」有關，如「殲」、「殘」、「殂」、「殃」、「殞」、「殯」等字。

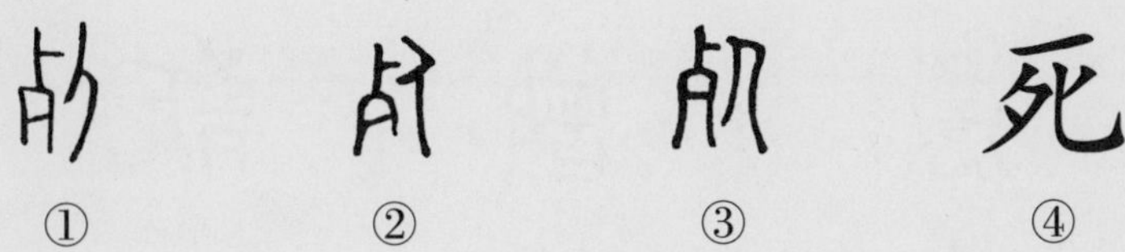

①　②　③　④

古人對死去的老者或戰死者是很重視憑弔的。甲骨文①的左邊是殘骨的形狀，右邊是躬身下拜的一個人。這本來就是憑弔死者之意，後即代表「死」。金文②的左邊仍爲殘骨，而右邊的人站立起來了。小篆③大體上像金文的形體。楷書④上左的「歹」字就是「不好」的意思，右邊的「匕」是倒人之形，所謂「歹人」就是「死人」。

死去的東西就不會動了，所以加以引申，對不靈活的東西也稱之爲「死」，如杜甫的〈乾元中寓居同谷縣作歌〉：「手腳凍皴皮肉死。」這裡的「死」並非眞死，而是不靈活的意思。

在古代，「屍」是「尸」的繁體字。在後來簡化漢字時，以「尸」代「屍」。不過在古典作品和史籍中，也往往以「死」代「屍」，如「求某死」就是「求某屍」的意思，而絕非要求對某某人處死的意思。

瓦　部

①　②

「大丈夫寧可玉碎，不能瓦全。」這個「瓦」字本爲象形字。①是小篆的形體，像瓦器的形狀。②是楷書的形體。

▶秦瓦當。

《說文》：「瓦，土器已燒之總名。象形也。」許說正確。段玉裁的解釋是：「凡土器未燒之素皆謂之坏（坯），已燒皆謂之瓦。」由「瓦器」可以引申爲房頂上的「瓦」。

「瓦」字是個部首字，在漢字中凡是由「瓦」字所組成的字，大都與陶器有關，如「甌」、「瓶」、「瓷」、「甑」等字。

①

②

③

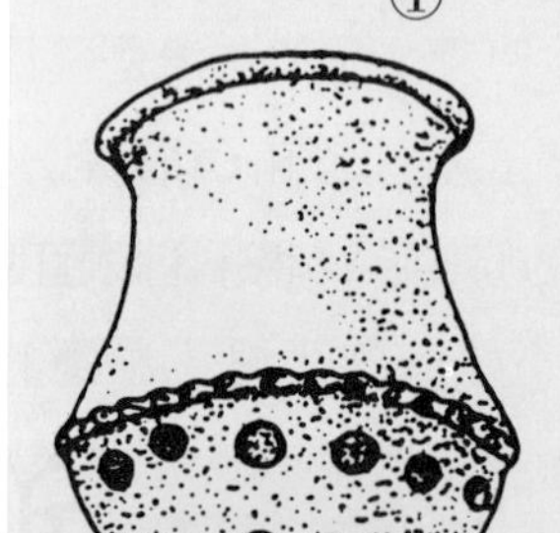
▲龍山文化陶甑，河南鄭州出土。

「長碓搗珠照地光，大甑炊玉連村香。」這個「甑」字讀作ㄗㄥˋ，是個會意兼形聲字。①是《說文》中籀文的形體，中間的下部是「鬲（ㄌㄧˋ，炊具）」，兩側的曲線是烹煮時所散發的蒸汽，中間的上部是「曾」，表示該字的讀音。②是小篆的形體，其右邊是「瓦」，表示「甑」有陶製的，這就變成了右形左聲的形聲字。③是楷書的形體。

《說文》：「甑，甗也。」此說不妥。「甑」與「甗（ㄧㄢˇ）」並非同一種炊具。「甑」是古代的蒸食炊具。新石器時代已有陶甑，商朝和周朝又有用青銅製成的甑。甑的底部有許多透蒸汽的小孔，可放在鬲或鍑（ㄈㄨˋ，大口鍋）上蒸煮，很像現在的蒸籠。賈思勰《齊民要術·作醬》：「於大甑中燥蒸之。」也就是說：在大蒸籠中用急火把它蒸好。

①

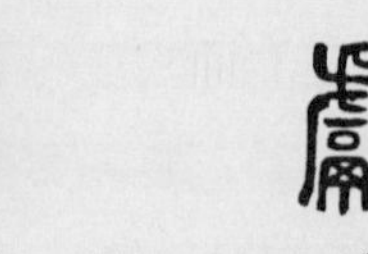
②

③

甗
④

這個「甗」字讀作ㄧㄢˇ，本爲會意字。①是甲骨文的形體，左邊是一隻大鼎，右邊是一隻虎，表示以鼎烹虎。②是金文的形體，將虎頭放在鼎中，更有烹煮之意。③是小篆的形體，虎頭之下爲「鬲」，右邊又增一「瓦」字，變成了會意兼形聲（右形左聲）的字，複雜化了。④爲楷書的形體。

《說文》：「甗，甑也。」此說不妥。因爲「甗」與「甑」是兩種不同的炊具。有青銅製的也有陶製的，上部是透底的。甑，下部是鬲，上下之間有一層帶孔的薄箅子，這種炊具盛行於商周時期。據《爾雅》郭璞注：「甗，山形似甑，上大下小。上可蒸，下可煮。」

▲有饕餮紋飾的甗，陝西長安縣出土。

王　部

① ② ③ ④

「帝王將相寧有種乎！」這個「王」字是個象形字。甲骨文①是個斧頭之形，下端是斧刃。金文②也基本上同於甲骨文的形體，不過下端的斧刃更像實物，如同古代武士所拿的大板斧。小篆③的形體是由金文演變而來。④是楷書的寫法。

▲古文字中「王」字的不同寫法。

「王」本爲大斧頭的形象。斧頭在上古就是一種武器，有了這種武器，就表明有鎮壓之權。誰有這種權力呢？只有最高統治者有。所以這個最高統治者就稱爲「王」或「帝王」。到了秦漢以後，帝王改稱爲皇帝，而「王」則成爲封爵的最高一級，如諸侯王、藩王、郡王、親王等等。

「王」字本爲名詞，可是當它用爲動詞的時候，那就是「稱王」或統治天下的意思，如：「三代不同禮而王。」（《商君書・更法》）也就是說：夏商周三代用不同的制度統治天下。請注意：當動詞用的「王」，必須讀去聲ㄨㄤˋ（旺）。

在古書中常有「王孫」一詞，一般是對古代貴族子弟的通稱。可是若把王延壽的〈王孫賦〉中的「王孫」理解爲貴族子弟那就錯了，因爲古代楚國人也叫蟋蟀爲「王孫」（方言）。

「王」字是個部首字。在漢字中凡由「王」字所組成的字大都與「君王」、「天子」有關，如「皇」、「閏」等字。

戈　部

①　②　③　④

這是「躍馬橫戈」的「戈」字。甲骨文①就是「戈」的象形字。金文②的上部是「戈」的鋒利的「刃」，下部是「戈」的長柄，也是像「戈」的樣子。可是小篆③就不像了。④是楷書的形體。

「戈」的本義是指古代的一種兵器，如《荀子・議兵》：「古之兵：戈、矛、弓、矢而已矣。」就是說：古代的兵器，也不過是戈、矛、弓、箭罷了。又因爲「戈」的形狀像公雞打鳴時昂著頭的樣子，所以漢朝人也叫「戈」爲「雞鳴」。

◀周代戈形，選自周緯《中國兵器史稿》。

「戈」字與「弋」字在上古本爲同字，「弋」的寫法僅少一撇，但是讀音不一樣。「弋」讀ㄧˋ（意），江西省有個弋陽縣，我們不能叫「戈陽縣」，地方戲弋陽腔不能叫做「戈陽腔」。

「戈」字是個部首字。在漢字中凡由「戈」字所組成的字大都與武器或格鬥有關，如「戊」、「戒」、「戎」、「戰」、「戍」等字。

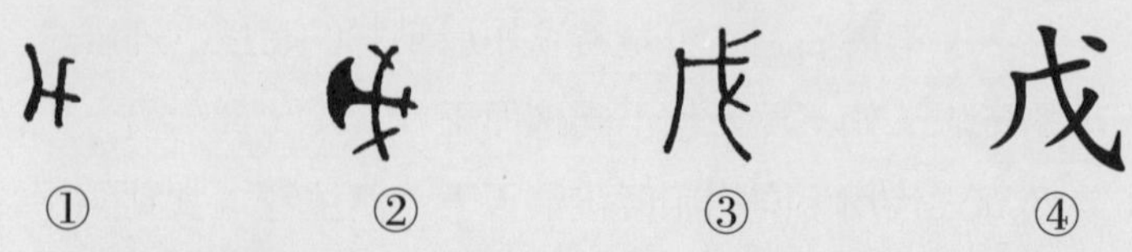

①　②　③　④

這個「戊」字是個象形字。甲骨文①像一把長柄寬刃的大斧，刃部朝左，像彎月形。②是金文的形體，中間更像一把大斧之形。③是小篆的形體，沒有斧頭的模樣了。④是楷書的寫法。

「戊」字的本義就是像板斧一樣的古代武器。另一個「戉」（ㄩㄝˋ嶽）字，形體與「戊」很相似，今天寫爲「鉞」，也是古代斧頭一樣的武器，我們書寫或認讀時不要相混。

▲西周時期的鉞，選自周緯《中國兵器史稿》。

到了後世，「戊」字的本義消失了，它就被假借爲天干的第五位，即「甲、乙、丙、丁、戊……」。同時，它也就常用爲序數「第五」的代稱。

古書中常有「戊夜」一詞。請注意：它與「午夜」是完全不同的兩個概念。「戊夜」是指五更天，是天快要亮了的時候，而「午夜」是指「夜深」或「半夜」。《南史・梁武帝紀》中的「常至戊夜」，就是常到五更天的意思；「戊夜」有時也寫作「五夜」，概念一樣。

① ② ③ ④ ⑤

「戔」字讀作ㄘㄢˊ，本爲會意字。甲骨文①像兩戈相向，當爲「殘」的初文。②是戰國楚簡文字，兩戈並列。③是小篆的形體，兩戈上下結構。④爲楷書繁體字。⑤爲簡化字。

《說文》：「戔，賊也。」「戔」的本義當爲「相殘」，其引申義爲「賊」。相鬥，往往出現殘局，所以「戔」也可以引申爲「殘」義，如《經典釋文》：「戔，本亦作殘。」

另外，「戔」字可以重疊爲「戔戔」，是「衆多」的意思，如白居易〈買花〉：「灼灼百朵紅，戔戔五束素。」又可以引申爲「淺少的樣子」，如《聊齋志異・小官人》：「戔戔微物，想太史亦當無所用，不如即賜小人。」不過，上述的「戔戔」均讀作ㄐㄧㄢ ㄐㄧㄢ，而不讀ㄘㄢˊ ㄘㄢˊ。

後世，凡由「戔」字所組成的字，大都有「淺少」義。「故水之可涉者爲『淺』，疾而有所不足者爲『殘』，貨而不足貴重者爲『賤』，木而

輕薄者為『棧』。」（《遊宦紀聞》卷九）

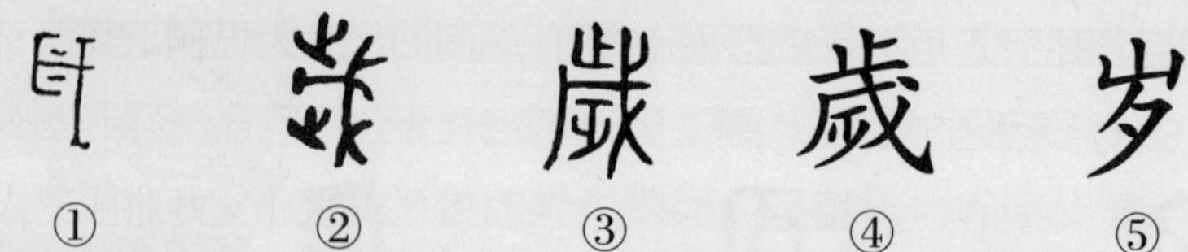

「雁塔風霜古，龍池歲月深。」這個「歲」字本為象形字，甲骨文①就像長柄的斧鉞之形，斧刃朝左，其中的兩個小點表示斧刃上下尾端回曲中之透空處。②是金文的形體，原來的兩小孔變成兩個「止」，上下兩「止」組成「步」。夏代稱年為歲，取「歲星」運行一次為一歲（即一年），也相當於大自然向前跨過一步，所以「歲」字從「步」。③是小篆的形體，與金文相似。④為楷書繁體字。⑤為簡化字。

《說文》：「歲，木星也。」作為星名，並非「歲」字的本義，而是假借義。「歲」字的本義應為「兵器」。不過後來它的本義為斧鉞所代替，所以多用其假借義，指「年」，如晁錯〈言守邊備塞疏〉：「一歲而更。」也就是說：一年更換一次。由「年」又可以引申為「年齡」，如《史記．秦始皇本紀》：「年十三歲，莊襄王死，政代為秦王。」政：嬴政，即秦始皇。

請注意：《左傳．哀公十六年》：「國人望君，如望歲焉。」這裡的「歲」若解釋為「年」、「年齡」等，都講不通。實為「年成」或「收成」義。原話的意思是：國內的人們盼望您，就好像盼望一年的收成一樣。

「戌」字讀作ㄒㄩ，是古代的一種兵器，是個象形字。①是甲骨文，上部朝左的部分是平口斧頭，下部是一條長柄。②是金文，斧頭部分較大，但基本上同於甲骨文的形體。③是小篆的形體。④為楷書的寫法。

「戌」字的本義為「兵器」，但這個本義早已不復存在。《說文》：「戌，滅也。」這個義項是從兵器的本義引申出來的。後世的常用義倒是它的假借義，即代表地支的第十一位；也是一日內的十二時辰之一，「戌時」相當於現在晚上的七時至九時。

請注意：「戌」、「戍」、「戊」三字不要混淆。從形體上看，「戌」字是「戊（ㄨˋ）」字內加一小橫，與「人」無關，而「戍」字是「人」字在「戈」字之下，表示「武士」持「長戈」，是「保衛」義，如「衛戍」。從讀音上看：「戌」讀作ㄒㄩ，「戍」讀作ㄕㄨˋ。由此可見，「戊」、「戍」、「戌」三字的形、音、義均不相同。

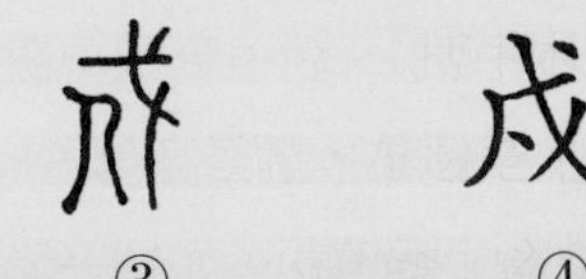

① ② ③ ④

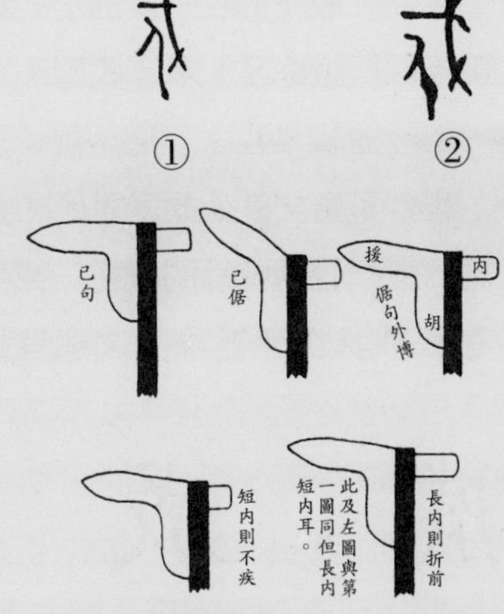

▲周代銅戈製造法，選自周緯《中國兵器史稿》。

這是「從軍昔戍南山邊」的「戍」字，是個會意字。甲骨文①的左下部是個「人」，面部朝左而側立。右上方是「戈」（武器），「人」在「戈」旁，就是「守衛」的意思。②是金文的形體，與甲骨文極為相似。③是小篆的寫法，也是從甲骨文演變過來的。④是楷書的形體，戈的左下方是人。

「戍」字的本義是「保衛」，如蘇轍的〈民政策下〉五：「戍邊之謀，始於秦漢。」這裡的「戍邊」就是保衛邊疆的意思。其實這個「保衛」之義，今天仍在沿用，如現在稱保衛城鎮安全的部隊為「衛戍部隊」等。

請注意：「戍」字與「戌」字是不一樣的。「戍」字讀ㄕㄨˋ（恕），而「戌」字是讀ㄒㄩ（須），是地支的第十一位，也是十二時辰之一，「戌時」就是指晚上七點至九點。再者，這兩個字的寫法也是不一樣的，要區別清楚：「戍」字的中間是一點，「戌」的中間是一小橫。

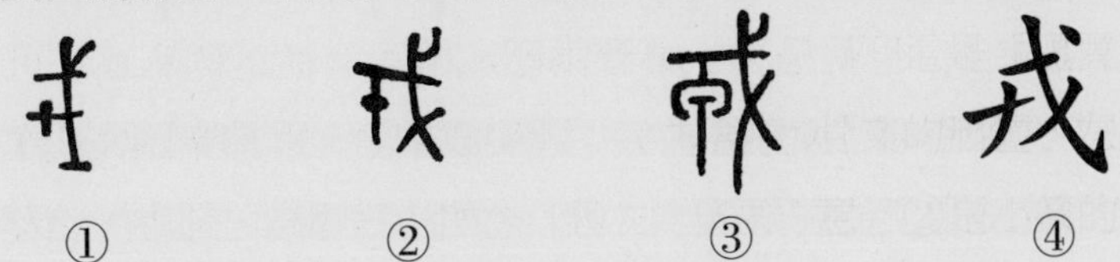

① ② ③ ④

這是「萬里赴戎機」的「戎」字，是個象形字。①是甲骨文，中間左側的「十」是「盾牌」的形象，右邊是「戈」，可見「戎」也是一種兵器。②是金文形體，其中「十」字是兩端尖中間圓，更像「盾」形。③是小篆的形體，發生了訛變，將「盾牌」形變爲「甲」。④是楷書形體，跳過小篆，直接繼承了甲、金文的寫法。

《說文》：「戎，兵也。」「戎」的本義是「兵器」，如《詩經·大雅·抑》：「修爾車馬，弓矢戎兵。」這裡的「戎」就是指兵器。詩的原意是：修好你的車，駕好你的馬，備好弓、箭、戎、兵待出發。由「兵器」義又產生了一對並列引申義。第一，引申爲「戰士」、「軍隊」，如《三國志·蜀書·諸葛亮傳》：「戎陣整齊。」就是說：軍容整齊。第二，引申爲「戰爭」，如柳宗元〈封建論〉：「黷貨事戎。」這是說：貪財而從事戰爭。漢代班超的「投筆從戎」，也就是棄文就武的意思。

請注意：在古籍中，常見「戎首」一詞，多指發動戰爭的禍首，或指挑起爭端的人。至於我國古代對西域少數民族稱爲「西戎」，那只是「戎」字的假借義，與其本義無關。

成

① ② ③ ④

「美言繫之，玉成其事。」這個「成」字本爲會意字。甲骨文①的左下角像一塊木狀物，其右邊是一把長柄板斧，以斧劈物，表示「成盟」（實爲古代的建交儀式）。②是金文的形體，其右邊的彎柄大斧實在形象。到了小篆③變化較大，從原來的會意字變成了形聲字，也就是外形（戊）內聲（丁）的形聲字。④是楷書形體。

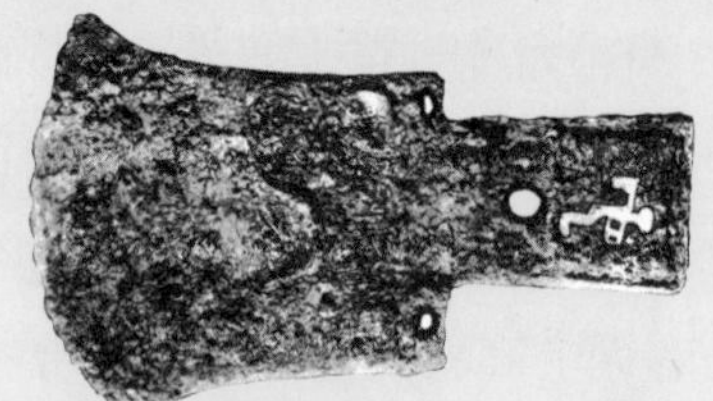

▲西周時期的大斧，選自周緯《中國兵器史稿》。

「成」字的本義是「成盟」、「和解」，如《左傳·成公十一年》：「秦晉爲成。」也就是說，秦晉兩國和解了。從這個意義又可以引申爲「完成」，如李斯〈諫逐客書〉：「秦成帝業。」即秦國完成了帝業的意思。從「完成」又能引申爲「成功」，如《三國志·蜀書·諸葛亮傳》：「成敗之機，在於今日。」這個「成」字是與「敗」字相對的。從「成功」之義又能引申爲「成爲」，如《禮記·學記》：「玉不琢，不成器。」也就是說：玉石不經過雕琢是不能成爲器物的。

「成人」一詞古今都用，現在大都指「長大成人」。可是《論語・憲問》「子路問成人」中的「成人」是什麼意思呢？這是指完美無缺的人。意思是：子路問孔子怎樣才算一個完美無缺的人。

還要注意一點：如果有人問「成」字是幾畫？你很可能說「六畫」，這樣回答當然也對。假若你按照六畫到《康熙字典》和舊《辭源》等工具書中找「成」字那是徒勞的，而必須到七畫中找。因爲舊時的「成」字寫爲「成」，是從「丁」得聲的字，所以就是七畫了。

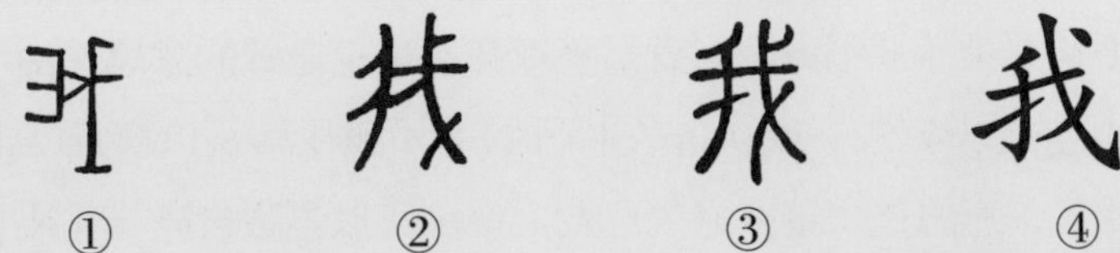

現在的「我」字是第一人稱代詞。可是它的原始義卻是一種像鋸齒似的鋒利兵器，原是個象形字。甲骨文①的上部朝左部分是三鋒戈，中間是一條長柄。金文②與甲骨文有點相似，右邊也淸楚地看出爲「戈」形。小篆③則不太像兵器的形象。④是楷書的形體。

《說文》：「我，施身自謂也。」也就是說：「我」是說話人對自己的稱呼。很顯然，許愼將「我」字的假借義誤爲本義了。

隨著歷史的發展，「我」字的原始義完全消失，後世僅用它的假借義作第一人稱代詞用，如李白〈將進酒〉：「天生我材必有用。」「我」，一般爲自稱之詞，可是有時也指「我方」、「我國」，如《左傳・莊公十年》：「春，齊師伐我。」這是說：（在魯莊公十年的）春天，齊國的軍隊攻打我們魯國。

請注意：「我生」一詞一般指「自我的行爲」，可是古籍中也常指「母親」，如《後漢書・崔駰傳》中有「悼我生」的話，就是悼念自己母親的意思。

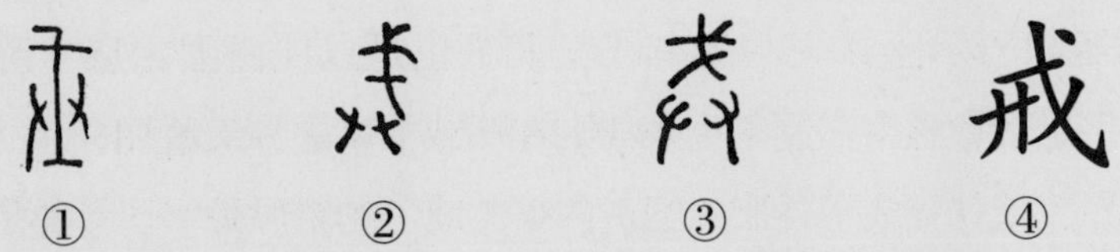

這個「戒」字是個會意字。甲骨文①的中間是一把長「戈」，下部的左右兩側是緊握鋒戈的兩隻手，以戒不備之敵。金文②的結構基本上與甲骨文相似，只是雙手均在戈的左下側。③是小篆的形體，是由金文直接演變而來，不過雙手移到了戈下。④是楷書的寫法，但形體發生了僞變，雖然「戈」形猶在，但雙手已變爲「廾」，根本沒有手形了。

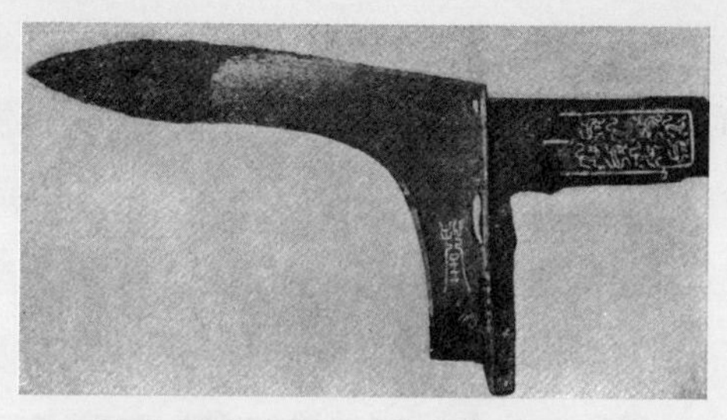

▲周代長戈，選自周緯《中國兵器史稿》。

「戒」字的本義是「警戒」或「戒備」，如：「戒不虞。」（《易經‧萃》）所謂「不虞」，就是「不料」；「戒不虞」，就是警戒突然來犯之敵的意思。由「戒備」又可以引申爲「警告」或「告戒」，如：「觀往事，以自戒。」（《荀子‧成相》）意思是：審查過去已做之事，藉以告誡自己。「戒」字的這個意義，以後均寫作「誡」。至於「北戒爲胡門，南戒爲越門」（《新唐書‧天文志一》）中的「戒」字，那是「界」字的假借字，因爲「戒」與「界」讀音相同。

雙手執戈爲「戒」，所以「戒」字也有「禁制」之義，後又引申爲「戒除」，如：戒煙、戒酒等。

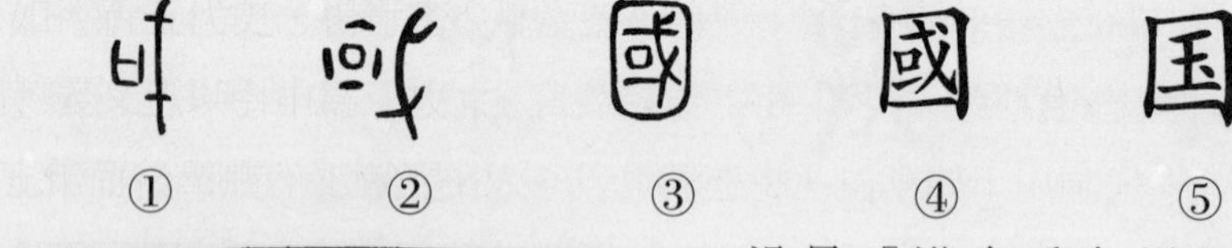

①　②　③　④　⑤

▲戰國銅器上的攻戰紋樣。

這是「漢皇重色思傾國」的「國」字。甲骨文①的形體就是「或」字，右爲「戈」，左爲「國」，以戈衛國。可見在甲骨文中，「或」與「國」是不分的。金文②左邊中間的圓圈是表示國土，周圍的四條短線表示國界，右邊有「戈」，也是以戈衛國之意。可見這個「國」字是個會意字。到了小篆③則在「或」字之外又增加一個「口」，表示國界，這就變成了外形（口）內聲（或）的新形聲字了。④是楷書形體。⑤是簡化字，「國」中有珍寶（玉），變成了書寫方便的新會意字了。

《說文》：「國，邦也。」「國」字的本義是「國家」，如《商君書・更法》：「便國不必法古。」也就是說：只要有利於國家，就不一定要效法上古的治國之道。由「國家」又能引申為「國都」，如宋玉〈對楚王問〉：「國中屬而和者數千人。」這是說：在都城中能跟著唱的人有好幾千。

請注意：古代稱告老還家的卿大夫為「國老」。可是辛棄疾的〈千年調〉詞中的「甘國老」，卻是指中草藥中的「甘草」。李時珍在《本草綱目》中說得明白：因甘草具「調和衆藥之功，固有國老之號」。

「或遲或速，或先或後。」這個「或」字是個會意字。①是甲骨文的形體，左邊是「戈」，中間的「口」表示城有牆垣，並有武器守衛，所以「或」字的本義就是「國家」的「國」。②是金文的形體，較甲骨文複雜了些，但字意未變。③是小篆的形體。④是楷書的形體，均從金文直接演變而來。

《說文》：「或，邦也。」可見「或」字的本義就是「國家」。到了後世，「或」字被假借為無定代詞用了，表示「有的……，有的……」如司馬遷〈報任安書〉：「人固有一死，或重於泰山，或輕如鴻毛。」這一借就不還了，所以當「國家」講的「或」，就在「或」之外表再套上個「口」，這就產生了一個外形內聲的新形聲字「國」，自此，「或」與「國」就有了明確的分工。

請注意：在古籍中，「或」字經常代「惑」字用，如《漢書・霍去病傳》：「或失道。」這是說：因「迷惑」而迷了路。若理解為「有的」、「或者」，都是不對的。

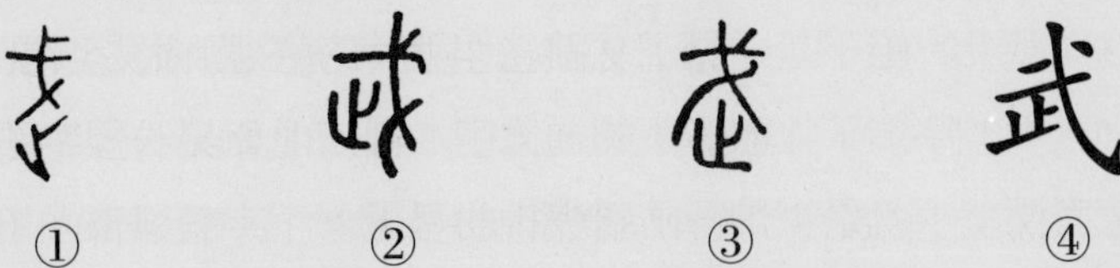

這個「武」字是個會意字。甲骨文①的上部是「戈」（武器），下部是「止」（腳），有「戈」有「止」，表示征伐動武。金文②的形體與甲骨文基本相同。③是小篆的寫法，也是從甲骨文演變過來的。④是楷書的寫法，只是將其中的「戈」減少了一撇，左上部又多了一横，其餘並無變化。

▲戰國銅鑑上的攻戰紋樣。

「武」字的本義是指「軍事」，與「文」相對，如《尙書・武成》：「偃武修文。」「偃」字爲「停止」義，這是說停止武的，提倡文的。從「軍事」義又可以引申爲「勇猛」，如《詩經・鄭風・羔裘》：「孔武有力。」「孔」爲「很」義，這句話是說：很勇猛有力氣。要搞行軍打仗的武事，部隊的行列一線相從，所以「武」字又可以當「腳步」講，如屈原〈離騷〉：「繼前王之踵武。」「踵」是腳後跟；「前王」指楚國過去強盛時期的君主。這句話的大意是：跟上前王的腳步。從「腳步」又可以引申爲長度，古時以六尺爲步，半步爲武，如《國語・周語下》：「不過步武尺寸之間。」這是說距離很近的意思。

在寫法上還要注意：「武」字的右邊沒有一撇，不能寫成「戈」字。

戰 戰 戰 战

① ② ③ ④

這是「鏖戰沙場」的「戰」字。本爲會意兼形聲的字。①是金文的形體，左邊爲「單」，右邊爲「戈」。「單」的本義是捕捉工具，亦表聲，加「戈」突出了作戰之意。②是小篆的形體。③是楷書的形體。④爲簡化字，是一個單純的形聲字了。

《說文》：「戰，鬥也。」「戰」字的本義就是「作戰」，如《孫子兵法・形篇》：「故善戰者，立於不敗之地。」可是揚雄《法言・吾子》中「見豺而戰」，絕不是「見了豺狼就作戰」的意思，而是「見了豺狼就打顫」。「戰」字作了「顫」字的通假字。再如《史記・齊悼惠王世家》中「股戰而慄」，就是害怕得兩腿發抖的意思。

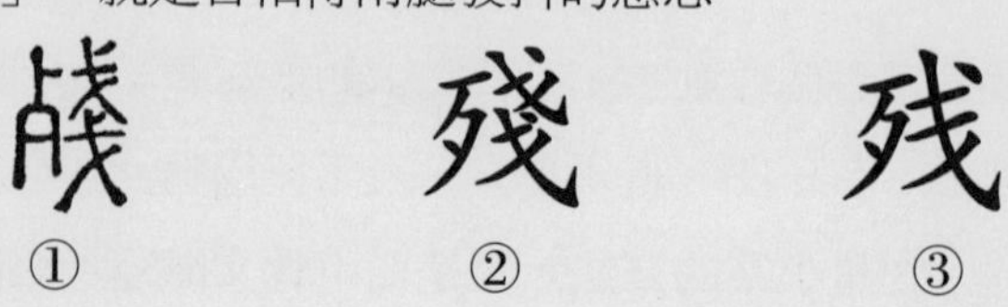

① ② ③

「短衣匹馬隨李廣，看射猛虎終殘年。」這個「殘」字本爲會意兼形聲的字。①是小篆的形體，左爲「歺（殘骨形）」，右爲「戔」，是相重疊的兩把「戈」，表示殘殺之意，亦表聲。②是楷書繁體字。③爲簡化字。

《說文》：「殘，賊也。從歺，戔聲。」許愼認爲「殘」是個單純形聲字，不妥。應該是會意兼形聲的字，即「從歺從戔，戔亦聲」。「殘」的本義爲「殺害」、「傷害」，如柳宗元〈斷刑論〉：「舉草木而殘之。」也就是說：全部的草木都被傷害了。由「傷害」可以引申爲「兇暴」，如《漢書・雋不疑傳》：「不疑爲吏，嚴而不殘。」這是說：雋不疑這個人做了官以後，雖然很嚴厲，但並不兇暴。又可以引申爲「殘缺不全」，如《漢書・劉歆傳》：「學殘文缺。」由此又可以引申爲「剩餘」，如杜甫〈奉濟驛重送嚴公〉：「江村獨歸處，寂寞養殘生。」「殘生」就是「餘生」。

請注意：「殘酷」一詞，現在多用爲兇狠、毒辣或劇烈的意思，可是古代則爲「悲慘」、「不幸」之意，如《後漢書・何敞傳》：「致此殘酷。」意思是：造成了這次悲慘事件。

① ② ③ ④ ⑤

「戉」是「斧鉞」之「鉞」的本字，讀作ㄩㄝˋ。甲骨文①就像商、周青銅兵器的形狀，上部朝左的部分是「鉞刃」（似斧頭），下部是長柄，可見「戉」是個象形字。②是金文的形體，與甲骨文相似。③是小篆的形體，已經看不出「鉞」的模樣了。④是楷書，左邊又增加了形符「金」，成爲左形右聲的形聲字了。⑤是簡化字。

▲周代大鉞，選自周緯《中國兵器史稿》。

《說文》：「戉，斧也。」「鉞」的本義是一種「斧類的兵器」，如《史記・孫武傳》：「約束既布，乃設鈇（ㄈㄨ）鉞。」其大意是：規則已經宣布，便要準備斧鉞等兵器。

《詩經・小雅・庭燎》中有「鑾聲鉞鉞」一句，你若把其中的「鉞」讀爲ㄩㄝ丶，那就錯了。這裡的「鉞」字必須讀爲ㄏㄨㄟ丶，是「噦」字的假借字，是指有節奏的車鈴聲。

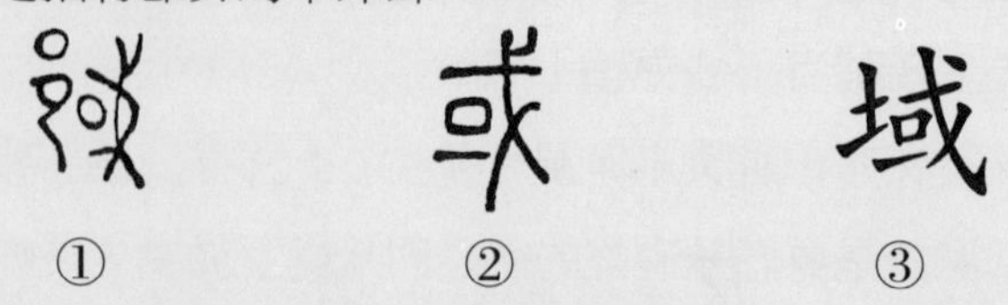

上古僅有一個「或」字，後來發展爲「國」、「域」。①是「域」字的金文形體。左邊「邑」的本義是「國都」，也可以引申爲「區域」，所以「域」字的金文實際上是會意兼形聲的字。②是小篆形體，將金文左邊「邑」省略了。因此，《說文》中沒有單獨的「域」字，只是作爲「或」字的「重文」出現的。③是楷書的寫法，實際上是將金文左邊的「邑」改爲「土」，不僅體現了「邑」與「土」的詞義相近，而且改爲「土」字書寫也方便。

在《說文》中「或」與「域」同字：「或，邦也。」可見「域」字的本義也是「邦國」。《三國志・蜀書・諸葛亮傳》中所說的「邦域之內」，也就是指「國家之內」。後來「域」字的詞義擴大了，引申爲「疆界」等，如《周禮・地官・大司徒》：「九州之地域。」就是指九州的疆界。

請注意：我們讀《詩經・唐風・葛生》時，會見到「蘞（ㄌㄧㄢˊ，一種野葡萄）蔓於域」一句，有人把這句詩譯爲「野生葡萄遍疆域」，這就錯了。因爲這句詩中的「域」字不當「疆域」講，而是「墳地」的意思，是「域」字的遠引申義。原話的大意是：野生的葡萄遍墳地。

這個「戡」字讀作ㄎㄢ，是左聲右形的形聲字。①是小篆的形體。②是楷書的形體，由小篆直接演變而來。

「戡」字的本義就是「砍」。《說文》：「戡，刺也。」「戡」字由「刺殺」本義引申爲「戰勝」、「平定」義，如《尚書・西伯戡黎》：「西伯既戡黎。」也就是說：文王（西伯）已經戰勝了黎國。《舊唐書・

陸贄傳》：「興元戡難功。」這是說：在（唐德宗）興元年間，（陸贄）立下了平定叛亂的大功。

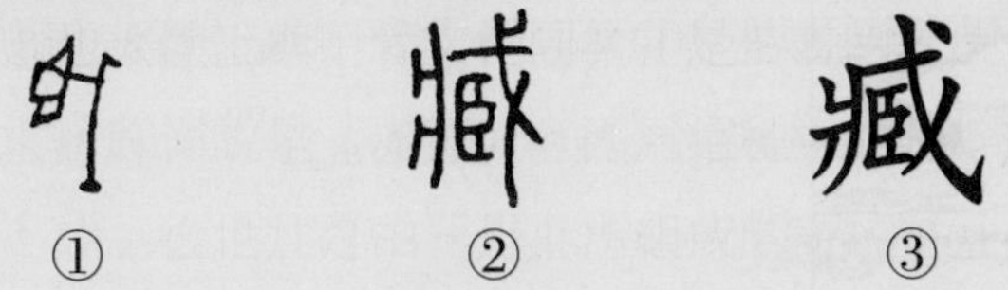

①　②　③

這個「臧」字讀作ㄗㄤ，本為會意字。①是甲骨文的形體，左邊是一隻眼睛（臣），右邊是一把長柄戈，戈刺入目。上古戰俘往往被刺瞎一隻眼睛，淪為奴隸。②是小篆的形體，其左邊又增「爿」，作為聲符，這就變成了會意兼形聲的字了。③為楷書的寫法。

《說文》：「臧，善也。從臣，戕聲。」此說不妥。「臧」字是會意兼形聲的字，而不是單純的形聲字，而「善」是引申義。「臧」字的本義為「奴隸」或「男奴」，如《莊子・駢拇》：「臧與谷二人相與牧羊，而俱亡其羊。」這裡的「臧」是男奴隸，「谷」是小奴隸。「臧獲」一詞是指「奴婢」。如《漢書・司馬遷傳》注引晉灼曰：「臧獲，敗敵所被虜獲為奴隸者。」戰勝敵人，捕捉了俘虜，天下太平，所以「臧」就可以引申為「善」義，如《詩經・邶風・雄雉》：「不忮（ㄓˋ）不求，何用不臧？」大意是：不嫉妒，不貪求，為什麼不能得安善？

請注意：「臧」字可作「藏」字的通假字，當「收藏」講，如《管子・侈靡》：「天子臧珠玉，諸侯臧金石。」但這裡的「臧」必須讀ㄘㄤˊ。另外，「臧」還可以作「臟」的通假字，即「內臟」義，如《漢書・王吉傳》：「吸新吐故以練臧。」這裡的「臧」必須讀作ㄗㄤˋ。

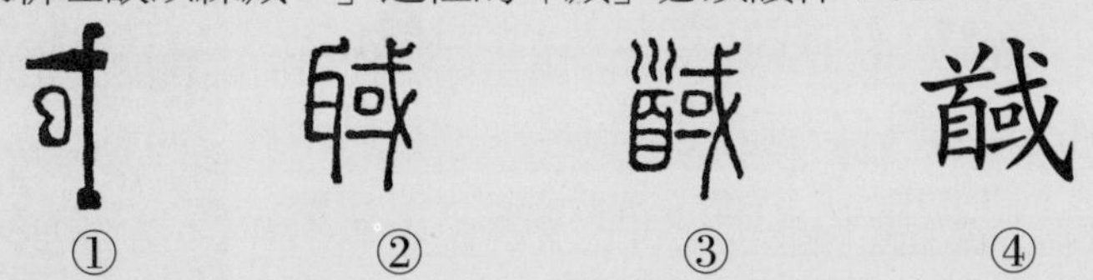

①　②　③　④

「俘二百五十人，馘百人。」這個「馘」字讀作ㄍㄨㄛˊ，本為會意字。①是金文的形體，表示以戈斷耳。②是小篆的形體，將「戈」訛變作「或」，成為從耳或聲的形聲字。③是小篆的異體字，以「首」代「耳」。④為楷書的寫法。

《說文》說：「馘」是「軍戰斷耳」的意思。很對。在《詩經毛傳》中說得更明確：「馘，獲也。不服者殺而獻其左耳曰馘。」就是說：古代在作戰時，取敵人的左耳，用來計數報功。可見「馘」字的本義就是割下敵人的左耳，如《詩經．魯頌．泮水》：「矯矯虎臣，在泮獻馘。」這裡面的「馘」字就用的是本義。詩的大意是：矯矯勇猛的武臣啊，在泮水獻上敵人的左耳朵。《三國志．魏書．武帝紀》：「獻馘萬計。」獻上一萬個左耳朵，就表明消滅了一萬個敵人。

請注意：《莊子．列禦寇》中有「槁項黃馘」句，若理解爲「枯槁的脖子，焦黃的左耳朵」，那就不對了。這裡的「馘」應讀爲ㄒㄩˋ，是指臉面。

犬　部

「犬守夜，雞司晨。」「犬」就是狗。甲骨文①是一隻頭朝上、尾朝下、腿朝左的狗。金文②就更像狗的樣子了，頭上左右兩側是兩隻耳朵，下部的尾巴向右上卷起。小篆③則不像狗的樣子了。④是楷書的寫法，「大」字加一點，完全失去了狗的形象。

「犬」的本義是狗。但是在古書中，常用「犬」字的比喻義，如《史記．司馬相如列傳》：「少時，好讀書，學擊劍，故其親名之曰犬子。」這個「犬子」不是指小狗，原話的大意是：司馬相如小時候，喜歡讀書，又學擊劍，所以他的父母親就給他取了一個小名兒叫「犬子」。可見這個「犬子」是表示愛稱。至於「犬馬」一詞，在古書中則往往是封建時代臣下對君主的自喻，表示忠誠、甘願負勞奔走，如李密〈陳情表〉：「臣不勝犬馬怖懼之情，謹拜表以聞。」這裡的「犬馬」就是以

▲唐代狗俑。

「犬馬」效勞於主人而自喻。

「犬」字是個部首字。在漢字中凡由「犬」字所組成的字大都與狗有關，如「猋」、「狩」、「狂」、「猛」、「獵」等字。

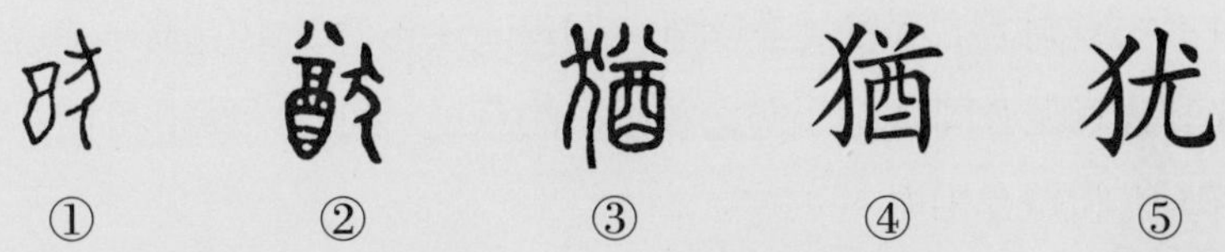

①　②　③　④　⑤

這是「猶豫不決」的「猶」字，本為會意兼形聲的字。甲骨文①的右邊是一條頭朝上背朝右的狗，左邊是盈尊的酒器之形，既表意也表音。本為犬守器之意。②是金文的形體，即「猷」字（《說文》中有「猶」而無「猷」），其義不變。③是小篆的寫法。④為楷書繁體字。⑤為簡化字。

《說文》：「猶，玃屬。從犬，酋聲。」「猶」的本義早已消失，許慎的說法是假借義，後世也多用它的假借義，即指一種猴類的動物，如酈道元《水經注・江水》：「山多猶猢，似猴而短足，好遊岩樹。」《爾雅・釋獸》又說：「猶如麂，善登木。」既然善於爬樹，就很可能是猿猴的一種。

「猶豫」一詞，古今書籍中均有。段玉裁引《曲禮》正義說：「猶，玃屬；豫，象屬。此二獸皆進退多疑。」所以後世就用「猶豫」表示「遲疑不決」，如《三國志・吳書・吳主傳》：「羽（關雲長）猶豫不能去。」

請注意：古詩文中的「猶女」、「猶子」，若理解為「猿猴的女、子」那就錯了，實際上是指「侄女」、「侄子」。

①　②　③　④　⑤

這是「狼狽為奸」的「狽」字，本為形聲字。①是甲骨文的形體。頭朝上的一隻狽（似狼），拖著一條大尾巴，尾巴的下端有個「貝」，表讀音。②是金文的形體，變上下結構為左右結構，但字義不變。③是小篆的形體，與金文一致。④為楷書繁體字。⑤為簡化字。

「狽」字《說文》未收。其本義就是一種狼屬的野獸。舊時有一說法，狽的前腿絕短，每行必駕兩狼，無狼則不能行走。「狼狽爲奸」，比喻壞人相互勾結幹壞事。

請注意：「狼狽」也可以寫作「狼貝」，如《後漢書・任光傳》：「狼貝不知所向。」那麼《三國志・蜀書・法正傳》中所說「進退狼跋」又是什麼意思呢？同樣是「進退狼狽」的意思。可見「跋」可作「狽」的通假字，它們讀音相近。

① ② ③

這個「尨」字讀作ㄇㄤˊ，本爲象形字。①爲甲骨文的形體，像一條尾朝下頭朝上的狗，腹下有長毛之狀。②是小篆的寫法。③爲楷書的形體。

《說文》：「尨，犬之多毛者。」這就類似於今天的長毛獵犬。《詩經・召南・野有死》：「無感（撼）我帨（ㄕㄨㄟˋ）兮，無使尨也吠。」其大意是：不要動我的彩佩巾，別讓狗叫驚動人。這種長毛獵犬多有雜毛，所以能引申爲「雜色」，如《左傳・閔公二年》：「衣之尨服。」「衣」作動詞用，穿。也就是說：穿上雜色的衣服。這種獵犬身上的長毛多蓬鬆而散亂，所以又產生了「尨茸」一詞，如《左傳・僖公五年》：「狐裘尨茸。」也就是說：狐狸皮的皮衣蓬鬆柔軟。不過這裡的「尨」字應讀作ㄇㄥˊ，而不能讀爲ㄇㄤˊ。另外，「尨」可以作「龐」的通假字，讀作ㄆㄤˊ，當「高大」講，如柳宗元〈三戒・黔之驢〉：「虎見之，尨然大物也。」這是說：虎看見了牠（驢），原來是個龐然大物呢。

① ② ③

「是乃狼也，其可畜乎？」這個「狼」字本爲形聲字。①是甲骨文，左邊的「良」字表音；右邊爲頭朝上的「狼」形。②是小篆的形體，因「狼」似「狗」，所以左邊變爲「犬」，右邊仍爲「良」。③是楷書的寫法。

《說文》：「狼，似犬，銳頭白頰，高前廣後。從犬，良聲。」《詩經・齊風・還》：「並驅從兩狼兮，揖（一）我謂我臧兮。」「揖」爲謙遜義；「臧」爲好、善、本領強。大意是：並駕齊驅去追逐兩隻惡狼啊，謙遜有禮地誇我本領高超。狼的窩內非常雜亂，所以「狼戾」、「狼藉」均有「散亂」、「錯雜」義，如《淮南子・覽冥訓》：「流涕狼戾不可止。」《史記・淳于髡傳》：「杯盤狼藉。」「狼藉」亦可寫作「狼籍」，如《後漢書・張酺傳》：「聞其兒爲吏，放縱狼籍。」

在古籍中常見「狼煙」一詞，實指「烽火」。古代邊疆燒狼糞以報警，如段成式《酉陽雜俎・廣動植》：「狼糞煙直上，烽火用之。」

獵　猎

①　②　③　④

「鷹獵食，雉兔困急。」這個「獵」字爲形聲字。①是金文的形體。左爲「犬」，表意；右爲「巤」，表聲。②是小篆的形體，與金文相似。③爲楷書的寫法。④爲簡化字。

▲漢畫像磚上的狩獵紋。

《說文》：「獵，放獵逐禽也。」此說正確。「獵」字的本義就是「打獵」，如《詩經・魏風・伐檀》：「不狩不獵，胡瞻爾庭有縣（懸）貆兮？」大意是：你不打獵，爲什麼看到你的房檐下掛著皮呢？打獵需要到處奔波，所以又可以引申爲「踐踏」、「踩」，如《荀子・議兵》：「不獵禾稼。」也就是說：不要踏壞莊稼。在這個意義上，後世均寫爲「躐」。「獵」還可以作「擸」的通假字，爲「攬」、「理」的意思，如《史記・日者列傳》：「獵纓正襟危坐。」「纓」爲帽帶。大意是：捋齊帽帶，整好衣襟，端正地坐著。

請注意：「獵獵」一詞與打獵毫無關係，而多用爲旌旗飄動之聲，如李白〈永王東巡歌〉：「雷鼓嘈嘈喧武昌，雲旗獵獵過潯陽。」

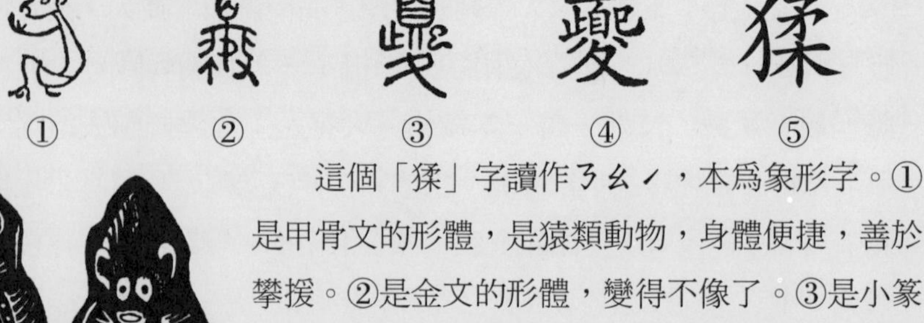

①　②　③　④　⑤

這個「猱」字讀作ㄋㄠˊ，本爲象形字。①是甲骨文的形體，是猿類動物，身體便捷，善於攀援。②是金文的形體，變得不像了。③是小篆的寫法。④爲楷書的寫法。⑤爲後世通行楷書體，變象形爲形聲。

▲猴形玩具。

《說文》：「夒（猱），貪獸也，一曰母猴，似人。」關於「母猴」的說法不妥。「猱」的本義就是一種猿猴，如《詩經・小雅・角弓》：「毋教猱升木。」意思是猿猴上樹不用教。又如《馮婉貞》：「猱進鷙（ㄓˋ）擊。」「鷙」是鷹類的猛禽。這是說：像猴子那樣敏捷地進攻，像鷙鳥那樣勇猛地搏擊。

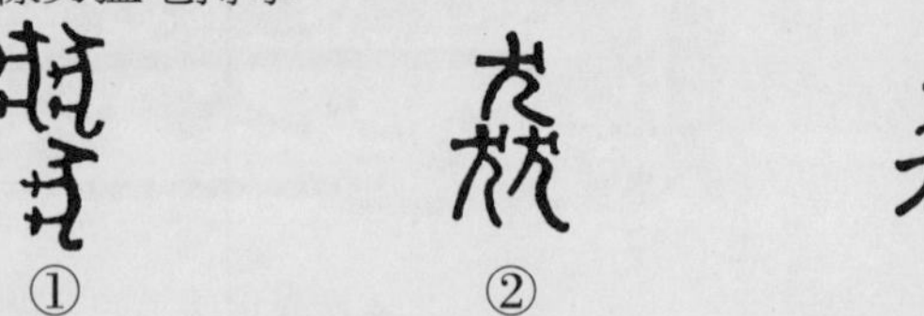

①　②　③

這是個「猋」（ㄅㄧㄠ標）字。金文①上邊是兩條狗（犬），下邊是一條狗，一共三條狗，它們都是頭朝上，尾朝下，腿朝左，背朝右。這個「猋」字的本義就是「衆犬狂奔貌」，所以是個會意字。②是小篆的寫法，除筆形改變而外，整體也有變化，變成一「犬」在上，兩「犬」在下（一個漢字如是三個同體相重，均爲上一下二，似乎已是一條規律）。③是楷書的寫法。

▲由多隻狗拉的古赫哲人的「狗爬犁」。

「猋」字由「衆犬狂奔貌」的本義又能引申爲迅速敏捷義，如《楚辭・九歌・雲中君》：「猋遠舉兮雲中。」大意是：很快地進入雲中。至於《禮記・月令》中所說的「猋風暴雨」，我們可不能理解爲「急風暴雨」。這個「猋風」，實際上就是「飆風」，是指大旋風，當然也是從犬猛主義引申出來的。在古代，「飆風」也經常寫作「猋風」，兩個字可以通用。

有的人把「猋」寫成「焱」（ㄧㄢˋ焰），那就錯了，因爲「焱」字是三個「火」，指火花，兩者的形、音、義均不同，不要弄混了。

井　部

①　②　③　④

「吃水不忘打井人。」自古以來，「井」與人民的生活緊密相連。甲骨文①就像一個方口水井。金文②在井的中心加了一個點兒，表示這是水的所在，所以「井」字是個指事字。③是小篆的形體，與金文相同。楷書④則把其中的「點兒」去掉，爲了書寫方便。

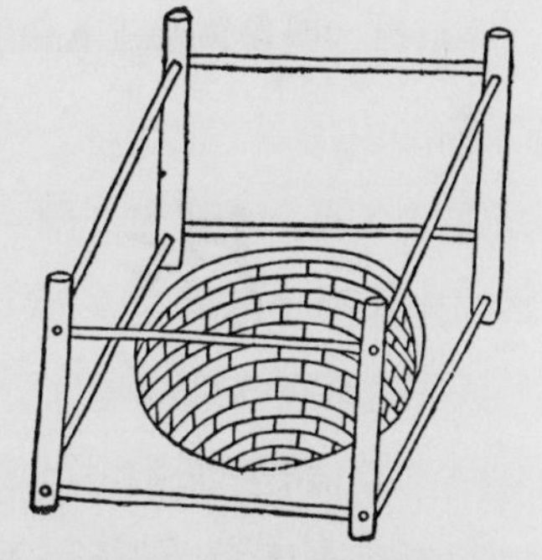

▲《農政全書》插圖中的井。

「井」的本義就是「水井」（鑿地取水的深穴）。因爲「井」是方方整整的形狀，所以現在還說「秩序井然」。有時還成爲重疊詞，如「井井有條」，就是很有條理的意思。

唐朝大詩人陳子昂的〈謝賜冬衣表〉，其中有「萬井相歡」的話。有人解爲「萬井之蛙，日夜齊鳴」，這樣就要被人取笑了。要知道，古代制度八家爲井，後來引申爲鄉里、家宅。所以這裡的「萬井相歡」，就是舉國歡騰、萬家歡樂的意思。

「井」字是個部首字。在漢字中，凡由「井」字所組成的字大都與「井」義有關，如「丹」、「阱」等字。

①　②　③　④

「丹桂飄香」中的「丹桂」，就是開紅花的桂花。這個「丹」字爲什麼是紅顏色的意思呢？原由「丹砂」而得名。你看甲骨文①就像在井中有一塊「丹砂」。《說文解字・丹部》說，外形「像採丹井」。②是金文的形體，與甲骨文類似。小篆③也大體上與甲骨文相同。④是楷書的寫法。

「丹」的本義是「丹砂」，許慎說是「赤石」。因爲這種東西是紅顏色，所以「丹」字就當「紅」講。後世凡是由「丹」所組成的詞，往往與「紅」、「朱」的顏色有關，如「丹誠」就是紅心，「丹干」就是朱砂，「丹唇」就是紅唇等。《史記・貨殖列傳》：「巴蜀寡婦清，其先得丹穴，而擅其利數世。」這裡的「丹穴」就是「朱砂」礦。

有一個學生在過年時，用紅筆給他的父母寫了封拜年信。信寫得很好，可是父母一看是紅字，大爲掃興，說：「丹書不祥。」所謂「丹書」就是古代用朱筆記錄的罪犯徒隸名籍。直至今日，人們仍然忌諱用紅筆寫信。

① ② ③

這就是「紅彤彤」的「彤」字，金文①的左邊是個「丹」字，右邊的「彡」是表示「丹砂」所放射出來的紅色光彩。②是小篆的形體。③是楷書的寫法，這都與金文相類似。

「彤」的本義就是朱紅色。紅色的弓就叫「彤弓」，如《尚書・文侯之命》：「彤弓一，彤矢百。」一般說，古代諸侯有大功時，天子賞賜的弓、矢都是紅顏色的，所以稱爲「彤弓」、「彤矢」。曹唐的〈小遊仙詩〉：「細擘桃花逐流水，更無言語倚彤雲。」這裡的「彤雲」，用今天的話說就是「紅霞」。

請注意：對字的讀音要準確，「彤」字應讀ㄊㄨㄥˊ（同），不能讀「丹」。

木　部

①　②　③　④

「無邊落木蕭蕭下，不盡長江滾滾來。」這是「木」字。甲骨文①的形體就是一棵樹的樣子，上部是樹頭，下部是樹根。金文②同於甲骨文。由此可見，「木」字就是個象形字，即像樹形。小篆③只是甲、金文的直筆變成了曲筆而已。④是楷書形體，把小篆上部的曲筆變成了一橫，樹根的部分變成了一撇一捺，這就不太像樹的樣子了。

「木」字的本義就是「樹」，如《韓非子・亡征》：「木雖蠹（ㄉㄨˋ渡），無疾風不折。」就是說：樹雖然被蠹蟲咬壞了，但如果不是疾風還是不會折斷的。由「樹」又引申爲「木材」義，如《荀子・勸學》：「木直中繩。」即「木材直合乎墨線」的意思。成語中有「呆若木雞」的話，這個「木」就是有「呆板」之義。我們讀《史記・絳侯周勃世家》時，對「勃爲人木強敦厚」一句怎樣理解呢？有把這個「木」字理解爲「呆板」，這是不確切的。這個「木」字應理解爲「質樸」或「樸實」的意思。

「木」字是個部首字。在漢字中，凡是從「木」的字，大都與樹木有關，如「本」、「末」、「朱」、「束」、「析」、「果」等字。

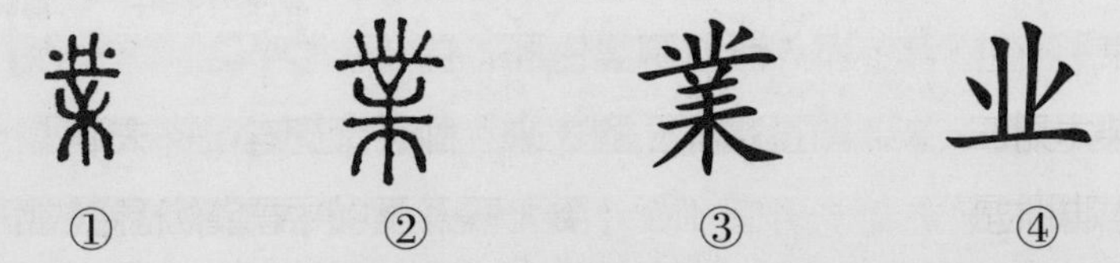

①　②　③　④

「業精於勤。」這個「業」字本爲象形字。①是金文的形體，就像古代樂器架子橫木上裝飾用的大版，刻如鋸齒之狀，用以懸掛鐘、鼓、磬等樂器。②是小篆的寫法。③是楷體繁體字。④爲簡化字。

《說文》：「業，大版也。所以飾懸鐘鼓。」這個說法是對的。古代的書冊之板也可以稱「業」，放置時以韋（皮條）穿捆，閱讀時則解帶而展，所以《禮記・曲禮》中有「所習必有業」的話，後來把讀書稱爲「業」，如韓愈〈進學解〉：「業精於勤。」《孟子・告子下》：「願留而受業於門。」也就是說：願意留在這裡而學習於門下。由「學習」引申爲「學業」，如柳宗元〈答韋中立論師道書〉：「業甚淺近。」由「學業」又能引申爲「事業」，如諸葛亮〈草廬對〉：「高祖因之以成帝業。」大意爲：漢高祖（劉邦）憑藉這個而完成稱帝的大業。

這是「東方欲曉」的「東」字。許愼曾根據小篆的形體分析說，這個字是「日」和「木」組合而成，「日」升到樹木的半中腰，表示東方。其實許愼說錯了。你看甲骨文①多像兩頭紮起來的一個大口袋。金文②就更像大口袋裝滿了東西，而兩端也是紮起來的樣子，所以「東」的本義就是代表「東西」（物）。小篆③是從金文演變來的，已經看不出是口袋的形狀了。④爲楷書形體。⑤是簡化字，書寫很方便。

「東」作爲「東方」講，是假借的問題，即假借「東西」（物）的「東」代表「東方」之「東」。因古時主人之位在東，賓客之位在西，所以主人稱爲「東」，如「作東」、「東家」等。

請注意：繁體字「東」與繁體字「柬」的寫法不同，它們的簡化字也不相同，「東」簡化爲「东」，「柬」在某些字中（如練、揀、煉）簡化爲「东」，兩字不能混淆。

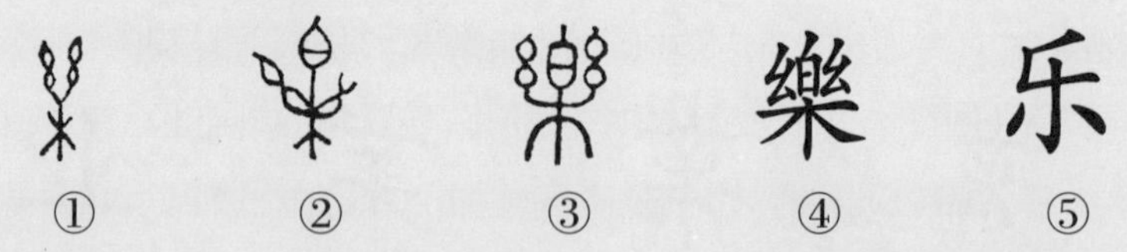

「鐘鼓樂之。」這個「樂（ㄩㄝˋ）」字本爲象形字。甲骨文①是「弦附木上」的形象，像古代琴的樣子。正如郭沫若先生所說：「樂字之本爲琴。」②是金文的形體，中間的「白」「乃象調弦之器」。③是小篆的形體，由金文直接演變而來。④是楷書繁體字。⑤爲簡化字，是草書楷化的形體。

《說文》：「樂，五聲八音總名。」此說不妥，因爲「樂」字像琴瑟

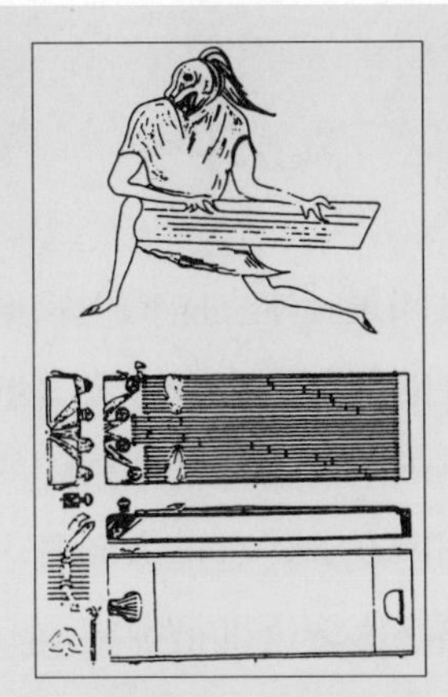

▲漢代文物上的彈琴場面與琴的形制圖。

的形狀，本義應爲「樂器」，許愼所說的「五聲八音總名」只能是「樂」的引申義。如《禮記・樂記》：「樂者，音之所由生也。」大意是：樂器，是能夠發出聲音的器物。因音樂能使人快樂，又可以引申爲「快樂（ㄌㄜˋ）」，如《詩經・魏風・碩鼠》：「適彼樂土。」就是說：到那個安樂的地方。

請注意：「樂」字是個破音字，除了讀ㄩㄝˋ、ㄌㄜˋ以外，還讀ㄧㄠˋ，如《論語・雍也》：「知（智）者樂水，仁者樂山。」這是說：聰明人愛好水，仁人愛好山。這裡當「愛好」講的「樂」，應讀作ㄧㄠˋ。

①　②　③　④

這個「朿」字讀作ㄘˋ，本爲象形字。甲骨文①就像樹木上長的刺的形象，實爲「刺」的本字。②是金文的形體，與甲骨文相似。③是小篆的寫法。④爲楷書的寫法，中間並不封口。

《說文》：「朿，木芒也。象形。」這是對的。段玉裁進一步解釋說：「自關而西謂之刺，江湘之間謂之棘」。因「朿」能扎人，其形體又不明顯，所以又在右邊增加了「刀」，寫作「刺」，於是「刺」行而「朿」廢。

請注意：在古籍中常見「刺船」一詞，這並非要將船刺壞，而是指「撐船」，如《史記・陳丞相世家》中所謂「佐刺船」，就是幫助撐船的意思。我們讀《晉書・潘岳傳》時，還會見到「和嶠刺促不得休」的話，這是說：和嶠（人名）勞苦不得安息。這裡的「刺」應讀作ㄑㄧˋ，而不讀ㄘˋ。又「朿」字和「束」字形體近似，前者中間不封口，後者封口，需加區別，不可混淆。

一個字凡由「朿」作爲其組成部分，那麼這個字大都含有尖銳或身上長刺的意義在內，如「棘」、「棗」等字。

①　②　③　④

這是「根本」的「本」字。你看甲骨文①的上部是「木」（樹），下面根部的三個小圓圈是指事符號，表示這裡是樹木的根部所在。金文②則變成三個小黑點兒，意思一樣，上爲「木」，下爲根。小篆③則把根部的三個點連成了一條線，同樣是指事符號，表明根部所在。④是楷書形體，是「木」下加一橫。由此可見，「本」字是個指事字。後世則把「根」與「本」連在一起構成一個複音詞，叫作「根本」。

《說文》說：「木下曰『本』。」這很對，是說木（樹）的下部（根）就叫「本」。這就是「本」字的本義。從「根本」之義又引申爲「基礎」的東西叫「本」，如《漢書・趙充國傳》：「臣聞兵以計爲本。」大意是：我聽說用兵之事是以計謀爲基礎的。《管子・八觀》「觀左右本朝之臣」中的「本」字是什麼意思呢？這是由「基礎」義引申爲「自己這一邊」。所以「本朝」就是「自己所處的這一朝」。

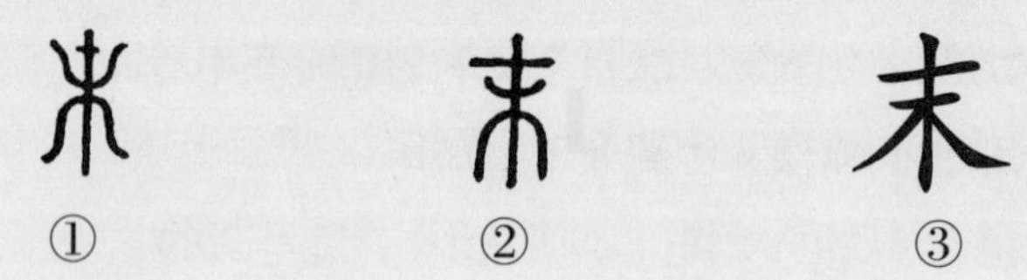
①　②　③

這是「本末倒置」的「末」字。我們看金文①就像把一個「本」字倒過來的樣子，眞是「本末倒置」了。其實「本」與「末」也正是完全相反的兩個字。金文①也是木（樹），上部爲樹頭，下部爲樹根，在樹梢上加一小短橫（指事符號），就表示這裡是樹梢（梢：即有「末」義）。可見「末」字也是一個指事字。②是小篆形體。③是楷書形體，仍然是「木」上有一長橫。

「末」字的本義就是「樹梢」，如《左傳・昭公十一年》：「末大必折。」這是說樹梢太大，非折斷不可。《孟子・梁惠王上》「明足以察秋毫之末」，這個「末」是指毛的「尖端」。「本爲主，末爲次」，由此又引申出不重要的東西爲「末」，如成語「捨本逐末」就是。

「末」與「未」要分清楚：「末」是上橫長下橫短，而「未」則正好相反。「妹」、「昧」、「沬」、「寐」等都是從「未」，而「秣」、

「沬」、「茉」、「袜」、「抹」等都是從末，兩者不能混淆。

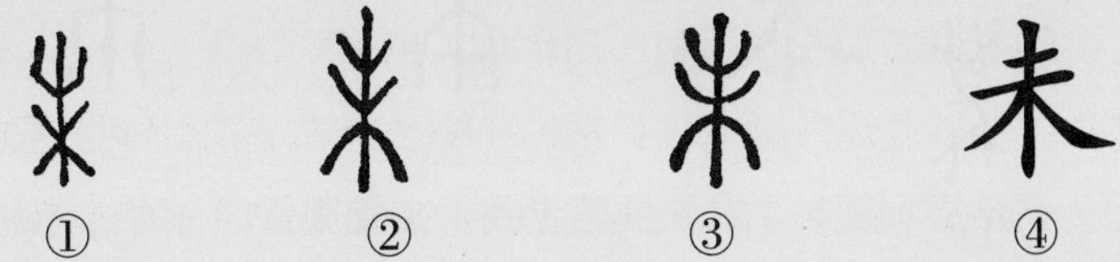

「來日綺窗前，寒梅著花未？」這個「未」字本為象形字。①是甲骨文形體，像穗的形狀。郭沫若先生認為「未」就是「穗」的本字。②是金文的寫法，類似於甲骨文。③是小篆的形體。④是楷書的寫法。

《說文》：「未，味也。」不妥。其本義應為「穗」，後因「未」字被假借為地支第八位用了，所以再造一個「穗」字來代替「未」所表示的本義。

「未」字的常用義為「沒有」、「不曾」，如《荀子・天論》：「故水旱未至而饑。」就是說：水災、旱災還沒有來到就要挨餓了。由此又可以引申為否定副詞「不」，如《史記・范睢傳》：「知人亦未易也。」大意是：要了解人也是不容易的呢。「未」字放在句末還可以當疑問語助詞用，如《三國志・蜀書・諸葛亮傳》：「可以言未？」意思是：可以說了嗎？

請注意：「未」與「末」形體很相似，前者第一橫短，讀作ㄨㄟˋ；後者第一橫長，讀作ㄇㄛˋ。兩字不能相混。

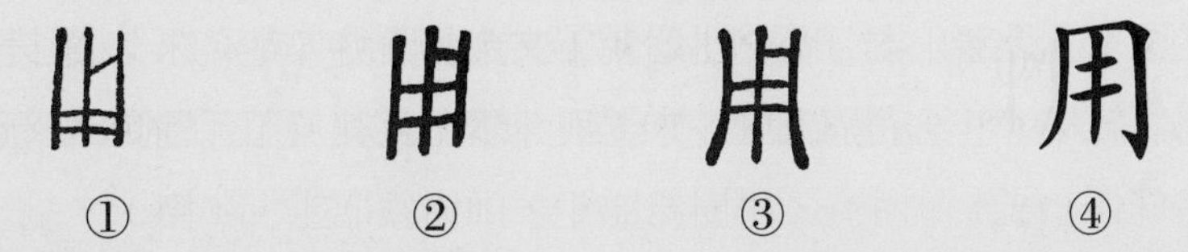

「男兒重意氣，何用錢刀為？」這個「用」字本為象形字。甲骨文①就像一隻木桶的樣子，實際上「用」字也就是「桶」字的初文。②是金文的形體，與甲骨文基本上一致。③為小篆的寫法，仍由甲、金文演變而來。④為楷書的寫法。

▲《天工開物》中收穫場景中的木桶。

《說文》：「用，可施行也。從卜中。」「可施行」並不是「用」字的本義，而是引申義，再說，「從卜中」也不對，因為「用」字是個象形字，不能再分解。而段玉裁又據許慎的說法妄作解釋，說什麼「卜中則可施行，故取以會意」。既推崇許說，又誤象形爲會意，也不可取。

「用」的本義爲「桶」，爲常用之物，所以這就引申爲「使用」，如《史記・秦始皇本紀》：「秦用李斯謀。」這是說：秦始皇採用了李斯的計謀。由「使用」又能引申爲可用的「資財」，如《荀子・天論》：「強本而節用。」這是說：發展農業而節約資財。「用」字虛化後又能作副詞用，當「因爲」或「由於」講，如《史記・李廣傳》：「廣用善騎射……爲漢中郎。」這是說：李廣因爲擅長騎射……所以成爲漢的中郎將。

①　②　③　④

這是「朱門酒肉臭」的「朱」字，是個指事字。我們看甲骨文①就是一棵樹的形象，上爲樹頭，下爲樹根，中間的一個黑點是表明這棵樹（木）是紅心的，所以《說文》說：「赤心木，松柏屬。」由此可見，「朱」字的本義就是「紅」、「赤」。②是金文的形體，大致與甲骨文相似，只是「木」中的「一點」變成了一橫。小篆③同於金文，只是把樹頭與樹根的直筆變成了曲筆。楷書④又在其左上增加了一撇。

「朱」的本義是「紅」，如《韓非子・十過》：「墨染其外，而朱畫其內。」「墨染」對「朱畫」。但是《左傳》中常說的「朱儒」，你若理解爲「紅儒」，那可就錯了。所謂「朱儒」就是身材矮小的人，後來就寫爲「侏儒」了。

古代的「朱門」本指紅漆大門，而這種紅漆大門開始是帝王賞賜給公侯的一種特權，一般人是無權安紅漆大門的。後來則用「朱門」代表王侯貴族，後世亦稱爲「朱戶」。

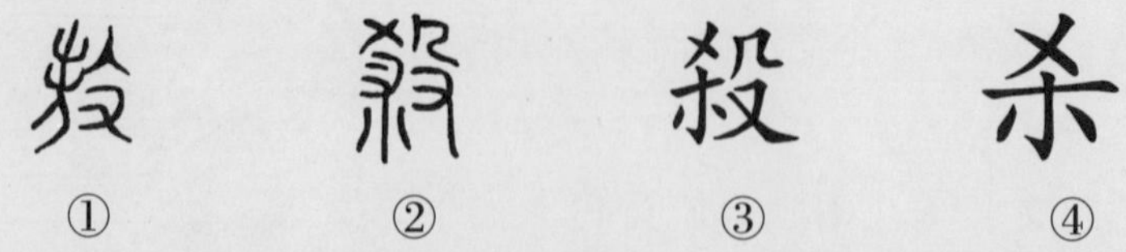

①　②　③　④

「爲報年來殺風景，連江夢雨不知春。」這個「殺」字本爲會意字。①是《說文》中的古文形體，左邊是一個長頭髮、面朝左的人形，右邊是「殳」，表示一隻手拿著棍棒向那個人打去。②是小篆的寫法。③是楷書繁體字。④爲簡化字。

▲金文中的髡頭者。

《說文》：「殺，戮也。」可見「殺」字的本義就是「殺死」，如《史記‧秦始皇本紀》：「殺之，五十萬。」就是說：誰能把他（嫪毐）殺了，就能夠得到五十萬的賞金。由「殺死」又能引申爲「戰鬥」、「搏鬥」義，如《三國演義》中第四十一回：「殺退衆軍將。」「殺」還可以引申爲「衰敗」，如黃巢〈不第後賦菊〉：「待到秋來九月八，我花開後百花殺。」這裡的「殺」，即爲「衰敗」義。

在古籍中常見「殺廠」一詞，那是指羽毛脫落，如《詩經‧豳風‧鴟鴞》鄭玄箋：「羽尾又殺廠。」不過，這裡的「殺」不能讀作ㄕㄚ，而必須讀作ㄕㄞˋ。

另外，「殺」字還與「煞」通，往往用在動詞之後，表示「極度」的意思，如李白〈猛虎行〉：「楊花茫茫愁殺人。」

①　②　③　④

「兄則友，弟則恭。」這個「弟」字本爲象形字。甲骨文①的中間是上下直立的「弋」，是長木橛的形狀，中間纏上繩索。商承祚先生認爲，這就是「梯」字的初文。②是金文的形體，與甲骨文相似。③是小篆的形體。④爲楷書的寫法。

《說文》：「弟，韋束之次弟也。」此說欠妥。「弟」字的本義是「梯」，因爲「梯」的攀登是依次而上，所以「弟」即引申出「次第」之義，如《漢書‧朱博傳》：「以高弟入爲長安令。」也就是說：以高的等第晉升爲長安地方的行政長官。後來，「弟」字被假借爲「兄弟」義，如《荀子‧君子》：「殺其兄而臣其弟。」也就是說：殺了他的哥哥，而使他的弟弟爲臣。當「弟」被借爲「兄弟」義後，就以形聲字「第」爲「次第」之「第」了。弟弟敬愛兄長，亦稱「弟」，如《論語‧學而》：「孝弟也者，其爲仁之本與？」大意是：孝順父母，敬愛兄長，這兩種品德就是「仁」的基礎吧？不過這裡的「弟」字應讀作ㄊㄧˋ，後世寫成「悌」。

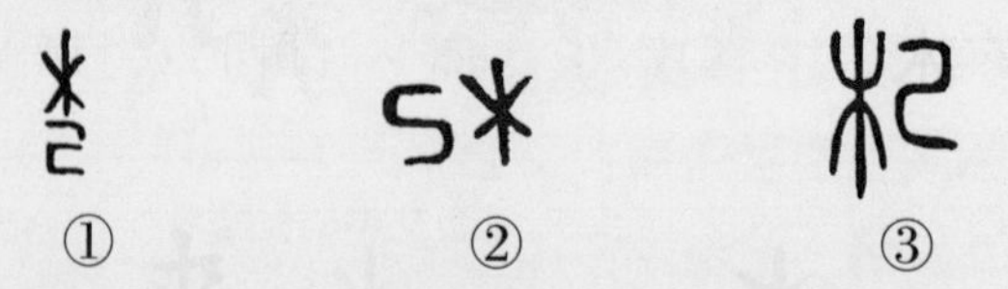

這是「杞國無事憂天傾」的「杞」字，讀作ㄑㄧˇ，是個形聲字。甲骨文①的上部是「木」，下部是「己」。②是金文的形體，左「己」右「木」。③是小篆的形體，其結構位置與金文正相反。④是楷書的寫法。

▲枸杞，選自《本草綱目》。

《說文》：「杞，枸杞也。」枸杞是一種灌木，全身是寶，能入中藥，如《詩經．小雅．杜》：「陟彼北山，言采其杞。」大意是：登上那高高的北山頭，採摘那鮮紅的枸杞子。枸杞的樹葉頗像柳葉，所以有一種樹就叫杞柳，如《詩經．鄭風．將仲子》：「將仲子兮，無逾我里，無折我樹杞。」這是說：將仲子啊，你不要跨越我的牆頭，更不要踩斷我的杞柳呀！周代有個諸侯國稱「杞」，在今河南省杞縣，如《列子．天瑞》：「杞國有人，憂天地崩墜。」也就是說：杞國有這麼一個人，一天到晚擔心地崩天墜。因此後世有成語：「杞人憂天」。

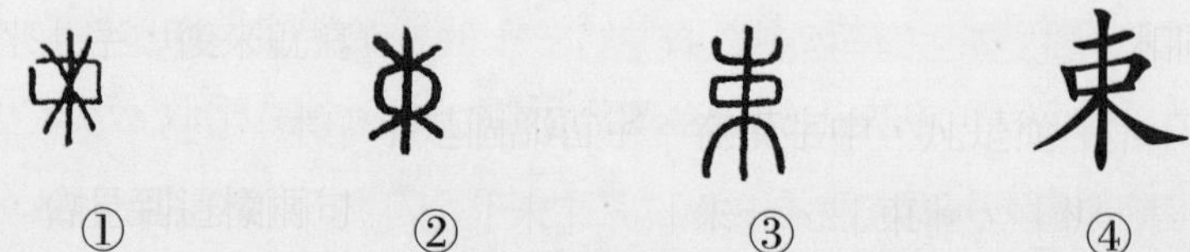

「束」字是個會意字。甲骨文①的外部的方圈是繩索之類，其中間有三根木柴，也就是用繩索捆綁木柴的意思。金文②是把方圈變為圓圈，也是捆綁木柴之意。小篆③是繩圈在內，而「木」在外，不過變成了一條「木」了。楷書④是在「木」字的中間加一個扁「口」，也仍然是束木之意。

「束」字的本義是捆綁，後來又引申為「管束」的意思，如「束身自愛」等。從「管束」之義又引申為「束縛」的意思，如「束手無策」、「莫不束手」等。

「朿」與「束」不同。「朿」字封口，「束」字不封口。凡是從「朿」的字往往與帶尖的東西有關，如「刺刀」的「刺」，「荊棘」的「棘」，「棗樹」的「棗」。只有「喇」、「剌」、「辣」、「賴」、「癩」、「鯻」等才從「束」字。

① ② ③ ④ ⑤

我們在讀《詩經・周頌・思文》時，會見到「貽我來牟（大麥）」的一句話。「貽我來牟」就是贈送我小麥、大麥的意思。這個「來」字的本義怎麼是「小麥」呢？看了甲骨文就會了解。甲骨文①多像一棵成熟了的小麥！上部是麥穗，中間的兩側是麥葉，下部是麥根。金文②大體上與甲骨文相似，只是麥穗朝右垂（其實左右皆有）。③是小篆的形體，把麥穗變成了左右兩個。楷書④則把小篆的左右兩穗變成了一橫，後來則借草體楷化「来」。⑤是簡化字。

▲《農政全書》中的小麥圖。

「來」的本義是當「小麥」講。後來就寫作麳，而「來」字就被假借爲「來去」的「來」了。從「來去」之意又引申爲「招來」之義，如《史記・文帝本紀》：「將何以來遠方之賢良？」就是說：用什麼方法能招來遠方的賢良呢？這裡的「來」字，後來就寫作「徠」。

我們讀杜甫的〈發劉郎浦〉時，會見到這樣兩句詩：「白髮厭伴漁人宿，黃帽青鞋歸去來。」既然是「歸去」，怎麼又有個「來」呢？其實這個「來」字是個句尾語氣詞，相當於現代漢語中的語氣詞「咧」。

這個「甬」字讀作ㄩㄥˇ，本爲象形字。金文①就像一隻桶，下部爲桶體，上部是可提的桶把。于省吾先生認爲：「用甬本是一字。」②是小篆的寫法。③爲楷書的形體。

《說文》：「甬，草木花甬甬然也。」這種說法不妥。「甬」字的本義爲「桶」，是古代的一種量器，如《禮記・月令》：「角斗甬。」鄭玄注：「甬，今斛也。」這是說「甬（桶）」就是漢朝的「斛（量器名）」。《淮南子・本經訓》：「甬道相連。」這裡的「甬」字實爲「通」字的通假字，所謂「甬道」就是「通道」，多指兩座高樓間有棚頂的通道，也指兩旁有牆的馳道或通道。至於《紅樓夢》中所說的：「那媳婦……剛走到甬道。」這裡的「甬道」是指庭院裡居中的道路，至今山東省膠東等地區還稱「甬路」。

這就是「杳無音訊」的「杳（ㄧㄠˇ）」字。一看形體，就知道字義的大概。你看甲骨文①的上部是樹木，根部是「日」（太陽），表示太陽已經落下去了，這就是「幽暗」的意思。所以「杳」字是個會意字。小篆②的形體與甲骨文相彷彿，上「木」下「日」。楷書③也相似。

「杳」字的本義是「暗」，如《管子・內業》：「杳乎如入於淵。」也就是說：幽暗得像進入深淵。從「幽暗」義又引申爲「極遠」之義，亦稱爲「杳冥」，如宋玉〈對楚王問〉：「翺翔乎杳冥之上。」也就是飛到極遠之處。由「極遠」又引申爲「不見蹤影」，如林景熙〈仙壇寺西林〉：「古壇仙鶴杳，野鹿自成群。」這個「仙鶴杳」，可不是「仙鶴飛遠」之意，而是不見蹤影了。其實這個意義今天還用，如「杳無音訊」等。

如果把「杳」字倒過來，寫爲「杲」（ㄍㄠˇ搞），它的意義與「杳」完全相反，不是「幽暗」，而是「光明」。因爲「杲」字表明「日」（太陽）升到「木」（樹）上，當然光明了。如梁簡文帝〈南郊頌〉：「如日之杲。」就是說：像太陽那樣光明。總之，日落到樹根下就是「杳」，表示幽暗；日升到樹梢上就是「杲」，表示光明。兩字很好區別。

松

①　②　③

▶孤松高士圖，（明）程嘉燧作。

「下簾危坐聽松濤。」這個「松」字是形聲字。①是金文的形體。左邊是「公」，表聲；右邊爲「木」，表形。②是小篆的形體，將金文的「公」與「木」的位置對換過來。③是楷書的寫法。

《說文》：「松，木也。」也就是說「松」是樹的名字，是一種常綠或落葉喬木，樹齡很長。

在古籍中，常見「松喬」一詞，這是指古代傳說中的仙人赤松子和王喬，後世大都借「松喬」指那些隱遁或長壽的人，如《舊唐書．魏徵傳》：「可以養松喬之壽。」

請注意：「松樹」的「松」和「鬆緊」的「鬆」本爲兩字。「鬆緊」的「鬆」，原指頭髮散亂。在簡化漢字時，便以「松」代「鬆」了。

柏

①　②　③

這是「翠柏高千尺」的「柏」字。金文①的下部是「木」，即柏樹的形象，其上部是「柏球」（柏子）的樣子。這本來是個象形字，可是小篆②把「柏球」僞變成「白」字，移到「木」的右邊，並以「木」爲形符，以「白」爲聲符，變成一個形聲字了。楷書③則與小篆的形體相類似，也是個形聲字。

▲懷松圖，（清）戴熙作。

「柏」字的本義就是「柏樹」，也有寫作「栢」的。但是《史記．河渠書》中的「柏冬日」，可別理解爲「柏樹到了冬天」。其實這裡的「柏」字通作「迫」，是個假借字問題，「柏冬日」就是「迫近冬天」的意思。遇到這種情況，我們可以通過上下文的文意或工具書就能辨別清楚。

①　②　③　④　⑤　⑥

「鑽木取火，構木爲巢。」這是「構」的初造字「冓」字。甲骨文①就像橫豎之木的交構之狀。金文②與小篆③的形體大致相似，都是從甲骨文的形體演變而來。④爲楷書寫法。因爲「結構」、「構造」等義都與「木」有關，所以到了楷書⑤則變成了左形（木）右聲（冓）的形聲字「構」了。但這個字筆畫太繁，後來又造了一個新簡化的左形（木）右聲（勾）的新形聲字「构」⑥。

「冓」字從「相交」的本義引申爲「架」的意思，如《韓非子・五蠹》：「構木爲巢，以避群害。」這是說上古人架木爲巢避免群獸侵害。從這個本義還能引申爲「造成」之義，如《韓非子・存韓》：「一戰而不勝，則禍構矣。」這個「禍構」即禍患已經造成的意思。

「冓」字從「相交」的本義所引申出來的新義，後人往往另造新字來代替，但仍含有「雙方」的意思在內。如雌雄交配爲「交媾」；親上作親的男女結合叫「婚媾」；雙方相遇叫「遘遇」；以貨幣交換對方的物品稱爲「購買」等。

①　②　③　④

這個「析」字是個會意字。你看甲骨文①的形體，其左邊就是一棵樹（木），右邊是一把平刃曲柄的大斧頭（錛钃），是用斧砍樹（木）的意思。②是金文的寫法，其左邊仍是木，右邊的大斧頭變爲「斤」形，不太像斧頭的樣子了。小篆③是直接由金文蛻變而來，形體基本相似，只是把直筆變爲曲筆罷了。④是楷書的寫法，也是從「木」從「斤」，沒有發生過僞變。

「析」字本義就是「劈木頭」的意思。如《詩經・齊風・南山》：「析薪如之何？匪斧不克。」「薪」就是木材。「匪」通「非」。「克」，成功。這話的大意是：怎樣劈木材呢？非用斧頭不能成功。鄱陽

〈獄中上書自明〉：「剖心析肝。」這裡的「析」字的詞義，也是從「劈」這個本義引申出來的，也就是「剖開」的意思。陶淵明的〈移居〉詩：「奇文共欣賞，疑義相與析。」這當中的「析」，是分析、辨析的意思。有人把〈木蘭詩〉中的「朔氣傳金柝」誤爲「傳金析」，那可就錯了。「金柝（ㄊㄨㄛˋ）」是古代用金屬做的軍中打更用的梆子。「析」與「柝」這兩個字的形、音、義完全不同，不可混淆。

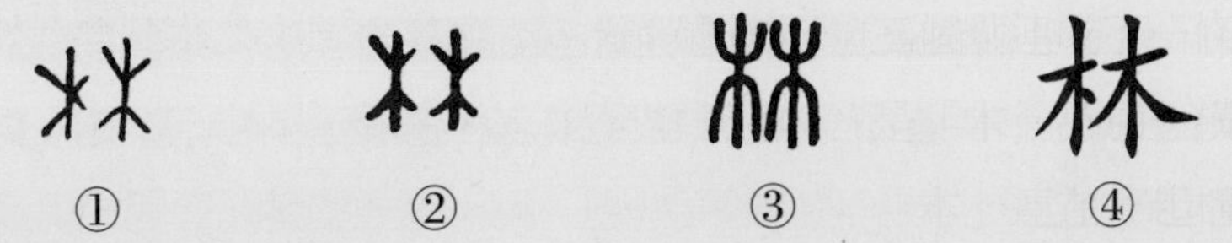

①　②　③　④

「羈鳥戀舊林，池魚思故淵。」這個「林」字是個同體會意字。甲骨文①就像並立的兩棵樹。金文②的形體同於甲骨文，小篆③也是從甲、金文字演變而來的，只是把直筆變成曲筆而已。楷書④則又把小篆的曲筆改爲直筆，這樣書寫方便。

兩棵樹並列表示樹木衆多，因此「林」字的本義就是「樹林」。從「林」字表樹木多，後又引申爲表示人或事物的會聚叢集，如《漢書‧司馬遷傳》：「士有此五者，然後可以托於世而列於君子之林矣。」後來也常稱儒林、藝林，說船隻多則爲「帆檣林立」等。

《史記‧司馬相如傳》中有「灑以林離」一句話，後兩個字不好理解。其實今天所寫的「淋漓」，在上古就寫作「林離」；後世人爲了表意的需要，就給這兩個字加了三點水，表示水流狀，這就產生了兩個新形聲字「淋漓」了。

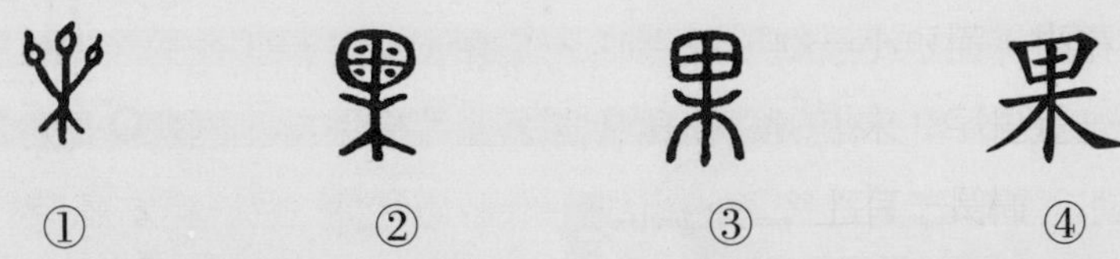

①　②　③　④

這是「碩果累累」的「果」字。這是個象形字。甲骨文①的下部是「樹」（木），樹梢上結滿了果實。②是金文的形體，是在「木」上長了一個又圓又大的果實。③是小篆的形體。④是楷書的寫法，都是由金文演變而來的。

「果」字的本義就是果子，如《韓非子‧五蠹》:「民食果蓏（ㄌㄨㄛˇ裸）蚌蛤。」「果蓏」就是瓜果。這是說：老百姓吃的是瓜果和蚌蛤。這個意義後世多寫爲「菓」。因爲果子形圓而飽滿，所以「果」字又當「充實」或「吃飽」講，如吃不飽肚子就叫「食不果腹」。

▲明宣德剔紅荔枝圓盒。

在《孟子・盡心下》中有「二女果」一句話。這裡的「果」就是「婐」字，本爲「侍女」義，這裡引申爲「侍奉」義。所以這裡的「二女果」，就是「兩個女兒侍奉」的意思。請注意：這裡的「果」字若讀爲ㄍㄨㄛˇ（裹）那就錯了，必須讀爲ㄨㄛˇ（我）。

①

②

③

「廉頗者，趙之良將也。」這個「者」字本爲象形字。①是金文的形體，其上部像櫧（ㄓㄨ）樹形，其中四點像結子之形。朱芳圃認爲：「當爲櫧之初文。」其下部的「口」爲附加之形符。②是小篆的形體，下部訛變爲「白」。③爲楷書的寫法。

▲櫧子，選自《本草綱目》。

《說文》：「者，別事詞也。」許愼所言並非「者」的本義，而是假借義。其本義應是「櫧」，一種樹名。後世多用其假借義，主要作代詞用，如許愼說的「別事詞」，也就是說，或指人，或指事，或指物，或指時，等等，如《商君書・去強》：「治國能使貧者富。」「者」字用在動詞、形容詞之後，能組成「者」字片語，這種片語可譯爲「……的」、「……的人（事、物）」，如《史記・淮陰侯列傳》：「臣聞智者千慮，必有一失；愚者千慮，必有一得。」

另外，「者」字還可以作語氣詞，如《史記・晉世家》：「伍奢有二子，不殺者，爲楚國患。」

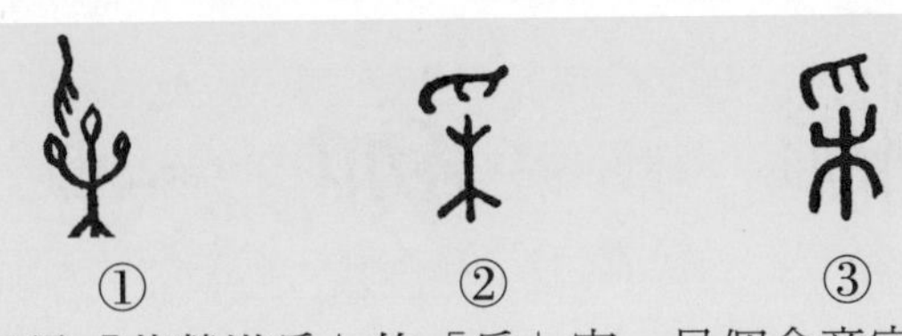

① ② ③ ④

▲原始人採集圖。

這是「花榮堪采」的「采」字，是個會意字。甲骨文①的上部是一隻手（爪），下部是一棵樹，樹上的小圓圈表示果子，眞是枝葉繁茂，碩果累累。手在果上表示採摘。②是金文形體，大體上與甲骨文相似，只是果形省掉了。③是小篆形體，與金文基本相同。④是楷書的寫法，由小篆直接演變而來。

「采」字的本義就是「採摘」，如《詩經・周南・關雎》：「參差（ㄘㄣ ㄘ）荇（ㄒㄧㄥˋ杏）菜，左右采之。」「參差」，長短不齊的樣子。「荇菜」，一種水生植物。詩的原意是：長短不齊的荇菜，左右兩邊採呀！由「採摘」之義又可以引申爲「搜集」，如：「古有采詩之官。」(《漢書・藝文志》)由「搜集」之義又可以引申爲「採取」，如：「采上古帝位號，號曰『皇帝』。」（《史記・秦始皇本紀》）凡「採取」之「采」，後世均寫爲「採」。「采」字的上部本來就是手，可是又在其左增加一隻手（扌），眞是重床疊架，實在沒有必要。所以「採」字現在大陸仍然寫爲「采」，這並不是新造的簡化字，而實爲借用古體字。

至於「衣被則服五采」（《荀子・正論》）中的「采」，那是指「彩色」，後世均寫爲「彩」。由「彩色」之義又可以引申爲文章的詞藻，如：「繁采寡情，味之必厭。」其大意是：只顧堆砌詞藻而缺乏思想感情的詩文，讀起來必然使人厭煩。

請注意：古代卿大夫受封的土地，稱爲「采邑」、「采地」，如：「大夫有采以處其子孫。」(《禮記・禮運》)也就是說：大夫擁有采地，用來安置他們的子孫後代。這裡的「采」字，不能讀ㄘㄞˇ（采），必須讀ㄘㄞˋ（菜）。

① ②

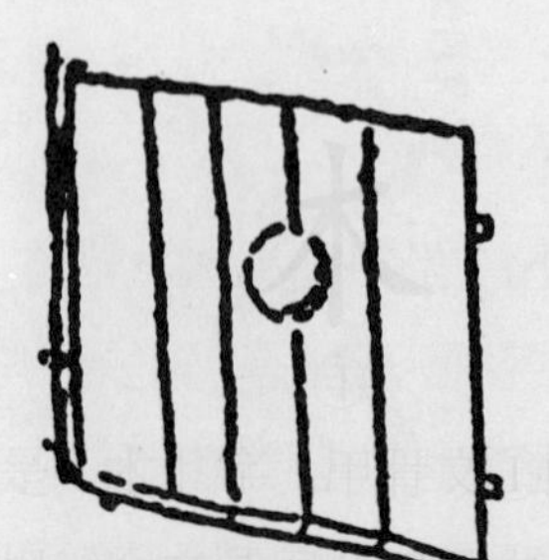

▲《三才圖會》中的刑具──枷。

「因嫌紗帽小，致使鎖枷扛。」這個「枷」字是形聲字。①是小篆的形體，左爲「木」，右爲「加」，是一個「從木，加聲」的形聲字。②爲楷書的形體。

《說文》：「枷，拂也。」不妥。因爲「拂」是脫莊稼粒的連枷，而「枷」的本義卻是脖子上戴的「刑具」，如《隋書・刑法志》：「凡死罪枷而拲（ㄍㄨㄥˇ，手銬）。」這句話的大意是：凡是犯死罪的人，既要扛木枷，又要戴手銬。《京本通俗小說・錯斬崔寧》：「將兩人大枷枷了，送入死囚牢裡。」

「枷鎖」本爲兩種刑具，可是後來也專指枷或泛指刑具，如《隋書・刑法志》：「釋枷鎖焉。」《元曲選・燕青博魚楔子》：「遇著晁蓋哥哥，打開枷鎖，救某上山。」

請注意：「枷」與「架」的組成部分相同，音也相近，所以「枷」有時也可以通「架」，如《禮記・曲禮上》：「不同椸枷。」「椸」讀ㄧˋ，是晾衣服的竹竿。這句話的大意是：古代男女不能用同一條曬衣竿和同一個衣架。

桎

① ②

這是「中罪桎梏」的「桎」字，讀作ㄓˋ，本爲形聲字。①是小篆的形體，爲「從木，至聲」的形聲字。②是楷書的寫法，與小篆完全一致。

《說文》：「桎，足械也。」也就是說：「桎」字的本義爲「腳鐐」，如《周禮・秋官・掌囚》鄭玄注：「在手曰梏，在足曰桎。」也就是說：鎖在手上的手銬叫做

▲周代刑具──桎。

「梏」，鎖在腳上的腳鐐叫做「桎」。古代「桎梏」常常連用，如《後漢書・鍾離意傳》：「意遂於道解徒桎梏。」也就是說：鍾離意於是在路上解下了囚徒的刑具。因爲桎梏是鎖住人的刑具，所以「束縛」、「約束」亦可稱「桎梏」，如《莊子・德充符》：「……以是爲己桎梏邪？」大意是：把這個當作束縛自己的東西嗎？

① ② ③ ④

這是個「相」字。甲骨文①的左邊是「木」（樹），右邊是「目」（眼睛），用「目」看樹木就是「相」的本義。所以「相」字是個會意字。②是金文的形體，與甲骨文的形體基本相同，只是筆畫變粗了一些。小篆③與甲骨文的形體相類似。④是楷書的寫法。

從以上的形體分析中可以看出，「相」字的本義就是細看或觀察，如《左傳・隱公十一年》：「相時而動。」也就是「見機行事」的意思。從「看」這個本義引申出來的第一個義項就是「相面」（一種迷信活動），如《史記・淮陰侯列傳》：「相君之面，不過封侯。」「相面」中的「相」字是個動詞，再發展引申一步就成爲名詞「相貌」，如荀況說：「長短、大小、善惡形相，非吉凶也。」（《荀子・非相》）這就是說：人體的長短、大小以及相貌的美醜，與此人一生的吉凶毫不相干。從本義「看」又能引申出看與被看的雙方，凡是雙方就有「互相」義，如《左傳・隱公元年》：「不及黃泉無相見也。」其意是：不死不相見。從「互相」又引申出幫助的關係，如《論語・憲問》：「管仲相桓公。」是說管仲幫助齊桓公。從「幫助」又引申爲幫助國君的人爲「相」（即「宰相」）。由此可見，只要準確掌握本義，那麼這個詞的整個詞義體系也就「魚貫而行」了。

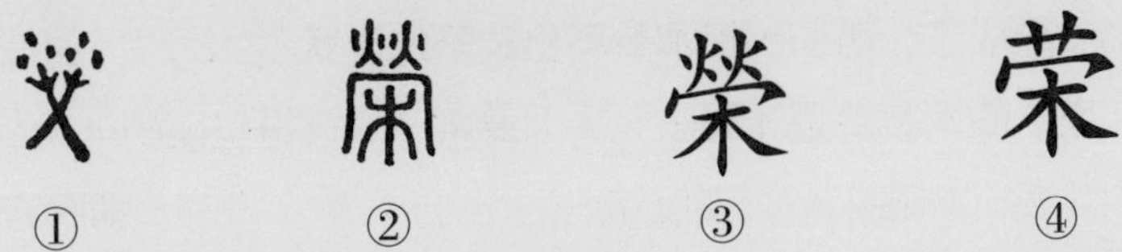

① ② ③ ④

這「欣欣向榮」的「榮」字原是個象形字。你看金文①就像兩棵交相爭榮的花草，上部的六個點兒就是鮮花競放的形象，眞是榮華昌盛。②是

▲玉堂富貴圖，虞沅作，年代不詳。

小篆的形體，變得相當繁雜，花朵變成了兩個「火」字，其下又變成了「木」字。③是楷書的形體，與小篆的寫法基本相同。④是簡化字，即把兩個「火」字變成了草字頭，由八畫簡化爲三畫，書寫方便。

「榮」字的本義是指草木開花，如：「草榮識節和。」（陶潛，〈桃花源詩〉）也就是說：草木也知按時令節氣而開花的。由「草木開花」之義又能引申爲穀類秀穗，如：「黍稷無成不能爲榮。」(《國語·晉語》)這裡的「黍稷（ㄐㄧ丶記）」是指莊稼。這句話的意思是：莊稼長不好，是不能秀穗的。從以上的兩個異項又能引申爲「茂盛」，如：「木欣欣以向榮。」（陶潛，〈歸去來兮辭〉）由「茂盛」之義又可以引申爲光榮、榮譽等義，如：「榮者常通，辱者常窮。」（《荀子·榮辱》）大意是：榮譽者常通達，而恥辱者常困窘。

請注意：「榮」與「滎」的形體很相似，容易搞錯，如有人把河南省滎陽縣讀爲「榮陽縣」。其實這兩個字的形、音、義均不相同，「滎」的下部是個「水」字，讀ㄒㄧㄥˊ（形）。

①　②　③

杜甫有「山家蒸栗暖」的詩句。這個「栗」字就是指「栗子」（或稱「板栗」）。你看甲骨文①的形象多有意思！其下部是一棵栗子樹（木），樹頭上長著周身帶刺的栗子（栗子殼就是全身長刺的）。小篆②的上部發生了僞變，把「栗子」變成了「卣」，其下是「木」。楷書③的上部又變成了「西」，根本看不出栗子的形狀了。

「栗」的本義就是「栗子」。因爲栗子的皮是堅硬的，所以「栗」字又能引申爲「堅硬」義，如《荀子·法行》：「（玉）栗而理。」就是說，玉石不但堅硬而且有紋理。古人把害怕也叫「栗」，所以又產生了一個左形右聲的新形聲字「慄」，如《漢書·揚惲傳》：「不寒而慄。」就是「不冷但直發抖」（指害怕的意思）。那麼《禮記‧聘禮》「栗階升」中的「栗」字又是什麼意思呢？這是「歷」字的假借字，本爲「歷階升」之意，即按一層層臺階而上。值得注意的是：古代在「戰慄」的意義上，「栗」和「慄」可以通用；但在「栗子」及「堅硬」的意義上，只能寫作「栗」，而不能寫作「慄」。現在大陸「慄」字已廢除，簡化爲「栗」。

① ② ③

「開軒面場圃，把酒話桑麻。」這個「桑」字本爲象形字。甲骨文①上部爲樹冠，下部有樹根，多像一棵樹！②是小篆的形體，上部的樹枝形訛變爲三個「又」，其本義並未變。③是楷書的寫法。

▲《農政全書》中的採桑圖。

《說文》：「桑，蠶所食葉木。」也就是指養蠶的桑樹，如《詩經‧豳風‧七月》：「遵彼微行，爰求柔桑。」大意是：沿著小路向前走，尋求何處有嫩桑。

在古書中常見「桑榆」一詞，本指日落時餘光所在的地方，說的是「晚暮」，後來多用「桑榆」比喻人的垂老之年，如張華〈答何劭〉：「從容養餘日，取樂於桑榆。」

「桑梓」本指桑樹和梓樹，這都是古代家宅旁邊常栽之樹。「由木及人」，所以也常用爲「父老」的代稱，如《詩經‧小雅‧小弁》：「維桑與梓，必恭敬止。」大意是：是故鄉的桑樹和梓樹，父老所栽的定要敬重。後世也因之用作「故鄉」的代稱。

「桑間濮上」，本謂桑間這地方是在濮水之上，爲古衛國之地。據《漢書‧地理志下》記載，互相愛慕的青年男女常在這裡約會。所以舊時文人因稱男女幽會爲「桑間濮上之行」，亦簡作「桑濮」。

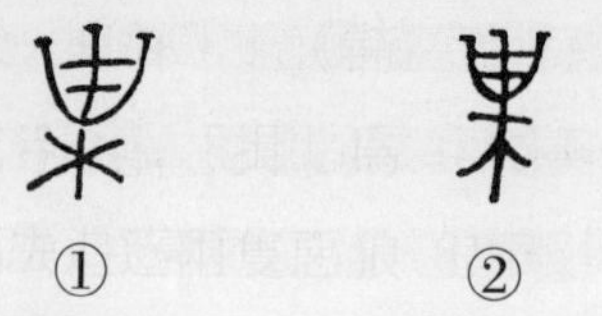

①　②　③　④

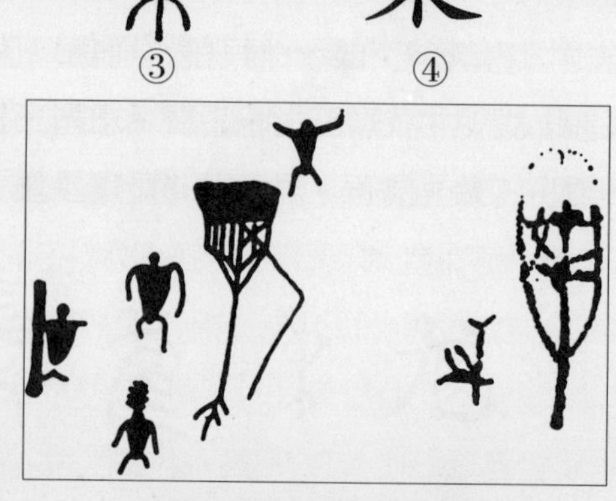

▲雲南滄源岩畫中的巢居圖。

「覆巢之下，焉有完卵？」這個「巢」字讀作ㄔㄠˊ，本爲象形字。①是甲骨文的形體，其下爲樹木之形，上部爲鳥巢形。②爲金文的形體，與甲骨文形體相似。③是小篆的形體，其上部像巢上有三隻鳥的樣子。④爲楷書的寫法。

《說文》：「巢，鳥在木上曰巢。」這是根據小篆的形體而想像出來的，甲骨文和金文本無三鳥之形。「巢」字的本義就是「鳥窠」，如《詩經・召南・鵲巢》：「維鵲有巢，維鳩居之。」「維」字爲語首助詞。詩的大意是：喜鵲把巢築好，而斑鳩飛來住上。由「鳥巢」可以引申爲「敵人或盜賊藏身之地」，如《新唐書・杜牧傳》：「必覆賊巢。」也就是說：一定要端了賊寇的老窠。古代有一種樂器，其下部像鳥巢的形狀，所以也稱爲「巢笙」，如《爾雅・釋樂》：「大笙謂之巢。」

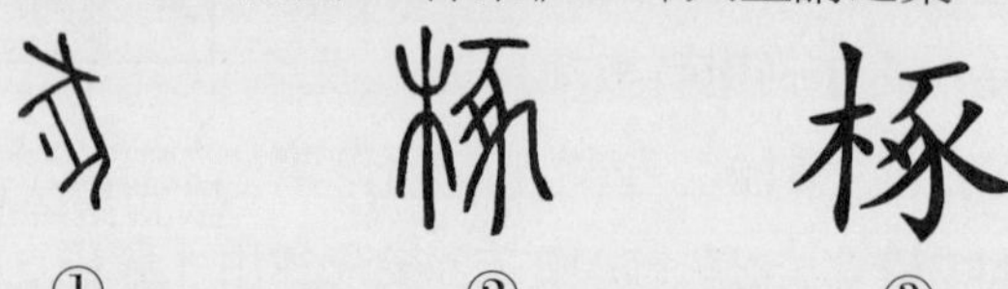

①　②　③

這個「椓」字讀作ㄓㄨㄛˊ，本爲象形字。甲骨文①是一頭腹朝左、背朝右、頭朝上、尾朝下的豖（豬），腹部的小點是表示公豬的生殖器已被割下。②是小篆的形體，即在「豖」的左邊加「木」，表示以木將生殖器枷掉。由原來的象形字變爲會意兼形聲的字。③是楷書的寫法。

▲鬭牛圖（右）漢畫像磚，河南方城出土。

《說文》：「椓，擊也。」許愼所說的「擊」爲引申義。「椓」字的本義應爲「去勢」，即對人施以宮刑，如《尚書・呂刑》有「劓、刵、椓、黥」等刑罰。「劓（ㄧˋ）」爲割鼻子；「刵（ㄦˋ）」爲割耳朵；「椓」爲割生殖器；「黥」是在臉上刺字，也叫「墨黥」。「椓」由「宮刑」義又可以引申爲「宦官」，如《詩經·大雅·召》：「昏椓靡共。」這是說：昏庸的宦官不慎供其職。由「椓」又引申爲「敲擊」之義，如《詩經·周南·兔罝》：「椓之丁丁。」大意是：打樁的響聲丁丁。

① ② ③ ④

「望梅止渴。」這個「梅」字本爲象形字。①是金文的形體，下部是梅樹（木），枝上長了一個大梅子。②是古文的形體，是並栽的兩棵梅樹，上部均長了梅子。（前面的兩種形體，實際上就是後世的「楳」字。《說文》：「楳，酸果也。」正是指「梅子」。）③是小篆的形體，變成「從木，每聲」的形聲字了。④爲楷書的寫法。

▲梅（左一、左二）和楠（右），選自《本草綱目》。

《說文》：「梅，枏也，可食，從木，每聲。」許慎的說法不確。「枏」是「楠」的異體字，是指一種常綠的喬木，也名「梅」，不能食。後世的「梅」則是一種酸甜的果子，俗稱「梅子」，如《詩經·召南·摽有梅》：「摽有梅，頃筐塈之。」意思是：梅子完全落了地，拿著淺筐來拾取。這是兩種不同的植物，取「梅」爲酸果之名，可能是假借「梅」爲「楳」吧。

「梅雨」，是因爲正值梅子黃熟時，江淮流域常是連天陰雨，所以也叫「黃梅雨」。那麼爲何書中還常寫作「霉雨」呢？那是因爲空氣長期潮濕，衣裳、器物易霉，所以「梅雨」也就被寫作「霉雨」了。

① ② ③

▲酸棗，選自《本草綱目》。

這是「荊棘叢生」的「棘」字，讀作ㄐㄧˊ，本為象形字。①是金文的形體，就是兩株酸棗樹，全身都長著刺。②是小篆的形體，與金文相似。③是楷書的形體。

《說文》：「棘，小棗叢生者。」「棘」的本義即指「酸棗樹」，如《詩經・邶風・凱風》：「凱（大）風自南，吹彼棘薪。」意思是：大風從南方吹來，吹亂了棗樹上的枝條。後來，凡是有刺的草木均可稱為「荊棘」，如「荊棘叢生」。

「棘」字可作「瘠」字的通假字，是「瘦」的意思，如《呂氏春秋・任地》：「棘者欲肥，肥者欲棘。」至於《左傳・隱公十一年》「子都拔棘以逐之」的「棘」，則是「戟」字的通假字。那是說：子都（人名）拔戟而追趕潁考叔（人名）。有時，「棘」字還可以作「急」字的通假字，如《詩經・小雅・采薇》：「玁狁孔棘。」「玁狁」是上古北方的一個少數民族。這是說：玁狁來犯很緊急。

請注意：「棘手」，是說荊棘刺手，比喻事情難辦。可是，有人經常誤讀為「辣（ㄌㄚˋ）手」。

 森 森

① ② ③

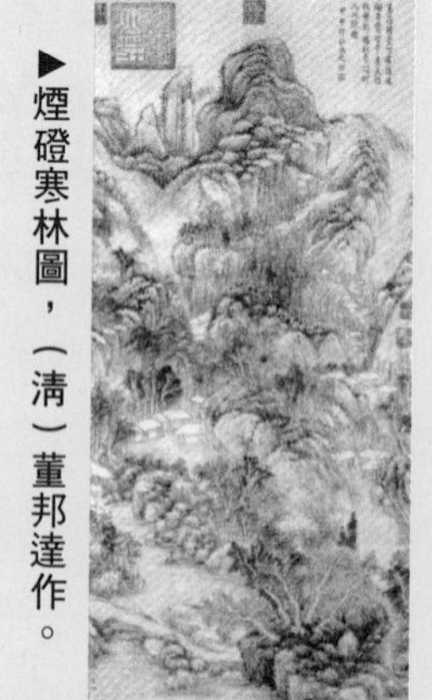

▶煙磴寒林圖，（清）董邦達作。

這個「森」字是個會意字。你看甲骨文①就是一排三棵樹的形象，這眞是樹木叢生，森林茂密。②是小篆的形體，「林」上有「木」，這並非說樹上有樹，而是為了美觀和符合方塊結構的要求。③是楷書的寫法，是由小篆直接演變而來。

「森」的本義就是樹木叢生，如《說文解字・林部》：「森，木多貌。」今天的「木」，就是古代的「樹」；所謂「木多貌」，就是樹木衆多的樣子。樹木衆多就往往有陰森之感，所以又能引申為

「陰森」、「森嚴」，如「屋內陰森」、「戒備森嚴」等。

請注意：當「森森」連用時，若理解爲「森嚴」那就錯了。「森森」一詞仍然是繁密的意思，如杜甫的〈蜀相〉詩：「錦官城外柏森森。」「錦官城」就是指成都。這句詩是說：成都城外，柏樹茂密成陰。由此義又可以引申爲陰沉可怕或寒氣迫人，如陰森森、寒森森等。

①　②　③　④

這是「極目楚天舒」的「楚」字。你看甲骨文①非常形象，左右都是樹木（即爲「林」），中間是個「足」（腳），這就表示人足歷山林，是「開發山林」之義。可見「楚」字是個會意字，但也兼有形聲，因爲它也是上形（林）下聲（足）的形聲字。（上古「足」與「疋」是一個字，都是腳形。）②是金文的形體，③是小篆的形體，④是楷書的寫法，都與甲、金文字的形體一脈相承。

「楚」字的本義爲「開發山林」。楚人的祖先可能最初以開發楚地自豪，因而稱自己的國家爲「楚國」。由「山林」之義又引申爲一種叢生灌木稱「楚」，也叫「荊」，如《說文解字》：「楚，叢木，一名荊也。」後來，把打人的荊條也稱爲「楚」；再引申一步，把「打」叫做「楚」，如：「入獄楚掠。」（《新唐書・嚴郢傳》）也就是說：入獄而受到拷打。凡挨「打」就有痛苦，所以又引申爲痛苦，如：「何其楚痛……」（《史記・文帝本紀》）其意是：多麼痛苦。現在還有「苦楚」、「酸楚」等詞。

請注意：在古典詩文中常有「楚腰」一詞，這是指女子的細腰。《韓非子・二柄》中有這樣兩句話：「楚靈王好細腰，而國中多餓人。」也就是說：楚靈王最喜歡細腰，所以首都有很多人不敢吃飽肚子。

①　②　③　④

「久在樊籠裡，復得返自然。」這個「樊」字本爲會意兼形聲的字。①是金文的形體，上部爲籬笆之形，下部是一雙手，表示雙手編織籬笆。

▲《天工開物》中的插圖，上方爲籬笆環繞的房屋。

該字的上部既表意也表音。②是小篆的形體，省掉了兩隻手，頗像園圃周圍的籬笆的樣子。③也是小篆的形體，由金文演變而來。④是楷書的寫法。

《說文》：「樊，鷙不行也。」許愼說的是引申義。「樊」字的本義是「籬笆」，如《詩經．小雅．青蠅》：「營營青蠅，止於樊。」大意是：嗡嗡飛舞的大蒼蠅，停在園圃的籬笆上。由名詞「籬笆」可以引申爲動詞「築」籬笆，如《詩經．齊風．東方未明》：「折柳樊圃，狂夫瞿瞿。」「狂夫」，指監工的小吏。其大意是：砍柳條給菜園築籬笆，狂夫嚇得左右瞧。籬笆有圍攏作用，所以「樊」又可以引申爲關鳥的「籠子」，如《莊子．養生主》：「澤雉十步一啄，百步一飲，不蘄（ㄑㄧˊ）畜乎樊中。」「蘄」通「期」，當「希望」講。也就是說：澤地的野雞十步吃一口，百步喝一口，絕不希望關在籠子裡。

籬笆均在邊緣，所以「樊」又可以引申爲「邊」，如《莊子．則陽》：「夏則休乎山樊。」所謂「山樊」，也就是指山邊。

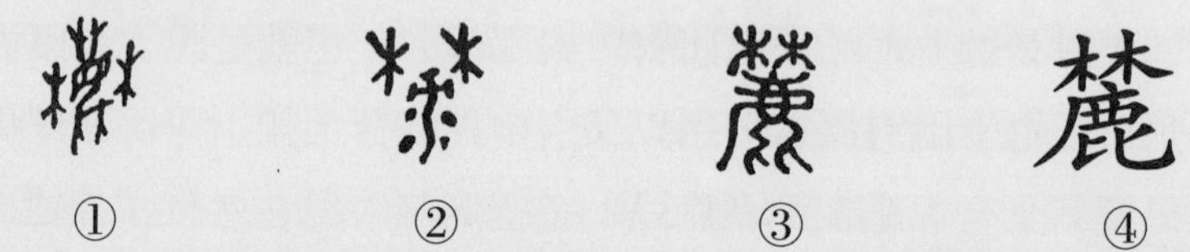

①　②　③　④

古人說：「鹿奔林中謂之『麓』。」這話很對。你看甲骨文①左邊是「木」，右邊也是「木」，兩個「木」字當中有一隻鹿在朝左跑。可見這個「麓」字是個會意兼形聲的字。②是金文的形體，把當中的「鹿」字換成了「彔」字，就由原來會意兼形聲變成了純形聲的字了。小篆③由甲骨文變來，「林」字被移到「鹿」的頭上，書寫方便，也很好看。④是楷書的形體，與小篆大體相同。

▲戰國玉鹿。

「麓」字從「鹿奔林中」的本義引申為「山腳下」的意思，如在王夫之的〈小雲山記〉中說：「大雲之北麓有溪焉。」這是說，在大雲山北面的山腳下有一條小河。這個「麓」字我們現在還用，如「天山南麓」、「崑崙山北麓」等。不過這裡的「麓」字有山坡的意思。

攴部

①　②　③　④

這個「攴（ㄆㄨ撲）」字是個象形字。甲骨文①的右下部是一隻右手，其上部是一根皮鞭（或帶杈的木棍），這個字是手執皮鞭撲打之義。金文②的形體和小篆③的形體基本上同於甲骨文。④是楷書的寫法。

「攴」字的本義就是「撲打」，如《說文解字・攴部》：「攴，小擊也。」到了後世，這個「攴」字就被「撲」字代替了。

「攴」字是個部首字。在漢字中凡由「攴」字所組成的字均有「打」、「擊」的意思，如「攻」、「牧」、「效」、「教」、「敝」等字。

①　②　③　④

「琴瑟時未調，改弦當更張。」這個「改」字，本為會意字。①是甲骨文的形體。左邊為「巳」，實像人形：右邊為「攴」，一隻手拿著鞭子打。郭沫若說：「殆象撲作教刑之意，子跪執鞭以懲戒之也。」②是金文的形體，與甲骨文相似。③是小篆的寫法。④為楷書的寫法。

《說文》：「改，更也。」這是對的。「改」字的本義為「更正」、「改變」，如《荀子・臣道》：「故因其懼也而改其過。」

在古籍中常有「改容」一詞，一般不作改變面貌解，而是「改變神色」的意思，如《後漢書・王龔傳》：「龔改容謝曰：『是吾過也。』」

大意是王龔改變了神色而致歉說：這是我的過錯。舊時稱婦女再嫁爲「改醮」，如《晉書・李密傳》：「父早亡，母何氏改醮。」

①　②　③

▲戰國銅器上的攻戰圖。

這是「攻城不畏堅」的「攻」字。①是金文的形體，其左是個「工」字，其右是個「攴」字；「攴」字的本身就有攻打的意思，所以「攻」字是一個左聲右形的形聲字，其本義就是攻擊（或攻打）。②是小篆的寫法，其形體與金文基本相似。但是到了楷書③就大變樣了，表意的「攴」旁變成了「夂」（反文旁）。照形聲字的結構原則說，「文」字的意義與「攻擊」的意義沒有什麼聯繫，所以這種變法最初是變錯了，後來人們在書寫時也就將錯就錯，以至於約定俗成了。

「攻」的本義是「攻打」，如〈孫子兵法・形篇〉：「不可勝者守也，可勝者攻也。」從「攻打」引申爲「抨擊」，如陳亮〈上孝宗皇帝第一書〉：「狂妄之辭不攻而自息。」還可以從「攻打」引申爲「製作」，如《左傳・襄公十五年》：「使玉人爲之攻之。」使雕玉的工匠替他雕刻玉石。有的人讀《詩經・小雅・車攻》時說：「『我車旣攻』，就是『我的戰車已經攻上去了』的意思。」這就不對了。這裡的「攻」字應解爲「堅固」，這是從動詞「攻擊」遠引申爲形容詞「堅固」的意思。

①　②　③　④

「一夜連雙歲，五更分二年。」這個「更」字本爲形聲字。①是甲骨文的形體。上部是「丙」，表聲；下部是「攴」，表形，即像手握馬鞭的形狀。于省吾先生認爲：「更即古文鞭字。」②是金文的形體，上部又增加了一個「丙」字，其義未變。③是小篆的形體。④爲楷書的寫法。

《說文》：「更，改也。」其實，「改」並不是「更」字的本義，而「鞭」才是本義，不過這個本義早已被「鞭」字所代替。「更」作爲「改變」義用，如《商君書．更法》：「賢者更禮。」所謂「更禮」，就是更改舊禮制。由「更改」可以引申爲「調換」，如晁錯〈言守邊備塞疏〉：「一歲而更。」也就是說：（守邊的軍隊）一年調換一次。「更」字還由「改變」引申爲「經過」義，如柳宗元〈小石城山記〉：「更千百年，不得售其伎（技）。」大意是：經過千百年，不能施展其技能。「更」字還可以讀作ㄍㄥˋ，那是「另外」或「再」的意思，如王之渙〈登鸛雀樓〉：「欲窮千里目，更上一層樓。」

請注意：古代的「更」與「改」的詞義有別：「改」字除了「改變」義外，並沒有「交替」或「調換」義，而「更」字卻有這些詞義。

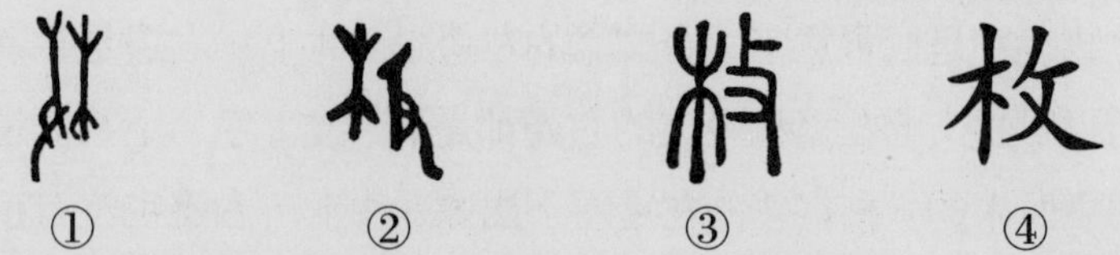

「風入園林寒漠漠，日移宮殿影枚枚。」這個「枚」字本爲會意字。①是甲骨文的形體，左邊像手執工具撲打右邊的樹木。②是金文的形體，左邊爲樹木之形，右邊是手執一把大砍刀向樹幹砍去。③是小篆的形體，其右邊變爲「攴」，意義沒有變。④是楷書的寫法。

《說文》：「枚，幹也。」其實，「枚」字的本義是「砍樹幹」，後來才引申爲「樹幹」的意思，如《詩經．周南．汝墳》：「伐其條枚。」大意是：砍伐那楸樹枝幹。古人也常用樹條作馬鞭子，因此，「枚」字又可以引申爲「馬鞭子」，如《左傳．襄公十八年》：「以枚數闔。」「闔」爲「門扇」義。這是說：用馬鞭子指點著數門扇。另外，「枚」字還可以從「樹幹」義引申爲「木片」義，如《詩經．豳風．東山》：「勿士（事）行枚。」所謂「行枚」也就是「橫枚」，指古代行軍時，橫銜在戰士口中的小木片，不讓喧譁。詩句的大意是：不要再去把兵當。後世，「枚」字又能引申爲量詞，如謝惠連〈祭古塚文〉：「有五銖錢百餘枚。」也就是說：有五銖錢一百多個。「枚」字後世多作量詞用。

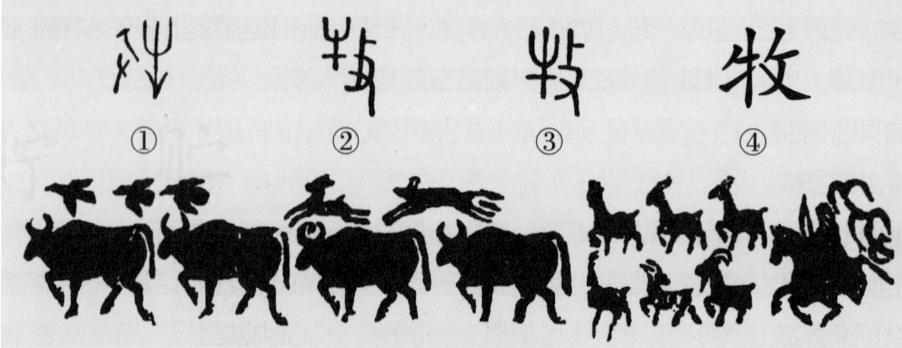

▲牧場圖，漢畫像磚。

「借問酒家何處有？牧童遙指杏花村。」這就是「牧童」的「牧」字。這個字很形象。①是甲骨文的形體，其左是一隻手拿著鞭子，其右是迎面看的牛頭的形象（代表牛）。這就是拿鞭子趕牛，表示放牧的意思，可見「牧」字是個會意字。金文②的左邊是「牛」，右邊是手拿鞭子的形象，所以甲骨文的左邊和金文的右邊都是個「攴」字。小篆③是隨金文的形體演變而來的。楷書④的左邊看不出像「牛」，右邊也沒有手執皮鞭的模樣了，不過從其組成部分來看，是完全一致的。

「牧」字的本義就是「放牧」。當然，絕不能說只有放牛才稱「牧」，其實放羊、放豬、放馬、放駱駝等均可以稱「牧」。（在甲骨文中還有從「羊」從「攴」的「牧」字，寫爲「敉」。）

《漢書・元帝紀》中有「失牧民之術」的話，如果把這個「牧民」當成今天的「牧區的老百姓」講，那可就不對了。其實古代的封建統治階級稱統治人民爲「牧」，所以「失牧民之術」就是失去了統治人民的辦法。正因如此，又可從「統治」之義引申出官名叫「牧」，如「州長」叫「州牧」。《後漢書・劉焉傳》：「太僕黃琬爲豫州牧。」就是說：太僕官黃琬當了豫州的州長。

這是「效法」的「效」字，是一個會意兼形聲的字。甲骨文①的左邊像兩腿相交、正面立著的一個人。其右是一隻手，拿著一條教鞭在鞭打左邊的人。這就類似在舊教育制度下，用教鞭打學生，逼迫學生學習。所以

「效」字是「摹仿」或「學習」的意思。②是金文形體。小篆③的形體是由甲、金文字的形體直接演變而來的。④是楷書的寫法。

「效」字的本義是「效法」或「仿效」。在《左傳·文公元年》中有這樣一句話：「效尤禍也。」「尤」就是「過失」。這句話的意思是：效法過失就一定帶來禍患。這個意義後來都寫作「傚」。由「效法」之義又可以引申爲「效果」，也就是說「效法」的結果如何，如：「此富強兩成之效也。」（《商君書·徠民》）這句話的原意是：這樣才能獲得富強的兩全其美的良好效果。至於「效力」或「效勞」，那是「獻出力」或「獻出勞」的意思，如：「使臣效愚計。」（《史記·蘇秦列傳》）這裡的「效」字是「獻出」的意思，從這個意義寫作「効」。

請注意：從以上的例句可以看出，在古代「效」、「傚」、「効」這三個字的含義是不同的：「效法」寫作「傚」，「效果」寫作「效」，「效力」寫作「効」。後來大陸在廢除異體字的時候則把「傚」、「効」兩字廢掉了，只保留了一個「效」字。

古人說：「教不嚴，師之惰。」大意是：教得不嚴，是老師的怠惰。「教」字是個會意字。甲骨文①右邊是一隻手拿了一條教鞭（或棍棒），左下方是個「子」（小孩），「子」上的兩個㐅是被教鞭抽打的象徵符號。這就是古代「棍棒政策」的教育，一邊打還一邊嘮叨：「不打不成材！」金文②與甲骨文的形體相似，只不過「子」上面的部分不同而已。小篆③又同於甲骨文的形體。④是楷書形體。宋朝的理學家朱熹，對古文字學不太內行，他說：「『文』『孝』謂之『教』。」他把右邊的「攴」看成「文」，這就錯了。

「教」字除了「教育」這個本義之外，還有古代諸侯王公的文告一類的文體也稱爲「教」。古人說過：「教，效也。」「教」也有「效法」或「學習」的意思。上級的命令下達以後，百姓要照辦，所以「文告」也可以稱「教」，如在蕭統《文選》中有傅亮爲南朝宋劉裕所作的〈修張良廟教〉等。從「教育」又可以引申爲「使」的意思，如白居易的〈琵琶行〉：「曲罷能教善才服。」也就是說：樂曲奏完了，能使樂師都非常佩服。

①　②　③

這是「敝帚自珍」的「敝」字，是個會意字。甲骨文①左邊的中間是「巾」（上古的「巾」即爲「布」），其右是手持木棍之形，意思是手持木棍抽打一塊布。左邊的四個點兒，即爲打破後掉下來的布屑。小篆②的形體與甲骨文基本相似。③是楷書的寫法，是直接從小篆演變而來的。

「敝」字的本義是「破舊」，如：「敝廬何必廣。」（陶潛，〈移居〉）也就是說：破舊的房舍何必一定要寬廣呢？由「破舊」之義又可以引申爲「衰敗」，如：「吳日敝於兵。」(《左傳・哀公元年》)這句話的意思是：吳國就是因爲連年作戰而一天天衰敗下去。也正因爲「敝」有「衰敗」義，那麼有的東西也會因爲衰敗而被「拋棄」，如《禮記・郊特牲》：「敝之可也。」就是說：把它拋掉也是可以的。

也正因爲「敝」有「破舊」義，所以古代對自己或自己一方也常用一「敝」字表示謙稱，如：「敝邑之衆。」(《左傳・襄公八年》)也就是說：我們國家的老百姓。後世又有「敝人」、「敝舍」等謙詞。

①　②　③

這是「恭敬不如從命」的「敬」字，本爲會意字。①是金文的形體，其左爲「口」，其右爲「攴（手執鞭形）」，表示牧人吆喝羊群，所以有「戒」義。②是小篆的形體，變爲從「茍」從「攴」，成爲會意兼形聲的字。③是楷書的形體。

《說文》：「敬，肅也。從攴茍。」許慎認爲「敬」是單純會意字，不妥。實際上「茍」與「敬」爲雙聲，所以應析爲「從攴茍，茍亦聲」。「敬」字的本義爲「戒愼」、「嚴肅」，如《詩經・周頌・閔予小子》：「維予小子，夙夜敬止。」大意是：啊！我的小子，早晚都要戒愼啊。《管子・內業》：「敬愼無忒（ㄊㄜˋ）。」意思爲：嚴肅謹愼而無差錯。由「嚴肅」又可以引申為「尊敬」、「尊重」，如《三國志．蜀書．諸葛亮傳》：「甚敬重之。」就是說：非常敬重諸葛亮。

請注意：古代「敬」與「恭」的含義有所區別。在《禮記．曲禮》的疏中說：「貌多心少為恭，心多貌少為敬。」可見「恭」著重於外表，「敬」著重於內心。現在「恭敬」是一個詞了。

日部

①　②　③　④

這就是「旭日東昇」的「日」字。甲骨文①和金文②都像太陽的形狀。所以「日」是個象形字。③是小篆的形體，原來中間的一點，則變成了一橫。楷書④是依小篆的形體寫為方形。

「日」的本義就是太陽，如《詩經．衛風．伯兮》：「杲杲出日。」「杲」是「明亮」的意思。這句話的意思是：明亮的太陽出來了。從太陽的本義引申為「白晝」，如「夜以繼日」。又可引申為計量時間的單位，如《詩經．王風．采葛》：「一日不見，如三秋兮。」這是說：一天不見，就好像隔了三年似的。

「日」是白天，「夕」是晚上，可是「日夕」又是什麼意思呢？這要具體分析。有時當「朝夕」講，如韓愈〈潮州刺史謝上表〉：「毒霧瘴氛，日夕發作。」大意是：毒霧和瘴氣，朝夕發作。可是陶淵明〈飲酒〉詩：「山氣日夕佳，飛鳥相與還。」這裡的「日夕」卻是「傍晚」的意思。有時「日」也當「天」講，所以「日邊」就是「天邊」的意思，如李白的〈望天門山〉：「兩岸青山相對出，孤帆一片日邊來。」這個「日邊」不能解為「太陽邊」，而是指「天邊」。

「日」字是個部首字。在漢字中凡由「日」字所組成的字，大都與太陽有關，如「旦」、「昔」、「春」、「暈」、「朝」、「晶」等字。

〈木蘭詩〉：「旦辭爺娘去，暮宿黃河邊。」可見「旦」與「暮」是相對的，「旦」是早晨，「暮」是晚上。甲骨文①的上部是「日」，下面的部分表示地面或水面。金文②是海上看日出的樣子，火紅的太陽剛跳出海面，其下部水日相連，好像還有半個太陽在水中。③是小篆的形體，「日」下部分變成了一條線。④爲楷書形體。

有地面有太陽，表示太陽剛出來之意，可見「旦」字是個會意字，其本義當「早晨」講，如《漢書・劉向傳》：「不寐達旦。」也就是一夜沒睡，直到早晨。「旦夕」，就是「朝夕」的意思；「旦旦」，是「天天」的意思。比如柳宗元〈捕蛇者說〉：「豈若吾鄉鄰之旦旦有是哉？」大意是：哪裡像我的鄉鄰那樣天天有擔驚受怕的事呢？但是，《詩經・衛風・氓》中的「信誓旦旦」，你若解釋爲「天天發誓言」那可就錯了。這裡的「旦旦」是表示誠懇的意思；「信誓旦旦」，也就是誓言很誠懇。

這個「昜」字讀作ㄧㄤˊ，本爲象形字。①是甲骨文形體。朱芳圃先生認爲，該字上部的「日」是「燈釭也」。也就是說，「昜」本爲燈形，表示「光明」義。②是金文的形體，下部的「彡」像「燈光之下射也」。③是小篆的寫法，與金文相似。④爲楷書形體。⑤爲簡化體，僅作偏旁用。

▲坐羊燈，漢代。

《說文》：「昜，開也。」說「昜」字的本義爲「開」，似不妥。從古文字的形體看，本義應爲「光明」。據《漢書・地理志下》記載，交趾郡有曲昜縣，注中說：「昜，古陽字。」上古常以「昜」代「陽」，如古代銅幣安陽布、安陽刀等的「陽」字大都寫作「昜」。

在現代漢語中，「昜」字僅作偏旁，不單獨使用，大陸簡化作「

昜」，如「楊」、「煬」、「揚」、「暘」、「湯」、「場」、「腸」、「瘍」、「颺」、「蕩」等。

請注意：有一個形體近似的「易」字，作偏旁用時並沒有簡化，如「賜」、「錫」、「踢」、「惕」、「蜴」等字，不能以「昜」代「易」。

「年盈八旬，力鼎志堅。」這個「旬」字本為象形字。甲骨文①就像是周匝循環的形狀，表示周遍循環之意。②是金文的形體，中間增加一「日」字，表示「旬」與時間有關。③是小篆的形體。④為楷書的寫法。

《說文》：「旬，遍也，十日為旬。」這是對的，如《莊子・逍遙遊》：「旬有五日而後反（返）。」也就是說：十五天以後再回來。《韓非子・初見秦》：「圍梁數旬。」「梁」是指魏國的都城。大意是：把魏國的都城包圍了幾十天。「十年」也可以稱為「旬」，如白居易〈偶吟自慰兼呈夢得〉：「且喜同年滿七旬。」所謂「七旬」就是「七十歲」。不過，今語所說的「我比你大兩旬」，可不是「我比你大二十歲」的意思，而是說「我比你大二十四歲」。這是指每十二屬相循環一次為一旬。「旬」字還可以由「周遍」義引申為「周」，如「旬月」就是滿一月；「旬年」就是一周年（或滿十年）；「旬歲」就是一周歲或一周年。

這是「參商不相見」的「參」字，本為象形字。①是甲骨文的形體，下部為人形，人上有三顆星，表示參星高照。②是金文的形體。星的左下方有「彡」，表示星的光芒。朱芳圃說：「參象參宿三星在人頭上，光芒下射之形。」③為小篆的形體，與金文相似。④為楷書繁體字。⑤為簡化字。

《說文》：「參商，星也。」「參」字的本義為星名，讀作ㄕㄣ，如《詩經・召南・小星》：「維參與昴（ㄇㄠˇ）。」「參」與「昴」都是星宿名。「參商」是指參星與商星，這兩個星宿出現在天空的時間迥別，一出一沒，所以常用「參商」來比喻人們相隔兩地不能見面，如曹植〈與吳季重逢〉：「面有逸景之速，別有參商之闊。」意思是：見面像飛奔的光陰那樣快，離別又像參星與商星那樣遙遠。

「參」字是個多音多義字，讀ㄙㄢ時即當「三」用，如《商君書・賞刑》：「此臣所謂參教也。」「三教」指賞、刑、教三事。又能引申爲「三分」，如《左傳・隱公元年》：「大都不過參國之一。」意思是：大都的城牆不能超過國都城牆的三分之一。讀ㄘㄢ時，爲「參與」、「參加」義，如《漢書・趙充國傳》：「朝廷每有大議，常與參兵謀。」當「參」字讀ㄘㄣ時，常與「差」組成「參差（ㄘ）」一詞，表示長短不齊的樣子，如《詩經・周南・關雎》：「參差荇菜（一種水生植物），左右采之。」「參」字讀ㄕㄣ時，除用於星名外，還用於植物名，如人參、丹參、黨參、玄參。

① ② ③ ④

這是「日昃近黃昏」的「昃」字，讀作ㄗㄜˋ，本爲會意字。甲骨文①像「日」在「人」側，表示太陽西斜了。②是金文的形體，「日」在「人」的右側。③是小篆的形體，外部又增加「厂」，表示旁有山崖。④爲楷書的寫法，日移於崖上。

《說文》：「昃，日在西方時側也。」「昃」的本義是「太陽西斜」，如《易・豐》：「日中則昃，月盈則食（蝕）。」意思是說：太陽升到正中就要西斜，月圓以後就要虧了。謝混〈遊西池〉：「景昃鳴禽集。」「景」爲日光。這是說：日光偏西了，鳴鳥就要集巢了。

古籍中常見到「中昃」、「下昃」。所謂「中昃」即指未時，在下午一時至三時；「下昃」即指申時，在下午三時至五時。李白〈君子有所思行〉：「太陽移中昃。」也就是說：太陽移於未時（已經是下午了）。

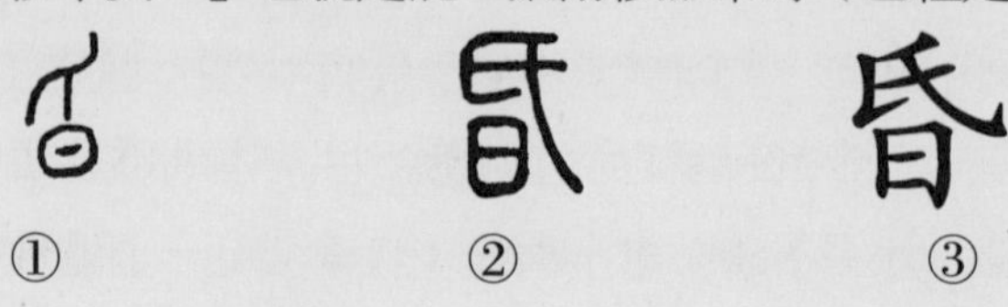
① ② ③

「日月有恆昏，雨露未嘗晞。」這個「昏」字原爲會意字。甲骨文①的上部爲人形，其下爲「日」，太陽降至人手以下，表示黃昏時分。這與「月」在人的腋下爲「夜」是同樣的道理。②是小篆的形體，原來的「人」形訛變爲「氏」。③是楷書的寫法。

《說文》：「昏，日冥也。」這是對的。「昏」字的本義爲「傍晚」，如《詩經・陳風・東門之楊》：「昏以爲期，明星煌煌。」大意是：約定黃昏人相見，等到明星照滿天。由此又可以引申爲「昏黑」，如杜甫〈茅屋爲秋風所破歌〉：「秋天漠漠向昏黑。」從「昏黑」又可以引申爲「模糊」，如韓愈〈與崔群書〉：「目視昏花，尋常間便不分人顏色。」

「昏」字還可以作「婚」的通假字，如《詩經・邶風・谷風》：「宴爾新昏，不我屑以。」大意是，你們安樂新婚，對我冷淡不理睬。「昏」還可以作「暋（ㄇㄧㄣˇ）」的通假字，作「盡力」解，如《尚書・盤庚上》：「惰農自安，不昏作勞。」不過這裡的「昏」字必須讀作ㄇㄧㄣˇ。

① ② ③ ④

「夫功者，難成而易敗；時者，難得而易失也。」這個「易」字本爲象形字。①是甲骨文的形體，就像頭朝上的一條「蜥蜴」的象形字。②是金文的形體，更像蜥蜴的樣子了。③是小篆的形體，與金文相似。④爲楷書的寫法。

《說文》：「易，晰易，蝘蜓，守宮也。」許慎之說可信。當「易」被假借爲「改變」義之後，那麼當「蜥蜴」講的「易」就寫作「蜴」了。後世「易」字均用其假借義。首先，「易」被假借爲「交換」義，如《荀子・正名》：「以一易一，……無得亦無喪也。」大意是：用一個換一個，……沒有多得也沒有喪失。《鹽鐵論・本議》：「農商工師，各得所欲，交易而退。」現在所謂「交易」、「貿易」也有「交換」、「互通有無」之意。由「交換」引申爲「改變」，如《漢書・賈誼傳》：「易服色制度。」《荀子・樂論》：「移風易俗。」「易」字還可以當「容易」講，如《史記・淮陰侯列傳》：「難得而易失之。」

請注意：《荀子・富國》中「至於疆易」裏的「易」是「埸」（ㄧˋ）字的通假字，當「邊界」講。「易」與「昜」形體近似，容易混淆；作偏旁用時，也不能寫成「昜」。

①　②　③　④

從甲骨文①的形體看，上部是「日」，下面是乾肉之形，表示在日下曬乾肉。而曬乾肉非一日之功，時間長久就可以引申爲「往昔」之意。②是金文的形體，與甲骨文的形體正相反。小篆③是從金文變來的，只是其上部的乾肉之形發生了僞變。④是楷書的寫法，完全走樣了。

「昔」字從曬乾肉這個本義就可以引申爲「從前」的意思，如《鹽鐵論・非鞅》：「昔商君相秦也。」即從前商鞅爲秦國的相。當我們讀《莊子・天運》時，會見到「通昔不寐」的話，這裡的「昔」字實際上是「夜」的意思，也就是說「通夜不能入眠」。有時「昔昔」連用，則與「夕」通，如《列子・周穆王》：「昔昔夢爲人僕。」也就是「夜夜夢見當人家的僕人」的意思。不過今天我們都是用其「往昔」義，如「今昔對比」、「憶往昔」等。

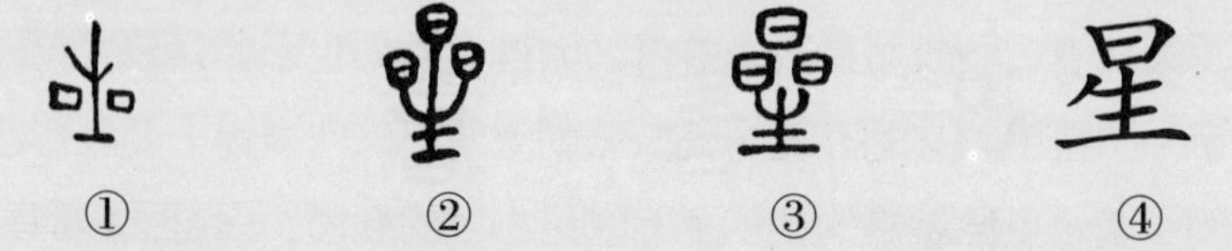

①　②　③　④

「星星點點撒夜空」的「星星」，也正如甲骨文①左右兩個小方塊。金文②上部的三個「日」字，更是夜空繁星的形象。甲骨文中間像小樹苗的部分和金文除去三個「日」的部分就是「生」字。③是小篆的形體，與金文的形體相似。到了楷書④則去掉了兩個「日」，寫爲「星」。

▲星相圖，漢畫像磚。

「星」字的本義就是天上的星星，如《荀子・天論》：「列星隨旋，日月遞炤。」就是說：群星運轉，日月交替著照耀。所謂「星馳」，是表明飛快之意，猶如流星奔馳。

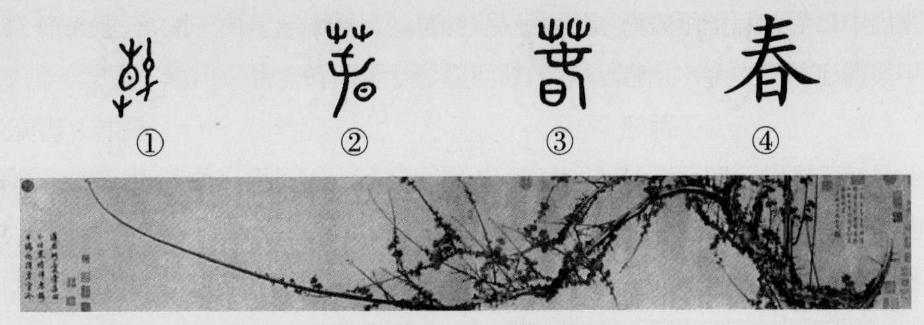
①　②　③　④

▲春消息，（元）郭復雷作。

這個「春光明媚」的「春」字是一個會意兼形聲的字。從甲骨文①看，說它是會意：其左邊的上、下兩部分都是草，中間是「日」，眞可謂旭日東昇，綠草萌發，大地回春了。說它是形聲：其左是形，「日」在春「草」中，表意；其右是聲符「屯」（「十」字木架上面纏了一團線，也就是「純」字的初文）。金文②的位置發生了較大的變化，把聲符「屯」移到了中間。小篆③也基本上同於金文，只是「屯」的曲筆朝右拐。④是楷書的寫法，「草」和「屯」發生了較大的僞變，成了「𡗗」，根本看不出原義了。

「春」字的本義就是「春季」，如《荀子．王制》：「春耕、夏耘、秋收、冬藏，四者不失時，故五穀不絕。」至於高適的詩中所說的：「一臥東山三十春。」（〈人日寄杜二拾遺〉）這裡的「三十春」，不是單指三十個春季，實際是說三十年。

「春情」一詞，多指春日的情景，如李群玉〈感春詩〉：「春情不可狀，豔豔令人醉。」就是說：春日的情景難以形容，嬌豔的景色令人心醉。可是「遊步散春情」中的「春情」，是指男女互相愛戀之情。

再者，「春秋」一詞常指「一年四季」或「史書」；不過有時卻指「年齡」，如張孝祥〈水調歌頭——和龐佑父〉詞中所說的「富春秋」，那就是「很年輕」的意思。

請注意：「春」與「舂」的形、音、義均不相同。「舂」讀爲ㄔㄨㄥ（充），下部是個「臼」字，是「舂米」的意思。這兩個字形體相似，必須加以嚴格區別。

① ② ③ ④

這個「昶」字讀作ㄔㄤˇ，本爲會意字。①是金文的形體，其左是波濤洶湧的河流，右上角是個太陽，表示日長。②是金文的另一種形體，「日」移於河流的左上角，意義未變。③是小篆的形體，與金文相似。④爲楷書的寫法。

《說文》：「昶，日長也。從日永，會意。」《玉篇》也說，「昶」爲「日長」義。由「日長」義又可以引申爲「通暢」、「通達」，如陸機〈五等論〉：「天網自昶。」「天網」就是「國法」。這是說：國法自然通暢。嵇康〈琴賦〉中的「和昶」也爲「暢通」義。

① ② ③ ④

「軍功卓著，其名顯揚。」這個「顯」字本爲會意字。①是金文的形體。右邊是一個面朝左站立的人，左上爲「日」，左下爲「絲」，這就像人在日下曝絲的形狀。②是小篆的形體，與金文的結構基本相同。③是楷書的繁體字。④爲簡化字。

《說文》：「顯，頭明飾也。」所謂「頭明飾」，也就是頭上所戴的妝飾品。其實，這並不是「顯」字的本義。從字形看，其本義應爲夏日之下「曬絲」。「曬絲」必然顯露於太陽之下，有「顯露」義。由「顯露」引申爲「顯揚」，如《漢書・李廣傳》中的「顯名」，也就是「顯揚名聲」的意思。著名的學說、學派就可以稱爲「顯學」，如《韓非子・顯學》：「世之顯學，儒、墨也。」就是說：世上的著名學派，是儒家和墨家。

「顯」有「尊敬」義，所以舊時對先人的敬稱可以稱「皇」，也可以稱「顯」。對死去的父親稱「顯考」，對死去的母親稱「顯妣」。

① ② ③ ④ ⑤

這個「晉」字是個會意字。甲骨文①上爲兩矢，下爲「日」，實爲一器物，好像兩矢插進器中之形。②是金文的形體，下部更像器形。③是小篆的寫法，與甲骨文相似。④是楷書繁體字的寫法。⑤爲簡化字。

《說文》：「晉，進也。日出萬物進。」其實「晉」的本義應爲「箭」，箭插入器中，可以引申爲「插」義，如《周禮・春官・典瑞》：「王晉大圭。」也就是說：大王插大圭。當「插」講的「晉」，後世都寫作「搢」，如《商君書・賞刑》：「搢笏（ㄏㄨˋ）。」「笏」是古代大臣上朝時手裡所拿的手板。又可引申爲「進」義，如班固〈幽通賦〉：「盍孟晉以迨（ㄉㄞˋ）群兮。」「孟」爲「勉勵」義，「迨」爲「趕上」義。原話的意思是：爲什麼不勉勵上進而趕上大家呢？現在還說升級爲「晉級」。

我們看甲骨文①的形體，大概能得知其義，中間是個「日」（太陽），周圍是個光圈。小篆②只保留了「日」字，而它的下部則加了個「軍」字表示讀音，這就成了從「日」、「軍」聲的形聲字了。③是楷書的形體，是直接由小篆變來的。④是簡化字。

「暈」的本義是指日暈、月暈，如《韓非子・備內》：「日月暈圍於外。」也就是說：日月的周圍有一個模糊的大圓圈。凡出現這種現象，天氣往往要發生變化，或颳風或下雨。因「暈」有模糊不清之意，這就引申爲「人的眼花、昏眩」義，如姚合〈閒居〉中有「眼暈放書多」的話。我們現在所說的頭暈、暈車、暈船等都是從「暈」字的本義來的。

「置酒望白雲，商飆起寒梧。」這個「商」字原爲會意字。①是甲骨文的形體，下部是祭祀時所設的靈台，其上置薪，焚燒而祭天。這是殷商人的習慣。②是金文的形體，下面增加了一個「口」。③是籀文的形體，中間又增加了兩個「星」形，象徵大火之星，即爲商星（星名）。④是小篆的形體，省去星形。⑤爲楷書的寫法。

《說文》：「商，從外知內也。」此說不妥。「商」字的本義爲「焚柴祭天」，後則引申爲星名，如曹植〈與吳季重書〉：「別有參（ㄕㄣ）商之闊。」「參商」即指參星與商星。這是說：分別後就像參星和商星一樣相距遙遠。商星極紅，古代也稱爲「大火」，這是商朝人所崇尚的，因此也就以「商」名其部族，繼而又名其朝代。至於當「商人」講，那是假借義，如《史記・蘇秦列傳》：「力工商。」即努力從事工商之業。

請注意：在古代「商」與「賈（ㄍㄨˇ）」是有區別的。靠運輸奔走販賣貨物的稱商，靠囤積營利的稱爲「賈」。所以習慣上也就概括爲「行商坐賈」了。後來「商賈」連用，即泛指商人了。

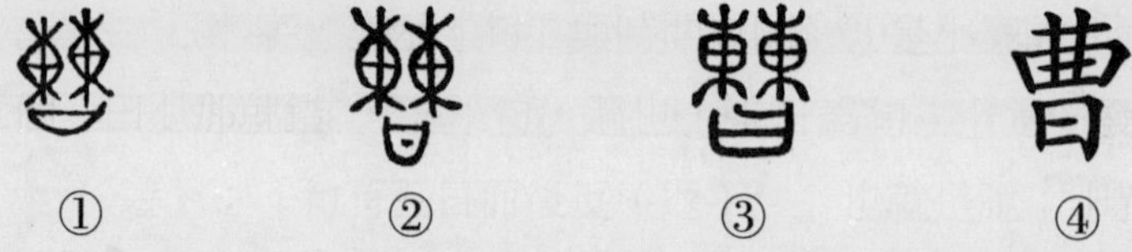

①　②　③　④

「爾曹身與名俱滅，不廢江河萬古流。」這個「曹」字實爲會意字。①是甲骨文。上部是兩個「東」，下部是一個「口」。「東」本爲大口袋形。口袋本身就有「多」義，更何況二「東」了。（其下部之「口」，在甲骨文中常常無義。）所以「曹」有「偶」、「輩」、「群」的意思。②是金文的形體，與甲骨文基本相似，只是將下部的「口」換成「日」（從「口」和從「日」相同，上古字例習見）。③是小篆的寫法，近似於金文。④是楷書，簡化了許多。

《說文》：「曹，獄之兩曹也。」許慎所說的「兩曹」（或作「兩造」，古代「曹」與「造」通假），是專指獄訟之事的原告與被告，這並不是本義。其實「曹」字的本義應爲「對」或「雙」，比如宋玉〈招魂〉：「分曹並進。」這是說：一對對地並進。由「對」又可引申爲「群」，如杜甫〈曲江〉：「哀鳴獨叫求其曹。」「求其曹」也就是「求其群」的意思。由「群」又能引申爲「輩」，如杜甫〈春水生〉：「吾與汝曹俱眼明。」「汝曹」就是「你們這一輩」的意思。由「群」又可引申爲「類」，如古時分科辦事的官署也稱爲「曹」，如《後漢書・百官志》：「分爲四曹。」也就是分爲四科的意思。

①　②　③

這是「亮晶晶」的「晶」字。甲骨文①的形體是三個太陽堆在一起。本來一個太陽就夠亮的了，那麼三個太陽就更亮了，所以《說文解字》說：「晶，晶光也，從三日。」這種三個同樣的字所組成的會意字，就叫「同體會意字」。小篆②和楷書③也是三個「日」字。所以「晶」字的本義是「光亮晶瑩」的意思。

「晶」也有「明淨」之意，如宋之問〈明河篇〉：「八月涼風天氣晶，萬里無雲河漢明。」古人也常以「晶晶」連用，表示明亮的樣子，如歐陽詹〈秋月賦〉：「皎皎搖搖，晶晶盈盈。」

請注意：「晶」字是三個「日」組成的，如果寫成三個「曰」那就錯了。

①　②　③　④

「似曾相識燕歸來。」這個「曾」字本為象形字。①是甲骨文的形體，像古代蒸食的炊器。②是金文的形體，更像炊器。上為蓋，中為腹，下面還加了底，做飯用。③是小篆的形體，與金文相似。④是楷書的寫法。

《說文》：「曾，詞之舒也。」此說不妥。「曾」為「甑（ㄗㄥˋ）」的本字，是一種炊器。當「曾」字被借作虛詞之後，在炊器的意義上就寫作「甑」了，如《漢書・范冉傳》：「甑塵釜魚。」就是說：甑中落下了很厚的塵土，釜中能夠養魚了。這是形容貧苦人家斷炊已久。

「曾」當「乃」、「竟」講，如《詩經・衛風・河廣》：「誰謂河廣？曾不容刀！」「刀」本作「舠」，小船。大意是：誰說黃河寬又寬？竟容不下一條小船。「曾」還可作副詞用，表示加強語氣，如《列子・湯問》：「曾不若孀妻弱子。」大意是：連那寡婦和小孩子都不如。不過這裡的「曾」應讀作ㄘㄥˊ。「曾」也有「曾經」義，如李白〈猛虎行〉：「蕭何曾作沛中吏。」這是說：蕭何曾經作過沛縣的官。

請注意：杜甫〈望嶽〉「蕩胸生曾雲」中的「曾」，卻是「層」字的通假字，表示重疊義。

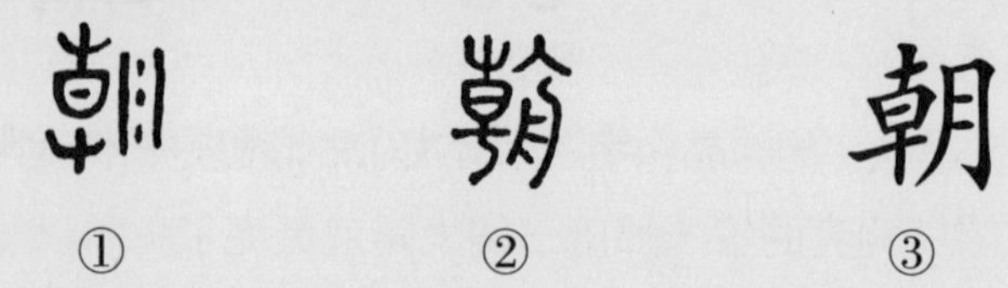

① ② ③

這是「朝辭白帝彩雲間」的「朝」字。在金文①的左邊，上下部都是「草」，中間是個太陽，右邊是水，本義是太陽從地面（草地）上升起時，潮水上漲了。所以「朝」的本義是早晨，是個會意字。後來因爲「朝」字右邊僞變成「月」，根本看不出水的樣子，所以在「朝」字的左邊又增加了三點水，寫作「潮」，自此以後「朝」字再不當「潮」字用了。小篆②的形體發生了僞變，其左邊的上部和中部還與金文類似，可是下部卻變得不像「草」的形狀了。右邊的「水」形卻錯變爲上「人」下「舟」。③是楷書的形體，其左倒與金文有些類似，而右邊卻是從金文的「水」旁僞變爲「月」旁，書寫方便多了。

「朝」字的本義是「早晨」。因在早朝時君王要升堂理政，所以就稱爲上朝（ㄔㄠˊ巢），這樣，又引申出「朝廷」、「朝代」等等。請注意：在上古「朝」和「覲」（ㄐㄧㄣˋ近）的詞義是不同的：諸侯在春季朝見天子稱「朝」，秋季朝見天子稱「覲」，後來就不管春季還是秋季，都可稱爲「朝」。再到後世，子見父母也可以叫「朝」了。

另外，如果我們在古書中見到「朝那」這一地名時，這裡的「朝」字不能讀爲ㄓㄠ或ㄔㄠˊ，必須讀ㄓㄨ（朱）。「朝那縣」是西漢時的縣名，在今甘肅省平涼市的西北。

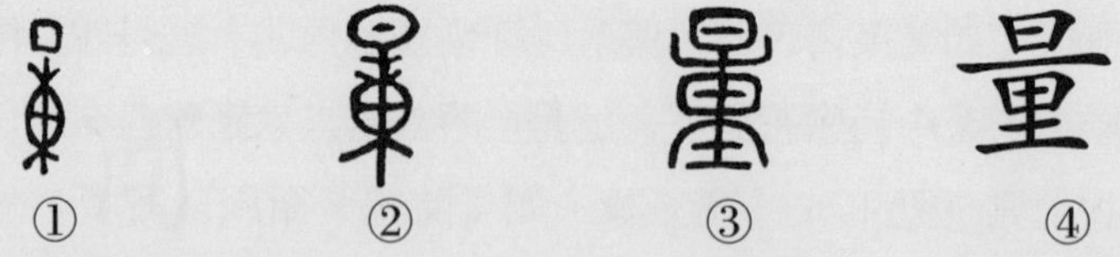

① ② ③ ④

這是「量體裁衣」的「量」字，是一個會意字。甲骨文①的上部爲「日」形，下部爲「東」。于省吾先生認爲：這是「露天從事量度之義」。②是金文形體，上部爲「日」形，下部爲「重」的初文。③是小篆的寫法。④爲楷書寫法。

《說文》：「量，稱輕重也。」「量」字的本義是「衡量」，如《韓非子・有度》：「使法量功，不自度也。」由「衡量」又可引申爲「量器」，如《漢書・律曆志上》：「量者……所以量多少也。」又：「斗者，聚升之量也。」由名詞又能引申爲動詞「丈量」、「測量」，如《莊子・胠篋》：「爲之斗斛以量之。」不過這裡的量必須讀爲ㄌㄧㄤˊ，而不能讀作ㄌㄧㄤˋ。

「量」的遠引申義爲「氣量」，含有「抱負」的意思，如《三國志・蜀書・諸葛亮傳》：「劉備以亮有殊量，乃三顧亮於茅廬之中。」大意爲：劉備認爲諸葛亮有不平常的抱負，於是就到諸葛亮的草屋中探望三次。

①　　②

這是「一暴十寒」的「暴」字，本爲會意字。①是小篆的形體，表示日出雙手撥米而曬之。②是楷書的寫法。

《說文》：「暴，晞也。」可見「暴」字正是「曝」的古字，其本義爲「曬」，如《漢書・王吉傳》中所說的「暴炙」，也就是「曬烤」之義。到了後世，在「曬」的意義上均寫作「曝」，應讀作ㄆㄨˋ。

凡是曬就必須露於外，所以可以引申爲「顯露」，如司馬遷〈報任安書〉：「功亦足以暴於天下矣。」猛烈而又緊急也可稱「暴」，如《管子・小問》：「飄風暴雨爲民害。」

在古籍中常有「暴虎」一詞，見於《論語》、《詩經》等書，若解釋爲「殘暴的老虎」那就錯了。其實，「暴虎」爲「無車徒步搏虎」之義。

曰　部

①　　②　　③　　④

這是「子曰詩云」的「曰」字。甲骨文①的下部是「口」，上面的一橫表示說話時從口中出來的氣。（也有人說，一橫是代表說話時發出的聲音。）金文②的形體與甲骨文相似。小篆③的形體同於金文。④是楷書的形體。

「曰」的本義就是「說」，如《孫子兵法·計篇》：「孫子曰：『兵者國之大事』。」這裡的「孫子曰」就是「孫子說」。從「說」這個本義又可引申爲「叫做」，如馬融〈長笛賦〉：「定名曰笛。」即定名叫做「笛」。

此外，「曰」字還可以當語氣詞用於句首，如《詩經·秦風·渭陽》：「我送舅氏，曰至渭陽。」也可用於句中，如《詩經·豳風·東山》：「我東曰歸，我心西悲。」上面兩句中的「曰」字都是語氣詞，充數而已。

「曰」與「謂」都是表示「說」的意思，後面都有所說的話，但兩者有明顯的區別：「曰」字與後面所說的話緊密相連，而「謂」字則不與後面所說的話緊密相連。另外，「曰」字可以作句首或句中語氣詞用，而「謂」字卻不能這樣用。

「曰」字是個部首字。在漢字中凡是由「曰」字所組成的字大都與說話有關，如「曷」、「曶」（ㄏㄨ忽）、「沓」等字。

「讀萬卷書，行萬里路。」這個「書」字原爲象形字。甲骨文①的上部是「聿（筆）」，也就是手執筆的形象。下部的「口」表示書寫之物。②是金文的形體，上部仍爲「聿」字，下部變成了「者」字，這就成爲「從聿，者聲」的形聲字了。③是小篆的寫法，與金文基本相似。④爲楷書繁體字。⑤爲草書楷化的簡化字。

《說文》：「書，箸（著）也。」「書」的本義即爲「著寫」，如《史記·孫臏傳》：「斫（ㄓㄨㄛˊ）大樹白而書之曰：龐涓死於此樹下。」大意是：砍掉大樹的外皮，在其白處寫道：龐涓就要在這棵樹下死掉。由「寫」又可以引申爲「文字」，如「書畫並佳」等。由「寫」還可以引申爲被寫的對象「書籍」，如杜甫詩：「讀書破萬卷，下筆有如神。」另外，由「寫」還可以引申為「書信」，如杜甫詩：「烽火連三月，家書抵萬金。」

請注意：「書記」一詞古今都用，但詞義不同。比如《後漢書・仲長統傳》：「少好學，博涉書記。」這裡的「書記」是指「書籍」。《新唐書・高適傳》：「掌書記。」這裡的「書記」是指舊時官府中「主管文書工作的人」。

① ② ③ ④

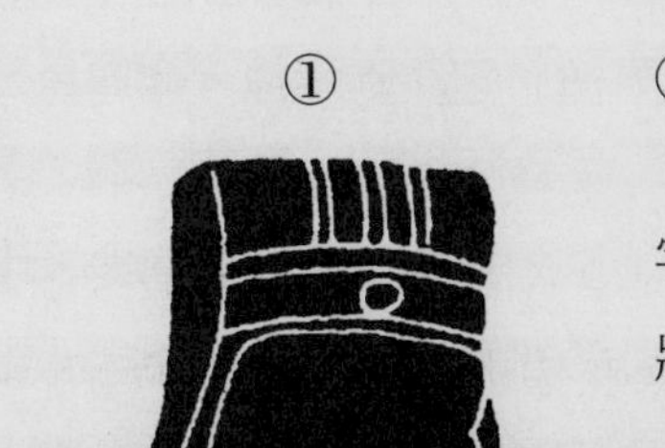

▲古代帽飾之一——進賢冠。

這是「冠冕堂皇」的「冕」字，本為會意字。①是金文的形體，上部是個大帽子的形狀，其內為「目」，代表人頭。這就表示人頭上有帽子。②也是一種金文的形體，其下部是面朝左側立的「人」，上部是一頂大帽子。其實，①②就是「免」字，本來就當「帽子」講。可是到了小篆③，則又在其上增加了一頂大帽子。④是楷書的形體。

《說文》：「冕，大夫以上冠也。」這是說：冕，是大夫以上的貴族所戴的禮帽。《左傳・哀公十五年》：「服冕乘軒。」這是說：穿著大夫的衣服，戴著大夫的禮帽，乘坐高級車子。後來又特指「帝王的禮帽」，如「加冕典禮」。

在古代冠、冕、巾、弁（ㄅㄧㄢˋ）、帽的含義是有明顯區別的。「冠」是帽子的總稱，如《楚辭・漁父》：「新沐（洗頭）者必彈冠。」這是說：剛洗過頭的人，必先撣一撣帽子（再戴上）；而「冕」是指帝王、諸侯、卿、大夫所戴的禮帽；「巾」是指紮在頭上的織品，如李白〈嘲魯儒〉：「首戴方山巾。」「弁」是皮革帽子，如《左傳・襄公二十五年》：「不說（脫）弁……」就是說：不脫掉皮帽子……

請注意：「冕」字的上部不是「日」而是「曰」，如「冒」、「冔（ㄒㄩˇ，殷代冠名）」，均屬於「曰」部，是指各種帽子。

止部

這個「止」字是個象形字。甲骨文①多像一隻腳啊！腳趾朝左，腳後跟朝右。②是金文形體，③是小篆形體，這兩種形體非常類似。④是楷書的寫法，由小篆直接變來。

「止」的本義就是腳，如《漢書・刑法志》：「斬左止。」將一個人的左腳砍掉，是多麼殘酷的一種刑罰。後來在「止」的左邊加了「足」旁，這就產生一個左形（足）右聲（止）的新形聲字「趾」了，所以「趾」就代表腳。

因爲「止」本來指「腳」，那麼「停止」義與腳有關（即「腳不前行」爲「止」），所以「止」又引申爲「停止」義，如《韓非子・難勢》：「令則行，禁者止。」棲息就有「停止」義，如《詩經・秦風・黃鳥》：「交交黃鳥，止于桑。」「交交」是鳥叫的聲音。這句詩的意思是：交交而鳴的黃鳥，棲息在桑樹之上。「止可以一宿，而不可久處。」（《莊子・天運》）這裡面的「止」字實爲「只」的假借字，當「僅僅」或「只是」講，作副詞用。上面這兩句話的意思是：只可以住一夜，而不可以長久住下去。

請注意：在《詩經》中，「止」字還可以當語氣詞用，如「景行止」。所謂「景行」就是大道。這句是說：在大道上行走啊！「止」字當語氣詞「啊」講，這種用法在後世的詩文中幾乎沒有了。

「止」字是個部首字。在漢字中凡由「止」字所組成的字大都與「腳」有關，如「出」、「此」、「步」、「陟（ㄓˋ至）」等。

這是個「之」字。甲骨文①的下部一條橫線表示這個地方，上部是一隻腳趾朝上的腳，表示「從這裡出發」的意思。所以「之」字的本義是「往」的意思。②是金文的形體。③是小篆的形體，大致都與甲骨文的形體相似。④是楷書的形體，它是由小篆蛻變而來的。

「之」字的本義是「往」或「到」，如《漢書・高帝紀》：「十一月，沛公引兵之薛。」意思是：十一月，劉邦帶領軍隊到薛地去。由於「往」什麼地方去，總是先有個出發地，而這個出發地則爲「這」、「此」，所以「之」也當指代詞「這」、「此」講，如《詩經・周南・桃夭》：「之子于歸。」就是說：這個女子出嫁。至於「之」當結構助詞用時，那是假借字的問題，與其本義毫無關係，相當於現代漢語的「的」字，如《詩經・召南・羔羊》：「羔羊之皮。」也就是說「羔羊的皮」。

①　②　③　④

「東邊日出西邊雨，道是無晴卻有晴。」這是劉禹錫的兩句名詩。「日出」的「出」字，是個會意字。甲骨文①的下部是一條上彎的曲線，表示這是一個門口或土坑口，上部是一隻腳趾朝上的腳，表示一隻腳從門口或土坑口走出的樣子。金文②也是這個意思，只不過那個門口或土坑口偏到右邊了。小篆③發生了僞變，腳像個「山」字形，下面的門口或土坑口則仍能看出個大概。楷書④則變成了兩個「山」字的重疊形。

「出」字的本義是「出去」，後引申爲「發出」義，如《商君書・更法》：「於是遂出墾草令。」即爲「發出開墾荒地的命令」。又能引申爲「產生」義，如《荀子・勸學》：「肉腐出蟲。」但是，蘇軾的〈後赤壁賦〉：「山高月小，水落石出。」這個「出」字是「出現」或「顯露」的意思。

①　②　③　④　⑤

這是「朝發夕至」的「發」字，本爲會意字。甲骨文①左下方是一隻左手，手中執一長棒，棒的左右是兩隻腳，這是執棒前進的意思。②是金文的形體，又在其左側增加了一張「弓」，持武器前進之意更加明顯。③

為小篆的形體，「弓」已移到兩腳之內，同時又將「手持棒」的形體變為「殳（ㄕㄨ）」（「殳」也為古代的一種武器），仍為持武器出發之意。④是楷書的形體。⑤為簡化字。

《說文》：「發，射發也。」這不對。「發」字的本義是「出發」，如白居易〈長恨歌〉：「六軍不發無奈何。」再如《戰國策・齊策一》：「王何不發將而擊之？」由「出發」義又可以引申為「發射」，如《史記・孫臏傳》：「暮見火舉而俱發。」就是說：夜間見到點燃了火把後，便一齊射箭。從「發射」又可以引申為「發射的數量」，成為量詞了，如《漢書・匈奴傳》：「弓一張，矢四發。」「矢四發」也正是箭四枝的意思，如今天還說十發子彈、五發砲彈。

請注意：《詩經・衛風・碩人》：「鱣（ㄓㄢ）鮪（ㄨㄟˇ）發發。」大意是：鱣魚、鮪魚跳躍著潑潑作響。「發發」在這裡作象聲詞用時，應讀作ㄅㄛㄅㄛ。

① ② ③ ④

這個「疋」字讀作ㄕㄨ，本為象形字。甲骨文①就像一條小腿下連其足。「疋」與「足」，最初當是一個字。②是古璽文的形體，其下從「止」，詞義未變。③是小篆的寫法。④為楷書的形體。

《說文》：「疋，足也。上象腓腸，下從止。」許慎認為「上象腓腸」，不妥。從甲骨文形體看，像小腿連接膝蓋，比「足」的詞義範圍大得多。到了後世，該字的本義漸漸消失，而為「足」字所代替。

「疋」字是個多音多義字。除了讀ㄕㄨ以外，還讀ㄧㄚ，《詩經》中的《大雅》、《小雅》有時就寫作《大疋》、《小疋》，《爾雅》也可寫作《爾疋》。當「疋」字讀ㄆㄧˇ時，那就是「匹」字的異體字。「三匹布」，從前均寫作「三疋布」。後來大陸在廢除異體字時，將「疋」字廢除了，現在均寫作「匹」。

這個「此」字是個會意字。甲骨文①的左邊是一隻腳趾（止）朝上的腳，右邊站著一個面朝右的人，這就表明人站的地方稱爲「此」。金文②的形體與甲骨文相同，只是把甲骨文的空心腳變成了粗壯的腳。③是小篆的形體，變得腳也不像腳，人也不像人了。④是楷書的寫法。

「此」字的本義是指「人站的地方」。從這個意義又可以引申爲指示代詞「這」，與「彼」或「那」相對而言，如《禮記‧禮運》：「此之謂大同。」意思是：這個就叫做大同。在庾信的〈哀江南賦〉中有這樣一句話：「天何爲而此醉。」這裡的「此」字必須解釋爲「這樣」。這句話的原意是：天爲什麼這樣醉呢？

這是「漫步春芳庭」的「步」字，是個會意字。甲骨文①的上部是一隻腳趾朝上的左腳，下部是一隻腳趾朝上的右腳。左右腳向前走動就叫做「步」。②是金文的形體，是兩隻腳趾朝上的大黑腳。③是小篆的形體，是正反兩個「止」，表示前進的左右兩隻腳。④是楷書的形體，其上部的「止」字還在，其下的「止」完全失去腳的樣子了。

「步」字的本義是「行走」，如《戰國策‧趙策四》：「乃自強步。」意思是：於是自己勉強走路（散步）。再者，古代抬腳兩次爲一步，如：「不積跬（傀）步，無以至千里。」（《荀子‧勸學》）所謂「跬步」就是古代的半步，相當於現在的一步。這兩句話的大意是：不是半步半步地積累，就無法達到千里之外。至於「步」字作長度單位使用，也是從行走時兩足之間的距離引申出來的，如：周代的步最大，八尺爲一步；秦代稍小，以六尺爲一步。

我們讀任昉《述異記》時，會見到這樣的話：「吳江中又有魚步、龜步，湘中有靈妃步。」這個魚步、龜步、靈妃步是什麼意思呢？其實這些「步」字都是「埠」字的假借字，指水邊停船的碼頭。

請注意：有不少人把「步」字的下面錯寫爲「少」，右側多了一個點。

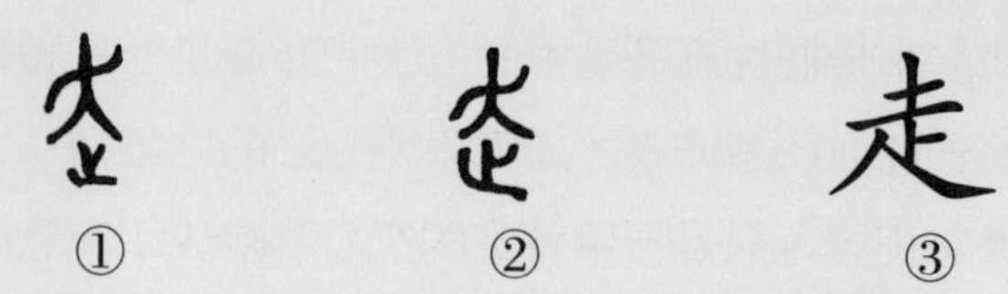

①　②　③

杜甫的〈石壕吏〉詩：「老翁逾牆走，老婦出門看。」是說老翁跳出牆去慢慢地「走」了嗎？完全不是。你看金文①的上部是一個甩開兩臂的「人」形，下部是一隻大腳（止），在跑呢！所以在古代「走」就是「跑」的意思。②是小篆的形體，上部的人形還在，只是下部的「止」不像腳形了。③是楷書的形體。

▲奔跑的獵人，布須曼人岩畫。

「走」字的本義就是「跑」，如《孟子．梁惠王上》：「棄甲曳兵而走。」這是說：打了敗仗的軍隊，丟棄了鎧甲拖著兵器逃跑了。從「跑」又可以引申爲「奔向」，如《史記．蕭相國世家》：「諸將皆爭走金帛財物之府。」大意是：諸將都爭著奔向藏有金帛財物的倉庫。

古代的僕人侍奉主人是要小跑的，因此僕人也往往稱爲「牛馬走」，如司馬遷在〈報任安書〉中說：「太史公牛馬走司馬遷再拜言。」這裡「牛馬走」的意思是：像牛馬一樣爲主人服務的僕人。可見「牛馬走」就當「僕人」講。此後，僅一個「走」字就可以引申爲對自己的謙稱「我」，如張衡說：「走雖不敏。」（〈東京賦〉）這句話的意思是：我雖不靈敏。

請注意：「走」和「行」的古今詞義是不同的。古代的「走」是現代的「跑」，古代的「行」才是現代的「走」。

貝部

①　②　③　④　⑤

甲骨文①就像左右兩扇貝殼。金文②基本上像甲骨文的形狀，中間連在一起。可是到了小篆③就發生了僞變，根本看不出貝殼的樣子了。④是楷書形體，類似於小篆。⑤是簡化字，從楷書的行草體變來的，僅有四筆，書寫方便。

今天，「貝」並沒有什麼可珍貴的，但是在上古卻是一寶，可用作貨幣。許慎說，到了秦朝才「廢貝行錢」。

「貝」字是個部首字。在漢字中，凡是由「貝」所組成的字，大都與錢財或貴重義有關，如「財」、「貨」、「貫」、「貸」、「貿」、「賀」、「貴」、「賄」、「賂」、「贓」，「賃」、「賑」、「資」、「賦」、「齎」、「贍」等。

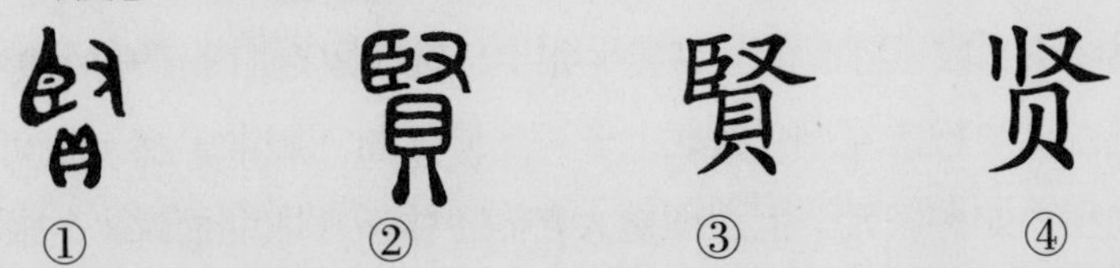
①　②　③　④

這是「賢能雲集」的「賢」字，本爲形聲字。①是金文的形體。其上部爲「臤」，表聲，下部爲「貝」，即財物，財物多爲「賢」。②是小篆的形體，與金文相似。③是楷書繁體字。④爲簡化字。

《說文》：「賢，多才也。」這裡是指「有道德有才能」，並不是本義，而是引申義，如《荀子・王制》：「尙賢使能。」這是說：崇尙和使用有道德、有才能的人。又可以引申爲「多」、「勝過」，如《戰國策・趙策四》：「老臣竊以爲媼之愛燕后賢於長安君。」大意是：我私下認爲您（趙太后）愛您的女兒（燕后）勝過愛您的兒子長安君。有才能的人稱「賢人」，所以舊時對他人的敬稱往往冠以「賢」字，如賢弟、賢侄、賢妻等。

請注意：「賢」字可作「艱」字的通假字，如《詩經・小雅・北山》：「我從事獨賢。」也就是說，惟獨我從事的勞動竟如此艱苦。

①　②　③　④　⑤

「寒風起，敗葉飛。」這個「敗」字是個會意字。甲骨文①的左邊是張開的兩扇貝，其右是一隻手拿了一條木棍之類的東西要打壞貝，這就是

「敗毀」之義。金文②反而複雜化了，比甲骨文多了一個「貝」，好像是說：破壞更多的貝，就敗壞得更嚴重。然而筆畫太繁了，小篆③把金文中的兩個貝減掉了一個，書寫方便。楷書④的形體是由小篆直接演變而來。⑤是簡化字。

「敗」字的本義是「破壞」，如：「法敗則國亂。」（《韓非子・難一》）這是說：法要是被破壞了，那麼國家就要大亂。從「破壞」或「毀壞」之義又可以引申爲「飲食之物變味變質」，如：「清醇（ㄔㄨㄣˊ純）之酎（ㄓㄡˋ宙），敗而不可飲。」（仲長統，《昌言・理亂》）意思是：純淨的好酒，若是變質而敗壞也是不能再喝的。由「敗壞」之義又能引申爲「衰落」或「凋殘」，如：衰敗、殘敗、敗葉、敗柳等等。由此又可以引申爲「輸」或「打敗仗」等義，如：「敵衆敗走」、「一敗塗地」等。

在古書中經常見到「敗北」一詞，除了當「戰敗」講，也可以指在競賽中失利，如柳宗元〈上大理崔大卿啓〉中有「敗北而歸」的話，也就是失利而歸的意思。不過請注意：這個「敗北」中的「北」字不可讀ㄅㄟˇ，而必須讀作ㄅㄛˊ（薄）。

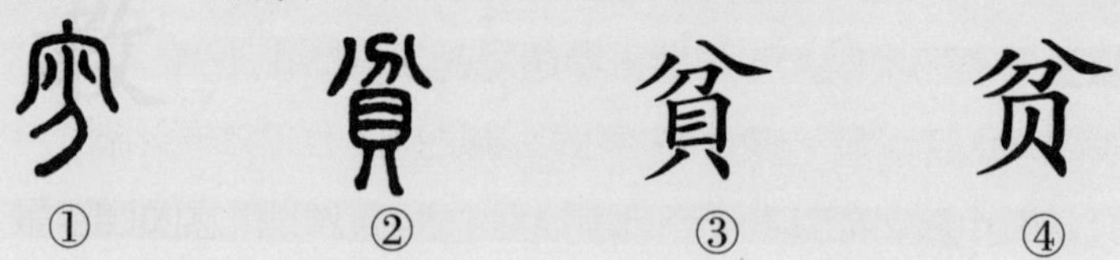

「富貴不能淫，貧賤不能移。」這個「貧」字是會意兼形聲的字。①是《說文》中古文的形體，其外爲大屋之形，其內爲「分」，分什麼？什麼也沒有，故爲「貧」。商承祚先生認爲：「去貝則貧，此存分之意，而取無貝之實也。」②是小篆的形體，變成形聲字。其上爲「分」，表聲；其下爲「貝」，表形。③是楷書繁體字。④爲簡化字。

《說文》：「貧，財分少也。從貝分，分亦聲。」許愼的說法是正確的。「貧」的本義即爲「貧窮」，如《商君書・去強》：「國富而貧治，曰重富。重富者強。」大意是：國家已經很富了，卻要當貧國來治理，這就會富上加富。只有富上加富的國家才會強盛。由「貧窮」又可以引申爲「缺少」，如劉勰《文心雕龍・練字》：「富於萬篇，而貧於一字。」這是說：雖然能寫就一萬篇好文章，但有時也會缺少一個很恰當的字眼。

請注意：「貧瘠」一詞多指土地不肥沃，但古代有時也指「貧窮的人」，如《新唐書・李大亮傳》：「大亮招亡散，撫貧瘠。」也就是說：李大亮招回流散的人，撫恤貧窮的人。

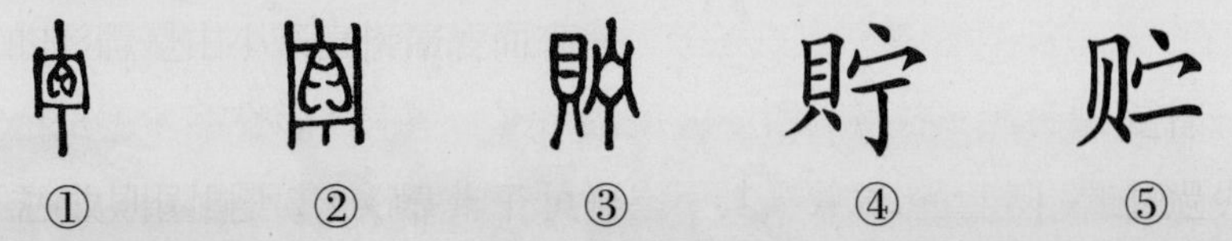

①　②　③　④　⑤

從甲骨文①的形體看，外部像是匣櫝一類的容器，其內裝有「貝」，這就有貯（ㄓㄨˋ柱）藏之意。金文②的形體與甲骨文類似，只是其中的「貝」寫得更複雜一些。小篆③把「貝」移於匣櫝之外，變成左形右聲的形聲字了。④是楷書的寫法，直接由小篆楷化而來。⑤是簡化字。

「貯」字在古代詞義較爲單純，就當「貯藏」講，如賈誼〈積貯疏〉：「夫積貯者，天下之大命也。」這是說貯藏財物與糧食，是天下最重要的事情。這個「貯」字有時也可代「佇」字，是「久立」或「等候」的意思。

①　②　③　④

「每逢危棧處，須作貫魚行。」這個「貫」字本爲象形字。①是金文的形體，用一條繩索穿著一串貝。②是小篆的寫法，變成了形聲兼會意的字了。③是楷書繁體字的寫法。④爲簡化字。

《說文》：「貫，錢貝之貫。」「貫」字的本義就是「穿錢所用的繩索」，如《史記・平准書》：「京師之錢累巨萬，貫朽而不可校。」後面一句是說：腐爛的穿錢繩子數也數不清。從穿錢的繩子引申爲錢的數量，銅錢一千個爲一貫，如《京本通俗小說・錯斬崔寧》：「丈人取出十五貫錢來，付與劉官人。」由穿錢又可引申爲廣義的「穿連」一切東西，如屈原〈離騷〉：「貫薜荔之落蕊。」意思是：把薜荔這種香草的落花穿連起來。至於《左傳・襄公三十一年》「射御貫則能獲禽」中的「貫」，實爲「慣」字的通假字，是「習慣」之意。

請注意：《史記・伍子胥傳》：「伍胥貫弓執矢向使者。」這裡的「貫」實爲「彎」字的通假字，應讀作ㄨㄢ。

①　②　③　④

「貿遷有無，各得其所。」這個「貿」字本爲形聲字。①是金文的形體。其上爲「卯」，表聲，其下爲「貝」，表形。②是小篆的寫法。③爲楷書繁體字。④爲簡化字。

《說文》：「貿，易財也。從貝，卯聲。」此說正確。「貿」字的本義就是「交易」、「交換財物」，如《詩經・衛風・氓》：「氓之蚩蚩，抱布貿絲。」大意是：小夥裝得很老實，懷抱布匹來換絲。由「交易」義又可以引申爲「變易」，如吳質〈在元城與魏太子牋〉：「先後不貿。」也就是古今不變的意思。裴駰〈史記集解序〉：「是非相貿。」這是是非相變易。

請注意：《禮記・檀弓下》：「貿貿然來。」這裡的「貿貿」是什麼意思呢？實爲「眊眊」的通假字，是說人受餓後眼睛都看不淸了。古書中還常見「貿首」一詞，那是指雙方有深仇大恨，都想得到對方的頭顱才甘心，有以頭換頭之意。

①　②　③　④

這是「射人先射馬，擒賊先擒王」的「賊」字。金文①的左邊是一隻手，右邊是「戈」（武器），中間是「貝」（貴重之物），這就表示「手持戈破貝」之意。②是小篆的形體，「手」靠近「戈」，更有持戈的意思。③是楷書的寫法，與小篆的形體基本一致。④是簡化字。

「賊」字的本義是「毀壞」。由「毀壞」就可以引申爲「害」，如《墨子・非儒》：「是賊天下之人者也。」意思是：這是害天下人的作法。由「害」義又可以引申爲「殺」，如《韓非子・內儲說下》：「二人相憎，而欲相賊也。」就是說：兩人相互憎恨，而想互相殘殺。不過，我們讀《三國志・魏書・董二袁劉傳》時，會見到「董卓狼戾（ㄌㄧˋ力）賊忍」。這個「賊」字解釋爲「害」或「殺」等都不通，其實是「殘忍」之義。當然這個「殘忍」義也是從「害」或「殺」等義引申出來的。這句話是說：董卓這個人兇狠殘忍。

請注意：在古書中，「賊」字往往用來指奴隸或農民起義軍，如《後漢書・光武紀》：「赤眉賊入函谷關。」這是對西漢末農民起義軍的污蔑。

另外，古代「盜」「賊」兩字的意義和今天的詞義正好相反：「盜」是指偷東西的人，如《荀子・修身》「竊貨曰盜」，而今天的普通話卻叫「賊」；「賊」是指搶東西的人，如「寇賊」等，而現代的普通話卻叫「強盜」。

殳 部

①　②　③

這個「殳（ㄕㄨ書）」字是個會意字。金文①的上部是一支彎柄的武器，下部是一隻右手，就是手拿武器的意思。②是小篆的形體，與金文大致相同。③是楷書的寫法。

「殳」字的本義是一種武器，主要是撞擊用，竹製，長一丈二尺，頭上不用金屬作刃，八棱而尖。比如《司馬法・定爵》：「弓矢禦，殳矛守。」就是說：弓箭可以抵禦，殳矛可以防守。「殳」字是個部首字。一個字如果由「殳」字作爲其組成部分的話，那麼這個字則往往與打、殺、撞擊有關：「毆」字當「打」講，如「鬥毆」；「毀」字也與「打」有關，如「擊毀」等；「殺」字與「殳」有關，如「殺戮」等；「毄（ㄐㄧˊ擊）」字當「打擊」講，如「毄兵」等。

①　②　③　④

這個「般」字本爲會意字。①是甲骨文的形體，左邊像一個器皿（盤），右邊像以手執匙從器皿中取食。②是金文的形體，左邊是「舟」

形，早期古文字往往「皿」、「舟」無別。③是小篆的形體，其右邊訛變爲「殳」。④爲楷書的寫法。

《說文》：「般，辟也，象舟之旋。」其實，「般」的本義應爲「以匙從盤中取食」。「般」是「盤」的初文，因此又引申爲「盤旋」，如《晉書・潘尼傳》：「般辟俯仰。」也就是說：盤旋俯仰。這是古代行禮時的動作姿態。這裡的「般」應讀作ㄆㄢˊ。

「般」，大都用作「樣」、「種類」，如辛棄疾〈鷓鴣天——送人〉：「今古恨，幾千般，只應離合是悲歡？」

「般」能作好幾個字的通假字。通「搬」，如《舊唐書・裴延齡傳》：「自冬歷夏，般載不了。」「般載」即「搬運」義。通「斑」，如司馬相如〈封禪文〉：「般般之獸。」通「瘢」，如《隸續・丹陽太守郭旻碑》：「加有瑕般。」

水部

① ② ③ ④

「雙手推開窗前月，一石擊破水中天。」這個「水」字是個象形字。甲骨文①的四個點之中有一條曲線，表示彎彎曲曲的水流之形。金文②和小篆③的形體基本上與甲骨文相同。④是楷書的形體，已經看不出流水之形了。（一豎筆就是甲、金文字中間的一條曲線，左右部分則代表甲、金文字的四個點兒）

▲《農政全書》中的水車。

「水」字的本義古今一致。不過由「水」字所組成的詞，古今詞義有很多是不一致的，需要注意。比如「水車」，現在是指一種提水工具，用以車水灌溉稻田；可是《南史・徐世譜傳》中所說的「拍艦、火舫、水車」，都是指戰船。再比如「水師」，在清代是指「水軍」，如長江水師、外海水師等，但《國語》、《國策》中也有「水師」一詞，不是指「水軍」，而是古代的官名，據韋昭說：「水師掌水。」

至於「水客」，近代多指到處採購貨物的商人；可是唐宋時代所說的「水客」，是「漁夫」的代稱，如梅堯臣〈雜詩絕句〉：「買魚問水客，始得鯽與魴。」

「水」字是個部首字。凡由「水」字所組成的字大都與水有關，如「永」、「沉」、「沙」、「涉」、「浴」、「淵」等字。

這個「永」字是個象形字。甲骨文①就像水的主流所分離出來的一條向右的支流。金文②就更像水流的形狀，「潺潺溪水」，涓涓不息。③是小篆形體，與甲、金文字的寫法比較一致。到了楷書④，就變得看不出溪流的模樣了。

「茫茫九派流中國」的「派」字，上古就寫爲「𠂢」，當水流講，是水流的象形字。它與「永」字同字，甲、金文的形體也是①、②的寫法。到了後世，「𠂢」字仍保留「流水」的本義，並加了水旁寫爲「派」；而「永」字則由「長」義引申爲「永遠」、「永久」之義。這樣，「永」與「派」有了明確的分工。

「永」字的本義就是「水流長」，如《詩經・周南・漢廣》：「江之永矣。」就是說：長江之水長流不斷。由「水流長」義又可引申爲「長」義，如陸雲〈祖五羊二公〉詩：「身乖路永。」「乖」是分離之義。就是說，身子分離路途又長。由「長」又可以引申爲「永遠」，如《詩經・衛風・木瓜》：「匪報也，永以爲好也。」「匪」通「非」，也就是說不是報答，而是永遠要好。但是《尚書・舜典》「詩言志，歌永言」裡面的「永」字，不是「永遠」之義，而是指「歌唱」。這個「永」字後世寫爲「詠」。「永年」一詞，在古書中常見，如「永年之術」就是「延年益壽的方法」。後世人在給長輩寫信時常有「躬祝永年」的話，也是「祝您長壽」的意思。

①　②　③

這個「汏」字讀作ㄉㄚˋ，本爲會意兼形聲的字，即「從水從大，大亦聲」。①是甲骨文的形體，中間爲人（大）形，身子的周圍有水淋下，表示用水沖洗身子②是小篆的形體，成爲「水」與「大」的左右結構，詞義未變。③是楷書的寫法。

在《說文》中，「汏」作「淅」解，是淘米的意思。許慎的說法並非本義，而是引申義。其本義爲「洗澡」。由「洗澡」引申爲泛指「沖洗」，如吳方言的「洗」稱爲「汏」，洗衣裳就叫「汏衣裳」；洗頭就稱爲「汏頭」，這是北方人所罕知的。

《楚辭・九章・涉江》：「齊吳榜以擊。」「吳榜」指吳地人所作的大槳。大意是：船夫們齊舉大槳擊起了水中的波浪。「汏」字由「洗」義引申爲「波浪」義。不過，這裏的「汏」字必須讀作ㄊㄞˋ，所以在古籍中也常將「汏」寫作「汰」。

①　②　③　④　⑤

這個「沈」字本爲「沉」字。從甲骨文①看，是在水中沉沒了一頭牛（中間是牛頭形），可見這是個會意字。到了金文②，左邊好像是一個人頸上束著繩索，右邊是水，是人沉到水中了。小篆③的形體與金文基本上一致，只是把左右部分的位置顛倒了一下。④是楷書的寫法，⑤是楷書的形體發生了僞變。

「沈」字的本義就是「沉沒」。後來因爲「沈」字還兼地名和姓，古人又造了一個專當「沉沒」講的「沉」字，而讓「沈」字專作姓或地名用了。這樣，「沉」、「沈」兩字有了明確的分工。比如劉禹錫的〈酬樂天揚州初逢席上見贈〉詩：「沉舟側畔千帆過，病樹前頭萬木春。」這個「沉舟」就是沉沒了的船。「折戟沉沙」，也不再寫作「折戟沈沙」了。

至於「瀋陽」現在寫作「沈陽」，這是借「沈」字當簡化字用了。

請注意：「沈沈」兩字連用時，多形容宮室很深的樣子，這時讀音也變了，應讀爲ㄊㄢˊ　ㄊㄢˊ（談談）。

①　②　③

「風急天高猿嘯哀，渚清沙白鳥飛回。」這個「沙」是個會意字。從金文①看，左邊是彎曲之水形，右邊的四點是表示有很多沙粒。所以水邊或水底的細小石子稱爲「沙」。②是小篆的形體，左邊的「水」字沒有變，右邊的沙子變爲「少」字了。③是楷書的形體，由小篆直接變來，同樣都是會意字。

在古代文學作品中，經常會見到「沙場」一詞。這個詞，本來是指「平沙曠野」，如應璩的〈與滿炳書〉：「沙場夷敞，清風肅穆。」可是後來則多指戰場，如祖詠的〈望薊門〉詩：「沙場烽火連胡月，海畔雲山擁薊城。」這裡的「沙場」即指古代的戰場。至於古書上說的「沙堤」，不能理解爲用沙子築的河堤，而是專指唐代爲新任宰相鋪築的沙面大路，後世所說的某人有「沙堤大權」，即指某人擁有最大的實權的意思。

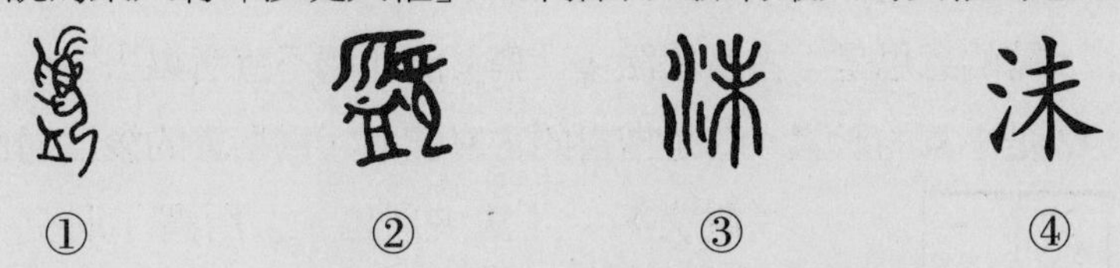

①　②　③　④

這是個「沬」（ㄏㄨㄟˋ會）字。從甲骨文①看得很清楚，右邊是面朝左彎著腰的一個人，左下部放著一個器皿，左上方是人的手，即用手捧水在洗臉洗頭。金文②也基本上是甲骨文的形象。可是到了小篆③就簡化成左形（水）右聲（未）的形聲字了。楷書④與小篆的形體基本一致。

這個「沬」字的本義是洗臉。可是當它讀爲ㄇㄟˋ（昧）的時候，其詞義與「昧」字相通，當「微暗」、「無知」的意思講。

值得注意的是：「沬」與「沫」是完全不同的兩個字。後者的右邊是「本末」的「末」字（下面的橫畫短），應讀爲ㄇㄛˋ（莫），指「泡沫」、「唾沫」。

①　②　③　④　⑤

這是「泅水過河」的「泅」字，讀作ㄑㄧㄡˊ，本爲會意字。①是甲骨文的形體，「子（人）」的周圍是水，就像人潛入水中。②是古璽文的形體，左爲「水」，右爲「子」，表示人浮於水上。③是小篆的形體，與古璽文極相似。④是小篆的異體字，由會意字變爲形聲字。⑤爲楷書的寫法。

《說文》：「泅，浮行水上也。……古或以汓爲沒。」這是對的。「泅」字的本義爲游水，或浮於水上，或潛於水中，如《列子・說符》：「人有濱河而居者，……勇於泅。」也就是說：有一個居住在河邊的人，……勇於游水。

灋　灋　灋　法

①　②　③　④

「公私不可不明，法禁不可不審。」這個「法」字本爲會意字。①是金文的形體，相當複雜。右邊爲「廌（ㄓˋ）」是古代神話中的一種怪獸，頭上有角，見人相鬥，主動地觸無理者；左上部爲「去」，左下部爲「水」。總的意思是：古者決訟，「廌」能「觸不直者以去之」，執法如水平。②是小篆的形體。③是楷書的古寫體。④爲楷書的後世通行體。

◎

▶《甲金篆隸大字典》中的「法」字。

《說文》：「法，刑也。」所謂「刑」，就是刑律、法令，如《韓非子・和氏》：「燔（ㄈㄢˊ）《詩》、《書》而明法令。」也就是說：焚燒《詩經》和《尚書》等以嚴明法令。凡是「法」就要有固定的模式，由此就可以引申爲「方法」，如《孫子兵法・九變》：「用兵之法。」有了某種方法就可以供別人或後人仿效，所以又可以引申爲「效法」義，如《商君書・更法》：「便國不必法古。」「便」爲「有利」義。也就是說：只要有利於國家，就不一定去效法古代。

請注意：在古代，「法」和「律」詞義不同。「法」的含義廣，多用於制度、法令。「律」的含義狹，大都指具體的條文。

▲《天工開物》中的轆轤圖。

這個「彔」字本爲象形字。甲骨文①就像轆轤在井中吊水的樣子，在吊斗之下還有水下滴。②是金文的形體，與甲骨文基本相似，但其下部又增加了水點的數量。③是小篆的形體，不像汲水的吊斗之形了。④爲楷書的寫法。

《說文》：「彔，刻木彔彔也。」此說不妥。實際上，「彔」的本義是「汲水的工具」，後世寫作「轆轤」，如李璟〈應天長〉：「柳堤芳草徑，夢斷轆轤金井。」

請注意：「彔」字大陸在1964年改爲「录」，作「錄」的簡化字，並且作爲偏旁使用，如「祿」、「碌」、「箓」、「淥」、「綠」、「騄」等。

這是「明月松間照，清泉石上流」的「泉」字，是個象形字。你看甲骨文①的外形就像一個「泉眼」，泉水從中涓涓流出。金文②也像水從泉眼中流出的樣子。小篆③是由金文直接變來的，其外爲泉眼形，其內的「丁」字也是表示「一線如注」的細流。④是楷書的寫法，完全失去了泉水之形。

「泉」字本義是「泉水」。因泉水具有流動的特性，所以又引申爲古代貨幣的名稱爲「泉」，如《漢書・食貨志下》：「故貨，寶於金，利於刀，流於泉。」其大意是：貨幣這東西，比金子還貴重，比刀還鋒利，比泉水還要通行無阻。

請注意：「泉布」一詞在古書中經常見到，若理解爲「瀑布」就錯了。其實在古代泉與布並爲貨幣，所以統稱貨幣爲「泉布」。在《漢書・食貨志下》中有這樣的記載：「私鑄作泉布者，與妻子沒入爲官奴婢。」

這是說：假若有人私自鑄造貨幣，那就要全家淪爲奴婢。

①　②

「洗兵條支海上波，放馬天山雪中草。」這個「洗」字本爲形聲字。①是小篆的形體，是左「水」右「先」的形聲字。②是楷書的寫法。

《說文》：「洗，洒（洗）足也。」也就是說，「洗」字的本義爲「洗腳」，如《漢書・黥布傳》：「漢王方踞床洗。」意思是：漢王剛坐在床邊洗腳。後又引申爲「用水除去污垢」，如王充《論衡・譏日》：「洗，去足垢；盥，去手垢。」杜甫〈泛溪〉：「得魚已割鱗，採藕不洗泥。」因爲「洗」就要清除乾淨，所以又可以引申爲「弄光」、「消除」，如岳飛〈五嶽祠盟記〉：「洗蕩巢穴。」

「洗」字還可以讀ㄒㄧㄢˇ，如「洗馬」中的「洗」。「洗馬」有二義：一是指官名，二是指馬前卒。作姓用時，亦可寫作「冼」。

請注意：古代的「洗」、「濯」、「滌」的含義有所區別。「洗」指洗腳；「滌」一般指洗刷器物；「濯」可指洗一切東西。後世則以「洗」的含義最廣。

①　②　③　④

「茫茫九派流中國，沉沉一線穿南北。」這個「派」字本爲象形字。①是甲骨文。左邊爲「彳」，是支流的通道；右邊爲河的幹流，幹流分出一條支流進入通道；周圍的四點表水形。②是金文的形體，中間的「人」字形像河流的主幹分出一條支流。③是小篆的形體，左邊又增加「水」旁。④爲楷書的寫法。

《說文》：「派，別水也。」所謂「別水」是指水的支流，如左思〈吳都賦〉：「百川派別，歸海而匯。」大意是：百川分出了很多支流，流到大海就匯聚在一起了。由「支流」義又可以引申爲「派別」、「流派」，如李商隱〈贈送前劉五經映〉：「別派驅楊墨。」這是說：別的流派排斥楊朱和墨翟。由此又可以引申爲「指斥別人的不是」或「捏造事實誣陷人」，如《紅樓夢》第三十回：「（薛蟠）又罵衆人，『誰這樣編派我，我把那囚攮的牙敲了。』」

① ② ③ ④

這是「流衍四方」的「衍」字，本爲會意字。甲骨文①的外部是「行」字，中間爲河川，表示川流不息之意。②是金文的形體，中間是河流之形。③是小篆的形體，中間變爲「水」，但不管怎樣，長流水之意未變。④爲楷書的形體，中間仍爲「水」。

《說文》：「衍，水朝宗於海也。從水從行。」所謂「朝宗於海」，即「百川歸海」義。由此又可以引申爲「延展」、「漫延」，如《尚書大傳・虞夏傳》「至今衍於四海。」《後漢書・桓帝・紀》：「流衍四方。」由「漫延」又引申爲「盛多」，如杜篤〈論都賦〉：「國富人衍。」也就是說：國家富強，人丁興旺。由「漫延」又引申爲「平坦」，如張衡〈西京賦〉：「廣衍沃野。」其意爲：廣闊而平坦的肥沃的土地。「衍沃」則是指土地平坦而肥美，如《左傳・襄公二十五年》：「井衍沃。」這是說：把平坦肥沃的土地劃爲井田。「衍沃」後世多作「沃衍」。

① ② ③ ④ ⑤

「視酒如漿。」這個「漿」字本爲會意字。甲骨文①的左下角爲几案形，右下角爲「肉」形，上部的三個點爲血的濺滴之形。甲骨文中未見單獨的字，鬻（ㄕㄢˊ，煮）字的上部有的爲此形。②是《說文》中古文的形體，省去了肉形，血滴變爲「水」形。③爲小篆的寫法，又增加了肉形。④爲楷書繁體字。⑤爲簡體字。

《說文》：「漿，酢漿也。從水，將省聲。」其實「漿」字的本義爲「血漿」，後來引申爲一種帶酸味的飲料，如《詩經・小雅・大東》：「或以其酒，不以其漿。」大意是：有的人喝他的酒，而不喝他的酸味飲料。《周禮・天官・漿人》：「掌共（供）王之六飲：水、漿、醴、涼、醫、酏。」後來，「漿」又可引申爲「酒」，如《史記．魏公子列傳》：「薛公藏於賣漿家。」也就是說：薛公這個人藏在賣酒人的家裡。

請注意：「漿」與船槳的「槳」字形體近似，如書寫潦草極易混淆。

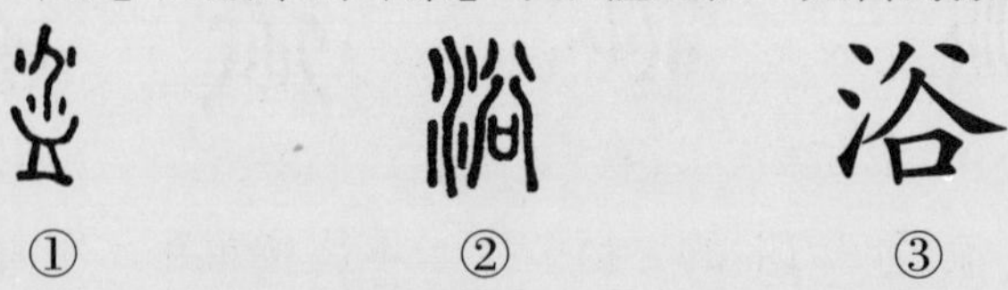

①　②　③

這個「浴」字本來是個會意字。甲骨文①的下部是一個大器皿，中間盛有水；水中站著一個曲背彎腰面朝左的人；人的周圍有四個「點兒」，表示人在洗澡。可是到了小篆②則發生了僞變，成了左形（水）右聲（谷）的形聲字了。③是楷書的形體，基本上同於小篆。

「浴」字本義是洗澡，如《楚辭．漁父》：「新浴者必振衣。」這是說：剛洗過澡的人，必定先抖抖衣服，然後再穿上。

▲清代澡堂情形。

請注意：在古代「沐」和「浴」是不一樣的。「沐」是指洗頭而言，如《楚辭．漁父》：「新沐者，必彈冠。」就是說：剛洗過頭的人，必定先彈去帽子上的塵土再準備戴上。而「浴」字則是指洗澡。「沐浴」連在一起，就當「洗澡」講；也可作爲比喻義用，就是受潤澤或得到某種恩惠的意思。

①　②　③　④

這是「涉清流」的「涉」字。這個字是個會意字。你看甲骨文①多有意思，中間是一條彎彎曲曲的「水」，而水的上下兩邊有左右兩隻腳（腳趾均朝上），一前一後地趟水而過。所以「涉」字的本義就是趟水過河（徒步而渡）。金文②與甲骨文的形體基本相似。小篆③變得複雜了，左右兩邊都是「水」，中間是個「步」（上下兩隻腳）字，也表示徒步渡水之意。④是楷書的寫法，左「水」右「步」，比小篆簡單多了。

「涉」字本義是「徒步過水」，如屈原的《九章．哀郢》：「江與夏之不可涉。」大意是說：長江和夏水都無法徒步而過。從本義引申為「進入」或「到」，如《左傳·僖公四年》：「不虞君之涉吾地也。」就是說：不料您進入了我們的國土。由「到」義又可以引申為「經歷」，如「動涉歲月」即「經歷了很長的時間」的意思。從「經歷」又可以引申為「閱覽」義，如《後漢書·仲長統傳》：「博涉書記。」就是閱覽了很多書籍。我們現在還說「涉獵群書」，也是這個意思。

① ② ③ ④

「桃花潭水深千尺，不及汪倫送我情。」這個「深」字原為會意字，與「探」字出於同一個字源「罙」。甲骨文①就像一隻大手在一個洞穴中探測深淺。②是金文形體，同於甲骨文。③是小篆的形體。④是楷書的寫法，其左增加了「水」旁，表示水深。

《說文》中也有「深」字，那是專指水名：「出桂陽南平，西入營道。」而「罙」，《說文》則說：「深也。」這是對的。但許慎又說：「從穴火，求省。」他以小篆為依據，將「罙」的內部誤認為是「火」字再加上「求」的一部分所組成，這是主觀臆測。

「深」字的本義，就是指「水深」，與「淺」相對，如《詩經·邶風·谷風》：「就其深矣，方之舟之。」大意是：遇到了深潭，便乘上竹筏木船。由「水深」又可以引申為「時間久」，如白居易〈琵琶行〉：「夜深忽夢少年事。」

請注意：「深刻」一詞，現在為「透徹深入」義，如「對作品作了深刻的分析」等。但古代卻往往指「苛刻嚴峻」，如《漢書·食貨志上》：「刑罰深刻。」這是指刑罰「苛刻嚴峻」。

① ② ③ ④ ⑤

這是「如臨深淵」的「淵」字。甲骨文①的周邊像一個大水潭，其中有三條曲線，表示水形。金文②的右邊像一個水潭，當中有「水」，但其左又加上了水旁，這就多此一舉了。③是小篆的形體，基本與金文相類似。④是楷書的寫法，由小篆演變而來。⑤是簡化字。

「淵」字的本義是「深潭」，如《莊子・列禦寇》：「夫千金之珠，必在九重之淵。」這是說：那種非常名貴的珍珠，一定是藏在極深的深潭之中。由「深潭」之義又可引申爲「深遠」義，如《詩經・邶風・燕燕》：「其心塞淵。」這裡的「塞」字是「實在」義。這句話的意思是：其心實在深遠啊！我們現在還說的「淵博」、「淵源」等，也是深遠的、精深的意思。

請注意：「淵泉」一詞，一般是指「深泉」。可是庾信所說的「動淵泉之慮」（〈賀新樂表〉），是比喻想得廣泛，思慮深遠。

①　②　③　④　⑤

「月落烏啼霜滿天，江楓漁火對愁眠。」這個「漁」字是會意兼形聲的字。說它是會意：左「水」右「魚」，是在水中捕魚之義。說它是形聲，左形（水）右聲（魚），是個形聲字。甲骨文①的右邊是「魚」，左邊是「水」。金文②的形體繁雜多了，不過會意的意味更濃，上部的左邊是「水」，上部的右邊是「魚」，下部是兩隻大手，這就表明在水中「撈魚摸蝦」就叫「漁」。小篆③卻變得沒有多少意思了，因爲把金文中的雙手換成一條魚，反而造成了書寫上的不便。④是楷書形體，比小篆少了一條魚，很有必要。⑤是簡化字。

▲捕魚情景（局部），漢畫像磚。

「漁」字當「捕魚」講，古代極爲普遍，如《周易・繫辭下》：「以佃以漁。」這是說，既打獵（佃）又捕魚。從這個意義又引申爲用不正當的手段去奪取也叫「漁」，如《漢書・何並傳》：「以氣力漁食閭里。」這就是說：用武力去掠奪鄉村的老百姓。

請注意：「漁獵」一詞，本指捕魚獵獸。可是徐陵〈在北齊與宗室書〉中的「漁獵三史」，前兩字若解釋爲「捕魚獵獸」可就講不通了。須知，這裡的「漁獵三史」是指「涉獵三史」，也就是博覽三史之意。

至於說「漁火」，那是專指漁船上的燈火，如張繼的〈楓橋夜泊〉詩：「月落烏啼霜滿天，江楓漁火對愁眠。姑蘇城外寒山寺，夜半鐘聲到客船。」

①　②　③　④

「漸覺一家看冷落，地爐生火自溫存。」這個「溫」字本爲會意字。在甲骨文中，「溫」、「浴」很可能就是一個字。甲骨文①「人」旁的四個小點是水氣，像人在容器中洗身的樣子，所以有「溫」義。②是小篆的形體，左邊是「水」，右邊的形狀仍與洗浴有關。③是楷書異體字的寫法。④爲楷書通行體，將「囚」改爲「曰」，書寫方便。

《說文》：「溫，溫水。」這是說「溫」字本爲一條河流的名字。不妥。「溫」字的本義就是「暖」，如王充《論衡・寒溫》：「夫近水則寒，近火則溫。」由「暖」引申爲「溫和」，如《詩經・邶風・燕燕》：「終溫且惠，淑愼其身。」「終」爲「極」義；「淑」爲「善」義。大意是：極溫和而且恭順，自奉謹愼善修身。「溫暖」有漸漸滲透的意思，所以就產生了「溫習」一詞，如《論語・爲政》：「溫故而知新，可以爲師矣。」大意是：溫習舊的知識，卻能有新的發現，（這樣的人）就可以做老師了。

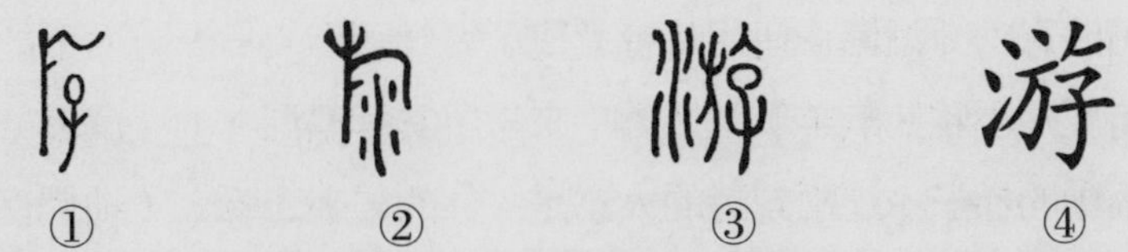

①　②　③　④

這個「游」字本爲象形字，①是甲骨文的形體，左邊是一杆大旗，右下部是一個人，像人執著一杆旗。②是金文的形體，將「人」換成「水」形，表示旌旗之飄動像水流之形。③是小篆的形體，將甲骨文和金文合在一起，變得很繁雜。④爲楷書的形體。

《說文》：「游，旌旗之流也。」許說僅爲引申義，本義爲「人執旗子」，由此可以引申爲「旗子的飄動」，又可以引申爲在水上「漂浮」，如《詩經・邶風・谷風》：「就其淺矣，泳之游之。」「泳」是在水中潛行。詩的大意是：遇到那淺的河水，水下潛泳水上浮游都能渡過。後來，游也泛指「游泳」，如《韓非子・難勢》：「越人善游矣。」這是說：越國人是很善於游泳的。後又可以引申爲「遊玩」，如晁錯〈言守邊備塞疏〉：「幼則同遊。」由「遊玩」可以引申爲「交往」，如《漢書・枚乘傳》：「與英俊並遊。」

請注意：古代「遊」與「游」的含義有所不同：在陸地上活動，如遊戲、遊覽等，「遊」、「游」可以通用；在水中活動，如游泳、浮游等只能用「游」。現在大陸「遊」字已廢除，只能用「游」字了。

① ② ③ 溼 濕 湿

① ② ③ ④ ⑤ ⑥

「住近湓江地低濕，黃蘆苦竹繞宅生。」這個「濕」字，本爲會意字。①是甲骨文的形體。右邊本爲絲接續之形，左邊是「水」，意思是：水將絲滲濕。②是金文的形體，在「絲」下增加了一個「土」字，表示土濕。③是小篆的形體④爲楷書的寫法。⑤本爲水名，後世則把它借來當「濕」字的繁體字用。⑥爲簡化字。

《說文》：「濕（溼），幽濕也。」所謂「幽濕」，也就是滲濕的意思。由此就可以引申爲「潮濕」，如《韓非子・存韓》中的「濕地」，也就是指潮濕的地方。由「潮濕」可以引申爲「沾水」，如王昌齡〈採蓮曲〉：「爭弄蓮舟水濕衣。」

請注意：「濕濕」連用時音就變了，應讀作ㄑㄧˋ，而不能讀作ㄕ，如《詩經・小雅・無羊》：「爾牛來思，其耳濕濕。」「濕濕」是牲畜的耳朵搖動的樣子。這兩句詩的大意是：你的羊來了呀，（牠們反芻時）耳朵頻頻地搖動著。

① ② 休 溺

① ② ③ ④

這是「失足溺水」的「溺」字，原來寫作「休」，讀作ㄋㄧˋ，本爲會意字。①是甲骨文的形體，左邊是個「人」，右邊是「水」，表示人沉沒於水中。②是小篆的形體，與甲骨文相似。③是楷書的形體。④爲「休」的假借字。「溺」字本爲水名，後世在「沉沒」的意義上則借「溺」

代「㳅」。

《說文》：「溺（㳅），沒也。從水從人，讀與溺同。」許說正確。「溺」的本義爲「沉沒」、「淹沒」，如《三國志・吳書・吳王傳》：「范等兵溺死者數千。」這是說：呂范等部的士卒淹死在水中的有好幾千人。由「沉沒」可以引申爲「沉湎」，無節制的意思，如《晉書・宣帝紀》：「溺於利者則傷名。」大意是：沉湎於私利的人就會損害名聲。

請注意：《史記・范睢蔡澤列傳》：「賓客飲者醉，更溺睢。」「更」爲「輪流」義，這裡的「溺」字當「小便」講，應讀爲ㄋㄧㄠˋ（尿）。所謂「更溺睢」，就是輪流向范睢身上撒尿。

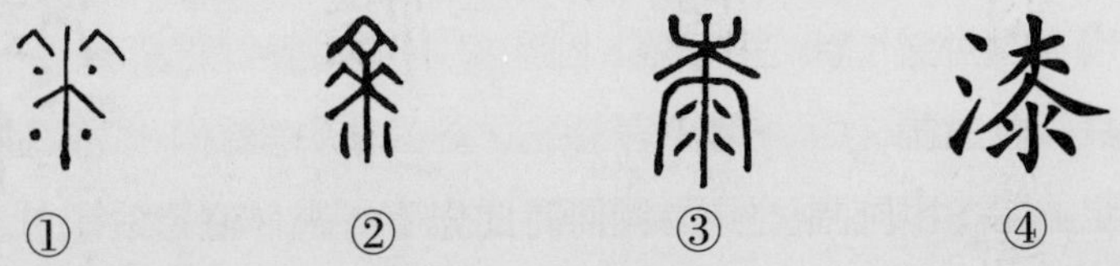

這是「如膠似漆」的「漆」字，本爲象形字。①是金文的形體，像一棵漆樹的形狀，其中的四個點表示有漆滴下。②是古陶文的形體，與金文相類似。③是小篆的形體。④爲楷書的寫法，左邊又增加了「水」，表示「漆」爲液體。這就成爲「從水，桼聲」的形聲字了。

《說文》：「漆，木汁……漆如水滴而下也。」許說甚是。我國使用天然漆已有數千年的歷史，如《尙書・禹貢》：「厥貢漆絲。」即進貢漆與絲。《詩經・鄘風・定之方中》：「樹之榛栗，椅桐梓漆。」大意是：栽上榛樹和栗樹，又植椅、桐、梓、漆各種樹。古書中的「漆車」一詞，並非指油漆的車子，而是指「黑車」，因爲古代的漆有調成黑顏色的。

請注意：古代的「漆宅」並不是說有油漆的宅子，而是指油漆的棺材，如陶穀《清異錄・喪葬》：「只贏得一座漆宅。」也就是說：只贏得了一口棺材。

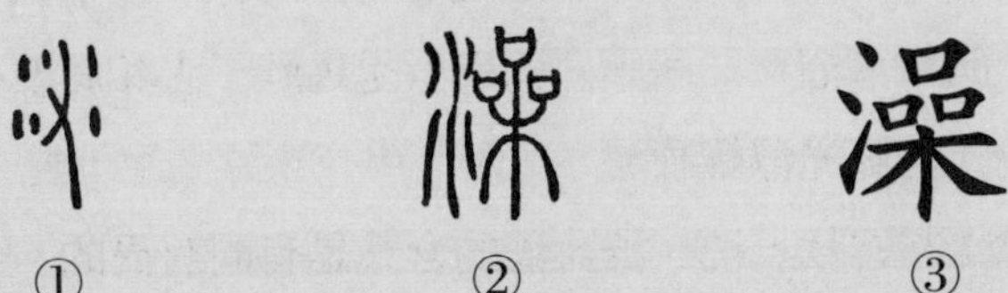

「澡身浴德。」這個「澡」字，本爲會意字。①是甲骨文的形體，中間是一隻右手之形，其中的六個小點像水，表示用水洗手的意思。②是小篆的形體，變成了「從水，喿聲」的形聲字了。③是楷書的形體。

《說文》：「澡，洒（洗）手也。從水，喿聲。」許慎說的「澡」字本義是正確的，但從甲骨文的形體看，則為會意字，小篆變成了形聲字。

「澡」字由「洗手」這個本文，可以引申為一般「洗」、「沖洗」，如《史記・龜策列傳》：「以清水澡之。」《三國志・魏書・管寧傳》：「澡洗手足。」

在古籍中多見「澡身浴德」一語，這當中的「澡」並非「洗澡」義，而仍為「洗」義。此語最早出自《禮記・儒行》，舊時多謂砥礪志向，使身心純潔清白。

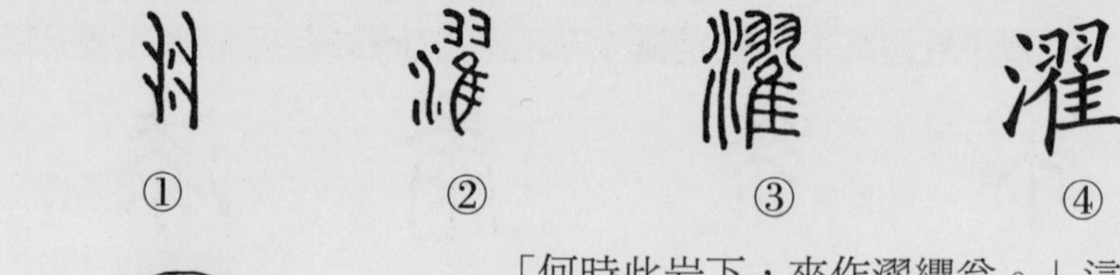

▲周代銅罍。

「何時此岩下，來作濯纓翁。」這個「濯」字讀作ㄓㄨㄛˊ，本為會意字。①是甲骨文的形體，其左右兩側是兩把笤帚之形，中間是「水」，表示洗涮、洗滌。②是金文的形體，變為「從水，翟聲」的形聲字了。③是小篆的形體，與金文極為相似。④為楷書的寫法。

《說文》：「濯，浣也。從水，翟聲。」「濯」字的本義為「洗滌」，如《詩經・大雅・泂酌》：「挹彼注茲，可以濯罍。」「罍（ㄌㄟˊ）」是古代盛水或酒的器物。大意是：從那裡打水注到這裡，可以洗滌。《楚辭・漁父》：「滄浪之水清兮，可以濯我纓。」「纓」是帽帶子。這是說：滄浪河的水多清呀，可以洗滌我的帽帶子。古籍中常見「濯濯」一詞，一般是指「光澤的樣子」，如《詩經・大雅・崧高》：「鉤膺濯濯。」所謂「鉤膺」是馬脖子上和腹部的帶子上的裝飾品，這是說：鉤膺光澤耀眼。

請注意：在古代，洗、滌、濯的含義是有同有異的。「洗」字本指洗腳，而後世則可以代「濯」、「滌」用。而「滌」只能指洗物品、器皿，不能指洗手洗腳。「濯」字的意義最為廣泛，洗衣、洗器物及洗手腳均可用「濯」字。

廾　部

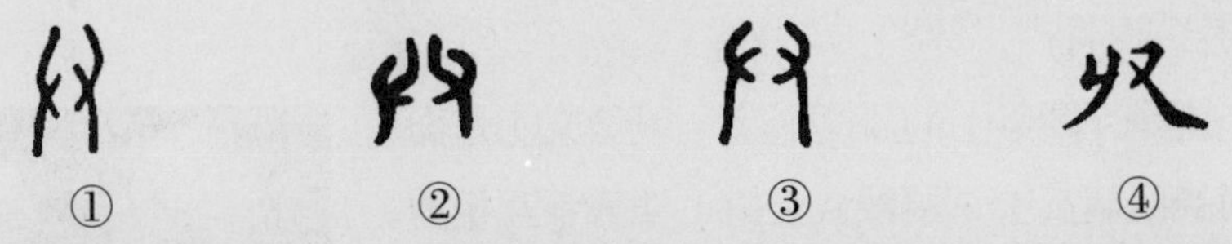

①　②　③　④

這是個「廾（ㄍㄨㄥˇ鞏）」字，是個會意字。甲骨文①是左右兩隻手對舉的樣子。金文②和小篆③的形體也基本上同於甲骨文，都表示雙手對舉。④是楷書的寫法。

「廾」字一般都不單獨使用，而只是充當一個字的部首。凡由「廾」所組成的字大都與手或動作有關，「廾」到了楷書裡，已變爲「六」或「廾」或「大」，如「具」、「戒」、「兵」等。

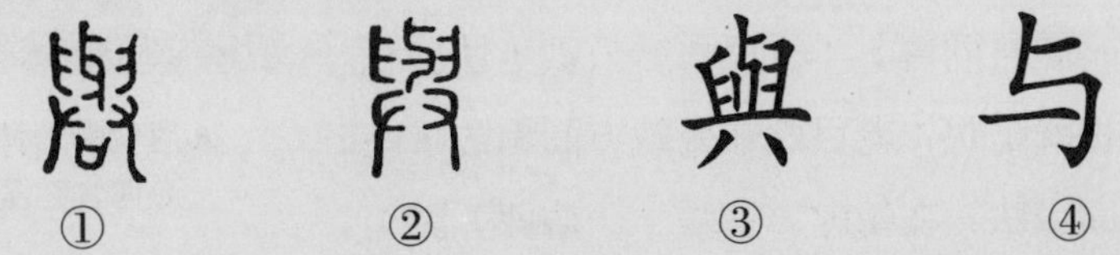

①　②　③　④

「與爲千金之裘，而與狐謀其皮。」這個「與」字本是會意兼形聲的字。①是金文。四角是四隻手，中間是個「与」字，表音；下面的「口」，表示一個器物。其大意是一雙手交一件器物給另一雙手。②是小篆的形體，其下部省略了「口」。③是楷書的形體，直接由小篆演變而來。④是簡化字，只保留了楷書中的讀音部分，書寫時省事多了。

《說文》：「與，黨與也。」所謂「黨與」就是「同盟者」的意思。許愼的看法不妥。因「黨與」並非「與」字的本義。從金文的形體分析看，其本義是「給予」、「授予」義，讀作ㄩˇ，如《史記・項羽本紀》：「與斗卮（ㄓ）酒。」就是給（他）一大杯酒的意思。從「給予」可以引申爲「結交」，如「相與爲鄰」。由此又引申爲「參加」，讀作ㄩˋ，如「與聞其事」、「與會者十餘人」。至於《禮記・禮運》中「選賢與能」裡的「與」字，可不能解釋爲「給予」、「結交」、「參加」，而是「舉」字的假借字。這句話的原意是：選拔賢才，舉薦能人。

請注意：當「與」字出現在文言句尾時，大都作語氣詞用，如《漢書・禹貢傳》：「……有所恨與？」即「有所恨嗎？」這個意義後來均寫爲「歟」。作語氣詞的「與」不讀ㄩˇ、ㄩˋ，應讀作ㄩˊ。

①	②	③ 鬥	④ 斗

這是「鬥爭」的「鬥」字。甲骨文①是面對面的兩個武士，頭戴武士帽，伸著手互相搏鬥。②是小篆的形體，變得不像人形了。③是楷書的寫法。④是簡化字。

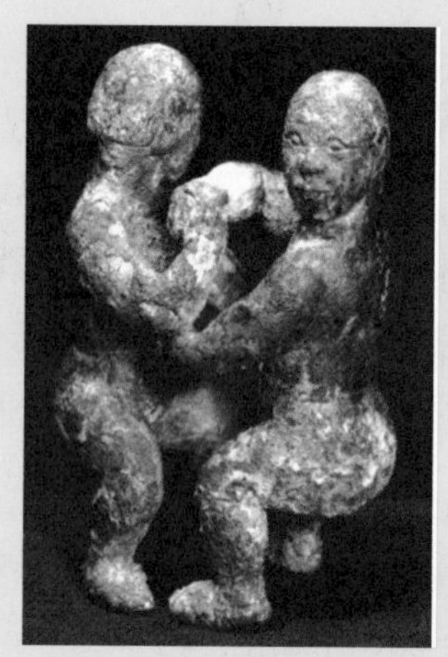

▲周代陶製摔跤手，上海博物館藏。

「斗」字本爲「升斗」之「斗」。在這裡是借來作「鬥」字的簡化字用。現在就按「鬥爭」的「鬥」來分析。

「鬥」字的本義是「打架，鬥爭」，如《史記・商君列傳》：「民勇於公戰，怯於私鬥。」也就是說：老百姓在公戰方面勇敢，在私鬥方面膽怯。在韓愈〈答張十一功曹〉詩：「吟君詩罷看雙鬢，斗覺霜毛一半加。」這裡的「斗」字若解爲「升斗」或「鬥爭」中的「鬥」都不通。其實它是「陡」字的假借字，是「突然」的意思。也就是說：讀完您的詩再看雙鬢，突然覺得白色的鬢髮增加了一半。

在古書中常見到「鬥茶」一詞，是以茶相鬥爭嗎？不是的。這是古人比賽茶的好壞的意思。

請注意：「鬥爭」的「鬥」字在古代有好幾個異體字，如「鬥」、「鬦」、「鬪」、「鬭」這四種寫法，大陸在廢除異體字時把後面三種筆畫繁多的形體都廢掉了，可是第一種仍嫌筆畫多，書寫不便，所以又借「升斗」的「斗」字來代替，寫、讀、辨、記都方便多了。

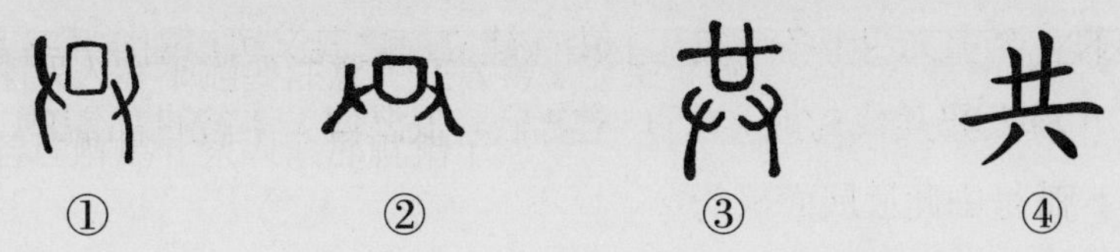

①　②　③　④

「但願人長久，千里共嬋娟。」這個「共」字本爲會意字。①是甲骨文的形體，像左右兩隻手捧著一件物品。②是金文的形體，與甲骨文極爲相似。③是小篆的寫法。④爲楷書的寫法。

《說文》：「共，同也。」許愼認爲「共」字的本義是「同」，這不妥。因爲從「共」字的甲、金文等形體看，是雙手「供奉」一件物品，所以其本義應爲「供」，如《周禮・夏官・羊人》：「共其羊牲。」就是說：供給他羊的祭品。由「供給」可以引申爲「恭敬」，如《史記・賈誼傳》：「共承嘉惠兮，俟罪長沙。」「俟罪」指做官。大意是：恭敬地接受美好的恩惠，到長沙去做官。在「敬」的意義上，後世均寫作「恭」。

請注意：《論語・爲政》：「居其所而衆星共之。」這句話不是「衆星共居其所」的意思，這裡的「共」是「拱」字的通假字，讀作ㄍㄨㄥˇ，是「環繞」的意思。這句話的意思是：（北極星）安靜地居於一定的位置，所有的星辰都環繞著它。

①　②　③　④　⑤

這是「振興中華」中的「興」字。甲骨文①的四角是四隻手，中間抬著一個「井」字形的器物，可見「興」就有「抬舉」之義，是個會意字。金文②又增加了一個「口」字，表示用口叫喊、共同抬舉之義。《說文解字》說：「興，起也。……從『同』，同力也。」③是小篆的形體，中間「同」字的形體更爲明顯。④是楷書的寫法，是由小篆③直接演變而來的。⑤是草書楷化的簡化字。

「興」字的本義就是「抬」、「舉」，如：「進賢興功。」（《周禮・夏官・大司馬》）意思是：進賢能舉功臣。「興」字又可以當「起」講，與「舉」義相近，如：「夙（ㄙㄨˋ訴）興夜寐。」（《詩經・衛風・氓》）就是說：「早起曉睡。」由「起」又能引申爲「建立」，如：

「漢興，至孝文四十多年矣。」由「建立」之義又可以引申為「發動」，如：「漢大興兵伐匈奴。」（《史記・張湯傳》）後世所說的「興師動眾」，就是由此發展而來的。

在李白的名作〈廬山謠〉中有這樣兩句詩：「好為廬山謠，興因廬山發。」意思是：我最喜歡做廬山謠，興致借廬山而發。這個「興」字即為「興致」或「興趣」。請注意：凡是「興趣」、「興致」、「高興」、「興味」、「興會」、「興高采烈」等中的「興」字，均應讀為ㄒㄧㄥˋ（幸），若讀作ㄒㄧㄥ（星）就不對了。

①　②　③　④

這個「秣馬礪兵」的「兵」字，是個會意字。甲骨文①是一把彎柄的大斧頭，朝左的箭頭是表示斧刃，斧柄兩側是兩隻手，也就是雙手舉斧之意。金文②的斧頭轉向右邊，雙手未變。③是小篆的形體，雙手依然在，斧頭已變形。④是楷書的形體，根本看不出雙手舉斧的樣子了。過去有人說：「丘八為兵。」這話是不對的。因為「兵」字的上部並不是「丘」，而是「斤」。「斤」就是上古大斧的象形字；其下也並不是「八」而是雙「手」，即雙手舉斧為「兵」。

「兵」字的本義是「兵器」，如賈誼在他的〈過秦論上〉中說：「收天下之兵，聚之咸陽。」也就是說，秦將天下所有的兵器都收集起來，集中到咸陽去。由「兵器」之義又可引申為「軍隊」，如：「夫定國之術，在於強兵足食。」（曹操，〈置屯田令〉）這裡的「強兵」就是指強大的軍隊。軍事也可以稱「兵」，如：「兵者，國之大事。」（《孫子兵法・計篇》）意思是：軍事是國家的大事。至於「兵」當「戰士」講，那是後起意義，如《三國志・吳書・吳主傳》：「將軍賀達等將兵萬人。」這是說：賀達將軍等率領戰士萬人。

請注意：在上古，兵、卒、士三個字的意義是有明顯區別的。「兵」大都指「兵器」，如槍、刀、劍、戟等；「卒」是指「步兵」；「士」是指乘戰車作戰的士兵。到了後世，「卒」與「士」往往連用，如成語「身先士卒」等。

①　②　③　④　⑤

「棄捐無復道，努力加餐飯。」這個字就是「棄捐」的「棄」字。甲骨文①的上部是「子」（小孩）形，周圍的三個點兒是初生嬰兒身上殘留的胎液，中間是「其」形（古簸箕形），最下部是左右兩隻手，表示用兩手拿著簸箕把初生而死的嬰兒拋棄掉的樣子，這就是「棄」字的本義。這是個會意字。金文②當中的簸箕變得更複雜了，上部的倒「子」（小孩頭朝下）以及下部左右兩側的雙手還看得很清楚。小篆③也有點類似金文的樣子。楷書④則發生了僞變，把下部的雙手變成「木」了。這個字筆畫太繁，後來簡化爲⑤「弃」了。

「棄」的本義爲「拋棄」，如《韓非子》：「棄私家之事。」即拋開私事的意思。

我們在閱讀古典文學及史籍時，經常會碰到「棄市」一詞，若把「棄市」理解爲「把東西扔到集市上」那可就錯了。「棄市」是說在鬧市上執行死刑，並將屍體暴露在街頭。如《史記·秦始皇本紀》：「有敢偶語《詩》《書》者，棄市。」意思是：有敢再讀儒家的《詩經》、《尚書》等經書的人，就要在鬧市中處以死刑。

這個「具」字是個會意字。甲骨文①的中間是個「鼎」，下部的左右兩側是一雙手，手捧鼎就表示具備了。金文②的中間不是鼎，而是「貝」的繁體。貝在上古是很珍貴的東西，當貨幣使用，雙手捧貝當然也是「具備」或「具有」之義了。可是到了小篆③就發生了僞變，把甲、金文中的「鼎」、「貝」變成了「目」。④是楷書的形體，是由小篆直接變來的。

「具」字的本義是「準備」，特別是指準備飯菜酒席，如：「請語魏其具，將軍旦日蚤臨。」（《漢書·灌夫傳》）意思是：請告訴魏其侯準備好酒席，將軍明日很早（蚤與早通）就要來。又可以引申爲「飯食」，如《戰國策・齊策四》：「食以草具。」所謂「草具」，就是很粗劣的飯食。這句話的意思是：用很粗劣的飯食給他吃。

由「具」字當動詞「準備」講的本義，又可以引申爲名詞「器械」，如：「令軍中促爲攻具。」（《三國志・魏書・武帝紀》）其大意是：命令軍中急速準備進攻的器具。現在所說的工具、刀具等等，也就是由此而來。要「準備」就應當準備得「完全」，所以「具」字又引申作副詞當「全部」講，如：「良乃入，具告沛公。」（《史記・項羽本紀》）這話的意思是：張良就進去了，全部告訴了劉邦。說話也要說得「完全」，所以逐條地把話說完全也叫「具」，如：「命條具風俗之弊。」（《宋史・梁克家傳》）意思是：命令逐條地陳述這種風俗的弊病。當「全部」講時，後世均寫作「俱」。

請注意：具、俱兩字在古代的用法有同有異。這兩個字都可以作範圍副詞用，當「全」、「都」講。但是，「俱」字的主要意義是兩個以上的人同作一件事，或用作「全部」之義，一般不寫作「具」；如果「具」字當「工具」講的時候，也不能寫作「俱」。

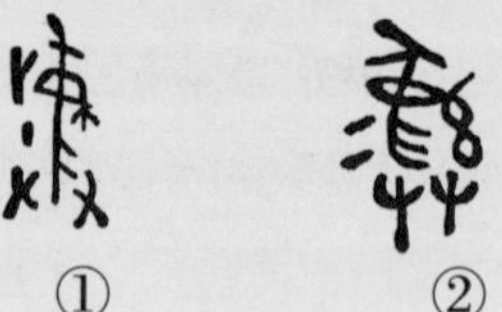  彝

① ② ③ ④

這個「彝」字讀作一ˊ，本爲會意字。①是甲骨文的形體，上爲「雞」形，下爲雙手，表示雙手捧雞而敬獻。②是金文的形體，與甲骨文的形體極爲相似。③是小篆的形體，上部爲彑頭（豬頭），中間有米、絲，這就由敬獻雞而換爲敬獻米、絲和豬頭給祖先、神靈。④是楷書的形體。

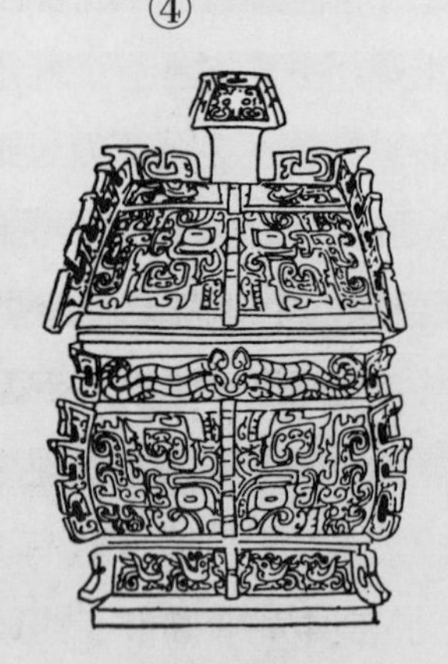

▲周代銅彝。

《說文》：「彝，宗廟常器也。」其實，「彝」字的本義是「奉獻祭品」。由此才引申爲「祭器」，如《左傳・襄公十九年》：「取其所得以作彝器。」也就是說：拿他們所得到的東西製作彝器。古代禮器、祭器是不能更動的，所以「彝」字又可以引申爲「常理」、「法度」等，如《詩經・大雅・烝民》：「民之秉彝，好是懿德。」「懿」爲「美」義。

其大意是：人民保持常性，愛好的就是這種美德。

「彝訓」是指尊長對晚輩們訓誨的話，如《尚書·酒誥》：「聰聽祖考之彝訓。」也就是說，子孫們要聽聽父祖之常教。

車部

①　②　③　④　⑤

「車轔轔，馬蕭蕭，行人弓箭各在腰。」這個「車」字，是個象形字。甲骨文①是車的上視形，中間的一條長的豎線是車轅，車轅的上端是「衡」（駕馬處），兩個圓形是車輪。金文②的形體基本上與甲骨文相同。③是小篆的形體，僅保留了一個車輪。楷書④由小篆直接變來。⑤是簡化字的寫法。

▲斧車，漢畫像磚，四川德陽出土。

「車」的本義，在上古專指「戰車」，如《左傳·隱公元年》：「命子封帥車二百乘以伐京。」大意是：命令子封帥兩百輛戰車攻打京。後來一般的車子都叫「車」，如《史記·秦始皇本紀》：「車同軌，書同文。」就是說：秦始皇統一中國以後，統一了車軌（兩個車輪之間的距離）和文字。至於《左傳·僖公五年》所說的「輔車相依」中的「車」，若理解爲「戰車」可就錯了。這裡的「輔」是「頰骨」，「車」字專指牙床。

「車騎」一詞在古書中較爲常見，多指「車馬」，如《三國志·魏志·王粲傳》：「常車騎塡巷，賓客盈坐。」請注意：這個「車騎」的「騎」字，應讀爲ㄐㄧˋ（計），而不應讀爲ㄑㄧˊ（其）。還請注意：古代車、輿、輦（ㄋㄧㄢˇ撚）、軺（ㄧㄠˊ堯）是有區別的，應分辨清楚。車、輿、輦、軺都是指車子，也可以指轎子。不過，「輦」原指人力拉的車，漢以後特指皇帝乘坐的車。「軺」是指一種輕便、快速的馬車。

「車」字是個部首字。在漢字中，凡由「車」字所組成的字，大都與「車」和車的動作有關，如「軍」、「轎」、「軌」、「轉」、「載」、「輪」等等。

軍　军

①　②　③　④

「昨夜見軍帖，可汗大點兵。」這個「軍」字是個會意字。金文①的中間是「車」，其外是環繞在周圍的軍營。②是小篆的寫法，大致同於金文的形體。③是楷書。④是簡化字。

「軍」字的本義是「軍隊」。從「軍隊」又引申爲「駐紮」，如《史記・項羽本紀》：「軍彭城東。」即「駐紮在彭城東」的意思。軍隊的編制單位亦可稱「軍」，如《管子・小匡》：「萬人爲一軍。」段玉裁在《說文解字》注中說，古代一萬兩千五百人爲一軍。

▲秦兵馬俑。

「軍門」一詞，在古文中經常見到。如《左傳・哀公十年》：「吳子三日哭於軍門之外。」也就是說吳子在軍隊的營門之外哭了三天。可是到了淸代就不同了，「軍門」是對軍中加提督銜的軍官的尊稱。至於《晉書・天文志上》中所說的「軍門」，那是指星名。

另外，我們也要注意「軍容」一詞的不同詞義。一般是指軍隊的武器裝備等，如左思〈吳都賦〉：「軍容蓄用，器械兼儲。」到了後世，又指軍隊的氣象、威儀和軍人的儀表，如說：「我們的軍隊，軍容整肅。」可是唐代的後期則把監視出征將帥的最高軍職稱爲「軍容」（官名）。由此可見，朝代不同，某些詞的含義也往往有別。

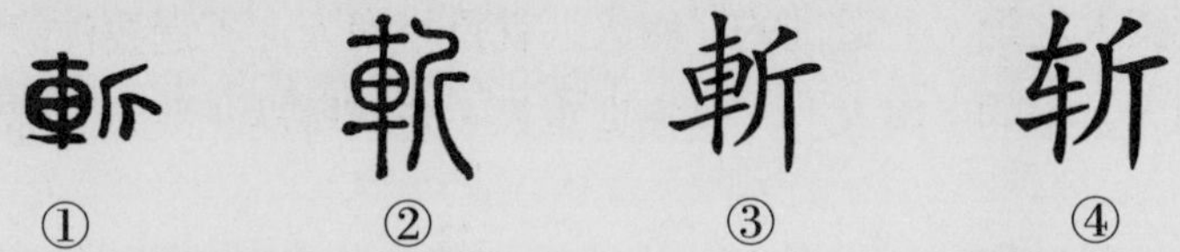

①　②　③　④

「斬草除根，絕其後患。」這個「斬」字本爲會意字。①是戰國印文的形體，左邊是「車」，右邊是「斤（斧鉞）」，車裂斧砍均有「斬殺」義。②是小篆的形體。③爲楷書繁體字。④爲簡化字的寫法。

《說文》：「斬，截也。從車斤，斬法車裂也。」許說正確。如《漢書・高帝紀》：「拔劍斬蛇。」由「砍」、「殺」引申爲「斷絕」，如《詩經・小雅・節南山》：「國既卒斬，何用不監？」大意是：國運已經快斷絕，你爲什麼不察及？

請注意：杜甫〈三絕句〉「斬新花蕊未應飛」中的「斬」是什麼意思呢？實爲「嶄」字的通假字。「斬新」就是「嶄新」，極新。

①　②　③　④

這個「輿」字是個會意字。甲骨文①的四角是四隻手，中間是一件東西，這就表明四隻手共舉一件東西。②是小篆的形體，中間部分變爲「車」形。③是楷書形體，直接由小篆演變而成。④爲楷書簡化字。

「輿」字的本義是「舉」，如《廣雅・釋詁》：「輿，舉也。」這就是說，在上古「輿」字當「舉」講。後來因「輿」字當中的部分變成了「車」，所以「輿」字又當「車廂」講，如王符《潛夫論・相列》：「木材……曲者宜爲輪，直者宜爲輿。」大意是：木材，彎曲的適合做車輪，順直的適合做車廂。由「車廂」之義，後來又可引申爲泛指「車」，如《三國志・蜀書・先主傳》：「出則同輿，坐則同席。」也就是說：外出時，乘同一輛車，坐下時，坐同一張席。

▲輜車，漢畫像石。

至於說「輿論」中的「輿」字爲「衆多」義，是從「衆手所舉」義引申出來的。因此，所謂「輿論」，就是衆人之議。《左傳・僖公二十八年》：

「晉侯聽輿人之誦。」這裡的「輿人」就是指衆人。不過要注意，在《考工記・輿人》中的「輿人」，是指造車人，若理解爲「衆人」那就錯了。

丮 部

① ② ③ 丮④

這個「丮（ㄐㄧˇ戟）」字是個象形字。甲骨文①是一個面朝左跪伸出雙手的人形。金文②的形體簡化了很多，書寫方便，是面朝左而半立的人形。小篆③則不太像人形了。④是楷書的形體。

「丮」字的本義，許愼說：「持也。」不完全正確。實爲「伸手作各種事情」之義。這個字一般不單獨使用，多作部首偏旁使用。凡由「丮」字所組成的字大都與各種動作或勞動有關，如「藝」、「埶」等。

① ② ③ 蓺④ 藝⑤ 艺⑥

「文采出衆，武藝超群」中的「藝」字是個會意字。甲骨文①是面朝左跪著的一個人，手中拿著小禾苗正要向地裡栽種。金文②與甲骨文的形體完全一致，人的形象畫得很逼眞。③是小篆的形體，左上部仍然是小禾苗，禾苗之下增加了一個「土」字，表示禾苗植根於土。其右邊的人形則不太像了。這個字古代也就寫作「埶」。又因禾苗是草屬，所以楷書④的上部增加個「草字頭」。後來因爲這種形體不能顯示讀音，所以又在下面增加了一個聲符「云」（「云」與「藝」讀音相近）。這就由原來的會意字變成了會意兼形聲的字了。⑥

▲薅秧勞作，漢畫像石，四川新都出土。

是簡化字，是一個上形下聲的新形聲字「艺」。

「藝」字本義是「種植」，如《詩經・唐風・鴇羽》：「不能藝黍稷（ㄐㄧˋ記）。」「黍稷」泛指莊稼。這句詩的大意是：不能種植莊稼。現在的高等農業院校還設有「園藝系」，這個「藝」字不是指「藝術」，而是「種植」之義。這是「藝」字本義的沿用。凡是種植得好，就是一種技能，所以「藝」字又可以引申爲才能、技能，如：「博開藝能之路。」（《史記・龜策列傳》）也就是「廣開才能之路」的意思。凡是種植亦應有個尺度或標準，所以「藝」字又可以引申爲「準則」，如：「用人無藝。」（《國語・越語下》）這句話的意思是：用人沒有個準則。

現在我們所說的「藝術」等也是從「藝」字的「才能」、「技能」之義引申出來的，屬於遠引申。

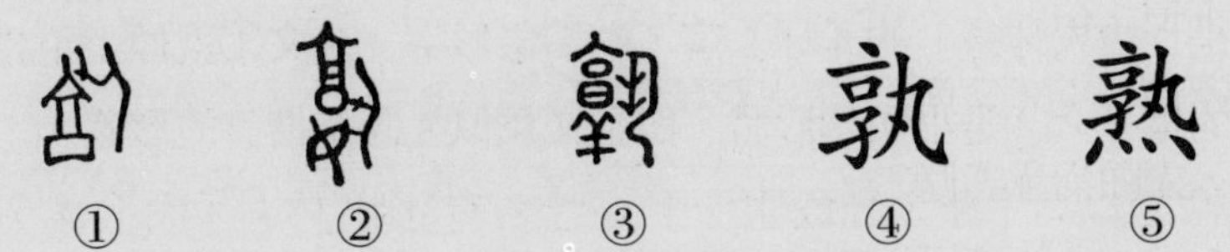

這是「五穀熟，天下足」的「熟」字。甲骨文①的右邊是一個面朝左而立的人，左邊是一宗廟之形，是人向宗廟裡獻祭品之義。②是金文的形體，大體同於甲骨文。③是小篆的形體，左下部增加了個「羊」（祭品），其右邊的「人」形就不太像了。④是楷書的形體，把「羊」字又換成了「子」，係僞變。後來到了楷書⑤又增加了四個「點兒」（火），這表明食物熟要用火，這就變成了上聲（孰）下形（火）的形聲字「熟」了。

在古書中多用「孰」字代「熟」字，如《史記・樂書》：「五穀時孰。」也就是說：五穀是按時成熟的。當「孰」字作疑問代詞用的時候，那麼「生熟」之「熟」就是在「孰」字下加「火」而成爲新字「熟」了。自此以後「孰」與「熟」就有了明確的分工：「孰」字當疑問代詞用，如：「人非生而知之者，孰能無惑。」（韓愈，〈師說〉）也就是說：人不是一生下來什麼都知道，誰能沒有疑惑呢？而「熟」字就當「生熟」的「熟」講了。

請注意：「孰」與「誰」都是疑問代詞，但是使用範圍不同。「誰」字專指人，而不能指事、物。「孰」字既能指人，也能指事或指物，如：

「是可忍也，孰不可忍也？」（《論語・八佾（一丶）》）這兩句話的原意是：這種事他都可以狠心做出來，那什麼事不可以狠心做出來呢？語義是有發展的，現在用這句話的意思是：如果這種事都可以忍耐的話，那麼還有什麼事情不能忍耐呢？

牙　部

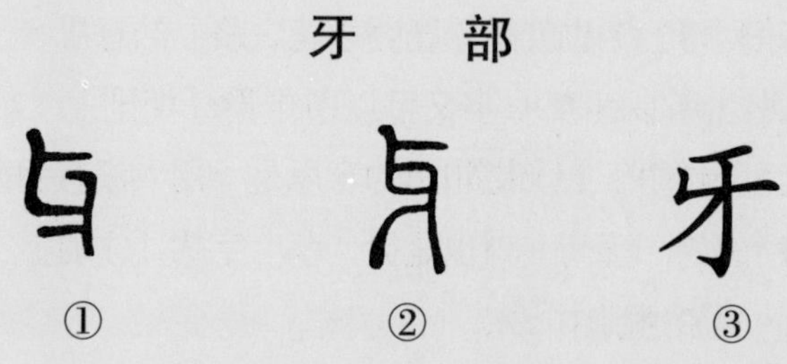

①　②　③

這是「拾人牙慧」的「牙」字，本爲象形字。金文①就像上下槽牙互相交錯的樣子。②是小篆的形體，與金文類似。③是楷書的形體。

《說文》：「牙，牡齒也。」「牡」有「壯」、「大」義，所以「牙」的本義就是「大齒」，指「槽牙」，如《後漢書・華佗傳》：「齒牙完堅。」這是說：門齒和槽牙完整而結實。在古文中，名詞經常能轉化爲動詞，牙的功能是咬，所以它也可以引申爲「咬」，如《戰國策・秦策三》：「輕起相牙者，何則？」這是說：那些狗跳起來互相咬，是爲什麼呢？有些東西的形狀與牙齒相似，所以也往往附以「牙」字。古代將軍的大旗邊沿有齒形，就稱爲「牙旗」，如潘岳〈關中詩〉：「高牙乃建。」也就是說：高樹起將軍的大旗。

請注意：在古籍中常見「牙郎」一詞，這不是今天所說的「牙郎中（牙科大夫）」，而是指在市場溝通買、賣兩家而從中牟利的人。「牙」又可作「芽」的通假字，如《夢溪筆談》：「一畝之稼，則糞溉者先牙。」大意是：種一畝田的莊稼，用糞水澆過的則先發芽。

生　部

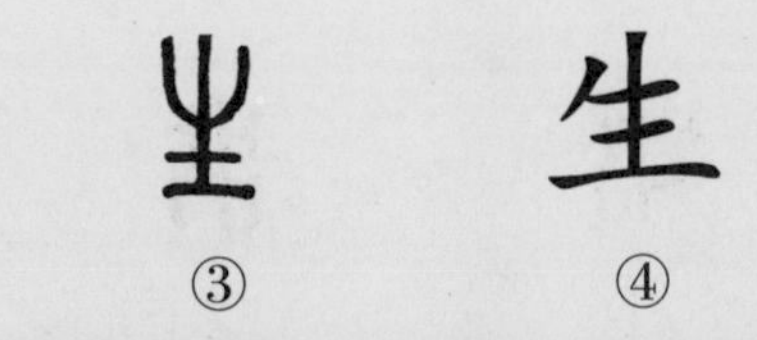

①　②　③　④

▲漢畫像磚上的草形。

「離離原上草，一歲一枯榮。野火燒不盡，春風吹又生。」這個「生」字是個象形字，我們看甲骨文①，下部的一條橫線是表示地平面，其上生出一棵小草芽，眞有新芽破土時生機勃勃的樣子。金文②的下部是一個「土」字，其上像樹芽之類，剛生出地面。③是小篆的寫法，其下仍爲「土」字。楷書④是直接從小篆變來的，僅把小篆的上曲線變成了一撇一橫罷了。

「生」字的本義即「草木生長」，後來引申爲「活著」、「生存」，如《孫子兵法・九地》：「陷之死地然後生。」至於「生熟」中的「生」，是從草木正在生長尚未成熟而引申出來的，如《史記・項羽本紀》：「則與一生彘（ㄓˋ治）肩。」也就是說：給他一條生豬腿。

「生」字是個部首字。凡是由「生」字作爲意符所組成的字，大都與「生長」有關，如「產」就有「生」義，「隆」字是「豐厚」義，當然與「生長」有關。

疒部

①　②　③　④

這是個「疒」（ㄔㄨㄤˊ床）字。在甲骨文①中，左邊是一架病床，床腳朝左；右邊是在病床上躺著一個人，周身的兩個點表示出汗，由此可見這是個病人。正如許慎在《說文解字》中說：「倚也，人有疾病象倚箸之形。」可是到了金文②只表示人躺在床上，身上的那些汗點都省掉了。小篆③又有省略，好像只剩下一架病床了。到了楷書④則寫爲「疒」，這個字後來變爲「牀」（床），其左邊像床形，右邊是「木」，表示病床是用木頭做的。

「疒」字是個部首字。後世凡是與疾病有關係的字一般都有個「病」字頭，如「疾」、「疝」、「疽」、「癡」等等。

疾

①　②　③　④

「疾」也是一個會意字。從甲骨文①的形體看，正面站立的一個人，其右臂的腋下中了一枝箭（矢），這就是受傷得病了。金文②的形體也基本上同於甲骨文，只是箭（矢）的形狀有點兒改變，更接近於「矢」了。③是小篆的形體，結構大變，把左邊的「人」變成了「疒」，這是因爲人被矢傷，就要生病，所以把「疾」歸於「疒」部也很有道理。這樣「疾」就有「病」的意思了。當中的「矢」也同於金文的形體。④是楷書的寫法，是由小篆的形體演變而來的。

▲周青銅器上的射獵紋。

「疾」的本義是「病」（被箭所傷），如《韓非子・外儲說左上》：「嬰疾甚，且死。」這是說：嬰病得很重，將要死了。由「病」義又引申爲「痛苦」，從「痛苦」又能引申爲「憎恨」，如：「吾疾貧富不均。」（《資治通鑑》）意思是：我恨的就是貧富不均。由「憎恨」又可以引申爲「嫉妒」，如《史記・孫臏傳》：「龐涓恐其賢於己，疾之。」這就是說：龐涓恐怕孫臏比自己本事大，就嫉妒他。另外，「疾」字本由「矢」（箭）組成，矢飛甚速，所以「疾」就有「快」的意思，如「疾雷不及掩耳」、「疾風勁草」等。

請注意，一般說來，「病」與「疾」有所區別，重病爲「病」，輕病爲「疾」。

① ② ③

這是「土地貧瘠」的「瘠」字，本爲會意兼形聲的字。①是《說文》中古文的形體，外部爲「疒」，內部爲「朿」；「朿」爲木刺形，表示人瘦了則脊骨如刺。所以該字是「從疒從朿，朿亦聲」的會意兼形聲的字。②是小篆的形體，從月（肉）從脊，脊亦聲。雖然其形體結構與古文迥別，但仍是一個會意兼形聲的字。③爲楷書的寫法，是合理地合併古文與小篆的形體而成。

《說文》：「膌（瘠），瘦也。從肉，脊聲。」許慎認爲「瘠」字的本義爲「瘦」，是正確的。但認爲該字是個單純的形聲字，則不妥，實際上這是個會意兼形聲的字。「瘠」字的本義是「瘦」，如《左傳・襄公二十一》：「瘠則甚矣，而血氣未動。」這是說：瘦是瘦到極點了，但是血氣沒有變。《史記・劉敬叔孫通列傳》：「今臣往，徒見羸瘠老弱。」意思是：現在我前去，只是看到了病瘦老弱的人。由人「瘦」而引申爲「土質薄」，如《國語・魯語下》：「擇瘠土而處之。」「土質薄」可以稱「瘠」，「待人薄」亦可稱「瘠」，如《左傳・襄公二十九年》：「何必瘠魯以肥杞？」這是說：爲什麼一定要薄待魯國而厚待杞國呢？

立部

立

① ② ③ ④

▲周代站立的玉人。

「西子花甲立，萬枝羞不開」中的「立」字也很形象。甲骨文①上部是正面站著一個人，人腳下的一條橫線表示地面，一個人站在地面上，這就表示「立」的意思。金文②就更像一個人了，下面的一條橫線仍表示地面。③是小篆的形體，上部的人已經走樣。④是楷書的寫法，由小篆演變而來。

「立」的本義就是「站」，如《左傳‧宣公二年》：「華元逃歸，立於門外。」這是說：華元逃回來了，站在門外。由「站」又引申爲「設立」或「建立」，如《商君書‧更法》：「各當時而立法。」大意是：都要針對當時的形勢而設立法。由「設立」又可引申爲「君主即位」，如《史記‧秦本紀》：「莊襄王卒，子政立，是爲秦始皇帝。」這是說：莊襄王死後，他的兒子「政」即位，這就是秦始皇。因爲人往那裡「一站」總是表示時間很短，所以「立」字又能引申爲時間很短的意思，作「立刻」、「立即」等副詞用，如《史記‧項羽本紀》：「立誅殺曹無傷。」大意是：馬上把曹無傷殺了。

在讀古詩文時，常會見到「立地」一詞，若理解爲「站在地上」就不對了。如楊萬里〈江山道中蠶麥大熟〉詩中有「矖繭攤絲立地乾」一句，這個「立地」就是「即刻」的意思，仍然表示時間很短。

「立」字是個部首字。凡由「立」字所組成的字，大都與站立有關，如「並」、「端」、「靖」、「竢」等字。

①　②　③　④　⑤　⑥

這是「並駕齊驅」的「並」字，是個會意字。甲骨文①的上部是正面站著兩個人，腳下有一條橫線表示地面，這就表示兩個人並排站在一個地面上。金文②與甲骨文的形體一致，更像並立的兩個人形。③是小篆的形體，已看不出人的形狀，地面也裂爲兩段。④是楷書的寫法，變成了兩個「立」字。後因這個寫法太繁，所以又變成了楷書⑤的寫法。⑥是被保留使用的筆畫少的異體字。

「並」字本義是「並列」，如《荀子・強國》：「欲自並乎湯武。」「乎」字相當於介詞「於」。這句話的意思是：想把自己和商湯、周武並列。由「並列」之義又可以引申爲「兼併」，如《史記・秦始皇本紀》：「秦初並天下。」也就是說：秦始皇剛剛兼併天下。由「兼併」又可引申爲「一起」之義，如《戰國策・齊策二》：「漁者得而並擒之。」其大意是：打漁的人能夠把牠們一起抓住。

至於「並」字當「拋棄」講，那是假借字的問題，如《荀子・強國》：「並己之私欲。」即「拋棄自己的私欲」的意思。這裡的「並」字通「屏」，應當讀作ㄅㄧㄥˇ（丙），不可讀作ㄅㄧㄥˋ（病）。

請注意：在古代，並（竝）、并、併三個字都用，但三者並不完全通用。「并」和「併」是同義詞，可以通用；「并」和「並」不是同義詞（古音也不相同），不能通用。「兼併」、「併合」的意義只能寫作「并」或「併」，而不能寫作「並（竝）」。而「一齊」或「一起」的意義，通常都寫作「並（竝）」，不寫爲「并」、「併」。當「拋棄」講只寫作「并」、「併」。當「沿著」或「依傍」講，只寫作「並（竝）」。

這是「開端」之「端」的本字「耑（ㄉㄨㄢ）」，原爲象形字。①是甲骨文的形體，其上部的「止」實爲植物生出地面之形，其左右的兩點表示植物所需的水，下部是植物的根伸於地下之形。②是金文的形體。③是小篆的寫法。④爲楷書古體字。⑤爲後世通行楷書體，變成了「從立，耑聲」的形聲字了。

《說文》：「耑，象物初生之題也。上象生形，下象其根也。」許說正確。《說文》另收一「端」字，解爲「直也」。實際上，「耑」爲「端」的古體字，本爲植物發芽生長形，這就可以引申爲「發端」、「開頭」義，如《荀子・君道》：「法者，治之端也。」也就是說：制法，是治國的開頭。由「開頭」可以引申爲「頭緒」，如《三國志・魏書・郭嘉傳》：「多端寡要，好謀無決。」大意是：頭緒多但缺少要領，喜歡謀劃但又沒有決斷。「發端」要正，所以又可以引申爲「正」，如《禮記・祭義》：「以端其位。」也就是說，以正其位。

「端」後世能轉爲副詞用，當「終究」講，如蔡伸〈滿庭芳——鸚鵡洲邊〉：「端不負生平。」也就是說：終究不負平生。

請注意：「端午」本名「端五」，是陰曆五月初五日，我國傳統的民間節日。有時亦可寫作「端陽」、「重五」、「重午」。另外，在洪邁的《容齋隨筆》中說：「凡月之五日，皆可稱端午也。」可見「端午」也可指每月的初五日。「端」的古體字「耑」又讀ㄓㄨㄢ，是「專」的異體字。

穴 部

① ② ③

上古人「穴居野處」。這就是洞穴的「穴」字，是個象形字。這個字在甲骨文中尚未發現。①是金文的部首，其形頗像土室或岩洞。②是小篆的形體。③是楷書的形體，其形與小篆基本相同。

「穴」字的本義就是「岩洞」，如：「古之民未知爲宮室時，……穴而處。」（《墨子・辭過》）大意是：上古的人還不會建造宮室時，他們大都是挖洞而居。由「所居之洞」義又可以引申爲墓壙、墓穴（葬死人的

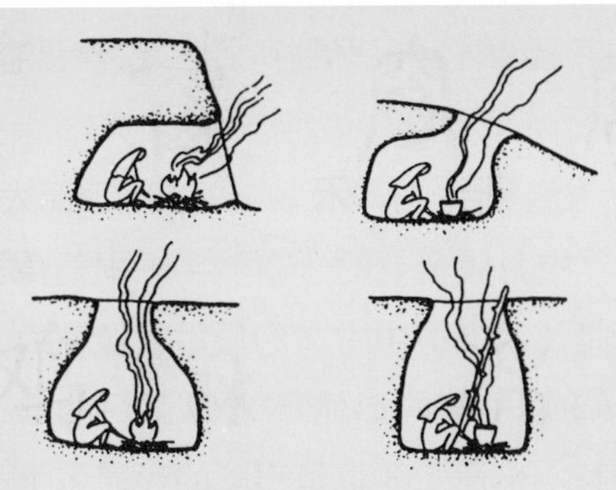
▲仰韶人的穴居生活。

洞穴），如《詩經・王風・大車》：「死則同穴。」即死後埋葬在一起。動物的巢穴亦可稱為「穴」，如成語：「不入虎穴，焉得虎子！」

「穴居而野處。」（《易經・繫辭下》）這是說人類未有房屋前的生活狀態。請注意：這裡的「處」字應該讀為ㄔㄨˇ（楚），而不能讀為ㄔㄨˋ（觸）。

「穴」字是個部首字。凡由「穴」字所組成的字大都與房室或窟窿有關，如「窖」、「窩」、「窗」、「竇」等字。

① ② ③

這是「突飛猛進」的「突」字，是個會意字。你看甲骨文①的形體實在形象，上部是個洞穴，下部是一隻犬，這就表明猛犬從洞中突然衝出。②是小篆的形體，仍然是犬在穴中。③是楷書的寫法，與小篆基本相同。

「突」字本義就是「急速地外衝」。《說文解字・穴部》：「突，犬從穴中暫出也。」這就是說犬從洞中突然衝出來。再如：「馳突火出。」（《三國志・魏書・武帝紀》）就是說：騎著戰馬，急速地衝出火陣。由「急速外衝」之義又能引申為「突然」的意思，如：「突如其來。」（《易經・離）「突」字又可作為「凸」字的假借字，如徐宏祖《徐霞客遊記・滇遊日記》：「東北一峰東突。」因為煙囪凸出屋外，所以煙囪也叫「突」，如《韓非子・喻老》：「百丈之室，以突隙之煙焚。」其大意是，一座很大的房子，也能被煙囪縫裡冒出來的火所焚毀。

▲漢畫像磚上的狗。

在古書中常有「突騎」一詞，這是指衝鋒陷陣的精銳騎兵。不過請注意：「突騎」中的「騎」字必須讀為ㄐㄧˋ（計）。

① ② ③ ④ ⑤

▲古代窗格圖形。

這是「皎月臨窗」的「窗」字，本爲象形字。①是《說文》中古文的形體，像窗戶的形狀。②是小篆的形體，也像窗戶的形狀，中間有木格窗。③也是小篆的形體，上從「穴」、下從「悤」，變得相當複雜。④爲《汗簡》中的寫法，省去了下部的「心」。⑤是楷書形體。可見「囪」原爲「窗」的本字。

《說文》：「囪（窗），在牆曰牖，在屋曰囪（窗），象形。」「窗」字本義就是「天窗」，後引申爲「窗戶」，沈括《夢溪筆談・故事》：「自窗格引燭人照之。」所謂「窗格」即窗櫺子。一般說古代的窗有兩種，一種叫天窗，如王充《論衡・別通》：「鑿窗啓牖，以助戶明也。」另一種叫旁窗，如《古詩十九首・之二》：「盈盈樓上女，皎皎當窗牖。」

請注意：在古代「窗」亦可代「囪」字用。如《廣雅・釋宮》：「其窗謂之（突）。」這裡的「窗」應讀作ㄘㄨㄥ，實爲「煙囪」的「囪」字。現在「囪」與「窗」有了明確分工，不能相互代用。

示　部

① ② ③ ④

這是個「示」字。甲骨文①很像我國上古人所崇拜的「靈石」，在這個「靈石」臺上可以貢獻祭品。金文②則有所變化，把甲骨文的「靈石」的底座簡化爲「小」字形的支架了。③是小篆的形體，④是楷書的形體，都看不出「靈石」的樣子了。

「示」字本義爲「靈石」，是名詞。靈石上放置祭品，示於光天化日之下，給鬼神看並享用，所以後來又引申爲動詞，是「給人看」的意思，如《史記・廉頗藺相如列傳》：「相如奉璧奏秦王，秦王大喜，傳以示美人及左右。」這樣，又引申爲「顯示」、「表示」等。

我們必須注意：用「示」字作偏旁與用「衣」字作偏旁是完全不同的。凡是用「示」作偏旁的字往往與精神、祭祀有關，只能寫作「礻」，其右邊是一個點兒；而用「衣」作偏旁的往往與衣物有關，只能寫作「衤」，其右邊是兩點兒。當我們沒有把握時，多想想這個字所代表的意思與什麼有關，問題就解決了。

「示」字是個部首字。在漢字中凡由「示」字所組成的字大都與崇拜、祝願、鬼神、祭祀有關，如「福」、「祐」、「祝」、「祟」、「神」、「祀」、「祭」、「祈」等字。

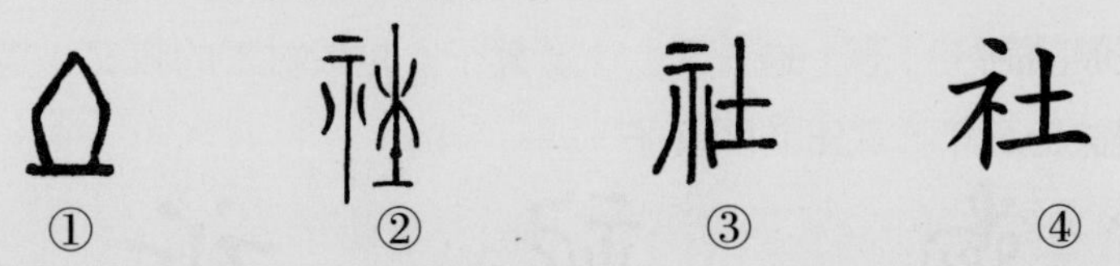

「有如社燕與秋鴻，相逢未穩還相送。」「社」字在上古與「土」字相同，是個象形字，甲骨文①就像在地面立了一堆土。②是金文的形體，其左爲「示」，其右是「土」，上立「木」。③是小篆的形體，省掉了「土」上之「木」。④爲楷書的寫法。

《說文》：「社，地主也。」所謂「地主」，就是指「土地神」，如《禮記・祭法》：「王爲群姓立社曰大社；王自立社曰王社；諸侯爲百姓立社曰國社；諸侯自立社曰侯社；大夫以下成群立社曰置社。」祭土地神的地方亦可稱「社」，如《白虎通・社稷》：「封土立社。」

「社」爲土地神，「稷」爲穀神，古代帝王每年都要祭祀土地神和穀神，所以以後「社稷」就成了「國家」的代稱，如《史記・文帝本紀》：「計社稷之安。」也就是說：考慮國家的安定。

「社火」，一般是指舊時在節日扮演的各種雜戲。可是有時也指「同夥」，比如《水滸傳》第五十八回：「但是來尋山寨頭領，必然是社火中人故舊交友。」

①　②　③　④

這是「祭祀天地」的「祀」字，讀作ㄙˋ，本爲會意兼形聲的字。甲骨文①的左邊是「示（靈石）」，右邊是跪著的一個人，表示人跪在靈石前祈禱。②是金文的形體，與甲骨文形似。③爲小篆的寫法。④爲楷書的寫法。

《說文》：「祀，祭無巳也。從示，巳聲。」這不妥。《爾雅．釋詁》：「祀，祭也。」「祭」才是「祀」的本義。再者，「巳」本爲「人」形，在該字中，「巳」字並不單純表聲，而兼表意。

「祀」爲「祭祀」，是供奉「鬼神」的迷信活動，如《鹽鐵論．誅秦》：「宗廟絕祀。」這是說：宗廟裡斷絕祭祀。過年是要祭祀的，所以商代稱年爲「祀」，如《尚書．洪範》：「惟十有三祀，王訪於箕子。」「惟」是發語詞；「有」通「又」；「箕子」是殷紂王的叔父。這兩句話的大意是：十三年，武王訪問箕子。

①　②　③

這是「祈福祈年」的「祈」字，原爲會意字。①是金文的形體。容庚先生認爲，「祈，從㫃從單，蓋戰時禱於軍旗之下。」②爲小篆的形體，變成了「從示，斤聲」的形聲字了。③是楷書的寫法。

《說文》：「祈，求福也。」「祈」字的本義是「祈禱」，如《詩經．小雅．甫田》：「以祈甘雨。」也就是向天祈禱降喜雨的意思。又《詩經．大雅．雲漢》：「祈年孔夙。」意思是：我祈求豐年很早了。明朝在北京建有「大享殿」，專以祈五穀豐登。清朝仍襲用，到乾隆時才改爲「祈年殿」，在今北京天壇。由向天、向鬼神祈禱，引申爲向人「求」、「乞求」，如《南史．劉峻傳》：「聞有異書，必往祈借。」意思爲：聽說有特殊的書，一定前去求借。後來向人請求也往往稱爲祈請、敬祈等。

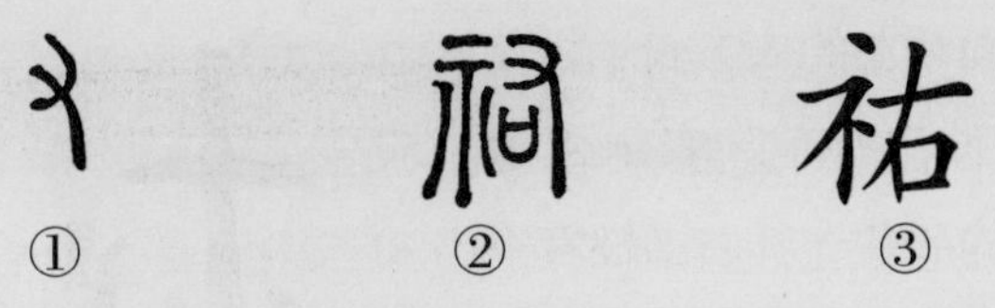

①　　　　②　　　　③

這是「神靈保祐」的「祐」字，本借又（手）代之，是個象形字。①是甲骨文形體，是一隻右手。②是小篆的形體，變成了「從示，右聲」的形聲字了。③是楷書的寫法。

《說文》：「祐，助也。」也就是說，求助於神靈的保祐，如《易·大有》：「自天之祐，吉無不利。」大意是：求老天保祐，有大吉而無不利。

視　视

①　　②　　③　　④　　⑤

這是「視死如歸」的「視」字，本爲會意兼形聲的字。甲骨文①的上部是祭祖祭神的靈石，下部是眼睛（目），以目視靈石，故爲會意。又從示得聲，亦爲形聲。②是《說文》中的古文形體，「目」移至「示」的左邊，其義不變。③是小篆的形體，由「目」變爲「見」。④爲楷書繁體字。⑤爲簡化字。

《說文》：「視，瞻也。」也就是說，「視」的本義爲「看」，如《荀子·勸學》：「目不能兩視而明，耳不能兩聽而聰。」由「看」又可以引申爲「看待」，如《左傳·成公三年》：「賈人如晉，荀罃善視之。」就是說：這個商人到了晉國，荀罃（人名）像貴客一樣地看待他。至於《漢書·高帝紀上》「亦視項羽無東意」中的「視」，那是「示」的通假字，爲「向……表示」之意。這句話的大意是：也向項羽表示沒有東進的意思。

請注意：古代「視」與「見」的含義有區別：「視」是表示看的動作，不管是否看到；「見」則爲看的結果，只有看到了才能用「見」。

祝

①　　②　　③　　④

這個「祝願」的「祝」字是個會意字。甲骨文①的左邊表示神靈，其右是跪著一個面朝左的人，表示祈禱。金文②右邊的人伸出雙手，表示祈禱、求福。③是小篆的形體，其右已經看不出人的形象了。④是楷書的寫法。

「祝」字的本義是「祈禱」，如《戰國策・趙策》：「祭祀必祝之。」也就是說：每逢祭祀時，就一定要祈禱一番。由「祈禱」又可以引申為「祝頌」，如《莊子・天地》：「請祝聖人，使聖人壽。」就是說：祝頌聖人，使聖人長壽。由「祝頌」之義，又可以引申為「慶祝」等。

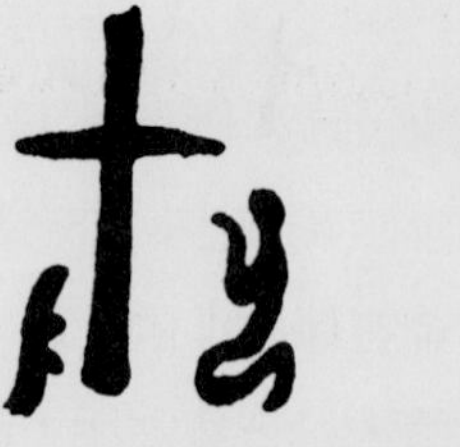

▲表現日神崇拜的象形文字。

在古文中，常見「祝髮」一詞，這裡的「祝」字是「誅」字的假借字；因「誅」當「殺」講，「殺」就有「斷絕」之義，所以「祝髮」就是剃去頭髮的意思。至於賈公彥說，「祝」當「注」講（《周禮・天官・瘍醫》疏），那是說「祝」是「注」的假借字，所謂「祝藥」就是「注藥於瘡」的意思。

請注意：「詛咒」在上古還可以寫作「詛祝」，這裡的「祝」字若讀為ㄓㄨˋ（注）那就不對了，而必須讀為ㄓㄡˋ（咒）。

① ② ③ ④

這是「赤心祭祖」的「祭」字，是個會意字。甲骨文①的左邊是一塊鮮肉形，右邊是一隻手，意思是手拿鮮肉舉行祭祀之禮。其中的四個點兒，表示鮮肉血淋淋之形。②是金文的形體，其左上方是「肉」（月）形，右上方是手，下方是「示」，表示手拿鮮肉在「示」前祭祀。小篆③的形體與金文相類似。④是楷書的寫法，是直接由小篆演變而來。

▲古人在祭灶神時的情形。

「祭」字的本義即「祭祀」，舊社會祀神、供祖或以儀式追悼死者都可稱「祭」，如祭天、祭祖和公祭等。

請注意：古代有一個姬姓國叫「祭」

（亦寫作「祭」），這個「祭」字不讀ㄐㄧˋ（記），而必須讀ㄓㄞˋ（債）。還要注意一點，「祭」字的左上方是「肉」（月），右上方是手，是手拿肉的意思。可是有的人經常把「祭」字寫爲「祭」或「祭」或「祭」，這都是錯的。只要你能想到手拿肉爲「祭」，那你就不會再寫錯了。同樣的道理，如果你能把「祭」字寫正確，那麼「察」、「擦」、「蔡」、「嚓」、「鑔」等字也就不會再發生筆畫上的錯誤了。

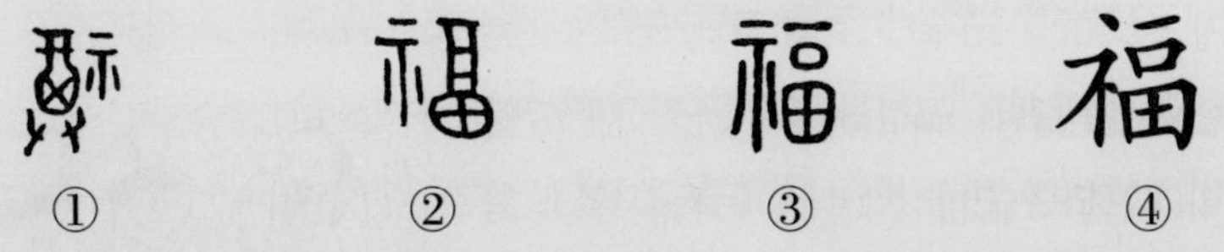

「壽似南山松不老，福如北海水長流。」這個「福」字是個會意字，表現得極爲形象。你看甲骨文①的左上部是酒樽（酉）之形，其下是一雙手，右上方是個「示」字，意思是：雙手捧著酒樽在「示」前祭獻。金文②的左邊是「示」，右邊是一把酒樽，省略了雙手。③是小篆的形體。④是楷書的寫法。

▲《三教搜神大全》中的福神。

「福」字的本義就是「求福」，後又引申爲「幸福」，與「災禍」相對，如：「禍兮福之所倚，福兮禍之所伏。」（《老子》）意思是：禍是福所依託的，福是禍所隱藏的。因「福」字最初與「祭祀求福」有關，所以祭祀用的酒肉也可以叫「福」，如：「驪姬受福。」（《國語・晉語二》）也就是說：驪姬接受了祭過神的酒肉。「福」字大都作名詞用，但有時也可以引申爲動詞，當「護佑」講，如：「小信未孚，神弗福也。」（《左傳・莊公十年》）意思是：小的誠心沒有達到誠信動人的地步，那麼神是不會護佑他的。我們讀《官場現形記》第四十回時，會見這樣兩句話：「馬老爺才趕過來作揖，瞿太太也只得福了福」。前一個「福」字就是作動詞用，是指舊時婦女提起衣襟行禮致敬之意。

請注意：「福」的左邊從「示」，而不是從「衣」，如果寫爲「衤」那就錯了。

禾 部

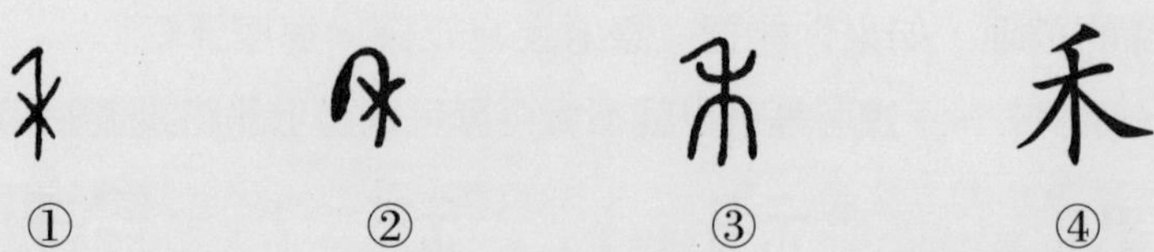

①　　②　　③　　④

「鋤禾日當午，汗滴禾下土。誰知盤中餐，粒粒皆辛苦。」這個「禾」字非常形象。你看甲骨文①的形體，像不像一棵成熟了的莊稼呢？其上端是下垂的穗子，中間有葉子，下部有根。金文②就更像成熟了的莊稼，那向左彎垂的穗子沉甸甸的。由此可見，「禾」字是個象形字。小篆③是沿甲、金形體變來的，也還像「禾」的樣子。楷書④也大體上能看出莊稼的樣子，是由小篆的形體楷化而來。

▲《天工開物》中表現收割莊稼的場景。

「禾」的專稱是指「穀子」，如《詩經．豳風．七月》：「禾麻菽麥。」「禾」是穀子，「菽」是豆類。「禾」有時也能指糧食作物的總稱，如聶夷中〈田家〉詩：「六月禾未秀，官家已修倉。」這是說：六月的莊稼還沒有秀穗，官家就把搜刮百姓的五穀倉庫已經修好了。「禾」字在個別情況下也能指稻子，如黃庭堅〈戲詠江南風土〉：「禾舂玉粒送官倉。」把稻子舂出的玉粒（大米）送進官倉。

請注意幾種糧食作物的名稱區別，「禾」原指穀子，後來常用作莊稼的代稱；「粟」原指穀子顆粒（小米），後來也能作糧食的代稱；「穀」是莊稼和糧食的總稱；「黍」是黏黃米，也稱黍子；「稷」指不黏的黃米；「菽」指黃豆及豆類。

①　　②　　③　　④

▲手拿莊稼的農夫，選自《天工開物》。

「瑞雪兆豐年」。勞動人民辛苦一年，總盼有個好收成。這個「豐年」的「年」字，是個會意字。你看甲骨文①的上部是個「禾」字，下部是一個面朝左、臂向下斜伸的「人」，這就表明莊稼豐收了，割下來捆在一起，頂在頭上搬回家去（據葉玉森說）。金文②就更爲清楚了，上部是穗子向左下垂的「禾」（莊稼），其下部也是一個面朝左的「人」，同樣是頂在頭上搬運莊稼的意思。小篆③的上部仍爲「禾」，但其下部僞變成「千」字了。④是楷書的形體，僞變得更厲害，根本看不出「人」頭頂著「禾」的樣子了。

「年」本爲「豐收」之意，如《穀梁傳・宣公十六年》：「五穀大熟爲大有年。」後因莊稼收割完畢，要過一個慶豐收的節，這個節就稱爲「年」。以後又引申爲歲數，稱爲「年齡」，如《史記・賈誼傳》：「是時賈生年二十餘，最爲少。」過去給年高的長者寫信，往往有「年高德韶」一句話，就是「年齡大，德行好」的意思。

① ② ③ ④ ⑤

這是「齊」字，從甲骨文①和金文②的形體看，很像整齊的東西。許愼在《說文解字》中說：「禾麥吐穗上平也。」特別是金文②的形體，很像麥穗長得整齊的樣子。③是小篆的形體，三棵小麥的中間一棵上去了，其根部的兩條橫線表示地平面，左右兩側的兩棵沒有動。這是爲了適應方塊結構的要求才這樣變的。同時，這種結構比甲、金形體更爲美觀。楷書④則變得比小篆更爲複雜，根本看不出麥穗的樣子了。也正因爲它太複雜，所以大陸現在簡化爲「齐」，這就是簡化字⑤的形體。

「齊」字本義當「整齊」講，如《三國志・吳書・吳主傳》：「曹公望權軍，歎其齊肅。」這是說：曹操遠望孫權的軍容，爲其整齊嚴肅而嘆服。由「整齊」義又可引申爲「一起」義，如劉禹錫〈插田歌〉：「齊唱田中歌。」

在古代，「齊」字能當後世的好幾個字用，如「肚臍」的「臍」，「調劑」的「劑」，「齋戒」的「齋」等。至於究竟當哪個用，要根據上下文的意思而定。

① ② ③

「六月六，看穀秀。」這個「秀」字，原爲會意字。①是石鼓文的形體。上部是成熟了的莊稼，穗子下垂；下部是一個面朝左的人，手臂前伸，表示手舉莊稼。②是小篆的形體，與石鼓文相似。③是楷書的形體。

▲手舉莊稼的農夫，選自《天工開物》。

《說文》：「秀，上諱。」身處漢朝的許愼不敢分析「秀」字，因爲漢光武帝的名字叫劉秀，爲了避諱，用「上諱」兩字一筆帶過。「秀」字的本義爲「好收成」，又可以引申爲「穀物吐穗開花」，如白居易〈杜陵叟〉：「麥苗不秀多黃死。」所謂「不秀」就是吐不出穗開不了花。由「開花」又可以引申爲「美麗」、「秀麗」，如歐陽修〈醉翁亭記〉：「望之蔚然而深秀者，琅琊也。」就是說：遠望那樹木茂盛而極秀麗的地方，就是琅琊山。由此又可以引申爲「優秀」等，如《史記・屈原賈生列傳》：「聞其秀才，召置門下。」意思是：聽說他是個優秀的人才，便召喚來安置在自己的門庭之下。

「秀才」一詞，一般是指漢朝以來爲薦舉人才所設的科目。南北朝時最重此科。唐初置秀才科，明清專用以稱府、州、縣學的生員。

① ② ③ ④ ⑤

「三人吹笙，一人吹和。」這個「和」字是個形聲字。甲骨文①的右上部是連結在一起的竹管之形，下部的「口」是把能吹響的竹管彙集在一

▲漢畫像磚上的奏樂場景，右下方爲吹笙者。

起，像笙的形狀，左上部的「禾」表讀音，所以「和」字本爲形聲字，是笙類的樂器。郭沫若說：「和字或此字之省變。」②是金文的形體，由甲骨文演變而來。③是小篆的繁體字。④爲小篆的簡體字。⑤爲楷書，將「口」移到右邊。

《說文》：「和，相應也。」其實，「相應」並非本義。「和」的本義是「笙類樂器」，如《儀禮・鄉射禮》：「三笙一和而成聲。」也就是說：三人吹笙一人吹和才能成樂。由此又可以引申爲「和諧」，如《禮記・樂記》：「其聲和以柔。」在唱歌時，有人唱，有人跟著唱亦稱「和」，如《後漢書・黃瓊傳》：「陽春之曲，和者必寡。」也就是說：唱那高雅的曲子，能跟著唱的人一定很少。不過這裡的「和」應讀作ㄏㄜˋ。

請注意：「和平」與「戰爭」相對，可是在古代「和平」多指「和順」義，如《禮記・樂記》：「耳目聰明，血氣和平。」所謂「血氣和平」，也就是說血氣和順通暢。

①　②　③

「淒淸委婉，動人心魄。」這個「委」字本爲會意字。①是甲骨文的形體，左邊是一棵枯萎了的死禾，頂端彎曲下垂；右邊是一個跪於死禾前的女人。所以「委」就是「萎」字的初文。②是小篆的形體，「禾移於女」上，變左右結構爲上下結構，但意義未變。③是楷書的寫法。

《說文》：「委，隨也。」所謂「隨」也，就是「隨其所如」的意思。其實，「隨」並不是「委」字的本義，其本義爲「枯萎」，如曹植〈贈丁儀〉：「黍稷委疇隴（壟），農夫安所獲！」這是說：莊稼都枯倒在田壟上，農民們還能收穫什麼呢！凡「枯萎」就含有曲折之意，所以這又可以引申爲「曲折」，如《史記・天官書》：「委曲小變，不可勝道。」也就是說，曲折小變，不可勝說。凡「枯萎」，也就必然塌墜聚積，所以又可以引申爲「聚積」，如揚雄〈甘泉賦〉：「瑞穰穰兮委如山。」大意爲：祥瑞豐盛啊聚積如山。

請注意：「委靡」一詞，多指精神頹唐。但《楚辭・九思・憫上》「委靡兮成俗」中的「委靡」，則是「沒有骨氣」的意思，是從本義引申來的。

「晝短苦夜長，何不秉燭遊。」這裡的「秉」字不用分析也許可以看個大概。甲骨文①的左邊是一棵「禾」，穗子向右彎垂，右下部是一隻「手」，是用「手」拿「禾」的意思，這是個會意字。所以「秉」的本意就是一把禾稻。金文②中的「禾」就更像向右邊彎垂的大穀穗子，只不過「手」變到左邊去了，但本義未變。小篆③中的「手」仍然回到右邊，而且手指伸到「禾」中，表示拿禾稻之意。④是楷書的寫法，基本上與小篆同。

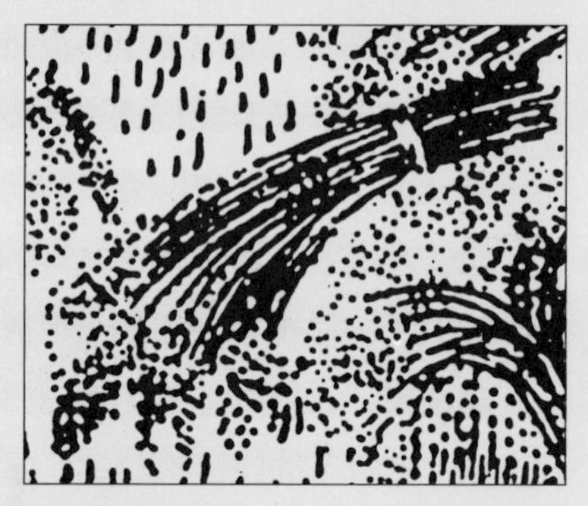

▲成捆的莊稼（局部），選自《天工開物》。

「秉」字的本義是一把莊稼，如《詩經・小雅・大田》：「彼有遺秉。」大意是說：（收割後）那邊田裡還有一把一把掉下的莊稼。從這個本義又引申爲「手拿著」（或持著）的意思，如《古詩十九首》中「何不秉燭遊？」就是爲什麼不拿著蠟燭夜遊呢？曹丕〈又與吳質書〉中有「古人思炳燭夜遊」一句，可別認爲曹丕是把「秉」誤爲「炳」，其實在古代「秉」與「炳」是通用的，這不能算錯。

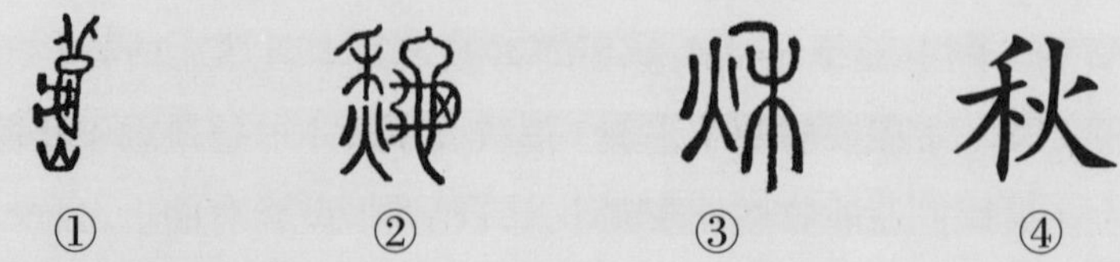

「落霞與孤鶩齊飛，秋水共長天一色。」這個「秋」字，本爲會意字。甲骨文①下爲火形，上爲秋蟲之形，火燒秋蟲，爲古代焚田之習俗，在秋末進行。②是《說文》中籀文的形體，表示五穀熟了，田野便以火焚蟲。甲骨文的秋蟲之形訛變爲龜。③是小篆的形體，將「龜」字去掉，「火」與「禾」並列。④是楷書的形體，「火」與「禾」移位。

《說文》：「秋，禾穀孰（熟）也。」「秋」字的本義爲「收穫」，如《尚書・盤庚上》：「若農服田力穡，乃亦有秋。」這是說：譬如農夫，只有盡力耕種和收割，才能有收穫。收穫的季節即爲「秋天」，如《管子・四時》：「秋聚收，冬閉藏。」由「秋」又可以引申爲「年」，如《詩經・王風・采葛》：「一日不見，如三秋兮！」大意是：一天不見，好像隔了三年！

請注意：在古書中常見「秋水」一詞，本指秋天的水，後來用以比喻「清澈的神色」，如杜甫〈徐卿二子歌〉：「秋水爲神玉爲骨。」有時比喻「清澈的眼波」，如李賀〈唐兒歌〉：「一雙瞳人剪秋水。」這裡的「秋水」與「秋波」同義。

①　②　③　④

「不是一番寒徹骨，怎得梅花撲鼻香。」這個「香」字本爲會意字。①是甲骨文的形體。上部爲麥形（來），四個小點爲麥形下落形；下部的「口」爲盛麥的器皿，表示小麥成熟後的馨香。②是古陶文的形體。其上部變成「黍」字頭（即省去「黍」字下部的「水」）；下部變成了「甘」字，表示五穀的甜美芳香。③是小篆的形體。上部爲「黍」，下部爲「甘」，其義未變。④是楷書的寫法，將小篆上部的「黍」省簡爲「禾」，下部的「甘」變爲「曰」，其義不變。

《說文》：「香，芳也。」「香」的本義不是指一般的芬芳，而是指五穀成熟之後的香味，如《春秋》中「黍稷馨香」。後來引申爲「氣味美」的通稱，如謝朓〈思歸賦〉：「晨露晞而草馥，微風起而樹香。」

請注意：《群芳譜・花譜三》中所說的「香祖」，並非以香祭祖之意，而是「蘭花」的別名。

① ② ③ ④

這是個「兼併」的「兼」字。「秉」字是一隻「手」拿一棵「禾」，這個「兼」字是一隻「手」拿兩棵「禾」。金文①就是一隻很長的右「手」，抓了兩棵「禾」。這當然是一個會意字了。②是小篆的形體，與金文的寫法基本上相同。③是早期楷書的寫法，是由小篆直接變來的，只不過將曲筆變爲直筆而已。④是後期楷書的寫法，根本沒有一手抓兩禾的樣子，書寫也較爲簡便。

「兼」的本義是一手抓兩株「禾」，由此而引申爲同時做幾件事情或者占有幾樣東西，都可稱爲「兼」，如《史記・秦始皇本紀》：「皇帝並宇，兼聽萬事。」現在的成語中還有「兼聽則明，偏聽則暗」的話，後來又引申爲「兼併」之意，如曹操的〈置屯田令〉：「秦人以急農兼天下。」所謂「急農」，就是把農業生產放在重要地位的意思。這句話的大意是：秦國是因爲特別重視農業而兼併了天下。從「兼併」又可引申爲「加倍」的意思，如錢起〈送原公南遊〉：「有意兼程去，飄然二翼輕。」這個「兼程」就是加快速度趕路之意。有人把杜甫〈客至〉詩中的「無兼味」誤釋爲「沒有兩種味道」，實際上是指多種菜肴，是「沒有兩種以上的菜肴」的意思。

① ② ③ ④

這是「秦時明月漢時關」的「秦」字。甲骨文①的上部，左右是兩隻手，中間是一把木杵，下部是兩棵「禾」（成熟了的莊稼）。其大意就是兩手舉杵舂穀，所以「秦」字的本義就是糧食。這個字是由很多個象形字組成的，所以是個會意字。金文②的形體基本上與甲骨文相同，只是筆畫較粗。小篆③上部的「杵」更像實物之形，左右兩手舉杵，其下部只保留了甲、金文的一個「禾」字，書寫也方便多了；④是楷書的寫法，上部變成了「舂」字頭，「杵」形不見了，下部的「禾」還在。

既然「秦」字的本義是糧食，那麼春秋時代的秦國是否因糧多而得名呢？一點不錯。陝西的八百里秦川，自古以來就是大糧倉。秦國國富兵強，所以到了漢朝，西域各國稱整個中國就爲「秦」。

古代有「秦鏡」一詞。相傳秦始皇有一面「秦鏡」，能照見人的五臟六腑，知道心的邪正。《西京雜記》中有「秦鏡高懸」的話，這是稱頌法官精明、善於斷訟。

①　②　③　黍 ④

古人說：「稻粱菽，麥黍稷，此六穀，人所食。」這個「黍」，就是一種黏性的黃米，可作黃酒。甲骨文①的上部是黍子的形象，左下邊的「水」形實際上不是「水」，而是黍子成熟以後脫落下來的黍子粒。所以這個字是個象形字。②是金文的寫法，右邊是「黍」形的「禾」，左邊的「水」是代表脫落的「黍子」粒兒。小篆③又發生了較大的變化，把「水」移到了「禾」下。④是楷書體，與小篆的寫法大體上相同。

▲黍，選自《本草綱目》。

「黍」的本義就是「黍米」，如《管子．輕重》：「黍者，穀之美者也。」在《呂氏春秋．權勳》中有「操黍酒而進之」的話，有人解釋爲「拿出用黍米作的酒給他喝」，這就錯了。是的，黍子可以做酒，但這裡的「黍」字是當「量器」講。高誘說：「酒器受三升曰黍。」也就是說一黍能裝三升。

在閱讀古書時，我們常會碰到「黍尺」一詞。你若理解爲用黍子稭作的尺子就不對了。所謂「黍尺」，就是古代用黍子一百粒排成一行，取其長度作爲一尺的標準，這就叫做「黍尺」。

①　②　穆 ③

這個「穆」字非常形象，是莊稼成熟的樣子。金文①很像一棵禾向左彎曲，禾穗飽滿，已經成熟。其下部三個撇兒表穀粒成熟後簌簌下落的樣子。由此可見「穆」字是個象形字。可是到了小篆②就發生了僞變，「禾」不僅移到了左邊，而且和穗子斷開。③是楷書的形體，是由小篆直接演變而來的。

「穆」字本義是成熟了的莊稼，是禾穀，正如《說文解字·禾部》所說：「穆，禾也。」莊稼成熟，五穀豐登，總是值得慶賀的事，所以「穆」又引申爲「美好」義，如「穆如清風」就是像清風一樣和暢而美好。由「美好」又可以引申爲「和睦」，如：「與夏侯尚不穆。」（《三國志·魏書·荀彧傳》）其意是：與夏侯尚這個人不和睦。由「和睦」又可以引申爲「和悅」之義，如《管子·君臣下》：「穆君之色。」就是說：使國君和顏悅色。

「穆穆」連用是嚴肅貌，如：「天子穆穆。」（《禮記·曲禮下》）就是天子很嚴肅的樣子。至於「吳王穆然」（《文選》）中的「穆」字，是「默」的假借字，所以這句是說吳王沉默寡言。

稻 稻 稻

① ② ③

「稻穀熟，天下足。」這個「稻」字，是個形聲兼會意的字。金文①左邊的「禾」表形，說明稻子是莊稼類；右邊的「舀」表聲，表明「稻」字是讀「舀」的音。所以「稻」字是個形聲字。說它是會意：因爲「禾」表莊稼類，其右邊的上頭是一隻手拿著舂米的「杵」，右下部是個舂米的石臼，表示舂米的意思。小篆②的形體基本上與金文相類似，只是把舂米之「杵」省去了，「禾」、「爪（手）」、「臼」均在。③是楷書形體，是直接由小篆演變而來的，組成這個字的各部均同於小篆。

▲《天工開物》中表現舂米場景的插圖。

在閱讀古書時，我們經常會遇到「稻粱謀」一詞。這個詞是什麼意思呢？是指禽鳥尋覓食物。後來也用來比喻人謀求衣食，如龔自珍〈詠史〉詩：「避席畏聞文字獄，著書都爲稻粱謀。」這裡的「稻粱謀」就是指的衣食等生活必需品。

「稻粱菽，麥黍稷；此六穀，人所食。」這個「稷」字讀作ㄐㄧˋ，本爲象形字。①是甲骨文的形體。中間爲「禾」，旁邊的三個點兒是稷子（穀子）成熟的顆粒下落之狀。②是《說文》中古文的形體，變成了「從禾，稷聲」的形聲字了。③是小篆的形體，與古文相類似。④是楷書的寫法。

《說文》：「稷，齋（ㄗˋ）也。從禾，聲。」實際上，「齋」正是「稷」的先造字。「稷」字的本義是「穀子」。《爾雅》孫炎注認爲「稷」即「粟」，也是指穀子，如陶潛〈桃花源記〉：「菽稷隨時藝。」「菽」是豆類；「藝」爲「種植」義。也就是說：豆類和穀類都按節氣種植。由「穀類」可以引申爲「穀神」，又「社」是「土地神」，所以古人認爲「社稷」是最神聖的，以後就將「社稷」作爲「國家」的代名詞了，如《史記．文帝本紀》：「計社稷之安。」也就是說：考慮國家的安定。在《穀梁傳．定公十五年》中有「日下稷」的話，這裡的「稷」應讀爲ㄗㄜˋ，是「昃」字的通假字，表示太陽西斜了。

請注意：古代稷、粟、穀、禾、黍的含義有同有異。「稷」，原指穀子；「粟」，本指小米，後世也常用作「糧食」的代稱；「穀」，是莊稼和糧食的總稱；「禾」，本來也是指穀子，但到了後世稍有變化，常用作「莊稼」的代稱；「黍」指黏黃米，也稱「黍子」，可做黃酒。

「水荇花穗倒空潭。」這個「穗」字本爲會意字。①是古陶文的形體。上部是一隻手，下部是「禾」，表示手摘莊稼的穗子。②是小篆的形體，與古陶文極爲相似。③是小篆的異體字，變成了「從禾，惠聲」的形聲字，後世也就以「穗」作爲書寫正體了。④是楷書的寫法。

《說文》：「穗，禾成秀也。」「穗」字的本義就是莊稼所秀的穗子，如《詩經・王風・黍離》：「彼黍離離，彼稷之穗。」「離離」是指黍子一行一行長得茂密。其大意是：看那黍子密密層層，看那稷子秀出了新穗。植物的穗狀花序亦可稱爲「穗」。又因爲燭花、燈花形似莊稼的穗子，所以「穗」有時也指「燈花」、「燭花」，如韓偓〈懶卸頭〉：「時復見殘燈，和煙墜金穗。」這裡的「金穗」就是指「燈花」。

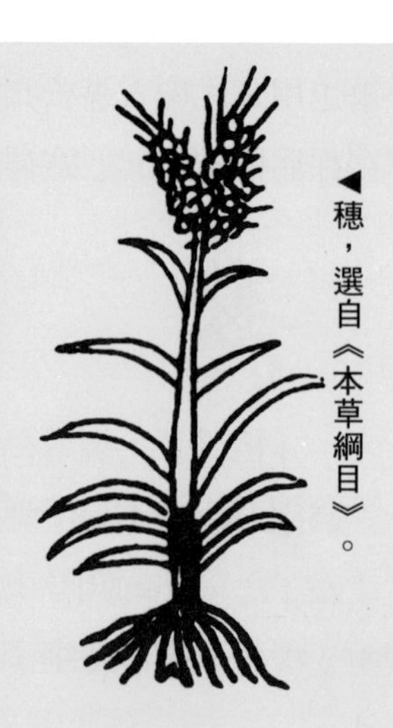
◀穗，選自《本草綱目》。

矢　部

①　②　③　④

這是「有的放矢」的「矢」字。「矢」是什麼呢？請看甲骨文①和金文②，多像箭的樣子啊！上端是鋒利的箭頭，中間是箭杆，下端是結有雕翎的箭尾。由此可見，「矢」字就是「箭」的象形字。小篆③保留一枝箭的形狀。楷書④則完全看不出箭的模樣了。

「矢」字在古代是個多義詞，它除了當「箭」講以外，還有「發誓」的意思，如《詩經・衛風・考槃》：「永矢弗諼（ㄒㄩㄢ宣）。」就是發誓永遠不遺忘的意思。《左傳》中有「殺而埋之馬矢之中」的話，所謂「馬矢」就是「馬屎」，因爲「矢」與「屎」同音，在古代已有假借的先例。這種用字法，在文字學上就稱爲「避俗性的同音假借」。也就是說，在詩章中用上一個「屎」字是不太雅觀的，因此便借「矢」代「屎」。

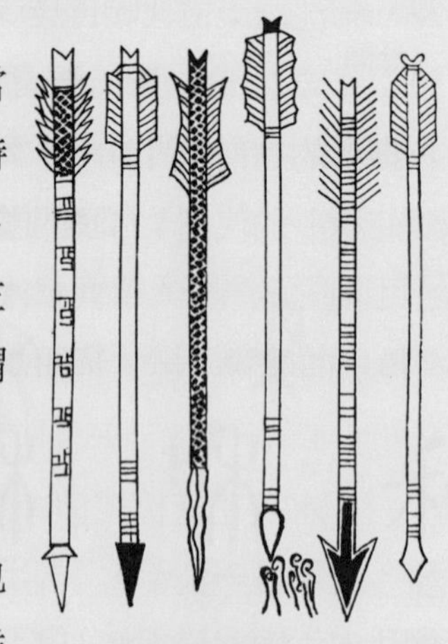
▲宋代的各種箭形，選自周緯《中國兵器史稿》。

「矢」字是個部首字。在漢字中凡由「矢」所組成的字，大都與「箭」有關，如「𥎦」、「函」、「雉」、「矰（ㄗㄥ）」等字。

① ② ③ ④ ⑤

這是「有備無患」的「備」字，原爲會意字。甲骨文①的中間是一枝箭，箭頭朝下，其外是箭袋之狀，本與「箙」同字。這裡表示已有準備。②是金文的形體，與甲骨文相似。③是小篆的寫法，已發生了訛變。④爲楷書，又增加了單人旁。⑤爲簡化字。

◀箭入囊中，宋代兵器。

《說文》：「備，具也。從用，苟省。」不妥。「備」字的本義應爲「盛矢器」，引申爲「預備」、「準備」，如《孫子兵法・計篇》：「攻其無備，出其不意。」杜甫〈石壕吏〉：「急應河陽役，猶得備晨炊。」由「準備」之意又可引申爲「完備」，如《荀子・天論》：「養備而動時，則天不能病。」大意爲：衣食完備充足，又能按時活動，那麼天也不能使人生病。

另外，「備」還當「長兵器」講，如《左傳・昭公二十一年》杜預注：「備，長兵也。」

「備員」，是充數之意，一般用作謙詞，如《史記・平原君虞卿列傳》：「願君即以遂（毛遂）備員而行矣。」這就是說：請您就把我當作一個充數的人一起去吧。

請注意：「完」與「備」的含義有區別。「完」主要表示「完整」，而「備」卻有「應有盡有」的意思。

① ② ③

這是「九夷在東」的「夷」字，本爲會意兼形聲的字。①是金文的形體，一枝長箭上繫著一條繩子，像獵取飛鳥的射具矰繳（ㄗㄥ ㄓㄨㄛˊ）的樣子。②是小篆的寫法，「矢」訛變爲「大」。③是楷書的形體。

《說文》：「夷，平也。從大從弓，東方之人也。」說「平」爲「夷」字的本義不妥。本義應爲「帶繩的箭」。再說「從弓從大」也不對，這是將「繩子」形、「矢」形誤爲「弓」和「大」。

「夷」字本義已消失。作「平」解是其假借義，後世也多用其假借義，如王安石〈遊褒禪山記〉：「夫夷以近，則遊者衆。」這是說：地勢平坦而且近，那麼去遊覽的人也就很多。由「平」義又可以引申爲「同輩」、「等輩」，如《史記・留侯世家》：「諸將皆陛下故等夷。」意思是：各位將軍都是陛下以前的同輩人。由「平」還可以引申爲「削平」、「誅鋤」義等，如「夷平賊寨」、「城市夷爲平地」等。

請注意：《左傳・成公十六年》中所說的「察夷傷」，這裡的「夷」字是「痍」的通假字，當「創傷」講。另外，「夷」字在古詩文中還常用作語助詞，沒有意義。

甲骨文①很像在茶杯中裝了一枝箭，其實這是一個很長的箭囊（後世亦稱爲「箭壺」），左邊有一個可以向腰間掛的「鼻兒」，其中裝著一枝箭。金文②的形體也大致與甲骨文相似，不過「鼻兒」移到了右上方。可是小篆③則大變樣，已看不出箭囊裝有箭的樣子了。楷書④也是隨著小篆「以訛傳訛」，成了現在這種寫法。

▲宋代的箭囊，選自周緯《中國兵器史稿》。

「函」的本義是「箭袋子」，以後則引申爲「鎧甲」的意思，如柳宗元〈晉問〉：「函人之甲。」就是說：做鎧甲的人的甲。因爲箭是裝在函之內的，所以由「裝箭」之義又能引申爲「包含」或「包容」之義，如《漢書・敘傳上》：「函之如海。」就是說：像海一樣，能包含無數之物。「函」字從「包容」義，又能引申爲「封套」義，如「書套」即稱爲「書函」。由「書函」義又能引申爲「信封」義，如吳質〈答東阿王書〉：「發函伸紙。」就是說：打開信封取伸信紙。由

「信封」又能引申為「書信」義，如《三國志・魏書・劉曄傳》：「每有疑事，輒（ㄓㄜˊ哲）以函問曄。」大意是：每當遇到疑難之事，總是用書信問劉曄。現在仍有「公函」、「來函」之稱。

這個「癸」字讀作ㄍㄨㄟˇ，本為象形字。①是甲骨文的形體，像多鋒矛的形狀。②是金文的形體，更像三鋒矛的形狀，中間的矛柄立於地。③是小篆的寫法。④為楷書的形體。

《說文》：「癸，冬時水土平可揆度也。象水從四方流入地中之形。」許慎的說法不妥。「癸」字的本義為「三鋒矛」，是上古的一種兵器。後來被借作天干的第十位，即：甲乙丙丁戊己庚辛壬癸。當「癸」字被借走以後，那麼當兵器講的「癸」則又造了一個新形聲字「戣（ㄎㄨㄟˊ）」來代替，如《尚書・顧命》：「一人冕，執戣，立於東垂。一人冕，執瞿，立於西垂。」「垂」是堂的旁邊，亦「堂垂」；「瞿」也是三鋒矛。其大意是：一個人戴著帽子，拿著三鋒矛，站在東堂的簾前；又一個人戴著帽子，拿著另一種三鋒矛，站在西堂的簾前。

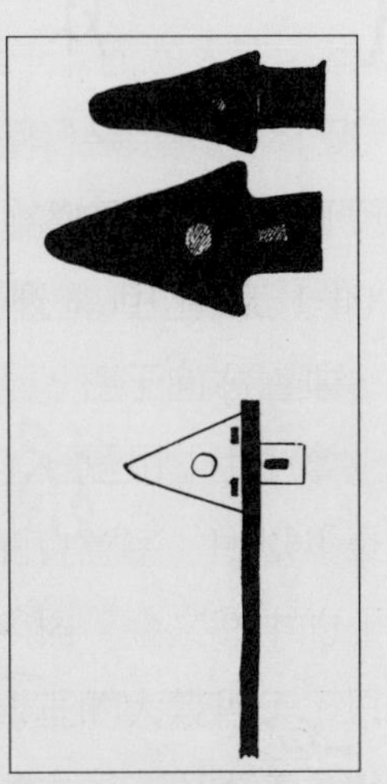

▲周代兵器癸，選自周緯《中國兵器史稿》。

「彘走丘，鳥羈林。」甲骨文①的形體多形象啊，左邊是一枝箭，右邊是頭朝上、尾朝下、腹朝左的一頭豬，箭就射在豬的腹部。金文②中間的箭（矢）形還在，但是豬的形狀則不太像了。小篆③則讓「矢」（箭）射進了豬的四條腿中間，矢頭進入豬的腹部，足以使豬致命。④為楷書的形體，是由小篆的形體演變而來，其形體也基本上同於小篆。

「彘」（ㄓˋ至）是豬的象形字，所以它的本義就代表「豬」，如

▲漢畫像磚上的豬。

《商君書・兵守》：「使牧牛馬羊彘。」《方言》第八對「彘」字的解釋清楚明白：「豬，關東西或謂之彘。」這是說：豬，在關東關西，有的就叫「彘」。在《史記・貨殖列傳》中有「澤中千足彘」的話，有人就把「千足彘」理解爲「千足的豬」，那是不對的。這個「千足彘」，是指有「兩百五十頭豬」的意思，因爲每豬有四足。

今山西霍縣東北有塊地方在周朝就叫「彘」，西元前841年國人起義，周厲王逃奔至彘。這個地方之所以叫「彘」，據說上古這裡的野豬最多。

雉

① ② ③

▲雉，選自《本草綱目》。

「兔入狗竇，雉飛梁上。」這裡的「雉」字，從甲骨文①的形體看，左邊是「矢」（箭），右邊是「隹」（鳥），是用箭射禽類。本來獵取的禽類叫「雉」，可見這是個會意字。②是小篆形體③是楷書形體。在上古所獵取的禽類之中以野雞爲主，所以到後來「雉」就專指「野雞」，如《莊子・養生主》：「澤雉十步一啄，百步一飲。」這是說：在水草集聚之地的野雞，「十步一啄，百步一飲」。

另外，「雉」字除了當「野雞」講之外，還借爲古代計算城牆面積的單位，長三丈高一丈爲一雉，如《左傳・隱公元年》：「都城過百雉，國之害也。」這就是說，在春秋之時，侯伯之國的城牆爲三百雉，而被侯伯所封之人的城牆不能超過一百雉，如果超過了就是國家的禍害了。其後，又加以引申稱城牆爲「雉」。

鳥部

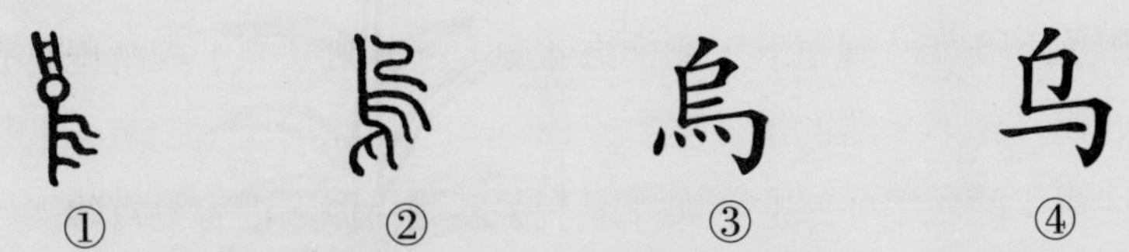

①　②　③　④

「鳥」字的金文①形體，不太像「烏鴉」的樣子。上部是頭，嘴巴朝天，向右的兩條曲線表示翅膀，下伸的部分是一隻爪子，眼睛中沒有一個黑點兒。小篆②完全是「烏」的形象，還是沒有眼睛。③是楷書的繁體。④是簡化字。

因爲「烏鴉」是黑色的，所以黑色的東西也泛稱「烏」，如《三國志・魏書・鄧艾傳》：「身披烏衣。」就指身穿黑色衣服。至今還常用「烏」表「黑」的意思，如烏魚、烏雞等等。不過柳宗元說的「土烏能神？」這當中的「烏」字是作疑問副詞用，當「哪」、「怎麼」講。所以「烏能神」是「怎麼能當神呢？」這種特殊用法，必須加以區別。

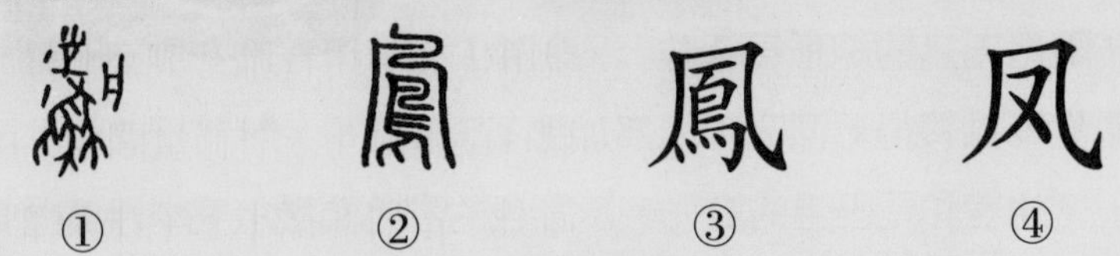

①　②　③　④

這是「百鳥朝鳳」的「鳳」字。甲骨文①的中間是鳳頭（面朝左），頭上有一撮漂亮的冠羽，下部有長尾有鳳爪，其右爲表示讀音的「凡」。鳳在古代被認爲神鳥，其實就是孔雀。②是小篆的形體，把「凡」字上移，把「鳥」字套在中間，成爲外聲（凡）內形（鳥）的形聲字了。③是楷書的寫法，由小篆直接變來，因爲寫起來太麻煩，所以大陸後來簡化爲「凤」④，僅有四畫。

在古代把「鳳」比作鳥中之王，如宋玉〈對楚王問〉：「鳥有鳳而魚有鯤（ㄎㄨㄣ昆）。」（鯤是古代傳說中的

▲雙鳳銜瑞草紋，漢代石板彩繪。

一種大魚。）正因爲把鳳視爲神鳥或鳥中之王，所以舊時喻才德高超之人謂具有「鳳德」。京都的別名也稱爲「鳳城」，如杜甫〈夜〉詩中有「銀漢遙應接鳳城」的句子。「鳳城」有時也稱「丹鳳城」，都是指京城，因爲「京都」是全國城市之首，如同鳳是鳥中之王。

「鳳凰」亦作「鳳皇」，簡稱爲「鳳」。其實「鳳」與「凰」是不同的，雄的爲「鳳」，雌的爲「凰」。

請注意：簡化字「凤」字與「风」字形體相似，很容易寫錯。「凤」字中間是「又」，「风」字中間是「㐅」，寫時必須區別清楚。

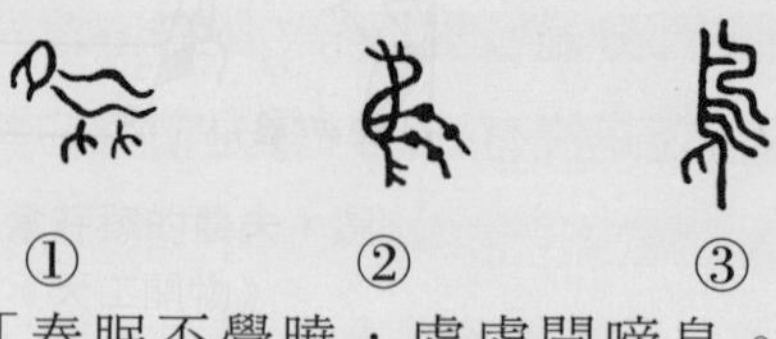

「春眠不覺曉，處處聞啼鳥。」

「鳥」字在甲骨文①中就像一隻鳥形，鳥頭朝左而側立，還有尾和一雙爪子。可見「鳥」字是個象形字。《說文》：「長尾總名也。」就是說：「鳥」是長尾巴鳥的總稱。（短尾巴鳥的總稱爲「隹」。）金文②的這隻鳥點綴得更漂亮，頭部加上了「冠羽」，翅膀和尾巴上的點兒表示彩色的羽毛閃閃發亮。小篆③則仍然像鳥的樣子，頭朝上，翼尾朝右。楷書④是「鳥」的繁體字。⑤是簡化字，把四個點兒變成了一橫。

▲西周玉鳥紋。

「鳥瞰」是從高處俯視地面的景物，如「鳥瞰全城」；又引申爲對事物的概括，如「世界大勢鳥瞰」。「瞰」字不可讀爲「敢」，應讀爲ㄎㄢˋ（看）。

請注意：「鳥」字與「烏」字的形體非常接近，一不細心就會寫錯。這兩個字的最大區別就是：「鳥」字的上部多一橫，「烏」字的上部少一橫。這是因爲鳥類的眼睛是黑的，身上羽毛的顏色則往往不是黑的，所以眼睛很明顯是一個小黑點兒，能看得很清楚。但是烏鴉就不同了，它的眼睛和全身一樣黑，就好像烏鴉沒有眼睛一樣，因此「烏」字的上部就沒有一橫。記住了這一條，就不會再寫錯了。

簡化字「鸟」字與「乌」字的筆畫往往數錯，筆順也很容易寫錯。「鸟」應爲五畫，「乌」字應爲四畫。

「鳥」字是個部首字。在漢字中凡由「鳥」字所組成的字大部與「禽類」有關，如「鳳」、「鶯」、「鷄」、「鳴」、「鴨」、「鵝」等字。

鷄 鸡

① ② ③ ④ ⑤

這是「鷄聲茅店月」的「鷄」字。甲骨文①的左邊是個「奚」字，僅表示這個字的讀音（「鷄」與「奚」讀音相近）；而右邊的「鳥」字則是表意的部分，說明「鷄」是鳥類。由此可見，「鷄」是個左聲（奚）右形（鳥）的形聲字。金文②很像一隻頭朝左的大公鷄的形狀，表示讀音部分的「奚」字省掉了。小篆③則類似於甲骨文的形體，左邊還是個「奚」字，右邊則把「鳥」換成了「隹」（上古時「鳥」與「隹」同義）。楷書的形體有兩種，一者與小篆相同，也是從「隹」、「奚」聲的形聲字，一者把「隹」字又還原爲甲骨文的「鳥」字，如楷書④。簡化字⑤則把左邊的「奚」字換成了簡化符號「又」，這就成了新簡化字「鸡」了。

▲鬥雞場面，漢畫像磚。

請注意：「又」爲什麼稱爲簡化符號呢？因爲它能代表「難」、「聶」、「轟」、「樹」、「鳳」等字中被簡化的部分，寫成「难」、「聂」、「轰」、「树」、「凤」等。

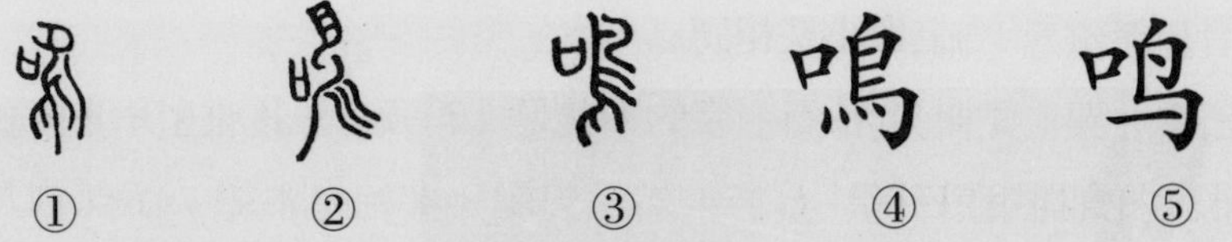

① ② ③ ④ ⑤

「春風楊柳鳴金馬，青雪梅花照玉堂。」在這副對聯中，說馬叫爲「鳴」，其實是後世的說法，在上古只有雞叫、鳥叫謂之「鳴」。從甲骨文①可以看出右邊是隻鳥，正在引頸而鳴的樣子，嘴巴是朝左邊張開的。左邊的「口」是表示用口叫的意思。金文②變得不太像了。③是小篆的形體，雖然時代較晚，但是右邊的「鳥」形比金文還要像。④是楷書繁體字。⑤是楷書簡化字。

「鳴」的本義是「鳥叫」，如《詩經・小雅・鶴鳴》：「鶴鳴於九皋，聲聞於天。」後來從雞、鳥的叫擴大到野獸、蟲類的叫都可稱之爲「鳴」，如「鹿鳴」、「雷鳴」。甚至又擴大爲人有所發抒、互相爭論稱爲「百家爭鳴」。

在《元史・楊載傳》中有「以文鳴江東」的話，這裡的「鳴」字實際上是「著稱」或「聞名」的意思，因爲不管什麼東西，其鳴叫的聲音總是傳得很遠的；而聞名於遠方、著稱於四方，也都是傳得很遠的意思。

請注意：「鳴」字是個會意字，是「鳥」張開「口」叫爲「鳴」。可是「嗚呼」的「嗚」字是左形（口）右聲（烏）的形聲字。這兩個字的形體非常相似，必須區別清楚。

石部

①　②　③　④

▶幽蘭圖，（清）杜大綬作。

「遠上寒山石徑斜，白雲生處有人家。」這是「石徑」的「石」字。甲骨文①的左邊像三角旗的部分是山崖，右下角的「口」形部分是代表石塊。金文②的山崖形省爲「厂」。小篆③同於金文。④是楷書形體，基本上與小篆相同。

「石」字的本義是「石頭」，後來引申爲「碑石」也稱「石」，如《史記・秦始皇本紀》：「刻石頌秦德。」也就是說：刻石碑來爲秦始皇歌功頌德。

我們讀《漢書・律曆志上》時，會見到「三十斤爲鈞，四鈞爲石」的話。這裡的「石」代表重量單位，不能讀ㄕˊ，應當讀ㄉㄢˋ（擔）。

在古書中常有「石友」一詞，這個「石友」是什麼意思呢？這個詞有兩個意思：①比喻友情堅貞的朋友（或稱「金石交」），如杜牧有「同心真石交」的詩句；②指「硯臺」，比喻讀書人離不開「文房四寶」筆、墨、紙、硯。

「石」字是個部首字。在漢字中凡由「石」字所組成的字大都與「石頭」或「堅硬」有關，如「礦」、「硬」、「硝」、「磬」等字。

①　②　③

「技藝精湛，斫輪老手。」這個「斫」字讀作ㄓㄨㄛˊ，本爲會意字。①是甲骨文的形體，左邊爲「石」，右邊是曲柄的大斧，這就表示用斧頭打石之意。②是小篆的形體，左「石」右「斤」，與甲骨文的形、義一致。③是楷書的寫法。

《說文》：「斫，擊也。」許愼的說法正確。「斫」的本義爲「敲擊」、「攻打」，如《三國志・吳書・甘寧傳》：「受敕（ㄔˋ）出斫敵前營。」也就是說：奉命出擊攻打敵人的前營。由「擊」又可以引申爲「砍」、「削」，如《荀子・性惡》：「工人斫木而爲器。」這是說：木工砍木頭而作成器具。《爾雅・釋器》：「魚曰斫之。」大意是：對於魚，就要削去牠的鱗。

請注意，在古書中常見「斫喪」一詞，一般多指摧殘、傷害。但有時也特指沉溺酒色，損害身體，如趙翼《陔餘叢考》卷四十三：「人不自愛惜，耗其精神於酒色者，曰斫喪。」

①　②　③　④

這個「碗」字本爲形聲字。①是金文的形體，上部的「宛」表聲，下部的「金」表義，這表明「碗」是用金屬製成，本爲量器。②是小篆的形體，由「金」換成了「皿」，仍爲表義部分。③是楷書的寫法。④爲現在保留的形體，仍爲形聲字，由「皿」換成「石」，但意義未變。

《說文》：「碗，小盂也。」據《方言四》所載：「盂，宋、楚、魏之間，或謂之碗。」「碗」本是一種敞口而深的量器，後又可作食器，如盧仝〈走筆謝孟諫議寄新茶〉：「一碗喉吻潤，兩碗破孤悶。」

◀宋代漆碗。

在古書中常見「碗脫」一詞，意思是很多人就像脫於同一模型之碗，個個如此，如《朝野僉載》：「碗脫校書郎。」這是說：唐代的那些校書郎好像都是一個模子作的。

請注意：盌、椀、盌都作爲異體字廢除了，現在只用「碗」字。

① ② ③

盧綸的〈宿定陵寺〉詩有兩個名句：「古塔荒台出禁牆，磬聲初盡漏聲長。」這個「磬（ㄑㄧㄥˋ慶）」字是個會意字。甲骨文①左下是一隻手拿著一個磬槌，上部的三角形是古代「磬」的形狀，最上端則是磬架上的裝飾品。「磬」是我國古代的一種樂器，用美石或玉雕成。小篆②的上部就是甲骨文①的全體，只是手執磬槌部分移到了右上邊。其下又增加了表意的「石」字，表示「磬」爲石頭所製。楷書③的形體則大致同於小篆的形體。

▲漢畫像磚上的擊磬圖，山東沂南出土。

「磬」的本義是石製樂器，如《荀子・樂論》：「磬似水。」這是說：磬聲如流水。後來又引申爲寺院中和尚念經時所敲打的銅鐵鑄的鳴器。又因「磬」呈直角的彎曲形，所以「磬」可比喻人大彎腰似磬之狀，表示十分恭敬，這就產生了「磬折」一詞，如《史記・西門豹傳》：「西門豹簪筆磬折，向河立待良久。」所謂「簪筆」就是帽子上插的一種簪子，是行禮時的裝飾品。這兩句話的大意是：西門豹恭敬地彎著腰立在河邊，等待了很久很久。

請注意：「磬」字與「罄」字讀音相同，形體也很相似，稍一粗心就要混淆。這兩個字的上部相同，但「磬」字的下部是「石」，表明是用石、玉等製成的樂器。而「罄」的下部是「缶」，表明是陶製器皿。既然是陶器，中間必定是空的，由「空」義又引申爲「盡」義，如《舊唐書·李密傳》：「罄南山之竹，書罪未窮。」這就是說：砍盡了南山上的竹子都做成竹簡，也寫不完他的罪過。上面這兩句話，後世發展爲「罄竹難書」的成語。由上面的分析得知，「磬」與「罄」兩字的形、義均不相同。

玉　部

①　②　③　④

這就是「拋磚引玉」的「玉」字。甲骨文①就像用一根繩子串吊著三塊玉石。古人以玉爲寶，所以要用繩索串起來。這是個象形字。金文②和小篆③都很像「國王」的「王」字，其實不一樣，「王」字的小篆寫法是第一、二兩橫近，離第三橫遠；而「玉」字的小篆寫法是「王」，三畫等距離。④是楷書的寫法，這是因爲怕與「王」字相混，所以才加上一點寫爲「玉」了，以示與「王」字的區別。

▲春秋時期的玉璜。

因爲「玉」是溫潤而有光澤的美石，所以古代人往往把美好的、珍貴的東西加上個「玉」字作修飾詞，如「玉顏」、「玉音」、「玉色」、「玉女」、「玉體」等。如果幫助別人把某件事情辦好，往往說「一定玉成其事」。

「玉」字是個部首字。在漢字中凡由「玉」字所組成的字大都與玉石或玉器有關，如「環」、「琳」、「珍」、「珂」、「瑁」、「班」等字。有人說，這些字都是「王字旁」，其實應該說是「玉字旁」或「側玉邊」，因爲這些字與「王」義無關，而與「玉」義卻有密切的關係。

①　②　③　④　⑤

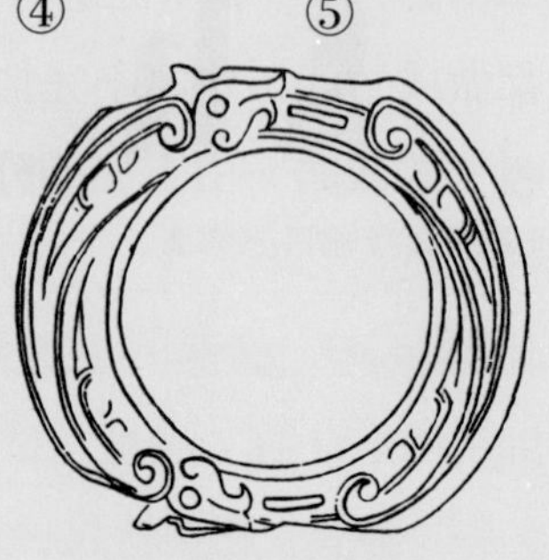
▲周代龍環紋玉器。

「抽簪脫釧解環。」這個「環」字本爲象形字。①是金文的形體，像兩個環套在一起的形象。②也是金文的形體，成爲左形右聲的形聲字了。③是小篆的形體，與金文相似。④是楷書的繁體字。⑤爲簡化字。

《說文》：「環，璧也。」許愼說的是對的。「環」字的本義是「玉環」，如《左傳．昭公十六年》：「宣子（人名）有環。」以後，凡環形的東西都可以稱「環」，如《宋史．輿服志四》：「錦綬銅環。」這是說：錦繡織的帶子上再佩以銅環。因爲「環」爲圓形，所以「圍繞」亦可以稱「環」，如歐陽修〈醉翁亭記〉：「環滁皆山也。」柳宗元〈永州韋使君新堂記〉：「環山爲城。」

請注意：「環境」一詞，今天是指周圍的環境，如自然環境、社會環境。可是古代卻指環繞所管轄的區域，如《元史．余闕傳》：「環境築堡寨，選精甲外捍，而耕稼於中。」再如「環衛」一詞，今天是指「環境衛生」，而古代是指拱衛宮禁的軍隊，如《新唐書．符璘傳》：「璘居環衛十三年。」這是說：符璘當了十三年的宮禁衛兵。

①　②　③

這個「班」字是個會意字。金文①是兩塊玉石之間有一把刀，這就表明用刀分玉的意思。②是小篆的形體，與金文的形體基本相同。③是楷書的寫法，中間的「刀」形則不像了。

「班」字的本義就是「分玉」，如《說文》：「班，分瑞玉。」就是說：把一塊美玉分成兩半就叫「班」。後來又引申爲「分發」，如：「班瑞於群後。」（《尚書．舜典》）大意是：把（作爲憑證的）玉分發給諸侯。由「分發」之義又能引申爲「頒布」，如《後漢書．崔駰傳》：「強起班春。」也就是說：勉強出來頒布春天的政令。由「頒布」之義又可以引申爲「布置」或「排列」，如「班位於天下」即「排位於天下」的意思。現在所說的「班級」中的「班」也正是從「排列」之義引申出來的。至於《韓非子・外儲說左上》中所說「班白者」裡的「班」字，那是「斑」字的假借字；所謂「班白者」，是指鬢髮花白的老人。

請注意：「班」、「斑」兩字形體相似，讀音相同，但詞義卻大有區別：「班」字中間是「刀」，表示用刀分開；而「斑」字中間是「文」，表示花紋之義。只要掌握了形體與意義的關係，就不會再搞混了。

左部

①　②　③　④

這是「左右逢源」的「左」字。甲骨文①就像左手之形，上部代表「手指」形，下部代表「手臂」形。金文②的上部及左部都代表手，下部又加上了「工」字。「工」字原像斧錛（木工器具）之形。左手執斧錛等工具，就是輔助、幫助幹活的意思，所以「左」字是「佐」字的先造字。後來因爲「左」只借爲「左右」之「左」用了，那麼代表「幫助」之義的「左」，就只好加上個「立人旁」，成爲「輔佐」的「佐」了。③是「左」字的小篆形體。④是「左」字楷書寫法。

古代人有個習慣，人面朝東，那麼東就是左面，山之東亦稱「山左」。再如《晉書・溫嶠傳》：「元帝初鎮江左。」這就是「元帝初鎮江東」的意思。

還需注意的是：古代尊崇右，所以右是較尊之位。「左遷」都是降級降職的意思。但是在戰車上則相反，所謂「虛左」，就是把車的左邊的位子空出來，讓高貴的人坐上去，如《史記・信陵君列傳》：「公子從車騎，虛左，自迎夷門侯生。」就是說：公子帶領車騎，把左邊的高位空出來，親自去迎接夷門侯生（讓侯生坐於左位上）。

「左」字是個部首字。在漢字中凡由「左」字的上部（ナ）所組成的字，大都與「手」或手的動作有關，如「右」、「有」、「友」等字。

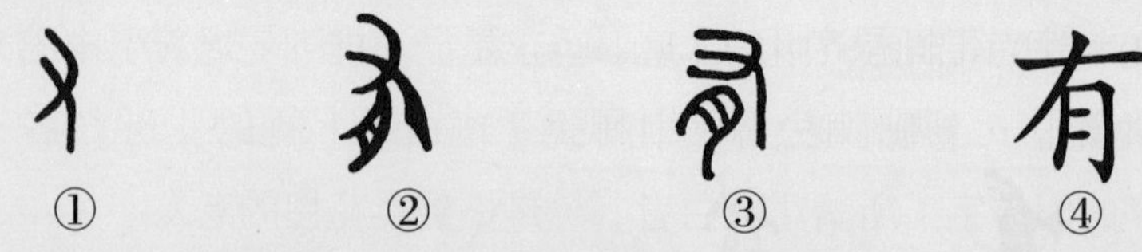

①　②　③　④

「東邊日出西邊雨，道是無晴卻有晴。」這個「有」字在甲骨文中多用「又」字來代替。我們看甲骨文①就是寫作「又」字。金文②的上部是一「又」字，下面的「月」就是「肉」形，整體是以右手持肉的樣子，這就表示「有了」。小篆③基本上同於金文，只是「肉」的形體更藝術化了。到了楷書④，「有」上的一橫一撇移向左。「肉」形部分改為直筆，基本上看不出以右手持肉之形了。

在上古人看來，很可能是有了肉就有了一切，所以「以手持肉」就叫作「有」。後來詞義擴大了，不管有什麼東西都是「有」，與「無」是相對的。從「以手持肉」的本義又能引申為「五穀豐收」也可稱「有」，如《詩經・魯頌・有駜》：「歲其有。」就是年景很好，獲得豐收的意思。這與「有年」之義差不多，如《穀梁傳・桓公三年》中說：「五穀皆熟，為有年也。」「有」字又可引申為「占有」義，如諸葛亮〈草廬對〉：「孫權據有江東。」這個「有」字就是「占有」的意思。還可作「友」的假借字，如《左傳・昭公三十年》：「是不有寡君也。」如理解為「沒有寡君」就錯了，應是「對寡君不友好」的意思。「有」字有時用在整數和零數之間相當於「又」，如「三十有六」，等於說「三十又六」，也就是「三十六」的意思。

請注意，在廣東方言中有個「冇」字，應讀為ㄇㄠˇ（卯）。「有」字去掉中間的兩橫，就是「沒有了」的意思，可見這是個後世新創造的會意字。

龍　部

①　②　③　龍④　龙⑤

這是「龍顏非常貌」的「龍」字。這個字是個象形字。甲骨文①是上爲頭、下爲尾、左爲腹、右爲背的一條大龍。②是金文的形體，上部是角，角下是頭，嘴巴朝左張開露出兩顆鋒利的牙齒，右邊是彎彎曲曲的龍身。小篆③是由金文演變而來，反而更複雜了。楷書④的寫法基本上同於小篆。⑤是簡化字。

▲西周時期青銅器上的龍紋。

「龍」字的本義，是指古代傳說中一種能興風作雨的神奇動物，如《韓非子・難勢》：「飛龍乘雲。」因爲龍爲神物，所以封建時代用龍象徵帝王和帝王所用的東西，以示尊嚴、威赫貴重，如「龍袍」、「龍顏」、「龍床」等。

古代用「龍」字組成的詞很多，僅從字面上去理解就極易搞錯，如李商隱〈過華淸內廄門〉詩：「至今靑海有龍孫。」這個「龍孫」若理解爲「龍的子孫」那就錯了。它是一種「駿馬」的名字。可是辛棄疾〈滿江紅〉詞「春正好，見龍孫穿破」中的「龍孫」不是指駿馬，而是「竹筍」的別名。有人曾把李白「腰下有龍泉」中的「龍泉」解釋爲泉水名，錯了，這個「龍泉」是寶劍名。

另外，有的人把簡化字「龙」字寫作「尨」，這是畫蛇添足。「尨」字應讀爲ㄇㄤˊ（忙），當「雜色」或「多毛」的狗講，它與「龙」字的形、音、義均不相同。

「龍」字是個部首字。在漢字中凡由「龍」字所組成的字大都與「龍」或「大」有關，如「龐」等字。

甲部

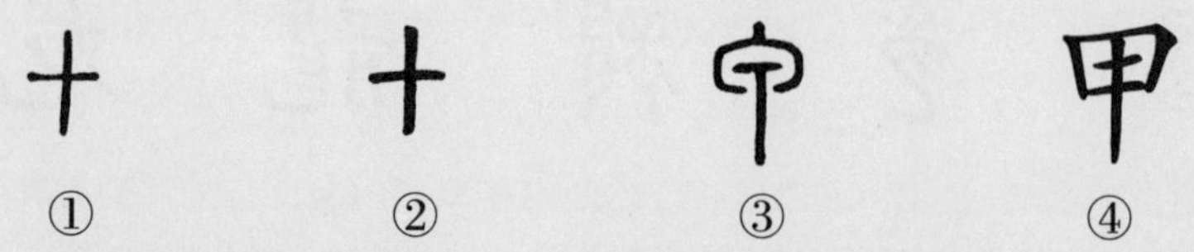

「白雪壓金甲，寒光照鐵衣。」這個「甲」字是個象形字。甲骨文①像古代武士身上穿的鐵甲片之間的「十」字縫。金文②的形體也同於甲骨文。③是小篆的形體，變得藝術化了。④是楷書的寫法。

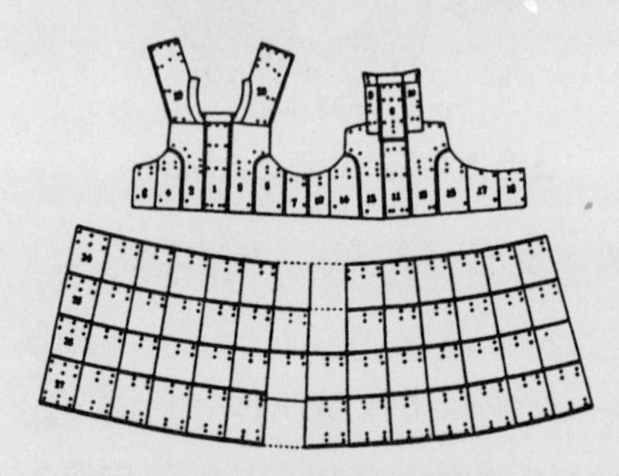

▲曾侯乙墓出土的甲冑復原圖，選自彭浩《楚人的紡織與服飾》。

「甲」字的本義就是古代戰士穿的「護身衣」，如《左傳・成公二年》：「擐甲執兵。」「擐（ㄏㄨㄢˋ患）」就是穿。意思是：穿著甲衣，拿著武器。後來又泛指「鎧甲」，如黃巢〈不第後賦菊〉：「滿城盡帶黃金甲。」這樣又可以引申爲「披甲的戰士」，如《左傳・宣公二年》：「伏甲將攻之。」就是說，埋伏下軍隊將要攻擊他。

從「甲」字的「護身衣」的本義又可引申爲動物身上起保護作用的「硬殼」，如龜甲。再如草木萌芽時的外皮也稱甲，如「莩甲」等。

至於說「桂林山水甲天下」的「甲」字，那是從「天干」的第一位引申過來的，是「占第一」之義，也就是說桂林山水居天下第一。由此義而來，舊時稱頭號的世家大族爲「甲族」，稱最顯貴的住宅爲「甲第」，科舉的第一等也爲「甲第」。

在《說文解字》中，「甲」字被列爲部首字，但在這個部首之下並無從屬之字。

皿　部

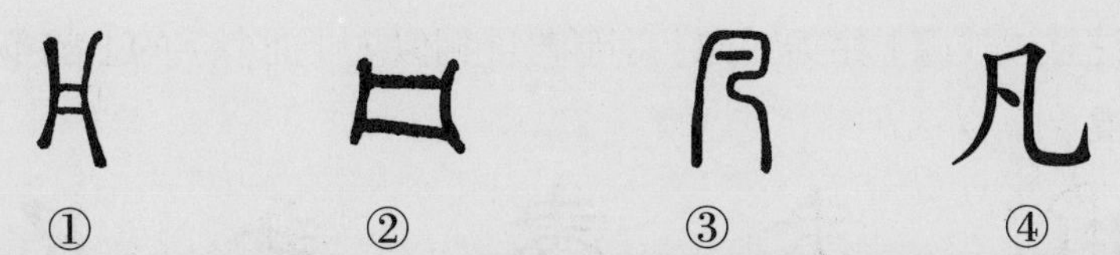

「援筆成篇，理趣不凡。」這個「凡」字是個象形字。甲骨文①和金文②都像側視的盤形，左爲盤口。③是小篆的形體，已失去了盤形。④是楷書的寫法。

《說文》：「凡，最括也。」其實「凡」的本義是「盤」，只是後世其本義消失了。在古籍中，「凡」字多用作「統括之詞」，如《韓非子・解老》：「凡兵革者，所以備害也。」這是說：凡是武器與鎧甲之類，都是用來防備侵害的東西。由「凡是」義又可以引申爲「總共」義，如《齊民要術・序》：「凡九十二篇。」也就是說：總共有九十二篇。從「總共」義又可以引申爲「平凡」義，如《三國志・蜀書・諸葛亮傳》：「盡衆人凡士。」即「都是一些普通平凡的人」的意思。

請注意，《世說新語・簡傲》中有「凡鳥」一詞，那是呂安對嵇康的哥哥嵇喜的諷刺。把「鳳」字拆開，就是「凡」與「鳥」，所以後世也多用「凡鳥」比喻「庸才」。

甲骨文①是個「器皿」的「皿」字，是個象形字。金文②的右邊像「皿」形，左邊加了個「金」字旁，表示「皿」是用金屬做的，這是表意部分，這就組成了一個左形（金）右聲（皿）的形聲字。其實這個「金」字旁是多此一舉，因爲上古的器皿不都是用金屬做的。③是小篆的形體，類似甲骨文的樣子。④是楷書形體。

「皿」字的本義就是裝東西（液體爲多）的器具，是「碗」、「碟」、「杯」、「盤」一類用器的總稱。「皿」字是個部首字。在漢字中凡由「皿」字所組成的字大都與「器皿」有關，如「盂」、「盈」、「盆」、「盥」、「益」、「盛」、「盞」等。那麼「盔」字爲什麼也從「皿」呢？因爲頭盔實際上就是倒過來的「皿」形。能盛什麼呢？可以說「盛頭」，也就是有保護腦袋的作用。

請注意：「皿」字與「血」字形體很相似，「血」字的上部多一撇，不要搞混。

① ② ③ ④ ⑤

「滿城盡帶黃金甲。」這個「盡」字本爲會意字。甲骨文①的右上方是一隻右手，手中拿一把炊帚；下部是食器（皿），表示刷洗食器的意思；洗刷乾淨即爲「盡」。②是金文的形體，與甲骨文相似，但又比甲骨文繁雜一些。③是小篆的形體，與金文基本相同。④是楷書繁體字。⑤爲簡化字。

《說文》：「盡，器中空也。」這種說法基本正確。但許慎認爲這是個形聲字，恐怕不妥。從甲骨文看，以炊帚洗刷食器，表示吃完而將飯具洗刷乾淨。所以「盡」字的本義應爲「完」或「沒有了」，如晁錯〈言守邊備塞疏〉：「美草甘水則止，草盡水竭則移。」這是說：（胡人游牧）遇到好草和能喝的水就住下來，草吃完了，水喝枯了就搬家。由「完」又能引申爲副詞「全部」，如柳宗元〈捕蛇者說〉：「觸草木，盡死。」這是說：只要碰到草木，草木也就全部死亡。至於「盡善盡美」中的「盡」，那是「盡」字本義的遠引申，是達到了頂點或盡頭的意思，若解爲「完」、「全部」義均不妥。

① ② ③ ④

這是「碧血丹心」的「血」字，是個象形字。甲骨文①是一隻盤形，其中的一個小圓圈是「血」的形象。②是戰國陶文，與甲骨文相似。③是小篆的寫法。「皿」中有一點，仍表示血滴。④是楷書的寫法。

《說文》：「血，祭所薦牲血也。」「血」字的本義就是指「血液」，如《晉書・王傳》：「兵不血刃，攻無堅城。」大意是：作戰，武器不沾血；攻城，沒有堅而不克的（意謂每戰必勝）。

請注意：我們在《山海經・南山次經》中可以見到這樣的話：「侖者（山名）之山有木焉……可以血玉。」這裡的「血」字由名詞轉化爲動詞，是「染」的意思，「血玉」就是「染玉」。「血氣」一詞，一般是指精力，可是《左傳・昭公十年》「凡有血氣，皆有爭心」中的「血氣」，卻指「生命」。這句話是說：凡是有生命在，都有爭奪之心。

① ② ③ ④

這是個「盂」字。甲骨文①的下部就是個「皿」字，其上就是「于」字，可見「盂」是從「皿」、「于」聲的形聲字。「盂」在古代是盛飲食或其他液體的圓口器皿，而今天的「盂」大都指「痰盂」。金文②和小篆③的形體是從甲骨文演變而來的，它們基本類似。④是楷書寫法。

在古代，「盂」還可以盛酒，如《史記・滑稽列傳》：「操一豚蹄，酒一盂。」這就是「提著一個豬蹄和一盂酒」的意思。

《左傳・文公十一年》中有「宋公爲右盂，鄭伯爲左盂」，這裡的「盂」是指打獵時擺的陣形。宋公帶許多人在右邊擺個「盂」形，「盂口」朝左向前包圍；鄭伯帶許多人在左邊擺個「盂」形，「盂口」朝右向前包圍。這也就是圍獵的意思。

請注意：在古代還有個「盂」（讀干）字，與「盂」字極其相似，它是指古代的盤或大碗。這兩個字的形、義不同，讀音也不一樣：「盂」字是從「于」得聲，「盂」字是從「干」得聲。

① ② ③

這是「大雨傾盆」的「盆」字。金文①的上部是個反「分」字，「刀」頭朝右拐，下部是「皿」。可見這是個上聲（分）下形（皿）的形聲字。小篆②與金文的形體相似，不過把刀頭轉過來了。③是楷書的寫法。

「盆」的本義就是較大的盛水器皿。在上古也是一種量器名，如楊注《荀子・富國》所引的《考工記》：「盆實二鬴（同釜）。」大概一盆相當於六斗四升。那麼《禮記・祭義》中的「三盆手」又如何理解呢？這裡的「盆」字當「淹沒」講，就是「浸沒過三次手」的意思。

① ② ③ ④

所謂「江河橫溢」，就是說江河的水越堤橫流的意思。有人把「溢」寫爲「益」，這是寫了古本字，不能算錯。你看甲骨文①的下部就是「皿」，皿上的三個點兒就代表「水」，水一多就溢出來了。金文②的樣子更爲明顯，水都高出了「皿」，當然要橫溢了。小篆③「皿」上也是「水」，是「水」字橫倒了的樣子。④爲楷書的寫法。因後世「益」字當「利益」之「益」用了，所以又增加了「水」旁，新造了一個左形（水）右聲（益）的形聲字「溢」。

「益」的本義就是「水漫出來」的意思。「皿」上有很多「水」，太多了就要外流，所以這個「益」字是個會意字。如《呂氏春秋・察今》：「澭（ㄩㄥ擁）水暴益。」「暴益」即爲「橫溢」之義。從「漫」的本義引申爲富裕、富足，如《呂氏春秋・貴當》：「其家必日益。」大意是：他的家必定一天天富裕起來。從「富裕」又引申爲「增加」，如《韓非子・定法》：「五年而秦不益一尺之地。」五年的時間，秦連一尺之地都不增加。從增加的東西又引申爲「利益」、「好處」，如《鹽鐵論・非鞅》：「有益於國，無害於人。」所謂「有益於國」，就是對國有好處。從「增加」又引申爲副詞「更加」義，如成語「精益求精」。

① ② ③ ④ ⑤

這個「監」字是個會意字。甲骨文①的左邊是一個器皿，右邊跪著一個面朝左的人，人頭上是一隻大眼睛（目），也就表示人利用皿中之水照照自己的模樣。②是金文的形體，人的大眼睛已經移到「皿」上，當然這就看得更清楚了。③是小篆的形體，「人」跳到「皿」上，「目」已僞變爲「臣」字，這就符合方塊形體的要求了。④是楷書的寫法，完全是由小篆演變而來。⑤是楷書簡化字。

「監」字的本義就是「照影子」，如：「人無於水監，當於民監。」（《尙書・酒誥》）意思是：人君不要到水中去照自己的影子，而應當到臣民中去照照自己的影子，意思是看看自己有什麼缺點。從「照影」之義又可以引申爲「鏡子」，如：「明監所以照形也。」（《新書・胎教》）也就是說：明鏡可以照見自己的形象。這個意義又可以寫作「鑑」或「鑒」，並引申爲「借鑒」，如：「成湯監於夏桀。」（《荀子・解蔽》）就是：成湯從夏桀那兒借鑒治世之道。

《詩經・大雅・皇矣》中有「監觀四方」一句，這個「監」字是「自上視下」之義。後來又引申爲「監視」、「監督」等。請注意：這裏的「監」字，你若讀爲ㄐㄧㄢˋ（見）那就錯了，這裡必須讀爲ㄐㄧㄢ（間）。另外，「監官」是古代主管檢察的官名，其中的「監」字必須讀爲ㄐㄧㄢ（間）。

盥（ㄍㄨㄢˋ貫），甲骨文①的下部是個「皿」，裝滿了水，水中有一隻「手」，表示在洗手。金文②同樣下部是「皿」，上部的中間是「水」，兩側是左右兩隻手。這就合理多了，是雙手在皿中互相洗的意思，這是個會意字。③是小篆的形體，和金文相似，也是表示洗手的意思。④是楷書的寫法。

「盥」字的本義是「洗手」。段玉裁在注解《說文》的「皿部」時引用了《禮記・內側》說：「『請沃盥』，沃者，自上澆之；盥者，手受之而下流於槃（盤）。」段氏的解釋是：「盥」，就是一個人給另外一個人倒水洗手，下面放置一個水盆。「盥」本來僅指洗手。可是到了後世，洗臉洗手均稱爲「盥」，現在所用的「盥洗室」既可洗手也可洗臉。

① ② ③ ④ ⑤

這是「盜」字，本爲會意兼形聲的字。①是甲骨文的形體。右上部是一個面朝左而立的人，張口流出了滴滴涎水，亦表音；下部爲「舟」形，上古文字從「舟」與從「皿」常無區別。這是形容人的貪饕，見利垂涎三尺，簡直是口水都要以舟載了。②是金文的形體，「舟」變成了「皿」，上部由「人」的口水變成水流。于省吾先生說得好：「水流氾濫無方又與後世盜竊之義相因。」「皿」上還訛增一「火」字。③是小篆的形體，將金文的「火」字去掉了，有道理。④是楷書異體字，大陸已廢除。⑤爲大陸楷書通行體。

《說文》：「盜，私利物也。」「盜」字的本義爲「極欲」，由此而引申爲「盜竊」，如《荀子・修身》：「竊貨曰盜。」也指「用不正當手段營私或謀取」，如盜賣、欺世盜名等。「搶劫財物的人」也稱「盜」，如《史記・項羽本紀》：「故遣將守關者，備他盜之出入與非常也。」「盜」亦指「強盜」，如《莊子・盜跖》：「天下何故不謂子爲盜丘。」這是說：天下爲什麼不稱你（孔子）爲盜丘。

請注意：「盜」與「賊」古今含義有別。古代的「盜」現在稱爲賊；現在所謂「強盜」，古代一般稱「賊」，有時也稱「盜」。

① ② ③ 盤 盘

① ② ③ ④ ⑤

「嘈嘈切切錯雜彈，大珠小珠落玉盤。」這個「盤」字爲形聲字。①爲金文的形體，上部爲般（「般」本爲「盤」義），其下部爲「皿」，是「從皿，般聲」的形聲字。②是《說文》中籀文的形體，其下部更像「皿」形。③爲小篆的寫法。下部變爲「木」，古代盤子也有用木製的。④爲楷書繁體字，是由金文、籀文演變而來。⑤爲簡化字。

▲宋獅紋瓷盤。

《說文》：「槃（盤），承盤也。從木，般聲。」「盤」字的本義原爲古代的「盥器」，青銅作成，盛行於商周時代。後來引申爲「盤子」，如李紳〈憫農〉：「誰知盤中飧，粒粒皆辛苦。」因「盤」爲圓形，所以「盤」可以引申爲「迴旋」、「彎曲」義，如《隋書・百濟傳》：「女辮髮垂後，已出嫁則分爲兩道，盤於頭上。」由此可以引申爲「盤旋」，如《徐霞客遊記・楚遊日記》：「盤空而升。」這是說：盤旋而上升。

請注意：《荀子・富國》「國安於盤石」中的「盤」，是「磐」字的通假字，本應寫作「磐」。

蠱　蛊

①　②　③　④

▲河姆渡遺址出土的蠶紋象牙雕小蠱。

這是「蠱惑人心」的「蠱」字，讀作ㄍㄨˇ，本爲會意字。①是甲骨文的形體，下部是「皿（器皿）」，皿中有兩條蟲子。②是小篆的形體，皿中有三條蟲子。③是楷書的繁體字。④爲簡化字。

《說文》：「蠱，腹中蟲也。」其實，「腹中蟲」爲「蠱」字的引申義。本義爲「陳穀中所生之蟲」，如王充《論衡・商蟲》：「穀蟲曰蠱，蠱若蛾矣。」穀久盛於皿中而生蟲，所以「蠱」可以引申爲「腹中蟲」，也正是害人的「毒蠱」，如《周禮・秋官・庶士》：「掌除毒蠱。」

「巫蠱」，是指用巫術害人，有誘惑、欺騙的意思，如《墨子・非儒下》：「孔某盛容修飾以蠱世。」這是說，孔丘喬裝打扮以欺騙世人。《左傳・莊公二十八年》：「楚令尹子元欲蠱文夫人。」大意是：楚國的令尹（官名）子元打算誘惑文王夫人。

請注意：「蠱」字另外還有一種說法，指一種由人工培養成的毒蟲，如《本草綱目・蟲部四》「蠱蟲」，李時珍集解引陳藏器說：「取百蟲入甕中，經年開之，必有一蟲盡食諸蟲，即此名爲蠱。」

這是「海誓山盟」的「盟」字，本爲會意字。①是甲骨文的形體，像在一器皿中盛血。古代結盟時有一種儀式，稱爲「歃（ㄕㄚˋ）血」，即以口含血。還有一說，以指蘸血塗於口邊。②是金文的形體，變成了上「明」下「皿」的形聲字。金文中也有下部爲「血」的，更有道理。③是小篆的形體。④爲楷書的寫法，與《說文》中的古文形體類似。

《說文》：「盟，周禮曰：『國有疑則盟。』」「盟」字的本義爲「結盟」，即古代在「神」前立誓締約，如《左傳・僖公三十年》：「秦伯說（悅），與鄭人盟。」《禮記・曲禮下》孔穎達疏：「盟者，殺牲歃血，誓子神也。盟之爲法，先鑿地爲方坎，殺牲於坎上，割牲左耳，盛以珠盤，又取血盛於玉敦，用血爲盟書，成，乃歃血而讀書。」後世，結拜兄弟也稱「盟兄」、「盟弟」。

請注意：「盟」字有時也讀作ㄇㄧㄥˊ，「盟器」就稱爲「明器」，這是古代殉葬器物。「起個誓」也稱爲「盟（ㄇㄧㄥˊ）個誓」。

田　部

① ② ③ ④

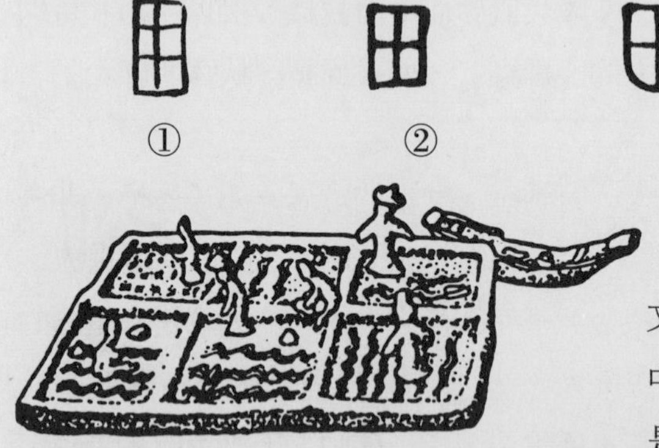

▲上古骨刻上的田的模型。

這是「四海無閒田」的「田」字，是個象形字。甲骨文①是一塊長方形的大田，其中割成六塊小田，縱橫的直線是田埂或田間小路。②是金文形體，比甲骨文簡化了一些。小篆③是從金文變來的，字形基本相似。④是楷書的寫法。

「田」字的本義就是「農田」，如稻田、麥田等。從「農田」的本義又能引申爲「耕種」，如《史記・高祖本紀》：「令人得田之。」就是令人耕種之。不過，《韓非子・難一》中所說的「焚林而田」的「田」可不是指耕種，而是指打獵（因古代的圍獵似「田」形）。

請注意：在古代，田、佃（ㄊㄧㄢˊ）、畋（ㄊㄧㄢˊ）三個字的詞義又通又不通。在打獵或者耕種的意義上，三個字可以通用。「田」有「麥田」、「良田」、「田地」的意義，可是「佃」、「畋」兩字卻沒有這種意義。當「佃」字讀ㄉㄧㄢˋ（電）的時候，就是指舊社會被迫租種官府或地主的土地的人家，稱爲「佃戶」，在這個意義上，「田」、「畋」兩字是不具備的。

「田」字是個部首字。在漢字中凡是由「田」字所組成的字大都與田地或耕種有關，如「疇」、「畛（ㄓㄣˇ診）」、「畔」、「畦」等字。

① ② ③ 畝④ 亩⑤

這個「畝」字是個形聲字。①是金文的形體，左爲「田」，右爲「每」，即「從田，每聲」的形聲字。②是小篆的形體，與金文極相似。③是小篆的重文，段玉裁認爲中間的「十」字爲田間阡陌「從田，久聲」。④爲楷書繁體字，這是由小篆的重文演變而來的。⑤爲簡化字。

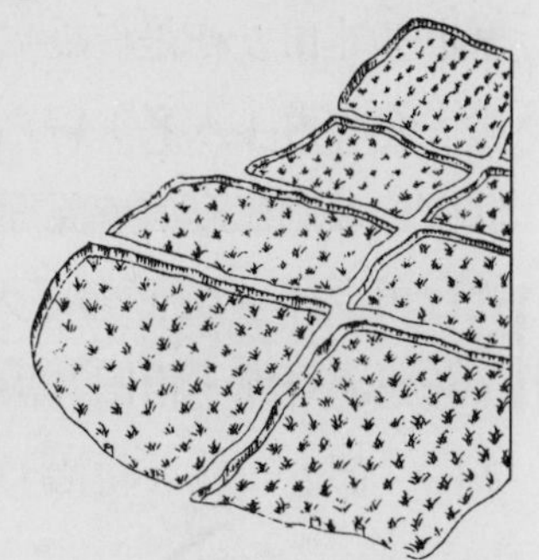

▲《天工開物》中的田形。

《說文》：「畝，六尺爲步，步百爲畝。秦制二百四十步爲畝。」許愼認爲「畝」的本義是土地的單位量詞，這不妥。其實，「畝」字的本義爲「田壟」，如《左傳・成公二年》：「使齊之封內盡東其畝。」所謂「東其畝」，就是讓田壟都是東西向的。由「壟」引申爲土地單位量詞，如《孟子・梁惠王上》：「五畝之宅，樹之以桑，五十者可以衣帛矣。」這是說：在五畝大的宅園中，都栽上桑樹，那麼，五十歲以上的人都可以穿上絲綿衣了。

請注意：古書所謂的「隴畝」，一般是指「農田」，如《三國志・蜀書・諸葛亮傳》：「亮躬耕隴畝。」而「南畝」本爲田壟南北向的土地，後來也泛指「農田」。

甫

① ② ③ ④

這是「台甫」的「甫」字，讀作ㄈㄨˇ，本爲象形字。①是甲骨文的形體，像田中生苗，可見這個「甫」實爲「圃（ㄆㄨˇ）」之本字。②是金文的形體，與甲骨文相似。③是小篆的形體，下部的「田」訛變爲「用」了。④爲楷書的寫法。

《說文》：「甫，男子之美稱也。」許說不妥。「甫」的本義應是「圃」，指田中生苗。「圃」字後引申爲種植蔬菜、花果或苗木的綠地。生苗有禾蔬開始生長之意，所以「甫」可以引申爲「剛剛」、「開始」，如《漢書・匈奴傳上》：「傷痍者甫起。」這是說：受傷的人開始能站起來了。在古代，「父」是男子的美稱，而「甫」可通「父」，在男子的名字下加「甫」亦是作爲男子的美稱，如《詩經・大雅・烝民》：「肅肅王命，仲山甫（人名）將之。」大意是：威嚴的王之命令，仲山甫奉行它。以後，人們在寫信或見面時尊稱別人的表字，就叫「台甫」，如「請問尊姓台甫」。「美」與「大」有關，所以「甫」又可以引申爲「大」，如《詩經・齊風・甫田》：「無田甫田。」「無」通「勿」；第一個「田」字同「佃」，爲「耕治」義。大意是：不要耕治那大田。

  甸

① ② ③

這個「甸」字本爲會意字。①爲金文的形體，左田右人，表示人在田中勞作。②是小篆的形體，「人」變成了「勹（包）」形。③爲楷書的寫法。

▲《天工開物》中的插圖。

《說文》：「甸，天子五百里地。」許愼所言爲引申義，本義應爲「田中勞作」，即爲「佃」字（古代「佃」「甸」同字）。上古時代郭外稱郊，郊外稱「甸」，如張衡〈西京賦〉：「郊甸之內。」後來也泛指

「都城的郊外」，如謝朓〈晚登三山還望京邑〉：「雜英滿芳甸。」這是說：各種花草滿郊外。

請注意：古樂府〈孔雀東南飛〉有這樣幾句詩：「府吏馬在前，新婦車在後；隱隱何甸甸，俱會大道口。」這裡的「甸甸」，是指車馬的喧鬧聲，應讀作ㄊㄧㄢˊ ㄊㄧㄢˊ。另外，「甸」字還可以讀作ㄕㄥˋ，那是「乘」的通假字，是指古代劃分田地或居住的單位，如《漢書・刑法志》：「四丘爲甸。」「丘」也是古代一種劃分田地的單位。「丘」比「甸」小，四丘爲一甸。

① ② ③ ④ ⑤

這是「翠屏畫堂」的「畫」字。這個字是個會意字。甲骨文①的上部是一隻右手，左邊是一枝筆，下部的兩條曲線是描畫的圖形。金文②也是這個意思，其上是右手執著筆，其下部左右交叉的兩條曲線及曲線之中的「田」字，都是表明用筆描畫的圖形。③是小篆的形體，是由金文直接演變而來，形體變得更複雜了。④是楷書的寫法。⑤是截取小篆的下部而成簡化字。

「畫」字的本義是畫分界線，如：「芒芒禹跡，畫爲九州。」（《左傳・襄公四年》）就是說：大禹當年走過的遼闊大地，共畫分爲九個州。這個意義後來寫作「劃」。由「畫分」之義又可以引申爲繪畫，如：「請畫地爲蛇，先成者飲酒。」（《戰國策・齊策二》）大意是：請大家都在地上畫一條蛇，先畫成的人則喝酒。

《史記・留侯世家》：「爲我畫計。」這裡的「畫」字是「謀劃」或「籌劃」的意思，現在均寫爲「劃」。

古書中常有「畫卯」一詞，那是「簽到」的意思。舊時官署例於卯時（晨五時到七時）開始辦公，吏役都必須按時到衙門簽到，這就叫「畫卯」。現在人們也還常說「點卯」、「應卯」。

① ②

這是個「界」字，原爲形聲字。①是小篆的形體。左爲「田」，表形；右爲「介」，表聲。②是楷書的寫法，由並列結構變成上下結構。

《說文》：「界，境也。」所謂「境」也就是地域的邊界，如《史記・秦始皇本紀》：「發兵守其西界。」又可以引申爲「極限」，如《幾何原本》：「點爲線之界，線爲面之界，面爲體之界，體不可爲界。」此界也爲彼界，所以「界」也有「連接」之意，如《史記・吳起傳》：「與強秦壤界。」這是說：與強秦的邊界相連接。

在古代漢語中常用「界說」一詞，如《馬氏文通・正名》：「凡立言，先正所用之名以定命義之所在者，曰界說。」可見這個「界說」，也就是指「定義」。

① ② ③ ④

這個「疇」字是個象形字。甲骨文①中的曲線像耕田時所留下的痕跡（或是田壟），其左右兩個半圓形表示耕田的犁具。小篆②則在甲骨文的基礎上又增加了表意的部分「田」，這就變成了左形右聲的形聲字了。可是到了楷書③則把小篆的聲符部分換成聲符「壽」，仍然是個形聲字。可是這個字共有十九畫，書寫麻煩，因此後來又簡化爲楷書④。

「疇」字的本義是指「已經耕作的田地」，如《荀子・富國》：「其田疇穢。」也就是說：已經耕種過的田地又被荒蕪了。後來又引申爲「農作物種植的分區」，如左思〈蜀都賦〉所說的「瓜疇、芋區」就是。從「分區」又能引申爲「種類」等。有時「疇」字又通「儔」，如在《荀子・勸學》中有這樣幾句話：「草木疇生，禽獸群焉，物各從其類也。」這裡的「疇生」就是「儔生」，同類都生活在一起的意思。至於說「疇官」，可不是指同類的官，那是指過去世代都做同樣的官，特別是指父子相傳的太史官。如《史記・龜策列傳》：「父子疇官，世世相傳。」

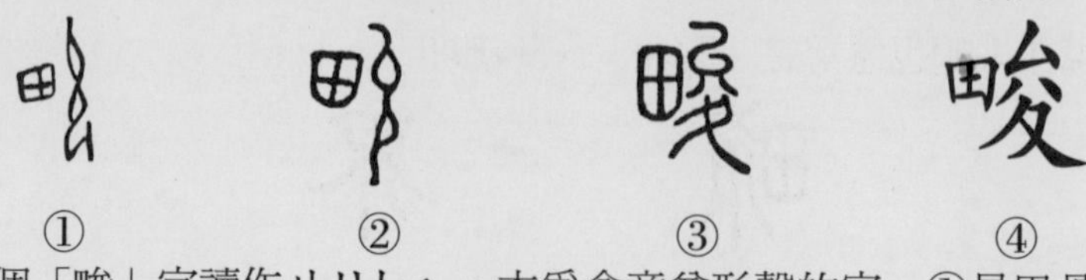

① ② ③ ④

這個「畯」字讀作ㄐㄩㄣˋ，本爲會意兼形聲的字。①是甲骨文的形體，左邊是「田」，右邊是一個面部朝左的人形。所以上古看管田畝的人叫「田」。②是金文的形體，與甲骨文極為相似。③是小篆的寫法，右邊變為「夋」，完全失去了「人」形。④為楷書的形體。

《說文》：「畯，農夫也。從田，夋聲。」其實「畯」字的本義應為「管田的小官」，也稱田大夫、農正、嗇夫、田官等。許慎單提「農夫」，不妥。《詩經・豳風・七月》：「同我婦子，饁（ㄧㄝˋ）彼南畝，田畯至喜。」「饁」是以食給人吃。這詩的大意是：妻子、孩子一同來，送飯送到農田中，大管家吃喝好自在！

「田畯」也指「神農」，如《周禮・春官・籥章》：「擊土鼓，以樂田畯。」大意是：敲起土鼓，讓神農高興。到了後世，「田畯」才泛指「農民」，如《宋書・袁湛傳》：「薄疇畝之賦，……而田畯喜矣。」也就是說：減少農田的賦稅，……而農民是非常高興的。

目部

① ② ③ 目④

這就是「欲窮千里目」的「目」字。甲骨文①是側豎的一隻眼睛。金文②是橫著的一隻眼睛。這兩種形體都是逼真的象形字，不需分析，一目了然。小篆③則把表示黑眼球的圓形線拉平了，變成了豎目。楷書④則非常像小篆的形體，但不太像眼睛的樣子了。

由以上的形體分析得知，「目」的本義就是「眼睛」。從名詞「眼睛」再引申為動詞「看」，如《史記・項羽本紀》：「范增數目項羽。」這是說：范增多次地看項王（即用眼色示意）。另外，由於「目」的形象與魚網的「網眼」很相似，所以網眼也稱「目」，如：「舉一綱，而萬目張。」

▲商代人面玉飾。

（鄭玄，〈詩譜序〉）這是說：把魚網的綱一提，所有的網眼撐開了。今天所說的「綱舉目張」的成語，就是從這裡來的。

「目」字是個部首字。在漢字中凡是由「目」字所組成的字大都與眼睛或眼睛的動作有關，如「見」、「眼」、「看」、「臣」、「眉」、「盾」、「面」等字。

這是「猶見落花隨水流」的「見」字。這是一個突出重點的象形字。你看甲骨文①的下部是一個面朝右跪坐的人，人的頭上是一隻大眼睛（橫著的「目」），非常突出。金文②的下部是一個半站立的「人」，面朝左，頭部的大眼睛炯炯有神。小篆③下部的「人」變得不像了，人頭上的大眼睛變成了「目」。④是楷書的形體，是由小篆直接演變而來，其上仍然是「目」，其下部的「人」根本看不出來了。⑤是簡化字。

「見」字的本義就是「看見」。由「看見」引申爲「會見」，如：「一日不見，如三秋兮。」（《詩經・王風・采葛》）這就是說：一天不見面，好像隔了三年似的。由「會見」又可以引申爲「接見」，如《史記・廉頗藺相如列傳》：「秦王坐章台，見相如。」意思是：秦王坐於章台，接見了藺相如。一樣東西被看見，就有被動之義，所以「見」字可以表示「被」，如：「盆成括見殺。」（《孟子・盡心下》）就是說：盆成括這個人被殺了。

《史記・項羽本紀》：「軍無見糧。」這是「軍隊沒有看見糧食」的意思嗎？不對了。這句話的意思是：軍隊沒有現成的糧食可吃。這裡的「見」字必須讀爲ㄒㄧㄢˋ（現），是「現成」的意思。請留意，當讀ㄒㄧㄢˋ（現）的時候，有時也當「引見」或「推薦」講，如《墨子・公輸》：「胡不見我於王？」意思是：爲什麼不向王推薦我？在上古沒有「現」字，凡「出現」的意義也都寫作「見」。

另外，在古代「視」和「見」的含義是不同的。「視」表示看的動作，「見」表示看的結果。

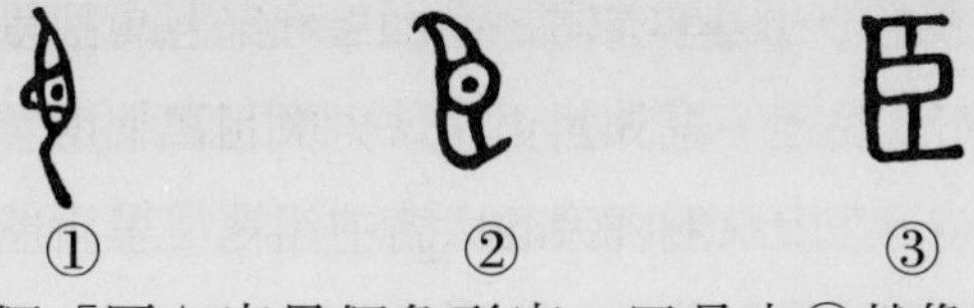

①　②　③　④

▲商代盤辮玉人，河南信陽出土。

這個「臣」字是個象形字。甲骨文①就像豎起來的一隻眼睛。這就是說，只有當人側面低頭時，眼睛才能豎起來，這是奴隸的形象（奴隸是不能抬頭正面看主人的），所以上古的奴隸（男奴）就叫「臣」。金文②的形體也基本上與甲骨文相同。③是小篆的形體，與甲、金文字有些相似，但是當中的黑眼珠沒有了。④是楷書的寫法，與小篆大致相似。

「臣」字的本義就是奴隸（男奴），如：「臣十家。」（《令鼎》）就是說：奴隸十家。孔安國傳《書經・費誓》時說：凡是奴隸，「男曰臣，女曰妾」。由「奴隸」又可以引申為「俘虜」。孔穎達在注解《禮記・少儀》時說：「臣，謂征伐新獲民虜也。」就是說：在征戰時所捉的俘虜叫「臣」。因為「臣」當「奴隸」或「俘虜」講，所以都是指下賤之人。也正因為這樣，古代的官吏在君主面前自稱為「臣」，如：「臣聞之，鬼神非人實親，唯德是依。」（《左傳・僖公五年》）宮之奇對虞公說：我聽說，鬼神不親近人，而只是依附那些有德的人。

請注意：另一個「𦣞」（ㄧˊ夷）字與「臣」字的形體非常相似。「𦣞」字的本義是下頷（即下巴的象形字），後世均寫作「頤」；由「𦣞」字所組成的字如熙、頤、姬等。由「臣」所組成的字如臥、宦等。

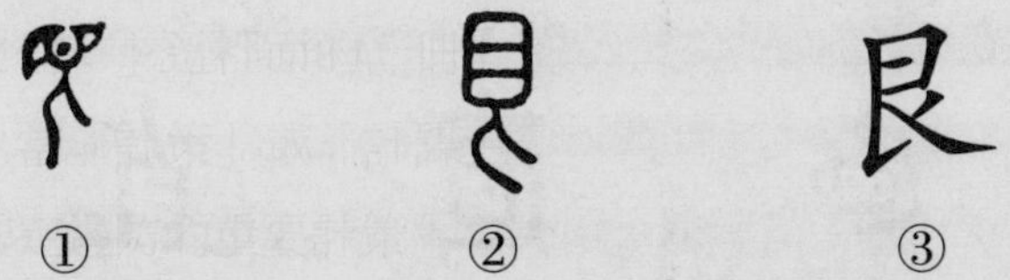

①　②　③

這個「艮」讀作ㄍㄣˋ，本為象形字。甲骨文①的上部是一隻大眼睛（橫目），下部是一個面朝右而立的人，表示人回頭看。②是小篆的形體。③是楷書的寫法。

《說文》：「艮，很也。」這不對。「艮」字的本義為「回顧」，如《易經》：「艮其背。」也就是「反顧其背」的意思。由「回顧」義，又可以引申為「限」，如《易經・艮》：「艮，止也。」「艮」為八卦之一，又可以代表方位名，如《易經・說卦》：「艮，東北之卦也。」可見「艮」是代表東北方。另外，在山東省一帶的口語中，經常用「艮」字，讀作ㄍㄣˇ，如「花生米艮了」是指花生米不鬆脆。

① ② ③觀 ④观

「莫道昆明池水淺，觀魚勝過富春江。」這個「觀」字是個會意兼形聲的字。①是金文的形體。左邊是貓頭鷹之類猛禽的形象，兩耳豎起，雙目炯炯。右邊是「見」字，表示觀察意。②是小篆的形體，與金文相似。③是楷書繁體字。④為簡化字。

《說文》：「觀，諦視也。」所謂「諦視」，就是詳細地觀察的意思。許慎又說：「從見，雚聲。」這是把「觀」看成是一個純形聲字，不妥。因為「雚」本身就有「明目而視」之義。「觀」的本義為「看」，如《史記・孫武傳》：「吳王從臺上觀，……大駭。」這是說：吳王從臺上看，……大驚。由自己看，又可引申為「給人看」、「示人」，如《漢書・宣帝紀》：「觀以珍寶。」也就是說：以珍寶之物示人。「觀」又能引申為「遊覽」之義，如《詩經・鄭風・溱洧》：「女曰觀乎？」大意是：姑娘說，前去遊覽一下吧？

請注意：古籍中常見「觀海」一詞，這並非我們現在所說的觀覽大海之意，而是比喻所觀者甚大，如沈約〈武帝集序〉：「事同觀海。」

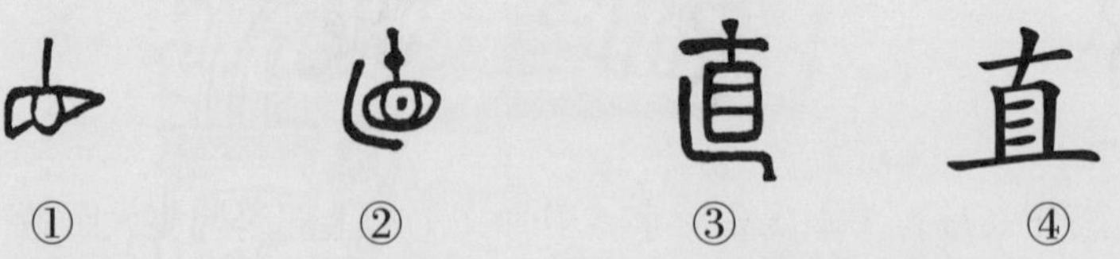

▲《甲金篆隸大字典》中的「直」字。

這是「正直」的「直」字，本為會意字。甲骨文①的下部是一隻橫的眼睛，上部有一直線，表示視線之直。②是金文的形體，雖然變得複雜了些，但橫目依然在，仍表直的意思。③是小篆的形體，與金文相似。④為楷書的寫法。

《說文》：「直，正見也。」「直」字的本義與「曲」相對，如《荀子・勸學》：「木受繩則直。」這是說：木頭按墨線去鋸割就是直的。由此又可以引申爲「正直」，如《荀子・修身》：「是謂是，非謂非，曰直。」大意爲：是就說是，非就說非，這就叫做正直。不過，《史記・張湯傳》「家產直不過五百金」中的「直」是「値」的通假字，當「價値」講。有時還能作副詞「只」的通假字，如《孟子・梁惠王上》：「直不百步耳，是亦走也。」意思是：只是不到百步罷了，但這也算跑了。

「直指」一詞，一般是「直接指向」義，但《漢書・江充傳》「拜爲直指繡衣使者」中的「直指」，卻是指官名。這種官是漢朝政府的特派官，身穿繡衣，持節發兵，有權誅殺不稱職的官員，稱「直指繡衣使者」。

① ② ③ ④

這是「以子之矛攻子之盾」的「盾」字，是個象形字。甲骨文①的方塊形即爲「盾牌」，中間的豎線表示手執的把手，這是古代作戰時擋禦刀箭的武器，藉以保護身體。金文②的形體基本上同於甲骨文。小篆③則發生了較大的變化，在盾形之中又增加了一個「目」，這正如《說文解字・盾部》所說：「所以扞身蔽目。」就是說：盾可以保護身體，掩蔽眼睛。④是楷書的寫法，是由小篆直接演變而來的。

▲清代藤盾。

「盾」字的本義就是「盾牌」，如《史記・項羽本紀》：「噲（ㄎㄨㄞˋ快）即帶劍擁盾入軍門。」就是說：樊噲馬上帶著劍拿著盾進入軍門。因爲盾牌有木頭的成分，所以「盾」字到了後世又可以寫爲左形（木）右聲（盾）的形聲字「楯」。

① ② ③ ④

這是「吾日三省吾身」的「省」字，本來就是個形聲字。甲骨文①的上部是個「生」字，下部是一隻大眼睛（橫目），這是上聲下形的形聲字。②是金文的形體，基本上同於甲骨文。③是小篆的寫法，增加一大撇。④爲楷書，與小篆相類似。

《說文》：「省，視也，從眉省，從屮。」許慎認爲「省」字的本義是「視」，這是對的；但析形則是錯的，因爲「省」字本寫作「眚（ㄕㄥˇ）」，其上部是「生」，下部是「目」，與「眉」字無涉。「省」字的本義就是「視」或「察看」，如《史記·秦始皇本紀》：「皇帝春遊，覽省遠方。」這裡的「省」就爲「視察」、「察看」義。在這個意義範圍內，「省」字應讀作ㄕㄥˇ，如現在還說的「內省」、「反省」、「省親」等。

▲《甲金篆隸大字典》中的「省」字。

後世，「省」與「眚」在使用上有區別，「眚」字的本義是，眼睛上長膜，也可以引申爲「天災」義。在「天災」的意義上，「省」字可代「眚」字而用，如《公羊傳·莊公二十二年》：「大省者何？」也就是說：「大的災難是什麼呢？」這裡是以「省」代「眚」。

這就是「甲冑」的「冑」字，讀作ㄓㄡˋ（宙）。金文①的下部畫了一隻眼睛（目），眼睛之上是一頂大帽子；這個帽子，就是古代武士所戴的頭盔（用以保護頭），其最上端還有類似銅製的裝飾品，所以「冑」字就是古代的頭盔。小篆②則變爲上聲（由）下形（月）的形聲字了。③是楷書的寫法，是直接從小篆演變而來的，下面是「月」（冒），而不是「月」（肉）。

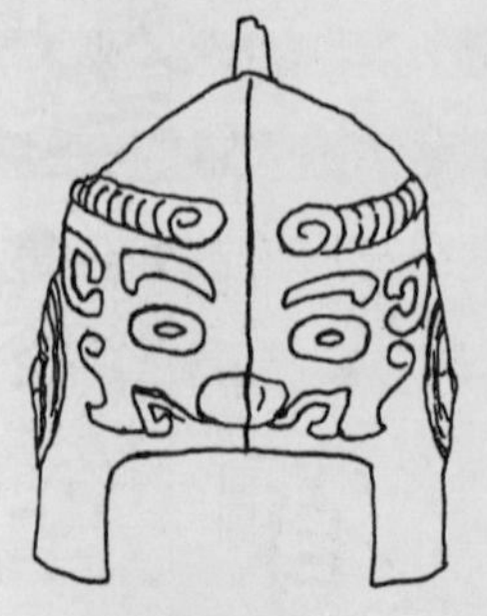

▲商代銅盔。

「冑」字的本義是「頭盔」。金文②的樣子很形象，把個眼睛（目）保護得安然無恙。

另外還有一個「冑」字，其下部爲「月」（肉），而不是「月」（冒）。從「月」（肉）是很有道理的，因爲這個「冑」字是指有血緣關係的帝王或貴族的後代。這個字也讀ㄓㄡˋ（宙），如諸葛亮〈草廬對〉：「將軍既帝室之冑……」就是說：將軍既然是帝王的後代……。這兩個字在《說文解字》、《康熙字典》等古代工具書中都從形體上分得很清楚。可是到了《新華字典》、《漢字常用字典》等現代工具書中就不分了，當「頭盔」講也好，當「後裔」講也好，都寫爲「冑」，其下部都從「月」（肉）。

有人把《左傳・僖公三十三年》裡的「左右免冑而下」誤爲「左右免胃而下」，那可就成爲笑話了。請注意：「胃」字上部是個「田」字，「冑」字上部是個「由」字，不能混淆。

「六軍不發無奈何，宛轉蛾眉馬前死！」這是「蛾眉」的「眉」字。①是甲骨文的形體，下部是眼睛的象形（橫目），眼上就是「眼眉」；如果沒有眼睛在下，很難看出眼眉的樣子，這就叫「襯托性的象形字」。金文②的眼眉就更像了，三根有代表性的眉毛直接長在上眼皮上，眉下是「目」。小篆③不太像眉毛的樣子了。楷書④通過隸變，完全變爲符號性的象形字了。

「眉」是生在眼睛之上，所以在上面的則往往稱爲「眉」，比如在書的上部加上批語就稱爲「眉批」等。

現在形容一位富有表情的姑娘，則往往說她的「眼睛會說話」。可是古代則常說這是「眉語」（眼眉會說話），如李白有這樣兩句詩：「眉語兩自笑，忽然隨風飄。」（〈上元夫人〉）

唐詩人崔護寫過這樣一首名作：「去年今日此門中，人面桃花相映紅。人面不知何處去，桃花依舊笑春風。」這「人面」的「面」字是個象

▲商代青銅器上的人面拓片。

形字。甲骨文①外部畫了一張臉的輪廓，中間是一隻大眼睛（目），這正是後世所說的：有面有目，謂之「面目」。小篆②的形體基本上同於甲骨文，只是變得更複雜了。③爲楷書形體，是由小篆的形體蛻變而來。

「面」的本義是「臉」。從「臉」又引申爲「面向」，如「面山而居」，即「面對著大山而居住」的意思。

請注意：在大陸漢字簡化以前，「臉面」的「面」寫爲「面」，而「麵粉」的「面」寫爲「麵」或「麪」，簡化以後均寫爲「面」。再者，在古代「臉」與「面」含義不同：臉，最初指頰，即婦女目下頰上搽胭脂的地方，後來則漸漸與「面」同義了。

《莊子》中有「面譽」一詞，是當面讚譽人的意思，這是個好詞。《法言・學行》中說：「友而不心，面友也。」雖是朋友，但不知心，貌合神離，表面敷衍，是爲「面友」。

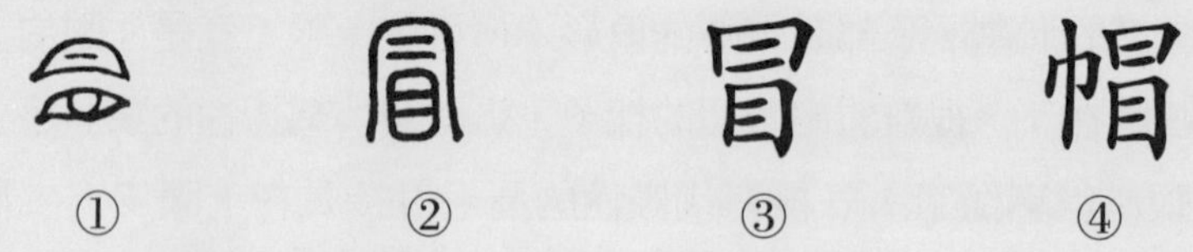

① ② ③ ④

在《紅樓夢》中有這樣兩句歌詞：「因嫌紗帽小，致使鎖枷扛。」這「紗帽」的「帽」字本是個會意字。金文①的上部是一頂帽子的形象，帽子之下有一隻明亮的大眼睛（橫的「目」），可見這個「冒」字本來就是「帽」的初文。②是小篆的形體，「目」上之「帽」則不太像帽子的形狀了。楷書③的上部寫爲「曰」，根本不像帽子了。到了後世因「冒」字被借作「冒煙」、「冒充」、「感冒」之「冒」，所以當「帽子」用時，只好在「冒」字之左增加一個「巾」字；「巾」在上古即爲「布」，表示帽子是用布做的，這就形成了一個新的左形（巾）右聲（冒）的形聲字「帽」④了。

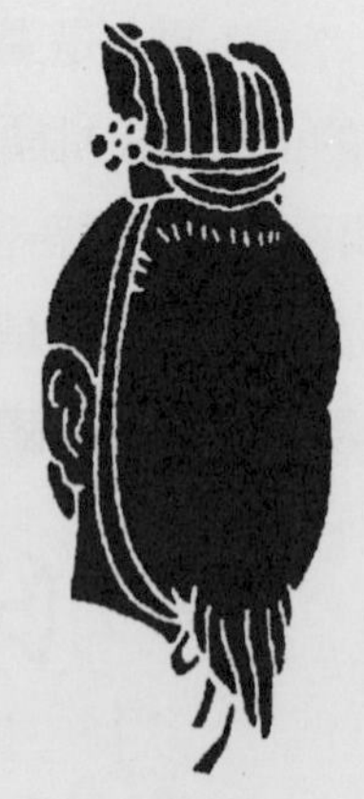
▲古代帽飾之一——小冠。

「冒」字本義是「帽子」，因爲帽子戴在頭上，就有

「覆蓋」之意，如曹植的〈公宴〉詩：「朱華冒綠池。」意思是：紅花覆蓋在綠池之上。「帽子」是頂在頭上的，所以「冒」字也能引申爲「頂著」，如在《三國志・蜀書・王連傳》中有這樣一句話：「不宜以一國之望冒險而行。」也就是說：不應當以一個國家的威望而頂著危險去幹。「頂著」又能引申爲「冒失」、「冒昧」，如王安石〈上皇帝萬言書〉：「冒言天下之事。」就是說：冒昧地議論天下的事情。凡「冒昧」就有「不明」之義，由「不明」就可以引申爲「冒充」或「假冒」，如：「故青冒姓爲衛氏。」（《漢書・衛青傳》）這是說，衛青是冒充姓衛。

睛　睛

①　②

這是「畫龍點睛」的「睛」字。①是小篆的形體，是一個「從目，青聲」的形聲字。②爲楷書的寫法。

「睛」字在古書中較爲罕見。「睛」字的本義當爲「瞳子」（眼珠），如《洛陽伽藍記・城內》：「植棗種瓜，須臾之間，皆得食之。士女觀者，目亂睛迷。」又如《神異記》：「張僧繇（ㄧㄡˊ）常（嘗）手金陵安樂寺畫四龍而不點睛。」

「睛」由「眼珠」義可引申爲「視力」，如《靈樞經・邪氣藏府病形》：「陽氣上走於目而爲睛；其別氣走於耳爲聽。」這裡的「睛」爲視力，「聽」爲聽力。

①　②　③

這是「衆目睽睽」的「睽」字，讀作ㄎㄨㄟˊ，本爲會意兼形聲的字。①是金文的形體，上部是兩隻大眼睛，下部是四鋒的長矛之形（癸），表示睜大雙眼注視著尖銳的矛鋒。其結構是「從䀠（ㄐㄩˋ）從癸，癸亦聲」。②是小篆的形體，由雙目變成了單目，移至左側，其意義不變。③是楷書的形體。

《說文》：「睽，目不相聽也。從目，癸聲。」首先，許慎認爲「聽」爲「順」義，「相聽」即爲「相順」；其次，許慎認爲「睽」字是單純的形聲字。這均不妥。其實，「睽」字是個會意兼形聲的字，本義是睜大雙眼「注視」，如韓愈〈鄆州溪堂詩序〉：「萬目睽睽。」後世成語「衆目睽睽」的意思是：許多人都睜大眼睛注視著。多指在廣大群衆的注視之下，壞人壞事無法隱藏。

冊　部

①　②　③　④

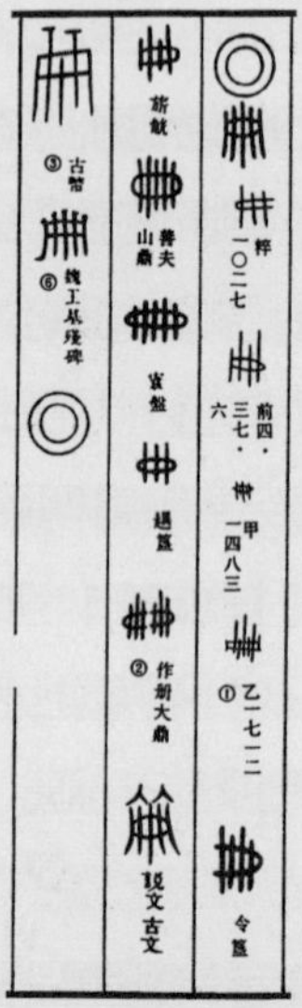

這個「冊」字是個象形字。甲骨文①當中的長方形是表示編串竹簡或木簡的繩索或皮條（古代稱「韋」）。上下貫穿的五條線就像刻有文字的竹簡或木簡。金文②和小篆③與甲骨文的形體相類似。④是楷書的寫法。

▲《甲金篆隸大字典》中的「冊」字。

「冊」字的本義就是「簡冊」（編串在一起的許多竹簡），如：「殷先人有冊有典。」（《尚書·多士》）我們現在還說「帳冊」、「紀念冊」。由「簡冊」之義又可以引申爲古代帝王封官授爵的詔書，如：「冊太子則授璽綬。」（《新唐書·百官志二》）這是說：封太子官，就授給他印章。《漢書·趙充國傳》中有這樣一句話：「此全師保勝安邊之冊。」這裡面的「冊」字是什麼意思呢？實際上就是「策」字的假借字，當「計策」或「計謀」講。這句話的意思是：這就是保全軍隊打勝仗和安定邊防的重要計策。

請注意：「冊」，這個字在大陸廢除異體字的時候廢掉了，現在大陸只能寫作「册」。

「冊」字是個部首字。在漢字中凡由「冊」字所組成的字大都與書冊或名籍有關，如「典」、「嗣」、「扁」等字。

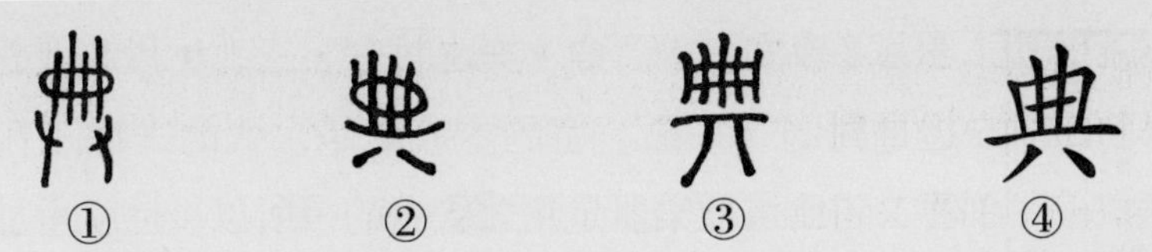

① ② ③ ④

這是「經典」的「典」字，是個會意字。甲骨文①的上部是「冊」，下部是左右兩隻手，也就是說雙手鄭重捧獻的②就叫「典」。金文②則發生了僞變，把手變爲「六」形之物，類似現在的書架。也就是說放置於書架上的「冊」亦稱爲「典」。③是小篆的形體，與金文基本相同。④是楷書的寫法。

「典」的本義就是指典範的重要的書籍，如《後漢書・蔡邕傳》：「續成後史，爲一代大典。」我們現在還常說「經典」、「法典」、「藥典」等等。從「經典」之義又可以引申爲「法則」或「制度」，如曹操說：「但賞功而不罰罪，非國典也。」這是說：只賞功勞而不懲罰罪過，那就不是國家的制度。至於「專典機密」（《三國志・吳書》）中的「典」字，是「主管」的意思，這是因爲「制度」有「約束」之義，那麼「主管」就是從「約束」義引申出來的。

所謂「典雅」，一般是指文辭有典據而雅馴的意思，如：「辭義典雅。」（〈與吳質書〉）可是馬融在〈長笛賦序〉中說的「情覽典雅」，這個「典雅」仍指「典籍」。

請注意：關於「典型」一詞古今含義是不同的。段玉裁在《說文解字注》中說：「以木爲之曰模，以竹曰范（範），以土曰型，引申之爲典型。」原指模型或模範。可是現在卻指在同類中最具有代表性的人或事物，如「典型人物」、「典型性格」、「典型環境」、「好典型」、「壞典型」等等。

① ② ③ ④

這個「龠」字讀作ㄩㄝˋ，本爲象形字。①是甲骨文的形體，像是將兩根管樂器編在一起的樣子，其上部爲兩個管口。②是金文的形體，較甲骨文複雜一些。③是小篆的形體，由原來的兩個管口變成了三個管口，上部又增加一個「蓋子」。④是楷書的形體。

《說文》：「龠，樂之竹管，三孔，以和衆聲也。」這是對的。「龠」字的本義就是古代的一種三孔竹管樂器。因爲這種樂器是用竹管做的，所以後世就增加「竹字頭」而寫作「籥」。這種樂器很可能就是最初的「排簫」。相傳禹時的樂舞《大夏》就是用籥伴奏的，如《詩經・邶風・簡兮》：「左手執籥，右手秉翟。」大意是：左手拿著排簫，右手舉著野雞羽。也正因爲古代吹火器上的管子類似於籥，所以這種管子也叫「籥」。

另外，「龠」還是古代的容量名，漢尺方九分，深一寸，容量爲八百一十立方分，如《漢書・律曆志上》：「合龠爲合，十合爲升，十升爲斗。」

▶《甲金篆隸大字典》中的「龠」字。

且部

① ② ③ ④

這個「且（ㄗㄨˇ）」字是個象形字。甲骨文①就像古代祭祀時放置祭品的禮器。金文②和小篆③與甲骨文的形體一脈相承。④是楷書的寫法，與小篆大體相同。

「且」字的本義就是祭祀時用的「禮器」，如《說文・且部》：「且，薦也。」就是說：在祭獻時所用的禮器。

◀陽山岩畫中的神主。

至於作連詞用的「且」字，是個形體借用問題（音、義不借，只借形）。借用以後應當讀爲ㄑㄧㄝˇ（切上聲），如「並且」、「況且」、「尚且」、「姑且」等，其義與「且（ㄗㄨˇ祖）」毫無關係。

那麼《詩經・鄭風・出其東門》：「匪我思且」中的「且」字，又是什麼意思呢？其實這個「且」字僅是個語氣詞，沒有實在意義。它既不讀

ㄗㄨˇ（祖）也不讀ㄑㄧㄝˇ（切上聲），而必須讀爲ㄐㄩ（拘）。《詩經》中這句話的意思是：不是（「匪」通「非」）我想念的。

「且」字是個部首字。在漢字中凡由「且」字所組成的字大都與祭獻有關，如「俎」字等。

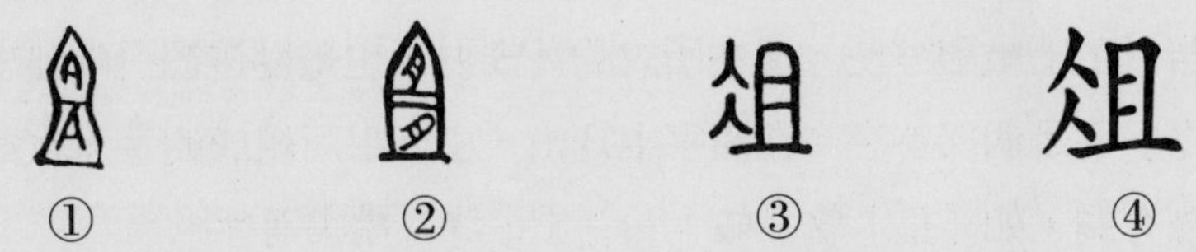

① ② ③ ④

這個「刀俎」的「俎（ㄗㄨˇ阻）」字是個象形字。甲骨文①的外形就像古代祭祀時盛牛羊等祭品的禮器，中間那兩個「A」字形代表祭品（牛羊肉）。金文②當中的祭品牛羊肉更像了。③是小篆的形體，把肉形物移於祭器之外。④是楷書寫法，基本上與小篆相同。

「俎」字本義即爲祭器，如《左傳・隱公五年》：「鳥獸之肉不登於俎。」就是說：鳥獸之肉是不能盛在祭器中祭祀祖先的。這個「俎」字從「祭器」之義又可以引申爲切肉用的砧板，如《韓非子・難言》：「身執鼎俎爲庖（ㄆㄠˊ）宰。」大意是：當廚師一天到晚與鼎俎（鍋、砧板）打交道。

在古書中所謂「俎上肉」，大都用其比喻義，即比喻受人欺凌壓迫，但又無逃避的餘地，如《晉書・孔坦傳》：「今由（猶）俎上肉，任人膾截耳。」就是說：現在好像是砧板上的肉，任人宰割罷了。

白　部

① ② ③ ④

這是「黑白分明」的「白」字。從甲骨文①可以看出，中間的三角形是火苗燃燒的形象，外面上尖下寬的圓圈則是光環。金文②則把圈內的火苗簡化了。小篆③則又有火苗上升的樣子。楷書④則看不出火盛的樣子了。

「白」的本義就是「明亮」，從「明亮」之義引申爲「說清楚」，又引申爲下對上的「陳述」。如有的人不了解「白」有「陳述」或「告訴」的意思，對柳宗元〈童區寄傳〉中的「虛吏白州，州白大府」的話就不懂了。把這兩句話翻譯一下就是：管理集市的小官（把情況）告訴了州長，州長又告訴了上級觀察使。現在所說的「表白」也是從這裡引申出來的。

「白」字是個部首字。在漢字中凡由「白」字所組成的字，大都與白色及明亮有關，如「皇」、「皎」、「皚」、「皤」等字。

這個「皇」字是個象形字。金文①就像一盞燈，其上部是盛油的燈盤，盤上有三支火焰上冒，眞是燈火輝煌，光芒四射。燈盤之下是個「土」字形的燈座。小篆②是秦始皇改的，「『自』、『王』爲『皇』」。這個字只有秦始皇能用。③是由小篆變來的楷體。④是由金文變來的楷體。

「皇」字的本義就是「光亮」。「光亮」是很大的，所以「皇」有「大」義，如：「皇矣上帝。」（《詩經・大雅・皇矣》）就是說：大啊上帝！對已故長輩尊稱爲「皇考」、「皇祖」，都是與「大」義有關。在古代「皇皇」經常連用，意義不完全一樣，如：「皇皇者華。」（《詩經・小雅・皇皇者華》）「華」，就是「花」，這個「皇皇」，是形容美盛鮮明的樣子。「皇皇焉，如有求而弗得。」（《禮記・檀弓下》）這裡的「皇皇」，是心神不安的樣子。「征夫皇皇」中的「皇皇」，實爲「遑遑」，那是匆匆忙忙的樣子。

當「皇」字引申爲「大」的意思之後，那麼當「光亮」講的「皇」就只好增加一個「火」字旁，寫爲「煌」，兩個字有了明確分工。

母部

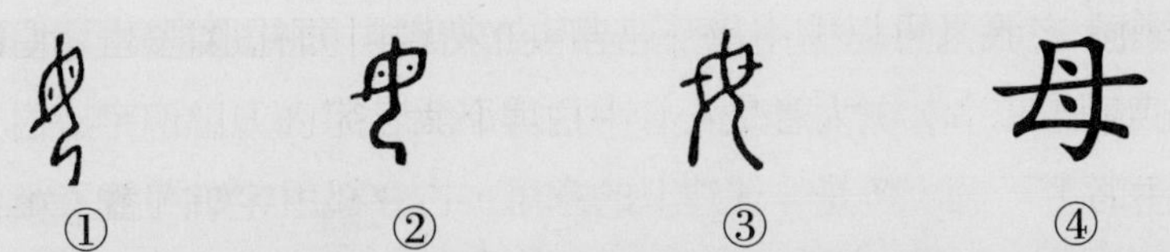

這是「慈母手中線」的「母」字。甲骨文①是面部朝左半跪的女人，雙手交叉在胸前，兩個黑點兒表示乳房。金文②的形體與甲骨文基本上一樣。小篆③變得面朝右了，屈膝的半跪形還能看出。④是楷書的寫法，大輪廓就似一個「女」字，兩個乳房的象徵依然存在。

「母」字的本義就是「母親」，也可泛指女性的長輩，如《史記·淮陰侯列傳》：「信釣於城下，諸母漂。」就是說：韓信在城下垂釣，見老大娘們都在洗衣服（漂：洗衣服）。由「女性」又可引申爲「雌性」，如《齊民要術·養豬》：「母豬，取短喙（ㄏㄨㄟˋ會）無柔毛者良。」這是說：母豬，以短嘴巴無絨毛的爲良種。現在我們還常說母雞、母狗、母牛等等。至於《商君書·說民》所說的「慈，仁，過之母也」中的「母」字，應解釋爲「根源」。就是說：慈善和仁愛，都是過錯的根源所在。

在古書中常有「母難（ㄋㄢˋ）日」一詞，這是個什麼日子呢？這是指自己的「生日」，意謂自己的出生之時，就是母親痛苦受難之日。

「母」字是個部首字。在漢字中凡由「母」字所組成的字大都與母親及生育有關，如「每」、「毓」等字。

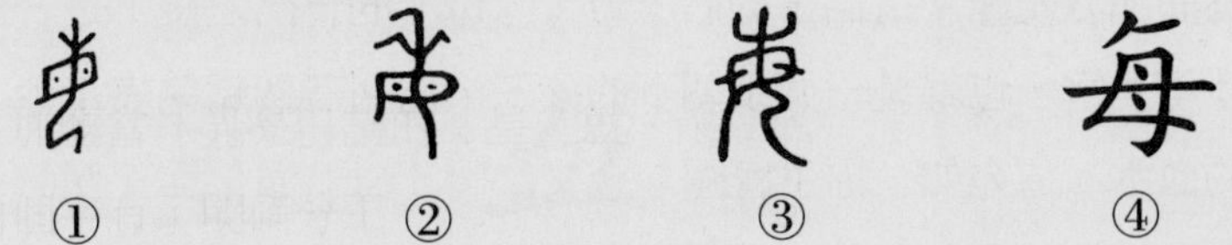

「獨在異鄉爲異客，每逢佳節倍思親。」這個「每」字在上古也就是「母」字，同樣是一個象形字。甲骨文①是一個面朝左跪著的婦女形，兩手抱在胸前，胸部的「點兒」表示母親的乳房，頭上戴有裝飾品。②是金文的形體，基本上與甲骨文的形體相同。小篆③變得更藝術了，但書寫反而繁雜了。④是楷書的寫法，是直接由小篆變來的。

「每」字原始義是「母」。這個詞義早已消失，後世多用其假借義表示「逐個」的意思，如：「每鼓三、十擊之。」（《墨子・旗幟》）也就是說：每個鼓打三下或者十下。從「每個」之義又可以引申爲「每逢」的意思，如：「每逢佳節倍思親。」（王維，〈九月九日憶山東兄弟〉）。從「每逢」之義又可以引申爲「常常」，如：「每用耿耿。」（曹操，〈讓縣自明本志令〉）大意是：心中常常不能忘卻。

「每每」一詞，多是「往往」的意思，古今都用，如陶潛〈雜詩〉：「每每多憂慮。」就是說：往往多憂慮。但「原田每每」（《左傳・僖公二十八年》）中的「每每」，若理解爲「往往」就錯了。這裡的「每每」是肥美的樣子，是說晉軍美盛，好像原田之草那樣肥美。不過，這個「每每」不能讀爲ㄇㄟˇ　ㄇㄟˇ（美美），而必須讀爲ㄇㄟˋ　ㄇㄟˋ（昧昧）。

請注意：成語「每下愈況」，原出於《莊子・知北遊》。「況」是比照而顯明；「愈」是「越」或「更加」之義。可是後世卻把它誤寫爲「每況愈下」，久而久之，「每況愈下」倒是變成正確的了，其實這是一種誤解。當然，今天看來，「每況愈下」的說法已經約定俗成了，也不必非還原不可。

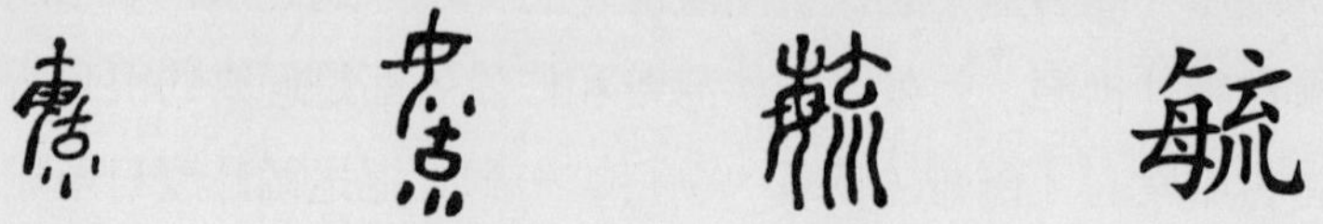

①　②　③　④

這個「毓」字是個會意字。甲骨文①的左邊是個「每」字（在甲骨文中就是「母」字），頭上戴有飾物，胸部的兩個點兒是表示母親的乳房，下部彎曲的部分是腿。這個字的右下方（「母」的臀部之後）是一個倒了個兒的「子」字，也就是一個頭朝下的孩子，周圍三個點兒表示生「子」時流下的血水。這宛如一幅生育圖。金文②將「母」簡化爲「女」，剛生下來的孩子（倒「子」）及流出的血水都還在。小篆③的左邊繼承了甲骨文的形體，仍然是個「每」（母）字，不過那個倒「子」移到了右上角，血水的遺跡變成了彎彎曲曲頗似頭髮的三根線條。楷書④的形體基本上與小篆相同。

「毓」字的本意就是「生養」，後來引申爲養育，如班固〈東都賦〉：「豐圃草以毓獸。」這個「毓獸」就是「養獸」的意思。從「養育」也可以引申爲「孕育」，如《國語・晉語四》：「怨亂毓災。」就是說：怨亂就能孕育災難。到了後世，「毓」字的「生育」義被「育」字所代替，那麼「毓」字就多作人名字使用了。

矛　部

① ② ③

這是「以子之矛，攻子之盾」的「矛」字。金文①是上有鋒利的矛頭、下有長柄的一個象形字。小篆②則在金文的基礎上加以美化，後世的舞臺上也眞有這種樣子的兵器。楷書③則完全看不出矛的樣子了。

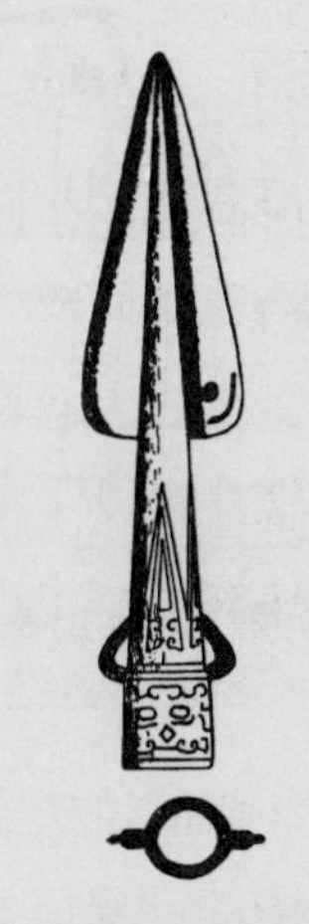

▲殷墟出土的銅矛，選自周緯《中國兵器史稿》。

「矛」在古代是一種最常用的也是最早的武器，大約在新石器時代就已經出現了。有人在讀《考工記》時，見有「夷矛」的武器，認爲這是古代東方人所執之矛（古代叫東方人爲「東夷」），這是「望文生義」。其實，在古代叫兩丈長的矛爲「酋矛」，叫兩丈四尺長的矛爲「夷矛」──「夷」字是「夷滅」的意思，說明這種長矛很厲害，眞可謂：「吾矛之利，於物無不陷也。」（《韓非子・難一》）

「矛」字是個部首字。在漢字中凡由「矛」字所組成的字往往與矛或割殺的動作有關，如「矜」（矛柄）。

羊　部

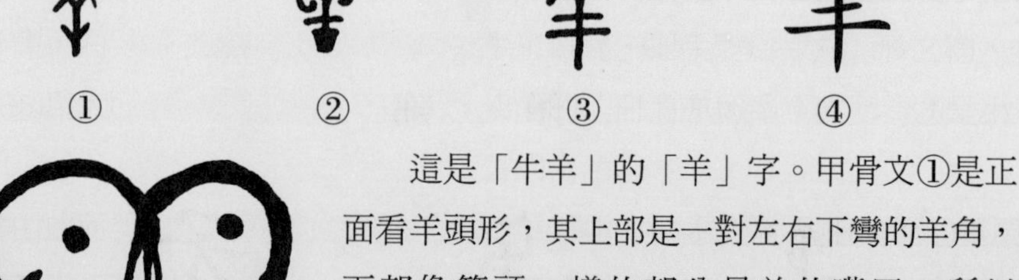

這是「牛羊」的「羊」字。甲骨文①是正面看羊頭形，其上部是一對左右下彎的羊角，下部像箭頭一樣的部分是羊的嘴巴。所以「羊」字是個象形字。金文②就更像羊頭了，一對大角向下彎曲，看來是個綿羊頭，中間的一橫是表示左右的兩隻耳朵，最下端是羊的嘴巴。小篆③是由金文的圓筆變爲直筆而成。④是楷書的形體。

上古人過著游牧生活，羊生活得好，繁殖得多，是一件很「吉祥」的事情。所以，我們如果見到古器物的銘文中有「吉羊」一詞的話，那就是「吉祥」（「祥」字是個後起字）。

「羊角」一詞在我國的古典作品中是屢見不鮮的。《莊子・逍遙遊》中所說的「扶搖」，就是旋轉直上的「羊角」大風。梁簡文帝〈賦詠棗〉詩中的「風搖羊角樹」，這個「羊角」是什麼意思呢？是指三寸長的大棗，所以「羊角樹」就是「棗樹」的別名。另外「羊角」還是複姓，如戰國時的燕國有個人叫羊角哀。

「手執羊毫言如泉」，這是「手拿毛筆有寫不完的話」的意思。所以「羊毫」就代表毛筆。（毫：細毛。古代多用羊毛作筆。）

「羊」字是個部首字。在漢字中凡由「羊」字所組成的字，大都與羊有關，如「羔」、「羚」、「羝」、「羯」、「群」等字。

①　②　③　羌
①　②　③　④

在王之渙的〈出塞詩〉中有這樣兩個名句：「羌笛何須怨楊柳，春風不度玉門關。」什麼叫「羌笛」呢？這是指古代羌族人吹的笛子。「羌」字在甲骨文①中，上部是一對羊角，下部是個人，表明人頭上有兩隻角就代表古代的「羌族」，這個「羌族」據說是以牧羊爲生的。金文②的形體基本上同於甲骨文，只是當中多了一横，表示人的頭部。③是小篆的寫法，其下部的人不太像了。楷書④的上部是「羊」，下部是「兒」；「兒」在上古文字中就是表示人的形象，如「先」、「見」、「兒」、「光」等，下部像人形（另作分析）。

不過「羌」字用在句首，往往作語助詞用，無義。這種用法在屈原的〈離騷〉、鍾嶸的〈詩品序〉中都有，如〈離騷〉：「羌內恕己以量人兮，各興心而嫉妒。」大意是：用自己的心去揣度別人，如果有與自己不同的，就產生了嫉妒之心。這裡面的「羌」字就是個句首語助詞。

這是「學養有術」的「養」字。甲骨文①的左邊是個大羊頭（即表示「羊」），右邊是個「攴」字，是手（又）拿鞭子放羊的意思。所以這是個會意字。②是金文的形體，與甲骨文的形體基本相同。上古牧民過著游牧生活，不能定居，「以牧爲養」。凡「養」就要給食物，所以到了小篆③時，則把「攴」去掉了，在「羊」下加上了一個「食」字，變成了會意兼形聲的字。說它是會意：有羊有食，表示給羊食物吃；說它是形聲：那就是上聲（羊）下形（食）。④是楷書的寫法，其結構與小篆同。由於這個字筆畫繁多，後來即簡化爲⑤了。

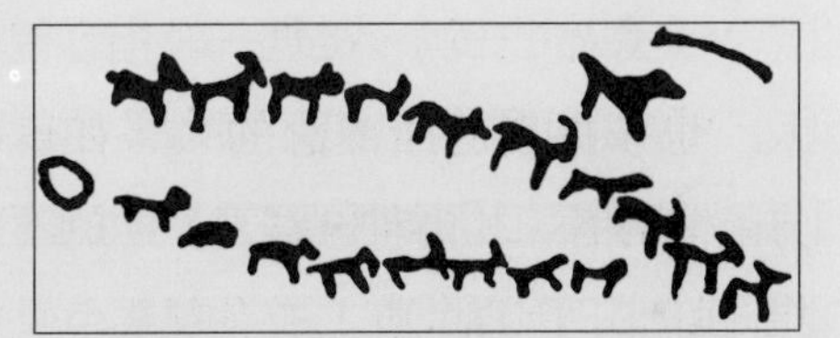

▲牧羊犬，選自蓋山林《陰山岩畫》。

「養」從本義「養羊」引申爲「培養」，如白居易〈寓意詩〉：「養材三十年，方成棟樑姿。」這是說：培育了三十年，才成爲棟樑之材。當你讀《禮記・月令》時，你會見到「群鳥養羞」的話。「羞」是「美食」的意思，那麼「養羞」就是「培養美食」嗎？講不通。其實，這個「養」字是「積蓄」的意思。當然，這個「積蓄」義，也是從積蓄草養羊之義引申出來的。「群鳥養羞」是說冬天到了，群鳥都知道把好的食物積蓄起來，準備過冬了。

這是「美妙稱絕」的「美」字，是個象形字。甲骨文①的下部是「人」，人的頭上戴著羽毛之類的裝飾物，很像現在京戲中武將頭上所戴的雉雞翎，顯得威武而好看，這就是「美」。②是金文的形體，人頭上的飾物更爲複雜了。③是小篆的形體，是直接由金文演變而來的。④是楷書的寫法。

「美」字的本義是「美麗」，如：「娶妻而美。」（《左傳・昭公二十八年》）由「美麗」義又可以引申爲「味道鮮美」，如《韓非子・揚權》：「香美脆味。」好的、美的也能稱爲「美」，如〈離騷〉：「好蔽美而稱惡。」意思是：喜歡遮掩善的而宣揚惡的。

「美人」一詞，後世一般指容貌美麗的女子。可是在舊詩文中，「美人」也多指自己所懷念的人，如蘇軾〈前赤壁賦〉：「望美人兮天一方。」再者，《爾雅・釋天》中的「美人」，那就根本不是指人了，而是指「虹」，因爲「虹」有各種顏色是很美麗的。

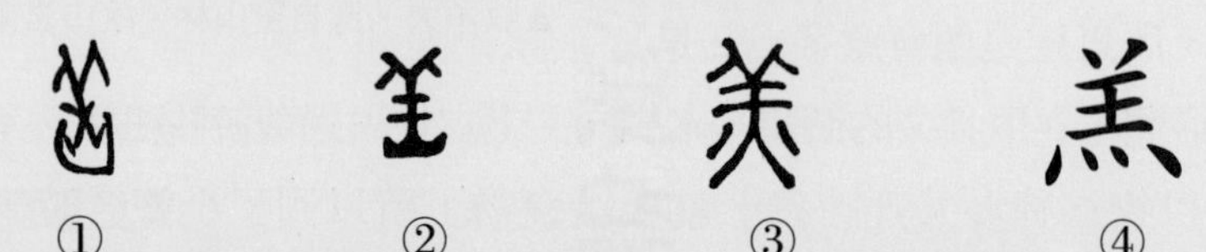

這是「羊羔美酒」中的「羔」字。甲骨文①的上部是「羊」，下部的「山」字形是「火」的形象。金文②的形體與甲骨文相似，「羊」字中間多了兩橫，下部的「火」由虛變實了。③是小篆的形體。④是楷書的形體，其下部的「火」變爲「四點底」。

▲漢畫像石上的烤羊圖。

從甲骨文的形體看，「羔」就是用火烤羊。《楚辭・招魂》中有「炮羊」一詞，就是烤整羊的意思，而所烤整羊往往都是小羊。《詩經》毛傳說：「小曰羔，大曰羊。」足資說明。

「恙」字與「羔」字的形體很相似，容易相混。「恙」字的下部不是四個點兒，而是「心」，「疾病」義。「貴體無恙乎？」就是說：「您高貴的身體健康嗎？」

這個「羞」字是個會意字。甲骨文①的左邊是「羊」形，右邊是一隻手，手持羊表示進獻。金文②的形體也與甲骨文基本上相同。③是小篆的形體，也是手持羊形。楷書④則發生了較大的變化，「又」變爲「丑」，已經看不出手持羊之形了。

「羞」字的本義是「進獻」，如：「羞玉芝以療飢。」（張衡，〈思玄賦〉）意思是：進獻靈芝草以止住飢餓。後來又引申爲進獻的食品叫做「羞」，如「珍羞」就是指美好的食品。

至於「羞恥」之「羞」與「進獻」之義無關，因爲「羞」與「醜」古音相近，所以，以「羞」爲「醜」，也就是說，「羞」通「醜」，並由此而引申爲「羞慚」或「恥辱」，如：「四者不除，吾以爲羞。」（曹操，〈整齊風俗令〉）也就是說：這四方面不除掉的話，我是覺得恥辱的。由「羞慚」之義又可以引申爲「害羞」等，如李白〈長干行〉：「十四爲君婦，羞顏未嘗開。」

請注意：「羞」字只是「羞慚」之義，在程度上是不如「恥」和「辱」重的。

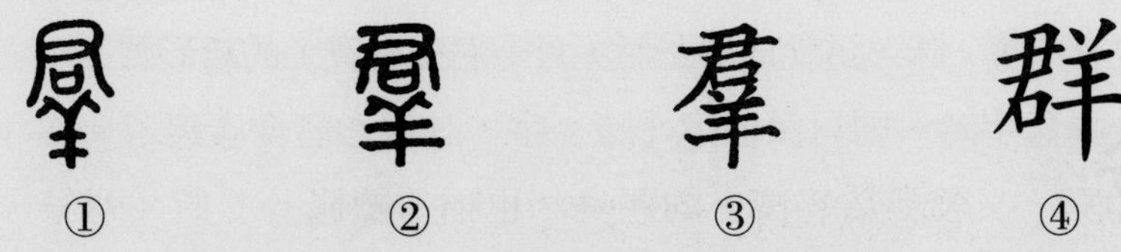

《詩經・小雅・無羊》：「誰謂爾無羊？三百維群。」大意是：「誰說你沒有羊？有三百群呢！」（維：句中語助詞，無義。）這個「群」字就是羊衆多的意思。金文①的上部是「君」，下部是「羊」，可見這是上聲（君）、下形（羊）的形聲字。小篆②與金文大體相同。③是楷書的形體，也是楷書的異體字。在廢除異體字時，把上下結構的「羣」字廢除，現在只用左右結構即「群」④字。

「群」字從「羊群」的本義，引申爲「同類物」都可稱「群」，如《易經・繫辭上》：「物以群分。」由此，又引申爲「衆多」義，如今天說的群衆、群山、群書等。凡是「衆多」就有「會合」的意味在內，如《荀子・非十二子》：「群天下之英傑。」其大意是：把天下的英雄豪傑會合在一起。這個「群」字是作動詞用的。

有人讀到白居易的〈喜敏中及第〉詩時，見到了「自知群從爲儒少，豈料詞場中第頻」兩句，認爲「群從」爲「群衆」之誤。其實原句一點也沒有誤，因爲堂房的親屬在古代稱「從」，如堂弟兄稱爲從兄弟，堂伯叔稱爲從伯叔。所以這個「群從」就是指「同族中的兄弟子侄輩」。原詩是說：白居易得知自己的族弟白敏中試場考中了，高興地賦詩說：本來自以爲族弟中讀書人很少，哪知在考場上考中的人頻頻出現，甚爲欣慰。

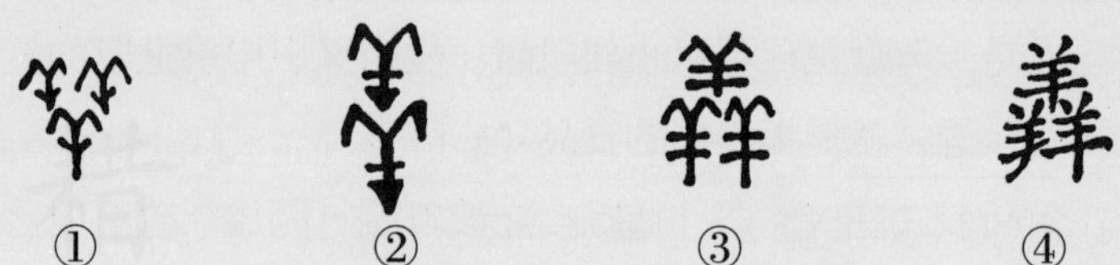

這個字很有意思。從甲骨文①的形體看，上部是兩個「羊」，下部是一個「羊」，眞可謂一堆羊。羊多了，必有一種難聞的味道（稱膻氣或羊臊氣），這就是「膻」字的初造字，是個會意字。金文②只用了上下兩個「羊」。小篆③仍然是三個「羊」，只是爲了適應書寫習慣的要求，把甲骨文的上下部位顚倒了一下。楷書④則類似小篆的寫法。

「羴」字爲三羊，表示羊多，這又能與「群」字的詞義發生混淆，所以後來就改爲「羶」字，這就成爲左形右聲的形聲字了。此後，又因爲羊的肉也有「膻」味，這就成爲左形（月）右聲（亶）的新形聲字了。到大陸統一異體字時，則只保留了「膻」字，其他形體全廢棄了。從「羊臊氣」的臭，又發展爲感情上的惡臭，也稱「膻惡」，如《列子・周穆王》：「王之嬪御，膻惡而不可親。」這是說：王所寵倖的人，滿身散發惡臭，不可親近。這是指感情上的厭惡。

而部

① ② ③

這個「而」字是個象形字。金文①向下垂的四條線，就像下垂的頰毛之形。小篆②的形體基本上與金文相同。但是到了楷書③則看不出頰毛之形了。

「而」字的本義，在《說文》中釋義說：「而，頰毛也，象毛之形。」在上古用「而」字代表「頰毛」的記載是有的，如戴震注《周禮》說：「頰側上出者曰之，下垂者曰而。」其大意是：頰側向上出的毛稱爲「之」，向下垂的稱爲「而」。但是這種本義，在今天根本不用了，所用的多是「而」字的假借義，如「而」通「爾」，當「你」講。《左傳·昭公二十年》：「余知而無罪也。」就是說：我知道你是無罪的。有時也當假設連詞「如果」講，如《左傳·襄公三十年》：「子產而死，誰其嗣之？」這是說：子產如果死了，有誰來接替他的職務呢？「而」字在文言文中大都作連詞用，如《呂氏春秋·察今》：「舟已行矣，而劍不行。」這是說：船已經走了，但是劍沒有走。這裡的「而」字表示轉折之意，相當於「但是」。

當我們讀《莊子·逍遙遊》時，會見到「德合一君，而征一國」的話。這裡的「而」應讀爲ㄋㄥˊ，因爲「而」的古音通「耐」，「耐」又通「能」，當「能力」講。所以這兩句話的大意是：道德符合一君之心，能力取信於一國之人。

「而」字是個部首字。在漢字中凡由「而」所組成的字都與「頰毛」、「鬍鬚」有關。

① ② ③ ④

在《三國志・蜀書・關羽傳》中有這樣的記載：「羽美鬚髯（ㄖㄢˊ然），故亮（諸葛亮）謂之髯。」大意是：關羽面部長有很好看的鬚髯，所以諸葛亮就稱關羽爲「髯」。

「冉」字就是「髯」字的先造字，而這個「冉」字本爲象形字。甲骨文①就像面部兩頰旁邊的髯毛下垂的樣子，所以「冉」字是面頰毛的象形字。金文②和小篆③都與甲骨文的形體相類似。④爲楷書形體，變得完全沒有髯毛的樣子了。

這個「冉」字本義就是「髯毛」，後來則引申爲毛下垂的樣子，如《說文》說：「毛冉冉也。」這是說：頰旁之毛飄動的樣子。這樣就由名詞變成形容詞了。那麼要表示「冉毛」（名詞）可怎麼辦呢？這就只好在「冉」上再加一個「髟」（ㄅㄧㄠ，標。凡有毛髮之意的字多從「髟」），組成了「冉」字。因此，「冉」字到了後世就不代表頰旁之毛的意思了。

「冉冉」是表示「慢慢地」或「漸漸地」的意思。這是由毛髮慢慢地飄動之義引申出來的，如屈原〈離騷〉：「老冉冉其將至兮，恐名之不立。」這個「冉冉」就是「漸漸」的意思。屈原這兩句話是說：我的老境在漸漸地到來，我的聲名恐怕不能夠建樹了。〈陌上桑〉「冉冉府中趨」的「冉冉」，則是「慢慢」的意思。

請注意：這個字過去一般寫爲「冄」，但現在則均寫爲「冉」，前者大陸已廢除了。

衣　部

① ② ③ ④

「東方未明，顛倒衣裳。」這是《詩經・齊風》中的兩句詩。現在的「衣裳」是一個詞，但在古代卻是兩個詞，上爲「衣」，下爲「裳」（裙子、下衣）。甲骨文①就像衣服之形，上部的「人」字形部分就是衣領；

兩側的開口處就是衣袖。金文②的形體也基本上同於甲骨文。小篆③沒有多大變化，只是下部的衣襟部分是向右拐。④爲楷書形體，完全失去了衣服的樣子了。

▲西周袞服示意圖。

「衣」字的本義是指「上衣」，如《詩經・邶風・綠衣》：「綠衣黃裳。」這是說：綠色的上衣，黃色的裙子。從「上衣」又可以引申爲衣服的總稱，如《詩經・豳風・七月》：「無衣無食。」「衣」是名詞，又可以引申爲動詞「穿」，如《莊子・盜跖》：「不耕而食，不織而衣。」這是說：不耕種卻吃糧，不織布卻穿衣。

當你讀陸游的〈小園獨立〉詩時，會見到「細雨濕鶯衣」一句。難道黃鶯還穿衣嗎？當然不是。這個「鶯衣」是指黃鶯的羽毛。

在古詩文中，常有「衣香」一詞，如庾信〈春賦〉：「屋裡衣香不如花。」你若把「衣香」理解爲「衣服的香味」，那就錯了。因爲古代婦女的衣服上要繫掛香囊，使衣服也有香味，所以「衣香」就代表「婦女」。在修辭學上，這種以物代人，就叫「借代」。

「衣」字是個部首字。在漢字中凡由「衣」字所組成的字大都與衣服或布匹有關，如「初」、「襯」、「衫」、「襖」、「裘」等字。

請注意：「衤」（衣）旁與「礻」（示）旁非常相似，所不同的是「衤」旁多一個點兒。我們在書寫的時候一定要分辨清楚。當我們還沒有把握的時候，就多想一下：這個字是與衣服有關還是與鬼神、祭祀及精神方面的意思有關。如果是前者，那就要寫作「衤」旁。這個考慮大致是可行的。

初

① ② ③ ④

這是「初日照高林」的「初」字。甲骨文①的左邊是「衣」的象形字，右邊是一把刀，其意思是用刀裁衣服，爲「作衣之初」。可見這是個會意字。後來就引申爲一切事情的開始都是「初」。金文②與甲骨文的形體相似。小篆③也大體上同於甲、金文字的寫法。④是楷書的形體，仍然是左「衣」右「刀」。

「初」的本義當「開始」講，如柳宗元〈封建論〉：「天地果無初乎？」就是說：天地果眞沒有個開始嗎？從「開始」引申爲「當初」的意思，如：「初，鄭武公娶於申。」（《左傳・隱西元年》）意思是：當初，鄭武公向申國娶（妻）。不過，《史記・秦始皇本紀》中的「天下初定」，也能解釋爲「天下當初定下來之時」嗎？這就不妥當了。這個「初定」是「剛剛安定」的意思，所以「初」又引申爲時間副詞，當「剛剛」講。

在古史籍中，還經常出現「初服」一詞，如《尚書・召誥》：「王乃初服。」這裡的「初」字有「新」的意思，是從「開始」這個本義引申出來的。《尚書》的原話是「王新執政」的意思。

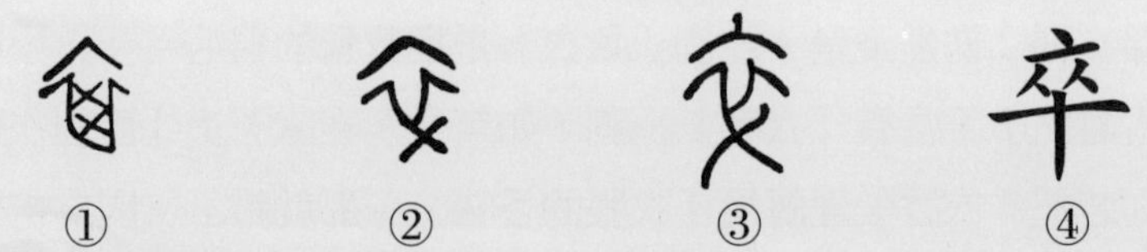

「至尊尚蒙塵，幾日休練卒。」這個「卒」字本爲象形字。①是甲骨文的形體，是一件帶有特殊花紋的衣服。②是金文的形體，較甲骨文簡化了一些，其下部的一斜畫，表示有特別的標記。③是小篆的形體，與金文相似。④爲楷書的形體。

《說文》：「卒，隸人給事者衣爲卒。」朱駿聲解釋說：「本訓當爲衣名，因即命著此衣之人爲卒也。」在古代供隸役穿的一種衣服的胸前或背部，常著有標記，以區別於常人，正如後世當兵的則在其衣的背上寫有「兵」字或「卒」字。「卒」多指「步兵」，如《孫臏兵法・篡卒》：「兵之勝在於篡卒。」「篡」爲「選用」義。大意是：軍隊要取勝，就必須選用精銳的步兵。由「步兵」義可以引申爲古代軍隊編制，即「一百人」爲「卒」，如《韓非子・顯學》：「猛將必發於卒伍。」古代軍隊編制五人爲「伍」。大意是：猛將必產生於軍隊的基層。

另外，「卒」可當「死」講，如《禮記・曲禮下》：「天子死曰崩，諸侯曰薨，大夫曰卒。」《新唐書・百官志一・禮部》又有更具體的解釋：「凡喪，三品以上稱薨，五品以上稱卒，自六品達於庶人稱死。」其實，到了後世，一般人死也可以稱「卒」，如「生卒年月」。「死」爲人的生命的結束，所以「卒」又能引申爲「完畢」，如《史記・匈奴傳》：「語卒而單於大怒。」由「完畢」義又可以引申爲副詞「終於」義，如《史記・李斯列傳》：「卒成帝業。」

請注意：上古的兵、卒、士三者的意義有別：兵，多指武器，有時也可泛指軍隊；卒，指步兵；士，指乘戰車而作戰的士兵。

①

②

③

▲《甲金篆隸大字典》中的「表」字。

「素月分輝，明河共影，表裡具澄澈。」這個「表」字本爲象形字。①爲古陶文的形體，上部爲一「毛」，下部爲「衣」，毛在衣上。古時衣裘以毛爲表，故有「表」義。②是小篆的形體，毛在衣中，其義來變。③爲楷書的形體。

《說文》：「表，上衣也。從衣從毛。古者衣裘，以毛爲表。」「表」字的本義是指「穿在外面的衣服」，如《論語・鄉黨》：「必表而出之。」也就是說：一定要加上外衣，而內衣還要露出一點。《莊子・讓王》：「中紺而表素。」也就是說：裡面穿紅黑色的衣服，而外面穿白色的衣服。又可以引申爲「外」，如《尚書・立政》：「至於海表。」這裡的「海表」也就是指「海外」。由「外」又可以引申爲「標誌」，如《墨子・備城門》：「城上千步一表。」意思是：在城牆上每一千步立一標誌。

在古代，「表」還是文章的一種，是臣下給皇帝的奏章，如李密的〈陳情表〉、諸葛亮的〈出師表〉等。「表彰」爲表揚、顯揚之意，古代則常寫作「表章」。

①

②

③

「庭樹日衰颯。」這個「衰」字本爲象形字。①是古璽文的形體。外面是「衣」形。中間爲編織雨衣的蓑（ㄙㄨㄛ）草下垂之形，所以「衰」本爲草雨衣的象形字。②爲小篆的形體。③爲楷書的寫法。

《說文》：「衰，草雨衣。」「衰」的本義爲「用草編織的雨衣」，因爲與草有關，所以後來增加一個草字頭，寫作「蓑」，即「蓑衣」，如《詩經・小雅・無羊》：「何蓑何笠，或負其餱（ㄏㄡˊ）。」「餱」是乾糧。這兩句詩的大意是：穿上蓑衣，戴上雨笠，有的還背上他的乾糧。

「衰」後被借作「衰老」、「衰弱」義，如《楚辭・九章・涉江》：「年既老而不衰。」由「衰弱」義可以引申爲「減少」，如《戰國策・趙策四》：「日食飲得無衰乎？」這是說：一天的飲食能夠不減少嗎？不過，這裡的「衰」應讀作ㄘㄨㄟ。「衰」有時還代「縗」字用，是古代喪服的一種，如《荀子・禮論》：「無衰麻之服。」這裡的「衰」字也應讀ㄘㄨㄟ。

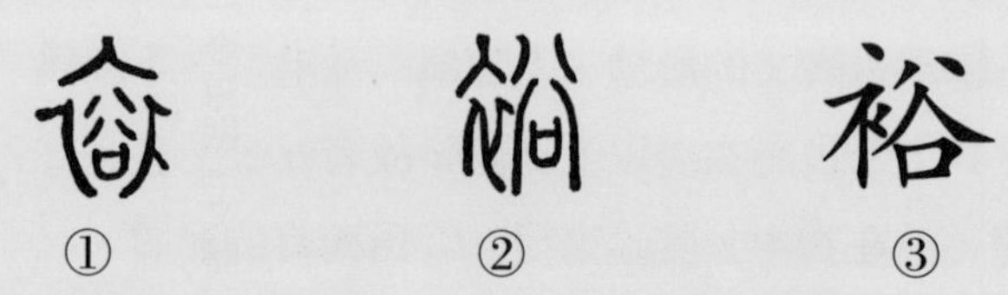

①　②　③

這是「生活富裕」的「裕」字，本爲會意兼形聲的字。①是金文的形體。外部是「衣」，表形；衣內裹一「谷」，「谷」有「多」義，所以「谷」既表意又表聲。衣物很多爲「裕」。②是小篆的形體，「谷」移於「衣」右，其義未變。③是楷書的寫法。

《說文》：「裕，衣物饒也。從衣，谷聲。」許愼說的「裕」字的本義是對的，不過他把會意兼形聲的字誤爲單純形聲字。「裕」字的本義就是「富饒」、「富足」，如《詩經・小雅・角弓》：「綽綽有裕。」《荀子・富國》：「足國之道，節用裕民。」也就是說：使國家富足的辦法，就是要節約開支，使老百姓富裕。由「富裕」可以引申爲「寬宏」，如賈誼《新書・道術》：「包衆容物謂之裕。」大意是：能包含著衆多的東西就叫作寬宏。

請注意：有人曾說，「裕」字是個會意字，有「衣服」有「五穀」，所以就「富裕」了。這是錯的。因爲「谷」本爲「山谷」之「谷」，而絕非「五穀」之「穀」，只是在推行簡化字時借「穀」代「谷」罷了。

①　②　③

這是「後裔」的「裔」字，本爲象形字。①是《說文》中古文的形體，上爲「衣」，下爲「裙」形。②是小篆的形體，上爲「衣」，下部爲「冏」，成爲上形下聲的形聲字了。③爲楷書的寫法。

《說文》：「裔，衣裾也。從衣，冏聲。」「裾」爲衣服的前襟。其實，「裔」字的下部即像裙形，由此而引申爲「衣服的邊緣」，有時也就當「邊」講，如屈原《九歌・湘夫人》：「蛟何爲兮水裔？」大意是：蛟爲什麼在水邊呢？《淮南子・原道訓》：「游於江潯海裔。」由「邊」義又可以引申爲「邊遠之地」義，如《左傳・文公十八年》：「流四凶族，……投諸四裔。」這就是說：流放四個兇惡的家族，……把他們趕到四處的邊遠之地。由「邊遠」又可以引申爲「後代」，如屈原〈離騷〉：「帝高陽之苗裔兮。」意思是：我本是古帝高陽氏的後代。又如左思〈吳都賦〉：「顧、陸之裔。」這是說，顧姓、陸姓的後代。「裔冑」也爲「後代」義。

「裔裔」爲四處散布的樣子，但有時也形容舞態婀娜，如左思〈蜀都賦〉：「翩躚躚以裔裔。」

①　②　③　④　⑤

《論語》中說：「乘肥馬，衣輕裘。」這個「裘」是什麼意思呢？你看甲骨文①多像一件皮衣啊！上部兩側的缺口處，就是衣袖，下部是皮衣朝外的毛。金文②反而複雜了，外面是個「衣」形，衣內有一個「求」字，是表聲音的。這就組成了外形（衣）內聲（求）的形聲字了。小篆③與金文完全一致（「衣」內有「求」）。④是由小篆直接變來的楷書體。⑤則是把④上部的一點一橫移到「求」字之下，寫爲「裘」，這就是現在的標準寫法。

「裘」的本義是「皮衣」，如《後漢書・嚴光傳》：「有一男子，披羊裘，釣澤中。」就是說：有一個男子，披著羊皮衣，在池塘中釣魚。

在古書中，常會遇到「裘馬」一詞，如杜甫〈壯遊〉詩中有「裘馬頗清狂」一句，你若理解爲「裘馬跑得很狂」，那可就搞錯了。其實「裘馬」是「乘肥馬，衣輕裘」的縮寫語，是形容生活的豪華。

米　部

①　②　③

「歉年米鹽貴，黎民受熬煎。」這個「米」字也是個象形字。甲骨文①周圍的六個點兒就像米形，中間的「一」字是表示將米粒連結在一起的意思。在甲骨文中也有不用「一」字連結的寫法，實際上一樣。②是小篆的形體，大體上同於甲骨文字。③是楷書的寫法，把下部的兩個點兒變成了一撇和一捺了。

去掉皮、殼的穀類和其他植物的子實都可稱爲米，如小米、玉米、大米等等。但有時也稱小粒而又像米的食物爲米，如蝦米等。

在《漢書・咸宣傳》中有「其治米鹽」的話。這個「治米鹽」可別認爲是做米製鹽或「管理米鹽」之事。其實這話是特指管理一些細小之事。顏師古說：「米鹽，細雜也。」這個解釋很正確，因爲「米」、「鹽」都是顆粒非常細小的東西。

「米」字是個部首字。在漢字中凡由「米」字所組成的字大都與糧食有關，如「籼」、「粒」、「粳」、「糠」、「粟」等字。

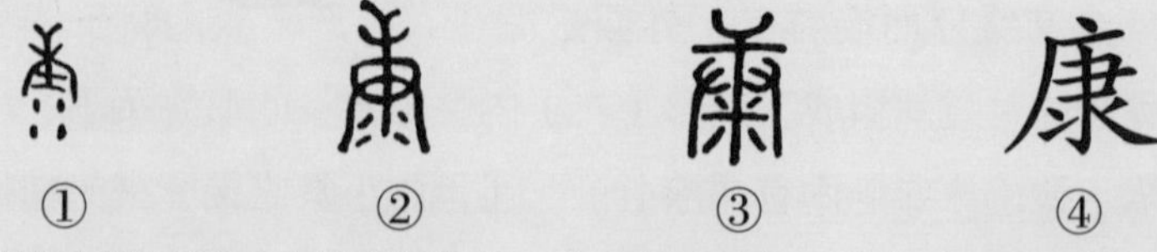

「貧交猶不棄，何況糟康妻！」這個「康」字是個象形字。甲骨文①的上部是簸箕之類的用具，下部的四個點兒是表示出的米糠。②是金文的形體，大致與甲骨文相似。小篆③變化較大，其左右兩側變成了上舉的兩隻手，其內變成了「米」字。④是楷書的形體，其中的「米」字，又僞變成了「水」字。

「康」的本義就是「米糠」，所以是「糠」字的初文，如《穀梁傳・襄公二十四年》：「四穀不升謂之康。」就是說：穀物長得不好，就稱爲「糠」（這裡的「糠」字亦有空、荒之義）。因爲「康」字被借作「安康」、「健康」用，所以當「穀皮」講時就在「康」字的左邊加上個「禾」字表義，這就出現了一個左形（禾）右聲（康）的新形聲字「穅」了。後來人們又感到對於「穀皮」來說，「米」比「禾」更接近，所以在廢除異體字時寫作「糠」了。

▲《農政全書》中的篩穀場景。

我們現在常說的「康莊大道」是什麼意思呢？《爾雅・釋宮》中說得明白：「五達謂之康，六達謂之莊。」就是說能向五個方向通達的路叫做「康」，能向六個方向通達的路叫做「莊」。由此可見，「康莊大道」就是指寬闊平坦、四通八達的道路。

李紳的〈憫農〉詩說：「春種一粒粟，秋收萬顆珠。」我們看甲骨文①的樣子，也眞有點兒像這兩句詩所說的形象，中間是一棵成熟了的穀子，上下左右的小圈兒表示穀粒脫落的樣子。②是小篆的形體，其上已不像穀粒，其下變成了「米」。到了楷書③，其上又變爲「西」，其下仍爲「米」。

「粟」本指小米，後來引申爲泛指「糧食」。如李斯〈諫逐客書〉：「地廣者粟多。」也就是說：土地廣闊糧食多。因粟爲糧食，再引申一步，就當「俸祿」講，如〈廣雅・釋詁〉：「粟，祿也。」因爲粟粒很小，所以很小之物也可以用「粟」作比喻，如蘇軾〈赤壁賦〉：「滄海一粟。」大海之中的一粒小米，可眞是微乎其微了。

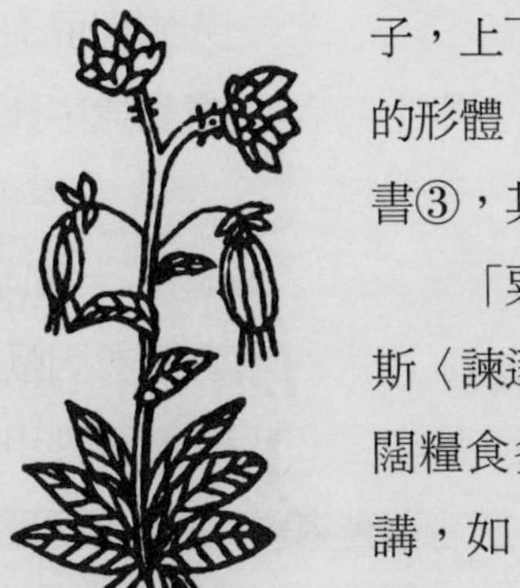

▲罌子粟，選自《本草綱目》。

請注意：「粟」字與「栗」字的形體非常相似，稍一粗心就會寫錯。要想寫正確，必須想一想：「粟」是指小米，所以其下部是「米」；「栗子」是長在樹上的，所以其下部是「木」。這就區別得一清二楚，再也不會寫錯了。

① ② ③ ④糞 ⑤粪

這是「糞土當年萬戶侯」的「糞」字，本爲會意字。①是甲骨文的形體，上部的三點爲汙穢之物（或髒土），中間爲簸箕，下部爲兩手形。這就表示掃除汙穢的東西。②是戰國印文的形體，是雙手拿簸箕清除髒物。上部的「米」形，即甲骨文中的三點訛變而成。③是小篆的形體，與印文相類似。④爲楷書繁體字。⑤爲簡化字。

《說文》：「糞，棄除也。」許說正確。「糞」字的本義爲「掃除」，如《荀子·強國》楊注：「堂上猶未糞除，則不暇瞻視郊野之草有無也。」意思是：堂屋裡還沒有大掃除，那就沒有工夫去看郊野的草是否還存在。由「掃除」可以引申爲「被掃除的髒物」，如《戰國策·秦策五》：「身爲糞土。」由「糞土」可以引申爲「糞便」，如賈思勰《齊民要術·耕田》：「其美與蠶矢（屎）熟糞同。」「熟糞」是經過發酵的糞便。由「糞便」又能引申爲「施肥」，作動詞用，如沈括《夢溪筆談》：「一畝之稼，則糞漑者先牙（芽）。」也就是說：同一畝莊稼，施肥灌漑過的最先發芽。

㫃 部

① ② ③ ④

這是「㫃（ㄧㄢˇ眼）」字，是個象形字。甲骨文①中直立部分是一條旗杆，其右邊彎曲而下垂的一筆是表示飄動的旗幟。②是金文的形體，與甲骨文的形體基本相似。③是小篆的形體，變得更繁雜了。④是楷書的寫法，由小篆直接演變而來。

「㫃」字到了後世一般都不單獨使用，僅作一個字的部首。在漢字中，凡由「㫃」所組成的字，基本上都與旗幟有關，如「旗」、「旄」、「旆」、「旌」、「旃」、「旋」、「族」等字。

「六盤山上高峰，旄頭漫捲西風。」這個「旄頭」的「旄」字是古代的常用字。金文①的旗幟下部是「毛」，表示在古代旗杆頭上用犛牛尾作裝飾品的旗幟，用以指揮打仗。②是小篆的形體，其下也是「毛」。③是楷書的寫法。這個「旄」字是會意兼形聲的字。

▲甲戌神將旗。

「旄」字的本義就是上古的戰旗，如岑參〈輪台歌〉：「上將擁旄西出征，平明吹笛大軍行。」這就是說：大將軍揮動著旄頭向西出征，天亮吹起軍笛，部隊開始出發。在古代，「旄頭」也往往是指先驅的騎兵。但是李白〈幽州胡馬客歌〉中的「旄頭四光芒」裡的「旄頭」，卻是指星名。古代有個迷信說法，說什麼旄頭星特別亮的時候，預示將有戰事發生。在現代的舊體詩詞中，「旄頭」一詞仍在沿用，如毛澤東的詞〈清平樂——六盤山〉原稿中有「旄頭漫捲西風」一句，後來「旄頭」一詞改爲「紅旗」。

這個「旅」字的本義，你可別認爲是「旅行」。咱們現在就分析它的形體。甲骨文①很清楚地表明戰旗之下有兩個人，這是戰士守衛大旗的意思。金文②是戰車上插著大旗的形象，戰士聚集在大旗的周圍。小篆③類似於甲骨文，在大旗下站著兩個士兵。楷書④則發生了較大的變化，其中

▲戰旗下的戰士，戰國銅器紋樣。

的兩個人變成了「氏」。

「旅」字的本義就是保衛戰旗的意思。到後來引申爲古代軍隊編制，五百人爲一旅，如《左傳・哀公元年》：「有衆一旅。」這裡的「衆」即指「軍隊」，即「有軍隊一旅」。從軍隊的出征之行，又引申爲在外「旅行」，如杜甫有「題書報旅人」的詩句。從「旅行」義又引申爲「寄旅」、「寄居」，如《史記・陳杞世家》：「羈（ㄐㄧ機）旅之臣。」也就是說：寄居在外的人。從「寄居」又能引申爲「旅客」，如范仲淹〈岳陽樓記〉：「商旅不行。」這裡的「商旅」就是指「商人」和「旅客」。但是，有人認爲《論語・八佾》中「季氏旅於泰山」是說「季氏到泰山去旅行」，這就錯了。這裡的「旅」是「祭山」意，是一種特殊用法。

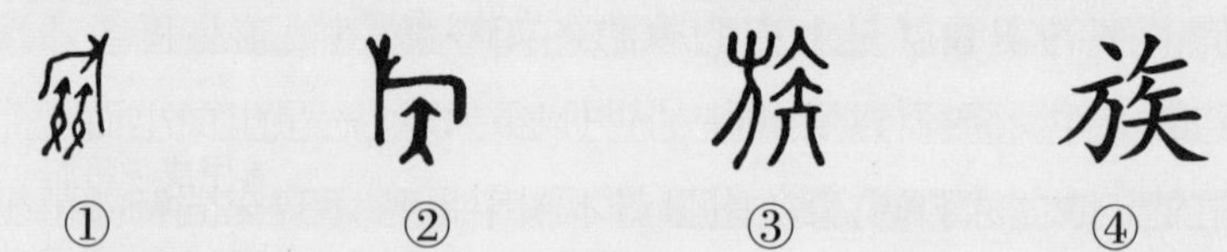

這是「萬族各有托」的「族」字。甲骨文①是一杆大旗下兩枝箭（矢），表示很多箭同時射向大旗，這有「聚集」之意。金文②則在大旗下僅留一枝箭，書寫方便。小篆③則是從金文演變而來，「箭」形仍在旗下。④是楷書的形體。

「族」字的本義是「聚集」，後又引申爲「家族」，同一家族的人聚結在一起也就稱爲「同族」。元結〈與瀼溪鄰里〉詩：「昔年苦逆亂，舉族來南奔。」「舉族」就是全家族的意思。從「家族」又可以引申爲「同類」的意思，如《淮南子・俶眞》：「萬物百族。」不過《史記・秦始皇本紀》中有「以古非今者族」的話，這個「族」是什麼意思呢？是「滅族」的意思。這是說：對以古非今的人要給以滅族之罪。

正因爲「族」字本與箭有關，所以「族」字再加個「金」旁，即成爲左形右聲的形聲字「鏃」，就是箭頭。因爲「族」字本有「聚集」之義，所以在「族」字之上再加個「竹字頭」，又產生了一個上形下聲的新形聲字「簇」（ㄘㄨˋ醋），仍表示「聚集」的意思，如韋莊〈聽趙秀才彈琴〉：「蜂簇野花吟細韻。」

① ② ③ ④

這個「旋」字很有意思。甲骨文①的上部是向右飄動的旗子，中間的「口」表示迴旋的意思，「口」下的止（腳）是表示舉著旗子揮舞走動之意。金文②則把「口」省掉了。小篆③則把「止」變成了「足」。楷書④又把「足」字變成了「疋」了。

「旋」字的本義是「旋轉」，如《荀子．天論》：「列星隨旋，日月遞炤。」也就是說：群星旋轉，日月交替照耀。從旋轉又引申爲「歸」的意思，如李商隱〈行次西郊作〉：「未知何日旋。」即「不知何日歸」。歸心似箭，由「歸」義又引申爲「一會兒」，如《後漢書．董卓傳》：「卓既殺瓊、珌，旋亦悔之。」這是說：董卓已經殺了瓊、珌這兩個人，一會兒又後悔了。《左傳．定公三年》：「夷射姑旋焉。」這個「旋」字又可以當「小便」講。因爲「旋」的引申義是「一會兒」，而小便也是一會兒就結束。在漢語中還有個習慣，人們往往用做一件小事的時間來表示時間很短，如「一頓飯的時間」、「一支煙的工夫」等等。

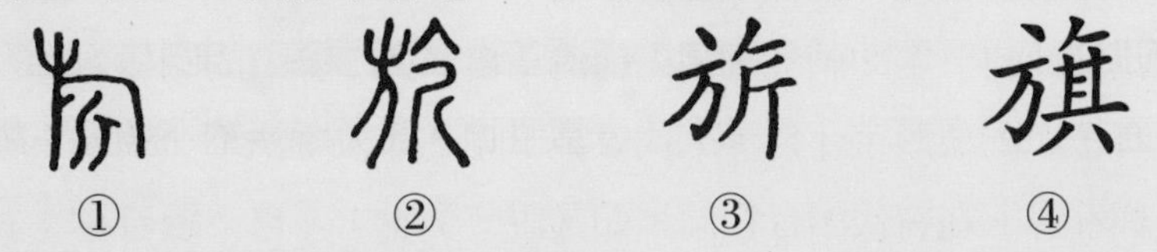

① ② ③ ④

這是「旌旗」之「旗」的初造字「旂」字。金文①的左邊是一根旗杆，旗杆的上端三叉形的部分是個裝飾品（相當於後世在旗杆的頂端所裝的槍尖），連著旗杆向右下彎的一條折線表示飄起來的旗幟，其中間的部分是把大斧頭（斤）。大斧頭是古代的武器，代表軍隊，這就表明軍隊都在戰旗的周圍。小篆②則發生了較大的變化，金文中的旗形部分變爲「㫃」字，右下部的「斤」（斧頭）也類似於甲骨文中的「斤」。③是早期楷書的形體。④是後期的楷書形體。

「旂」字本爲會意字，它沒有表音部分；後來把「斤」換成了「其」，這就產生了新形聲字「旗」。如賈誼〈過秦論〉：「斬木爲兵，揭竿爲旗。」就是砍根木棍爲武器，舉起竹竿爲軍旗的意思。而《左傳‧閔公二年》：「佩，衷之旗也。」這裡的「旗」字則是「標誌」之義。「旗」本來就有「標誌」作用，所以這個「標誌」之義也是由本義引申出來的。原話的意思是：身上佩帶的東西，是內心的標誌。

自　部

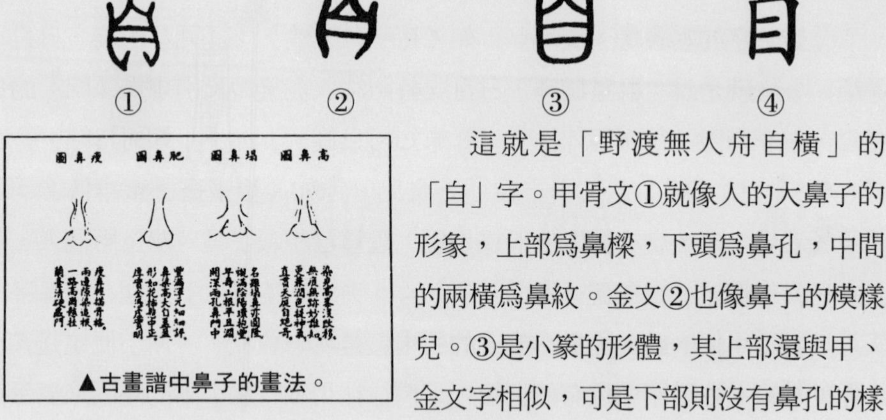

▲古畫譜中鼻子的畫法。

這就是「野渡無人舟自橫」的「自」字。甲骨文①就像人的大鼻子的形象，上部爲鼻樑，下頭爲鼻孔，中間的兩橫爲鼻紋。金文②也像鼻子的模樣兒。③是小篆的形體，其上部還與甲、金文字相似，可是下部則沒有鼻孔的樣子了。④是楷書寫法，從表面上看已經不像鼻子了。

要講清「自」字的詞義必須先講清「自」與「鼻」的關係。古人爲什麼用「鼻子」的象形字「自」來代表鼻子呢？前人說法不一致。一般認爲「自」與「鼻」在古代讀音相同，如《說文》說：「自，讀若鼻。」因此在經典中多借用「自」爲第一人稱代詞。既然「自」字被借作人稱代詞用了，那麼要寫「鼻子」時，可怎麼辦呢？所以又在「自」下加上個「畀」作爲聲符。這就產生了一個新形聲字「鼻」了。從此以後，「自」、「鼻」各有各的職務，分工明確。有人見《說文》中有「今俗以始生子爲鼻子」的話，於是就指著自己臉上的鼻子說：「這就是我的第一個兒子。」其實第一個兒子稱「鼻子」的「子」應讀爲ㄗˇ（上聲），而這個「鼻」字是「最初」的意思，如對最初的祖先稱「鼻祖」一樣。可是臉上的「鼻子」的「子」是名詞尾碼，應該讀輕聲ㄗ˙，沒有實在意義。

自從有了上形（自）下聲（畀）的形聲字「鼻」以後，「自」字就多用作第一人稱代詞了，如《老子》：「知人者智，自知者明。」這是說：「知人」的人才算「智」，「知己」的人才算「明」。也就是說：一個人要有「知人之智」、「自知之明」。「自」字由「自己」之義又可以引申爲「親自」義，如《史記・蕭相國世家》：「高祖自將。」大意是：漢高祖親自統帥部隊。到了後世，「自」字又往往被借作介詞用，當「從」講，如《論語・學而》：「有朋自遠方來。」就是有朋友從遠方來的意思。由介詞又可以引申爲連詞，當「由於」講，如《漢書・灌夫傳》：「侯自我得之，自我捐之，無所恨。大意是：侯的職位，由於我自己的本事而得，也由於我自己的過錯而失，沒有什麼值得遺憾的。

「自」字是個部首字。在漢字中凡由「自」字所組成的字，大都與「鼻子」或鼻子的功能有關，如「臭」、「息」等字。

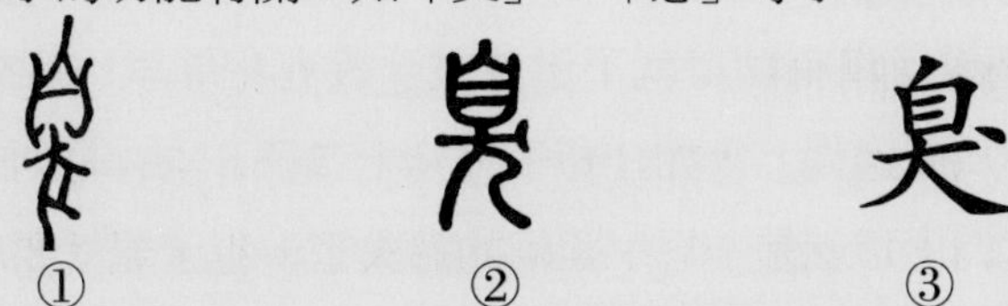
①　②　③

這個「臭」字是個會意字。從甲骨文①看得很清楚：上部是個大鼻子（自）的形象，下邊是一隻頭朝上，腿朝右，尾朝下的犬。看來古人早就懂得狗的嗅覺最靈敏，用鼻子和犬來會嗅味之義，很有意思。小篆②是由甲骨文演變而來，也是由「自」與「犬」組合而成。③是楷書形體，也與甲骨文一脈相承。

「臭」字的本義是「嗅」，是動詞，相當於現在所說「聞味」的意思，如《說文解字》：「禽走臭而知其跡者，犬也。」就是說：狗用鼻子一聞，就能知道是什麼動物從這裡走過。凡「聞」就要先有個「氣味」，所以「臭」字也當「氣味」講，是名詞，如《詩經・大雅・文王》：「無聲無臭。」也就是沒有聲音沒有氣味的意思。以上所說的當動詞和名詞用的「臭」都應讀爲ㄒㄧㄡˋ（嗅），可是當它讀爲ㄔㄡˋ（抽去聲）的時候，也就是「香臭」的「臭」，如《冒言・理亂》：「三牲（牛、羊、豬）之肉，臭而不可食。」這個「臭」又變成形容詞了。

一個「臭」字有名詞、動詞、形容詞三種詞性。後世人們爲了在形體上加以區別，凡當動詞「聞」講時，「臭」旁就加個「口」寫作「嗅」，這就由原來的上「自（鼻）」下「犬」的會意字，變成左形（口）右聲

（臭）的新形聲字「嗅」了。

①　　②　　③

這個「辠」字讀作ㄗㄨㄟˋ，是個會意字。①是金文的形體，上爲「自（鼻子）」，下爲「辛（平口刑刀）」。以刀割鼻子，是對罪犯的一種酷刑。「辠」爲「罪」的本字，經傳中兩字通用，只因「辠」字與「皇」字相似，所以秦始皇就以「罪」代「辠」，將「辠」字廢除了。②是小篆的形體。③爲楷書的寫法。

《說文》：「辠，犯法也。從辛從自。」犯了法就有罪，如《墨子·經說上》：「罪，犯禁也。」《荀子·王制》：「無功不賞，無罪不罰。」也就是說：沒有功勞就不予獎賞，沒有犯罪就不應懲罰。由「罪過」可以引申爲「過失」，如《荀子·非十二子》：「是則子思、孟軻之罪也。」大意爲：這就是子思、孟軻的過失了。犯了罪就要給予懲處，所以又可以引申爲「懲處」義，如《韓非子·五蠹》：「以其犯禁也，罪之。」也就是說：根據他犯的禁令，來懲處他。

請注意：「罪過」一般爲「過失」、「錯誤」義，但王建〈山中惜花〉「罪過酒醒遲」中的「罪過」爲「幸虧」義，是一種特殊含義。

舟　部

①　　②　　③　　④

「君看一葉舟，出沒風波裡。」這個「舟」字是個象形字。你看甲骨文①多像一條小船的樣子。金文②把舟放平了，是「一葉輕舟行於水」的形象。小篆③又把「舟」豎了起來，上端的曲線眞像船尾的舵，其實這是藝術化了。楷書④是從小篆演變來的，基本上同於小篆的寫法。

「舟」字的本義就是「船」，如《易經·繫辭下》：「刳木爲舟。」

這就是說：古代人把一條很粗的木頭從中間一剖兩半，再從剖開的平面上把中間的木頭刳去，像半個瓢一般能浮在水面上，這就是舟（船）。「舟」是被水托起來的，所以擱茶碗的小托盤被古人叫作「茶舟」，今天也叫「茶船」。

▲新石器時期陶舟和獨木舟（右下）。

「舟楫」本爲船槳的意思，後來則泛指船隻。「若濟巨川，用汝作舟楫。」（《書經・說命上》）這當中的「舟楫」不是指「槳」或「船」，而是比喻宰輔大臣或幫助上級做事的得力助手。原話的意思是：「好像渡越大川時用你當槳（或船）。」這是用「舟」字的比喻義。

「舟」字是個部首字。在漢字中凡由「舟」字所組成的字大都與船有關，如「舢」、「航」、「舫」、「艦」、「舸」、「舵」、「服」、「前」等字。

服

① ② ③ ④

這個「服」字是一個會意字。甲骨文①的左邊是跪著的一個面部朝左的人，右上部是一隻右手，這就表示用手按住一個人的頭部令其服從之意。金文②的左邊又增加了一條船（舟），好像令這個屈服之人上船之意。小篆③左邊的「舟」和右邊的「手」都很像，可是中間的「屈服之人形」就不像了。到了楷書④則發生了僞變，將小篆左邊的「舟」字誤變爲「月」字。

「服」字的本義就是「降服」，如：「夫虎所以能服狗者，爪牙也。」（《韓非子・二柄》）這是說：老虎之所以能降服狗，是因爲牠有鋒利的爪牙。由「降服」之義又可以引申爲「服從」，如：「甲兵不勞而天下服。」（《荀子・王制》）大意是：雖然不動武器，可是天下之人都來服從了。由「服從」又可以引申爲「服事」，即爲他人奔走效勞、悉心侍候之意。

至於「服裝」之「服」是「服事」之義的遠引申，因爲服裝、衣服對人的軀體來說，那也是一種服事。在屈原《九章・涉江》中有這樣一句：「余幼好此奇服兮。」這個「服」字即指服裝。《史記・魏其武安侯列傳》「會仲孺有服」裡的「服」字是什麼意思呢？這是特指「喪服」。這句話的意思是：適逢仲孺有喪服在身。

「服臆」一詞在古代醫書上常見到，凡因哀憤憂傷而氣鬱結，就叫「服臆」，也可寫作「幅臆」，如：「因噓唏服臆……悲不能自止。」（《史記・扁鵲倉公列傳》）請注意：這裡的「服」字若讀爲ㄈㄨˊ（伏）那就錯了，而必須讀爲ㄅㄧˋ（幣）。

「西塞山前白鷺飛，桃花流水鱖魚肥。」這個「前」字是個會意字。金文①的上部是一隻腳趾朝上的腳（止），腳下是一條船（舟），腳站在船上表示前進。②是小篆的形體，與金文基本相同。③是楷書的寫法，這是因爲經過隸變以後，小篆上部的「止」變成了兩點一橫，下部的「舟」誤成了「月」字。後來在「月」旁再加上個「刂」（立刀旁），就變成了「前」，這是「剪」字的初文。可是到了後世，「前」字的「立刀旁」不像「刀」了，因此在「前」字下又加了一個「刀」字，這就變成了現在的「剪」字。這眞是一個字有「兩把刀」。可眞巧呀！現在所用的剪刀也就是由兩片刀組成。

「前」字的本義是「前進」，如《史記・魏其武安侯列傳》：「及出壁門，莫敢前。」就是說：等到出了營壘的門以後，沒有一個敢前進的。從「前進」的本義又可以引申爲「前後」的「前」，如《商君書・更法》：「前世不同教，何古之法。」大意是：前世的主張不同，效法什麼古呢？

在古書中常有「前車」一詞，這個詞並非指前面行駛的戰車，而大都是比喻可以引爲教訓的往事。比如《漢書・賈誼傳》：「前車覆，後車誡。」意思是：前車已經翻了，後車就要提高警惕。也就是說：過去的教訓，應當成爲今後的鑒戒。

竹部

①　②　③

「歲寒三友松竹梅」。這裡的「竹」字是個象形字。金文①多像兩枝下垂的竹葉。小篆②也是竹葉的樣子。楷書③是直接由小篆演變來的。

「竹」，自古以來就被人們所喜愛，歌頌竹子的詩詞是很多的。「梅開五福，竹兆三多。」竹有耐寒抗風的品格，「嘉木」、「美竹」經常連用。比如柳宗元〈鈷鉧潭西小丘記〉：「嘉木立，美竹露，奇石顯。」不過「竹」字是個多義詞，偶有不慎，也會誤解，如《鹽鐵論・利議》：「抱枯竹，守空言。」這裡你若理解爲懷抱枯萎的竹子那可就錯了。這裡的「竹」字是指上古記載文字所用的「竹簡」。所以「竹帛」一詞即代表書籍，如《史記・文帝本紀》：「請著之竹帛，宣布天下。」「八音」（八種樂器）之中的「竹」，那是指「管」、「簫」、「笛」等用竹子作的樂器。

▲歲寒三友，（明）金俊明、文楠、金傳作。

另外，「竹」也可以用爲姓（《百家姓》中所無），如漢朝的竹晏就姓「竹」。

「竹」字是個部首字。在漢字中凡有「竹」字頭的字大都與竹有關，如「笛」、「簫」、「筆」、「箕」、「筍」、「筷」、「管」、「箭」等字。

①　②　③　④筆　⑤笔

「文房四寶，筆墨紙硯。」從「筆」字的最初形體看也是一個會意

▲明萬曆五彩龍鳳紋瓷器羊毫和筆盒。

字。甲骨文①的右上側是一隻手，其左是一枝筆形，豎者爲筆桿，下部的三叉形爲筆頭。金文②的形體同於甲骨文。小篆③的上部是手指伸過了筆桿，表示把筆握住了，下部的筆頭中間又誤增了一橫，毫無意義。④是楷書的形體。因爲小篆根本看不出筆形，所以又在其上部增加了一個「竹字頭」（竹），變成了上形（竹）下聲（聿）的形聲字。但因筆畫太繁，所以在簡化漢字的時候簡化爲「筆」⑤，由原來的形聲字變成了新的會意字：毛筆是由「竹」與「毛」做成的。

「筆」的本義就是寫字用的筆，本爲名詞，又可以引申爲動詞，當作「書寫」或「記載」講，如：「筆則筆，削則削。」（《史記・孔子世家》）也就是說：記則記，刪則刪。

在《南史・沈約傳》中有這樣的話：「謝玄暉善爲詩，任彥昇工於筆，約兼而有之。」這裡的「詩」和「筆」對言，這個「筆」是指「散文」。這兩句話的意思是：謝玄暉善於作詩，任彥昇善於寫散文，而沈約則詩和散文都寫得很好。

「筆札」一詞，一般是指筆和紙，可是在《宋史・錢熙傳》「善談笑，精筆札」中卻指的是「書信」。這是說：錢熙不僅善於談笑，而且還精於寫書信。

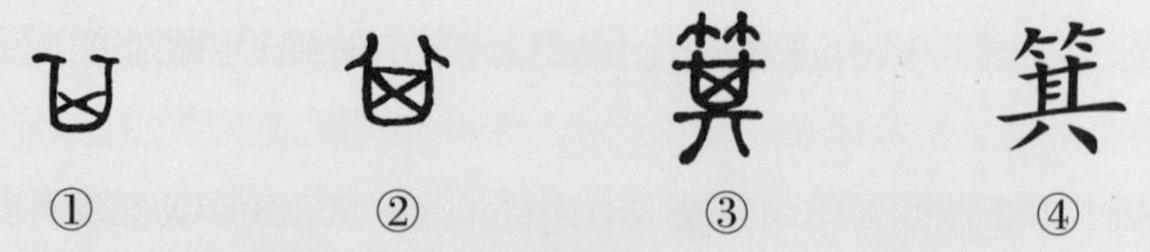

①　②　③　④

從甲骨文①的形體看，很像一隻簸箕的形狀，口朝上，其中的「㐅」表示用柳條等編織的樣子。金文②也類似甲骨文。③是小篆的形體，上加「竹字頭」，表義，下加「丌」（ㄑㄧˊ其）表音，這樣就從象形變成了上形下聲的形聲字了。④是楷書的寫法。

「箕」的本義就當「簸箕」講，是揚米去糠的器具，如李尤《箕銘》：「箕主簸揚，糠秕乃陳。」這是說：簸箕的用處就是簸揚糧食，一

▶《農政全書》中的簸箕。

經簸揚，糠秕之物也就分離出來了。從簸揚糧食而又引申為「糞箕」，即裝肥料的用具。因為簸箕的形狀是後部狹小，前部開闊，這就引申出「箕踞」（或「箕坐」）一詞，也就是屈膝張足而坐的樣子，表現了一種輕慢態度，如《史記·遊俠列傳》：「有一人獨箕倨（踞）視之。」表現了一個人的傲氣。

另外，還須說及一點：「箕」字本應讀ㄐㄧ（吉），可是有很多北方人都讀ㄑㄧˊ（其），這是不對的。

① ② ③ ④

這個「箙（ㄈㄨˊ服）」字今天不常用了，但是在古典作品中還是常見的，所以有分析一下之必要。從甲骨文①中我們大概能夠看出它的意思，其周圍是個插箭的架子，中間插著一枝頭朝下的箭。金文②是插了兩枝箭。可是小篆③則發生了偽變，變為上形（竹）下聲（服）的形聲字了。④是楷書的寫法。

這種箭架子是用竹木或獸皮等作成的，所以「箙」字是竹字頭。《周禮·夏官·司弓矢》中有記載：「中秋獻矢箙。」即在中秋之時獻上箭架子（準備冬天狩獵或攻伐等）。

缶部

① ② ③ ④

這是「缶」字，讀ㄈㄡˇ（否）。從甲骨文①看，上面是一個器皿的蓋，下部是一個器皿，這就是古代的一個盛酒漿的瓦器。金文②上部的蓋子變成了「午」字（即「杵」），也就是說用杵在器皿中搗黏土，準備作陶器。小篆③與金文的形體相類似。④是楷書的寫法，由小篆的曲筆變成

▲春秋銅缶，上有蟠龍紋。

了直筆，但「萬變不離其宗」。

「缶」本爲盛酒漿的瓦器，小口大腹。李商隱〈行次西郊作〉詩：「濁酒盈瓦缶。」就是說：沒過濾的酒裝滿了瓦缶。當然也有銅製的缶。另外還有打水用的瓦器也稱缶，如《左傳・襄公九年》：「具綆（ㄍㄥˇ梗）缶。」即準備好提水用的繩子和缶。「缶」還可以作爲樂器用，如李斯〈諫逐客書〉：「擊甕叩缶。」「甕」和「缶」都是古代的打擊樂器。

那麼《國語・魯語下》中所說的「缶米」是什麼意思呢？這裡的「缶」是古量器名，十六斗爲一缶，可見容量是相當大的。

「缶」字是個部首字。在漢字中凡由「缶」字所組成的字大都與瓦器有關，如「缸」、「缽」、「陶」、「罄」等字。

這個「匋」字是個會意字。金文①的上右部是一個面朝左的「人」，下面是「缶」，也就是人執杵在搗黏土準備作器。小篆②外面的「人」形僞變爲「勹」，其中的「缶」字仍同於金文的形體。③是楷書的寫法。

「匋」字的本義就是「瓦器」，如《說文解字・缶部》所說：「匋，瓦器也。」可是後來又在其左增加了「阝」（阜），寫作左形（阝）右聲（匋）的形聲字「陶」了。（「阜」爲高土坡，也可表示製匋時從高土坡上取黏土之義。所以「陶」字也可以說是形聲兼會意。）這樣，後世也就多以「陶」字代替「匋」字。

製作陶、瓦器就稱爲「陶」，如梅堯臣的〈陶者〉詩中有這樣兩句：「陶盡門前土，屋上無片瓦。」這就是說：製陶瓦用完門前的土，可是製陶人的屋上卻沒有一片瓦。這是詩人對製陶工人寄寓著無限的同情。王安石在〈上皇帝萬言書〉中有這樣一句：「陶成天下之才。」這個「陶」字的引申義實爲「培養」或「造就」的意思。原話的意思是：造就天下的人才。至於《齊民要術》裡說「淨陶種子」的「陶」字實爲「淘」字，「陶」爲「淘」的通假字。

臼 部

①　②　③　④

這個「臼」字是個象形字。①與②是甲骨文、金文「舂」字的下部形體，就像一個舂米用的石臼形。③是小篆形體，與甲、金文的形體基本相同。④是楷書的寫法，與甲、金文字一脈相承。

「臼」字的本義就是舂米用的「石臼」，如賈思勰《齊民要術·作醬》：「擇滿臼，舂之而不碎。」大意是：選擇好的裝滿了臼，舂擊但不舂碎。「臼」大都是用石頭鑿成的，是定形的不易跳出來的容器，所以可以引申爲「陳舊的格調」之義。這種陳舊格調在古代都稱爲「臼科」，今天多作「窠臼」。

「臼」字是個部首字。在漢字中凡由「臼」字所組成的字大都與臼類或坑類有關，如「舀」、「臽」、「臿」、「舂」等字。

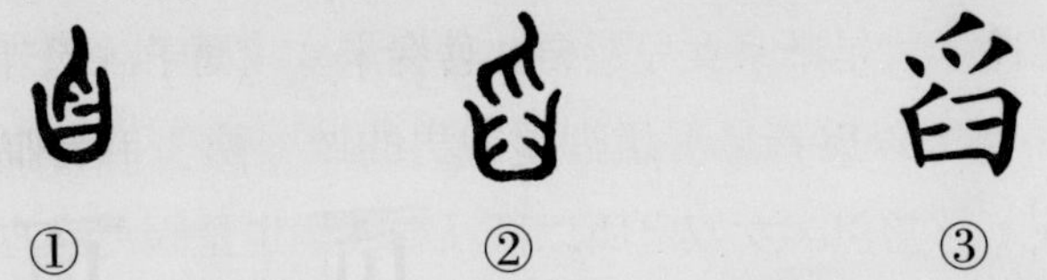

①　②　③

這是個「舀（ㄧㄠˇ咬）」字。①是金文的形體，就像一隻手到一個器皿中去舀取水的樣子。②是小篆的形體，與金文的形體相類似。③是楷書的寫法。

「舀」字的本義就是「舀取」的意思，直至今日我們仍然說「舀水」、「舀油」等。段玉裁在注解《說文》時說得很清楚：「既舂之，乃於臼中搲取之。今人凡酌彼注此皆曰舀……」其大意是：已經舂好了米，就要從舂米的臼中舀出來。今天的人凡是從那裡舀到這裡，都可稱爲「舀」。

有人把這個「舀」字讀爲ㄊㄠ（濤），這就不對了。如果說是「波浪滔天」的「滔」，那就必須在「舀」旁再加上「三點水」；如果說是從口袋裡探取的意思，那就必須寫作「掏（ㄊㄠ燾）」而不能寫作「舀」。所以「舀」與「掏」兩字不僅形、義不同，而且讀音也是大不一樣的。

①　②　③　④

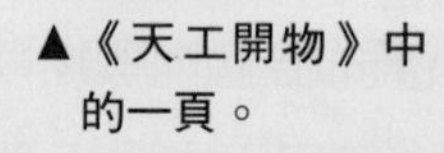

▲《天工開物》中的一頁。

這個「舂」字是很有意思的。你看甲骨文①上部的左右兩側是兩隻手，中間一條豎線是「杵」，下部向兩側上彎的一條曲線表示「臼」形，在「臼」上的左右兩個點兒代表米。所以這個字總的意思是：兩手拿著杵在臼中舂米。眞是形象生動，一目了然。可見這個字是個會意字。②是金文的形體，「杵」的上部又綁了一條橫木，可能使用更方便。小篆③是直接從金文變來的，形體的各部分基本上與金文相同。可是到了楷書④，卻通過隸變而把上部變成了毫不相干的「春」字頭，不過下部的「臼」卻完好地保留了下來。

「舂」字的本義是搗去穀物外皮的動作，即爲「舂米」，如李白〈宿五松山下荀媼家〉詩：「田家秋作苦，鄰女夜舂寒。」這第二句就是說：晚上雖然很寒冷，可是鄰家女兒還要忙著舂米。《墨子・天志下》：「丈夫以爲僕……婦人以爲舂。」這裡是說男的做「僕」（男奴），女的做「舂」（女奴）。當然，女奴之所以稱「舂」，也是因爲在古代女僕多從事於舂米的勞役。請注意：「舂」和「春」兩字的形、音、義均不相同，「舂」應讀爲ㄔㄨㄥ（沖）。

耒　部

①　②　③

這是「扶耒而作」的「耒」字，讀作ㄌㄟˇ，本爲象形字。①是金文的形體，左上方是一隻手，右邊是一個像杈形的農具，是手握農具勞動的意思。②是小篆的形體，已失去了農具之形。③是楷書的寫法。

《說文》：「耒，手耕曲木也。」這是對的。也就是說，這是一種耕田用的曲木，如《漢書・酈食其傳》：「農夫釋耒。」就是說：農民放下手中的耒。由「耒」又能引申爲一種像犁的農具，稱爲「耒耜（ㄙˋ）」，其木製把手稱「耒」，而前部的犁頭稱「耜」。「耒耜」是我國最原始的翻土工具，後世也曾把各種耕地用的農具都稱爲「耒耜」。

▲《農政全書》中的耒。

「耒」字是個部首字，一個漢字凡有「耒」字作爲它的組成部分，那麼這個字就往往與農具及農業勞動有關，如「耖」、「耕」、「耘」、「耮」、「耙」、「耬」等字。

① ② ③ ④

這個「耤」字讀作ㄐㄧˊ，本爲會意字。①是甲骨文的形體，其右邊是一個面朝左站立的人，手中執一耒耜（耕地的農具）而勞作。②是金文的形體，在其下部增加了「昔」，表示讀音。③爲小篆的形體，將人形部分去掉，變成「從耒，昔聲」的形聲字。④是楷書的寫法。

《說文》：「耤，帝耤千畝也。古者使民如借，故謂之耤。」其實，「耤」字的本義爲「耕田」。後來引申爲「田」，即古代天子親耕之田。據《禮記》記載：「天子爲藉千畝。」但實際上天子是不可能親耕的，所以《詩經》序云：「藉之言借也，借民力治之。」由此可以得知「耤」字通「藉」，又可以引申爲「借」，當「借助」講，如《漢書・郭解傳》：「以軀藉友報仇。」

請注意：當「藉」作「借」用時，必須讀作ㄐㄧㄝˋ，而不應讀ㄐㄧˊ。

頁 部

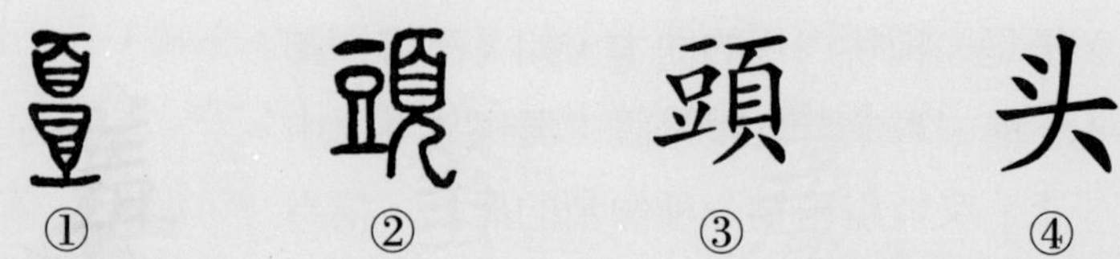

① ② ③ ④

這是「蜻蜓飛上玉搔頭」的「頭」字，是一個形聲字。①是戰國印文的形體，其上部爲「頁（頭）」，下部是器皿「豆」，表聲。②是小篆的寫法，將「頁」移到了「豆」的右邊，變上下結構爲左右結構。③爲楷書繁體字。④爲簡化字。

《說文》：「頭，首也。」許慎的說法正確。「頭」本指人體的最上部或動物體的最前部。動物只有一個頭，所以又可以引申爲計量牲畜的單位，如《漢書・西域傳》：「馬、牛、羊……七十餘萬頭。」我們讀古籍時，常見「頭口」一詞，這往往是指大牲畜而言，即「牲口」，如高文秀《誶范叔》：「這個是頭口吃的草料。」

請注意：「頭面」現在多指有一定社會地位的人，如「頭面人物」等。可是在古代卻多指婦女頭上的裝飾品，如《百花亭》：「妾身止（只）有這副頭面。」也就是說：我現在只有這副首飾。

① ② ③ ④ ⑤

這個「頁」字實在形象得很。甲骨文①的上部像一個頭，中間有眼睛，頭頂有三根毛，頭下是朝左半跪的一個「人」身。金文②變得不太像了，仍然上部是頭，下部是臂、身、腿。小篆③的上部是「頭」，下面的部分變得一點不像人形，而是藝術化了。④是楷書形體。⑤爲簡化字。

「頁」字的本義就是「頭」。許慎的《說文解字》說：「頁，頭也。」至於「一頁書」的「頁」，那是同音假借問題，與「頁」的本義無關。

「頁」字是個部首字。在漢字中凡由「頁」字所組成的字，大都與「頁」字的本義「頭」有關，如「首」、「須」、「頸」、「額」、

「顴」等字。

① ② ③ ④ ⑤

「行者見羅敷，下擔捋髭鬚。」這個「須」字多麼形象。金文①像是面朝右的一個大頭人，頭頂上戴著個尖頂小帽，嘴巴上翹著三根硬鬍鬚，眞像京戲舞臺上的小丑。可見這就是鬍鬚的「須」字，是個象形字。小篆②右邊是「頁」字（「頁」就是「頭」形），嘴邊的三根鬍鬚在左。因爲「須」字與毛髮有關，所以後來又在「須」字上部增加了代表長髮的「髟（ㄅㄧㄠ標）」字，這就成爲繁體字③了。但後來感到書寫不便，所以又改回去寫爲楷書④。又因「頁」字已經簡化，所以最後又產生了一個新簡化字⑤。

「須」的本義爲「鬍鬚」，如《史記・高祖本紀》：「美鬚髯（ㄖㄢˊ然）。」就是說：很漂亮的鬚髯（「髯」是兩頰上的鬍子）。這個「須」字後來又假借爲「必須」或「應當」義，如杜甫〈聞官軍收河南河北〉：「白日放歌須縱酒，青春作伴好還鄉。」也就是說：在這豔陽高照的日子裡，應當高歌猛飲，然後再與明媚的春光結伴還故鄉。

《紅樓夢》第一回中有「我堂堂鬚眉」的話。若理解爲「我的漂亮的鬍鬚和眼眉」那可就不對了。古時男子以鬚眉稠秀爲美，所以常以「鬚眉」作爲男子的代稱。因此，「我堂堂鬚眉」就是「我堂堂男子漢」的意思。

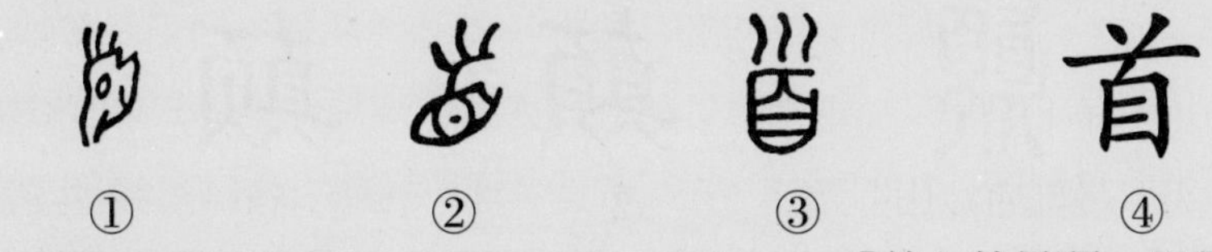

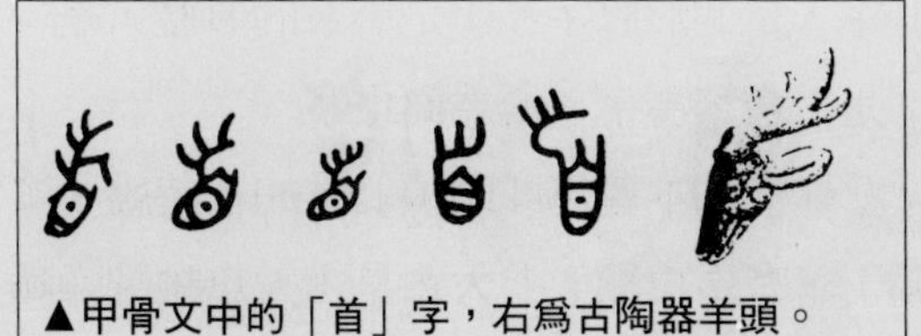

▲甲骨文中的「首」字，右爲古陶器羊頭。

「首」就是頭。甲骨文①就是「首」字的初形，多像一個羊頭，有眼睛有嘴巴，頭頂上還有三根毛。金文②有些變形，不太像「頭」的樣子，但眼睛還非常像。小篆③是從金文蛻變而來，頭上的三根毛還在。④是楷書形體，一點也看不出頭的樣子，頭上的三根毛也變成兩個點兒了。

「首」字的本義就是「頭」，如《列子・黃帝》：「牛首虎鼻。」由「頭」又引申為一夥人的頭目為「首領」，如做壞事的頭子就稱為「罪魁禍首」。由「頭」義又可以引申為「第一」義，如頭一次又可稱為「首次」。「首尾」一詞，一般都當「前後」或「始末」講。可是因為首尾交結在一起，往往表示一種不正當的關係，所以引申出「勾結」之義，如《京本通俗小說・錯斬崔寧》：「你既與那婦人沒甚首尾，卻如何與他同行同宿？」

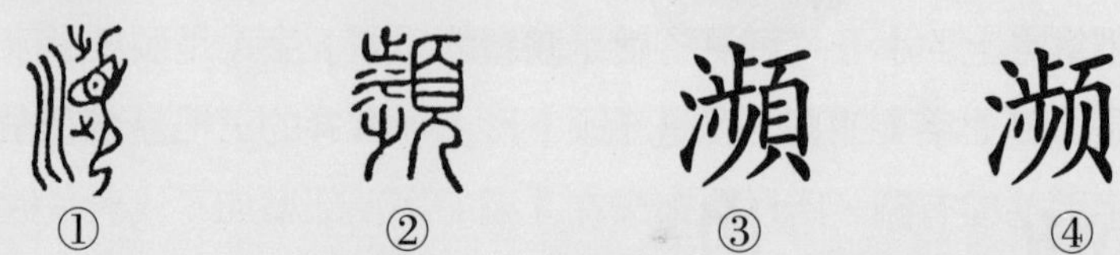

①　②　③　④

這是「瀕臨深淵」的「瀕」字，讀作ㄅㄧㄣ，本為會意字。①是金文的形體，右邊是「頁（人形）」，左邊是「涉（兩腳過水）」。這就表示人走近水邊要渡水之意。②是小篆的形體，仍如金文，左「涉」右「頁」。③是楷書繁體字。④為簡化字。

《說文》：「瀕，水厓，人所賓附頻蹙不前而止。」「瀕」字的本義是人「走近水邊」，所以「瀕」字可當「水邊」講，如《漢書・雋不疑傳》：「竊伏海瀕。」所謂「海瀕」也就是「海邊」義。又《漢書・賈山傳》：「江皋河瀕。」「皋」為「岸」義。這是說：江岸河邊。

「瀕」字由「走近水邊」義又可以引申為「臨近」、「靠近」義，如《漢書・地理志下》：「瀕南山，近夏陽。」又如有些動物「瀕臨絕滅」。後世，臨近危險也就稱為「瀕危」。

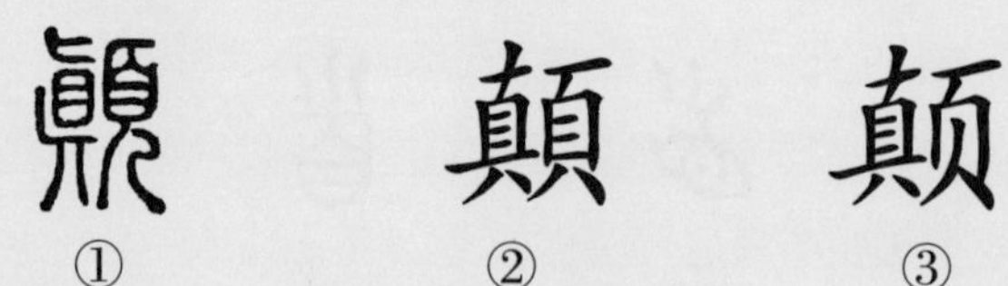

①　②　③

這是「顛撲不破」的「顛」字，是個形聲字。①是小篆的形體，是一個「從頁，眞聲」的形聲字。②是楷書繁體字。③為簡化字。

《說文》：「顛」，頂也。「顛」的本義為「頭頂」，如《詩經・秦風・車鄰》：「有車鄰鄰（轔轔），有馬白顛。」大意是：大車馳驅嘩嘩響，高大駿馬白頭頂。「顛」也泛指「頂部」，如陶潛〈歸園田居〉：「雞鳴桑樹顛。」由「頂」可以引申為「本」、「始」，如「顛末」就是「本末」義。「顛」可作「蹎」的通假字。為「顛仆」義，如《尚書・盤庚上》：「若顛木之有由蘖。」大意是：好像已倒下的樹木又發出了新芽。至於張籍〈羅道士〉「持花歌詠似狂顛」中的「顛」，那是「癲」字的通假字，是指精神失常，行爲放蕩不羈。

請注意：「顛沛」一詞，一般是指動盪、變亂，可是《詩經・大雅・蕩》中的「顛沛」，卻是「跌倒」、「傾仆」的意思，而《漢書・減宮傳論》中的「顛沛」，卻是「狼狽困頓」的意思。到底作何解，應根據文意而定。

老 部

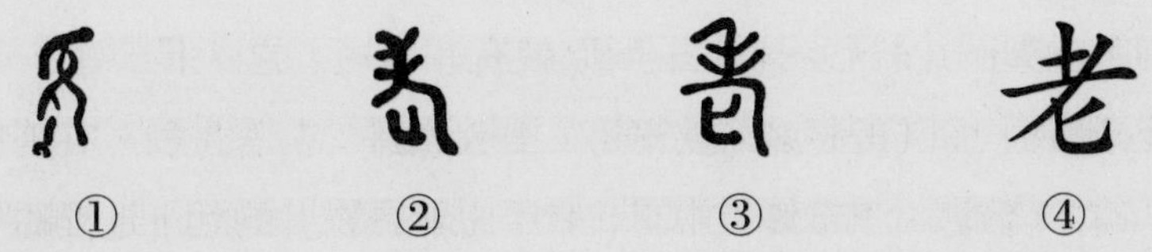

曹操有兩句名詩：「老驥伏櫪，志在千里。」（〈步出夏門行〉）這是說老了的良馬雖然伏處馬房中，但仍想著跑千里的遠路。詩句是比喻有志之士，年雖老但仍有雄心壯志。

甲骨文①好像是一個彎腰駝背的老漢，頭髮很長，面部向左，手持拐杖。金文②的頭部的毛髮更長，像一條豎起來的長辮子似的，不過手中拐杖卻變得不像了。小篆③的形體基本上同於金文。④是楷書的寫法，一點也看不出老人的樣子了。

「老」是個象形字，是老人手持拐杖的樣子。可是《紅樓夢》中所說的「京中老了人口」的「老」字是什麼意思呢？它是「死」的諱稱。杜甫說：「枚乘文章老。」（〈奉漢中王手札〉）難道文章也有老、嫩之分嗎？其實這是說枚乘寫文章很老練。

「老」字是個部首字。在漢字中凡由「老」字所組成的字大都與「老」義有關，如「考」、「孝」、「長」、「壽」等字。

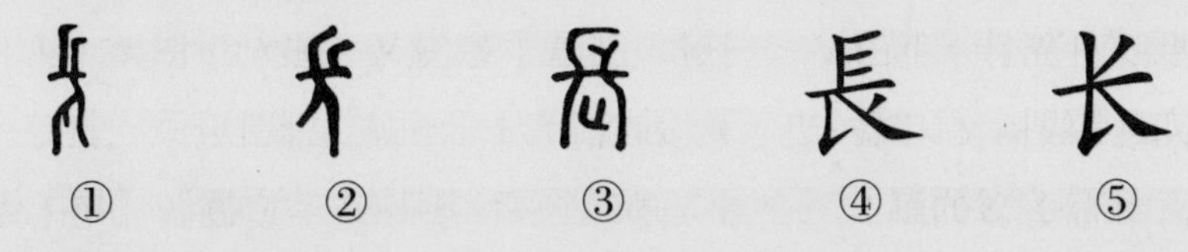

「情短柳絲長，人遠天涯近。」這個「長」字也很形象。甲骨文①的上部是向右彎曲的兩根長頭髮，其下的一橫表示人頭，再下是朝左站立的一個人，手臂向左下方伸展，手中拄著一根拐杖，身子與腿都作彎曲形，這就表示個老年人持杖而立。所以「長」字是個象形字。金文②則把拐杖扔掉了，似乎表示「老當益壯」。小篆③又發生了僞變，其下變爲「止」形，其上據許慎說從倒「亡」，這是犯了望形生義的毛病，解釋錯了。④是楷書形體，連一點老人的影子都沒有了。⑤是簡化字。

「長」字的本義是「老年人」，即「長者」，應該讀ㄓㄤˇ（掌），如《荀子・榮辱》：「長幼之差。」也就是說：長幼之間的差別；再如「長吏」、「長老」、「長雄」、「長子」、「長房」、「年長」、「長孫」（複姓）等詞中的「長」字，也都應當讀ㄓㄤˇ（掌）。因「長者」的頭髮很「長」（ㄔㄤˊ場），所以就有「長短」之「長」了，如屈原《九歌・國殤》：「帶長劍兮挾秦弓。」大意是：帶著長劍，夾著秦國製造的弓。在《晉書・王恭傳》中有「我平生無長物」的話，這裡的「長」字不讀ㄔㄤˊ，必須讀爲ㄓㄤˋ。所謂「長物」，就是多餘的東西。原話的意思是：我平生沒有多餘的東西。

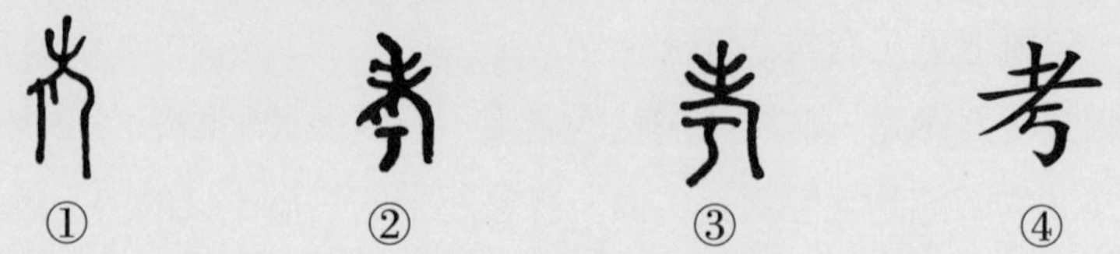

① ② ③ ④

這個「考」字比「老」字更像老人的形象了。甲骨文①很像一位面朝左的駝背老人，頭上長著三根長頭髮，手臂向左下方伸展，手中拄著一條拐杖。金文②老人頭上的長髮好像一條向上直豎的長辮子，手中的拐杖是「丁」字形。小篆③的形體也基本上與金文相同。④是楷書的寫法，根本看不出老人的形象了。

「考」字的本義就是「老」，如《新唐書・郭子儀傳》：「富貴壽考。」這個「考」就是「老」的意思。由「老」義又引申爲「死」義，舊時稱已死去的父親爲「考」，有的稱「顯考」，有的稱「先考」。《禮記・曲禮下》：「生曰父，曰母，曰妻；死曰考，曰妣，曰嬪。」這是說：活的時候稱父、母、妻，死後就稱考、妣、嬪。請注意：《莊子・天地》篇中有這樣的話：「故金石有聲，不考不鳴。」這個「考」字當

「老」字解釋講不通。其實是「敲」字的假借字，因「考」與「敲」讀音相近。這話的原意是：金石之類的樂器，不敲是不響的。

① ② ③

這是「耋老之年」的「耋」字，讀作ㄉㄧㄝˊ，本爲會意字。①是甲骨文的形體，左邊爲「至」，右邊爲一個面朝左的老人之形（即「老」），表示人到了老年。②是小篆的形體，「老」移於「至」上，變左右結構爲上下結構，但是意思不變。③爲楷書的形體。

《說文》：「耋，年八十曰耋。」「耋」字的本義爲「年老」，許說爲具體引申義，如《詩經‧秦風‧車鄰》：「今者不樂，逝者其耋。」大意是：現在行樂不及時，明日衰老空悲傷。毛傳：「耋，老也，八十曰耋。」再如《左傳‧僖公九年》：「以伯舅耋老，加勞，賜一級，無下拜。」大意是：因爲伯舅年紀大了，加以慰勞，賜給一等，不用下階跪拜。杜預注：「七十曰耋。」

《詩經》毛傳與許慎的說法一致，即「年八十曰耋」。而杜預說「七十曰耋」，恐不妥。不管七十還是八十，均指年老。

耳部

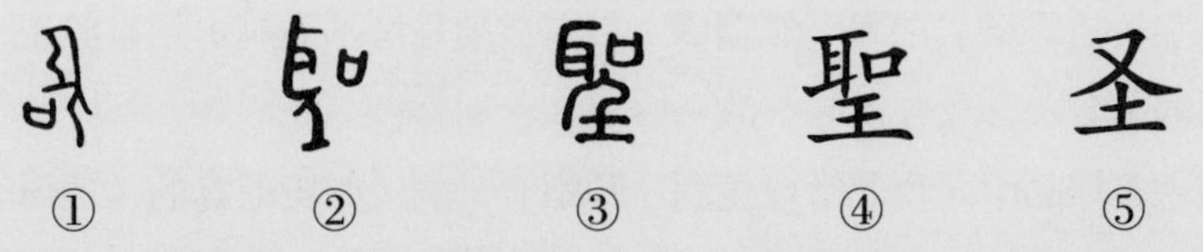
① ② ③ ④ ⑤

這是「文傑詩聖」的「聖」字。「聖」是個會意字。甲骨文①的上部是人的一隻大耳朵，左下部是一個「口」（嘴巴），右下方是一個面朝右而側立的人。這就表明：在上古，耳聽口辯精明能幹的人即爲「聖人」。金文②的下部是一個面朝左的人，其上部的左側爲「耳」、右側爲「口」，仍然是表示「聖人」的意味。小篆③也基本上同於金文的形體，只是下部不太像「人」了。楷書④的上部仍然是左「耳」右「口」，下部的「人」變成了「壬」字。⑤是簡化字。

「聖」字的本義就是指「聰明非凡的人」。《說文解字》說：「聖，通也。」也就是無所不通的人才算是「聖人」。後來又引申爲才能超群的人爲「聖賢」、才學出衆的爲「詩聖」等。孫光憲在《兆夢瑣言》中說：「聖善疾苦，未果南行。」這個「聖善」怎樣理解呢？「聖善」是對母親的美稱。大意是說：因爲母親疾苦，而沒能立即南去；後來「聖善」也就成爲「母親」的代稱了。

請注意：在古代本來就有一個「圣」（ㄎㄨ枯）字，這並不是「聖」字的簡化字，而是「掘土」的「掘」字的古代方言字。我們在閱讀時，應根據上下文的意思加以區別。

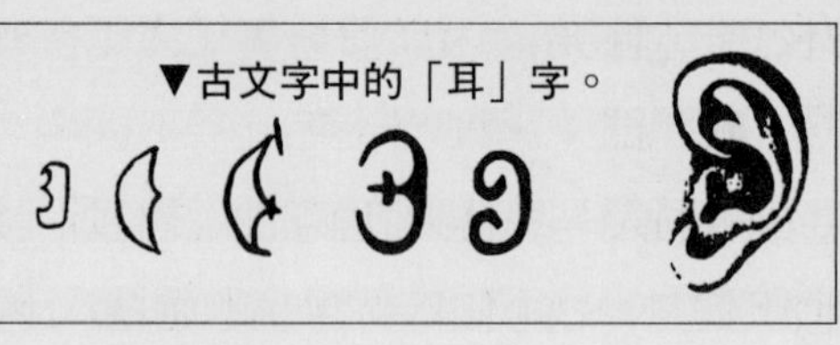

「鳥語耳中旋，花豔目間明。」這個「耳」字是個象形字。甲骨文①多像一個人耳朵的樣子。金文②則更像耳朵了。小篆③則變得不太像耳朵的形狀。④是楷書的形體。

「耳」字的本義就當「耳朵」講，如《老子》：「五音令人耳聾。」那麼《荀子·勸學》中所說的「則四寸耳」，是什麼意思呢？多大的耳朵有四寸長？其實這話是說口與耳之間至多有四寸的距離罷了。可見這個「耳」字與「耳朵」之義毫無關係，它在這裡是個語氣詞，相當於現代漢語的「罷了」。

在古典作品中，我們常會見到「耳順」一詞，如庾信寫的〈伯母李氏墓誌銘〉中有這樣的話：「夫人年逾耳順，視聽不衰。」這個「耳順」是什麼意思？這是一個典故。《論語·爲政》篇有「六十而耳順」的話。這是說：人到了六十歲，不管聽到什麼話，都能辨別眞僞、分淸是非。所以後世人就把「耳順」作爲「六十歲」的代稱。所謂「年逾耳順」，就是年過六十的意思。這跟「年逾花甲」的說法完全一致。

「耳」字是個部首字。在漢字中凡由「耳」字所組成的字大都與「耳朵」義有關，如「聖」、「取」、「聆」、「聾」、「聞」、「聲」等字。

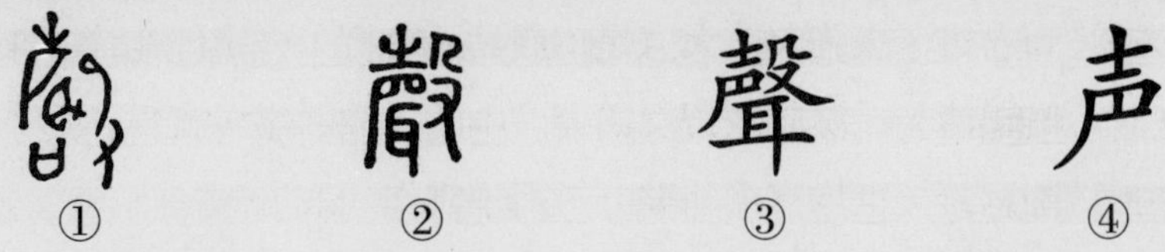

「夜來風雨聲，花落知多少。」這個「聲」字，是個會意字。甲骨文①是由五個部分拼合組成的一個字，左上部是「磬」的形狀，右邊是一隻手拿著一個敲打磬的小槌，中間有「耳」和「口」，表示「話音入耳」就是「聲」。這整個的「聲」字，就是敲打石磬、傳聲入耳的意思。到了小篆②則把「口」字去掉了，其他各部分均在。楷書③是「聲」的繁體字。④是簡化字。

「聲」字的本義是「聲音」，如：「生而同聲，長而異俗。」（《荀子・勸學》）也就是說：（人）生下來時聲音相同，但是長大之後風俗習慣就不一樣了。由「聲音」之義又可以引申為「聲譽」，如：「聲施千里。」（《淮南子・修務訓》）其意是：聲譽擴展到千里之外。至於《國語・晉語》「聲其罪」中的「聲」字，若理解為「聲音」或「聲譽」都不對。這裡的「聲」字是「宣揚」的意思，也就是「宣揚他的罪過」。

今天所說的「聲色」是指說話的聲音和臉色，如：不動聲色、聲色俱厲等。可是《淮南子・時則訓》「去聲色，禁嗜欲」中的「聲色」，不是指聲音和臉色，而是指歌舞和女色。原話的意思是：去掉歌舞和女色，禁止嗜好和奢欲。

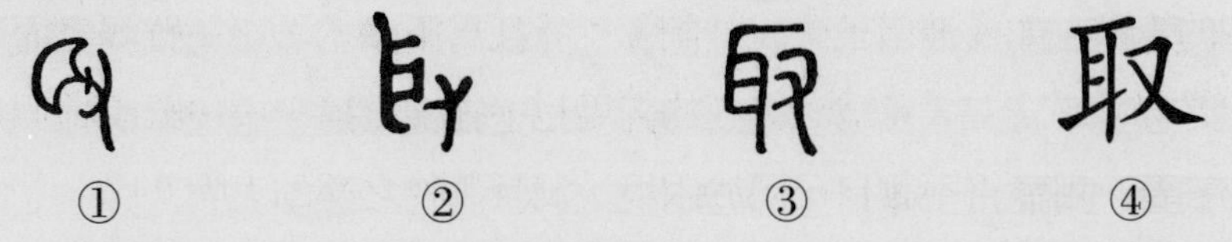

「分文不取」的「取」字是個會意字。甲骨文①的左邊是一隻耳朵，右邊是一隻手，手抓著一隻耳朵就是「取」。金文②也是這個意思，只是「耳朵」的模樣不太像了，右邊仍是一隻手。③是小篆的形體，左邊的耳朵更不像了，右邊仍然是手。④是楷書的形體，是由小篆直接演變而來。

「取」字的本義就是「割取耳朵」，如《周禮・夏官・大司馬》：「獲者取左耳。」也就是說：割下被俘者的左耳朵。由此又可以引申為「拿」，與「捨」義相對，如：「可取三升飲之。」（《後漢書・華佗傳》）從「拿」又能引申為「拿下」或「攻下」，如：「興兵而伐必取。」（《商君書・去強》）大意是：發兵而攻打，一定能夠攻下來。至於《史記・吳起傳》「吳起取齊女為妻」中的「取」字，實為「迎娶」的「娶」。這個意義後世均寫為「娶」，而不寫作「取」。

我們在閱讀古樂府〈孤兒行〉時，會見到「行取殿下堂」一句。這裡的「取」字若用以上所列的義項都講不通。實際上是「趨」字的假借字，即「快走」的意思。原話的意思是：很快地走過殿下堂。

① ② ③ ④ ⑤

這是「震耳欲聾」的「聾」字，本為形聲字。①是甲骨文的形體。右邊是一條巨龍之形，表音；左邊是「耳」，表義。②是金文的形體，與甲骨文相似，只是改成左邊為「龍」，右邊為「耳」③是小篆的形體，成為上聲下形的形聲字了。④是楷書繁體字的寫法。⑤為簡化字。

《說文》：「聾，無聞也。從耳，龍聲。」可見「聾」字的本義為「耳聾」，如《左傳・僖公二十四年》：「耳不聽五音之和為聾。」由聽不見可以引申為「不明事理」，如《左傳・宣公十四年》：「宋聾。」這是說：宋國不明事理。「聾聵」是比喻「愚昧無知」，如焦延壽《易林》：「牛馬聾聵，不知聲味。」

古書中常見「聾蟲」一詞，並不是說失聰的蟲子為「聾蟲」，而是指無知的禽獸，如《淮南子・說林訓》：「狂馬不觸木，……雖聾蟲而不自陷，又況人乎？」大意為：發狂的奔馬也不往樹上撞，……雖說牠們是無知的牲畜，但懂得不讓自己陷於困境，況且萬物之靈的人呢？

虫部

① ② ③ ④

「星臨萬戶動，月旁九霄多。」這個「九」字，原爲象形字。甲骨文①左邊就像蟲頭，右邊像蟲向上曲尾的形狀。②是金文的形體，更像一條長蟲上曲其尾。③爲小篆的寫法。④爲楷書。

《說文》：「九，陽之變也。」這是許慎用陰陽之變來解釋文字，沒有道理。「九」字的本義與蟲有關，但後世其本義消亡，而被借爲數字用。凡用「九」字，大都泛指多數、多次，如司馬遷〈報任少卿書〉：「若九牛亡一毛。」這是說：就像九頭牛而只丟掉了一根毛一樣。屈原〈離騷〉：「雖九死其猶未悔。」也就是說：雖有多次的死亡，也還是不值得後悔。

請注意：《莊子・天下》「而九雜天下之川」中的「九」是什麼意思呢？這個「九」與數位毫無關係，而只是「鳩」字的假借字，當「聚合」講。原話的大意是：夏禹聚合了天下的河流。

「金風月夜蟲鳴。」這個「蟲」字是個象形字。從甲骨文①看，實在像一條蟲，上部爲頭，下部是蟲身子。②是金文的形體，與甲骨文相似，只是顯得體形更粗壯一些。可是到了小篆③就繁雜化了，從一條蟲變成了三條蟲。④是楷書的寫法，沒有「蟲子」的模樣了。⑤是簡化字，去掉了兩條蟲，書寫方便。

「蟲」本來指「昆蟲」。可是到了後世，詞義擴大了，這就應當引起我們的注意，如《大戴禮記・曾子天圓》：「羽蟲之精者曰鳳，介蟲之精者曰龜，鱗蟲之精者曰龍。」這就是說：有羽毛之蟲，最高級的是鳳凰；甲殼之蟲，最高級的是烏龜；鱗片之蟲，最高級的是龍。可見，古人把鳳、龜、龍等都能稱爲蟲。還有，《水滸傳》中武松打的那隻大老虎，就稱爲「大蟲」。

古代的「蟲」與「豸」（ㄓˋ至）經常連用，有足的稱爲「蟲」，無足的稱爲「豸」，有時也泛指禽獸以外的小動物。

請注意：《山海經・南山經》中有這樣一段話：「羽山，其下多水，其上多雨，無草木，多蝮蟲。」這裡的「蟲」字可以寫作「虺」，必須讀

ㄏㄨㄟˇ（毀），是專指一種毒蛇，也就是今天所說的「蝮蛇」。

「蟲」字是個部首字，在漢字中凡由「蟲」字所組成的字大都與「蟲豸」類有關，如「蟻」、「蠶」、「蛇」、「禹」、「蜀」等字。

虯　虬

①　②　③

這個「虯」字讀作ㄑㄧㄡˊ，是古代傳說中的一種龍。①是小篆的形體，是一個「從蟲，ㄐ聲」的形聲字。②是楷書的寫法，根據小篆而變來的。③爲簡化字。

▶周代青銅器中的虯紋。

《說文》：「虯，龍子有角者。」但王逸注〈天問〉及高誘注《淮南子・覽冥訓》都說：「有角爲龍，龍無角曰虯。」不管是否有角，「虯」的本義是古代傳說中的一種龍，如屈原〈天問〉：「焉有虯龍？」就是說：哪有虯龍？因爲虯是彎曲的，所以又可以引申爲像虯龍那樣的「盤曲」義，如杜牧〈題青雲館〉：「虯蟠千仞劇羊腸。」就是說：盤曲千仞高，比羊腸還要曲折。《舊五代史・皇甫遇傳》：「遇少好勇，及壯，虯髯，善騎射。」這當中的「虯髯」是指彎曲的頰鬚。原話的大意是：皇甫少年時好勇，到了壯年，則留著彎曲的頰鬚，又善於騎馬射箭。

①　②　③

「茫茫禹跡，畫爲九州。」這個「禹」字是個會意字。金文①帶「箭頭」形的那條曲線就是一條毒蛇的形狀，橫的一條是一根帶杈的木棍，這就表示用木棍打蛇的意思。②是小篆的形體，蛇形猶在，而木棍形則變得更複雜了。③是楷書的寫法。

◀禹王像。

「禹」的本義早就消失了，其引申義就是：能打蛇的勇士可稱爲「禹」，所以「禹」又成爲「勇士」的美稱。也正因爲如此，所以傳說夏朝第一代有才能的君主的名字就叫「禹」，他的本領極高，奉舜之命治服了洪水。

在古書中有「禹跡」之詞，本來是指大禹治水時的足跡，後來就借指中國的疆域，如《左傳・襄公四年》：「芒芒禹跡，畫爲九州。」也就是說：遼闊的中國，分爲九個大州。

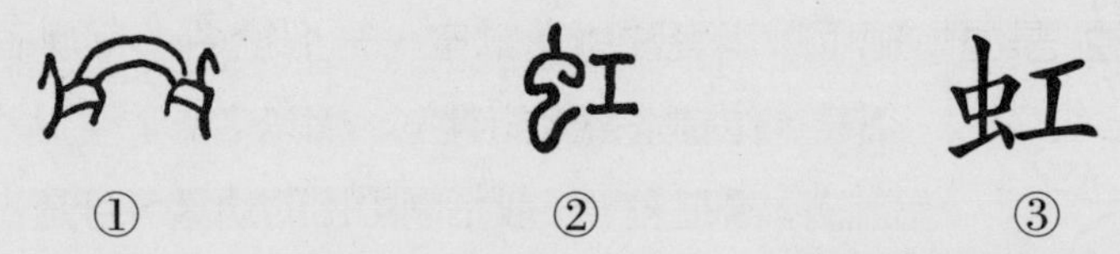

①　②　③

「雨後斜陽，長虹飛架。」這個「虹」字是個象形字。甲骨文①就像一條長虹出現在天空，類似一條長蛇。不過一般說來蛇的身子是蜷曲的，只有一個頭，而虹卻像一座拱橋，並且有兩個頭。古人認爲「虹」像長蛇形，所以小篆②就變成了左形（蟲）右聲（工）的形聲字。③是楷書的形體，直接由小篆演變而來。

也正因爲虹像一座拱橋，所以古人也常把虹當作橋的代稱，如陸龜蒙〈和襲美詠皋橋〉詩：「橫截春流架斷虹。」這個「斷虹」就是「斷橋」的意思。

在古典文學中常見「虹釆」一詞，這大都是指高空出現的光帶。但《楚辭・九歎・遠遊》：「建虹釆以招指」裡的「虹釆」卻不是「光帶」，而是指「旗幟」，因爲古代的旗幟色彩鮮豔，類似虹釆。這句話的意思是說：舉起旗幟進行指揮。

另外，「虹」字有兩讀，既可以讀ㄏㄨㄥˊ（洪），又可以讀ㄐㄧㄤˋ（降），這是山東及河北一帶的人對虹的叫法，但詞義不變。

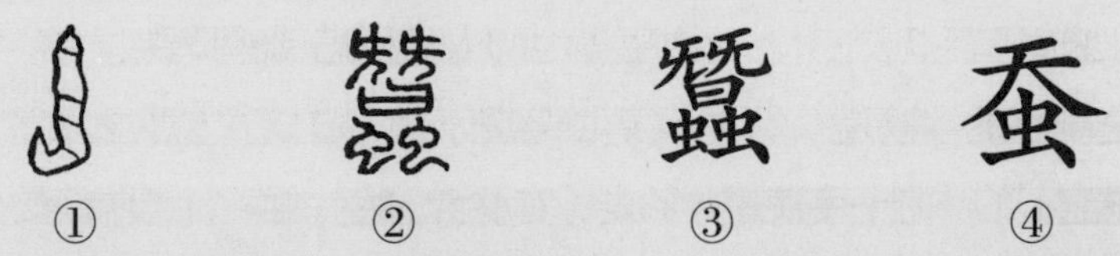

①　②　③　④

「蠶吐絲，蜂釀蜜。」這個「蠶」字本爲象形字。①是甲骨文的形體，上部是頭，很像一條大蠶。②是小篆的形體，變成了上聲下形的形聲字。③是楷書繁體字。④爲簡化字。

《說文》：「蠶，任絲也。從䖵，朁聲。」「蠶」字原非形聲字，而是象形字，其本義就是能吐絲的蠶，如《詩經・魏風・碩鼠序》：「國人刺其君重斂蠶食於民，不修其政，貪而畏人，若大鼠也。」所謂「蠶

▲《本草綱目》插圖。

食」，就是說像蠶吃桑葉時一樣，一點一點地前進，多比喻逐漸侵占。

「蠶室」一般是指養蠶的地方，可是古代受宮刑的人所進的牢獄亦稱蠶室，如《後漢書．光武帝紀下》李賢注：「蠶室，宮刑獄名。有刑者畏風，須暖，作窨室蓄火如蠶室，因以名焉。」

「蠶花」，一般指剛孵出的幼蠶，可是古代也把小蝦稱為「蠶花」，如謝肇淛《西吳枝乘》：「吳興以四月為蠶月，……又有小蝦，亦以蠶時出市，民謂之蠶花。」這是因為四月也正是小蝦上市的時候。

① ② ③ 蛇④

「煙雨莽蒼蒼，龜蛇鎖大江。」「蛇」字的本來形體是「它」字。甲骨文①的上部是個蛇頭，下部是蛇的身子，可見「它」字原來就是「蛇」的象形字。②是金文的形體，仍然能夠看出蛇頭在上，蛇身在下，而且變粗了。小篆③的蛇頭變得很大，身短而小，不像蛇的模樣了。也正因為「它」字不像「蛇」了，所以後世便加上一個「蟲」字旁，表示蛇是蟲一類的東西，這就是楷書④的形體。加上「蟲」字邊是很有道理的，直到現在東北、山東等地的人仍稱蛇為「長蟲」。

◀唐代蛇俑。

「它」字的本義是「蛇」，後世既然有了「蛇」字，那麼「它」就被借作「其它」的「它」字使用，於是「它」、「蛇」兩字有了明確的分工。

在我國，白話文開始以後，凡代表動物一類的第三人稱，都寫為「牠」（左邊是「牛」字旁）。後來大陸在廢除異體字時，則把「牠」字廢除了。現在除了人類以外，所有第三人稱代詞均用一個「它」字代表。

①

②

③

◀蜘蛛，選自《本草綱目》。

這是「蛛網塵埃」的「蛛」字，原爲形聲字。金文①的外形就是蜘蛛的形象，其上部的中間是「朱」字，表示讀音。②是小篆的形體，其下爲「黽（ㄇㄧㄣˇ）」，蛙的一種，從蜘蛛又訛變爲蛙了，因其外形類似。其上仍爲「朱」，表示讀音。③爲楷書的寫法，變爲「從蟲，朱聲」的形聲字。這非常合理，因爲蜘蛛是蟲類。

《說文》：「蛛，蜘蛛也。」這正是本義，如葛洪《抱朴子》：「太昊師蜘蛛而結網。」大意是：太昊學習蜘蛛而結網。不過古代多單用「蛛」，而不單用「蜘」，如「蛛網」、「蛛絲」以及成語「蛛絲馬跡」等等。

請注意：在古籍中常見到「蛛煤」一詞，這是指蜘蛛網和灰塵，如楊萬里〈登鳳凰台〉：「只有謫仙留句處，春風掌管拂蛛煤。」「謫仙」指李白。也就是說：只有當年李白賦詩的地方，春風負責吹掉了蛛網和灰塵。另外，古書中所說的「蛛蝥（ㄇㄠˊ）」，是蜘蛛的別名。

   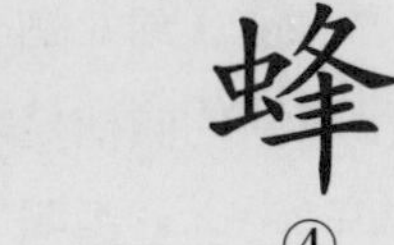

① ② ③ ④

這是「蜂目豺聲」的「蜂」字，本爲形聲字。①是《說文》中古文的形體。上爲「夆」，表聲；下部是兩條蟲形，是「從䖵，夆聲」的形聲字。②是小篆的形體，上爲「逢」，下爲兩條蟲，變得比古文複雜。③是楷書繁體字。④爲簡化字。

▼繩梯上的採蜜人。

《說文》：「蜂，飛蟲螫（ㄕㄟ）人者。」所謂「螫人」，也就是蜇人。「蜂」是一種昆蟲名，有蜜蜂、胡蜂等，如《管子・輕重戊》：「蜂螫也。」也就是說：蜂蜇人呢。蜂爲群居，所以，有不少用「蜂」字組成的詞，都有紛然成群的意思，如《漢書・藝文志》：「蜂出並作。」是形容像蜂群那樣傾巢而出。《史記・項羽本紀贊》：「豪傑蜂起。」形容天下豪傑像蜂群那樣齊飛，紛紛而起。《紅樓夢》：「蜂擁而上。」形容很多人一擁而前，像蜂成群而飛一樣。但是《新唐書・高睿傳》「突厥蜂鋭」中的「蜂」，卻與昆蟲的「蜂」無關，而是「鋒」字的通假字，當「鋒利」講。

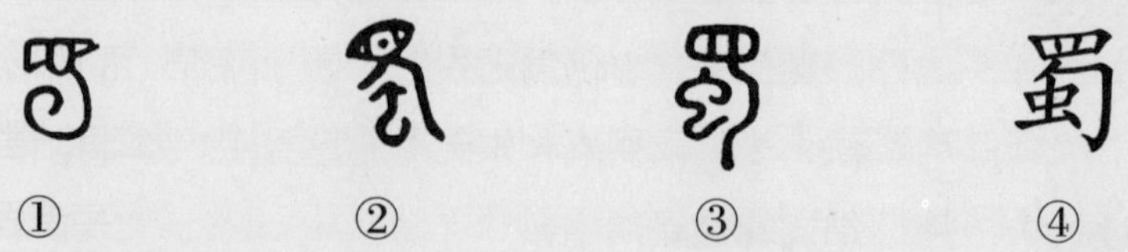

「蜀道之難，難於上青天。」這個「蜀」字是個象形字，就像野蠶之形。甲骨文①的上部是蠶的頭，下部是蠶身子。金文②的外部因爲不大像蠶形了，所以又在中間增加了一個「蟲」形字。③是小篆的形體，基本上與金文的形體相似。④是楷書的形體。

◀《甲金篆隸大字典》中的「蜀」字。

「蜀」的本義就是「野蠶」。《說文解字》說：「蜀，葵中蠶也。」後因「蜀」字與「獨」字的讀音相近，所以「蜀」字也可以被借爲「獨」，如郭璞注《方言》第十二：「『蜀』猶『獨』耳。」

爲什麼四川的簡稱是「蜀」呢？中國古代有一個民族居住在今四川的西部，最早的一名首領叫「蠶叢」，因爲蠶的象形字是「蜀」字，所以他就稱「蜀王」，共傳了十二世。到西元前316年歸併於秦，秦朝就在四川設了「蜀郡」，所以後世一直以「蜀」代表四川。到三國時代，劉備在成都稱帝，史稱「蜀」或「蜀漢」。自此以後，「蜀」字也就被定爲四川省簡稱了（當然現在也可以稱「川」）。

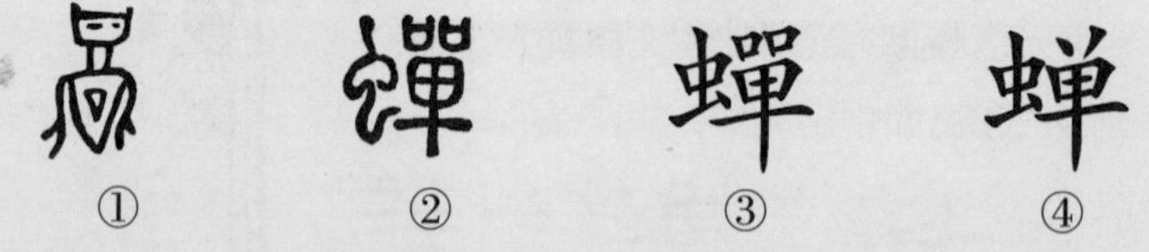

「微風拂面，蟬吟柳枝。」這個「蟬」字本爲象形字。甲骨文①像一隻寒蟬的形狀，上爲頭，下爲腹，腹的兩側爲翼（或足）。②是小篆的形體，變成了左形右聲的形聲字。③是楷書繁體字。④爲簡化字。

《說文》：「蟬，以旁鳴者。」說得很不明確。許愼的所謂「以旁鳴」，很可能就是《考工記》正義中所說的「蟬鳴在脅」的意思，也就是

▲商代晚期青銅器上的蟬紋。

在腹部兩側發出叫聲。蟬，又名知了或蜘蟟，《史記・屈原賈生列傳》：「蟬蛻於濁穢，以浮游塵埃之外。」這是說：蟬從污泥中解脫出來，能夠高飛於塵埃之上。

請注意：「蟬蜎」一詞本來是指煙焰飛騰的樣子。可是《文選・成公綏〈嘯賦〉》「蔭修竹之蟬蜎」中的「蟬蜎」，卻是「嬋娟」的假借字，是指高竹妍雅多姿的樣子。

① ② ③

「我有蝥賊，岑君遏之。」這個「蝥」字讀作ㄇㄠˊ，本爲形聲字。①是《說文》中古文的形體，是一種蟲名。左邊是「虫」，表義；右邊是「牟」，表聲。②是小篆的形體。同樣是一個形聲字，上部爲「矛」，下部爲三條蟲，詞義未變，只是將古文的聲符「牟」換成了讀音相近的「矛」。③是楷書的寫法。

《說文》：「蝥，蟲食草根者。」許慎的說法正確。蝥蟲，爲一種吃稻根的害蟲。在古書中多見「蝥賊」一詞，原爲吃禾苗的兩種蟲子，如《詩經・小雅・大田》毛傳：「食根曰蝥，食節曰賊。」後世常用「蝥賊」比喻對人民對國家有害的人，如李白〈酬裴侍御對雨感時見贈〉：「蝥賊陷忠讜。」「忠讜」是指忠貞而又勇於堅持眞理的人。詩句的大意是：那些奸佞之人陷害國家的忠良之士。

請注意：「蝥賊」也可以寫作「蟊賊」。

肉　部

① ② ③

唐詩人聶夷中的〈傷田家〉詩中有這樣兩句：「醫得眼前瘡，剜卻心頭肉。」這個「肉」字也實在像刀切下來的一塊肉。甲骨文①就像一塊肉的形狀。②是小篆的形體，也像一塊肉，中間的兩條線可能是當腰肉中的肋條。③是楷書的寫法。

▲漢畫像石上的烤肉圖。

「肉」字的本義是動物「肌肉」，如《漢書・樊噲傳》：「拔劍切肉食之。」從動物的「肌肉」又能引申蔬菜瓜果等去皮去核而中間可食的部分爲肉，如棗肉、筍肉、龍眼肉等。在《聊齋志異・西湖主》中有這樣一句話：「肉竹嘈雜。」這裡的「肉」字是指從口中出的歌聲（因「口」是肉長的），而「竹」是指「管樂」（因古代「管樂器」是竹子做的）。這句話的意思是：歌聲與樂器聲交織在一起。

另外，古代圓形有孔的錢幣和玉器，孔內叫「好」（ㄏㄠˋ耗），孔外叫「肉」，如《爾雅・釋器》：「肉倍好謂之璧，好倍肉謂之瑗，肉好若一謂之環。」其意思是：凡玉器，孔外大於孔內一倍者，就叫做「璧」；孔內大於孔外一倍者，就叫做「瑗」；孔外、孔內都一樣，就叫做「環」。

請注意：「肌」字和「肉」字在先秦時代各有各的含義。一般來說，「肉」是指禽獸的肉，「肌」是指人的肉。可是到了漢代以後，除了「肌」字仍不能指禽獸的肉而外，「肉」也能用來指人的肌肉了。

「肉」字是個部首字，凡有「肉」字所組成的字都與肉有關。可是到了後世，從「肉」的字和從「月」的字混爲一談，均寫作「月」，不過還可以從詞義上加以區別，如「朗」、「期」、「朧」、「朣」、「朦」、「朧」等等是由「月亮」的「月」所組成的字，都與「時間」或「明亮」之義有關。而「腸」、「肚」、「肝」、「肺」、「腳」、「脓」、「臉」等字中的「月」都與「肉」有關，所以這些字中的「月」字本爲「肉」字。

① ② ③

這是「膾炙人口」的「炙」字，讀作ㄓˋ，本爲會意字。①是戰國印文的形體，上部是「肉」，下部是「火」，表示肉在火上烤。②是小篆的形體。③是楷書的寫法，其上的「月」仍爲「肉」。

《說文》：「炙，炮肉也。從肉，在火上。」「炙」字的本義爲烹飪法的一種，即「烤」，如枚乘〈菟園賦〉：「煎熬炮炙，極樂到暮。」古樂府〈西門行〉：「飲醇酒，炙肥牛。」「烤的肉」也可稱「炙」，如李白〈俠客行〉：「將炙啖朱亥，持觴勸侯嬴。」大意是：拿烤的肉給朱亥吃，舉杯勸侯嬴喝酒。

「炙手可熱」，是說熱得燙手，舊時多用以比喻權貴們的氣焰之盛，如杜甫〈麗人行〉：「炙手可熱勢絕倫，愼莫近前丞相嗔！」這是描述唐丞相楊國忠的氣焰太盛。

請注意：「炙」與「灸」的形體極爲相似，但音、義迥別，應分別清楚。

① ② ③ ④

這是「視作股肱」的「肱」字，讀作ㄍㄨㄥ，本爲指事字。甲骨文①是一條手臂，其上部是一隻大手，其下部的拐彎處有一個小圓圈是指事符號，表示肱部所在。②是金文形體，與甲骨文極相似。③是小篆的寫法，在其左邊增加了個「月（肉）」字，變成了形聲字。④爲楷書的形體。

《說文》：「肱，臂上也。」肱字的本義是指從手腕到肘的部分，如《詩經・小雅・無羊》：「麾之以肱。」「麾」，同「揮」。意思是：用手臂趕牠們。又如《左傳・定公十三年》：「三折肱知爲良醫。」也就是說，手臂折了三次才能成爲良醫。義近今語「久病成醫」。

① ② ③

這是「腸胃」的「胃」字。金文①的上面就是胃的象形，外部圓圈是表示胃囊，其中像「米」字的部分表示胃中的食物，下部是月（肉），表示胃與「肉」有關。所以「胃」字是象形兼會意。小篆②的上部藝術化了，下部仍是「肉」。楷書③則把上部像胃的部分簡化爲「田」，下部仍是「肉」。

另外，古代有一種星的名字稱爲「胃宿」，是二十八宿之一。

「胄」字可千萬別與「胃」字混了。「胄」讀ㄓㄡˋ，是古代的頭盔；字的形體是上「由」下「月（冒）」（詳見「胄」字）。「胃」的形體是上「田」下「月（肉）」。

① ② ③

這個「胤」字讀作ㄧㄣˋ，本爲會意字。①是金文的形體，從「八」從「幺」從「肉」。朱駿聲說：「按從八猶從分，分祖父之遺體也。從幺如絲之繼續也。」闡明了「胤」是子孫相承續的意思。②是小篆的形體，與金文相似。③是楷書的寫法。

《說文》：「胤，子孫相承續也。」可見「胤」字的本義即爲「子孫相承」，如《國語・周語下》：「胤也者，子孫蕃育之謂也。」由「子孫相承」義可以引申爲「嗣」、「繼承」義，如《詩經・大雅・既醉》：「君子萬年，永錫祚胤。」「祚」爲「福」義，「錫」爲「賜」義。其大意是：只願主人壽無疆，後代的幸福永繼承。由「繼承」義又可以引申爲「後代」，如《左傳・僖公主十四年》：「蔣、邢……周公之胤也。」所謂「周公之胤」就是指周公的後代。

至於左思〈魏都賦〉「延閣胤宇」中的「胤」字，則爲「引」字的假借字，爲相互連引之意。這裡的「胤」字應讀ㄧㄣˇ，而不能讀作ㄧㄣˋ。

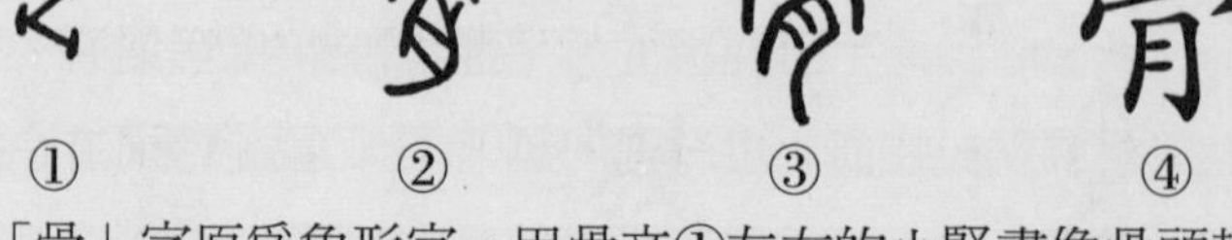

① ② ③ ④

這個「骨」字原爲象形字。甲骨文①左右的小豎畫像骨頭轉折處突出之形，其中的斜線像骨架支撐之形。②是戰國印文的形體，下部增加了

「肉」，這說明骨頭與肉是有聯繫的。③爲小篆的寫法。④爲楷書的形體。

《說文》中收有「冎」字，這是「骨」字的初文，完全是個象形字。同時，《說文》又收了「骨」字，並解釋說：「從冎有肉。」這是把形聲兼會意的字，誤爲單純的會意字。

「骨」字的本義就是「骨頭」，如《戰國策·燕策一》：「馬已死，買其骨五百金。」從「骨頭」又能引申爲文學作品具有剛健有力的風格，比如李白〈宣州謝樓餞別校書叔雲〉：「蓬萊文章建安骨。」《文心雕龍》中有〈風骨〉篇，這都是指文章的風格。

▲恐龍骨骼化石。

請注意：古書中常見到「骨董」一詞，一般是指「古董」。但有時也作象聲詞用，如孫棨《北里志·張住住》：「若逼我不已，骨董一聲即了矣。」大意是：假若你一直逼我，我咕嘟一聲（跳井）也就結束了。現在北方口語中還常用作象聲詞。

① ② ③

這是「脊骨」的「脊」字，本爲會意字。①是古陶文的形體，上部很像脊骨，兩邊是肋條分布之形，其下部爲「肉」。②是小篆的形體，與古陶文基本相似。③是楷書的寫法。

《說文》：「脊，背呂（膂）也。」這是對的。「脊」字的本義就是「脊骨」，如李白〈大獵賦〉：「或碎腦以折脊。」這是說：有的腦袋碎了而且脊骨也斷了。因爲脊骨突出於脊背，所以物體中間高起的部分往往亦稱「脊」，如陳秀民〈瀰州望古北居庸諸山〉：「曦車夜轉昆侖脊。」所謂「昆侖脊」也就是昆侖山的山脊。現在還說屋脊、山脊、脊檁等。

「脊令」是一種小鳥，如《詩經·小雅·常棣》：「脊令在原。」這裡的「脊令」實爲「鶺鴒」的通假字，後世均寫作「鶺鴒」。

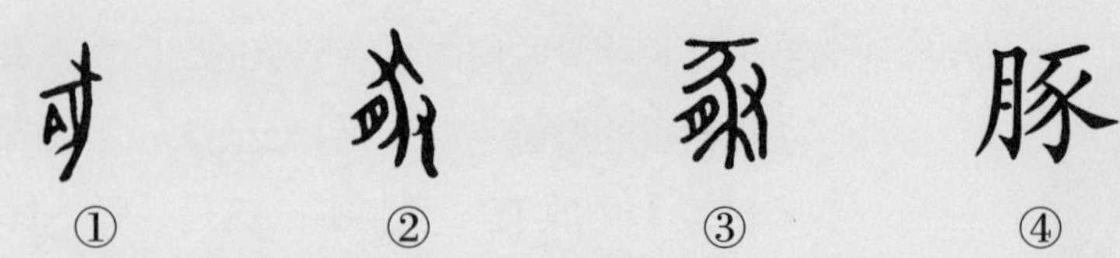

① ② ③ ④

這個「豚（ㄊㄨㄣˊ）」字是個會意字。甲骨文①是頭朝上，尾朝下，腹朝左的一頭豬，在豬的腹部還有一個「月」（肉）字。有「月」有「豕」，表明這是「肉豬」（而不是「種豬」）。金文②中間是豬的形象（頭上尾下），左邊是「月」，右邊比甲骨文多了一隻手，表示用手捉拿肥豬的意思。小篆③也基本上與金文相同。④爲楷書的寫法，把右邊的手省去了。

「豚」字本義是「肉豬」，後引申爲「小豬」，如《說文》：「豚，小豕也。」舊時還用「豚兒」作爲謙詞在客人面前稱呼自己的兒子。另外，我們讀《三國志．魏志．蔣濟傳》時，會見到「預作土豚，遏斷湖水」的話，這個「豚」字應讀爲ㄉㄨㄣ（墩），是「墩」字的假借字。原話的大意是：預先作好土墩，把湖水隔斷。

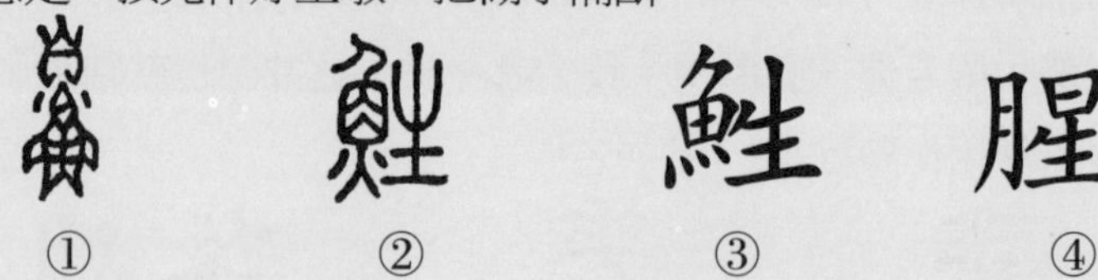

① ② ③ ④

這是「腥氣惡人」的「腥」字，本爲會意字。①是甲骨文的形體，上部是「自（鼻子）」，下部是「魚」，這就表示鼻子聞到了魚的腥氣。②是小篆的形體，成爲「從魚，生聲」的形聲字。③爲楷書形體。④爲「從月（肉），星聲」的形聲字，這也有道理，因爲「肉」有肉腥味。「腥」是後世通行的楷書字。

《說文》：「鮏（腥），魚臭也。從魚，生聲。」許說正確。「腥」字的本義是「魚的腥氣」，如《尚書．酒誥》：「腥聞在上。」這是說：酒肉的腥味熏到天上。後世則往往以「腥聞」比喻醜惡的名聲，不過這裡的「聞」字應讀作ㄨㄣˋ。《荀子．榮辱》：「鼻辨芬芳腥臊。」這裡的「腥」字也指腥氣。

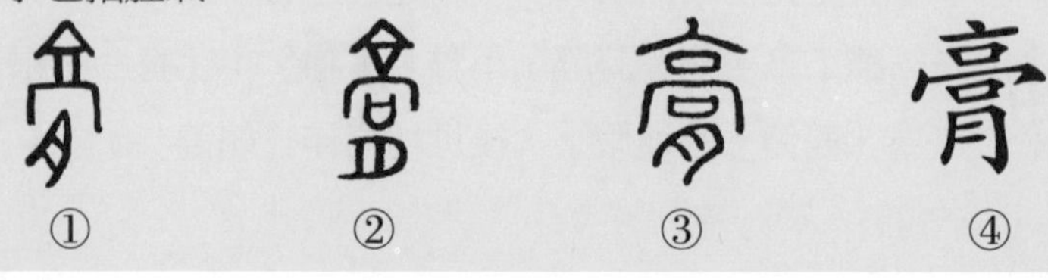

① ② ③ ④

「良田無晚歲，膏澤多豐年。」這個「膏」字本爲形聲字。①是甲骨文的形體，上從「高」省，下部爲「肉」，因爲膏脂與「肉」有關。②是古陶文的形體，其上部完全是個「高」字，下部仍從「肉」。③爲小篆的形體。④爲楷書的寫法。

《說文》：「膏，肥也。從肉，高聲。」「膏」字的本義爲「脂肪」、「油脂」，如《三國志・吳書・周瑜傳》：「實以薪草，膏油灌其中。」也就是說：用柴草塞滿，再往裡面灌上油脂。因爲油脂有滋潤作用，所以「膏」又可以引申爲「滋潤」義，如《詩經・曹風・下泉》：「芃芃（ㄆㄥˊ）黍苗，陰雨膏之。」「芃芃」爲「茂盛」意。這是說：「黍苗蓬勃生長，全靠雨露滋潤著它。不過，這裡的「膏」字應讀作ㄍㄠˋ。因爲「膏」有「肥」義，所以「膏腴」就當「肥沃」講，如《後漢書・公孫述傳》：「蜀地沃野千里，土壤膏腴。」

請注意：古書中常見「膏肓」一詞。古代醫學把心尖脂肪叫「膏」，心臟與隔膜之間叫「肓」。成語「病入膏肓」是說病勢極重，無法醫治；後世也用以比喻事態嚴重到無法挽救的地步。「肓」讀作ㄏㄨㄤ，不能與「盲」相混。

艸　部

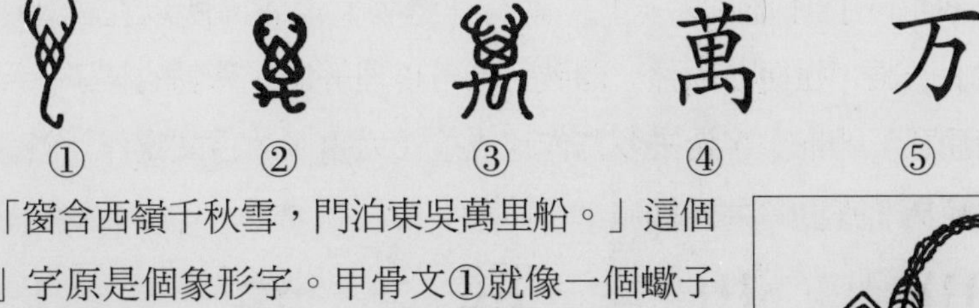

「窗含西嶺千秋雪，門泊東吳萬里船。」這個「萬」字原是個象形字。甲骨文①就像一個蠍子形，上部是兩個「鉗子」，中間是蠍的身子，下部是蠍尾。金文②基本上是甲骨文的形體。可是到了小篆③則沒有蠍子的形狀了。④是楷書的形體，是由小篆演變來的。⑤是簡化字。

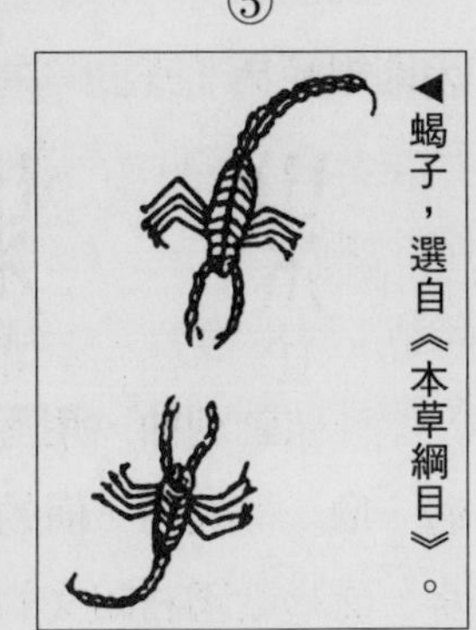
◀蝎子，選自《本草綱目》。

「萬」字的本義是」「蠍子」。可是後來被假借為數詞用，本義完全消失了。從「數目」之義又能引申為「多」，如《荀子・富國》：「古有萬國。」表示古代有很多國家之義。又可以引申為極言其「甚」之義，如今天還說「萬難不辭」、「萬不得已」等等。

「万」字並不是近代新創造的簡化字，而是古代就有這種寫法，如《六書正偽》中就寫作「万」。

請注意：「萬俟」是複姓，若讀ㄨㄢˋㄙˋ就錯了，必須讀作ㄇㄛˋㄑㄧˊ（莫其）。

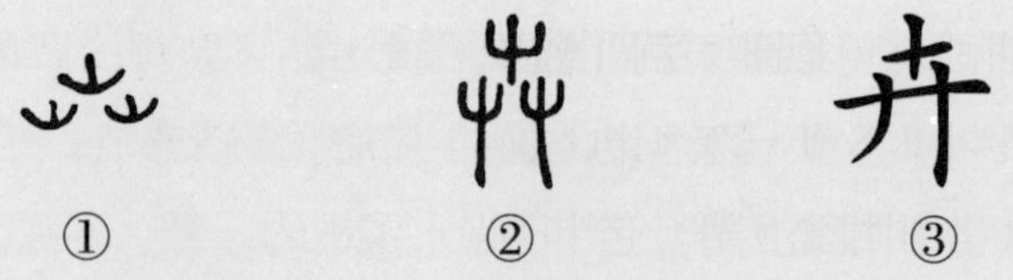

①　②　③

「我愛珠江好，駢羅雜卉多。」這個「卉」字讀作ㄏㄨㄟˋ，本為象形字。①是楚帛書的形體，像衆多花草蓬勃生長的樣子。②是小篆的形體，與帛書相類似。③為楷書的寫法，皆將曲筆改為直筆。

《說文》：「卉，草之總名也。」許說正確。如《詩經・小雅・出車》：「春日遲遲，卉木萋萋。」大意是：春季的白天漸漸長，草木蓬勃多茁壯。「花卉」一般是指花草，由此可以引申為特指「花」，如王禹〈桂陽羅君遊太湖洞庭詩序〉中所說的「奇卉怪草」，就是指「奇花異草」。再如梅堯臣〈寄題周源員外衢州萃賢亭〉：「卉萼人未識。」這裡的「卉萼」就是指花萼。

「卉」從三草，所以「卉」字也有「衆多」義，如《廣雅・釋詁》：「卉，衆也。」凡是「衆多」，就有「蓬勃」之義，所以在古籍中常見「卉然」一詞，這與「勃然」同義，均可以理解為「蓬勃的樣子」。

請注意：「卉」字過去多寫作「卉」（六畫），古文寫作「𡗝」，今天則規範為「卉」，共五畫。

①　②　③　④　⑤

「弦動別曲，葉落知秋。」這個「葉」字原為象形字。①是金文的形體，像一棵大樹，樹的上部的小點就是樹葉的形象，其下為「木」，表樹身。②是戰國石印文的形體，與金文大致相似。③是小篆的寫法，又增加表義的「草字頭」。④爲楷書繁體字，據小篆演變而來。⑤爲簡化字。

《說文》：「葉，草木之葉也。從草，枼聲。」說「葉」字的本義爲「草木之葉」是對的。說「從草，枼聲」，這是僅就小篆的形體而言。其實「葉」字本爲象形字，就是「樹葉」，如屈原《九歌・少司命》：「秋蘭兮青青，綠葉兮紫莖。」大意是：青青的秋蘭呀，綠綠的葉子紫色的花莖。

請注意：在古代「葉」與「叶（ㄒㄧㄝˊ）」是形、音、義完全不同的兩個字：樹葉，一個世紀的中葉、末葉等，「葉」字本應寫作「葉」；而「叶（ㄒㄧㄝˊ）」字是「協」的古字，爲「和洽」義，如「叶韻」、「叶句」等。後世則借「叶」代「葉」了。

「舊時王謝堂前燕，飛入尋常百姓家。」這就是「舊時」的「舊」字。甲骨文①的中間是一隻鳥，鳥的頭上是兩隻向下彎的小耳朵，鳥的下部是一個鳥巢。這個字很像鴟（貓頭鷹）毀室取子的形象。金文②和小篆③都還有點兒甲骨文的模樣。楷書④變化較大，最上部的兩個小耳朵竟變成了草字頭。到了簡化漢字時，就根據草書的形體簡化爲⑤了。後世，貓頭鷹侵鳥巢的「舊」字，被假借爲當「新舊」的「舊」字用，它的原始義也就消失了。

「舊」字從「新舊」之「舊」的詞義，又引申爲「從前」的意思，如杜甫〈散愁〉詩：「收取舊山河。」這就是收復原來山河的意思。古書上所說的「吾與汝有舊」又是什麼意思呢？這個「有舊」是「老交情」的意思，也就是說：「我和你已經是老交情了。」

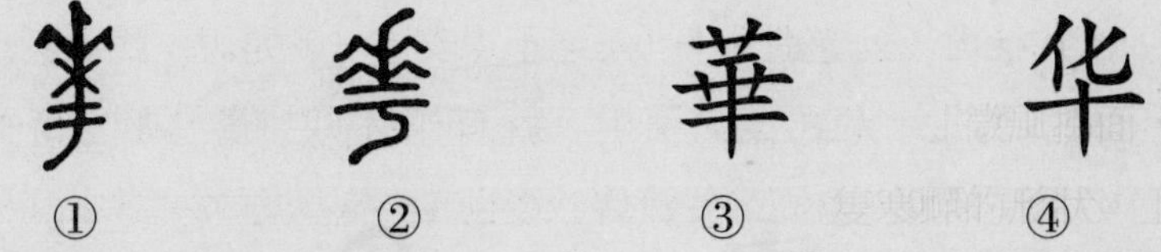

這是「春城無處不飛花」的「花」字。金文①的上部就像花的形狀，下部是花蒂。②是小篆的形體，其上仍有花形，其下爲花蒂形。③是楷書的形體，變得很複雜。④是楷書簡化字。

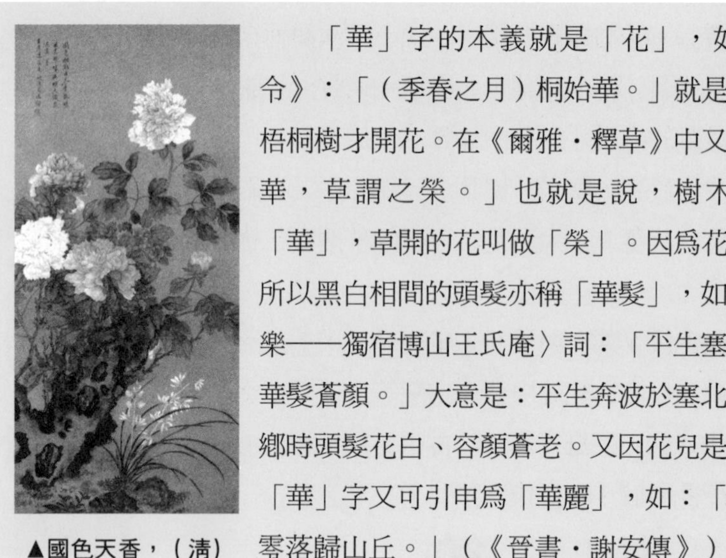

▲國色天香，（清）馬逸作。

「華」字的本義就是「花」，如《禮記・月令》：「（季春之月）桐始華。」就是說：春末季節梧桐樹才開花。在《爾雅・釋草》中又說：「木謂之華，草謂之榮。」也就是說，樹木開的花叫做「華」，草開的花叫做「榮」。因爲花有各種顏色，所以黑白相間的頭髮亦稱「華髮」，如辛棄疾〈清平樂——獨宿博山王氏庵〉詞：「平生塞北江南，歸來華髮蒼顏。」大意是：平生奔波於塞北江南，回歸故鄉時頭髮花白、容顏蒼老。又因花兒是美麗的，所以「華」字又可引申爲「華麗」，如：「生存華屋處，零落歸山丘。」（《晉書・謝安傳》）

「花」字是後起字，到了後世凡開花之「華」均寫爲「花」，而不寫「華」了。

請注意：當地名用的「華山」之「華」和當姓氏用的「華」均應讀爲ㄏㄨㄚˋ（化），若讀爲ㄏㄨㄚ（花）就不對了。

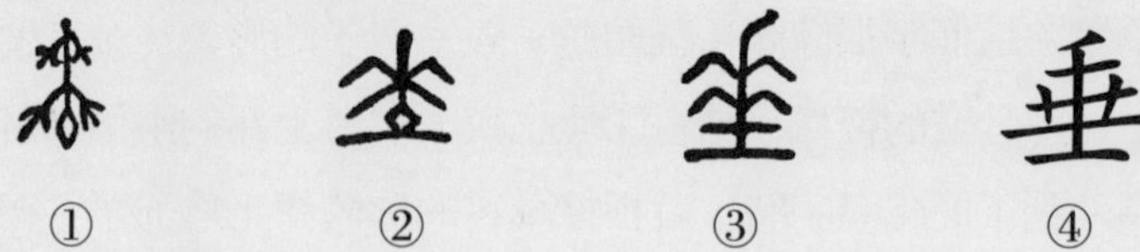

①　②　③　④

「月光疏已密，風來起復垂。」這個「垂」字本爲象形字。甲骨文①多像草木花葉下垂的形象。②是戰國印文的形體。其上仍爲草木下垂形，但下部又增一「土」形，表示草木生於土上。③是小篆的形體。④爲楷書形體，變得複雜了一些。

「垂」的本義就是「垂掛」，如柳宗元〈三戒・臨江之麋〉：「群犬垂涎。」這是說：一群狗嘴邊都掛著口水。由「垂掛」義又可以引申爲「臨近」，如杜甫〈垂老別〉：「垂老不得安。」就是說：臨近老年也不得安寧。由「臨近」義再擴大引申，就有「流傳」義，如《荀子・王霸》：「名垂乎後世。」即名聲流傳於後世。

請注意：「邊陲」之「陲」，最初也寫作「垂」，如《荀子・臣道》：「邊垂不喪。」就是說，邊境也不丟失。在這個意義上，後世均寫作「陲」。

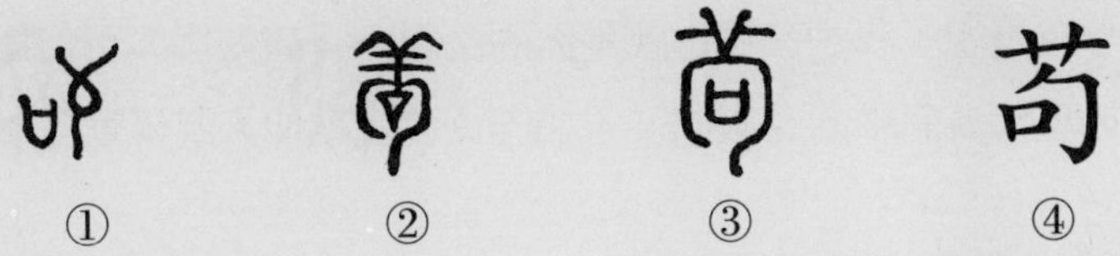

①　②　③　④

「行廉不爲苟得，道義不爲苟合。」這個「苟」字本爲會意字。①是金文的形體，其右爲「羌」，其左爲「口」。「羌」本爲牧羊人。這就表示以口吆喝驚敕羊群之意。②是《說文》中古文的形體，「口」字移入「羌」內，其義未變。③是小篆的形體。④爲楷書的寫法。

《說文》：「苟，自急敕也。」許慎講的是「苟」字的引申義，其實本義應是「驚敕羊群」。後世，「苟」字又產生了反義引申，即爲「不嚴肅」、「苟且」，如陳亮〈上孝宗皇帝第一書〉：「一日之苟安，數百年之大患也。」「苟活」即苟且偷生之意，如司馬遷〈報任少卿書〉：「僕雖怯懦欲苟活……」這是說：我雖怯懦打算苟且偷生……

「苟」字還可以作連詞用，當「如果」、「假設」講，如《商君書・更法》：「苟可以利民，不循其禮。」意思是：如果對老百姓有好處，就不遵循那舊曲禮制。《論語・里仁》：「苟志於仁矣，無惡也。」也就是說：如果立定志向去實行仁德，總是沒有壞處的。

①　②　③　④

這是《詩經》中「曾孫是若」的「若」字，本爲象形字。甲骨文①是一個面朝左而跪坐的人，舉起雙手理順頭髮。②是金文的寫法，與甲骨文極爲相似。③是小篆的寫法，訛變爲「從草右」的會意字了。④是楷書的寫法。

《說文》：「若，擇菜也。從草右。右，手也。」此說不妥。「若」本像人舉手順理頭髮之形，其本義應爲「順」，如《詩經・小雅・大田》：「曾孫是若。」這是說：曾孫就覺得順意舒服。「若」字後世多假借爲「像」、「如」義，如王勃〈杜少府之任蜀州〉：「海內存知己，天涯若比鄰。」由「如」義又可以引申爲「及」，如《國語・晉語五》：「病未若死。」這是說：病還沒有達到死的程度。

「若」字又可借爲第二人稱代詞用，如《史記・項羽本紀》：「吾翁即若翁。」這是說：我的父親也就是你的父親。「若」字又可作假設連詞用，相當於現代漢語中的「假如」，如李賀〈金銅仙人辭漢歌〉：「天若有情天亦老。」

繭　茧

①　②　③　④

這是「作繭自縛」的「繭」字，本爲會意兼形聲的字。①是《說文》中的古文形體，「從絲從見，見亦表音」。②是小篆的寫法，內部有「蟲（蠶）」有「絲」，外部像蠶結繭時的草山之形。③爲楷書繁體字。④爲簡化字。

《說文》：「繭，蠶衣也。」「繭」就是完全變態昆蟲蛹期的囊形保護物，通常由絲腺分泌的絲織成，如《禮記・月令》：「（季春之月）蠶事既登，分繭，稱絲。」因爲繭小絲細，所以「繭繭」是形容說話聲音細微，如《禮記・玉藻》：「言容繭繭。」

手腳掌因磨擦而生的硬皮，本來寫爲「趼」，可是後世一般卻用「繭」字來代替，如《戰國策・宋衛策》：「墨子聞之，百舍重繭，往見公輸般。」大意是：墨子聽說（公輸般來了），便走了很多路，腳上都磨起厚繭，去見公輸般。

草

①　②　③　④

「離離原上草，一歲一枯榮。野火燒不盡，春風吹又生。」這個「草」的古體字多形象啊！①是甲骨文的寫法，眞像春回大地、百草叢生的樣子，所以這是個象形字。②是金文（部首）的形體。小篆③也大體上像草的樣子。可是到了楷書④變成上形下聲的形聲字（「早」與「草」的讀音相近，故從「早」得聲）。「草」字的古今詞義基本相同，但有兩處值得注意：第一，古代未開墾的荒地稱草，如在《韓非子・顯學》

▲折枝花卉圖，（清）陳撰作。

中說：「耕田墾草以厚民產也。」這就是說：耕田開荒使黎民百姓增加收入。第二，當粗糙講，如司馬遷的《史記・陳丞相世家》：「以惡草具進楚使。」有人理解成「楚國的使者吃草」，這實在不近情理。實際上這個「草」字是「粗糙」義，也就是說給楚國的使者吃粗糙的飯的意思，這與「草」的本義沒有多大關係。

「艸」字是個部首字，在漢字中凡由「艸」字所組成的字大都與植物有關，如「芝」、「茴」、「荷」、「菽」、「菜」、「萱」、「莫」、「蒂」等字。

請注意，「艸」原爲四畫，大陸現在改爲三畫「卄」。

① ② ③ ④ ⑤

這是「毛遂自薦」的「薦」字，本爲會意字。①是金文的形體，中間有一「廌（ㄓˇ）」，傳說中的獨角怪獸，周圍有草，表示食草獸所吃的草叫「薦」。②是石鼓文的形體，與金文相似。③是小篆的形體，下部省掉了「草」。④是楷書的繁體字。⑤爲借體簡化字。

《說文》：「薦，獸之所食草。」如《莊子・齊物論》：「麋鹿食薦。」食草獸也常常以草爲窩，所以「薦」字又可以引申爲「草席」或「草墊」等，如劉向《九歎逢紛》注：「薦，臥席也。」上古野祭時常將祭品置於席上，所以「薦」又可以引申爲「獻」，如《左傳・襄公三十一年》：「若獲薦幣，修垣而行，君之惠也。」就是說：如果能夠獻上財禮，我們願把圍牆修好了走路，這是君主的恩惠。由「進獻」物品義可以引申爲「薦舉」人才，如《後漢書・郎顗傳》：「顗又上書薦黃瓊、李固。」這是說：郎顗又上書薦舉黃瓊和李固這兩個人。

請注意：現在是以「荐」代「薦」，但在古代卻是不同的兩個字，在「進獻」和「薦舉」的意義上只能寫「薦」，而不能寫「荐」。

① ② ③ ④

這個「莫」字是個會意字。甲骨文①的上部是草，下部也是草，中間是個太陽，其意是太陽落入草中，表示天色已晚。金文②同於甲骨文。③是小篆形體，與甲、金文字的形體結構相似，仍然是日落草中之義。楷書④發生了僞變，日下之草變成了「大」，這是爲了書寫方便。

「莫」字本義是日落的時候，如《詩經・齊風・東方未明》：「不夙則莫。」「夙」是早，「莫」是晚。這個「莫」字應當讀ㄇㄨˋ（木）。後來因爲音近的關係，「莫」字被假借爲否定詞使用，當「不要」或「沒有誰」講，所以要表示太陽下山的意義時，只好在「莫」下加上個「日」字寫作「暮」，產生了一個上聲（莫）下形（日）的新形聲字。這樣「莫」與「暮」有了明確的分工，「暮」字只表示日落的時候。

在古漢語中，「莫」字作否定詞用最爲習見，如李白說：「一夫當關，萬夫莫開。」（〈蜀道難〉）有時也當「不要」講，如「閒人莫入」。由否定詞又可以引申爲無定代詞，當「沒有什麼」或「沒有誰」講，如《荀子・天論》：「在天者莫明於日月。」就是說：在天上的東西，沒有比日月更明亮的。

至於《莊子・逍遙遊》中所說「廣莫之野」裡的「莫」字，實爲「漠」字的借字，是「廣大」之義，原意是「廣闊的田野」。

① ② ③ ④ 獲 ⑤ 穫 ⑥ 获

這是「春耕秋獲」的「獲」字。甲骨文①的上部是一隻鳥（頭朝上，嘴巴向左），下部是一隻手，表明用手抓住了一隻鳥。所以這是個會意字，是「捕獲」的意思。（甲骨文時期，「隻」與「獲」是一個字，到了後世才分開。）金文②的形體略有變化，但上部仍是一隻鳥（隹），下部是一隻手。小篆③則繁雜化了，「隻」字的左邊增加了一條「犬」，表明圍獵時有所捕獲，在鳥（隹）頭上又增加了幾條漂亮的羽冠。當然這還是個會意字。楷書④是由小篆演變過來的，筆畫沒有增減。楷書⑤則把楷書④左邊的「犭」換成了「禾」，這是古人爲了在意義上加以區別：獵獲野獸用楷書④，收穫莊稼用楷書⑤。可是到了大陸簡化漢字的時候，人們都認爲這兩個字用不著分工，索性合二爲一，都簡化成「获」字。你看簡化字⑥，在草下埋伏了兩條獵犬，更有把握地「捕獲」了。

另外，在書寫「獲」字時，有些人寫為「狱」或者寫為「菻」，這都不對，都是自造的不規範的簡化字，正確的寫法只能是「获」。

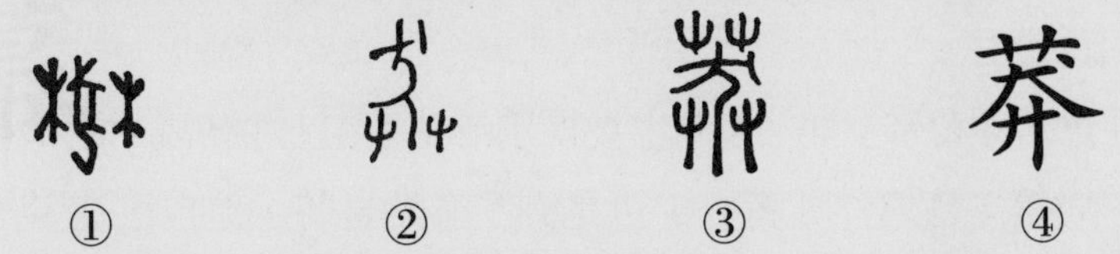
① ② ③ ④

「莽莽萬里山，孤城山谷間。」這個「莽」字本為會意字。①是甲骨文的形體，其左右為「木」，中間是頭部朝上的一條狗（犬），表示犬在林中之意。②是金文的形體，由「林」變為「草」（在上古文字中，「草」與「木」往往無別）。③是小篆的形體，在「犬」之上又增加了「草」，犬在草中。④為楷書的形體。

《說文》：「莽，南昌謂犬善逐兔草中為莽。」此說不妥。「莽」字的本義應為犬藏草中而暫（突然）出，這就可以引申為「鹵莽」、「不細緻」，如《莊子・則陽》：「昔予為禾，耕而鹵莽之。」其大意為：從前我種稻穀，耕作極不細緻。（「鹵莽」也可以寫作「魯莽」。）「莽」本為「犬藏草中」，可見草很稠密，所以「莽」又有「草叢」義，如《周易・同人》：「伏戎於莽。」也就是說：把軍隊埋伏於草叢之中。

「莽莽」一詞，一般為「無邊無際」之義。可是屈原《九章・懷沙》中的「草木莽莽」，卻為草木繁茂的意思。

① ② ③ ④

這個「黃」字是個象形字。甲骨文①像展開的一張野獸的皮，頭、腹、腿俱在。②是金文的形體，較甲骨文複雜一些。③是小篆的形體，與金文基本相同。④是楷書的寫法。

「黃」字的本義是指展開的「獸皮」，曬乾可用。這個字實際上就是鞹（ㄎㄨㄛˋ擴，去了毛的獸皮）字的初文。當有了「鞹」字以後，「黃」字就被借為代表「黃顏色」的意義了（黃、鞹古音相近），如李商隱〈行次西郊作〉詩：「旱久多黃塵。」也就是說：久日大旱，黃塵飛揚。

古代史籍中用「黃」字組成的詞很多，要細心加以區別，如「黃口」一詞多指「雛鳥」，因為幼鳥的口角都是黃色的。可是我們讀《淮南子・

汜論訓》時，會見到這樣兩句：「古之伐國，不殺黃口。」這個「黃口」是指兒童。而「黃髮」正相反，是指「老人」，因爲老人的頭髮由黑變黃、再由黃變白。

請注意：「黃帝」與「皇帝」要區別清楚：在上古傳說中的「黃帝」（如堯、舜等）應寫作「黃」；可是到了秦始皇時，他自己造了一個新字，「自王爲『皇』」。到了後世，人們均寫爲「皇」。

雚

① ② ③ ④

這是「雚（ㄍㄨㄢˋ貫）」字。甲骨文①的上部是兩隻下垂的耳朵，耳朵下是一對大眼睛，下部是一隻鳥（隹），顯然是貓頭鷹一類的猛禽的形象。爪子鋒利，雙目有神，便於夜間覓食，這就是「鳥」，後世寫爲「鸛」。金文②和小篆③與甲骨文的形體大同小異。④是楷書的寫法。

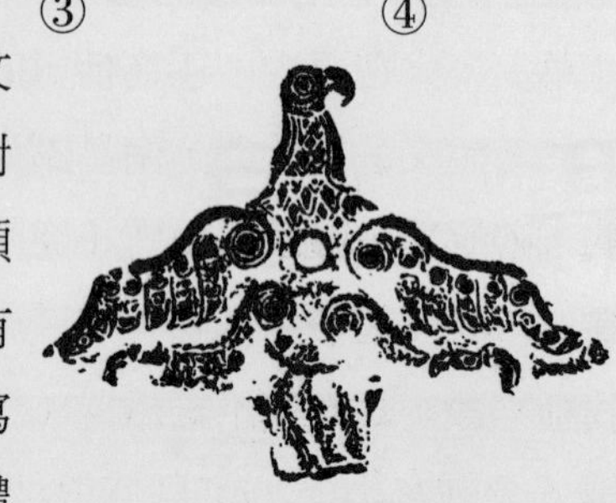

▲戰國銅器上的鷹紋。

「鳥」最突出的特點是眼睛大而明，所以「雚」字也可引申爲「看」。爲了能表示出「看」的意思來，又在右邊加上個表意的「見」字，這就產生了「觀」字，後來在大陸被簡化爲「观」。從此以後，「观」行而「觀」廢了。

另外，上古的一種藥草「芄蘭」也稱爲「雚」，一名「蘿」，河北人稱之爲「雀瓢」，其莖、葉、種子都可供藥用。

葩

① ② ③

這個「葩」字讀作ㄆㄚ，本爲象形字。①是古璽文的形體，就像一朵盛開的鮮花，上爲花瓣，下爲花萼。②是小篆的形體，又增加了「巴」，表示讀音。這就變成形聲字了。③是楷書的寫法。

◀花卉圖，（明）陳遵作。

《說文》：「葩，華（花）也。」「草木之花」

爲「葩」，如嵇康〈琴賦〉：「迫（近）而察之，若衆葩敷榮曜春風。」所謂「衆葩」，指萬紫千紅的花朵。張衡〈思玄賦〉：「百卉含葩。」這是說：百草都開了花兒。由「花」可以引申爲「華麗」、「華美」，如韓愈〈進學解〉：「《詩》正而葩。」意思是：《詩經》義正而詞美。所以舊時常把《詩經》稱爲「葩經」。古但作「葩」，六朝以後始有「花」字。

① ② ③

這個「葬」字本爲會意字。①是甲骨文的形體。左邊像死者身下的墊板之形，右邊是枯骨形，代表死人。②是小篆的形體，上下爲「草」，中間爲「死」，即屍體，「死」下的「一」像墊板，這就是「埋葬」義，可見上古時人死後放在野外，用草席覆之而已。③是楷書的寫法。

《說文》：「葬，藏也。」「葬」字的本義爲「埋葬」，如《大戴禮記・保傅》：「身死不葬。」《楚辭・漁父》：「葬於江魚之腹中。」

「葬送」，現在一般是當「斷送」解，含有毀滅的意思，可是古代則指「掩埋死者」、「出殯」等事宜，如《宋書・謝方明傳》：「數月之間，葬送並畢。」這是說：幾個月的時間，出殯、埋葬等事情全辦完了。

① ② ③ ④ ⑤

這是「嘉氣恆蔥蔥」的「蔥」字，本爲指事字。①是甲骨文的形體，「l」在「心」之上，爲心之多遽悤悤。②是金文的形體，與甲骨文相似。③是古璽文的形體，過去誤釋爲「芯」，其實應是蔥（葱）字。④是小篆的寫法，是「從草，悤聲」的形聲字。⑤爲楷書的寫法・

《說文》：「蔥，菜也。」也就是「大蔥」、「青蔥」等，如《淮南子・說山訓》：「見青蔥則拔之。」「蔥」爲青色，青色則爲茂盛之色，所以「蔥蔥」就是「茂盛」或「氣象旺盛」義，如王充《論衡・吉驗》：「見其鬱鬱蔥蔥耳。」也就是說：已見到了他那極爲旺盛的氣象。

請注意：《左傳・定公九年》疏：「兩旁開蔥，可以觀望。」這個

「蔥」字是「窗」字的假借字。原話的意思爲：兩旁都開窗戶，可以向外觀望。

幕

①　②

「風動將軍幕，天寒使者裘。」這個「幕」字，本爲形聲字。①是小篆的形體，爲「上聲（莫），下形（巾）」的形聲字。②爲楷書的寫法。

《說文》：「幕，帷在上曰幕，覆食案亦曰幕。」「幕」的本義爲「帳篷等的頂布」，如《戰國策・齊策一》：「舉袂（ㄇㄟˋ）成幕。」這是說：把衣袖舉起來可以成爲帳幕（形容人衆）。因爲帳幕可以覆蓋，所以「幕」能引申爲「覆蓋」義，如《易・井》：「勿幕。」就是說：用不著覆蓋。後世，「幕」又可當「簾幕」講，如鮑照〈擬行路難十八首之三〉：「文（紋）窗繡戶垂綺（絲織品）幕。」

請注意：《史記・匈奴傳》：「以精兵待於幕北。」這裡的「幕」是「漠」字的通假字，代「漠」字用。原話的意思是：用精兵駐紮於沙漠以北。

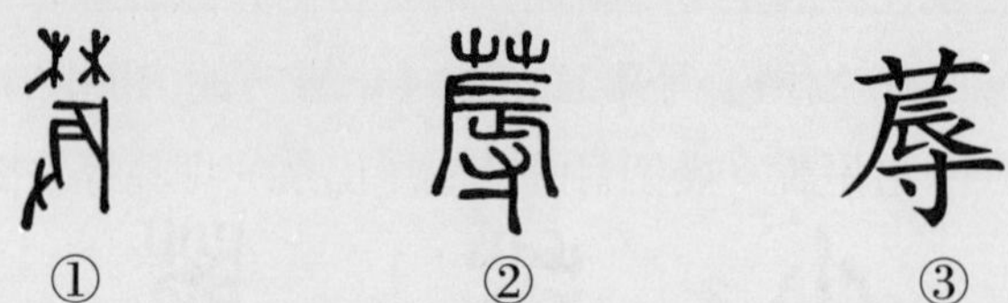

①　②　③

這個「蓐」字讀ㄖㄨˋ，本爲會意字。①是甲骨文的形體，上部是「林」（在上古，「林」與「艸」往往無別）；中間爲「辰」，是一種除草的工具；下部爲「又（手）」。這就表示手拿工具在田間除草。郭沫若認爲：「蓐、農古爲一字。」②是小篆的形體。③爲楷書的寫法。

《說文》：「蓐，陳草復生也。」其實，「蓐」字是「薅（ㄏㄠ）」字的本字，是除去田草的勞動，如《詩經・周頌・良耜》：「以薅荼蓼。」意思是：來作剷除田間荼蓼雜草之事。

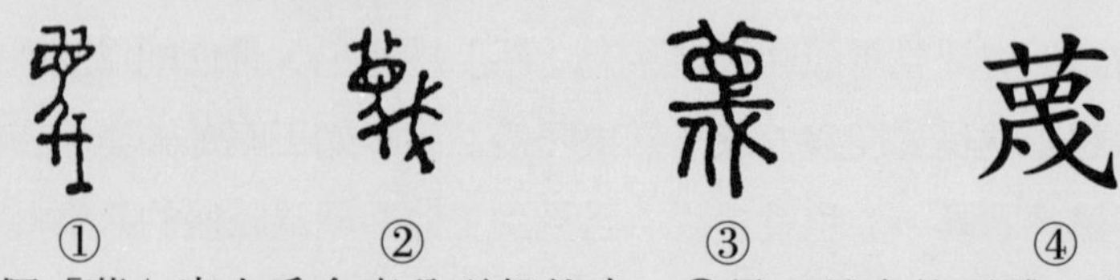

①　②　③　④

這個「蔑」字本爲會意兼形聲的字。①是甲骨文的形體。左邊爲人形，人的頭部是一隻大眼睛，眼睛上面有眉毛，這個有意突出眼眉的人形，既表意亦表聲。右下部爲「戈」，很像斫人之脛。②是金文的形體，與甲骨文相似。③是小篆的形體，訛變爲從「苜」從「戍」。④爲楷書的寫法。

《說文》：「蔑，勞目無精也。」段玉裁曰：「目勞則精光茫然，通作眛。」這不是本義。「蔑」與「伐」義相近，如《國語·周語》：「蔑殺其民人。」經傳中通作「眛」，訓爲「目不明」，如宋玉〈風賦〉：「其風中人……得目爲蔑。」由「目不明」引申爲「目不正視」、「瞧不起」，如《韓非子·外儲說左上》：「吾聞宋君無道，蔑侮長老。」「瞧不起」則爲「小看」，就可以引申爲「小」、「微小」，如揚雄《法言·子行》：「視日月而知衆星之蔑也。」也就是說：看到太陽、月亮才知道衆星的微小。由「小」義則可以引申爲「無」、「沒有」，如《左傳·僖公十年》：「臣出晉君，君納重耳，蔑不濟矣。」大意是：下臣趕走晉國國君，君王讓重耳（人名）回國即位，這就沒有不成功的了。

請注意：「蔑」下是「戍」，「茂」下是「戊」，不能相混。

网　部

買　买

①　②　③　④　⑤

這是「買賣」的「買」字。甲骨文①的上部是一架網，下部是個「貝」，所以是以網撈取貝即爲「買」。金文②大致同於甲骨文的形體，但「網」形簡化而「貝」形複雜了。③是小篆的寫法，上爲「網」下爲「貝」。楷書④是直接從小篆變來的。⑤是簡化字。

▲遠古人用來捕魚的網。

「買」字的原始義是以網「撈取

貝」的意思，是個會意字。又因爲在上古「貝」曾被用作貨幣，可以購買東西，所以這就可引申爲「購買」義，是與「賣」相對而言的。

①　②　③　④　⑤

這是「網罟入長水」的「網」字。甲骨文①的左右兩邊是插在地上的兩條木棍，中間掛的是一面網，可見我們的祖先最初是在陸地上張網捕獸的，如《鹽鐵論・刑德》：「網疏而獸失。」這就是說：網的空隙大，獸就逃跑了。後來網又用於水中捕魚，小篆②就像一面網舉目張的「魚網」。到了楷書③則變成中間加「亡」而表聲的形聲字了。這個字看不出像魚網的樣子了，後來又在左邊加了一個「糸」字旁來表示「網」是用「絲」結成的，眞是越變越繁。到最後，大陸簡化爲「网」，但這不是新造的字，而實際上是借用了古代的小篆形體，只有六畫，書寫方便。

「羅」本爲「捕鳥的網」，可是由「網」和「羅」組成「網羅」一詞之後，則往往比喻「招羅搜求」的意思，如司馬遷〈報任少卿書〉：「網羅天下放失舊聞。」也就是說：搜集天下早已散失的陳舊見聞。這裡並無什麼貶義。但是今天的「網羅」一詞多用作貶義詞，如「網羅黨羽」等。

「网」字是個部首字。在漢字中凡由「网」字所組成的字大都與「网」和網的作用有關，如「買」、「羅」、「罟」、「罾」等字。

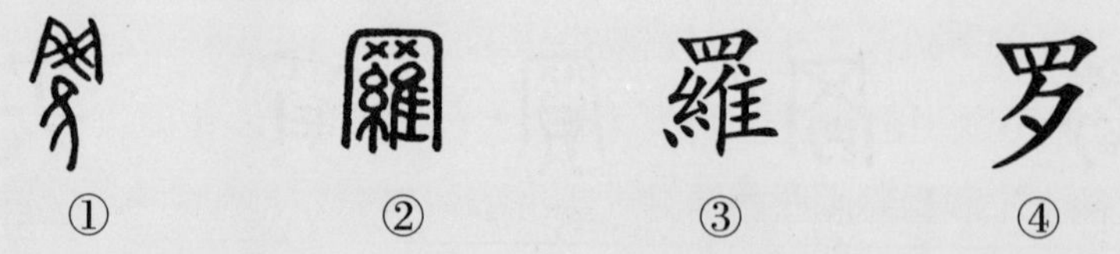

①　②　③　④

這就是「天羅地網」的「羅」字。甲骨文①的上部是個「网」，網下是一隻「鳥」，鳥被網扣住有翅難飛，可見這是個會意字。小篆②的網中除了鳥（隹）之外，還增加了「糸」（絲），這就表示網是用絲織的。楷書③是直接由小篆變來的，筆畫很繁，後來大陸就簡化爲楷書④的形體。

「羅」的本義就是捕鳥的「網」，如《韓非子・難三》：「以天下爲之羅，則雀不失矣。」「天羅地網」的成語，也就是從這裡來的。後來又引申爲「搜羅」或「招致」的意思，如韓愈〈送溫處士赴河陽軍序〉：「羅而致之幕下。」就是說：搜羅來以後，安排在幕下。後來又因「羅」

是絲織的，所以又可以指輕軟的絲織品，如張俞的〈蠶婦〉詩：「遍身羅綺者，不是養蠶人。」這個「羅綺」就是指有花紋的絲織品。我們在讀王充的《論衡・辨崇》篇時，會見到「羅麗刑罰」的話。請注意：這個「羅」字是「罹」（ㄌㄧˊ離）字的借字，是「遭受」的意思。這句話的意思是：遭受到觸犯（麗）刑律之罪。

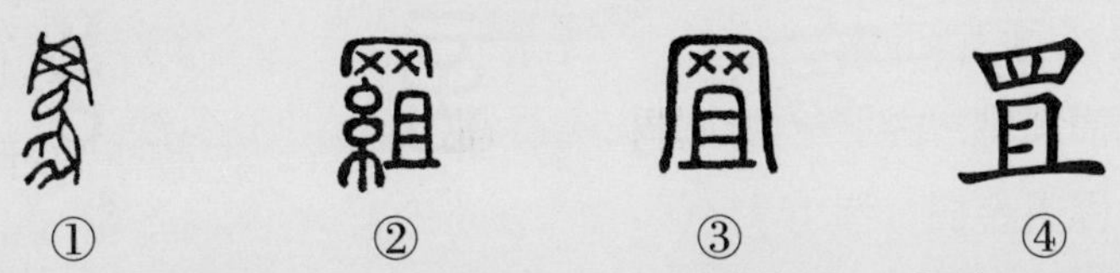

這個「罝」字讀作ㄐㄧㄝ或ㄐㄩ，本為會意字。①為甲骨文的形體，上為网，下為兔，表示以網捕兔。②是小篆的異體字。網與絲有關，增一「絲」旁；「兔」訛變為「且」，表聲。這就變成會意兼形聲的字。③是小篆的形體。④為楷書的寫法。

《說文》：「罝，兔網也。從网，且聲。」此說正確。「罝」的本義就是「兔網」，如《詩經・周南・兔罝》：「肅肅兔罝，施於中林。」「肅肅」為嚴密義。這兩句詩的大意是：嚴嚴密密張開兔網，把它設在樹林裡。

「罝」有時也泛指「捕獸的網」，如《禮記・月令》：「（季春之月）田獵罝、罘（ㄈㄨˊ）、羅、網。」「罘」也是獸網。這是說：田獵時所用的各種工具都要準備好。

這是「罹其凶害」的「罹」字，讀作ㄌㄧˊ，本為會意字。①是古陶文的形體，其上部為「网」形，下面右側為「佳（鳥）」，左側為「（心）」。這就表示鳥兒進入羅網，內心百般憂愁。②是小篆的形體，與古陶文的結構一致。③是楷書的寫法。

《說文》的正文沒有收「罹」字，後來將它收入《說文》的「新附字」中，釋為「心憂也」。這是對的，「罹」字本義為「憂愁」，如《詩經・王風・兔爰》：「我生之後，逢此百罹。」大意是：在我出生以後，遇到了這數不清的愁事。遭到不幸也可以稱「罹」，如《三國志・魏書・

武帝紀》：「河北罹袁氏之難。」這是說：河北遭遇到了袁紹的災難。

請注意：在古籍中，「罹」字在「遭遇」的意義上可以被「離」字所代替，如班固〈離騷贊序〉：「離，猶遭也；騷，憂也，明己遭憂作辭也。」可見「離騷」也就是遭到憂愁的意思。

羽　部

① ② ③ ④

這是「學習」的「習」字。甲骨文①的上部是兩根「羽毛」，代表鳥的翅膀，下部是個「太陽」，表示百鳥在日光下練習飛翔的意思。可見是個會意字。②是小篆的形體，由於「日」字與「白」字很相似，所以由「日」誤變爲「白」。楷書③由小篆沿襲而來。④是簡化體，爲了書寫方便只取了半個「羽」字爲代表。

許愼在《說文》中說：「習，數飛也。」這裡的「數」字應讀爲ㄕㄨㄛˋ（碩），是「多次」之義；「數飛」就是多次飛翔練習的意思。當你看到《禮記・月令》中「鷹乃學習」的話，不要理解爲「老鷹也學習」。這裡的「習」字，也就是多次練習飛翔的意思。「習」字從「多次」義又引申爲「習慣」，今天仍用，如「習見」就是「常見」。

左思的〈詠史〉詩有「習習籠中鳥，舉翮（ㄏㄜˊ何）觸四隅」兩句。「習習」是練飛嗎？是飛的聲音嗎？都不對。這兩句應譯爲：「飛來飛去的籠中鳥，一動翅膀就要碰到（鳥籠）每個角落。」

① ② ③

這是「羽毛」的「羽」字。甲骨文①是兩根羽毛的象形字。②是小篆的形體，還是羽毛的樣子。楷書③把小篆的曲筆變成直筆。

「羽」的本義就是禽類翅膀上的長毛。從「羽毛」又可引申爲「翅膀」的意思（在修辭上稱爲「借代」），如《詩經．豳風．七月》：「六月莎雞（昆蟲名）振羽。」所謂「振羽」就是鼓動翅膀。從「羽」代表「翅膀」再引申爲代「鳥類」，如：「奇禽異羽。」（張充，〈與王儉書〉）這個「羽」即代表「鳥」，是「奇禽異鳥」之意。

▲周代銅器上的狩獵圖案，戰車後面是長長的羽飾。

江淹〈別賦〉中有「負羽從軍」的話，這是說背上「羽毛」參軍的意思嗎？錯了。這個「羽」代表「箭」，因爲古代的箭尾上綁上雕翎，使箭在飛行時定向，故稱「雕翎箭」。由此可見，「負羽從軍」就是背負著「箭」（或武器）參軍的意思。

請注意：在古代，「羽」、「翼」、「翅」是有區別的。「羽」能當「翼」講，如「奮翼」也可說「奮羽」。但「羽毛」卻不能叫「翼毛」。「翼」與「翅」是同義詞，但有文、白之別，如果把「在天願作比翼鳥」改爲「在天願做比翅鳥」就不對了。

「羽」字是個部首字。在漢字中凡由「羽」字所組成的字大都與「羽毛」或「翅」有關，如「習」、「翎」、「翔」、「翟」、「翼」等字。

① ② ③ ④

「春城無處不飛花。」這個「飛」字的本字實爲「非」。從甲骨文①看，就像鳥向兩側伸展的一對翅膀，可見這是個象形字。戴侗的《六書故》和周伯琦的《說文字原》都認爲：上古「非、飛同字」。②是金文的形體。③是小篆的寫法。④爲篆書。看來「非」字的形體自古至今一脈相承。

《說文》：「非，違也。從飛下翅，取其相背。」許慎認爲「非」的本義是「違」，不妥。「非」的本義卻應該是「飛」，當「飛」字產生以後，後人就取「非」的「兩翅相背」的形象而賦予

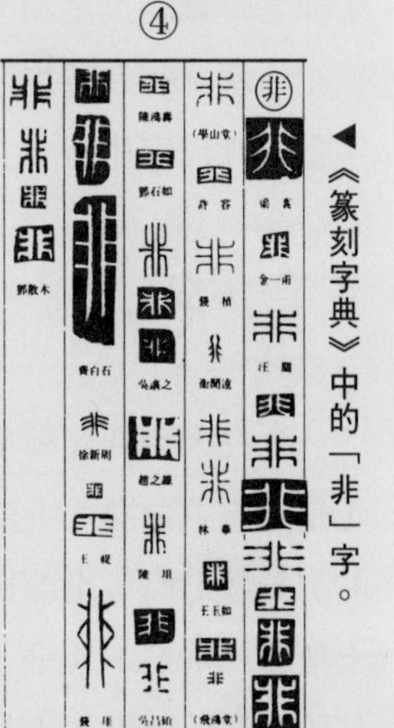

▲《篆刻字典》中的「非」字。

「違」的意義。所以《說文》所說的「違」，只能算是「非」的引申義。

「非」當「飛」講的本義早已消失。從「違背」義引申爲「不對的」、「非難」、「不是」等，均爲否定副詞。

請注意：古書中常有「非笑」一詞，但並非今天所謂的「似笑非笑」意，而實爲「譏笑」的意思，如《顏氏家訓·音辭》：「遞相非笑。」也就是互相譏笑的意思。

翟

① ② ③

這個「翟（ㄉㄧˊ敵）」字是個象形字。金文①的下部是一隻頭朝左獨趾而立的鳥，其頭部的「羽」就是一撮雞冠形的毛。②是小篆的形體，上部仍然是「羽」，下部是隹（鳥）。③是楷書的寫法。

▲戰國玉器上的鳥紋。

「翟」字的本義是「長尾巴的野雞」，讀ㄉㄧˊ（敵），如孔安國傳《書經》說：「夏翟，翟雉名。」就是說，「夏翟」是一種長尾巴野雞的名字。有人認爲「右手秉翟」（《詩經·邶風·簡兮》）是說右手提著一隻野雞，這就錯了。這裡的「翟」字是指「野雞毛」，是說古代樂舞時右手執著野雞的長尾羽毛。

「翟」字有時也通「狄」字，是指我國古代北部的一個民族。「翟」字當作姓氏字用時，必須讀爲ㄓㄞˊ（宅）。

翼

① ② ③ ④

「在天願作比翼鳥，在地願爲連理枝。」這個「翼」字本爲形聲字。①是金文的形體。上部爲「飛」，表形；下部爲「異」，表聲。②是金文的另一種形體，上部爲「非」字，像一雙翅膀的樣子。③是小篆的形體，上部爲「飛」，「飛」與「翅」有密切關係。小篆中另有一種形體，其上部訛變爲「羽」，下部爲「異」，爲楷書所本。④是楷書的寫法。

《說文》：「翼，翅也。」此說正確。「翼」字的本義就是「翅膀」，如賈誼〈鵩鳥賦〉：「舉首奮翼。」也就是說，抬頭振翅。「翼」也泛指一切「翅狀物」，如飛機的兩翼。「兩側」亦可稱爲「翼」，如《史記・廉頗藺相如列傳》：「張左右翼擊之。」

請注意：「翅」與「翼」是同義詞，均指翅膀；但「羽」與「翼」卻不是同義詞，「羽」有時也能當「翅膀」講，但其主要義是指翅膀上的「長毛」，「翼」卻沒有「長毛」的意義。

辛　部

①　②　③　④

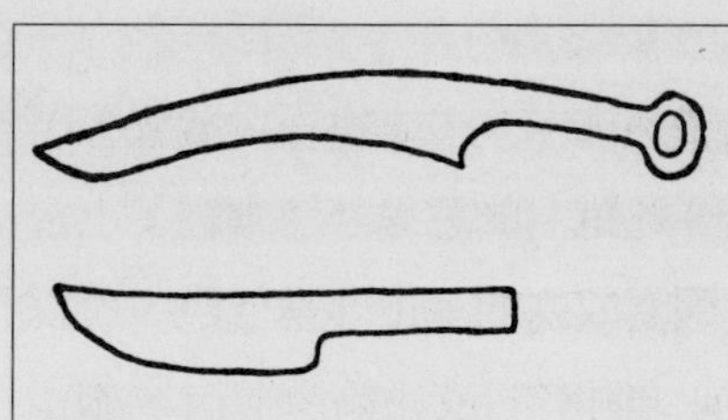

▲商代銅刀，選自周緯《中國兵器史稿》。

這個「辛」字是個象形字。甲骨文①就是一把平頭刀的樣子，上部是刀頭，下部是一個長刀把。金文②基本上同於甲骨文的形體，最上部加了一橫，表示鏟割的東西。③是小篆的寫法，其下部增添的一橫，實爲刀把的「擋手」。④是楷書的寫法。

「辛」的本義是「刀」。用刀勞動是一件辛苦的事，所以「辛苦」即成爲一個詞，如白居易〈苦熱〉詩：「農夫更辛苦。」由「辛苦」又可以引申爲「悲痛」，如李白〈中山孺子妾歌〉：「萬古共悲辛。」「悲辛」也就是「悲痛」或「悲傷」的意思。另外，由本義「辛苦」中的「苦」字又可引申爲「辣」義，如《楚辭・招魂》：「大苦鹹酸，辛甘行些。」這句話的大意是：苦、鹹、酸、辣、甜五味都用。至於天干第八位的「辛」字，那是假借字的問題，與本義毫無關係。

「辛」字與「幸」字形體相近，一不注意就會寫錯，如把「辜負」中「辜」的下面錯寫爲「幸」，把「屠宰」中「宰」的下面也錯寫成「幸」

等等。

「辛」字是個部首字。在漢字中凡由「辛」字所組成的字大都與「苦勞」或「辛辣」有關，如「宰」、「妾」、「童」、「辣」等字。

①　②　③　④

「啼時驚妾夢，不得到遼西。」這個「妾」字是個象形字。甲骨文①的下部跪著一個面朝左的女人，其頭頂上是一把平頭鏟刀之形。郭沫若先生說：「黥刑亦無法表現於簡單之字形中，故借施黥刑之刑具……以表現之。」也就是說：上古人把捉來的戰俘當奴隸使用，要在他們頭上刺字，此爲黥（ㄑㄧㄥˊ情）刑。但這種刑罰又不好表示，這就只好借刑具（刺字用的刀）放在人的頭上而表現之。由此可見，代表奴隸的字如「童」字等其上部就是「刑刀」之形。金文②和小篆③也都是由甲骨文演變而來，其下部都是「女」，只是其上部的刑刀之形不太像了。④是楷書的寫法，其上部由「辛」僞變爲「立」。

「妾」字本爲「女奴隸」，如：「臣妾逋逃。」（《書經・費誓》）這裡的「臣」是指男奴隸，「逋逃」就是「逃跑」的意思。《書經》上這句話的原意是：男奴隸和女奴隸逃跑了。因女奴隸的地位非常低賤，所以引申爲舊社會男人的小妻爲「妾」（也稱「側室」或「偏房」），如：「毋以妾爲妻。」（《穀梁傳・僖公九年》）也就是說：不要把小老婆當成妻。因妾被視爲下賤之人，所以「妾」字又可以作舊社會婦女自稱的謙詞，如：「君家何處住，妾住在橫塘。」（崔顥，〈長干行〉）這裡的「妾」字就是女子自謙之稱。

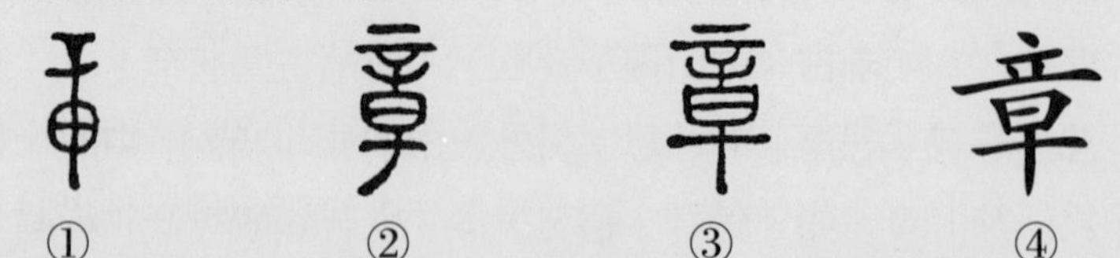

①　②　③　④

「鐵肩擔道義，妙手著文章。」這個「章」字本爲會意字。①是金文的形體，從「辛」從「曰」。林義光認爲：「辛（刑刀），罪也，以㊀束之，法以約束有罪也。」這就是說：「章」字的本義當爲「法」。②是石鼓文的寫法，訛爲「從音從十」。③是小篆的形體。④爲楷書的寫法。

《說文》：「章，樂竟爲一章。從音從十。十，數之終也。」許愼認爲「章」字的本義爲「樂章」，不妥。「章」字的本義應爲「規章」、「法」，如《三國志・蜀書・諸葛亮傳》：「不能訓章明法。」也就是說：不能申明規章法令。《漢書・高帝紀下》：「張蒼定章程。」這裡的「章程」是指各種制度，當然也有「規章」之意。「樂章」是引申義，如《史記・呂后本紀》：「王乃爲歌詩四章，令樂人歌之。」《禮記・曲禮下》：「讀樂章。」歌曲的一段即爲一章。

請注意：在先秦、兩漢時期，「章」與「彰」字在「表彰」、「顯著」的意義上可以通用；漢以後就有所區別，彰明、表彰等均應寫作「彰」，而不能寫作「章」。

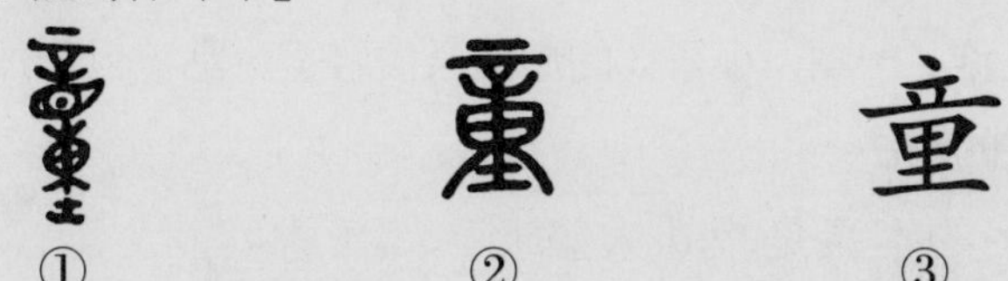

①　②　③

「松下問童子，言師採藥去。」這個「童」字比較複雜。金文①的上部是「辛」（刑刀），當中是「目」，下部是「東」（表示「童」讀若「東」），意思是：用刑刀刺瞎奴隸的一隻眼睛，所以「童」字在上古就代表「奴隸」。②是小篆的形體，中間省略了「目」，其下增加了「土」字。③是楷書的寫法，其上部由「辛」僞變爲「立」。

「童」字的本義就是「奴隸」，如：「喪其童僕。」（《易經・旅》）後世所說的「書童」、「琴童」等，都是指奴僕之類的人。這個意義後來多寫作「僮」，如《史記・貨殖列傳》：「富至童千人。」大意是：富的人家竟養奴僕達到千人之多。

古代犯了罪的人往往是要剃掉頭髮的，故有「削髮爲奴」之言。草木就好像是山的頭髮，所以山無草木也可以稱爲「童」，如《荀子・王制》：「故山林不童而百姓有餘材也。」就是說：所以山林不被砍光而老百姓有多餘的木材呀。那麼韓愈〈進學解〉中「頭童」的「童」字是什麼意思呢？那是從「山無草木」爲「童」而引申爲「頭頂無髮」爲「童」，所以「頭童」就是「頭禿」之意。

請注意：「童子」一般是指未成年的人。可是《漢書・項籍傳贊》中所說的「項羽又重童子」，這裡的「童子」是什麼意思呢？這個「童」實爲

「瞳」，也就是說：項羽不是凡人，他一個眼睛有兩個黑眼球（瞳人）。

言　部

① ② ③ ④

這是「鸚鵡前頭不敢言」的「言」字。甲骨文①的上部是簫管之類樂器的吹嘴子，其下的「口」就表示用嘴巴吹。②是金文的形體，其上部的吹嘴子稍微複雜了一點。小篆③的形體又複雜了一點，但仍然是金文的變體。④是楷書的寫法。

「言」字的本義是指「大簫」，如《爾雅》：「大簫謂之『言』。」但後來「言」字的這個本義消失，就當「說」講了，如成語「知無不言，言無不盡」中的「言」字，都是「說」的意思。由「說」又可以引申為「議論」，如《商君書・更法》：「拘禮之人不足與言事。」就是說：拘泥於舊的典章制度的人，是不足以與他議事的。由「議論」這個動詞又可以引申為名詞「言論」，如《商君書・君臣》：「言不中法者，不聽也。」意思是：言論凡是不符合法的，則不聽。言語總是與寫字有關係，所以「言」字也可以當「字」講，如五個字一句的詩叫「五言詩」，七個字一句的詩叫「七言詩」。一句話也可以稱為「一言」，如《論語・為政》：「詩三百，一言以蔽之，曰『思無邪』。」大意是：《詩經》三百篇，用一句話來概括它，就是「作者的思想完全是純正的」。成語「一言為定」中的「言」也是當一句話講。另外，「言」字在上古還可以當動詞的詞頭用，如：「言歸於好。」（《左傳・僖公九年》）這句話就是「歸於好」的意思，「言」字僅是動詞「歸」的詞頭，沒有實在意。

▲戰國銅器上的吹簫手。

「言」字是個部首字。在漢字中凡是與說話有關的字多從「言」，如

「話」、「語」、「議」、「論」、「說」、「評」、「諷」等等。

①　②　③　④　⑤

這個「訊」字是個會意字。甲骨文①左邊是「口」；中間是「人」，面朝左而跪；右邊是「絲」，爲繩索形。這就表示捉來的俘虜受審訊。②是金文的寫法，中間不像「人」了。③是小篆的形體，變成左形右聲的形聲字了。④是楷書形體。⑤爲簡化字。

吳大《說文古籀補》：「訊……執敵而訊之也。」可見「訊」字的本義是「審問」。而《說文》認爲「訊」的本義是「問也」。其實「問」只是「訊」字的引申義，如《三國志・吳書・呂蒙傳》：「私相參訊，咸知家門無恙。」也就是說：私下互相詢問，都知道家中平安無事。從「問」又可以引申爲「音信」，如陸機〈贈馮文羆〉：「良訊代兼金。」所謂「兼金」就是指好金子。這句話的意思是，好的音信簡直可以與好金子相比。至於《漢書・揚雄傳上》所提到的「猋駭雲訊」中的「訊」，那是「迅」字的假借字，是說白雲迅速飛過的意思。

請注意：「訊」與「汛」的形、義不同，不能相混。

①　②　③　④

這個「許」字是個左形（言）右聲（午）的形聲字。金文①左邊的「午」是聲符（上古「許」與「午」音近），右邊的「言」是義符（表示說話）。②是小篆的形體，「言」字放在「午」字的左邊，與金文中的位置完全相反。③是楷書的寫法，是由小篆直接演變而來。④是楷書簡化字。

「許」字的本義是「答應」，如《左傳・僖公五年》：「許晉使。」也就是說：答應了晉國的使者。由「答應」之義又可以引申爲「贊許」，如《三國志・蜀志・諸葛亮傳》：「時人莫之許也。」意思是：當時的人沒有不贊許他的。由「贊許」之義又可以引申爲「期望」，如陸游〈書憤〉詩：「塞上長城空自許，鏡中衰鬢已先斑。」自己徒然期望能成爲衛國之良將，對鏡一看卻是白髮泛霜鬢了。因「許」字有「期望」義，而

「期望」就不一定能夠實現，所以由「期望」又可以引申爲「大概」，或表示「大約的數量」，如：「潭中魚可百許頭。」（柳宗元，〈至小丘西小石潭記〉）意思是：潭中的魚大約有百餘條。

陶潛的〈五柳先生傳〉有這樣一句話：「先生不知何許人也？」這個「許」字當「地方」或「處所」講。就是說：先生不知是什麼地方的人？凡這種情況，在「許」字之前總要冠以疑問代詞「何」或「惡」等。

請注意：「許許」連用，是指勞動時共同出力的呼聲，如《詩經・小雅・伐木》：「伐木許許。」不過，這裡的「許」字必須讀ㄏㄨˇㄏㄨˇ（虎虎）。

設　设

①　②　③　④

杜甫詩：「惟天有設險，劍門天下壯。」這個「設」字本爲會意字。①是甲骨文的形體。左邊的「言」是說話，右邊的「殳」爲敲擊用的兵器，這是表示：作戰得勝或田獵獲物，就要陳列祭品進行祭祀，祭祀時要有祝禱之詞。②是小篆的形體。③是楷書繁體字。④爲簡化字。

《說文》：「設，施陳也。」這是對的。「設」字的本義就是「陳設」、「設置」，如甲骨卜辭中有「設六人」，也就是說：陳列六人作爲祭祀的祭品。再如《戰國策・秦策一》：「張樂設飲，郊迎三十里。」由「陳設」又可以引申爲「籌劃」，如孔穎達疏《尚書・禹貢》：「禹必身行九州，規謀設法。」

「設」字還可以由動詞轉化爲假設連詞，是「假如」、「如果」的意思，如《史記・灌夫傳》：「設百歲後，是屬寧有可信者乎？」大意是：假如死後，這些人難道有可以信賴的嗎？

請注意：「設備」一詞，古今含義不同。古代的「設備」是「設防」義，如《左傳・僖公二十二年》：「公卑邾，不設備而禦之。」這是說：僖公輕視邾人，不設防抵禦他。

諾　诺

①　②　③　④

「諾諾復爾爾。」這個「諾」字本爲會意兼形聲的字。①是金文的形體，左邊爲「口」，右邊爲「若」。「若」有「順」義，答應亦有「順從」意；所以「若」字表義兼聲，「諾」是「答應」義。②是小篆的形體，將「口」換爲「言」，其義不變。③爲楷書的寫法。④爲簡化字。

《說文》：「諾，應也。從言，若聲。」許愼認爲「諾」字的本義爲「答應」，正確；但認爲「諾」是單純的形聲字，則不妥。「諾」實爲會意兼形聲的字，本義是「答應」，如《老子》：「夫輕諾必寡信。」也就是說：那種輕易答應別人的人，一定是很少講信用的人。「諾」又可以引申爲「答應聲」，如《戰國策・趙策四》：「太后曰：『諾，恣君之所使之。』」大意是：趙太后說：是！聽憑您去安排他吧。

「諾諾」連用，就是連聲答應，如古樂府〈孔雀東南飛〉：「媒人下床去，諾諾復爾爾。」

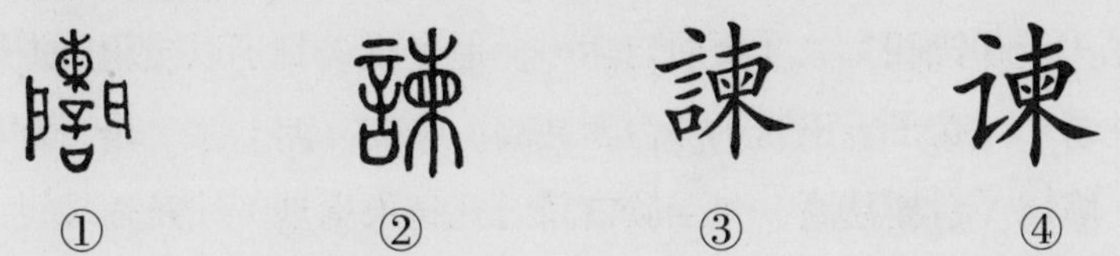

①　②　③　④

「往者不可諫，來者猶可追。」這個「諫」字本爲會意兼形聲的字。①是金文的形體，「從言從門從柬，柬亦表聲」，表示開門以納諫。②是小篆的形體，把「門」省掉了，又變上下結構爲左右結構。③是楷書繁體字。④爲簡化字。

《說文》：「諫，證也。」這裡的「證」並非「驗證」義，而是「勸說」義，也正是「諫」字的本義，如《戰國策・趙策四》：「大臣強諫。」所謂「強諫」，也就是竭力規勸的意思。又如《周禮・地官・保氏》：「保氏掌諫王惡。」這是說：保氏主管規勸君主改正錯誤之事。「諫書」，是臣子向君王進諫的奏章，如岑參〈佐郡思舊遊〉：「諫書人莫窺。」

古籍中有「諫果」一詞，這是橄欖的別名。《本草綱目・果部三》引王禎的話，說橄欖果初嘗時「其味苦澀，久之方回甘味」。以此比擬諫言初聽時逆耳，可是細加思索以後則是金玉良言，所以人們也就把橄欖果稱爲「諫果」了。

①　②　③　④

這個「感謝」的「謝」字，本爲象形字。①是甲骨文的形體，左邊是兩隻手，右邊是一張席子之形。商承祚先生認爲這是上古的「賜席之禮」，所以「從兩手持席」。②是小篆的形體，訛變爲「從言，射聲」的形聲字。③是楷書繁體字。④爲簡化字。

《說文》：「謝，辭去也。從言，射聲。」「謝」字的本義爲「辭謝」，如《史記・呂太后本紀》：「欲徙王趙，代王謝。」這是說：打算把代國的國王遷到趙國去做王，代王辭謝。又可引申爲「辭別」，如李白〈留別金陵崔侍御〉：「揮手謝公卿。」由「辭別」義可以引申爲「凋落」，如杜牧〈留贈〉：「薔薇花謝即歸來。」「謝」還有「道歉」義，如《戰國策・趙策四》：「至而自謝。」這是說：到了以後親自道歉。

請注意：《荀子・王霸》「台謝甚高」中的「謝」字，是「榭」字的通假字，實爲「台榭甚高」。至於古詩〈孔雀東南飛〉「多謝後世人」中的「謝」，則爲「告訴」義。

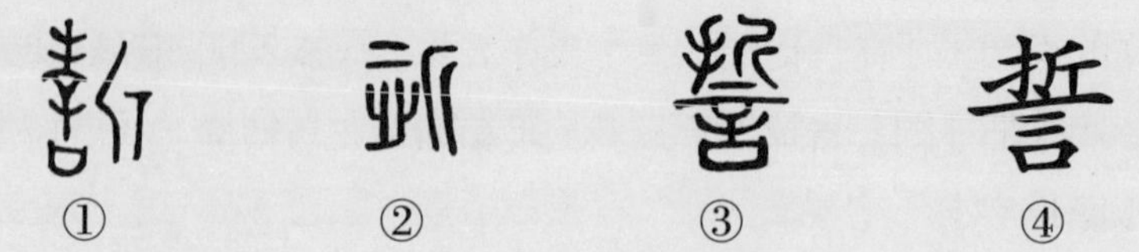

①　②　③　④

這是「誓死不二」的「誓」字，本爲形聲字。①是金文的形體，爲「從言，折聲」的形聲字。②是古陶文的形體，左邊是「二」、「心」，右邊是「斤（斧子）」。吳大說：「誓無二心，故從斤。」也就是以斧頭砍去二心爲「誓」（立誓只能一心）。③是小篆的形體，與金文相類似。④是楷書的寫法。

《說文》：「誓，約束也。」其實，「誓」字的本義是古代「告誡將士的言辭」，如《周禮・秋官・士師》：「（五戒）一曰誓，用之於軍旅。」再如商湯討伐夏桀時告誡將士的言辭就稱爲〈湯誓〉。告誡之辭絕不能動搖，而盟約、諾言也不能變動，因此這就可以引申爲「盟約」、「諾言」義，如曹植〈武帝誄〉：「張陳背誓。」也就是說：張耳、陳餘背叛了盟約。後又可以引申爲「發誓」、「立誓」，如《三國志・吳書・

吳主傳》：「必先盟誓。」

請注意：古籍中常見「誓墓」一詞，如《晉書・王羲之傳》：「遂稱病去郡，於父母墓前自誓。」這是說王羲之辭官之意。後世，人們也就稱歸隱、誓不作官爲「誓墓」。

① ② ③ ④

這個「讎（ㄔㄡˊ仇）」字很有意思。金文①是面對面的兩隻鳥（隹），中間是個「言」字，表示「雙鳥對言」，可見這是個會意字。②是小篆的形體，是由金文直接演變而來。③是楷書的寫法。④是簡化字。

「讎」字的本義是「應答」之義，如《詩經・大雅・抑》：「無言不讎。」由「應答」之義又可以引申爲「應驗」，如《史記・封禪書》：「其方盡，多不讎。」也就是說：他的方術全用完了，但是多不應驗。凡是「應答」就要有「雙方」，凡是「雙方」就有可能是「同等」，所以又可以引申爲「同等」義，如：「皆讎有功。」（《漢書・霍光傳》）這句話的意思是：都同等有功。

正因爲「讎」字有「雙方」之義，而「雙方」就要有一種關係，其中當然也包括敵我關係，所以又可以引申爲「仇敵」或「仇人」，如《尚書・微子》：「小民方興，相爲敵仇。」這就是說：奴隸和平民正在起來，和奴隸主作敵仇。請注意：「讎」字也可以寫成「讐」，今天都寫作「仇」。而「仇」字在古代則主要當「同伴」或「配偶」講，應當讀如ㄑㄧㄡˊ（求）。

龜　部

① ② ③ ④ ⑤

這個「烏龜」的「龜」字，是個象形字。甲骨文①的上部是烏龜的頭，朝左的是烏龜的兩隻腳，朝右的是烏龜背。這是龜的側視圖。金文②

▲商周禮器上的龜神紋。

是龜的上視圖，更像烏龜的形象，上部是頭，中間是圓形背，左右兩側是烏龜的四隻腳，最下部是一條小尾巴。小篆③是從甲骨文演變過來的，也是烏龜的側視圖。楷書④是從小篆變來的，兩者極爲相似，筆畫繁多，書寫不便。⑤是簡化字。

「龜」字的本義就是「烏龜」，如《史記・龜策列傳》：「江傍（旁）家人常畜龜。」意思是：住在江旁的人家經常養烏龜。在古代人們常在印章的上部刻作龜形，所以「龜紐」、「龜綬」就是「印章」的代稱。現代人對烏龜是沒有好感的，可是古代則不然，人們特別崇拜龜，主要因爲龜的壽命長，有的可活千年以上，所以用「龜年」作名字的人很多，如崔龜年、趙龜年等。

「龜」字是個多音多義字：作「烏龜」用時讀作ㄍㄨㄟ（歸），可是當讀爲ㄐㄩㄣ（軍）時，那是指「皮膚凍裂」，如范成大〈次韻李子永雪中長句〉詩：「手龜筆退不可捉。」這是說：手的皮膚凍裂，連筆都拿不住了。這個意義後來多寫作「皸」（ㄐㄩㄣ軍）。另外，漢代西域的國名叫「龜茲」，應當讀作ㄑㄧㄡ ㄘˊ（丘詞）。

「龜」字是個部首字。在漢字中凡由「龜」字所組成的字大都與龜屬有關。

這個「黽」字讀作ㄇㄥˇ，本爲象形字。①是甲骨文的形體，很像一隻青蛙。②是戰國文字的形體，已看不出蛙形了。③是小篆的寫法。④爲楷書繁體字。⑤爲簡化字。

《說文》：「黽，蛙黽也。」實際上「黽」是蛙的一種，如《爾雅・釋魚》：「在水者黽。」又如《國語・越語下》：「蛙黽之與同渚。」「渚」是水中的小洲。這是說：各種青蛙都在同一個小洲上。請注意：古籍中的「黽勉」

▲仰韶文化中的蛙紋。

一詞，爲「勤勉」、「努力」之義，這裏的「黽」應讀作ㄇㄧㄣˇ，如《詩經・邶風・谷風》：「黽勉同心，不宜有怒。」大意爲：勤勉自重同心相愛，以怒對我實在不應該。又地名「黽隘」（即冥隘）是古代的軍事要地，即今河南信陽西南平靖關。這裡的「黽」應讀作ㄇㄥˊ。

皀部

①　②　③

這是個「皀（ㄅㄧ逼）」字，是個象形字。甲骨文①的下部是食器之形（或高腳盤），其上裝滿了食品，左右兩點表示就要外溢。小篆②則發生了僞變，變成上形（白）下聲（匕）的形聲字了。③是楷書的寫法，是由小篆直接演變而來的。

「皀」字的本義就是表示裝滿食品的「食器」，如《說文解字・部》說：「皀，穀子馨香也。」《集韻》也說：「皀，穀香也。」五穀與食品當然都是香的。

「皀」字是個部首字。在漢字中凡由「皀」字所組成的字大都與馨香、就食、享受有關，如：「即」、「卿」、「既」等字。

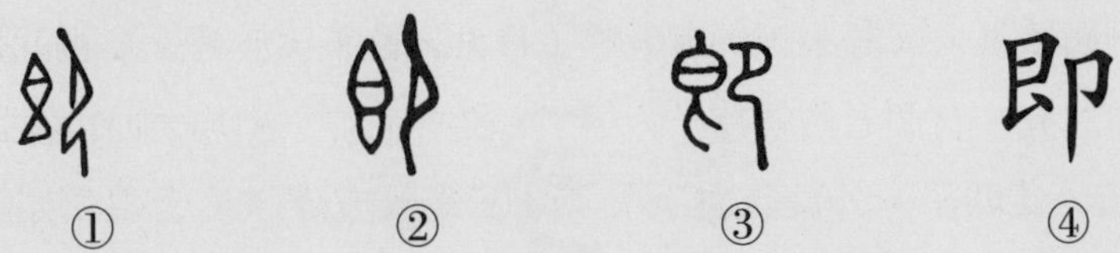

①　②　③　④

這是個「即」字。從甲骨文①看，左邊是一件食器，上面盛滿了美味食品，右邊是跪坐著一個「人」，好像在美美地飽餐。金文②的左邊有所簡化，不過還能看出裝食品的樣子，右邊的「人」則變爲半立形。小篆③發生了僞變，經過這一番美化，看不出人進食的樣子了。楷書④有點像小篆的形體，同樣看不出人就食的形象了。

「即」的本義是「人就食」。要就食就必須走近食物，所以又引申爲「走近」、「靠近」，如柳宗元〈童區寄傳〉：「以縛即爐火燒絕之。」

就是說：把捆在（區寄）手上的繩子靠近爐火而燒斷它。我們現在所說的「若即若離」、「可望而不可即」，其中的「即」都是「靠近」的意思。後又引申爲副詞，當「馬上」、「立刻」講，如《三國志・蜀書・諸葛亮傳》：「即遣兵三萬以助備。」就是馬上派三萬兵幫助劉備的意思。那麼《史記・高祖本紀》：「蕭相國即死，令誰代之？」這當中的「即」字又該怎樣理解呢？這是特殊的用法，當假設連詞「如果」、「倘若」講。原話的意思是：蕭相國倘若死了，（再讓）誰接替他呢？

既

① ② ③ ④

這是「既」字。甲骨文①的右邊是一個高腳的食器，其中尖尖的部分表示裝滿了食品，左邊是一個背向食品而跪坐的人，張著個大嘴巴，表示已經吃飽了。金文②的食器部分有點變形，右邊是半站著的人，面部仍然朝向背後，張著口，表示吃飽了。小篆③則僞變得更厲害，左邊的食器和右邊的人都不像了，但是文字的形體卻更爲突出。楷書④則類似小篆的形體，左邊的形體是「食」字的中間部分，還是表示吃東西。

▲商代青銅食器。

「既」字的本義是「吃完了」，由這個本義即引申爲「盡」、「完」義，如孫樵《書褒城驛壁》：「語未既，有老甿（ㄇㄤˊ忙）笑於旁。」也就是說：話還沒有說完，有個老農就在一旁笑了。從「完」又引申爲時間副詞「已經」，如〈韓非子・外儲說左下〉：「三軍既成陳，使士視死如歸。」即：三軍已經擺成陣，使戰士們視死如歸。後又引申爲連詞，常組成「既…又……」、「既…且……」的格式。

這個「卿」字是個會意字。甲骨文①的兩邊是面對面坐著的兩個「人」，中間放著一個食器，食器中裝滿了食品，兩人正在享用。金文②

基本上是這個形象。小篆③中間的食器變得走了樣，而兩邊的「人」也都站起來，看不出吃東西的意味了。楷書④變錯了，完全看不出「對食」的模樣了。

「卿」的本義就是「兩人對食」，實際上也就是「饗」的本字。後來因為「卿」字被借為官名用（位在「公」之下，「大夫」之上），當「對食」用的「卿」字就被「饗」字所代替了。這個「饗」字也就是用酒食款待人的意思。這個字，現在簡化為「飨」，有時也與「享」字通用。

古代對其他諸侯國來本國作官的人稱作「客卿」，如《史記‧李斯列傳》：「秦王拜斯為客卿。」就是說：秦王拜李斯為客卿。「卿」字也是一種愛稱，如古詩〈為焦仲卿妻作〉中的「我自不驅卿」的「卿」，是焦仲卿對其妻表示親熱的稱呼。

後來秦篆又造出一個「鄉」字來代表「鄉村」，因意與市鎮有關，所以左右兩邊都從「邑」。這個「鄉」字後來簡化為「乡」。請注意：「卿」字與「鄉」字的形體相類似，但細加分析，它們的左中右三部分都不同：「卿」字的左中右三部分是「㇆」、「艮」、「卩」，而「鄉」字的左中右三部分是「乡」、「皀」、「阝」。不能相混。

角部

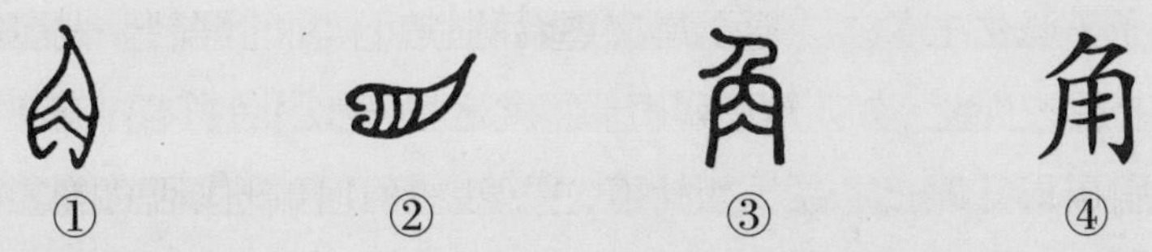

①　②　③　④

這是牛羊角的「角」字。甲骨文①和金文②的樣子像割下來的一隻牛角。③是小篆的形體。④為楷書的寫法。

「角」的本義就是指「牛角」與「羊角」，後來又擴大為「鹿角」、「犀角」等。牛羊之類的「角」是護身的一種武器，所以引申為「比武」叫做「角力」，如《禮記‧月令》：「天子乃命將帥講武……角力。」這個「角力」就是指「比武」。至於《三國志‧吳志》中的「今當角力中原」中的「角力」，是以武力戰勝的意思。原話的意思是：現在必須以武力奪取中原。

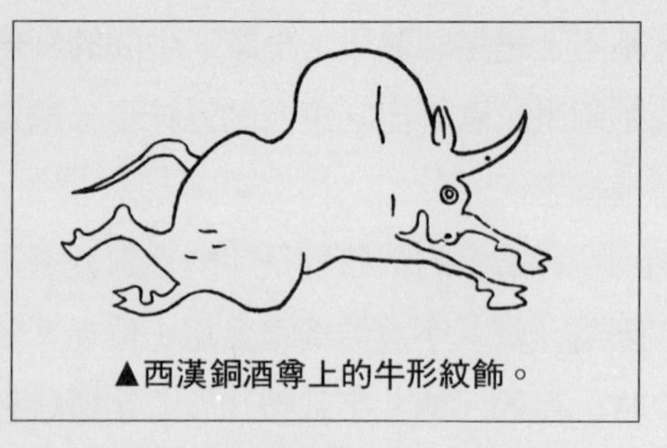
▲西漢銅酒尊上的牛形紋飾。

另外，「角」在上古也曾當過量器，所以後來也就用「角」作為計量單位，如《水滸傳》第十一回：「先取兩角酒來。」這個「兩角酒」，相當於現在所說的「兩杯酒」。後來又從計量單位引申為貨幣的單位，如十分為「一角」，「十角」為一元。

「角」字是個部首字。在漢字中凡由角字所組成的字大都與「角類」或「量器」有關，如「斛」、「觚」、「觴」、「解」等字。

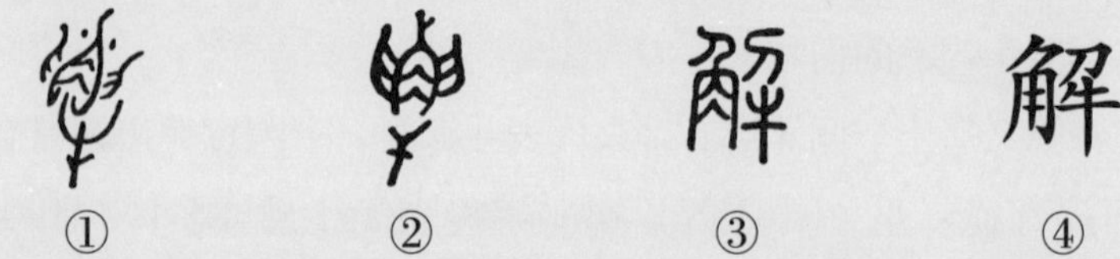
① ② ③ ④

這是個「解剖」的「解」字。從甲骨文①的形體看，中間是一隻大牛角，兩邊是兩隻手，角的下面是一個牛頭，是用雙手把牛角掰下來的意思，在掰的過程中還有血濺出，見於「角」上端的兩「點兒」。金文②的形體與甲骨文基本相同，只是變得簡單了一些。③是小篆的寫法，比甲骨文簡化了，並且將手變為「刀」了，也正如許慎說的，以「刀判牛角」就是「解」。④是楷書的形體。

「解」的本義就是「判牛角」（割牛角）或將東西「剖開」的意思，如《莊子・養生主》：「庖丁為文惠君解牛。」從「解剖」引申為「解開」、「脫去」義，如「解甲歸田」，就是脫去戰服回到本村去。從「解開」又引申為「停止」義，如杜甫〈八哀〉詩：「戰伐何當解？」就是說：戰爭到什麼時候才能停止呢？

「解手」一詞有時當「小便」講，如《京本通俗小說・錯斬崔寧》：「敘了些寒溫，魏生起身去解手。」那麼秦觀所說的「不堪春解手」，是指什麼意思呢？原來，這裡的「解」字當「分」講，「解手」就是「分手」。原話的意思是說：「在美好的春光中分手是很傷心的。」

另外，「解」字也是個多音多義詞：表示「押送」之意的「押解」應讀為ㄐㄧㄝˋ（介）；作為「姓氏」用時，則應讀為ㄒㄧㄝˋ（械）。至於《詩經・大雅・烝民》中的「夙夜匪解」的「解」，實爲「懈」字的借字。原話的意思是：「早晨晚上都不鬆懈。」

① ② ③ ④

這是「一觸即潰」的「觸」字，本爲形聲字。①是金文的形體。左邊爲「角」，表形；右邊爲「蜀」，表聲。②是小篆的形體，與金文相似。③是楷書繁體字。④爲簡化字。

《說文》：「觸，抵也。」許愼的說法正確。「觸」字的本義爲「用角抵」，如《淮南子・兵略訓》：「有角者觸。」由「抵」義可以引申爲「碰撞」，如《韓非子・五蠹》：「兔走觸株，折頸而死。」這是說：兔子奔跑時碰撞到樹樁上，脖子折斷而死去。由「碰撞」可以引申爲「觸犯」、「冒犯」，如《三國志・魏書・魏顗傳》：「觸忌諱。」也就是說：冒犯了所忌諱的事情。《漢書・食貨志下》：「民搖手觸禁。」大意是：老百姓稍有舉動就要觸犯禁令。

身部

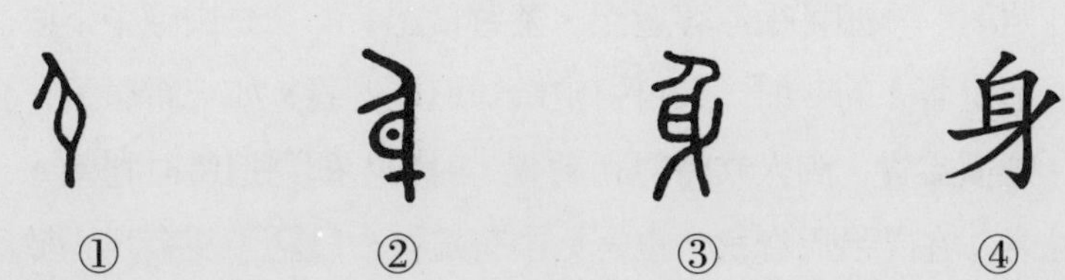

杜甫在〈秦州雜詩〉中有「俯仰悲身世」的名句。這個「身世」的「身」字頗有些講究。甲骨文①是面朝左的一個人，手臂向左下方伸展，中間的橢圓形就是「身子」。所以「身」字是個象形字。金文②就更像了，肚子挺起來，中間還有一個點兒，這是個指事符號，表示身子在這裡。下部一條橫線，是一條腿翹起來的意思。③是小篆的形體，基本上與金文相同，下部的兩條腿更淸楚了。④是楷書的寫法，上部根本看不出身子的形象，只是下部的兩條腿好似邁步前進。

「身」字的本義是指人或動物的軀體。由軀體引申爲「身體」，如

《荀子·非相》：「身長七尺。」由「身體」又可引申爲「自己」，如《韓非子·五蠹》：「兔不復得，而身爲宋國笑。」這是說：沒有再得到兔子，而自己被宋國所笑。從「自己」又能引申爲「我」，如《三國志·蜀書·張飛傳》：「身是張翼德也。」即「我就是張翼德」。《史記》、《漢書》中有「身（ㄩㄢˊ元）毒」一詞，那是我國古代對印度的稱呼。

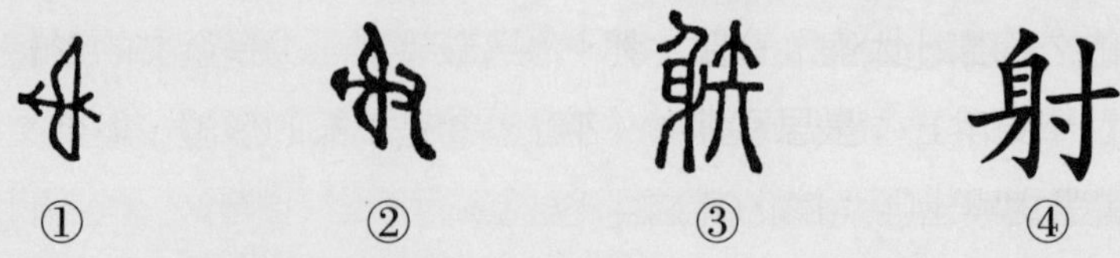

這是「只識彎弓射大鵰」的「射」字，本爲象形字。①是甲骨文的形體，箭在弦上，表示射箭。②是金文的形體，在弓箭之後又增加一隻手，表示用手射。③是小篆的寫法，將「弓」訛變爲「身」。④爲楷書的寫法，又將右邊的「矢」訛變爲「寸」。

《說文》：「射，弓弩發於身而中於遠也。」「射」的本義爲「射箭」，如《北齊書·斛律光傳》：「光引弓射之，正中其頸。」大意是：斛律光拉弓射大鳥，（箭）正中在大鳥的脖子上。

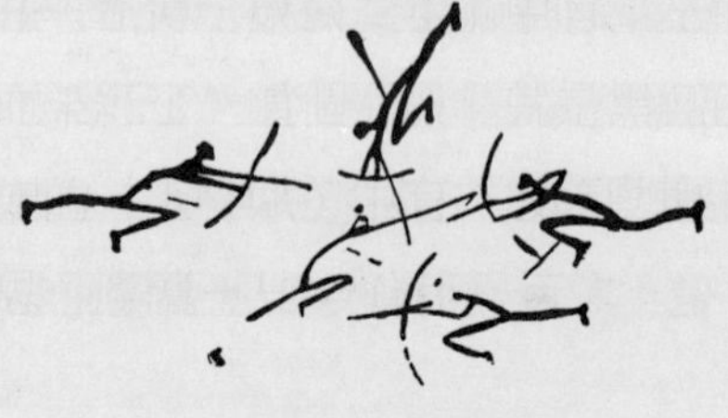

▲古代岩畫上的攻戰場面。

晁錯〈言兵事疏〉：「且馳且射。」這是說：邊跑邊射箭。由此可以引申爲光的「照射」，如《徐霞客遊記·楚遊日記》：「光由隙中下射，宛如鉤月。」箭追著「的」射，又可引申爲「追逐」義，如《新唐書·食貨志四》：「鹽價益貴，商人乘時射利。」「射利」即爲追逐財利義。

請注意：在《呂氏春秋·重言》中有這樣一段話：「有鳥止於南方之阜，三年不動，不飛，不鳴，是何鳥也？王射之。」這裡的「射」並非用箭射，而是「猜度」的意思。「射」字還有另外兩個讀音：①讀ㄧㄝˋ，如《荀子·勸學》：「西方有木焉，各曰射幹。」②讀ㄧˋ，如《漢書·百官公卿表》：「僕射，秦官。」這是說：「僕射」是秦朝所設的官。

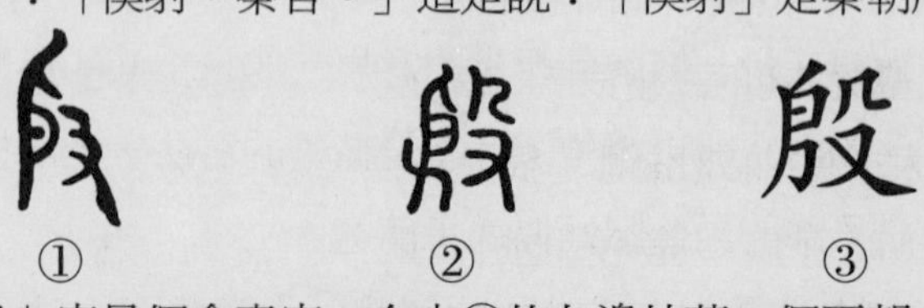

這個「般」字是個會意字。金文①的左邊站著一個面朝右而挺腹的人

（實爲「身」字），右邊是一隻右手拿著一根針往人的身上刺，這是表示醫治之意。小篆②左邊的人身之下又增加了一條腿，右邊已發生了僞變，看不出手執針之形了。③是楷書的寫法，是由小篆直接演變而來。

「殷」字的本義是「治理」。由「治理」引申爲「正定」之義，如《書經・堯典》：「以殷仲春。」也就是說：以正定仲春之節氣的意思。「殷」還有「盛大」之義，如：「五年而再殷祭。」（《公羊傳・文公二年》）其意思是：五年後舉行第二次大祭。由「盛大」又可以引申爲「衆多」之義，如：「士與女殷其盈矣。」（《詩經・鄭風・溱洧》）意思是：男男女女實在多得很。

請注意：以前的「慇懃」兩字，下面都有「心」字，後來大陸廢除異體字時，只保留「殷勤」的形體。

在《左傳・成公二年》中有「左輪朱殷」的話。就是說：戰車的左輪都被血染紅了。這個「殷」就是黑紅色，必須讀作ㄧㄢ（煙）。再者，司馬相如的〈上林賦〉中有「殷天動地」的話。這裡的「殷」字是「震動」的意思，應讀ㄧㄣˇ（引）。

辵部

① ② ③ ④ ⑤

這是個「辵（ㄔㄨㄛˋ輟）」字。甲骨文①和金文②都作一個字的部首用，沒有單獨用過。其左上是「彳」，右下是「止」，合起來是表示「走」或「跑」的意思。③是小篆的寫法。④是楷書的寫法。⑤是楷書在作部首用時的寫法。

「辵」字的本義是「走」或「跑」及運動。這是個部首字，凡是由「辵」所組成的字，大都與行動有關，如「逐」、「追」、「過」、「進」等等。

請注意：在舊《辭源》以及《康熙字典》等老的字典詞典的部首中，

只有「辵」而沒有「辶」，所以要檢查從「辶」的字，只能到「辵」部中找。

① ② ③ ④

「行香暫出天橋上，巡禮常過禁殿中。」這個「巡」字本爲會意兼形聲的字。①是甲骨文的形體。左邊爲「彳」，表示「走動」義；右邊爲「川」，「川」爲「水」；故水的流動爲「巡」。同時，「川」與「巡」讀音相近，所以也是「從川得聲」。②是戰國璽印文的形體，「川」下增「止（足）」，仍爲「行動」義。③是小篆的形體。④爲楷書的形體。

《說文》：「巡，延行貌。從辵，川聲。」說「巡」字的本義爲「延行」，基本正確，但認爲它是個單純的形聲字則不妥，實爲會意兼形聲的字。由「延行」義可以引申爲「巡視」，如《左傳・襄公三十一年》：「僕人巡宮。」《史記・秦始皇本紀》：「三十有七年，親巡天下。」所謂「親巡」就是「親自巡視」之意。

請注意：《禮記・祭義》「終始相巡」中的「巡」字不是「巡視」，而是「互相銜接」的意思。這是說：末了與開頭是互相銜接的。實際上，這裡的「巡」是「沿」的通假字，不讀ㄒㄩㄣˊ，而必須讀作ㄧㄢ。

① ② ③ ④

「沉舟側畔千帆過，病樹前頭萬木春。」這個「過」字本爲形聲字。①是金文的形體，其上像枯骨的「骨」形，在此只表音；其下是「止（腳）」，表意，要經過、走過就要用腳。②是小篆的形體，聲符稍有變化，形符改爲「走之」旁。③是楷書繁體字。④爲簡化字。

《說文》：「過，度也。」用「度」解「過」的本義是對的，如《韓非子・外儲說左上》：「乘白馬而過關。」由本義「度」又可以引申爲「過去」，如杜甫〈阻雨不得歸瀼西甘林〉：「三伏適已過。」這是說：三伏天恰好已經過去了。過了「正」，就是「誤」，所以「過」又可以引申爲「錯誤」義，如〈商君書・開塞〉：「過有厚薄。」大意是：過錯有大有小。至於《史記・魏公子列傳》中所說的「願枉車騎過之」的「過」，那是「探望」的意思。這句話是說：請讓車騎拐個彎，我去探望一下。

請注意：古書中的「過差」，不是「過錯」的意思，而是說「過度」了，如嵇康〈與山巨源絕交書〉：「惟飲酒過差耳。」大意是：只是酒喝多了而已。

「邁邁時運，穆穆良朝。」這個「邁」字，本為會意兼形聲的字。①是金文的形體，右邊是「萬」，即子；左邊為「彳」，表示行動。這就表示子爬行的意思。②是小篆的形體，由「彳」變成了「辵」，仍為「行動」義。③是楷書繁體字。④為簡化字。

《說文》：「邁，遠行也。」「邁」字的本義是「行」，如《詩經・王風・黍離》：「行邁靡靡，中心搖搖。」「靡靡」為「慢慢」義。大意是：徐徐地向前走啊，內心恍惚不安。由「行」可以引申為「超過」，如《三國志・魏書・高堂隆傳》：「三王可邁，五帝可越。」時間的推移亦有「行」義，所以「邁」又可以引申為「時光消逝」，如《詩經・唐風・蟋蟀》：「今我不樂，日月其邁。」大意是：現在我若不及時行樂，歲月就要無情地消逝。由「時光消逝」可以引申為「年老」，如《後漢書・皇甫規傳》：「年齒之不邁。」這是說：年齡還不算老。

這是「明月何時照我還」的「還」字，本為形聲字。甲骨文①的左邊從「彳」，表示行動，右邊為「睘」，表聲。②是金文的形體，中間增加環狀物。③是小篆的形體，與金文相類似。④是楷書繁體字。⑤是簡化字。

《說文》：「還，復也。」這是說，「還」字的本義是「返回來」，這是對的，如陶潛〈歸去來兮辭〉：「鳥倦飛而知還。」這是說：鳥兒飛疲勞了也還知道再飛回來。李白〈蜀道難〉：「問君西遊何時還。」又可以引申爲「歸還」、「交還」，如《三國志・吳書・吳主傳》：「當奉還土地民人。」「還」又可以假借爲「環」，如《漢書・食貨志上》：「還廬樹桑。」也就是說：環繞房舍植上桑樹。《莊子・庚桑楚》：「尋常之溝，巨魚無所還其身。」這裡的「還」是「旋」的通假字，應讀作ㄒㄩㄢˊ，是「旋轉」義。原話的大意是：一般的水溝中，大魚沒有地方旋轉牠的身體。

這是「前進」的「進」。甲骨文①的上部是「隹」（鳥），其下是一隻腳根朝下、腳趾朝上的人腳（止），這就是能飛善走謂之「進」。金文②的中間也是一隻飛鳥，下部是一隻人腳（止），這還嫌不夠，左邊又增加了一個表示行動的符號「彳」，就更能表明前進的意思了。所以「進」字是一個會意字。③是小篆的形體，「隹」（鳥）的部分基本上沒有變，「彳」與「止」合而爲「辵」。④是楷書的寫法。⑤是簡化字。

「進」字的本義就是「前進」，與「後退」義相反，如：「勇者不得獨進，怯者不得獨退。」（《孫子兵法・軍爭》）後來又引申爲到朝廷上去也稱「進」，如：「進則曲主，退則慮私。」（《商君書・農戰》）這兩句話的意思是：進朝廷則曲意討好君主，退朝居家則專謀私利。由上面的引申義還可以引申爲「推薦」義，如《國語・晉語九》：「獻能而進賢。」所謂「進賢」也是推薦賢人的意思。

我們讀《史記・高祖本紀》時，會見到這樣的話：「蕭何爲主吏，主進。」這裡的「進」字是「賮（ㄐㄧㄣˋ盡）」的假借字，當「贈送」講。原話的意思是：蕭何作主吏官，主管贈送的路費和禮物。

「進取」一詞古今都用，一般是指「上進」，即努力向前、力圖有所作爲的意思，如《三國志・魏志・武帝紀》中所說的「進取之士」，就是指有作爲的人。但《三國演義》第八十四回中所說的「以圖進取」，是指「進攻」。

① ② ③

這是「述而不作」的「述」字，本爲會意字。①是金文的形體。右上部是一隻大手，其四周的小點兒表示探深洞穴所滴的水點（本是「探」字右下部的「㴱」，用手探）；其左部和下部組成「辶」，表示移動。所以這個「述」字就表示用手遵循著一定規律向前移動的意思。②是小篆的形體，近似於金文。③是楷書的寫法。

《說文》：「述，循也。」這個本義講得正確，如《後漢書・順烈梁皇后紀》：「述遵先世。」也就是遵循先世的意思。說話也要按一定的次序說，這就引申出「陳述」或「記述」的意義，如范仲淹〈岳陽樓記〉：「前人之述備矣。」也就是說：前人所記述的已經很完備了。

現在所說的「敍述」，就是把事情的前後經過，按照一定的順序記載下來或說出來。可見，這裡面的「述」字仍保留其「循」的本義。

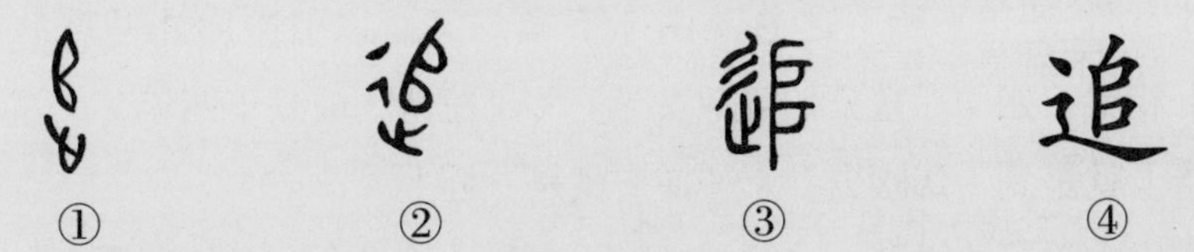

① ② ③ ④

「往者不可諫，來者猶可追。」這個「追」字本爲會意兼形聲字。①是甲骨文的形體，上部爲「弓」形，下部爲「止（足）」，表示持弓追趕的意思。②是金文的形體，「弓」下的「止」變爲「辵」，仍爲追逐之意。③是小篆的形體。④爲楷書寫法。

《說文》：「追，逐也。」許愼的說法正確。「追」字的本義就是「追逐」（「追」本指「追人」，「逐」本指「逐獸」，兩者原有區別，後來混而不分了），如《史記・田單列傳》：「齊人追亡逐北。」「亡」、「北」，指戰敗時的逃兵。這句話的大意是：齊國的軍隊追擊逃亡的敵人。由「追逐」義可以引申爲「追究」、「回溯」，如《左傳・成公十三年》：「以追念前勳。」後來，還可以引申爲「補救」，如陶潛〈歸去來兮辭〉：「悟已往之不諫，知來者之可追。」這是說：我明白了已經過去的事是不能再糾正了，可是我也懂得未來的事還是可以補救的。

請注意：「追琢」即「雕琢」義，如元稹〈華原磬〉：「草原軟石易追琢。」但這裡的「追」字若讀爲ㄓㄨㄟ那就錯了，而必須讀作ㄉㄨㄟ。

①　②　③　④

這是「逆水行舟」的「逆」字，是個象形字。甲骨文①是一個腳朝上，頭朝下的「人」。金文②更像一個倒人之形。小篆③則發生了僞變，在倒人的腰部變爲一橫。④是楷書的形體，反而變得繁雜化了，由原來的倒人之形的象形字變成了上聲（屰，亦兼義）下形（辶）的形聲字了（加上「辶」表示「動」義）。

「逆」字的本義是「倒」，與「順」相對，如「逆風」、「逆水」等。由「倒」又可以引申爲「不順」或「違背」，如：「恐不任我意，逆以煎我懷。」（〈孔雀東南飛〉）也就是說：恐怕不由我的心願，不順我意，使我胸懷憂煎。再如《史記・留侯世家》：「忠言逆耳利於行」中的「逆」，也是「不順」之義。由「不順」又可以引申爲「迎著」，與「送」相對，如：「宣公如齊逆女。」（《左傳・成公十四年》）這裡的「如齊」就是到「齊國去」；「逆」就是「迎」。

古書中常有「逆命」一詞，一般說來是「接受命令」的意思，如《儀禮・聘禮》：「衆介皆逆命，不辭。」也就是說：衆戰士都接受了命令而並不推辭。至於「慶封惟逆命」（《左傳・昭公四年》）的「逆命」，是不服從命令的意思。到底是「接受」還是「不服從」，這要依上下文的意思來判斷。

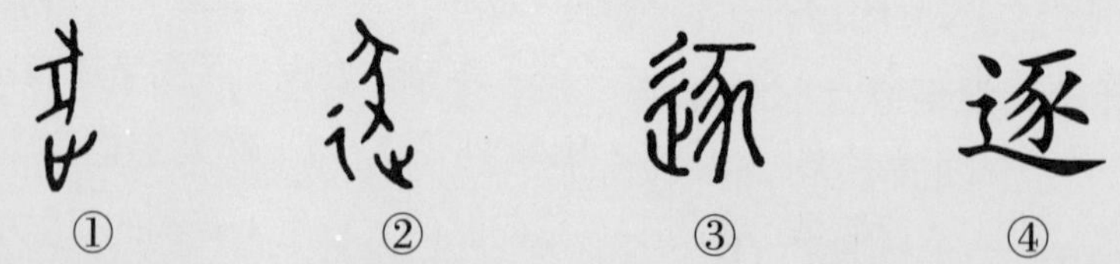

①　②　③　④

「把酒酹滔滔，心潮逐浪高！」這個「逐」字是個會意字。甲骨文①的上部是一頭豬（豕），下部是一隻腳趾頭朝上的腳（止），意思是跑著追趕一頭野豬就叫「逐」。金文②是由甲骨文演變而來的，豬（豕）與腳（止）都在，只是左邊又增加一個表示行動的符號「彳」，反而繁雜化了。小篆③則把「彳」與「止」變成「辵」，就是「走之旁」。④是楷書的形體。

▲狩獵圖，漢畫像磚，河南南陽出土。

「逐」字的本義是「追逐」，如《商君書・定分》：「一兔走，百人逐之……」大意是：一隻兔子狂奔，一百人追逐，由「追逐」義又可引申爲「隨」，如：「逐水草移徙。」（《漢書・匈奴傳》）這就是說：隨著水草而搬家。由「隨」義又可以引申爲「挨著次序」，如「逐條說明」、「逐一檢點」。

另外，「文公逐衛侯而立叔武。」（《公羊傳・僖公二十八年》）這裡的「逐」字是「驅逐」的意思。原話是說：文公驅逐衛侯而立了叔武。有「驅逐」就有「反驅逐」，因此「逐」字又能引申爲「競爭」義，如《韓非子・五蠹》：「中世逐於智謀，當今爭於氣力。」所謂「逐於智謀」，也就是在智謀方面競爭的意思。

請注意：「逐」與「遂」的形體相似，「遂」字的上部多兩個點兒，若不注意會寫錯。

① ② ③ 造 ④

「造化鍾神秀，陰陽割昏曉。」這個「造」字本爲會意兼形聲的字。①是金文的形體，外爲房屋之形，內部的左邊爲「舟」，本爲在房內造舟之意，右邊的「告」表讀音。②是《說文》中古文的形體，其外部的房屋之形去掉了，變成一個「從舟，告聲」的單純形聲字了。③是小篆的形體，由「舟」訛變爲「辵」。④爲楷書的寫法。

《說文》：「造，就也。」「造」字的本義應爲「造舟」，如《爾雅・釋水》：「天子造舟。」又可引申爲「製造」，如《詩經・鄭風・緇衣》：「緇衣之好兮，敝予又改造兮。」「緇衣」即黑色衣服。詩句的大意爲：你的黑衣非常好啊，破了我另去做新的啊。由「製造」可以引申爲「成就」，如《詩經・大雅・思齊》：「小子有造。」意思是：小子們也有成就。

在古代，當「造」字讀作ㄘㄠˋ時，那就是「往」、「到」的意思，如《周禮・地官・司門》：「四方之賓客造焉。」《戰國策・宋策》：「造大國之城下。」成語有「登峰造極」。

請注意：「造」可作「曹」字的通假字，表示「訴訟的雙方」，如《尚書・呂刑》：「兩造具備。」這是說：訴訟的雙方都到齊了。

① ② ③ ④

這個「逢凶化吉」的「逢」字，本爲會意兼形聲的字。①是甲骨文的形體，上部是腳趾朝下的一隻腳（倒「止」），左下角的「彳」表示行動，右下角的「豐」表示行進遇到之物，亦表聲。②是石鼓文的形體，其左邊爲「辵」。③是小篆的形體。④爲楷書形體。

《說文》：「逢，遇也。」「逢」字的本義爲「遇見」、「遭遇」，如《詩經・王風・兔爰》：「我生之後，逢此百凶。」大意是：在我出生之後，遇到了百難臨頭。李白《古風・二十四》：「路逢鬥雞者。」由「遇見」義又可以引申爲「迎接」等義。

「逢迎」，現在多用爲貶義，如阿諛逢迎。但是古代也有「接待」、「迎接」之義，是中性詞，如《史記・刺客列傳》：「太子逢迎。」王維〈與盧象集朱家〉：「主人能愛客，終日有逢迎。」

請注意：「逢逢」連用應讀作ㄆㄥˊㄆㄥˊ，是「蓬蓬」、「彭彭」的通假字，如《墨子・耕柱》：「逢逢白雲。」是說白雲很厚的意思。

① ② ③

這個「逮」字的本字「隸（ㄉㄞˇ ㄞ）」，原是個會意字。金文①是上下直豎的一條大尾巴，上部是一隻右手，意思是用手捉住了一條大尾巴，這就叫「逮住了」。②是小篆的形體，手指已經捉住了尾巴。因爲要逮住就需要追趕，所以楷書③又加了一個「辶」表示行動。

「逮」字的本義就是「逮捕」或「捉拿」，如：「詔獄逮徙繫長安。」（《史記・文帝本紀》）大意是：下詔書命令獄吏捉拿後押送長安拘禁起來。要「捉拿」就必須追得上，所以「逮」又引申爲「及」（或「到達」）的意思，如：「逮夜至於齊。」（《左傳・哀公六年》）也就是說：及夜到達了齊國。

「逮」字當「捉住了」講，若讀爲ㄉㄞˋ（代）就不對了，而必須讀爲ㄉㄞˇ（歹）。若「逮逮」當「棣棣」（雍容嫻雅的樣子）用時，又必須讀爲ㄉㄧˋ（帝）。

① ②

這是「逼其就範」的「逼」字，是個形聲字。①是小篆的形體。左爲形，表意；右爲，表音。②是楷書的形體。

《說文》：「逼，近也。從辵，畐聲。」「逼」字的本義爲「靠近」、「逼近」，如李嘉祐〈常州韋郎中泛舟見餞〉：「逼岸隨芳草。」陳子昂〈度峽口山〉：「逼之無異色。」以上兩個例句中的「逼」字均爲「靠近」義。由「靠近」又可以引申爲「逼迫」、「強迫」義，如古樂府〈孔雀東南飛〉：「自誓不嫁，其家逼之。」「逼」字還可以由「靠近」義而引申爲「狹窄」義，如《荀子・賦篇》：「入郤（裂縫）穴而不逼者。」《淮南子・兵略訓》：「入小而不逼。」以上兩個例句中的「不逼」，均爲「不狹窄」義。

① ② ③

這是「任重道遠」的「道」字，本爲會意字。①是金文的形體，其兩側是個「行」字，「行」字原表示十字路口；在這十字路口的內部有個「人」（上「首」下「止」）。這就表示人在道路上行走。②是小篆的形體，變爲從「首」從「辵」，其實，也正是金文的省變。③爲楷書的形體。

《說文》：「道，所行道也。」「道」字的本義爲「路」，如《史記・項羽本紀》：「從此道至吾軍，不過二十里耳。」《史記・陳涉世家》：「會天大雨，道不通。」由「路」可以引申爲「規律」，如《荀子・天論》：「循道而不貳。」也就是說：遵循事物的發展規律而不背離。由「規律」可以引申爲「途徑」、「方法」，如《商君書・更法》：「治世不一道，便國不必法古。」這是說：治世不只是一條途徑，有利於國家不一定要去學習古代。治國有方，有主張，所以「道」又能引申爲「主張」、「學說」等，如《孟子・滕文公上》：「從許子之道……」這是說：根據許子的主張……。「道」也可作「導」字的通假字，讀作ㄉㄠˇ，如《左傳・襄公三十年》：「不如小決使道。」意思是：不如決一個小口，把河水疏導出去。

① 　② 　③

「避其銳氣，擊其惰歸。」這個「避」字本爲會意兼形聲的字。①是甲骨文的形體，左邊爲「彳」，中間爲「人」，右邊是一把「刑刀」，這就表示罪人逃避刑罰之意。其形體結構爲「從彳從辟，辟亦聲」。②是小篆的形體，將「彳」換成了「走之」，其意義不變。③爲楷書的形體。

《說文》：「避，回也。」「避」字的本義應爲「躲開」、「逃避」，如《韓非子・有度》：「刑過不避大臣。」也就是說：懲罰有過的人，絕不能因爲他是大臣就躲避開。《史記・廉頗藺相如列傳》：「望見廉頗，相如引車避匿。」意思是：藺相如望見了廉頗，便趕快引車而躲避。由「避開」義可引申爲「避免」，如《呂氏春秋・介立》：「脆弱者拜請以避死。」《荀子・富國》：「足以避燥濕。」以上兩例中的「避」字均爲「避免」義。

豸　部

① 　② 　③

這是個「豸（ㄓˋ至）」字。金文①的上部是頭，張口而見利齒，頭的右上側有個圓耳，其下部有腿有尾。可見這是一種面朝左的動物的形象。許慎《說文解字・豸部》：「豸，獸長脊，行豸豸然，欲有所司殺形。」從這個解釋看也可能是貓這一類動物。在我國第一部詞典《爾雅・釋蟲》中說：「有足謂之『蟲』，無足謂之『豸』。」其實這是從「獸類」轉移爲「蟲類」。

「豸」字是個部首字。在漢字中凡由「豸」字所組成的字大都與「獸」有關，如「豺」、「豹」、「貂」、「貉」、「貘」、「貔」等字。

①　②　③

這是「一丘之貉」的「貉（ㄏㄜˊ河）」字，是個形聲字。金文①的左邊是「各」字，表示讀音，右邊是「豸」字，表意。②是小篆的形體，「各」與「豸」改變了結構的位置，成了左形（豸）右聲（各）的形聲字了。③是楷書的寫法。

「貉」的本義是指一種動物，俗稱「狗獾」，是一種重要的皮毛獸。

「貉」字也與「貊」字相通。這是我國古代統治階級對東北部的一個民族的稱呼。爲什麼加上「豸」字旁呢？這是古代對少數民族的辱稱。當「貉」字代替「貊」字用時，則應當讀爲ㄇㄛˋ（墨），而不能讀爲ㄏㄜˊ（河）。

請注意：在上古「貉」字也通「禡」，是古代的祭名，見於《周禮・春官・肆師》，必須讀爲ㄇㄚˋ（罵）。可是「貉子」（小貉）一詞中的「貉」字，應當讀ㄏㄠˊ（豪）。

把成語「一丘之貉」中的「貉」字讀爲ㄌㄨㄛˋ（落）或ㄍㄜˋ（各），那都是不對的。

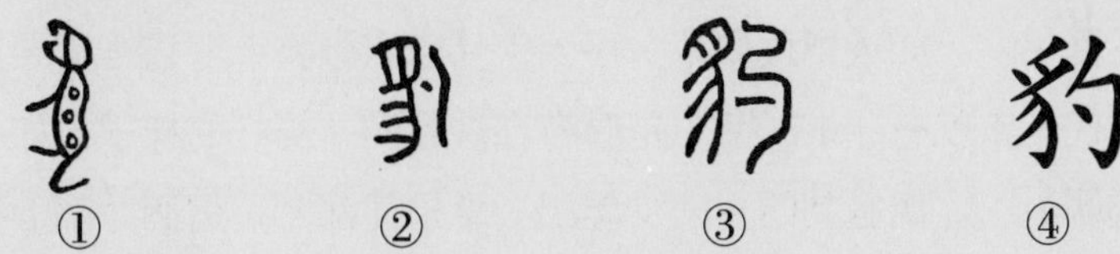

①　②　③　④

這是「金錢豹」的「豹」字，原爲象形字。甲骨文①就是豹子的形象。舊釋虎，不妥。②是戰國文字，目前僅發現這一個形體。③是小篆的寫法。④是楷書寫法。

◀漢畫像磚上的豹紋。

《說文》：「豹，似虎圜文（圓紋），從豸，勺聲。」許慎的說法正確，從戰國文字起，豹就由象形字變成形聲字了。「豹」字的本義就是「豹子」，如《正字通》對「豹」有形象的描繪：「豹，狀似虎而小，白面，毛赤黃，文（紋）黑而錢圈，中五圈左右各四者，曰金錢豹。」

請注意：我們在閱讀古詩文時，常見到「豹隱」一詞，如在唐駱賓王的〈秋日別侯四〉詩中就提到過「豹隱」，那都是指人要愛惜其身，有所不爲，所以後世也多用「豹隱」來比喻隱居。這個典故最初見於《列女傳》二中的〈陶答子妻〉。

豆　部

① ② ③ 豐④ 丰⑤

「五穀豐登」的「豐」字十分形象。甲骨文①在「豆」（食器）上裝有豐富的東西，這就是「豐盛」的意思。②是金文的形體，較甲骨文稍有變化。③是小篆的形體。④爲楷書寫法。楷書有十八畫，書寫不便，後又借另外一個「丰」⑤作爲簡化字用，僅有四畫，易認易寫。

「豐」的本義是「豐盛」，後又引申爲「茂盛」，如曹操《步出夏門行·觀滄海》：「樹木叢生，百草豐茂。」從「茂盛」又引申爲「豐收」、「富足」，如《齊民要術·序》：「家家豐實。」這裡需要注意的是：在古代本來就有「丰」字，是形容容貌豐滿、美好的樣子，如《聊齋志異·嬌娜》：「偶過其門，一少年出，丰采甚都。」這個「都」字也是美好的意思。

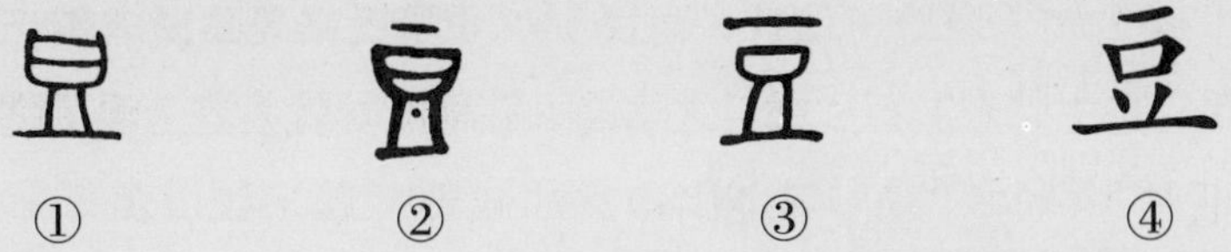

①　②　③　④

這個「豆」字，從甲骨文①的形體看，就像一隻高腳盤的形狀。金文②也與甲骨文相似，只不過其上部多了一橫，表示這個高腳盤中裝有東西。小篆③與金文②相類似。④爲楷書的形體。

▲戰國蟠獸紋豆器。

在上古，「豆」字就是指一種盛食品的「器皿」。《國語・吳語》：「觴酒豆肉簞食。」（觴：古代酒器。簞：古代盛飯的圓竹器。）這是說：一觴酒，一豆肉，一簞飯。可見這個「豆」就是盛肉的器皿。由「器皿」引申爲「容量單位元」，如《左傳・昭公三年》：「齊舊四量：豆、區、釜、鐘；四升爲豆。」意思是齊國原來有四種容量單位元；四升等於一豆。至於說豆類植物的總稱爲「豆」，是個假借字的問題。上古的「豆類」稱爲「菽」，漢代以後「豆」字才漸漸代替了「菽」。

「豆」字是個部首字。在漢字中凡由「豆」字所組成的字，大都與「器皿」有關，如「豐」、「梪」、「登」等字。

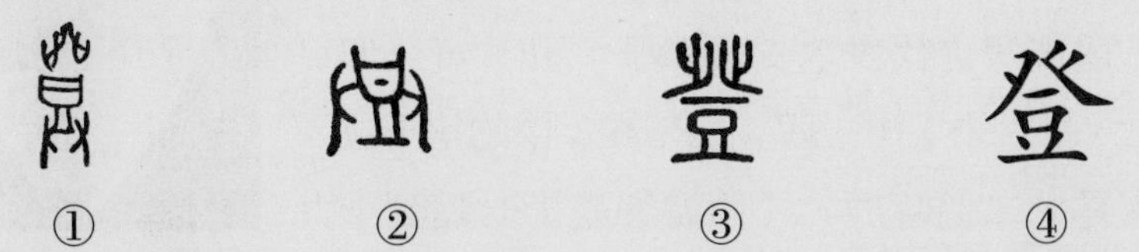

①　②　③　④

這是「五穀豐登」的「登」字，本爲會意字。①是甲骨文的形體。上部有兩隻腳，表示上升意；中間是「豆」，指食器；下部是兩隻手。大意是雙手高高地舉起食器，表示進獻。②是金文的形體，原來上部表示上升的兩隻腳形省掉了，僅有雙手舉食器之形。③是小篆的形體，上部的雙腳形依然在，但下部的雙手形被省掉了。④是楷書的寫法。

《說文》：「登，上車也。」其實，「登」字的本義並非單指「上車」，「由低處到高處」均可以稱爲「登」，如《荀子・勸學》：「故不登高山，不知天之高也。」顧炎武〈與人書〉：「斷不能登峰造極。」所謂「登峰造極」，是說學問等上升到最高境界。由「登上」義可以引申爲

「記載」義，如《周禮・秋官・司民》：「司民掌登萬民之數。」這是說：司民官是主管登記百姓數目之事的。莊稼成熟就要登上場院進行晾曬脫粒等活動，所以「登」又能引申爲「成熟」義，如《孟子・滕文公上》：「五穀不登。」也就是說：五穀還不成熟。

請注意：「登遐」本指到最遠的地方去，難以再回來。所以古代常用「登遐」作爲帝王死亡的諱稱。

酉　部

①　②　③　④

這個「酉（ㄧㄡˇ有）」是個象形字。甲骨文①像個酒瓶的模樣。金文②變得複雜了一些，當中的兩條橫線是酒瓶上的花紋。③是小篆的形體，酒瓶上的花紋變得更美觀了。④是楷書的寫法。

▲西周陶器。

「酉」字的本義是「酒瓶」，後來這個本義消失了，卻被假借代表地支（即子、丑、寅、卯、辰、巳、午、未、申、酉、戌、亥）中的第十位。一晝夜是十二個時辰，「酉時」是十七點到十九點。

「酉」字是個部首字。在漢字中凡由「酉」字所組成的字大都與酒有關，如「酌」、「酤」、「酣」、「醉」、「釀」等字。

①　②　③

這個「酋」字本爲象形字。①是甲骨文的形體，其下部像一個大酒瓶，其上部的三個點兒表示酒熟香氣外溢。②是小篆的形體，與甲骨文有點類似。③是楷書的寫法。

▲周銅觥。

《說文》：「酋，繹酒也。從酉，水半見於上。」所謂「繹酒」就是陳酒，段玉裁說是「日久之酒」。後來「酋」引申爲「掌管酒的長官」，如《淮南子・時則訓》：「乃命大酋。」高誘注：「大酋，主酤酒官也。」由「官」又可以引申爲「部落的首領」、「酋長」，如顏延之〈三月三日曲水詩序〉：「卉服之酋。」所謂「卉服」，就是用草作的衣服，特指落後的部落。原話的大意是：落後部落的酋長。

「酋」亦可作「就」的通假字，是「完成」之意，如《漢書・敘傳上》：「《說難》既酋，其身乃囚。」也就是說：把《說難》剛寫就，自己就被囚禁起來了。

① ② ③ ④

這個「配」字是個會意字。甲骨文①的左邊是個酒瓶，右邊是一個半跪著的人，表示抱著酒瓶配酒之意。金文②仍是這個意思，形體結構類似於甲骨文。③是小篆的形體，右邊的「人」形根本不像了。④是楷書的形體，右邊的「人」已僞變成「己」了。

▲漢畫像磚中的釀酒圖（下），四川成都市博物館藏。

「配」字的本義是「調配」，如陶宗儀《輟耕錄・黃道婆》：「錯紗配色，綜綫挈花，各有其法。」大意是：使紗線交錯而配以各種顏色，再綜綫提花，都是有一定方法的。由此可以引申爲「男女婚配」之義，如李白《感興八首・其六》：「安得配君子，共乘雙飛鸞（ㄌㄨㄢˊ 欒）。」意思是：怎麼能夠婚配於君子，共乘鸞鳳而飛呢？由「婚配」又可引申爲「配合」之義，如陸游〈林居初夏〉：「青梅巧配鬬鹽白。」至於杜甫所說「除名配清江」（〈敬寄族弟唐十八使君〉）中的「配」字，那是指充軍、發配。原意是：除去名籍而發配到清江一地。

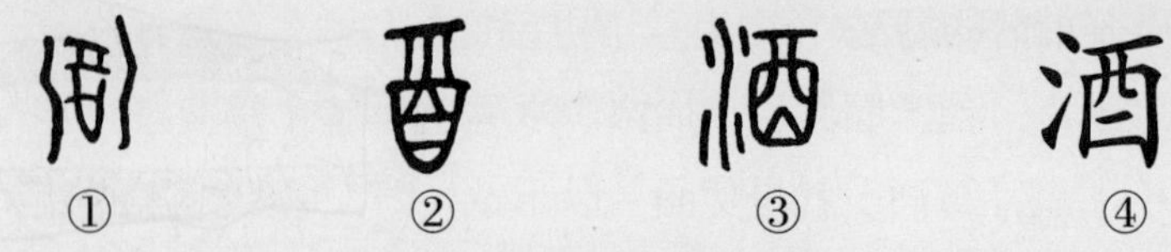

① ② ③ ④

這個「酒」字是個會意字。甲骨文①的中間是一個酒瓶，兩側的曲線表示酒有溢出的形象。金文②用一個大酒瓶代表酒。③是小篆的形體，左邊的「水」表示酒是液體，右邊是個酒瓶，合成「酒」的意思。④是楷書的寫法，是由小篆直接變來的。

「酒」的本義就是喝的酒，用現在的話說就是白酒、黃酒、啤酒、葡萄酒等等。

古人在詩詞中常用「酒兵」一詞，這是古人謂酒能消愁，就像兵能克敵一樣，如唐彥謙〈無題〉詩：「酒兵無計敵愁腸。」也就是說好酒也沖不掉自己內心之愁。

在古代，「酒人」一般是指「好喝酒」的人。可是《周禮·天官·酒人》中所說的「酒人」卻是官名，他是掌管酒的官。

① ② ③ ④

「唯世婦命於奠繭。」這個「奠」字是個會意字。①是甲骨文的形體，像酒瓶下墊物，使酒瓶穩定。②是金文的形體。③是小篆的形體。④為楷書的寫法，酒瓶下部的墊物變成了「大」字。

《說文》：「奠，置祭也。」許慎的說法是引申義，其本義應為「酒瓶下墊物」，有「穩定」、「放置」義，如《禮記·內側》：「奠之而後取之。」「穩定」義現在還用，「定基」就稱為「奠基」，如某建築物要破土動工，先要舉行「奠基禮」的儀式。「奠」字又引申為「用酒食祭祀死者或鬼神」，如《儀禮·士喪禮》：「奠脯醢醴酒。」所謂「脯」就是乾肉；「醢（ㄏㄞˇ）」就是肉醬；「醴酒」就是甜酒。也就是說：用乾肉、肉醬和甜酒等祭祀死者。由「祭」義又可以引申為「獻」，如《儀禮·鄉飲酒》：「主人坐，奠爵於階前。」「爵」就是酒器。這句話的大意是：主人坐，在階前獻上美酒。

現在給死者所獻的花圈的中間，往往寫上一個大大的「奠」字，這是什麼意思呢？其實這也正是我們祖先風俗習慣的沿襲，爲「祭祀」義，用以寄託生者的哀思。

豕　部

①　②　③　④

古書上說：「馬牛羊，雞犬豕，此六畜，人所飼。」可見「豕」是六畜之一。甲骨文①像個大肚子的豬，所以「豕」就是「豬」的象形字。金文②的上部是個豬頭，頭的兩側是兩隻左右張開的大耳朵。其下有腿、有尾。③是小篆的形體，已經失去了豬的模樣了。④是楷書的寫法，根本沒有豬的形象了。

▲河姆渡遺址出土的方陶上的豬紋。

「豕」的本義是「豬」，如《左傳・莊公八年》：「齊侯游於姑棼，遂田於貝丘，見大豕。」這是說：齊侯在田棼那裡遊玩，後來到貝丘地方打獵，看見了大野豬。「豕牢」一詞，一般是指「豬圈」，可是《國語・晉語四》中有「少溲（ㄙㄡ搜）於豕牢」的話，這裡的「豕牢」卻是指「廁所」。

請注意：我們現在所說的「豬」是不管大小的，但是古代卻有不同的叫法，一般說，「豕」和「彘」是指大豬，「豬」和「豚」是指小豬。

「豕」是個部首字。在漢字中凡由「豕」字所組成的字大都與「豬」有關，如「亥」、「象」、「豜」、「[illegible]」、「豨」、「豭」、「豵」等字。

①　②　③　④

「亥」字是個象形字。甲骨文①像個豬形，上爲頭，下爲尾，腹部朝左。金文②也基本同於甲骨文。可見甲、金文的「亥」字均類似於「豕」字。③是小篆的形體，根本看不出豬的形象了。④是楷書的寫法。

「亥」字當豬講的本義在後世消失了，因此它就被假借爲地支的第十二位，並在人們的十二屬中代表「豬」，如：子鼠、丑牛、寅虎、卯兔、辰龍、巳蛇、午馬、未羊、申猴、酉雞、戌狗、亥豬。在一晝夜的十二個時辰當中，「亥時」是二十一點到二十三點。

請注意：古代隔日交易一次的市集稱爲「亥市」，這裡的「亥」字應讀爲ㄐㄧㄝ（階）。

① ② ③ 兕 ④

這個「兕」字讀作ㄙㄟ，本爲象形字。甲骨文①的形體就像犀牛一類的獸。②爲金文的形體，其上部很像角形。③是小篆的形體。④爲楷書的寫法，其下從「儿」，發生了訛變。

▲周代青銅犀尊。

《說文》：「兕，如野牛而青。象形。」許愼解其本義是對的，如《左傳・宣公二年》：「犀兕尙多。」《詩經・小雅・何草不黃》：「匪兕匪虎。」「匪」通「非」。再如《論語・季氏》：「虎兕出於柙，龜玉毀於櫝中，是誰之過與？」大意是：老虎和犀牛從檻中逃跑了，龜殼和美玉在匣子裡毀壞了，這都是誰的過錯呢？

古書中多見「兕觥（ㄍㄨㄥ）」一詞，這是指用犀牛角做的酒杯，也稱作「兕爵」、「角爵」，如《詩經・周南・卷耳》：「我姑酌彼兕觥，維以不永傷。」意思是：我只好把那酒杯斟滿，這能使人少傷懷。

① ② ③ ④

「馬跳廄，豕出圂。」這個「圂」字讀作ㄏㄨㄣˋ，本爲會意字。甲骨文①的外部像豬圈形，其中有兩頭「豕（豬）」。②是金文的形體，像豬圈中養了一頭豬。③是小篆的形體，圈內的「豕」不大像豬形了。④爲楷書的寫法。

《說文》：「圂，廁也。象豕在中也。」「廁」只是「圂」的引申義，本義應是「豬圈」，如《漢書・五行志中之下》：「豕出圂。」這是說：豬跳出了豬圈。由「豬圈」可以引申爲「廁所」，後世一般都寫作「溷」，如《南史・范縝傳》：「（花）自有關籬牆落糞溷之中。」「關」是穿過。這句話的意思是：花兒穿過籬牆落在廁所裡了。

「圂腴」是指豬、犬的腸子，如《禮記・少儀》：「君子不食圂腴。」不過，這裡的「圂」應讀作ㄏㄨㄢˋ，是「豢」的通假字。

這個「象」字是個象形字。甲骨文①的上部是大象的頭，象的長鼻子向左上方伸展，下部是身子，最下端是尾。有的金文就更像大象的形狀了，如②。小篆③就看不出大象的樣子。楷書④是從小篆的形體直接變來的。

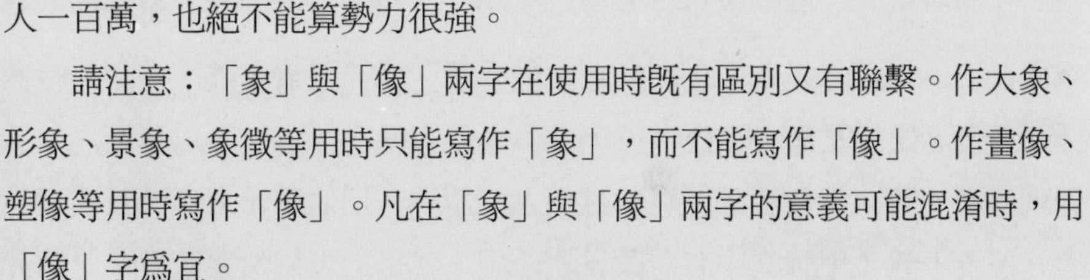

▼商代象尊。

「象」字本義就是指「大象」。有時當「景象」講，如范仲淹〈岳陽樓記〉：「朝暉夕陰，氣象萬千。」成語中還有「萬象更新」。在《韓非子・顯學》篇中有「象人百萬，不可謂強」的話，這個「象人」是專有名詞，即「木偶人」。這話的大意是：木偶人一百萬，也絕不能算勢力很強。

請注意：「象」與「像」兩字在使用時既有區別又有聯繫。作大象、形象、景象、象徵等用時只能寫作「象」，而不能寫作「像」。作畫像、塑像等用時寫作「像」。凡在「象」與「像」兩字的意義可能混淆時，用「像」字爲宜。

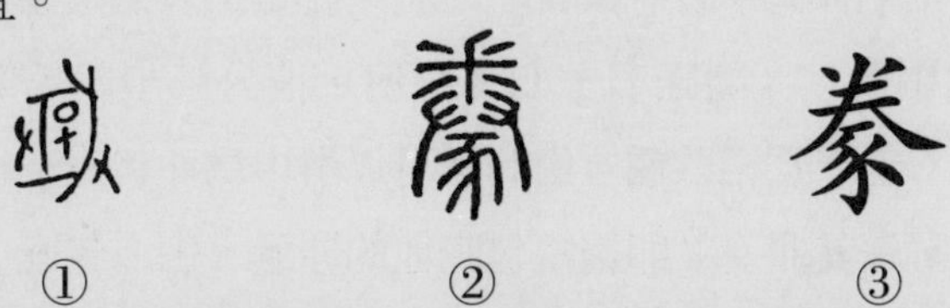

這是「豢養犬豕」的「豢」字，讀作ㄏㄨㄢˋ，本爲會意字。①是甲

骨文的形體。中間是一隻頭朝上腹朝左的豬，而且是有孕的母豬，其腹中有「子（豬仔）」；前後有兩隻手，表示管理餵養之意。②是小篆的形體，成爲「從豕，𢍏聲」的形聲字了。③是楷書的形體。

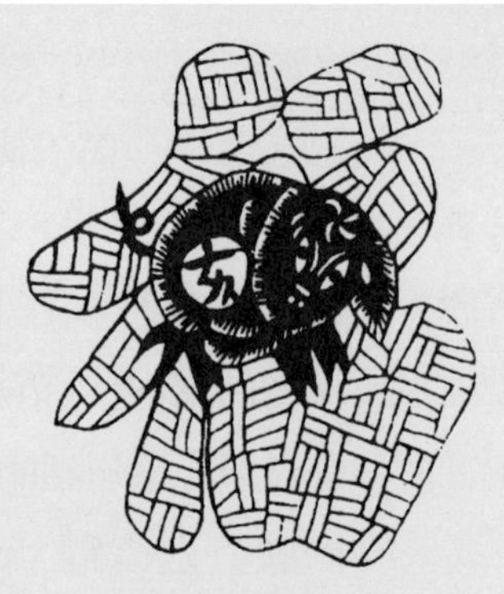

▲山東高密民間剪紙：亥豬。

《說文》：「豢，以穀圈養豕也。」「豢」字的本義就是「養豬」，如《禮記・樂記》：「豢豕，爲酒。」這是說：養豬，做酒。後世，「豢」字不單指養豬，「用糧食餵養牲畜」均可以稱「豢」，如《禮記・樂記》鄭玄注：「以穀食犬豕曰豢。」現在「豢養」已成爲雙音詞了，常用來比喻「收買」、「利用」，如魯迅《二心集・「喪家的」「資本家的乏走狗」》：「凡走狗，雖或爲一個資本家所豢養，其實是屬於所有的資本家的，所以牠遇見所有的闊人都馴良，遇見所有的窮人都狂吠。」

①　②　③

「草木蒙蘢，枝葉茂接。」這個「蒙」字本爲會意字。①是甲骨文的形體，上部是蒙布或帽子之形，其中有一隻大眼睛，眼下有「人」形。可見，「冖」下就是「見」字，這就表示把人的眼睛蒙起來。②是小篆的形體，其內部又變作「豕」，但意義未變。③是楷書的形體。

《說文》：「冡，覆也。」這是對的。《說文》將「冡」與「蒙」分爲兩個字。「蒙」是草名，在典籍中借「蒙」爲「覆蓋」義，「蒙」行而「冡」廢，如《左傳・昭公十三年》：「晉人執季孫意如，以幕蒙之。」也就是說：晉人捉住了季孫意如這個人，用幕布把他裹起來。天氣陰蒙也有「覆蓋」義（甲骨文中有「蒙日」一詞，就是指天氣陰蒙蔽日），由此又引申爲「欺騙」、「隱瞞」，如《左傳・僖公二十四年》：「上下相蒙。」這是說：上下互相欺騙。由此又可以引申爲「包庇」，如《漢書・衛綰傳》：「常蒙其罪。」即經常包庇他的罪過。由「包庇」又能引申爲「遭」、「受」，如《易・明夷》：「以蒙大難。」即遭受大難的意思。

請注意：「蒙」字由「遭」、「受」義可以反訓爲敬詞，當「承蒙」講，如王安石〈答司馬諫議書〉：「昨日蒙教。」

① ② ③ ④

這個「豭」字讀作ㄐㄧㄚ，本爲象形字。①是甲骨文的形體，像一隻頭朝上尾朝下腹朝左的豬，腹下有勢形，表示這是一頭公豬。②是金文的形體。③是小篆的形體，變成了「從豕，叚聲」的形聲字了。④是楷書的寫法。

《說文》：「豭，牡豕也。從豕，叚聲。」許說正確。不過許愼沒有見到甲骨文，所以他也只好依據小篆解爲形聲字。「豭」字的本義是「公豬」，如《左傳・隱公十一年》：「鄭伯使卒出豭，行出犬、雞，以詛射穎考叔者。」古代百人爲「卒」，二十五人爲行（ㄏㄤˊ）。這就是說：鄭莊公讓一百人拿出一頭公豬，二十五人拿出一條狗和一隻雞，來詛咒射穎考叔（人名）的人。

後來，「豭」由公豬的本義引申爲泛指豬，如《經典釋文》：「豭，音加，豬別名。」

辰　部

① ② ③ ④ ⑤

「敬農時，典物利。」這個「農」字本爲會意字。甲骨文①的上部是「林」，下部是「辰（農具）」，以農具墾荒即爲農業。②是金文的形體。上部爲「田」，下部仍爲「辰」，是以農具耕田義。③是小篆的形體，上部在「田」的兩側又增加了一雙手，表示田間勞作。④是楷書繁體字，其上部的「手」和「田」訛變爲「曲」。⑤爲簡化字。

《說文》：「農，耕人也。」「農」字的本義是指「除草播種之

▲農耕圖，漢畫像磚。

事」，也就是農業，如《商君書・墾令》：「民不賤農，則國安不殆。」也就是說：老百姓不輕視農業，那麼國家就安寧，不會有危險。再如《漢書・食貨志上》說得更明確：「辟土殖穀曰農。」

請注意：我們讀《管子・大匡》時，會見到「用力不農」的話，這裡的「農」當「勤勉」講，大意是：用力但不勤勉。

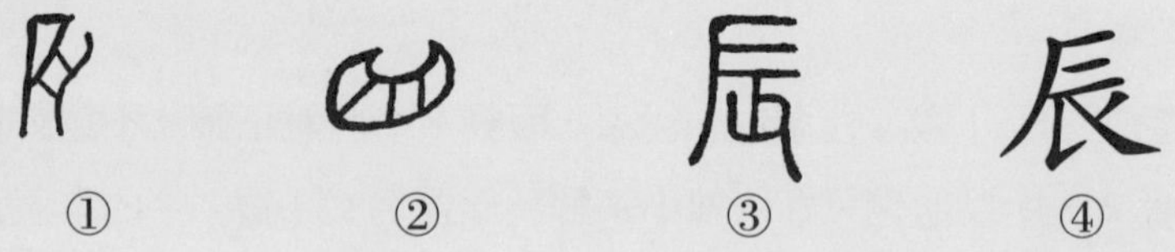

①　②　③　④

這個「辰」字本爲象形字。甲骨文①略像蚌殼之形。②是金文的形體，極像蚌殼的樣子。③是小篆的寫法，與甲骨文的形體類似。④爲楷書的形體。

《說文》：「辰，震也。」此說不妥。「辰」字的本義應爲「貝殼」。上古以大蚌殼作農具，所以「農」以及「耨」等字都從「辰」。當「辰」字被假借爲地支的第五位時，它的本義即由後起的形聲字「蜃」字所代替，如「海市蜃樓」。後世一般多用「辰」的假借義，即地支的第五位：子、丑、寅、卯、辰。又可作十二時辰之一，相當於現在的上午七點至九點。時間往往與星的運行有關，所以，「辰」又可以當「星」講，如《荀子・禮論》：「星辰以行，江河以流。」所謂「北辰」，也就是指北極星，如謝靈運《擬魏太子鄴中集詩・魏太子》：「衆星環北辰。」這是說：衆星都環繞著北極星轉。

《詩經・齊風・東方未明》：「不能辰夜，不夙則莫。」「莫」即古「暮」字。這兩句詩是說：不分早晨和深夜，不是早起就是晚睡。可見原詩的「辰」字是「晨」的通假字。

①　②　③

這個「晨」字本爲會意兼形聲的字。①是古璽文的形體。下部爲

「日」，表示天剛亮；上部是「辰（大蚌殼，上古人用來做農具）」，也表聲。這就表示清晨執農具去田間勞作。②是小篆的寫法，「日」移於「辰」上，其義不變。③爲楷書的形體。

《說文》：「晨，房星。」許慎將「晨」字作爲辰星的專用字，而在「晨」字下訓爲「早昧爽也」，當爲「晨」字的本訓。所以，「晨」字的本義實爲「淸晨勞作」，後可以引申爲「早晨」，如《淮南子・天文訓》：「日出於暘谷（地名），……是謂晨明。」所謂「晨明」，即黎明。《尙書・牧誓》中有「牝雞無晨」的話，意思是：母雞不能報曉。可見這裡的「晨」是雞啼報曉的意思。雄雞有司晨報曉的本領，母雞則不能，所以在古書中常用「晨牝」一詞比喻干預朝政的后妃。

古籍中的「晨烏」，指初升的太陽，這是因爲古代神話謂日中有「金烏」，所以「晨烏」也就成爲「朝（ㄓㄠ）陽」的代稱了。

《論語・憲問》：「晨門曰：『奚自？』」這裡的「晨門」是什麼意思呢？實際上，掌管早晚開閉城門的人叫「晨門」。原話的意思是看門人說：「你從什麼地方來？」

釆　部

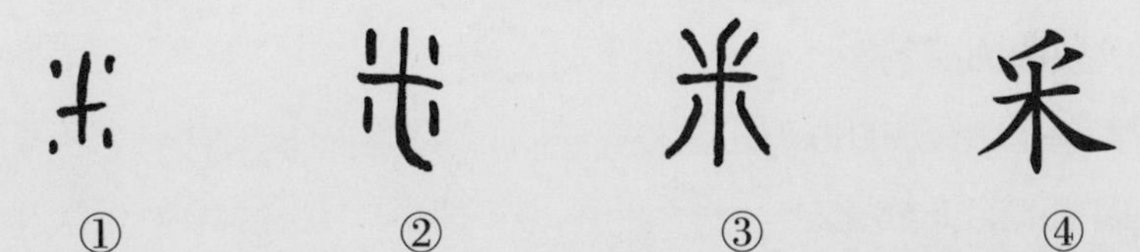

①　②　③　④

這個「釆」字讀作ㄅㄧㄢˋ，是個象形字。甲骨文①的周圍四點，就像獸類的腳趾著地之跡，中間的「十」表示腳趾之間的分界。②是金文的形體，與甲骨文相似。③是小篆的寫法，其上好像增加了一個腳趾頭，變成了一足五趾，似更合理些。④是楷書的形體。

《說文》：「釆，辨別也，象獸指爪分別也。」這是對的。上古要辨別什麼獸走過，先看地面上的足跡。「釆」字是個部首字，在漢字中凡由「釆」字所組成的字，大都有分辨的意思，如悉、釋、審等。後來，「釆」字不單獨使用，而以「辨」字代替。

請注意：「釆」與「采」的寫法是不同的，前者七畫，後者八畫，不能相混。

①　②　③

這是「何懼幾番秋霜過」的「番」字，本爲象形字。①是金文的形體，上部爲獸趾之形，下部爲獸腳掌之形（非爲「田」字），整個「番」就像獸腳著地的腳印之形。②是小篆的形體，與金文極相似。③是楷書的寫法。

《說文》：「番，獸足謂之番。」可見「番」就是「蹯」的初文。幾足交替前進，所以這就可以引申爲「輪流更代」之意，如《北史・賀若弼傳》：「請廣陵頓兵一萬，番代往來。」也就是說：請於廣陵這個地方駐守一萬軍隊，更替往來。由「更替」、「輪流」可以引申爲動量詞，作「回」、「次」解，如庾信〈詠畫屏風〉：「行雲數番過，白鶴一雙來。」辛棄疾〈摸魚兒——置酒小山亭〉：「更能消幾番風雨。」

請注意：《史記・秦本紀》：「黃髮番番。」這裡的「番番」應讀作ㄆㄛˊㄆㄛˊ，實通「皤」字，形容頭髮白了。可是《詩經・大雅・崧高》「申伯（人名）番番」中的「番番」，又應讀作ㄅㄛㄅㄛ，是形容勇武的樣子。另外，廣東省「番禺縣」中的「番」，則應該讀作ㄆㄢ。以上的讀音，應區別淸楚。

足部

①　②　③　④

這個「足」字是個象形字。甲骨文①的下部是一隻腳趾朝上腳跟朝下的左腳，上面「口」形至今未詳。②是金文的形體。③是小篆的形體，都與甲骨文的形體相似。④是楷書的寫法。

「足」的本義就是「腳」。由人的腳可以引申爲物的腳，如「三足鼎立」等。至於當「足夠」講的「足」，那是假借義。從「足夠」之義又可引申爲「值得」，如《荀子・勸學》：「百發失一，不足謂善射。」大意是：射出一百支箭，而只有一支沒有射中，也不算是善射的人。現在所說的「微不足道」，是說低微得不值一提。這都是「足」字的詞義的沿用。

《列子・楊朱》篇中有「以晝足夜」的話。這個「足」字當「補足」講，也就是說：以白天補足晚上。古代的「足恭」一詞，是過分地恭順以取媚於人的意思。這裡的兩個「足」字，都必須讀作ㄐㄩˋ（據）。

「足」字是個部首字。在漢字中凡由「足」字組成的字大都與「腳」有關，如「跟」、「蹈」、「路」、「踵」、「跳」、「踐」等字。

①　②　③踐　④践

這個「踐」字本爲會意字。甲骨文①的左邊是「彳」，右邊是「戈」，本爲負戈以行之意。②是小篆的形體，又增加了一個「戈」。在《說文》中，另外還收有「踐」字，其實「踐」與「後」本是一個字，後世則只保留了「踐」字。③是楷書繁體字。④爲簡化字。

《說文》：「踐，履也。」「踐」字的本義爲「踩」、「踐踏」，如《詩經・大雅・行葦》：「敦（ㄊㄨㄢˊ，團聚）彼行（ㄏㄤˊ）葦，牛羊勿踐履。」大意是：路邊那叢生的蘆葦，牛羊不要踩傷踏毀。賈思勰《齊民要術・收種》：「以馬踐過爲種。」所謂「踐過」就是踩過了。由「踩」義又可以引申爲「履行」、「實踐」，如《左傳・文西元年》：「踐修舊好。」

「踐」字可做「翦」字的通假字，當「滅」講，如《尙書・成王政（征）序》：「遂踐奄。」這是說：於是就把奄國消滅了。另外，「踐」還可以做「淺」的通假字，如《詩經・鄭風・車門之墠》：「有踐家室。」這是說：家室淺陋。

請注意：「踐」與「蹈」都有「踩踏」義，但「蹈」常常帶有冒險的意思，如蹈火、蹈海等。

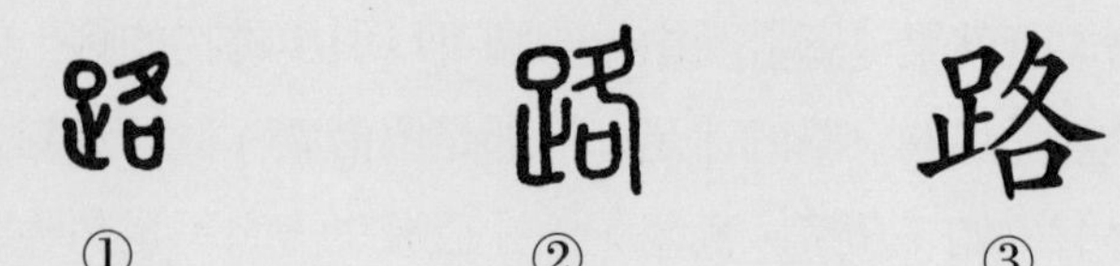

① ② ③

這是個道路的「路」字。金文①的左邊是「足」，表示走路；右邊是「各」，表示讀音。所以這個字是左形（足）右聲（各）的形聲字。小篆②的形體與金文基本一致。③是楷書的寫法。

「路」字的本義是「道路」。從腳步所走之路，又可引申爲思想或行爲的途徑，如：「以塞忠諫之路也。」（諸葛亮，〈出師表〉）也就是說，以堵塞用忠言直接批評君主的道路。可是「篳（ㄅㄧˋ畢）路藍縷以啓山林」（《左傳・宣公十二年》）中的「路」，卻是當「車」講，「篳路」就是「柴車」。這句話的意思是：拉著柴車，穿著破爛衣服去開發山林。「路」字所以當「車」講，是因爲路能行車，這叫「功能性的引申義」，屬於遠引申。那麼《史記・武帝本紀》中「路弓乘矢」裡的「路」是什麼意思呢？這個「路」是「大」的意思。這是由路的「寬廣」而引申爲「大」，所謂「路弓」也就是「大弓」。

在古書中常見「路寢」一詞，若理解爲「在路上睡大覺」就錯了，那是特指古代君主處理政事的宮室。

① ② ③ ④

▲漢畫像磚上的人物形。

這是「長跽而歎」的「跽」字，讀作ㄐㄧˋ，本爲形聲字。①是甲骨文的形體：其上爲「己」，下部爲「止（足）」，表示跪意。②是金文的形體。③是小篆的形體，左邊又增加一「足」，右邊變爲「忌」，這就變成了「從足，忌聲」的形聲字。④是楷書的寫法。

《說文》：「跽，長跪也。從足，忌聲。」上身挺直，雙膝著地，臀部離開腳跟，就叫做「跽」，如《史記・范睢蔡澤列傳》：「秦王跽而請曰：『先生（指范）何以幸教寡人？』」也就是說：秦王長跪而請求說，先生用什麼來教誨我呢？再如《史記・項羽本紀》：「項王按劍而跽曰：『客何爲者？』」以上的「跽」均爲「長跪」義，古人對話時常作這種姿勢。

邑　部

①　②　③　④

這是「戍守邊邑」（保衛邊疆）的「邑（一ㄟ易）」字。甲骨文①和金文②的上部都是一個代表圍牆的方框，而下部都是面朝左跪著的一個人，整個字是表示上古人聚居之地，所以「邑」字是個會意字。小篆③的上部變成「口」，下部變成「巴」，看不出會意的樣子。④是楷書的形體。

▲青銅器上的銘文「邑」字。

「邊邑」就是「邊疆的市鎭」，後來又從市鎭引申爲「國都」的意思，如《詩經・商頌・殷武》：「商邑翼翼。」這是說：商的國都很整齊（「翼翼」表示整齊的樣子）。到了後世，一般的城市亦可稱「邑」，如宋朝蘇洵的〈六國論〉：「小則獲邑，大則得城。」

無論國都還是城鎭，對於一個國家來說都是非常重要的，能否保衛得好呢？故邑有「心中不安」之義，又由「不安」之義引申出「愁悶不安」的意思，如《史記・商君列傳》：「安能邑邑待數十百年以成帝王乎？」有人認爲這個「邑邑」係「悒悒」之誤。其實這是一種誤解。本來「邑」字就有不安愁悶之意，後世在其左加上個「豎心旁」是爲了更好地表意，這就產生了一個左形右聲的新形聲字「悒」了。

「邑」字是個部首字。當由「邑」字作爲部首使用時，一般都出現在一個字的右邊，寫作「阝」。在漢字中凡由「阝」（右邊的）所組成的字大都與城鎮、地名有關，如「邦」、「都」、「郭」、「鄰」、「郡」、「鄙」等字。

① ② ③ ④

這就是「治國安邦」的「邦」字。從甲骨文①的形體看，「邦」字就是「圃」字。所以「邦」與「圃」在殷商時代是一個字，都是在田地上栽植樹苗的形象。圍繞封界栽一周樹苗，表示界線以內即爲「邦國」，可見「邦」就是「分封的諸侯國」的意思。到了金文②發生了較大的變化，其左邊是栽種的樹苗，其右爲「邑」，表示地方或區域，這同樣是代表分封之地區。③是小篆的形體，與金文相類似。④是楷書的寫法，左邊已僞變得看不出樹苗形，右邊的「邑」也變爲「阝」了。

「邦」的本義代表分封的諸侯國，作名詞用，如《詩經．大雅．皇矣》：「王此大邦。」這裡的「王」是管轄或統治的意思。這句話的大意是：統治這個大國。由此也可以引申爲「分封」，作動詞用，如柳宗元〈封建論〉：「邦群后。」這個「后」是指「諸侯」。這句話的意思是：「分封了許多諸侯。」至於說「民爲邦本」中的「邦」字，就是指「國家」。也就是說：「老百姓是國家的根本。」

① ② ③ ④ ⑤

「戰士指看南粵，更加鬱鬱蔥蔥。」這個「鬱」字本爲會意字。甲骨文①的中間是一個人站在另一個人的背上，左右爲「木」，即在野外蹂躪人之意。②是金文的形體。③是小篆的形體，變得極爲複雜，其上的「人」形變爲「缶」，其下部又增加「鬯」和「彡」。④爲楷書繁體字。⑤借本來已有的「郁」字作爲簡化字。

《說文》：「鬱，木叢者。」不妥。「鬱」字的本義爲「蹂躪」，凡被蹂躪必不樂，這就可以引申爲「心情憂愁」，如《管子．內業》：「憂鬱生疾。」屈原《九章．抽思》：「心鬱鬱之憂思兮。」由「愁思無緒」可以引申爲「叢生」義，如《詩經．秦風．晨風》：「鬱彼北林。」這是說：那北山上的叢林多茂盛。「鬱鬱」一詞在古籍中多見，有的是指「富有文采」義，有的是指「繁盛」義，有的是指「香氣濃」義，有的是指「憂傷」、「沉悶」義，究竟採用何義，這要看上下文而定。

請注意：在古代的「鬱」與「郁」本爲兩字，詞義也不相同，「樹木叢生」義、「憂愁」義、「草木腐爛」義等均寫作「鬱」。現在大陸「鬱」字已經廢除，無論何義，均寫作「郁」。

鄭 郑

① ② ③ ④ ⑤

「鄭」字在甲、金文中與「奠」字是一個字，是個象形字。甲骨文①就像一個酒瓶形（酉），表示用酒瓶裝滿了酒放在平地上，祭祖祭鬼神，這就稱爲「祭奠」。②是金文的形體，與甲骨文基本相似，只是其下用石塊等物將酒瓶擱起來。小篆③增加了「阝（邑）」旁。④爲楷書形體。⑤爲簡化字。

「鄭」字本爲「奠」字，因爲「祭奠」就要鄭重其事，因此有「認眞嚴肅」義，如白居易〈庾順之以紫霞綺遠贈以詩答之〉：「千里故人心鄭重。」《三國志．魏書．高堂隆傳》：「殷勤鄭重。」這都是用的「鄭」字的本義。

另外，因「鄭」字是在「奠」的右邊增加了偏旁「阝（邑）」，而「邑」指一般城市，所以也往往用爲地名，如《說文》：「鄭，京兆縣……今新鄭是也。」

郡

① ② ③

這是「郡安邦寧」的「郡」字，本爲會意字。①是古璽文的形體。左邊爲「尹」，是「治理」義；右邊爲「邑」，是「城市」、「地方」義。所以「郡」字本爲「受邑以治其事」的意思。②爲小篆的形體，其左邊由「尹」訛變爲「君」，詞義未變。③是楷書寫法。

《說文》：「郡，周制。天子地方千里，分爲百縣，縣有四郡。……至秦初，置三十六郡以監其縣。從邑，君聲。」「郡」，就是古代的行政區域，如《史記・秦始皇本紀》：「分天下以爲三十六郡。」

請注意：「郡主」不同於「君主」，也不是指一郡之主如「郡守」。唐封太子之女，宋封宗室之女爲郡主，明、清均以親王之女爲郡主。

①　②　③　④　⑤

這是「城郭森嚴」的「郭」字，本爲象形字。①是甲骨文的形體，像城有相對的兩座城樓之形。②是金文的形體。③是小篆的形體。④也是小篆的形體，其右邊增加了「邑」。⑤爲楷書的寫法。

▲漢畫像磚上的城門，四川大邑出土。

《說文》：「𩫏，度也……象城𩫏之重，兩亭相對也。」基本正確。但《說文》又訓：「郭，齊之郭氏虛。」不妥。「郭」字的本義是外城加築的城牆，即「外城」，如《管子・度地》：「內爲之城，城外爲之郭。」《說苑・指武》：「五里之城，十里之郭。」由「外城」義又可以引申爲「物體的外殼」，如《漢書・食貨志下》顏師古注引如淳曰，「以赤銅爲其郭也。」《廣雅・釋器》：「郭，劍削（鞘）也。」又可以引申爲「物體的四周」，如《漢書・食貨志下》：「肉好（ㄏㄠˋ）皆有周郭。」「肉」是指錢邊；「好」指錢孔。這是說：錢的邊和孔都有個邊界。

請注意：古代的「城」與「郭」的含義是不同的。如果分開提時，那麼「城」是內城，「郭」是指外城；「城郭」作爲一個詞使用時，那就是泛指城。

①　②　③　④

這個「鄙」字本爲會意字。①是甲骨文的形體。上部的「口」表示都邑所在，下部是倉廩之形。古代稱都邑四周的土地爲「鄙」。②是金文的形體，與甲骨文相似。③是小篆的形體，右邊又增加「邑」，成爲形聲字了。④爲楷書的寫法。

《說文》：「五酇爲鄙。」「酇」是周代的地方組織之一，一百家爲一酇，五百家爲一鄙，這是「鄙」的遠引申義。「鄙」的本義是「都邑四周的土地」，引申爲「釆邑」、「小邑」，如《周禮・天官・大宰》鄭玄注：「都鄙，公卿大夫之釆邑，王子弟所食邑。」在都邑四周土地上從事農業生產的人稱爲「鄙人」。後來，「鄙人」成爲自稱的謙詞，如《南史・蒯恩傳》：「與人語……自稱鄙人。」由「都鄙」還可引申爲「邊遠之邑」，如《春秋・莊公十九年》：「冬，齊人、宋人、陳人伐我西鄙。」這是說：冬季，齊國、宋國、陳國人攻打我們西邊的城鎮。

京　部

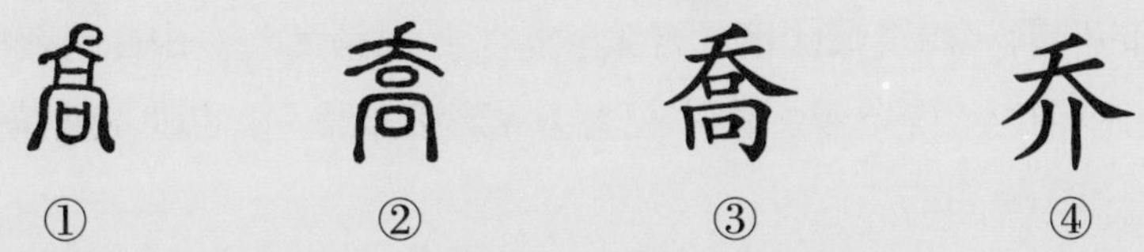

① ② ③ ④

這是賀詞「喬遷之喜」中的「喬」字，本爲指事字。①是金文的形體，在「高」字之上的一條小曲線是指事符號，仍爲「高」義。②是小篆的寫法，與金文相似。③是楷書的寫法。④爲簡化字。

《說文》：「喬，高而曲也。從夭從高省。」許慎的說法不足爲據。「喬」字的本義爲「高」，如《詩經・周南・漢廣》：「南有喬木，不可休思。」「思」是助詞。大意是：南山有高大的樹木，不能休息在樹下。又如《詩經・小雅・伐木》：「伐木丁丁，鳥鳴嚶嚶，出自幽谷，遷於喬木。」詩的大意是：伐木的斧聲響丁丁，鳥兒驚飛鳴嚶嚶，從深山幽谷飛出來，遷居於高大的樹林中。後世也就因「遷於喬木」的詩句產生了「喬遷」一詞，一般用於賀人新居或指官職升遷。

「喬」爲「高」義，所以由「喬」字所組成的詞也大都有「高」的意思。「喬松」指高大的松樹，如《詩經・鄭風・山有扶蘇》：「山有喬松。」「喬嶽」指高峻的山嶽，如楊載〈寄維揚賈侯〉：「氣蒸雲霧藏喬嶽。」這是說：雲霧蒸氣把高峻的山嶽都遮蔽了。

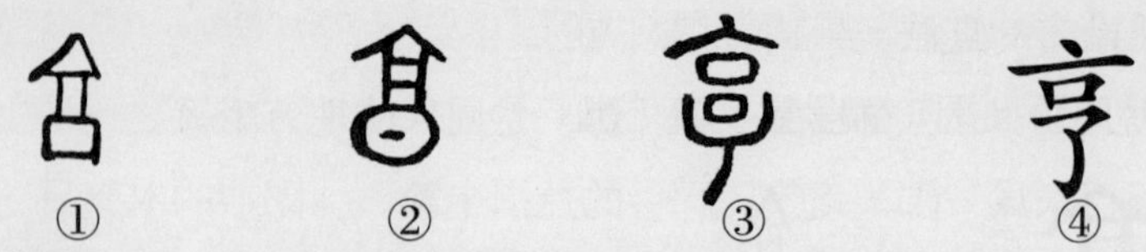

①　②　③　④

「萬事亨通。」這個「亨」字本爲象形字。①是甲骨文的形體，像一座宗廟之形，上部是宗廟的屋頂，中間爲牆壁，下部是地基。②是金文的形體，與甲骨文相似。③是《說文》中篆文的形體。④爲楷書的寫法。

在《說文》中未收「亨」字，只收了「享」字（「享」與「亨」本爲一個字，參見「享」字）。「亨」字的本義爲「宗廟」，由「宗廟」義又能引申爲向宗廟祭祀之「亨（烹）飪祭品」，如《易・鼎》：「亨飪也。」《詩經・小雅・楚茨》中的「烹」也寫作「亨」。後來因爲「亨」被借作「亨通」義，所以在「亨」下加上「灬（火）」，這就產生了新形聲字「烹」了。「烹」有燒煮的意思，如《左傳・昭公二十年》：「以烹魚肉。」由「烹魚肉」又可以引申爲「烹人」，這是用鼎煮殺人的一種極端殘酷的刑罰，如《戰國策・齊策一》：「臣請烹。」由此又能引申爲「消滅」，如《史記・秦始皇本紀》：「烹滅強暴。」也就是消滅強暴的意思。

①　②　③　④

這是「享受」的「享」字，本爲象形字。甲骨文①也像宗廟的形狀，上部像屋頂，中間爲牆壁，下部是高臺地基。②是金文的形體，與甲骨文相似。③是小篆的形體。④爲楷書形體。

《說文》：「享，獻也。」其實，「獻」並不是「享」字的本義，而是引申義，即由「宗廟」這個本義引申爲用祭品供奉鬼神，如《尚書・盤庚上》：「茲予大享於先王。」也就是說：現在我要大祭先王。由「祭鬼神」又引申爲用食品招待人，爲「宴享」之意，如《左傳・襄公二十七年》：「鄭伯享趙孟（人名）於垂隴（地名）。」由此又可以引申爲「享受」，如《晉書・傅玄傳》：「天下享足食之利。」洪秀全〈原道醒世訓〉：「天下一家，共用太平。」

在古籍中常見「享國」一詞，這是「享有其國」的意思，即指帝王在位，如《尚書・無逸》：「肆祖甲之享國三十有三年。」「肆」即「因此」義。這是說：因此祖甲執政達三十三年。

這是「京都」之「京」。甲骨文①像個人工建築起來的土堆，在土堆上有個望塔，用以觀敵情、察民事。這就是「京」。金文②基本上和甲骨文相同，只是塔壁上加了兩橫，代表窗戶。小篆③的下部變得不太像土堆了，其上部尚存有塔頂的形象，中部的「方口」仍然代表窗戶。楷書④是從小篆的形體楷化而來，已看不出原形了。

▲漢畫像磚中的建築紋樣。

古代的「京城」必須建在高處，以便觀察外面的情況，所以「京」字就有「高」義，如《爾雅・釋丘》：「絕高爲之京。」「京」字從「高」義又引申爲「大」，如《左傳・莊公二十二年》：「八世之後，莫之與京。」其大意是：等八世以後，沒有人比他更大的。請注意：「京輦」一詞不能理解爲京都的車子，我們知道，皇帝坐的車子叫「輦」，「京輦」就代表「京城」，如《後漢書・袁紹傳》：「子弟生長京輦。」也就是子弟們生長在京城的意思。「京輦」有時也稱爲「輦下」。

「京」字是個部首字。在漢字中凡由「京」字或「京」字頭（亠）所組成的字大都與「高」或「亭」有關，如「就」、「高」、「亭」等字。

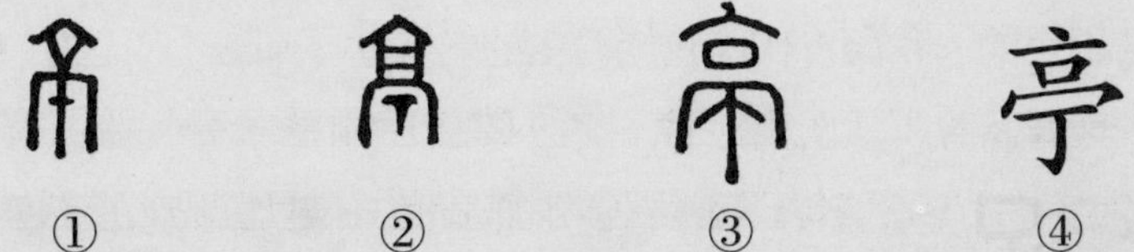

「何處是歸程，長亭更短亭。」這個「亭」字原是個象形字。金文①很像一座望台，用以觀察敵情。古陶文②的形體與金文相似，只是在「亭」的牆壁上增加了兩橫代表窗戶，便於向遠處望。其下部的「丁」形表讀音，變成上形下聲的形聲字。小篆③也是從「丁」得聲的形聲字，書寫也方便了。④是楷書的形體。

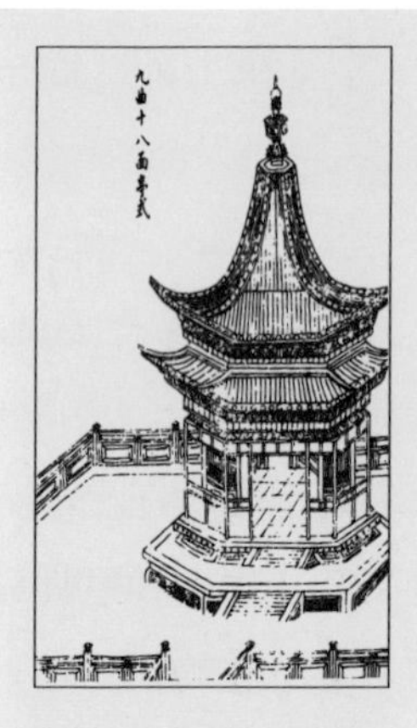

▲《三希堂畫譜》中「亭」的畫法。

《說文》：「亭，民所安定也。」此說正確。「亭」的本義就是「望亭」，所以，在邊疆用來觀察敵情的建築物也稱爲「亭」，如《後漢書・光武帝紀》：「築亭候。」「候」亦作「堠」；「亭候」就是用作望的「崗亭」。後世又引申爲「涼亭」、「書亭」、「亭子」等等。「亭午」即爲「正午」，如李白〈古風〉詩：「大車揚飛塵，亭午暗阡陌。」這是說：大車飛馳揚起塵土，正午時分也看不清道路。「亭亭」一詞是形容高而聳立，如曹丕〈雜詩〉：「西北有浮雲，亭亭如車蓋。」當然，這個「高聳」義，也是由本義引申而來的。

 ①  ②  ③  ④

這個「亳」字讀作ㄅㄛˊ，本爲形聲字。甲骨文①的上部像高樓重屋，其下部中間的部分爲「乇」的初文，表聲。②是金文的形體，與甲骨文相似。③是小篆的寫法，由金文直接演變而來。④爲楷書的寫法。

「亳」字的本義爲「廣室高樓」。據古代文獻記載和以後的考古發掘，都證明商代已經有了類似於樓房的高大建築，而這種建築就是「亳」，能夠在亳中居住的絕非一般的人，而是帝王。所以「亳」字在上古即成爲商代首都的專用名詞，如《史記・殷本紀》：「湯始居亳。」這是說：商湯開始在亳建起國都。既然商王居亳，那麼「亳王」是否就是指商王呢？不是的。我國古代西戎族君主的名號稱「亳王」，正如《史記・秦本紀》索隱所說：「西戎之君，號曰亳王。」

請注意：「亳」字與「毫」字形體近似，應加區別，不要混淆。「亳」字現在僅用於地名，如安徽省亳縣。

 ① ②  ③ ④

「高山流水」的「高」是個形容詞，實在難於畫出來，我們的祖先就

巧妙地用「高物」來表示。甲骨文①像一個樓閣的形象，它從具體的樓閣的「高」的詞義，再普遍化成爲代表所有的「高」的意義。金文②的上部更像樓閣的屋頂。小篆③則變得不太像樓閣形了，但屋頂還是像的。楷書④是直接從小篆演變來的，看不出樓閣形了。

「高」的本義與低相對，如《列子・湯問》：「太行、王屋二山，方七百里，高萬仞。」由「高」再引申爲「大」的意思，特別指年齡，如《漢書・戾太子據傳》：「是時上春秋高。」這裡的「上」是指漢武帝，「春秋」指年歲，「高」即「大」義。這句話的意思是：這個時候，漢武帝年歲很大了。從「高」的本義又可引申爲抽象的「高超」、「高尙」之義，如《漢書・晁錯傳》：「臣竊觀太子材智高奇。」就是說：我私下看太子的才智高超出衆。

單　部

「可憐身上衣正單，心憂炭賤願天寒。」這個「單」字是個象形字。甲骨文①和金文②的上部是帶有兩個耳朵的拍子，下部是木柄，古人用它打鳥，所以「單」的本義是捕鳥的工具。③是小篆的形體，與甲骨文、金文基本相同，只是其下部多了一橫。④是楷書的形體，由小篆直接變來的。⑤是簡化字的寫法。

「單」是古代捕鳥的工具。而用這種工具捕鳥一次往往只能捕到一隻，所以「單」字有「單獨」或「單一」之義。從「單獨」又可以引申爲「單薄」，如《晉書・光逸傳》：「家貧衣單。」

請注意：「單」字是一個多音多義字，當讀ㄕㄢˋ（扇）的時候，則用於地名和姓氏，如在山東省西南部有個「單縣」，這個「單」不能讀ㄉㄢ（丹），必須讀作ㄕㄢˋ（扇）。姓氏也是如此。另外，古代匈奴最高首領的稱號叫「單于」，這裡的「單」字必須讀作ㄔㄢˊ（蟬），若讀作其他的音也不對。

「單」字是個部首字，在漢字中凡由「單」所組成的字大都與「捕」、「打」有關，如「戰」、「獸」等字。

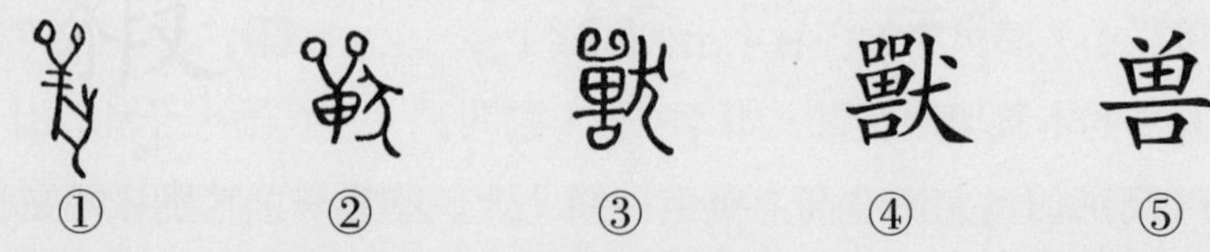

這個「獸」原爲會意字。甲骨文①很形象，其左是捕捉禽獸的獵具，其右下部是一條頭朝上尾朝下腹朝左的獵犬（狗）。有獵具有獵犬，這就表明是打獵。②是金文的形體，獵具中間又增加了網形的部分（實爲「單」），其餘皆同於甲骨文。小篆③變得更繁雜了，但基本上還是與金文相類似。④是楷書的寫法，由小篆直接演變而成。⑤是簡化字。

▲戰國銅器上的狩獵紋樣。

「獸」字的本義是「打獵」，是動詞。但後來把它當名詞「野獸」用了，所以只好又造一個新形聲字「狩」當「打獵」講。這樣「獸」、「狩」兩字就有了明確的分工。《爾雅・釋鳥》說得很明確：「二足而羽，謂之禽；四足而毛，謂之獸。」後來借喻野蠻兇狠謂之「獸性」。

古書中的「獸環」一詞，若理解爲「獵犬的項圈」，是不對的。其實是指舊時大門上的銅環。因爲大門銅環底座往往鑄成獸頭形，獸頭的口中銜的銅環就稱爲「獸環」。

隹　部

① ② ③ ④

這是個「隹」字。甲骨文①的形象像鳥的樣子，上部是鳥頭，嘴向左方，向右的兩筆是翅膀，向下的兩筆像爪子。依《說文》的說法，「隹」

▲商周青銅器上鳥紋的演變。

就是短尾巴鳥的總名。金文②就更像一隻頭朝左的短尾巴鳥，其下部是一隻爪子。小篆③也還有點鳥的樣子。可是到了楷書④就很難看出鳥的模樣了。

在上古，「隹」與「鳥」實爲一個字。但請注意：不要把「佳」字誤成「隹」字。「佳」字的右邊是個「圭」（ㄍㄨㄟ）字，由兩個「土」字組成；而「隹」字的右邊是一點四橫一豎。

「隹」字是個部首字。在漢字中，凡由「隹」字所組成的字大都與禽類有關，如「焦」、「集」、「雉」、「雕」、「雀」等字。

這是「孤身隻影」的「隻」字。甲骨文①的上部是「隹」（鳥），其下是一隻手，這是一隻手逮住了一隻鳥的意思。有的金文更爲形象，如②。③是小篆的形體，還是手捉鳥的形象。可是楷書④就不象形了，但其組成部分的「隹」、「又」都未變。簡化字⑤是借「只」字來代替繁體字「隻」字。

「隻」字的本義，正像《說文》中所說的「鳥一枚也」。稱一隻鳥爲「一枚鳥」，現在看來有點彆扭，不過由此可知「枚」字就是「隻」字的意思。《宋史・張洎傳》：「肅宗而下，咸隻日臨朝，雙日不坐。」這個「隻」字是什麼意思呢？它與「雙」相對，是「單」的意思。這是說：從唐肅宗李亨以下，都（咸）是單日上朝，雙日就不坐朝問政。可見這裡的「隻」可引申爲「單」。

值得我們注意的是：在古代「隻」、「只」本爲兩字，詞義大不相同。「只」字是表示「僅僅」、「只有」義，在宋代以前多寫爲「祇」、「秖」、「衹」，如杜甫〈示侄佐〉：「只想竹林眠。」而「隻」字卻作單位量詞用，因爲寫起來太繁，大陸在簡化漢字時便借用了僅有五畫的「只」來代替。

　　離　离

①　②　③　④

「剪不斷，理還亂，是離愁。」這個「離」字本爲會意字。①是甲骨文的形體，上部爲「鳥」，下部是捕鳥的長柄「網」，表示捕鳥之意。②是小篆的形體，左邊是「網」的訛變，右邊是「隹（鳥）」。③是楷書繁體字。④爲簡化字。

《說文》：「離，離黃倉庚也。」所謂「離黃」、「倉庚」，就是黃鶯、黃鸝。此說不妥。「離」字的本義並非鳥名，而是「以網捕鳥」，引申爲「擒獲」義，假借爲「離開」義，如《禮記・檀弓上》：「吾離群而索居，亦已久矣。」《史記・文帝本紀》：「今右賢王離其國。」由此又可以引申爲「背離」，如《商君書・畫策》：「失法離令。」

請注意：在《詩經・邶風・新臺》中有這樣兩句詩：「魚網之設，鴻則離之。」這裡的「離」是「罹」字的通假字，當「遭受」講；「鴻」是指癩蛤蟆。這兩句詩的大意是：張開捕魚的大網，那癩蛤蟆卻遭了殃。

　　雀

①　②　③

「朱雀橋邊野草花，烏衣巷口夕陽斜。」這個「雀」字爲象形字。從甲骨文①的形象看，就像一個鳥頭，頭頂上有一撮羽毛。小篆②與甲骨文有點類似。楷書③上部的冠羽形變成了「大小」的「小」字，下部仍然是「隹」（鳥）。

「雀」字本指「麻雀」或「山雀」。這類鳥的體形都較小，所以有時也泛稱雀形的多種小鳥爲「小雀兒」，如在《文選》中有宋玉的〈高唐賦〉：「衆雀嗷嗷，雌雄相告。」李善的注解說：「雀，鳥之通稱。」

▲麻雀，選自《本草綱目》。

在上古的「爵」是一種酒杯，其形很像「雀」，讀音也近於「雀」，所以到了周朝末年，人們往往借「爵」爲「雀」，如《孟子・離婁上》有「爲叢驅爵」的話，這個「爵」字就是「雀」字。

 焦

① ② ③ ④

「草木無存，滿目焦土。」這個「焦」字是個會意字。金文①的上部是「隹」（鳥），下部是「火」，即用火烤鳥。小篆②的形體變得很繁雜，增加了兩個「隹」，表示烤了很多鳥。③是楷書的形體，直接由小篆演變而來。④爲楷書簡化字，模仿金文，上部只保留了一個「隹」。

「焦」字的本義是「燙焦」，即烤黃，並非烤焦，如《世說新語・德行》：「母好食鐺底焦飯。」「鐺」是平底鐵鍋；「焦飯」是指烤黃了的飯，而並非烤成炭的飯，這與現在所說的「焦」的詞義不盡相同。由「烤黃」之義又引申爲「黃黑之色」，如陶弘景《眞誥・運象》：「心悲則面焦。」比喻乾燥到極點，也可稱焦，如：「舌敝唇焦。」在引申爲表示心情時，也可用「焦」字，如阮籍〈詠懷〉詩：「誰知我心焦？」這個「心焦」就是表示煩躁、憂急之意。

① ② ③ ④

這是「集合」之「集」。從甲骨文①的形體看，上爲「隹」，下爲「木」，「集」字的本義就是「鳥集於枝頭」的意思，可見是個會意字。金文②基本上與甲骨文相同，不過有的在「木」上是三個「隹」。小篆③的「木」上，也與金文一樣有兩種寫法。④爲楷書的形體，只留下一個「隹」。

《詩經・周南・葛覃》：「黃鳥于飛，集于灌木。」這個「集」字就是用其本義。從這個本義引申爲「聚集」、「集合」，如把某人的詩、文彙編在一起即爲詩集、文集。

我們讀《史記・秦始皇本紀》時，會見到「天下初定，遠方黔首未集」的話，這個「集」字是「輯」字的同音假借字，是「安定」或「和睦」的意思。

▲鳥棲於枝，漢畫像磚。

① ② ③ ④ ⑤

「家門雍穆。」這個「雍」字本為會意字。①是甲骨文的形體，左上部為「水」形，右上為「隹（鳥）」，下部的「口」像水被壅塞而成的池澤。②是金文的形體，水的下面增加一個「口」，其義不變。③是小篆的形體，兩個「口」訛變為「邑」。④為楷書異體字（已廢）。⑤是現在使用的形體。

《說文》：「雝（雍），雝渠也。」所謂「雝渠」是一種鳥的名字，即鶺鴒。朱駿聲《說文通訓定聲・豐部》：「此鳥喜飛鳴作聲，其音邕邕而和。」由此就可以引申為「和諧」義，如《尚書・無逸》：「言乃雍。」意思是：言語，則群臣都非常和諧。由「和諧」可以引申為「奏樂」，即古代撤膳時所奏的音樂，如《淮南子・主術訓》：「奏雍而徹（撤）。」也就是說：奏起雍樂而撤下膳食。

請注意：「雍」字可作「壅」的通假字，為「阻塞」義，如《穀梁傳・僖公九年》：「毋雍泉。」就是「不要堵塞泉水」之意。另外，「雍」字還可以作「擁」的通假字，為「擁有」義，如《戰國策・秦策五》：「（始皇）雍天下之國。」

魚　部

① ② ③ ④ ⑤

「鷹擊長空，魚翔淺底。」這個「魚」字是個典型的象形字。甲骨文①就是一條鮮魚的形狀，上頭下尾，背部和腹部各有一鰭（ㄑㄧˊ其）。②為金文的形體。小篆③則比金文簡單一些，但還能看出魚的樣子。楷書④則完全變成筆畫了，魚尾變成了四個「點」。⑤是簡化字，把四點變成了一橫。

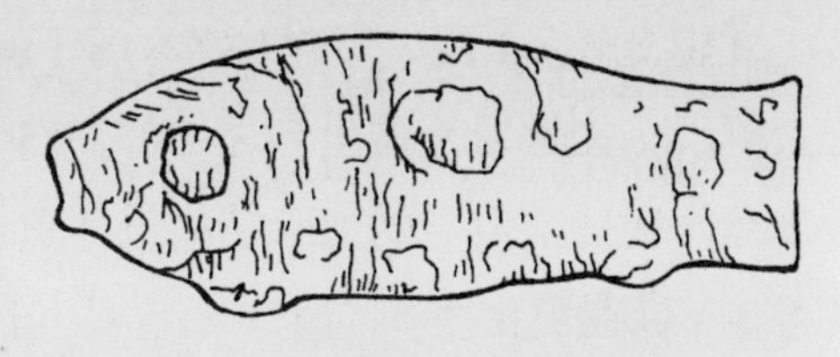
▲河姆渡遺址出土的木魚。

在古詩文中，用「魚」字組成的詞很多；如果我們單從字面上去理解往往出錯，如李賀的〈題歸夢〉詩：「花燈照魚目。」這並不是說用花燈照魚的眼睛，這裡的「魚目」是指「淚眼」，因為淚珠像魚目。「魚肉」一詞也往往不是指魚的肉，而是化為動詞用來比喻「殘害」，如《後漢書・仲長統傳》：「魚肉百姓，以盈其欲。」也就是說：殘害老百姓，以滿足他的欲望。

現在說「魚水」之情，一般是指軍民關係，可是在古代還有其他意義，如李白〈讀諸葛武侯傳〉詩：「魚水三顧合，風雲四海生。」這個「魚水」比喻劉備和諸葛亮的關係，即君臣之恩。又如《聊齋志異・羅刹海市》：「妾亦不忍以魚水之愛，奪膝下之歡。」魚水比喻夫妻關係。

「魚」字是個部首字。在漢字中凡由「魚」字所組成的字大都與魚有關，如「魯」、「鯊」、「鰱」、「鯽」、「鮮」等字。

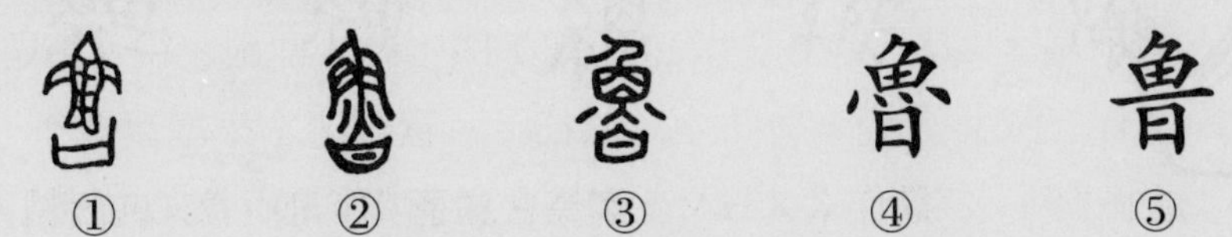

這個「魯」字是個會意字。甲骨文①的上部是「魚」，下部是個鍋之類的器具，把魚烹熟做佳餚。所以「魯」字的本義為「嘉」、「美」。金文②的形體基本上同於甲骨文。小篆③則發生了僞變，其下部的「鍋」形器具變成了「白」字。楷書④又把「白」字變為「日」字，這是沒什麼道理的。⑤是簡化字。

「魯」字當「嘉」講的本義後世逐漸消失了。而當「鹵莽」講的假借義倒是普遍使用（「魯莽」也可寫為「鹵莽）。從「魯莽」又可引申為「愚笨」、「遲鈍」，如《論語・先進》：「參也魯。」就是說：曾參（孔子的學生）是很遲鈍的。

這是「鮮美」的「鮮」字。金文①的上部是「羊」，下部是「魚」。

《說文解字》說，「鮮」字本爲「魚名」。所以，這並不是說「魚與羊最鮮」，後世只是借魚名之「鮮」爲「新鮮」的「鮮」罷了。②是小篆形體，變「羊魚」的上下結構爲「魚羊」的左右並列結構。③是楷書的寫法。④是簡化字。

「鮮」字的基本詞義就是「新鮮」。從「新鮮」義引申爲「鮮豔」義，如陶潛〈桃花源記〉：「芳草鮮美。」請注意，「鮮」字還有個特殊義，當「夭折」、「短命」講，如《左傳・昭公五年》：「葬鮮者自西門。」這個「鮮者」就是早死的人。

至於「鮮」當「少」講，那還是從本義「新鮮」引申出來的，因爲東西多了，也就無所謂「鮮」了。當「少」講的「鮮」字應該讀ㄒㄧㄢˇ（顯）。

我們在閱讀古書時，會遇到「鱻」、「尠」、「尟」字。其實，這都是「鮮」的異體字，現已廢除不用。

①　②　③　④　⑤

這個「鯀」字讀作ㄍㄨㄣˇ，本爲會意字。①是甲骨文的形體，像手持長竿釣魚。②是金文的形體，將手持釣竿之形變爲「絲」，也有道理，因爲釣魚要用絲線繫魚鉤。③是小篆的形體，與金文相似。④爲楷書繁體字。⑤爲簡化字。

《說文》：「鯀，魚也。」其實，「鯀」字的本義爲「釣魚」。由「釣魚」可以引申爲「大魚」，如《玉篇・魚部》：「鯀，大魚。」再者，鯀爲傳說中我國原始時代的部落首領，曾奉堯命治水。

阜　部

陆　陊　隊　隊　队

①　②　③　④　⑤

這個「隊」是個會意字。甲骨文①的陡崖旁邊是個頭朝下的「人」，這就表明人從陡崖之上掉下去了。金文②的陡崖還在，只是在周秦時已把「人」換成了「豕（豬）」。③是小篆的形體，基本上與金文相同，只是筆畫增加了一些。④是楷書的形體。⑤是簡化字，實際上是甲骨文的借用。

「隊」字的本義是「墜（ㄓㄨㄟˋ墜）」，也就是從高處墜落的意思，如《荀子・天論》：「星之隊（ㄓㄨㄟˋ墜），木之鳴，是天地之變。」就是說：星辰的墜落，樹木發出響聲，這是天地的反常現象。從「墜落」之義又可引申爲「失掉」，如《國語・楚語下》：「自先王莫隊其國。」也就是說，從先王開始，沒有一個人能失掉自己的國家。以上這些例句中的「隊」字都應讀ㄓㄨㄟˋ（墜）。後來「隊」字被假借爲「軍隊」之義，所以又在「隊」字之下增加個「土」字，表示掉到地面上，這就產生了一個上聲（隊）下形（土）的新形聲字「墜」了。自此以後，「隊」、「墜」兩字有了明確分工：「隊」當「隊伍」講；「墜」當「墜落」講。

陽 陽 陽 陽 阳

① ② ③ ④ ⑤

「陽春之季香正濃。」這個「陽」字本爲會意兼形聲的字。①是甲骨文的形體。左邊是「阜」，表示升高的意思；右邊是一盞明燈，明燈升高，光明至極。②是金文的形體，與甲骨文基本相似，燈下增加了三撇，表示燈光四射。③是小篆的形體，同於金文。④爲楷書繁體字。⑤爲簡化字。

《說文》：「陽，高明也。」此說正確。但又說「從阜，昜聲」，則欠妥，因爲「昜」字不僅表音而且表義。所以「陽」字是一個會意兼形聲的字。「陽」由「光明」之本義引申爲「太陽」，如《詩經・小雅・湛露》：「匪陽不晞（ㄒㄧ）。」「匪」通「非」；「晞」爲「曬乾」義。也就是說：不是太陽則曬不乾的。由「太陽」又能引申爲「溫暖」，如《詩經・豳風・七月》：「春日載陽，有鳴倉庚」。「倉庚」即黃鶯。這是說：春日溫暖，黃鶯鳴叫。「山的南面」、「水的北面」亦稱「陽」，如《穀梁傳・僖公二十八年》：「水北爲陽，山南爲陽。」

請注意：《漢書・高帝紀》：「陽尊懷王爲義帝。」這裡面的「陽」字是「假裝」的意思，實爲「佯」的通假字。

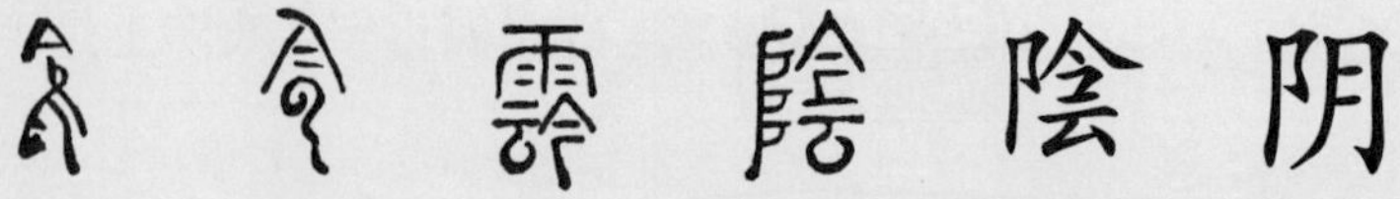

① ② ③ ④ ⑤ ⑥

「惟有教坊南草綠，古苔陰地冷淒淒。」這個「陰」字本爲形聲字。①是甲骨文的形體。上部是省寫的「今」字，表聲；下部是「隹（鳥）」，表形。這就表示將要陰天，鳥鳴不已。②是《說文》中古文的形體，下部由甲骨文中的「隹」變成了「雲」，也甚有道理，因爲天陰則必有濃雲。③是小篆的形體。下部將古文的「今」、「雲」並列，而且上部又增「雨」，顯然「陰」與「雨」是有關係的。④爲小篆的異體字。⑤爲楷書繁體字。⑥爲簡化字。

《說文》：「陰，闇也。」這是指陰暗的意思。而陰晴之「陰」，《說文》作「霒」，並謂：「霒，雲覆日也。從雲，今聲。」現在只用一個「陰」字了。「陰」的本義爲「陰天」，如晁錯〈論貴粟疏〉：「秋不得避陰雨。」「山的北面」與「水的南面」蔽不見日，亦稱「陰」，如《韓非子・說林上》：「夏居山之陰。」也就是說：夏天要居住在山的北面。由「天陰」又可以引申爲「陰暗」，如項斯〈晚春花〉：「陰洞日光薄，花開不及時。」由此而引申爲詭秘的計謀就稱爲「陰謀」，如《史記・陳丞相世家》：「我多陰謀。」可見「陰謀」本無貶義，然而後世則多指暗中策劃作壞事，遂成貶義詞了。

「陰」與「陽」是相對的。古代樸素的唯物主義思想家也就把在矛盾運動中的萬事萬物概括爲陰、陽兩個對立的範疇，並以陰陽變化來說明物質世界的運動和發展。

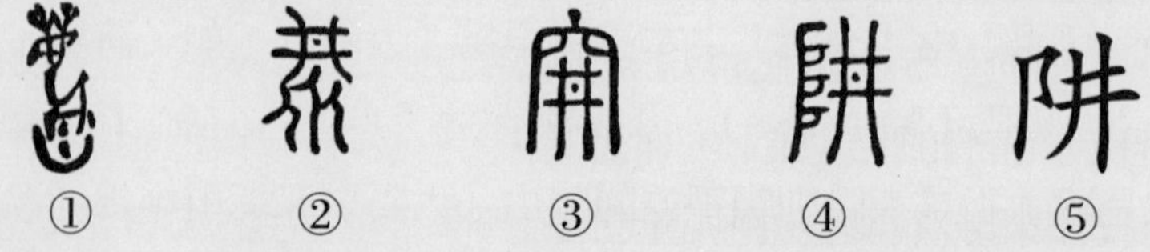

這個「阱」字是會意兼形聲的字。①是甲骨文的形體，其上爲一隻鹿形，下部是一個大陷阱。當然，陷的不僅是鹿，還有另外的野獸（甲骨文

▲古岩畫上的動物與陷阱，發現於新疆地區。

中有多種形體）。②是《說文》中的古文形體，「井」下有「水」。③是小篆的異體字，「井」上有「穴」，說明井與穴有關。④也是小篆的形體，「井」的左邊爲「阜」，說明井下是一層一層的，很深。⑤爲楷書的形體。

《說文》：「阱，陷也。從阜從井，井亦聲。」許愼的說法正確。「阱」的本義爲「陷阱」。古代人常設陷阱來捕捉野獸，防禦敵人，如《後漢書‧趙壹傳》：「畢網在上，機阱在下。」「畢」是長柄網。這是說：上面有網，下面有陷阱。又如李白〈君馬黃〉：「猛虎落陷阱。」

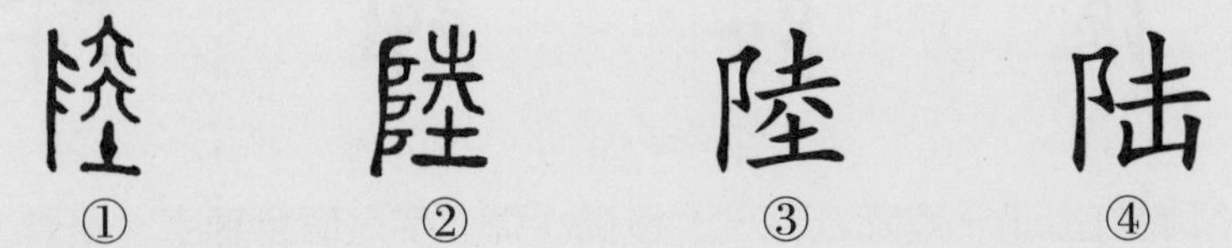

①　②　③　④

「毛群陸離，羽族紛泊。」這個「陸」字，本爲會意字。①是金文的形體。右上部是一層高過一層的土丘之形，右下部爲「土」；左邊是「阜」，表示「高」義。②是小篆的形體，與金文相似。③爲楷書繁體字。④爲簡化字。

《說文》：「陸，高平地。」這是說：高而平的地方就是陸地。如左思〈吳都賦〉：「水浮陸行。」土丘是有起有伏的，因此「陸」又可以引申爲「跳躍」義，如《莊子‧馬蹄》：「翹足而陸，此馬之眞性也。」大意是：翹足而跳躍，這是馬的本性。不過，在「跳躍」的意義上，後世均寫作「踛」。

請注意：我們讀《後漢書‧應劭傳》時，會見到「陸掠殘害」的話。這裡的「陸」是「擄」的通假字，所謂「陸掠」也就是「擄掠」。

①　②　③　④

這是個「阜（ㄈㄨˋ負）」字。甲骨文①是一層一層的臺階，有人認爲是一層層的山崖，也有人認爲是石階之形，其實與階梯、山崖、土山都有關。所以，這是個象形字。②是金文的形體。小篆③的寫法與甲骨文、金文相似。楷書④則完全看不出階梯的樣子了。

從以上的分析可以看出：「阜」的本義是階梯或不太高的土山，如《荀子・賦篇》：「生於山阜。」這個「阜」字就是土山的意思。凡是山總有高大、盛多之意，如張衡的〈西京賦〉中有「百穀殷阜」的話，也就是說「百穀盛多」的意思。

請注意：在楷書漢字中，凡有「阜」作爲偏旁使用時，它就寫成左「阝」，如「降」、「陟」、「陵」、「陡」、「階」等，而這些字也大都與階梯、升降、地名等有關。由此可見左「阝」也是個部首字，但查《康熙字典》或舊本《辭海》時只能到部首「阜」部中才能找到。

① ② ③ ④

「霜打三千，雨降八百。」這個「降」字是個會意字。甲骨文①的高坡旁邊是兩隻腳趾朝下的腳，其意是：從高坡上走下來。金文②的各個組成部分與甲骨文差不多。③是小篆的寫法，其結構位置同於金文。小篆③的兩腳之形完全看不出來了。④是楷書的形體。

「降」字的本義是「從高處往下走」，如《左傳・僖公二十三年》：「公降一級而辭焉。」這個「降一級」不是「降低一等」，而是「走下一層臺階」之義。由此可以引申爲「降落」，如《荀子・議兵》：「若時雨之降，莫不說（悅）喜。」就是說：像下了一場及時雨，沒有一個人不高興。從「降落」之義，又能引申爲「降生」，如龔自珍的〈己亥雜詩〉中有這樣兩句：「我勸天公重抖擻，不拘一格降人才。」

「降」是個多音多義字。投降的「降」應讀ㄒㄧㄤˊ（詳），如《左傳・莊公八年》：「降於齊師。」就是：「向齊軍投降」的意思。《詩經・召南・草蟲》「我心則降」中的「降」字也讀ㄒㄧㄤˊ，卻是「歡悅」、「悅服」之義。

請注意：「降服」一詞中的「降」字有兩讀：當讀作ㄐㄧㄤˋ（匠）時，「降服」就是「解衣謝罪」之義，如《左傳・僖公二十三年》：「公子懼，降服而囚。」就是說：公子害怕了，自己脫去上衣把自己拘囚起來。當讀作ㄒㄧㄤˊ（詳）時，「降服」就是「投降順從」之義。

①　②　③

這是「無限春光」的「限」字，是個會意字。金文①的左邊是「阜」，像高丘形；右邊的上部是一隻大眼睛，其下是一個面向右側立的「人」；這表示一個人回頭看，但被高丘所阻限，無法極目遠眺。②是小篆的形體，其左的「阜」並無多大變化，右上部的眼睛就寫作「目」形，可是其右下角的「人」則看不出來了。③是楷書的形體，其右部發生了很大的僞變，根本沒有「人」、「目」之形了。

「限」字的本義是「阻隔」，如：「南有巫山、黔中之限。」（《國策・秦策一》）也就是說：南面被巫山和黔中所阻隔。由「阻隔」引申爲「限制」，如杜甫的〈別贊上人〉詩中有這樣兩句：「是身如浮雲，安可限南北。」大意是：自己像天空飄動的浮雲一般，怎麼能限制於南或北呢？由「限制」之義又可引申爲「界限」，如：「東限琅邪台。」（謝朓，〈和王著作八公山〉）就是說：東面是以琅邪台（地名）爲界限。那麼，孟郊〈征婦怨〉「漁陽千里道，近如中門限」的「限」又是什麼意思呢？若用以上的義項作解都不通。其實，這個「限」字當「門檻」講，因爲「門檻」本身就有「限制」之義。以上兩句詩的意思是：漁陽雖在千里之外，但就像中門的門檻那樣近。

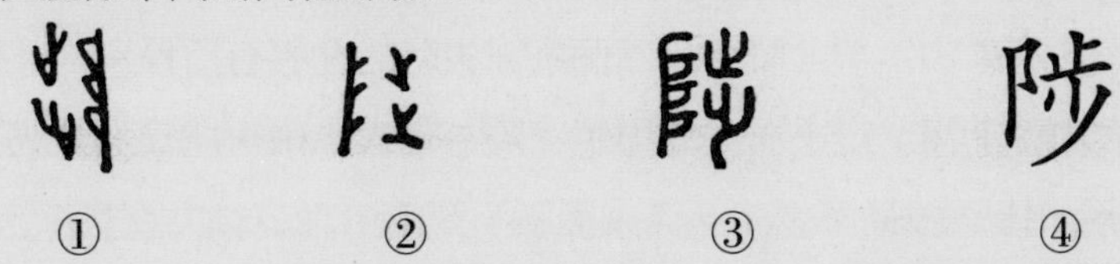

①　②　③　④

「陟（ㄓˋ）」字是個會意字。甲骨文①的一邊是兩隻腳，腳趾朝上，腳跟朝下，腳的旁邊是「阜」（高坡），這是兩隻腳登上高坡的意思。金文②的形體略有變化，兩隻腳或在左邊或在右邊，並不固定。③是小篆的形體，與金文大致相似。④是楷書的寫法，根本看不出兩隻腳登高的樣子了。

「陟」字的本義就是「升」、「登」，如《詩經・周南・卷耳》：

「陟彼高岡，我馬玄黃。」意思是：登上那個高岡，我的駿馬病了（玄黃）。從「登高」又可引申爲「提拔」、「進用」之義，如《三國志・蜀志・諸葛亮傳》：「陟罰臧否。」所謂「臧」，就是好的；所謂「否」就是壞的。這句話的意思是：提拔好的，懲罰壞的。

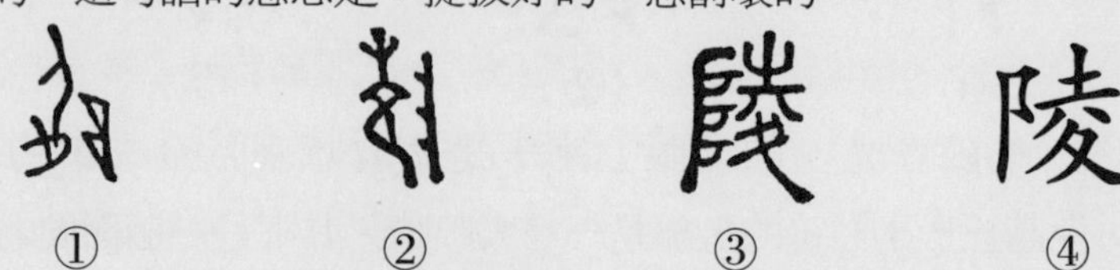

①　②　③　④

「仰瞻陵霄鳥，羨爾歸飛翼。」這個「陵」字本爲會意字。①是甲骨文的形體，左邊是「人」，右邊是「阜」，表示人登上大土山。②是金文的形體，其結構與甲骨文基本一致，「人」面向大土山，更有登山之意。③是小篆的形體，右邊的「人」形已變得根本不像「人」了，僅下面的一隻人腳（夊）變化不大。④是楷書的寫法。

《說文》說「陵」字是「從阜，夌聲」的形聲字，不妥。其實，它本是個會意字。又說「陵」的本義是「大阜」，也不妥。「陵」字的本義是「登山」，如張衡〈西京賦〉：「陵重巘（ㄧㄢˇ），獵昆駼（ㄊㄨˊ）。」「巘」爲重山，「昆駼」是像馬一樣的獸。大意是：攀登重山，獵取昆駼。由「登山」引申爲「大土山」，如《詩經・小雅・天保》：「如崗如陵。」大意是：像高崗，像大土山。因陵墓像土山形，所以「陵」有可引申爲「陵墓」義，如《晉書・琅邪悼王煥傳》：「營起陵園。」即修造起墓地的意思。又如十三陵、中山陵的「陵」均爲「墓地」義。至於《左傳・昭公元年》「無禮而好陵人」中的「陵」，是「凌」字的通假字。

請注意：山、嶺、陵、丘四個字，古時的含義有所區別。「山」是指石頭大山，「嶺」是小而尖的山，「陵」是大土山，「丘」是夾在大山中間的小土山。

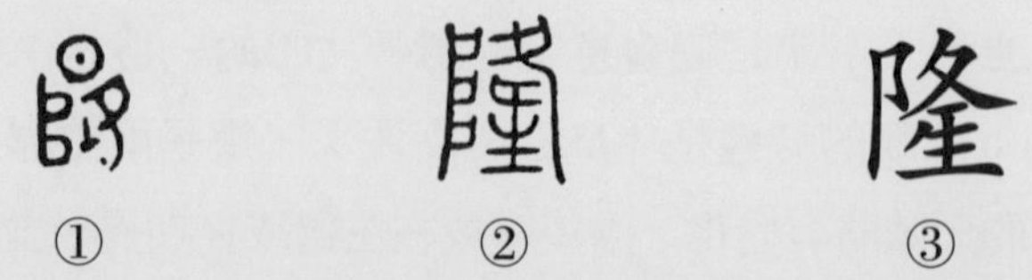

①　②　③

這是「深秋隆冬」的「隆」字，本爲會意字。①是金文的形體。上部爲「日」，有「高」義；中間爲「土」，有「大」義；其兩側組成「降」字。②爲小篆的形體，下部的「土」訛變爲「生」。③爲楷書的寫法。

《說文》：「隆，豐大也。」其實，「隆」字的本義是指山中央之「高峰」，如《孫子兵法・行軍》：「戰隆無登。」也就是說：在作戰時，敵人占領高峰，則不要硬去仰攻。由此又可以引申爲「高」，如《後漢書・張衡傳》：「合蓋隆起，形似酒尊。」由「高大」又可以引申爲「興盛」、「興隆」，如曹操〈褒棗祗令〉：「克定天下，以隆王室。」大意是：平定天下，以興隆王室。由「興盛」義又可以引申爲「程度深」，如歐陽建〈臨終詩〉：「松柏隆冬悴，然後知歲寒。」這裡的「隆冬」是指深冬、嚴冬。

① ② ③ ④ 隙⑤

這是「白駒過隙」的「隙」字，本爲象形字。①是金文的形體，中間爲「日」，「日」字上下的線是牆的裂縫，表示自縫隙射入的光線。②是古璽文的形體，與金文相似。③是小篆的形體。④爲小篆的異體字。⑤爲楷書的寫法。

《說文》：「隙，壁際孔也。從阜從㡿，㡿亦聲。」可見「隙」字的本義爲「牆的裂縫」，如《商君書・修權》：「蠹衆而木折，隙大而牆壞。」大意是：蠹蟲多了樹木就會折斷，牆壁的縫隙大了就要倒塌。由「縫」可以引申爲「洞」，如徐宏祖《徐霞客遊記・楚遊日記》：「石隙低而隘。」這是說：石洞既矮又狹小。由此又可以引申爲「空閒」，如《左傳・昭公十二年》：「有隙地焉。」所謂「隙地」就是空地。《漢書・刑法志》：「皆於農隙以講事焉。」也就是說：都要在農閒之時搞軍事訓練。

因牆縫兩邊的牆壁是很近的，所以「隙」又可引申爲「接近」義，如《漢書・地理志》：「北隙烏丸、夫餘。」這是說：北面接近烏丸和夫餘這兩個民族。

金部

①　②　③

「疾風知勁草，烈火見眞金。」這個「金」字是個會意字。金文①的上部是個箭頭，其下是個斧頭形，左邊的兩個黑點是冶煉的金屬塊，這就表明箭頭和斧頭爲金屬所作。小篆②則變成了上聲（今）下形（土中有金屬塊）的形聲字了。③是楷書的寫法，基本上同於小篆。

「金」的本義不是指黃金，而是指金屬（青銅），如《荀子・勸學》：「鍥（ㄑㄧㄝˋ竊）而不舍，金石可鏤（ㄌㄡˋ漏）。」就是說：若能用刀一直刻下去而不停止，就是金石之物也是可以雕刻出東西來的。「金」到了後世才代表「黃金」，如《史記・文帝本紀》：「不得以金、銀、銅、錫爲飾。」這裡的「金」就是指「黃金」。後來又引申爲金屬製的樂器和兵器，如《漢書・李陵傳》：「聞金聲而止。」這個「金」是指「銅鑼」。也就是說：古代作戰，聽到鑼聲就要停止。古代樂器統稱「八音」，其中的「金」就是指「鐘」、「鈴」等金屬樂器。因爲黃金是貴重之物，所以後世比喻貴重有「金言」、「金諾」等；比喻堅固有「金城」、「金湯」等等。至於古詩詞中所說的「金兔」，那是「月亮」的別稱（當然，古時也有稱「月亮」爲「玉兔」的）。

「金」字是個部首字。在漢字中，凡由「金」所組成的字大都與金屬有關，如「針」、「鐵」、「銅」、「鑄」等字。

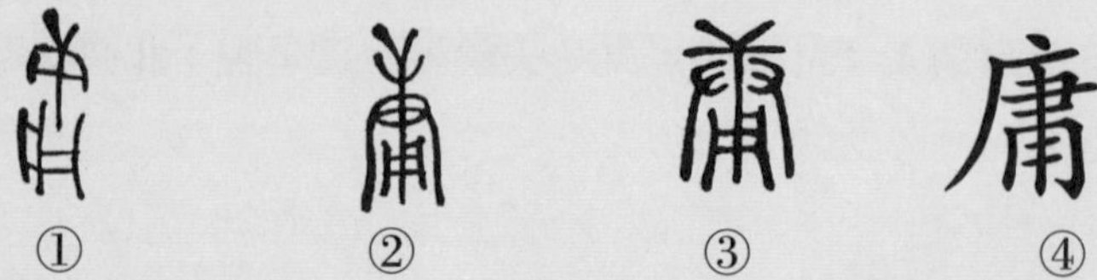

①　②　③　④

這個「庸」字本爲形聲字。甲骨文①的上部就像一個大鐘，下部爲「用」，表聲。②是金文的形體，是個外形內聲的形聲字。③是小篆的形體，基本上同於金文。④爲楷書的寫法。

《說文》：「庸，用也。」許愼把「庸」字的本義解爲「用」，不妥。「庸」的本義是上古的一種類似於鐘的樂器，如《詩經・商頌・那》：「庸鼓有斁（一丶）。」「斁」爲「盛」義。這句詩的大意是：大鐘、大鼓演奏得非常熱烈。當大鐘講的「庸」字，後世增加了形符「金」，變成新形聲字「鏞」，如《爾雅・釋樂》：「大鐘謂之鏞。」「庸」亦可借爲「用」義，如《國語・吳語》：「王其無庸戰。」「其」爲語氣詞。這句話的大意是：王無用作戰。至於《管子・大匡》：「庸必能用之乎？」「庸」與「用」同時出現，那麼「庸」字就成爲副詞，當「難道」講。原話的大意是：難道一定要用他嗎？

①　②　③　④　⑤

「鑄」字本爲會意字。甲骨文①的上部是左右兩隻手，拿著一個器皿，向下面的一個模子裡倒鐵水之類的東西，這就表示鑄造之義。②是金文的形體，與甲骨文非常相似，只是上部把兩隻手省略了，當中的幾個黑點兒是表示金屬的液體。到了小篆③變得複雜多了，成了左形（金）右聲（壽）的形聲字。④是直接由小篆變來的楷書體，筆畫實在太多，一共有二十二筆，後來簡化爲楷書⑤的形體。

「鑄」字的本義就是「鑄造」，如《國語・齊語》：「美金以鑄劍戟。」《左傳・昭公二十九年》：「鑄刑鼎，著范宣子所謂刑書焉。」大意是說：鑄造刑鼎，把范宣子所作的法令鑄在上面。

在古書中的「鑄人」一詞是什麼意思呢？實爲培養造就人才之義，如《法言・學行》：「或曰：『人可鑄與？』曰：『孔子鑄顏淵矣。』」大意是：有人問，人可以鑄造嗎？回答說：孔子就把他的學生顏淵鑄造出來了。由「鑄」可引申爲「造」，「造成重大錯誤」就可寫成「鑄成大錯」。

①　②　③

「當窗理雲鬢，對鏡貼花黃。」這個「鏡」字本爲形聲字。①是小篆的形體，爲「從金，竟聲」的形聲字。②是楷書繁體字。③爲簡化字。

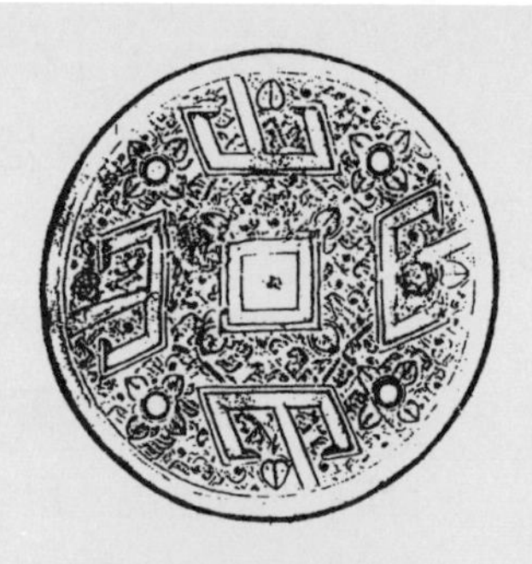

▲戰國四山銅鏡，合肥出土。

《說文》：「鏡，景也。從金，竟聲。」「景」是「影」的古字。這裡說鏡子照物而呈現影像。因爲古代沒有玻璃，都是用金屬製鏡，尤以銅製居多，所以「鏡」字從「金」。「鏡」字的本義就是「鏡子」，如《北史・齊本紀下》：「宮女寶衣玉食者五百餘人，一裙直萬匹，鏡臺直千金。」所謂「鏡臺」也就是裝著鏡子的梳粧檯。古代詩詞中多見「鏡花水月」一詞，用以比喻詩中所謂空靈的意境。謝榛在《詩家直說》中說：「詩有可解不可解，不必解，若水月鏡花，勿泥其跡可也。」其大意是：凡是詩，有的可以細解，有的不可以細解，有的則不應細解，好像水中之月、鏡中之花，不要拘泥於實跡。因此，後世也常以「鏡花水月」比喻虛幻。

① ② ③ ④ ⑤

這個「鑊」字讀作ㄏㄨㄛˋ，本爲會意字。①是甲骨文的形體，外部是一隻大鼎，下有三足，鼎內有一隻鳥，表示煮鳥之義。②是金文的形體，變成了會意兼形聲的字了。③是小篆的寫法，與金文相似。④爲楷書繁體字的寫法。⑤爲簡化字。

《說文》：「鑊，鑴（ㄒㄧ）也。」「鑴」是盆類。許說近是。「鑊」字的本義是古代「無足的鼎」，可以煮肉用，如《淮南子・說山訓》：「嘗一臠肉，知一鑊之味。」也就是說：嘗一塊肉，就能知道一鍋肉的味道。現在南方話鍋子就常稱作「鑊子」。

雨　部

①　②　③　④　⑤

「黑雲壓城城欲摧」，這個「雲」字本是個象形字。甲骨文①就像空中捲曲的雲形。金文②基本上同於甲骨文。到了小篆③反而複雜化了，在「云」字之上又增加了一個「雨」字，表示「雲」、「雨」相關。這就由原來的象形字變成了上形（雨）下聲（云，也兼義）的新形聲字了。④是楷書的形體，與小篆相同。⑤是簡化字。

▲漢代雲紋瓦當。

在古代史籍中，凡是寫成「雲」字，都是指天空中的「雲」；凡寫成「云」，一般都是當「曰」（說）講，如「子曰詩云」，現在所說的「人云亦云」。後幾個「云」字，都是假借字的問題，與天空的雲霞毫無關係。不過，有的「云」字也用作語助詞，有時出現在句首，如《詩經・邶風・簡兮》：「云誰之思？西方美人。」大意是：思誰呢？思西方美人。當然，也有用在句中和句末的。另外，有的人認爲，現在的簡化字「云」，是簡化「雲」字而成的。其實不是這樣，而是借鑒甲骨文、金文的形體而用之。

①　②　③　④

這個「申」字本爲象形字。甲骨文①就像雷雨天閃電之狀。所以「申」字和「電」字在上古同文。②是金文的形體，與甲骨文極爲相似。③是小篆的寫法。④爲楷書的寫法。

《說文》：「申，神也。」許愼是附會之說，不可信。「申」本爲電

▲金文中的「申」字。

閃光的樣子，所以其本義應爲「明」，由此可以引申爲「明白」等，如《後漢書·鄧騭傳》：「罪無申證。」也就是說：其罪並沒有明白的證據。班彪〈北征賦〉：「行止屈申。」這裡的「申」用「明」和「明白」均講不通，其實爲「伸」的通假字。所謂「屈申」就是「屈伸」。由「明」義又可以引申爲「申明」，也就是陳述或說明的意思，如《三國志·魏書·高允傳》：「允事事申明，皆有條理。」大意是：高允把每件事都說明白，而且都非常有條理。

請注意：「聲明」不同於「申明」。「聲明」是公開表明態度或說明眞相，「申明」則不一定需要公開。

① ② ③ ④ ⑤

這是「雷電交加」的「電」字，本爲象形字。甲骨文①是閃電發光的形象，中間的三個小點表示雨點。②是金文的形體，將甲骨文的雨點變成了「雨」字頭，成爲會意兼形聲的字了。③是小篆的形體，類似於金文。④爲楷書繁體字。⑤爲簡化字。

《說文》：「電，陰陽激耀也。」這是說，陰陽電相合而擊發出強烈的亮光。這個說法是對的。正因爲電是很快的，所以常比喻「迅速」，如《晉書·孫綽傳》上疏：「南北諸軍，風馳電赴。」這是說：南北各路大軍，急速奔赴。

請注意：「電影」一詞古今都用，但詞義迥別。古代的「電影」，基本上有兩個意思：一是指「電光」，如《宋之問集·內題賦得巫山雨》：「電影江南落，雷聲峽外長。」二是一種箭的名稱，如《六韜·虎韜·軍用》：「電影，青莖赤羽，以鐵爲首。」就是說：「電影」這種利箭，有青色的箭竿，紅色的箭尾，用鐵作的箭頭。

① ② ③ ④

這是「清明時節雨紛紛」的「雨」字。甲骨文①上部一條橫線表示高空的雲層，下垂的六條短線表示下落的雨水，可見是個象形字。②是金文的形體，與甲骨文相類似，線條有斷有續。③是小篆形體，變化較大，在金文之上又增加了一條橫線，很可能是表示「天」。楷書④則基本上與小篆相同。

「雨」的本義是「雨水」，是個名詞，又可以引申為動詞「下」。不過，當動詞「下」字用的時候，這個「雨」字就不能讀ㄩˇ（宇），而只能讀ㄩˋ（育），如《淮南子・本經訓》：「昔者倉頡作書，而天雨粟，鬼夜哭。」大意是：古代當倉頡造字的時候，天上像下雨一樣的下糧食，晚上還有鬼哭。

「雨露」一詞，在古代指恩情、恩澤，如李白〈書情〉詩：「愧無橫草勁，虛負雨露恩。」

「雨」字是個部首字。在漢字中凡由「雨」字所組成的字大都與雲、雨有關，如：「雲」、「霜」、「霞」、「露」等字。

①

②

③

「不是雪中須送炭，聊裝風景要詩來。」這個「雪」字，本為會意字。①是甲骨文的形體，上部為「雨」，其下為雪片狀。②是小篆的形體，為「從雨，彗聲」的形聲字。③是楷書的寫法。

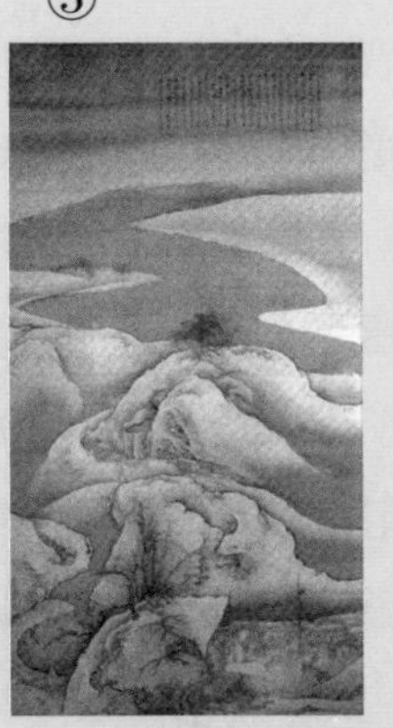
▲雪嶺盤車圖，（清）李寅作。

《說文》：「凝雨說（悅）物者。從雨，彗聲。」許慎說的「雪」為「雨」所凝是對的，但是下雪並非萬物皆悅。因為雪為白色，所以古詩常以雪喻「白」，如李白〈將進酒〉：「君不見高堂明鏡悲白髮，朝如青絲暮成雪。」由「白」可以引申為「洗除」義，如李白〈獨漉篇〉：「國恥未雪，何由成名。」

①

②

③

④

這是「於無聲處聽驚雷」的「雷」字。①是甲骨文的形體，中間彎曲的曲線是表示閃電的金光，左右兩個方塊表示響雷所發出的巨大聲音。②是金文的形體，變得極為複雜，甲骨文中的兩個小方塊竟變成了四個「田」字狀，其上又增加了個「雨」字，表明既有傾盆大雨，又有雷電交加。小篆③的形體比金文稍簡略，但形體結構仍然很複雜。楷書④則省掉了小篆的兩個「田」字。

「雷」字的本義就是雨天的雷電，有時也通作「擂」，如古樂府〈巨鹿公主歌辭〉「官家出遊雷大鼓」中的「雷」字，實為「擂」字。請注意：這句歌辭裡的「雷」字不讀ㄌㄟˊ（鐳），必須讀為ㄌㄟˋ（淚）。

①　②　③　④

這個「雹」字本為象形字。①是甲骨文的形體，上為「雨」，下為冰雹之形。②為《說文》中古文的形體，其下部更像冰雹之形。③是小篆的形體，上為「雨」，下為「包」，變為「從雨，包聲」的形聲字。④為楷書的寫法。

《說文》：「雹，雨冰也。」「雹」字的本義為「冰雹」，如《左傳．昭公四年》：「大雨雹。季武子問於申豐曰：『雹可禦乎？』」大意為：天下大雨和冰雹。季武子向申豐詢問說：冰雹可以防止嗎？

在古籍中有「雹箭」一詞，不是以雹當箭，而是以骨為鏃的箭，也就是說，把硬而重的骨片磨製成箭頭，如《南史．齊本紀》：「（蒼梧王）乃取雹箭，一發即中帝臍。」「雹箭」本為「骲箭」，可見「雹」為「骲」字的通假字。

①　②　③　④　⑤

「花邊霧鬢風鬟滿，酒畔雲衣月扇香。」這個「霧」字本為會意兼形聲的字。①是甲骨文的形體，其上部為天空有霧之覆蓋形，亦表聲；下部是「隹（鳥）」，表意。這就表示，鳥鳴則天有大霧。②是《說文》中的籀文形體，上部為「雨」，下部的「隹」訛變為「矛」。③是小篆的形體，變爲「從雨，敄聲」的形聲字。④爲楷書繁體字。⑤爲簡化字。

《說文》：「霧，地氣發，天不應。」「霧」是接近地面的水蒸氣遇冷而凝結成的微細水點，如雲煙狀。張衡〈羽獵賦〉：「霧合雲集。」這是雲霧籠罩的意思。

古書中常見「霧豹」一詞，本義是說金錢豹在霧雨天深藏不出，後來則常用「霧豹」來比喻退隱避害的人，如白居易〈與元九書〉：「時之不來也，爲霧豹……奉身而退。」也就是說：沒有好時運，就要像霧豹……退隱不仕。

①　②　③　④

這是「晚電明霍霍」的「霍」字，本爲會意字。①是甲骨文的形體，上部爲「雨」，「雨」下有三「隹（鳥）」，表示群鳥在雨中疾飛。②是金文的形體，與甲骨文基本相同。③是小篆的形體，「雨」下省去了一「隹」。④是楷書的寫法，「雨」下只有「隹」，但意義未變。

《說文》：「霍，飛聲也。」此說不確。「霍」字的本義應爲「群鳥在雨中疾飛」，如《玉篇》：「霍，鳥飛急疾貌。」因爲鳥在大雨中快飛，發出霍霍之聲，這就引申爲象聲詞，如古樂府〈木蘭詩〉：「磨刀霍霍向豬羊。」「疾飛」則有「快」義，這就可以引申爲「突然」、「忽然」，如司馬相如〈大人賦〉：「煥然霧除，霍然雲消。」枚乘〈七發〉：「霍然病已。」也就是說：病突然好了。顧雲〈天威行〉中的「霍閃」是指閃電而言，當然也是極快的意思。

①　②　③

「霖雨泥我塗，流潦浩縱橫。」這個「霖」字本爲會意兼形聲的字。商承祚先生認爲①是甲骨文「霖」字的形體，上爲「雨」，下爲「林」，林中有雨點，表示雨落山林，綿綿不停。②是小篆的形體，仍爲雨落山林之意。③是楷書的寫法。

《說文》：「霖，雨三日已往。從雨，林聲。」許慎的說法是「霖」

字的引申義。「霖」字的本義爲「雨落山林」，後來才引申爲「多日雨」。許慎認爲「霖」字是個單純形聲字，其實「霖」爲會意兼形聲的字，即「從雨從林，林亦聲」。

「霖」字由本義引申爲「久下不停的雨」，如《左傳．隱公九年》：「凡雨，自三日以往爲霖。」也就是說，接連下了三天以上的雨就叫做霖。

「霖雨」本指連綿大雨而言，可是《尙書．說命上》「若歲大旱，用汝作霖雨」中的「霖雨」，則爲殷高宗誇張大臣傅說的話，說明賢臣的重要。因此，後世就多以「霖雨」比喻濟世之臣。

虎　部

①　②　③　④

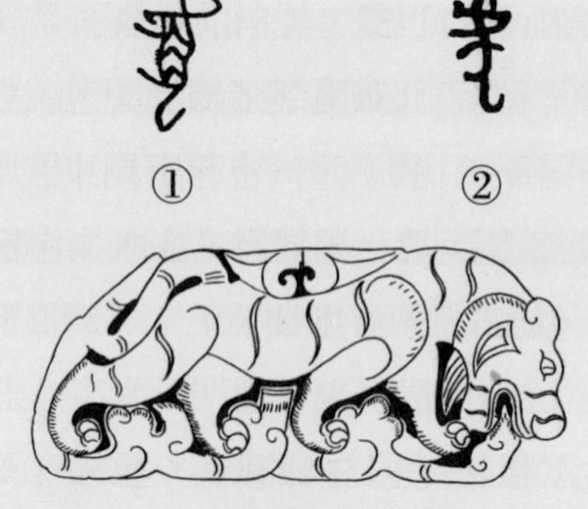
▲周代青銅器上的虎紋。

「薄暮冥冥，虎嘯猿啼。」這裡的「虎」字是個象形字。甲骨文①是頭朝上、尾朝下、腿朝左的一隻虎，身上有花紋。②是金文的形體，也還有虎的形象。③是小篆的寫法，就不太像虎了。④是楷書形體。

在閱讀古典文學時我們常會遇到「虎臣」一詞，如《詩經．魯頌．泮水》：「矯矯虎臣。」《漢書．敘傳下》中有：「武賢父子，虎臣之俊。」這裡的「虎臣」就是古代比喩有膽略、武藝高強的勇武之臣。另外，「虎賁（ㄅㄣ）」一詞也常見到，據注釋家孔穎達說：「若虎賁（奔）走逐獸，言其猛也。」因此「虎賁」也是對猛士的稱呼。到了漢代，有「虎賁中郎將」的官名，實際上就是皇宮中衛戍部隊的將領。

「虎」字是個部首字，在漢字中凡由「虎」所組成的字大都與「虎」有關，如「彪」等字。

 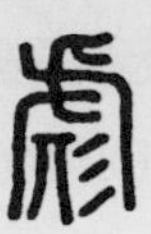 

① ② ③

▲陽山岩畫中的虎群。

「文體相輝，彪炳可玩。」這就是「彪炳」的「彪」字。從金文①的形體看，其左是頭朝上、尾朝下、腿朝左、背朝右的一隻虎，其右的三道撇是虎背上的三道花紋。②是小篆的形體，老虎的形狀是難以看出了，但是虎背上的花紋還是淸晰的。③是楷書的寫法。

「彪」字的本義就是虎身上的「斑紋」。從「斑紋」可引申爲「文采煥發」，如鍾嶸《詩品》：「文體相輝，彪炳可玩。」在蕭統〈七契〉中還有「珠簾彪煥」的話，這個「彪煥」就是光華燦爛、耀眼奪目的樣子。

另外，從「彪」字本義中又可引申爲「小老虎」的意思，如庾信的〈枯樹賦〉：「熊彪顧盼，魚龍起伏。」但我們讀《水滸傳》時常碰到「彪形八尺」的話，若理解爲小老虎有八尺長可就錯了。這個「彪」字是比喻人的軀幹高大。那麼《水滸傳》中常提到的「一彪軍馬」又怎樣理解呢？這裡的「彪」是「標」的假借字，是軍隊的計量單位，在淸代相當於一個團。

① ② ③

「幽香淡淡影疏疏，雪虐風饕亦自如。」這個「虐」字本爲會意字。①是金文的形體，虎頭下部是人形。②是小篆的寫法，上爲虎頭，左下爲虎爪，右下爲人，表示虎之最爲虐者在爪。③是楷書的寫法，「虎」字頭還在，其下部僅保留了虎爪的側視形。

《說文》：「虐，殘也。」可見「虐」字的本義爲「殘暴」，如《漢書・百官公卿表》：「亦多虐政。」所謂「虐政」就是「暴政」的意思。由「殘暴」的本義又可引申爲「虐待」，如《尚書・洪範》：「無虐煢（ㄑㄩㄥˊ）獨。」「煢獨」是無依無靠的人。這句話的大意是：不要虐待無依靠的人。由「殘暴」還能引申爲「災害」，如《左傳・襄公十三年》：「亂虐並生。」這是說：戰亂與災害一起出現。

請注意：古代常有「虐疾」一詞，如《尙書・金縢》：「遘厲虐疾。」「遘」是遇到；「厲」是「惡」。這是遇到了惡病的意思，絕非現在所說的「瘧疾」。

① ② ③

「朱弦絳鼓罄虔誠，萬物含養各長生。」這個「虔」字讀作ㄑㄧㄢˊ，本爲會意字。①是金文的形體，上部爲「虎」，下部爲「文（紋）」，虎身有紋，使人敬畏。②爲小篆的形體，與金文相似。③爲楷書的形體。

《說文》：「虔，虎行貌。」不妥。「虔」字的本義爲「畏」，由「畏」又可以引申爲「敬畏」、「恭敬」，如《左傳・成公十六年》：「虔卜於先君也。」大意是：這是在先君的神主前恭敬地占卜。「虔」可通「劫」，當「殺」講，如《左傳・成公十三年》：「虔劉我邊陲。」「劉」亦爲「殺」義。其大意爲：殺戮我邊疆的人民。

▲戰國銅鏡紋樣中的刺虎圖。

這個「虢」字讀作ㄍㄨㄛˊ，本爲會意字。①是金文的形體。左上方是一隻手，中間似一把長戈，右邊是一隻老虎，表示手持長戈打虎的意思。②是小篆的形體，左邊的「戈」又變成了一隻手（寸），用雙手與老虎搏鬥。③是楷書的形體。

《說文》：「虢，虎所攫畫明文也。」此說含糊。「虢」字的本義爲「與虎搏鬥」。後世，其本義消失，而被借爲周代的諸侯國名。「東虢」，在今陝西寶雞以東；「西虢」，在今河南鄭州的東北。

齒　部

① ② ③ ④ ⑤

這是「唇齒相依」的「齒」字，是個象形字。甲骨文①像人張開了一個大「口」，上下各露出了兩顆牙齒，可見門牙才能爲「齒」。金文②反而變得複雜了，其上又增加了「止」字，這就由原來的象形字變成了下形（𠚕）上聲（止）的形聲字了。小篆③的形體是直接由金文演變而來的。④是楷書的寫法。⑤是簡化字。

「齒」的本義就是「門牙」。因爲牙齒的數量多少與年齡有關，所以「齒」又可以當「年齡」講，如：「子之齒長矣，不能事人。」（《左傳·昭公二十年》）意思是：您的年齡很大了，不能事奉人了。那麼「百官以此相齒」（《莊子·天下》）是什麼意思呢？這是說：百官要依照這個次序相排列。這是牙齒按照一定次序排列的引申義。

在古書中常有「齒冷」一詞，開始是「牙齒受涼」的意思，可是後來就變爲「恥笑」的意思了。因爲要笑就必須張口，時間久了牙齒就有冷的感覺。後人所說的「令人齒冷」，也就是「令人恥笑」的意思。

「齒」字是個部首字。在漢字中凡由「齒」所組成的字大都與「牙齒」或「年齡」有關，如「齡」、「齦」、「齧」等字。

兔　部

① ② ③

這是「兔死狗烹」的「兔」字。甲骨文①是個兔子的形象，頭朝上，

▲北京泥玩具：兔兒爺。

耳下垂，腹部朝左，還有前後腿，下部是向右彎曲的小尾巴。②是小篆的形體，從線條變爲筆畫，看不出兔子的形狀了。③是楷書的寫法。

毫無疑問，從甲骨文①的形體看，「兔」字是個象形字，即像那善於奔跑的兔子。到了後世用「兔」作比喻的詞很多，如「兔死則狐悲」、「狡兔死，走狗烹」。

我們在閱讀古詩詞時，經常會遇見「兔魄」一詞，因爲傳說月中有白兔搗藥，所以古時稱月亮爲「兔魄」，如劉基〈怨王孫〉詞中的「兔魄又滿」，就是「月亮又圓了」。「兔」與「免」最大的差別就在於有無右邊的「點」。有點的爲「兔」，因爲這個「點」就是代表兔子的「小尾巴」。

「兔」字是個部首字。在漢字中，凡由「兔」字構成的字大都與「兔」有關，如「逸」、「冤」等字。

食　部

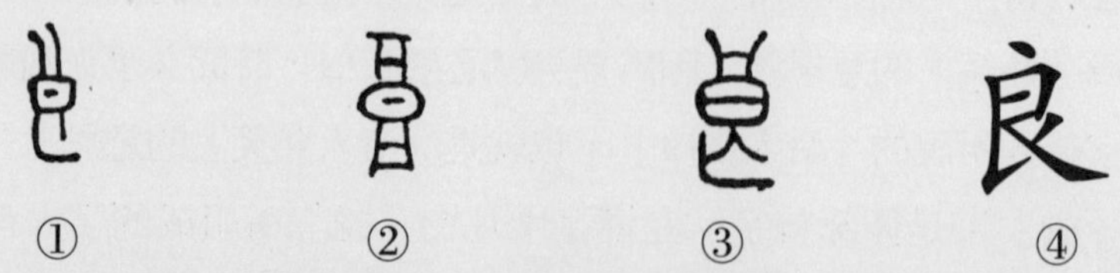

①　②　③　④

「天下良辰、美景、賞心、樂事，四者難並。」這個「良」字，本爲象形字。①是甲骨文的形體，下部爲「豆（食器）」形，上部的兩條線表示豆中的食物散發著香氣。所以「良」字的本義爲「香味」。②是金文的形體，與甲骨文相似。③是小篆的形體。④爲楷書的寫法。

《說文》：「良，善也。從畗省，亡聲。」許說不妥。「良」本爲象形字，而非形聲字。「良」字的本義爲「香味」，後引申爲「善」、「良好」，如《韓非子・外儲說左上》：「良藥苦於口。」由此又可以引申爲「和悅」，如《荀子・非十二子》：「其衣逢（寬敞），其容良。」

「良」字還可作程度副詞用，當「很」、「甚」講，如《漢書・馮唐傳》：「良說（悅）。」也就是很高興的意思。「良久」也就是「很久」義。

在古籍中常見「良人」一詞，其含義很廣，可指優秀人才，可指丈夫，可指美人，可指平民，可指善人等。具體指什麼，要根據文意而定。

①　②　③　④

「賣炭得錢何所營？身上衣裳口中食。」這個「食」是個象形字。甲骨文①的下部就是一個食器裝著豐盛的食物，兩側的兩個點兒表示已經裝滿後外流了，最上部的三角形是個食器的蓋子。金文②為了書寫方便，稍加簡化。小篆③不太像食器的樣子，但寫得更美觀了。楷書④則完全沒有食器的模樣，成為單純的文字符號了。

▲周代青銅食器。

「食」字的本義為「食品」，是名詞。後來又從名詞引申為動詞「吃」，如《禮記．大學》：「食而不知其味。」

我們若讀《詩經．小雅．綿蠻》時，會見到「飲之食之」的話。這裡的「飲」字應讀為ㄧㄣˋ（印），「食」字應讀為ㄙˋ（寺），通「飼」。「飲之食之」就是「給他喝，給他吃」的意思。太陽被遮住了稱為「日食」，月亮被遮住了稱為「月食」，這裡的「食」字也是「吃」義。在這個意義上，後世也常寫作「蝕」，含有「虧損」的意思。

《詩經》中有「三歲食貧」的詩句，這裡的「食」是「居」的意思；因為「食」與「居」關係很近，現在我們還把「吃」與「住」連在一起。所以「三歲食貧」，也就是「三歲居貧」。

「食」字是個部首字。在漢字中凡由「食」所組成的字都與「食品」或「吃」有關，如「飯」、「飲」、「飽」、「餅」、「饗」等字。

①　②　③　④　⑤

這個「饗」字原是個會意字。從甲骨文①的形體看，中間是一個食器

▲宴飲圖，漢畫像磚。

裝滿了美味的佳餚，左右兩個人面對面地坐著在宴饗。金文②與甲骨文的形體非常相似。小篆③則發生了較大變化，「人」形變成了兩個「邑」字（一正一反），中間的食器也不太像了，在整個字的下部又加上了個表意的「食」字，整個兒變成了上聲（鄉）、下形（食）的形聲字了。④是楷書的寫法，與小篆基本相同，但是筆畫都太繁，所以後來簡化為⑤「飨」字。

「饗」字的本義是用酒款待客人的意思。由此而引申為「供奉鬼神」，如《禮記・月令》：「（冬季之月）以共（供）皇天上帝社稷之饗。」「饗」字有時也可通「享」。

① ② 饋 ③ 馈 ④

這個「饋贈」的「饋」字讀作ㄎㄨㄟˋ，本為會意字。①是金文的形體，左邊與下邊組成「辵」，為「走動」義；中間為食器之形，這就表示以食物送人。②是小篆的形體，左邊為「食」，右邊為「貴」，變成了「從食，貴聲」的形聲字了。③是楷書繁體字。④為簡化字。

《說文》：「饋，餉也。從食，貴聲。」「饋」字的本義是「以食物送人」，如《左傳・桓公六年》：「齊人饋之餼（ㄒㄧˋ）。」「餼」是生肉。這是說：齊人送生肉給他。由「饋食」而引申為一般「贈送」，如《孟子・公孫丑下》：「王饋兼金一百，而不受。」「兼金」就是好金。大意是：齊王送上等金一百鎰，您不接受。可是《淮南子・氾論訓》中「一饋而十起」裡的「饋」又做何解呢？這裡的「饋」當「吃飯」講，也是從「饋食物」之意引申出來的。大意是：吃一頓飯要站起來十次。

革部

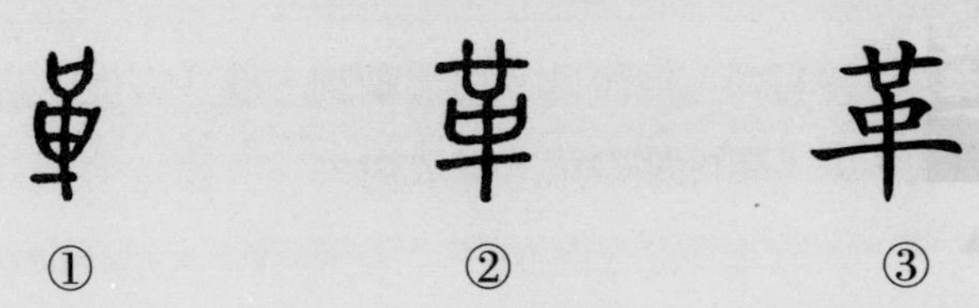

①　②　③

這是「馬革裹屍」的「革」字。①是金文「勒」字的偏旁「革」，它的上部是一把直刃的平頭鐵鏟，下面拖著一條尾巴代表鏟的曲柄，柄的兩側是兩隻手相對形的連指寫法，所以「革」字就是表示用平頭鏟刀剝獸皮的意思（「皮」字的金文形體的右邊，也是一把平頭鐵鏟的樣子）。小篆②與楷書③的形體相似，但都完全失去手拿鐵鏟的樣子了。

「革」字從表示剝皮之義，引申爲去了毛的獸皮叫做革。「有毛曰皮，無毛曰革」，如《詩經・召南・羔羊》：「羔羊之革。」因上古亦用「革」做武士護身的甲冑，就產生了「兵革」一詞，代表「軍隊」的意思，如：「兵革大強，諸侯畏懼。」（《戰國策・秦策》）至於《易經》上說：「天地革，而四時成。」即由於天地的變化而產生春夏秋冬四個節令。這個「革」是「改變」、「變革」的意思，是由「皮」製爲「革」的改變之義而引申出來的，以至於發展爲後世的「革命」一詞。

「革」是個部首字。在漢字中凡由「革」字所組成的字大都與「皮革」有關，如「靴」、「鞋」、「靶」、「鞍」、「鞘」、「鞭」等字。

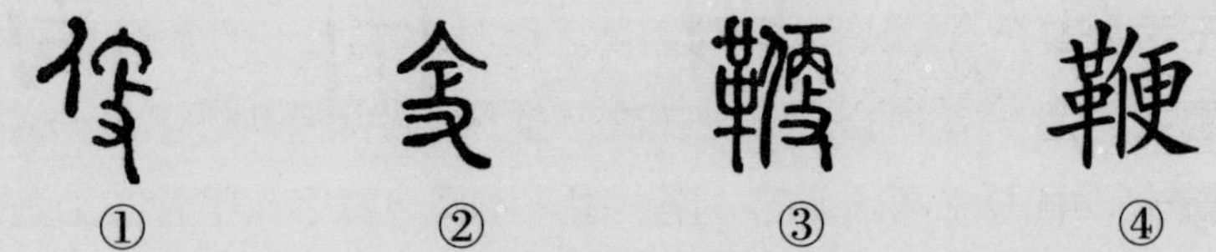

①　②　③　④

「學只要鞭辟入裡。」這個「鞭」字本爲象形字。①是金文的形體，左邊爲「人」，右邊是手執鞭形，表示以鞭擊人背。②是《說文》中古文的形體，其上爲鞭形，其下部爲手，表示手執馬鞭。③是小篆的形體，左爲革（鞭爲皮革製成），右爲「便」，這就成了「從革，便聲」的形聲字了。④爲楷書的寫法。

《說文》：「鞭，驅也。」許說正確。從古文形體看，就是手持馬鞭而鞭打的意思，如《左傳・莊公八年》：「鞭之見血。」由此又可引申爲「皮鞭」，如《左傳・宣公十五年》：「雖鞭之長，不及馬腹。」也就是說：雖說皮鞭長，但連馬的腹部也打不到。後世則以「鞭長莫及」來比喻力所不及。

「鞭策」本爲名詞，但後世多用爲動詞，爲「督促」之義，如歸有光〈示廟中諸生〉：「願更加鞭策，以成遠大。」

壴　部

① ② ③ ④

這是「鐘鼓齊鳴」的「鼓」字，是個象形字。甲骨文①的上部是「鼓」的裝飾物，中間是個圓形鼓，下部是鼓架子。②是金文的偏旁字，其形體與甲骨文基本相同。③是小篆的寫法。④是楷書的寫法，與甲骨文、金文一脈相承。

「壴」字是個部首字，一般不能單獨使用（若單獨使用均寫爲「鼓」）。在漢字中凡是由「壴」所組成的字大都與「鼓」有關，如「鼓」、「彭」等字。

這是「紅豆生南國」的「南」字，本爲會意字。甲骨文①是瓦製的樂器之形，可以手執小槌敲打。②是金文的形體。③是小篆的形體，與金文極爲相似。④爲楷書的寫法。

《說文》：「南，草木至南方有枝任也。」此說不妥。「南」的本義爲一種敲打樂器，後來，引申爲樂舞名，如《詩經・小雅・鼓鐘》：「以雅以南。」這是說：無論樂舞是〈雅〉是〈南〉。其實作方向用的「南」，是「南」字的假借義，如宋之問〈經梧州〉：「南國無霜霰。」

《墨子・貴義》：「南之人不得北，北之人不得南。」

古代所說的「南面」，並非現代所說的南面、北面，而是指「面朝南」；古代帝王的座位面朝南，所以稱居帝位爲「南面」，如賈誼〈過秦論〉：「秦並海內，兼諸侯，南面稱帝，以養四海。」《論語・雍也》：「雍也，可使南面。」這是說：冉雍這個人，可以讓他做首領。

① ② ③ ④

「喜從天降，笑顏逐開。」這個「喜」字本爲會意字。①是甲骨文的形體，上部爲「鼓」形，下部的「口」爲盛鼓之器，鼓擱在器上便於敲打。②是金文的形體，與甲骨文相似。③爲小篆的寫法。④爲楷書的寫法。

▲漢畫像磚上的擊鼓宴樂團。

《說文》：「喜，樂也。」「喜」的本義爲「歡悅」，如《詩經・鄭風・風雨》：「既見君子，云胡不喜？」大意是：已經見到了相愛的人，怎麼能說不歡樂？由此又可以引申爲「喜好」，如《詩經・小雅・彤弓》：「我有嘉賓，中心喜之。」又可以引申爲「值得慶賀的事情」，如賀喜、道喜等。在《紅樓夢》中有這樣的話：「叫大夫瞧了，又說並不是喜。」這裡的「喜」是指婦女「懷孕」，現在農村還仍然這樣說。

① ② ③ ④

這是「彭」字。甲骨文①的左邊是「鼓」的象形字，右邊的三個「點」表示敲鼓發出的聲音。金文②基本上與甲骨文相似，只是中間多了一橫。小篆③則是從金文演變而來。楷書④類似小篆的寫法。

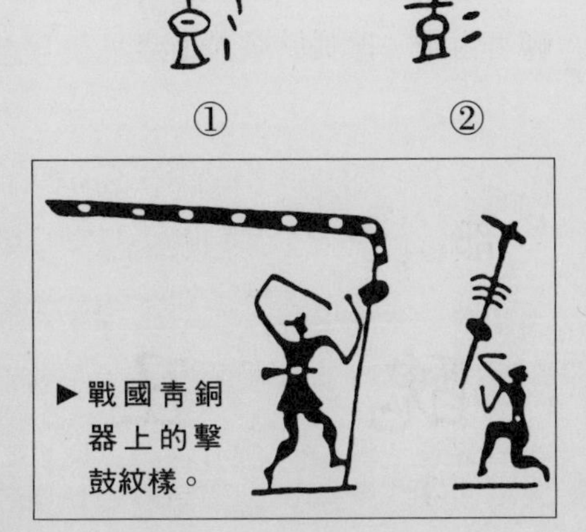

▶戰國青銅器上的擊鼓紋樣。

「彭」字是個象聲詞，表示鼓音。從這個本義又引申為「水流的急湍」，如《漢書・司馬相如傳》：「洶湧彭湃。」（「彭」也寫作「澎」）

「彭彭」也可以引申為「強壯有力」貌，如《詩經・大雅・烝民》：「四牡彭彭。」也可引申為「盛多」的意思，如《詩經・齊風・載馳》：「行人彭彭。」

① ② ③ 鼓 ④

「漁陽鼙鼓動地來，驚破霓裳羽衣曲。」這就是「鼙鼓」之「鼓」字。古代作戰「敲鼓進擊」，甲骨文①的左邊就像鼓形，右邊是一隻手拿著鼓槌敲打的樣子。可見「鼓」字是個會意字。金文②是左手拿槌，擊右邊的鼓。③是小篆的形體，鼓槌和手變為「支」字形，仍然是手拿鼓槌敲鼓的樣子。④是楷書的寫法。

▲擊鼓圖(局部)，漢畫像磚。

「鼓」的本義是「戰鼓」，後來也作為「樂器」的詞義用，如《荀子・禮論》中的「鐘、鼓、管、磬、琴、瑟、竽、笙」，都是指樂器。後來又從名詞引申為動詞，當「彈奏」講，如《鹽鐵論・相刺》：「師曠鼓琴。」就是說師曠這個樂師在彈奏琴。至於《莊子・盜跖》所說的「搖脣鼓舌，擅生是非」。這裡面的「鼓」字應為「轉動」之意。這兩句是說：搖著嘴脣，轉著舌頭，擅長於撥弄是非。

鬼　部

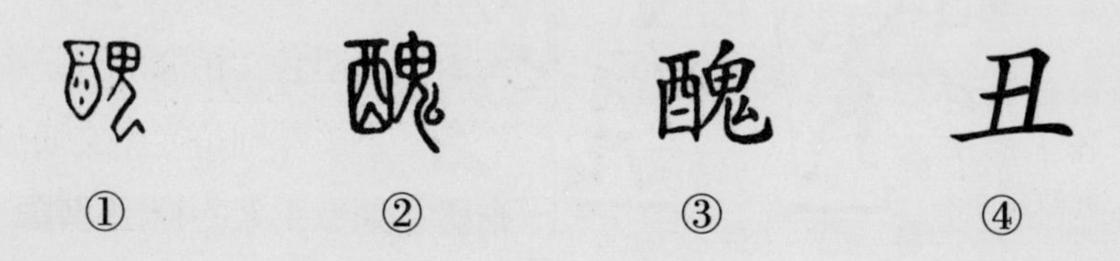

① ② ③ ④

這是「醜惡」之「醜」，是個形聲字。甲骨文①的左邊是個「酉」字，表讀音，其右是「鬼」字，表意義。②是小篆的形體。③是楷書的形體。④是簡化字。

「醜」字的本義是相貌難看，如《史記・西門豹傳》：「呼河伯婦來，視其好醜。」「好醜」就是容貌「美醜」的意思。由容貌之醜又可以引申為事物的「惡劣」或「不好」，如《漢書・項籍傳》中所說的「醜地」，即為「不好之地」。由「不好」又引申為「恥辱」，如：「終身之醜。」（《莊子・外物》）後來，又引申為「憎惡」之義，如：「我甚醜之。」（《荀子・榮辱》）大意是：我非常憎惡他。

「醜類」一詞一般是指「惡人」或「壞人」。可是，「比物醜類」（《禮記・學記》）中的「醜」字卻當「比較」講，是以同類事物相比況的意思。這是因為「美」與「醜」由比較而來，所以「醜」字就能引申為「比」的意思。

請注意：古代的「醜」和「丑」是意義完全不同的兩個字。「丑」是地支的第二位，又是一天的十二時辰之一（相當於凌晨一時至三時）。

①　②　③　④

「嬌兒不離膝，畏我復卻去。」這個「畏」字本為會意字。甲骨文①的右邊是「鬼」，左邊是棍棒之形，表示鬼執棍棒以使人畏。②是金文的形體，與甲骨文相似。③是小篆的形體，因訛變而失去原形。④是楷書的寫法。

《說文》：「畏，惡也。……鬼頭而虎爪，可畏也。」從甲、金文看，並沒有「鬼頭而虎爪」的形象。許說不妥。「畏」字的本義為「恐懼」，如《商君書・錯法》：「不畏強暴。」《左傳・文公十七年》：「畏首畏尾。」由「恐懼」可以引申為「嚇唬」，如《漢書・廣川惠王傳》：「前殺昭平（人名），反來畏我。」所謂「畏我」也就是嚇唬我的意思。「畏」字又可以引申為「敬服」義，如《左傳・襄公三十一年》：「其下畏而愛之。」所謂「後生可畏」並不是說後生可怕，而是說對後生可敬服的意思。《韓非子・主道》：「其刑罰也，畏乎如雷霆。」這裡的

「畏」字實為「威」的通假字，當「威嚴」講。原話的大意是：在實行刑罰之時，其威嚴像雷霆一般。

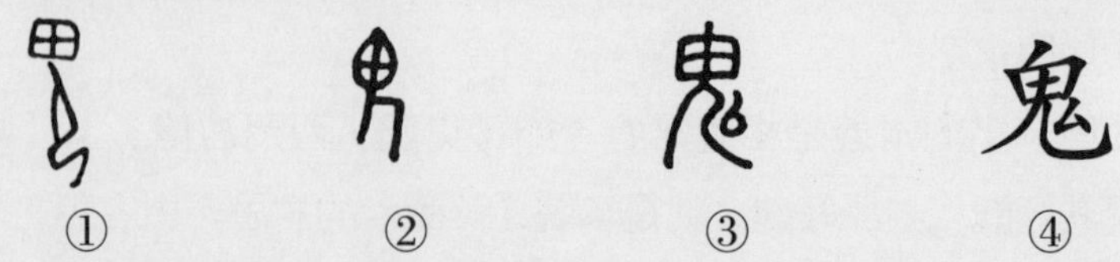

①　②　③　④

「忍看朋輩成新鬼，怒向刀叢覓小詩。」這個「鬼」字是個象形字。照古代的迷信說法，人死後變為鬼，所以「鬼」和人是有關係的。甲骨文①是面朝左跪坐的一個人，上部的「田」字就表示「鬼」，頭特大且怪，所以有人把「鬼」釋為「大頭人」。金文②仍像大頭人。只是「人」已經站立起來了。小篆③則又在其背後加上一個「厶」，表示「鬼」的「陰私」特別重，專門幹壞事。④為楷書寫法，看不出有「大頭人」的形象了。

「鬼」的本義就是指人死後的「精靈」，許慎在《說文解字・鬼部》中說：「人，歸為鬼。」從本義又能引申為「不好捉摸」的意思，如《韓非子・八經》：「其用人也鬼」，「鬼鬼祟祟」。

「鬼」字本來不是個好字眼，一般說來，凡由「鬼」字組成的詞往往有貶義。但是「鬼工」一詞卻有褒義，它形容製作精巧，似非人工所能及，如岑參有「崢嶸如鬼工」的詩句，袁枚的《隨園詩話》中也有「神工鬼斧，愈出愈奇」的話。這個「鬼斧」同樣也是形容技藝的精巧。

「鬼」字是個部首字。在漢字中凡由「鬼」所組成的字大都與「鬼」、「神」有關，如「魂」、「魄」、「魔」、「魅」等字。

①　②　③　④　⑤

這個「魅」字，本為象形字。①是甲骨文形體，像大頭人形，頭上冒汗，表示這是鬼怪。②是《說文》中籀文的形體，表示鬼身上長毛。③為小篆異體字，左邊是「鬼」，右邊的「彡」是毛形。④為小篆的通行體，變成了「從鬼，未聲」的形聲字了。⑤為楷書的形體。

《說文》：「彪（魅），老精物也。」古代迷信者認為，物成「精」即為鬼魅，如《韓非子・外儲說左上》：「齊王問曰：『畫孰最難者？』

曰：『犬馬最難。』『孰最易者？』曰：『鬼魅最易。』」其所以畫「鬼魅」最易，是因爲誰都沒有見過。

鬲　部

① ② ③ ④

▲夏代陶鬲。

這個「鬲（ㄌㄧˋ力）」字是個象形字。甲骨文①就像是烹飪之類的用具，下部有三足，上端有蓋子，中間能裝東西。②是金文形體，大致與甲骨文相似。小篆③則不盡像「鬲器」之形了。④是楷書的寫法。

「鬲」字的本義即指古代的一種陶製炊具，圓口，有三空心足。《漢書・郊祀志上》說，鼎之類的用器「空足曰鬲」。

這個「鬲」字是個多音多義字。當讀作ㄍㄜˊ（革）的時候，就是「隔」的意思，如《漢書・薛宣傳》：「陰陽否（ㄆㄧˇ痞）鬲。」這裡的「否」字是「不通」。這句話的意思是：陰陽隔離不通。當讀ㄜˋ（厄）的時候，它就是「軛」的假借字。所謂「軛」，就是兩根車轅前端駕在牲口頸上的橫木。所以《考工記・車人》中的「鬲長六尺」，就是說這條橫木有六尺長。

請注意：這個「鬲」字很容易錯寫成「鬲」，即下部多了一橫，這是受「南」字的影響而寫錯的。

「鬲」是個部首字。在漢字中凡由「鬲」所組成的字大都與炊器有關，如「融」、「鬺」、「鬻」等字。

壺　部

①　②　③　④　⑤

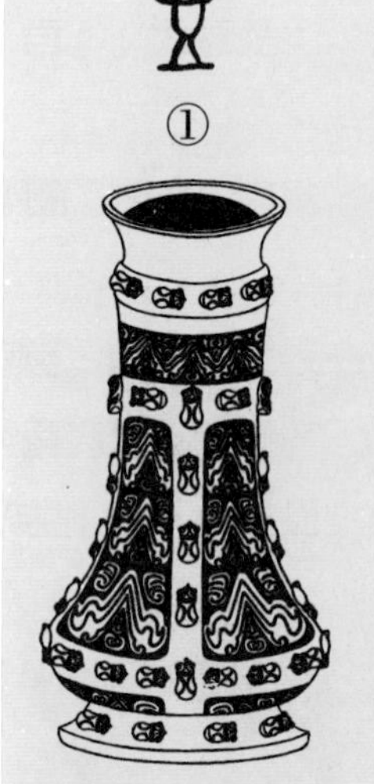
▲周代硬質陶酒壺。

這個「壺」字是個象形字。甲骨文①真像一個酒壺，上部的「大」字是壺蓋，當中是壺腹，下部是壺的底。②是金文的形體，大致與甲骨文相似。小篆③也大體上像甲、金文字的形體，還有點酒壺的模樣兒。④是楷書的寫法。⑤是簡化字。

「壺」的本義是指盛酒漿之類的器皿，如茶壺、酒壺等等。可是「八月斷壺」（《詩經・豳風・七月》）中的「壺」，是「瓠」（ㄏㄨˋ互）的假借字（因讀音相同）。所謂「八月斷壺」，就是指到了八月開始摘瓠瓜（即葫蘆）。

請注意：「壺」與「壼」是形、音、義完全不同的兩個字。「壼」讀作ㄎㄨㄣˇ（捆），是宮裡的路，舊時也用來稱女人所住的內室。在形體上看，它僅僅比「壺」字多一橫。

「壺」字是個部首字。按理講在漢字中應該有由「壺」字組成的字，但《說文解字》中並沒有從「壺」字的字，僅有一個「壹」（ㄩㄣˊ雲）字勉強地放在「壺部」。

㓝　部

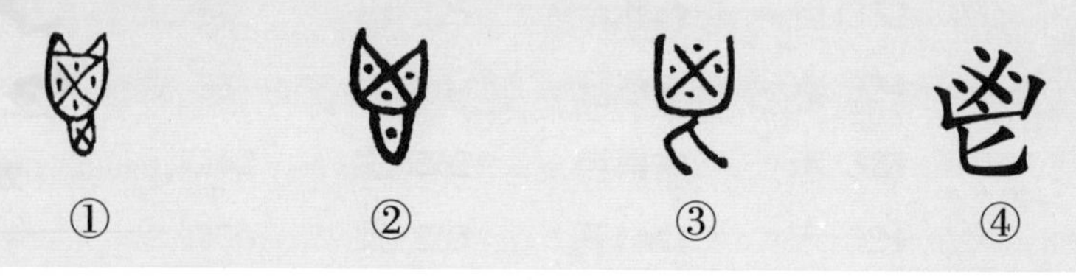

①　②　③　④

這個「鬯」字讀作ㄔㄤˋ，本爲象形字。甲骨文①像一個器皿形，其下盛酒漿，其上爲酒糟。②是金文的形體，比甲骨文簡化了一些，其義未變。③是小篆的寫法。④爲楷書的寫法。

《說文》：「鬯，以秬釀鬱草，芬芳攸服以降神也。」「秬」爲黑黍；「鬱」是鬱金草。也就是說：用鬱金草釀黑黍而成的用來祀神的酒叫「鬯」，如《詩經·大雅·江漢》：「釐爾圭瓚，秬鬯一卣。」大意是：賞給你玉柄龍口的酒勺，黑黍鬱金香酒一樽。

「鬯」字可以做「暢」字的假借字，如在古籍中經常將「暢茂」寫爲「鬯茂」，將「暢遂」寫爲「鬯遂」。

另外，「鬯」亦可通「韔」，當「弓袋」講，如《詩經·鄭風·大叔于田》：「抑釋掤（ㄅㄧㄥ）忌，抑鬯弓忌。」「掤」是箭筒蓋；「抑」爲發語詞；「忌」爲助詞。其大意爲：揭開箭筒，箭裝好啦，解下弓袋把弓收好啦。

能　部

①　②　③

這個「能」是個象形字。金文①很像熊的樣子，左部的上方是耳和頭，下方是個大嘴巴，臀部有一條小尾巴，下部有熊掌。②是小篆的形體，不大像熊的樣子了。③是楷書的寫法，是直接由小篆變來的。

▲漢畫像磚上的熊紋。

「能」的本義就是「熊」，如《國語·晉語八》：「夢黃能入寢門。」也就是說：夢到了一隻黃熊進入臥室的門。《說文解字·能部》說：「能獸堅中，故稱賢能，而強壯稱能傑也。」這就進一步說明「能」這種動物是野獸中的強者，所以其引申義即爲「賢能」，對那些強壯之人也可以稱爲「能傑」。既然後世都用作「賢能」等，那麼要表示這種猛獸該怎麼辦呢？這就只好借用「烈火熊熊」的「熊」字來表示狗熊。自此以後，「能」字再也不代表「熊」了。

我們讀晁錯的〈言守邊備塞疏〉時，會見到這樣的話：「鳥獸希毛，其性能暑。」這裡的「希」字就是「稀」義。所謂「能暑」就是「耐暑」，因此，這裡的「能」應該讀ㄋㄞˋ（奈），即通「耐」字。到了後世，「能」與「耐」連結成一個詞，表示本領或技能很高。

「能」是個部首字，在漢字中凡由「能」所組成的字大都與「熊」字有關，如「羆」字等。

鹿　部

①　②　③　④麗　⑤丽

這是「風和日麗」的「麗」字，本爲借物喻意的會意字。①是甲骨文的形體，鹿頭上有一對裝飾美麗的鹿角。②是金文的形體，與甲骨文極相似。③是小篆的寫法，直接由金文變來。④爲楷書繁體字。⑤爲簡化字。

《說文》：「麗，旅行也。鹿之性，見食急則必旅行。」此說不妥。從以上的形體看，「麗」字的本義爲「美麗」，如杜甫〈麗人行〉：「長安水邊多麗人。」這個「麗人」即指美貌的人。張舜徽先生說：「麗猶兩也，麗、兩一語之轉。」所以「麗」可假借爲「兩」，表示「成雙」、「成對」之意，如劉勰《文心雕龍・麗辭》：「麗辭之體，凡有四對。」也就是說：詞句對偶的文體，共有四種對偶的方法。凡是成對的必有互相依存的雙方，由此可以引申爲「附著」，如《周易・離卦》：「日月麗乎天。」意思是：日月附著天。

請注意：古籍中常見「麗風」一詞，這並不是說還有什麼美麗的風，那是指「厲風」，就是西北風、嚴酷的風，如《淮南子・地形訓》：「西北風曰麗風。」

① ② ③ ④

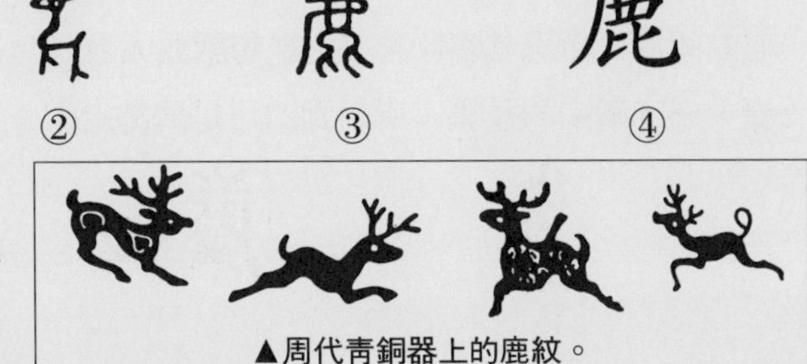
▲周代青銅器上的鹿紋。

這個「鹿」字是一個象形字。甲骨文①就是頭朝左尾朝右的一隻鹿。鹿的頭上長著很美觀的鹿角。金文②也很像一隻梅花鹿。小篆③的形體變化較大，不太像鹿的形象。楷書④已看不出鹿的樣子了。

「鹿」本指鹿科的動物。但《國語・吳語》中的「困鹿空虛」，那是什麼意思呢？這個「鹿」字其實就是「鹿」字，《廣雅・釋室》解釋得很明確：「鹿，倉也。」在古代，圓形的糧倉稱「困」，方形的糧倉稱「鹿」。所以這話是說糧倉都空了。

古代用鹿拉的車子稱為「鹿車」。但是《後漢書・鮑宣妻傳》「挽鹿車，歸鄉里」中的「鹿車」，卻是「小車」的意思。李賢注引《風俗通》：「俗說鹿車窄小，裁（才）容一鹿。」可見剛剛能裝下一隻鹿的小車才稱為「鹿車」。

「鹿」字是個部首字。在漢字中，凡由「鹿」字所組成的字大都與鹿科動物有關，如「麂」、「麋」、「麝」、「麞」等字。

①  ③

這個「麀」字讀作ㄧㄡ，本為象形字。①是石鼓文的形體，像一頭大鹿的樣子，腹下有「匕」。郭沫若認為「匕」是雌性符號，「土」為雄性符號，所以「麀」為牝鹿，也就是母鹿。②是小篆的形體。③為楷書的寫法。

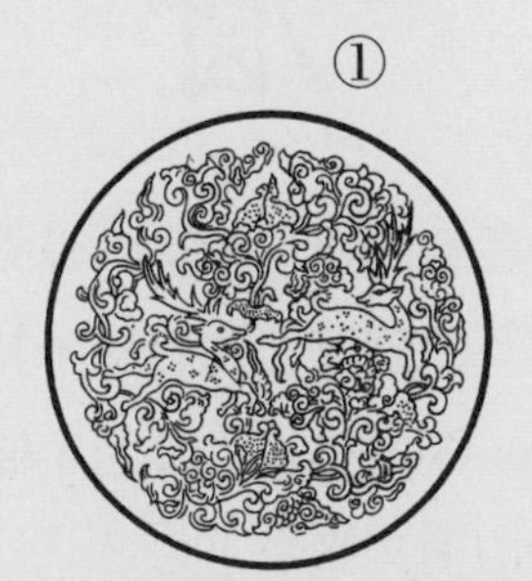
▲雙鹿紋印花白瓷盤。

《說文》：「麀，牝鹿也。」「麀」的本義

就是「母鹿」，如《詩經・大雅・靈台》：「王在靈囿，麀鹿攸伏。」大意是：文王來到靈囿休息，母鹿在裡面睡著了。後來由「母鹿」義又引申爲泛指野獸，如《左傳・襄公四年》：「在帝夷羿（后羿），冒於原獸，忘其國恤，而思其麀牡。」這幾句話的大意是：后羿身居帝位，貪婪於狩獵，忘了國家的憂患，所想到的只是飛禽走獸。

①　②　③

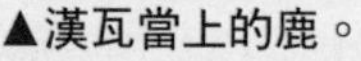

▲漢瓦當上的鹿。

這個「麋」字原是個象形字。甲骨文①是頭朝左、尾朝右的一隻麋鹿，頭上還有兩隻角，眼睛圓睜，短尾上翹，像要奔跑的樣子。小篆②的上部就是個「鹿」字，其下又加上一個「米」字表示讀音，所以由象形字變成了上形（鹿）下聲（米）的形聲字。③是楷書的形體，根本看不出麋鹿的樣子了。

「麋」的本義是指「麋鹿」。但是，我們在閱讀古書時則必須注意，這個「麋」字當假借字用的機會較多，如《詩經・小雅・巧言》：「居河之麋。」這個「麋」是「湄」的假借字，原意是：居於河邊。那麼《荀子・非相》「伊尹之狀，面無鬚麋」裡的「麋」字，又是什麼意思呢？若理解爲「麋鹿」無論如何也講不通。其實這個「麋」是「眉」的假借字，原意是：伊尹這個人的樣子，無鬍鬚也無眉毛。這些地方，如果不細心，就容易犯望文生義的錯誤。

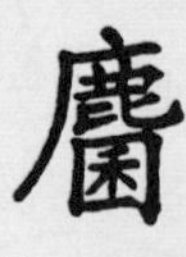

①　②　③　④

這個「麕」字讀作ㄐㄩㄣ，也作「麇」，本爲會意字。①是甲骨文的形體，上爲「鹿」，下爲「禾」，表示鹿在禾中。②是籀文的形體，其下部變爲「困」，成爲「從鹿，囷聲」的形聲字了。③是小篆的形體，繼承並發展了甲骨文的形體。④爲楷書的寫法，直接由籀文變來。

《說文》：「麇，麞也。」「麕」也就是後世所說的獐子，像鹿的一

▲獐，選自《本草綱目》。

種獸，如《詩經・召南・野有死麕》：「野有死麕，白茅包之。」大意是：在野外打死了一隻獐子，用白茅把它包起來。

請注意：顏延之在〈皇太子釋奠會作〉中所說的「麕至」，並不是說「獐子來了」，這裡的「麕」字實爲「群」的通假字，應讀爲ㄑㄩㄣˊ。「至」的意思是「成群地來到了」。「麕」又能讀作ㄎㄨㄣˇ，可作「捆」的通假字，如《左傳・哀公二年》：「羅無勇，麕之。」這是說：趙羅這個人無勇，把他捆起來。

① ② 麑 ③

這個「麑」字讀作ㄋㄧˊ或ㄇㄧˊ，本爲象形字。①是甲骨文的形體，就是一隻沒有長角的小鹿，表示「鹿子」之意。②是小篆的形體，上爲「鹿」，下爲「兒（儿）」，表示是小鹿。③是楷書的寫法。

《說文》：「麑，狻（ㄙㄨㄢ）麑獸也。」這種說法不妥。「狻麑」是獅子。《爾雅・釋獸》說，「狻麑」能食虎豹，根本不是鹿類。「麑」的本義是「小鹿」，如《國語・周語上》韋昭注：「鹿子曰麑。」

另有一個「麛（ㄇㄧˊ）」字也指小鹿，又可作「小獸」的通稱，如《禮記・曲禮下》孔穎達疏：「麛乃是鹿子之稱，而凡獸子亦得通名也。」

嗇 部

① ② ③ ④ 嗇 ⑤

這個「嗇」字原是個會意字。你看甲骨文①是很形象的，其上是兩棵穗子下垂的小麥，下部是「田」，田中長著已經成熟的小麥，表明將要收割了。金文②則有些僞變，其上不太像「麥」形，其下也不太像「田」形，但大體上還像莊稼的樣子。小篆③上部的「麥」形很淸楚，可是下部的「田」卻僞變成「回」字。④是楷書的寫法，把本來爲「麥根」的部分變成了一橫。⑤是簡化字，只減少了兩筆，寫起來還是相當麻煩。

「嗇」字下部的「回」，也有人解釋爲收藏糧食的穀倉。這有一定道理。「嗇」字本義是收莊稼，從這個本義又引申爲節省錢糧，如《韓非子・解老》：「少費之爲嗇。」也就是少浪費叫「嗇」。可見「嗇」字本爲褒義詞。但是後來又往相反的方向引申，變成了「吝嗇」，如《戰國策・韓策》：「仲（人名）嗇於財。」這是說：公仲這個人特別吝嗇錢財。我們讀《漢書・成帝紀》時會看到「服田力嗇」的話。「服田」，就是「耕田」；「嗇」代「穡」，是收割了莊稼的意思。所以「服田力嗇」的原意是「耕田和收割莊稼」的意思。

「嗇」字是一個部首字。在漢字中凡由「嗇」字組成的字往往與莊稼有關，如「穡」。

鼎部

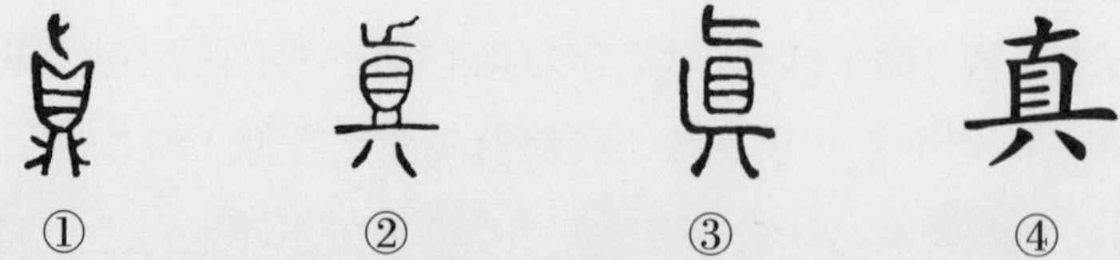

「疾風知勁草，烈火見眞金。」這個「眞」字本爲形聲字。①是金文的形體，上部爲「㐱」字古文「𠃬」的反寫，表讀音；下部爲鼎，表示「寶貴」之義。所以「眞」應是「珍」的初文，當「珍貴」講。②是石鼓文的形體。③是小篆的寫法。④爲楷書的寫法。

《說文》：「眞，仙人之變形而登天也。」此說不妥。「眞」字的本義應爲「珍貴」，後來又造「珍」字代替了「眞」，所以「眞」就被借作「眞假」之「眞」用了，如《漢書・宣帝紀》：「使眞僞毋相亂。」就是說：不要使眞假相混亂。又可以引申爲「的確」、「實在的」，如杜甫

〈莫相疑行〉：「牙齒欲落眞可惜。」

「眞相」本爲佛教用語，是「本來面目」之意，如《洛陽伽藍記・修梵寺》：「得其眞相也。」後來則引申爲「事情的眞實情況」，如「眞相大白」等。「眞相」也可寫作「眞象」。

① ② ③ ④

「三足鼎立」的「鼎」是古代的炊器，多用青銅製成，圓形，三足兩耳，也有方形四足的。「鼎」字是個象形字。甲骨文①上端是鼎的雙耳，中間爲腹部，下面是三足。金文②的形體稍有變化。小篆③已經美化得不像鼎形了，上部的雙耳似在，下部爲四足之形，「目」就表示圓腹。楷書④是由小篆的圓筆楷化而來的。

▲周代青銅鼎。

「鼎」最初用作烹煮的炊器，後來發展爲統治階級表示尊嚴的廟堂禮器。而這種禮器只有國君才可擁有，它是政權的象徵，所以「楚子問鼎」（問周鼎之輕重）就表示楚子要篡奪周的政權。因「鼎」原是烹煮之器，所以能引申爲「鼎沸」之義，用來形容局勢不安定，如《三國志・蜀書・譙周傳》：「秦末鼎沸之時，實有六國並據之勢。」這是說：秦末動盪不定的局面，實有六國並據之勢。現在我們還用「人聲鼎沸」一語形容嘈雜。又因鼎是三足，所以三方並立常稱爲「鼎立」，如《三國志・吳書・吳主傳》：「近者漢之衰末，三家鼎立。」又因周王的鼎很重、很大，所以重臣、大臣就被稱爲「鼎臣」。那麼「鼎鼎」就有「盛大」義，這就引出了「大名鼎鼎」一語。

「鼎」爲部首字，在漢字中凡由「鼎」組成的字都與「鼎器」有關，如「鼒」、「鼐」等字。

筆畫檢字索引

六畫

七畫

八畫

九畫

十畫

細說漢字

細說漢字：1000個漢字的起源與演變

2007年12月初版 定價：新臺幣480元

著者 左民安
發行人 林載爵

出版者 聯經出版事業股份有限公司
台北市忠孝東路四段555號
編輯部地址：台北市忠孝東路四段561號4樓
叢書主編電話：(02)27634300轉5049
發行所：台北縣新店市寶橋路235巷6弄5號7樓
電話：(02)29133656
台北忠孝門市：台北市忠孝東路四段561號1樓
電話：(02)27683708
台北新生門市：台北市新生南路三段94號
電話：(02)23620308
台中門市：台中市健行路321號
電話：(04)22371234ext.5
高雄門市：高雄市成功一路363號
電話：(07)2211234ext.5
郵政劃撥帳戶第0100559-3號
郵撥電話：27683708
印刷者 文鴻彩色製版印刷有限公司

叢書主編 簡美玉
校對 高玉梅
封面設計 李光禹

行政院新聞局出版事業登記證局版臺業字第0130號

本書如有缺頁，破損，倒裝請寄回發行所更換。 ISBN 978-957-08-3229-7（平裝）
聯經網址：www.linkingbooks.com.tw
電子信箱：linking@udngroup.com

國家圖書館出版品預行編目資料

細說漢字：1000個漢字的起源與演變/
左民安著．初版．臺北市．聯經．2007年
（民96）；688面；17×23公分．
ISBN 978-957-08-3229-7（平裝）

1. 漢字

802.2 96024045

聯經出版公司信用卡訂購單

信用卡別：　□VISA CARD □MASTER CARD □聯合信用卡
訂購人姓名：＿＿＿＿＿＿＿＿＿＿＿＿＿＿＿＿
訂購日期：＿＿＿＿年＿＿＿＿月＿＿＿＿日
信用卡號：＿＿＿＿ ＿＿＿＿ ＿＿＿＿ ＿＿＿＿
信用卡簽名：＿＿＿＿＿＿＿＿(與信用卡上簽名同)
信用卡有效期限：＿＿＿＿年＿＿＿＿月止
聯絡電話：日(O)＿＿＿＿＿＿夜(H)＿＿＿＿＿＿
聯絡地址：□ □□＿＿＿＿＿＿＿＿＿＿＿＿＿＿＿＿
訂購金額：新台幣＿＿＿＿＿＿＿＿＿＿＿＿元整
（訂購金額 500 元以下，請加付掛號郵資 50 元）

發票：□二聯式　　□三聯式
發票抬頭：＿＿＿＿＿＿＿＿＿＿＿＿＿＿＿＿
統一編號：＿＿＿＿＿＿＿＿＿＿＿＿＿＿＿＿
發票地址：＿＿＿＿＿＿＿＿＿＿＿＿＿＿＿＿
如收件人或收件地址不同時，請填：
收件人姓名：＿＿＿＿＿＿＿＿＿＿＿＿＿＿＿＿□先生 □小姐
聯絡電話：日(O)＿＿＿＿＿＿夜(H)＿＿＿＿＿＿
收貨地址：＿＿＿＿＿＿＿＿＿＿＿＿＿＿＿＿

・ 茲訂購下列書種・帳款由本人信用卡帳戶支付・

書名	數量	單價	合計
		總計	

訂購辦法填妥後

直接傳真 FAX：(02)8692-1268 或(02)2648-7859

洽詢專線：(02)26418662 或(02)26422629 轉 241

網上訂購，請上聯經網站： www.linkingbooks.com.tw